KB238091

논문으로 읽는 문학사
1

논문으로 읽는 문학사
1

근대문학100년 연구총서 04

논문으로 읽는 문학사 1 − 해방 전

초판 인쇄 2008년 10월 20일 **초판 발행** 2008년 10월 25일
지은이 근대문학100년 연구총서 편찬위원회 **펴낸이** 박성모 **펴낸곳** 소명출판 **출판등록** 제13-522호
주소 서울시 서초구 서초동 1621-18 란빌딩 1층
전화 02-585-7840 **팩스** 02-585-7848 **전자우편** somyong@korea.com

값 30,000원

ISBN 978-89-5626-338-0 93810
ISBN 978-89-5626-334-2 (전7권)

ⓒ 2008, 근대문학100년 연구총서 편찬위원회

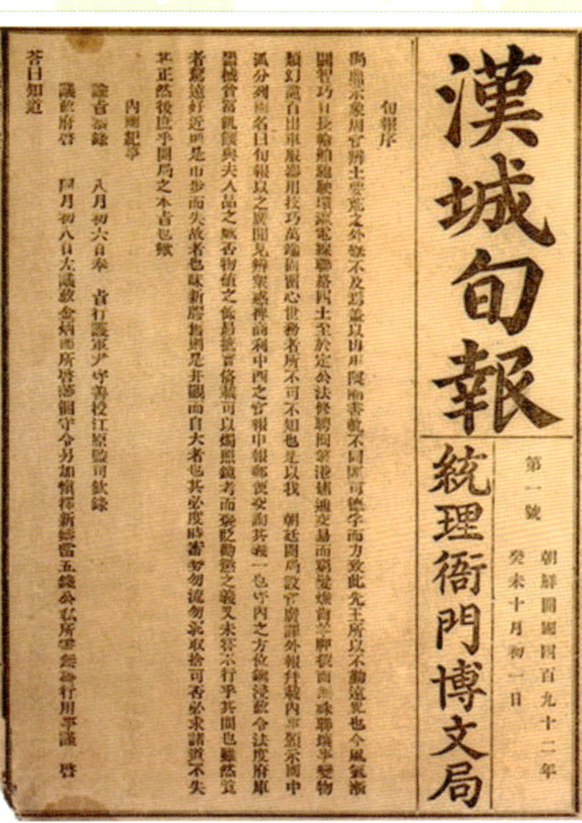

고종 20년(1883)에 창간된 우리 나라 최초의 근대 신문 『한성순보』. 순간(旬刊 : 열흘 간격으로 발행하는 발행물) 신문

(위) 1920년대 북경 망명시절의 단재 신채호
(아래) 신채호의 소설 『을지문덕』(1908)

1906년 6월 17일 창간한 『만세보』

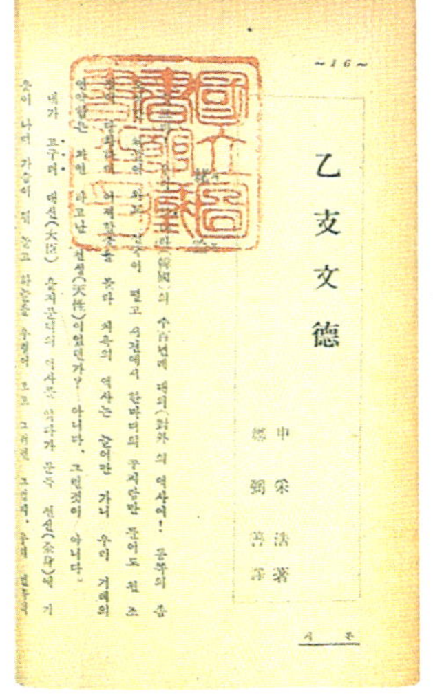

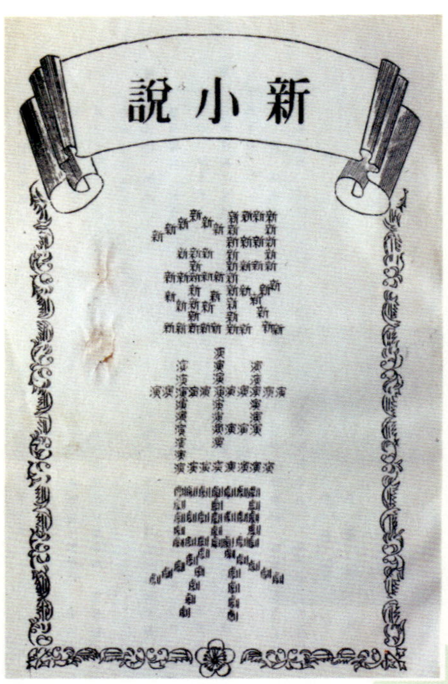

(왼쪽) 한국 최초의 신연극 소설인 이인직의 「은세계」(1908). 그해 11월 원각사에서 상연
(오른쪽) 이인직의 『치악산』 상편(1908)

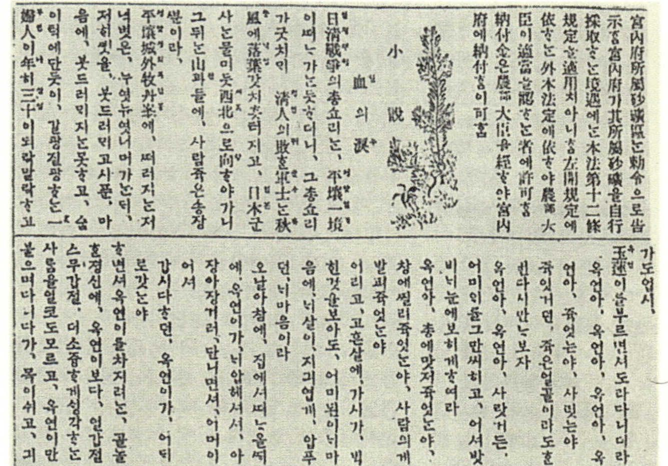

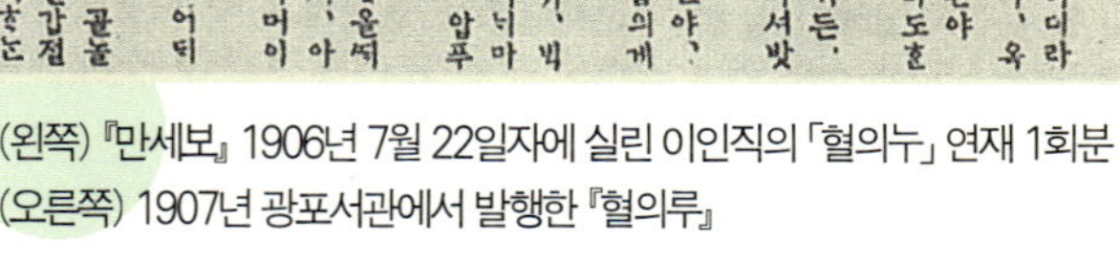

(왼쪽) 『만세보』 1906년 7월 22일자에 실린 이인직의 「혈의누」 연재 1회분
(오른쪽) 1907년 광포서관에서 발행한 『혈의루』

이해조의 『반상설』(1907) 표지

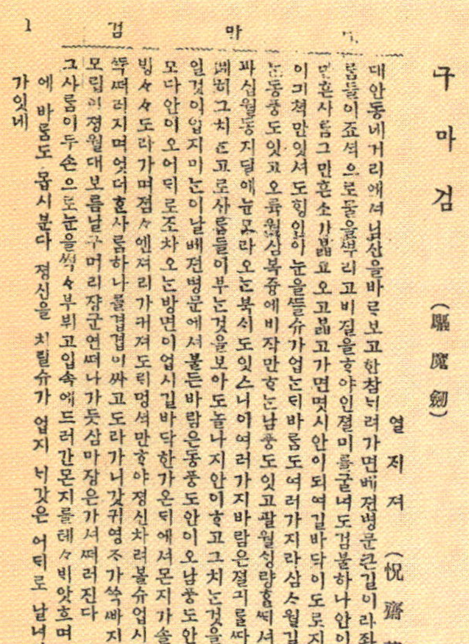

이해조의 『구마검』(1908)

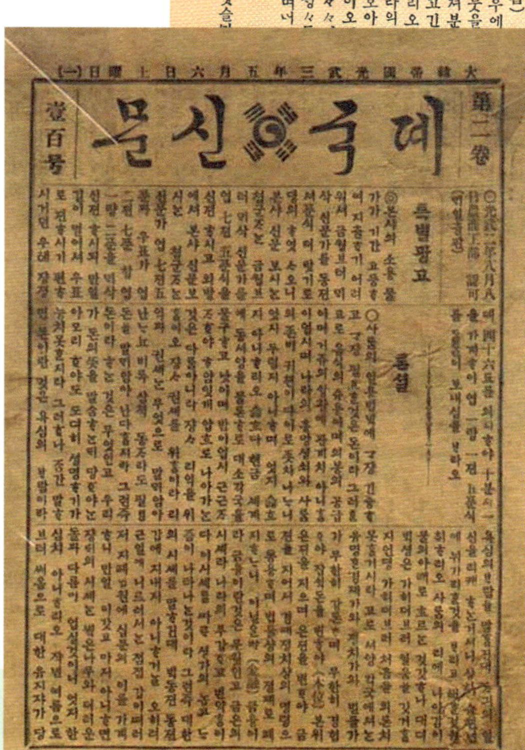

이해조의 소설들이 연재되었던
『제국신문』

육당 최남선의 초상

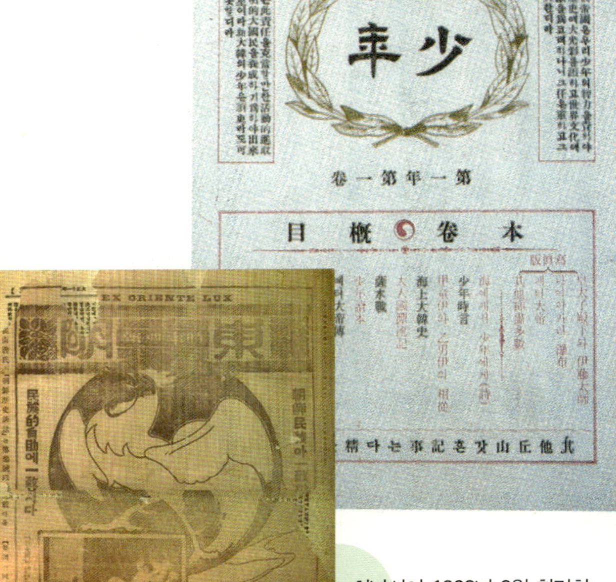

19세의 최남선이 1908년 발행한 『소년』

최남선이 1922년 9월 창간한
『동명』

최남선의 육필 원고

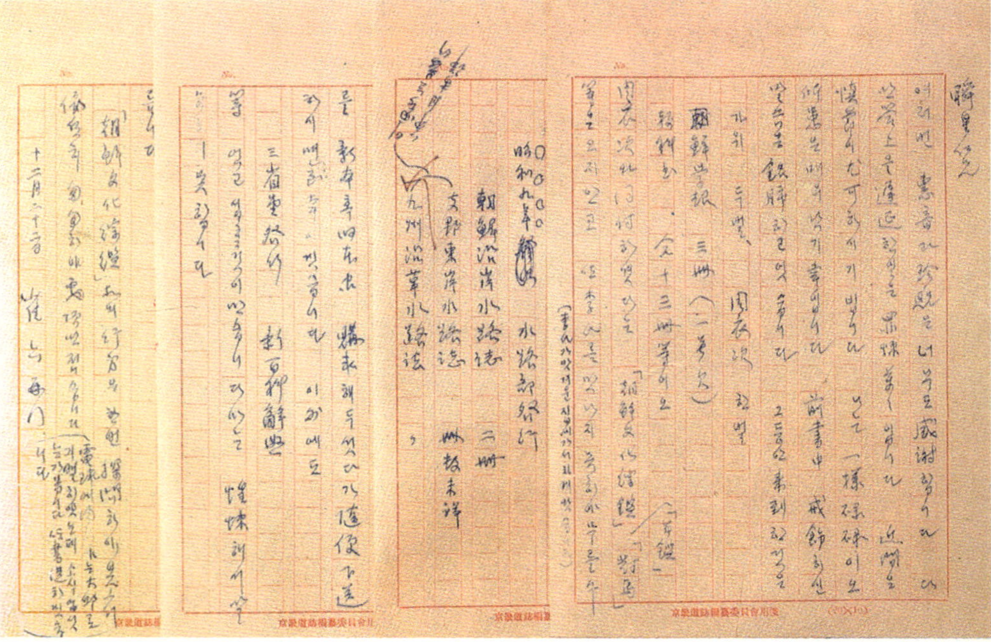

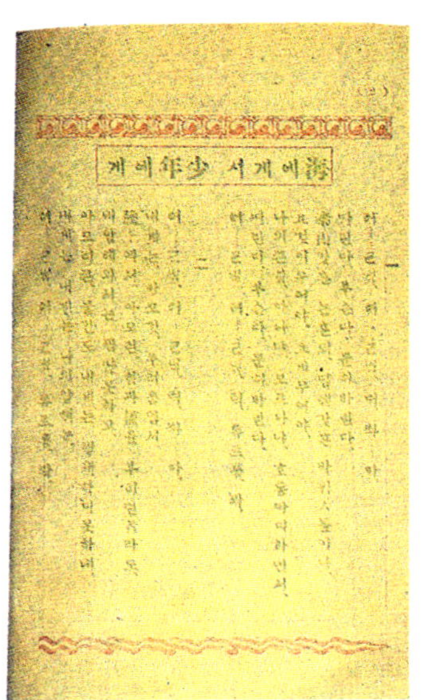

『소년』지에 실린 「해에게서 소년에게」

(위) 한말의 학자이자 독립운동가 박은식,
(오른쪽) 1915년 박은식이 지은 『한국통사』의 서문

1905년 이후에 발간된 학회지들

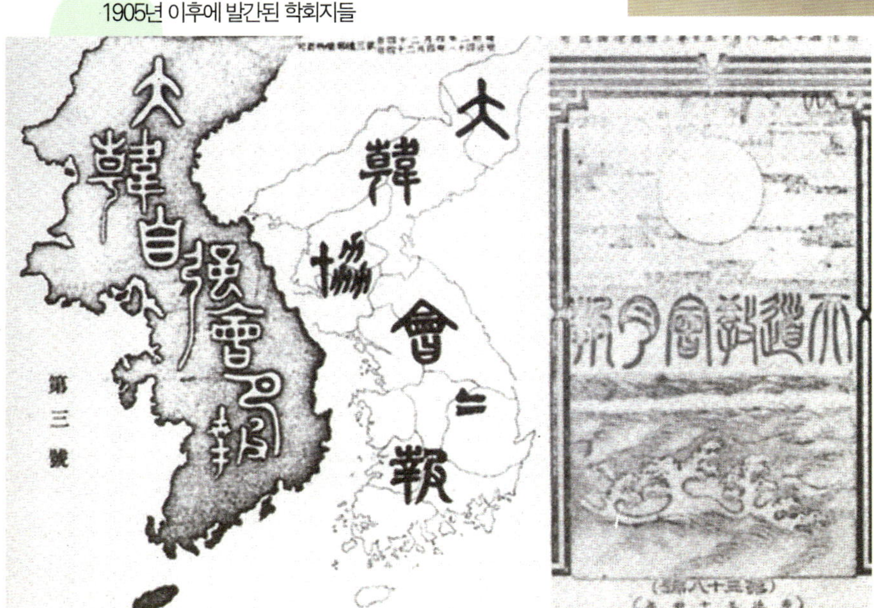

『대한민보』에 연재된 『만인산』(1909)
을 묶어 낸 단행본

1898년 9월 5일 창간된 일간신문 『황성신문』

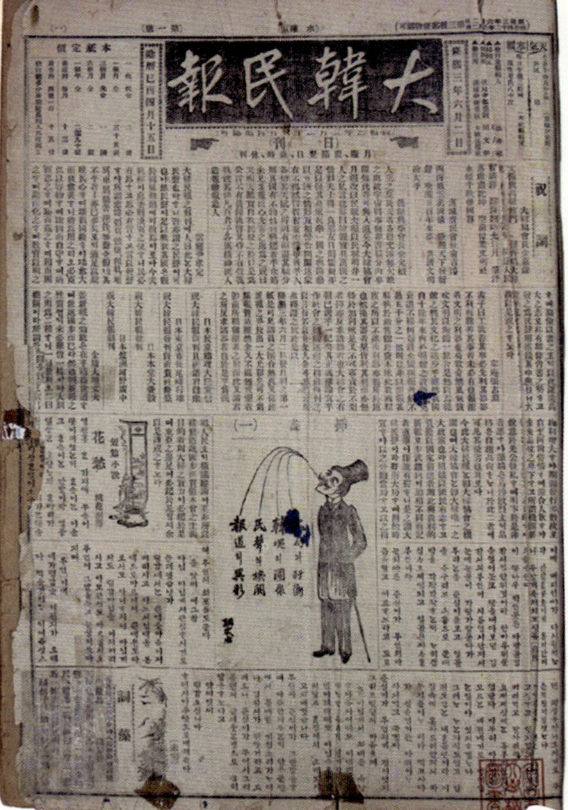

여러 편의 신소설이 연재된 『대한민보』(1909).

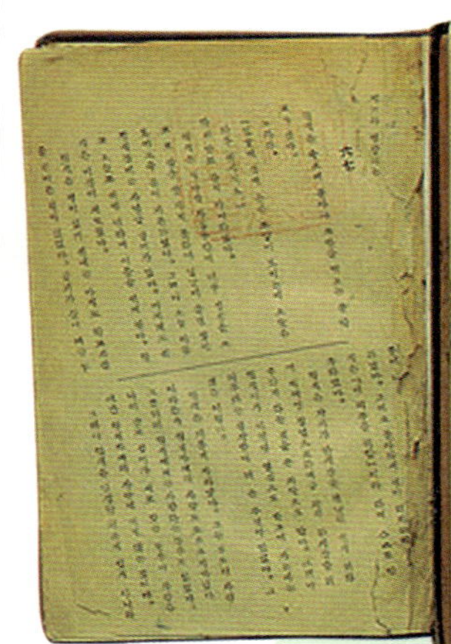

봉선사 광동학교 영어선생 시절 서재에서 집필하는
춘원 이광수(1941)

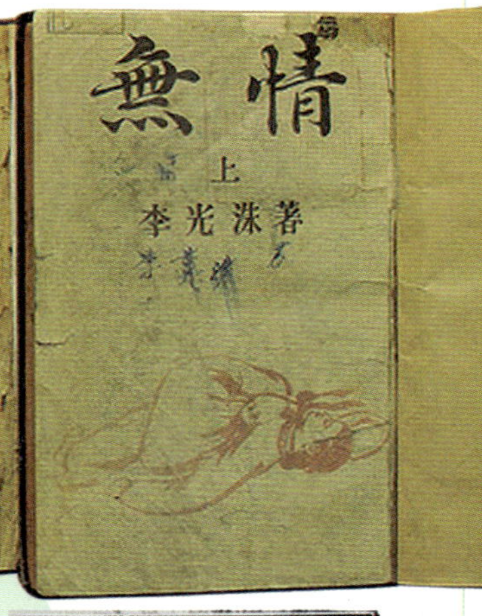

(위) 이광수의 소설 『무정』(1918)
(오른쪽) 주요한이 발행한 월간 종합지 『동광』(1926)의
제작에 주요섭, 김억 등과 함께 참여

이광수의 육필 원고

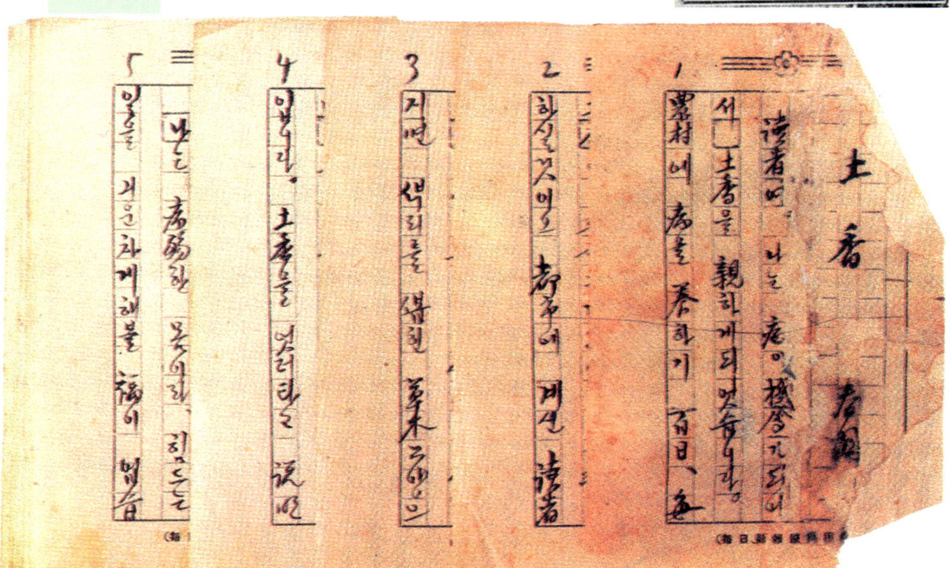

(위,왼쪽) 최남선 · 이광수와 함께 '조선문단의 혁명아'로 불린 현상윤
(위,오른쪽) 근대 최초의 여성작가이자 화가인 나혜석
(아래,왼쪽) 신파소설 『장한몽』(1913)
(아래,오른쪽) 시인 김억

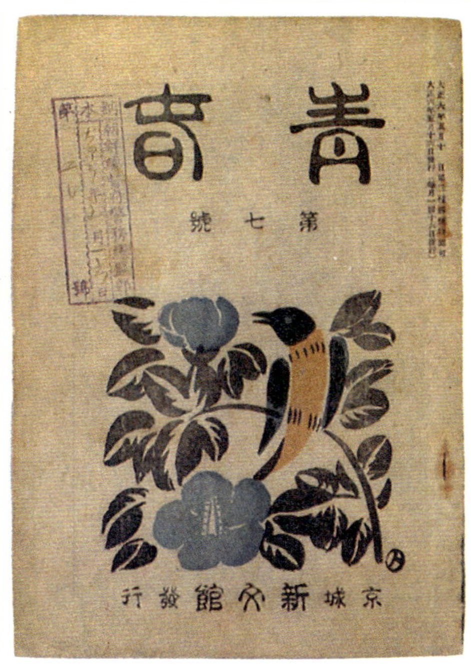

1914년 창간된 월간 종합지 『청춘』. 오른쪽 표지에 조선총독부의 납본인이 찍혀 있다.

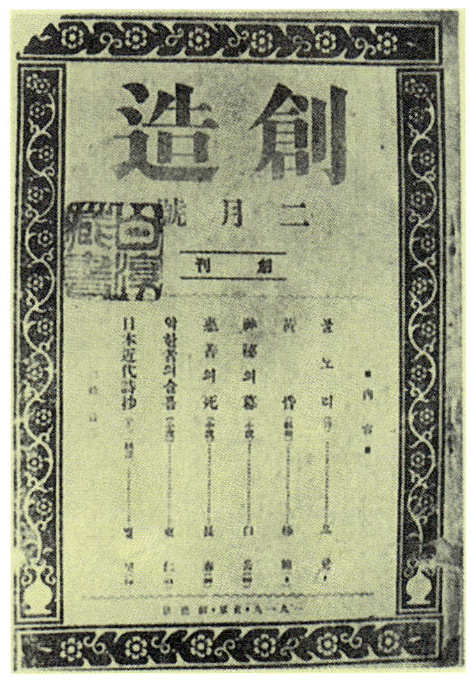

(왼쪽) 재일본동경조선유학생학우회의 기관지 『학지광』 창간호 (1914)
(오른쪽) 『창조』 창간호 (1919)

아동을 위한 정기간행물들. 왼쪽부터 『붉은 저고리』(1913), 『아이들보이』(1914), 『새별』(1914)

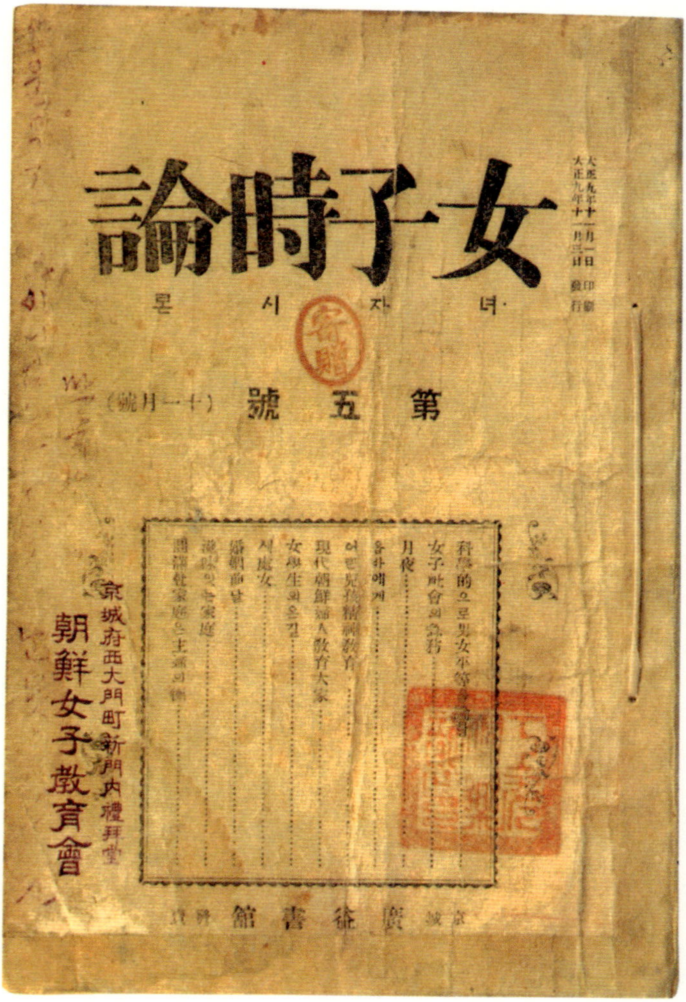

『여자시론』 제5호(1920). 조선여자
의 교육 보급을 목적으로 결성된 조선
여자교육회의 기관잡지

「만세전」의 작가 염상섭과 그가 쓴
장편소설 『삼대』

소설가 현진건 초상과 그의 단편소설집
『타락자』(1922)

에스페란토어로 꾸며진 『폐허』
창간호(1920) 표지

「탈출기」의 작가 최서해

「물레방아」의 작가 나도향 초상과 그의 장편소설
『환희』(1923). 이 작품이 발표되면서 나도향은
천재작가로 불리게 되었다.

(왼쪽) 신명서림에서 김재희가 펴낸 『박명』(1923)
(아래 왼쪽) 우리 나라 신문학의 개척기를 연 주요한의 대표시집 『아름다운 새벽』(1924)
(아래 오른쪽) 김억이 인도의 시성 타고르의 시를 번역한 『신월』(1924)

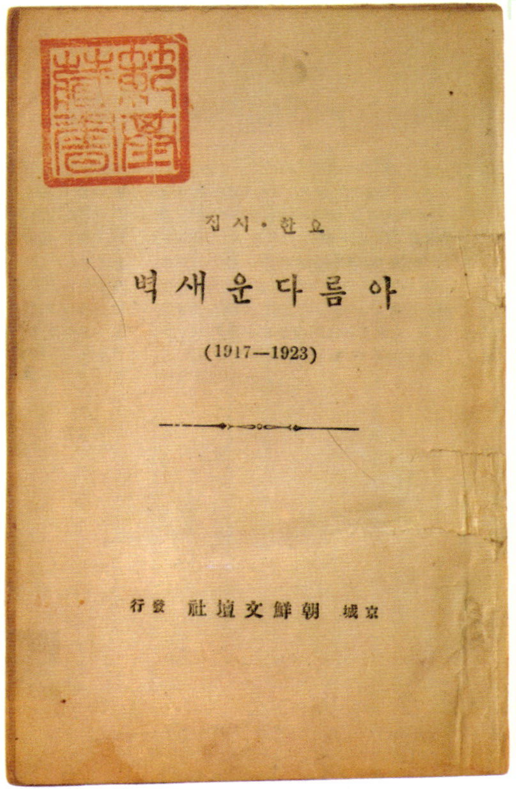

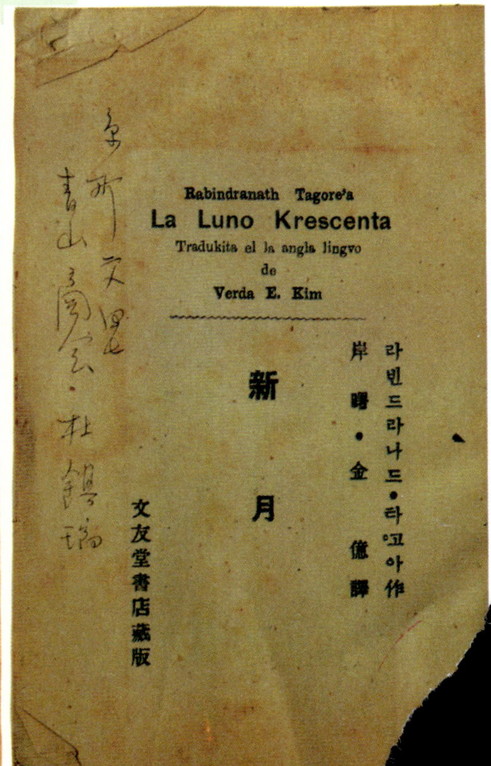

박문서관에서 발행한 『흥부전』(1924)

(위) 박문서관에서 간행한 『옥루몽』(옥연자 저, 1926)
(아래) 『삼천리』 창간호(1929)

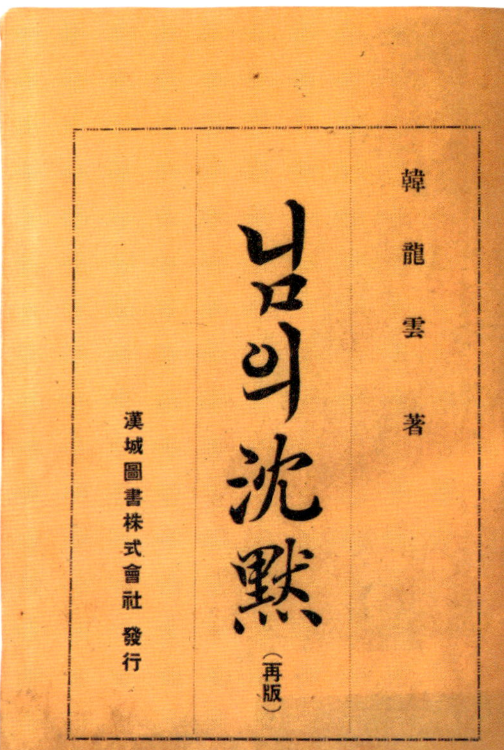

만해 한용운과 그의 시집 『님의 침묵』(1934, 재판)

만해 한용운 흉상(황성빈 작, 1992)

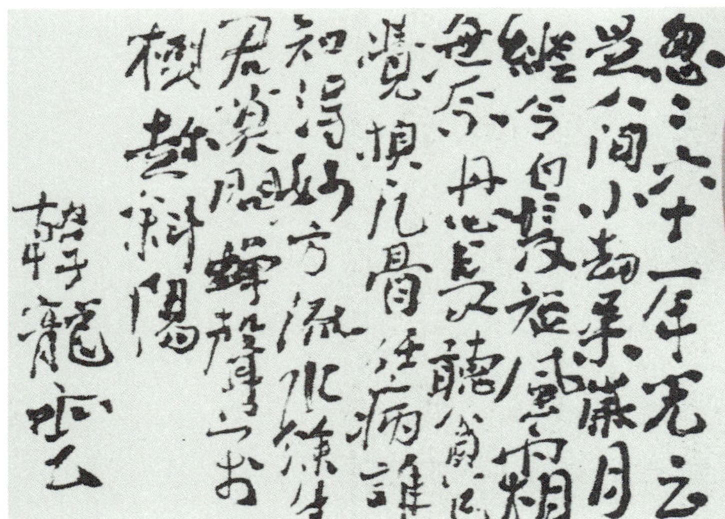

한용운의 친필

「진달래꽃」의 시인 김소월. 오른쪽 사진은 그의 젊은 모습

김소월 시집 『진달래꽃』(1925)

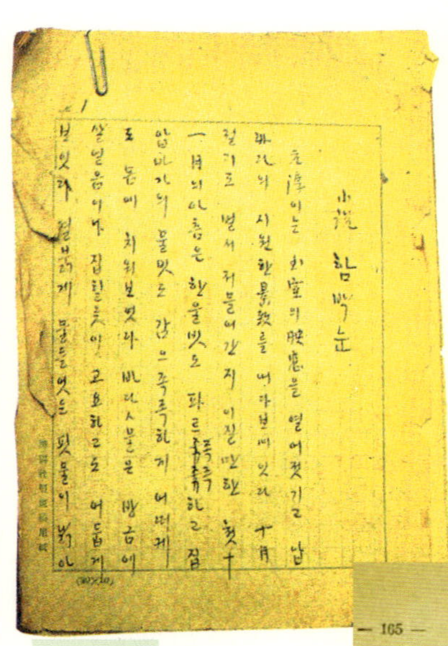

김소월의 육필 원고

초혼(招魂)

산산이 부서진 이름이어!
허공중에 헤어진 이름이어!
불러도 주인 없는 이름이어!
부르다가 내가 죽을 이름이어!

심중에 남아 있는 말 한 마디는
끝끝내 마저하지 못하였구나.
사랑하던 그 사람이어!
사랑하던 그 사람이어!

붉은 해는 서산 마루에 걸리었다.
사슴의 무리도 슬피 운다.
떨어져 나가 앉은 산 위에
나는 그대의 이름을 부르노라.

설움에 겹도록 부르노라,
설움에 겹도록 부르노라,
부르는 소리는 비껴가지만
하늘과 땅 사이가 너무 넓구나.

선 채로 이 자리에 돌이 되어도
부르다가 내가 죽을 이름이어!
사랑하던 그 사람이어!
사랑하던 그 사람이어!

『진달래꽃』에 수록된 김소월의 시 「초혼」

『개벽』에 실린 이상화의 대표작 「빼앗긴 들에도 봄은 오는가」

1920년 서울에서의 시인 이상화

초기 프로문학의 이론가
김팔봉과 박영희

초기 프로문학 작품이 발표된 『개벽』

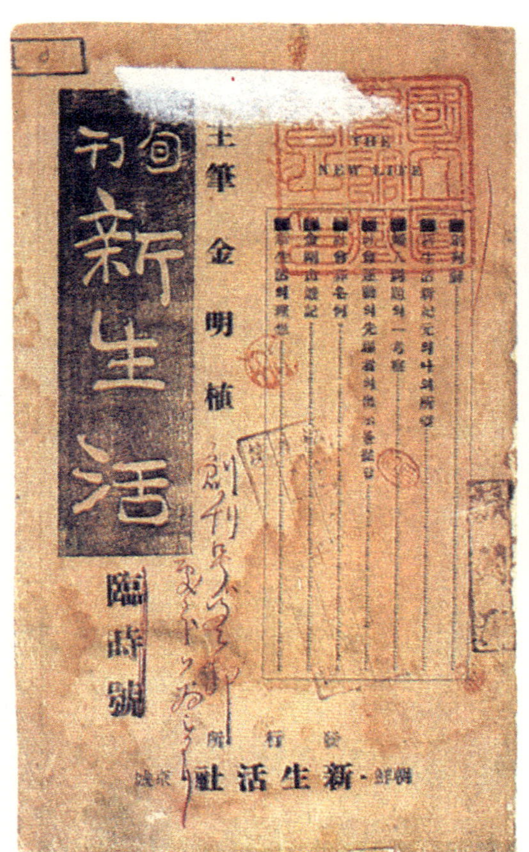

서울에서 창간된 사회주의 계열 잡지 『신생활』

이광수가 주재해 발간한 순문예지
『조선문단』 창간호(1924)

프로문학의 대표작가 민촌 이기영

식민지 시기 한국 농촌소설의 대표작인 이기영
장편소설 『고향』(1934)

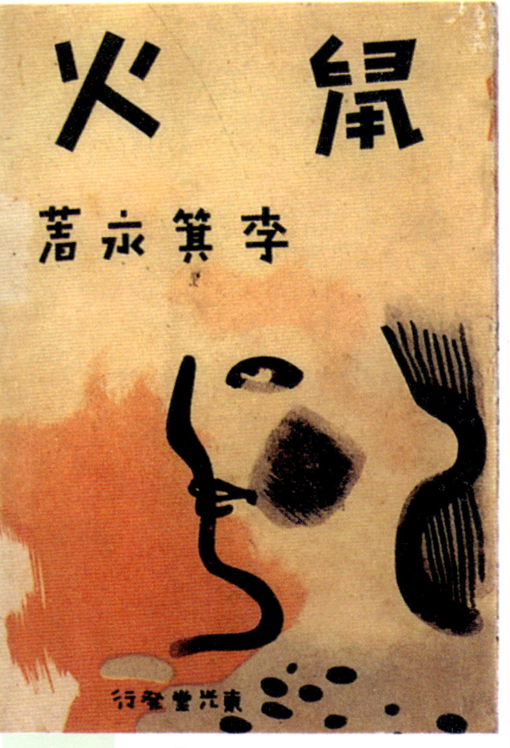

이기영 중편소설 「서화」(1933)

「과도기」의 작가 한설야

한설야의 꽁트 「한길」이 실린 『문예공론』(1929.6)

1930년 9월 함께 자리한 카프 맹원들

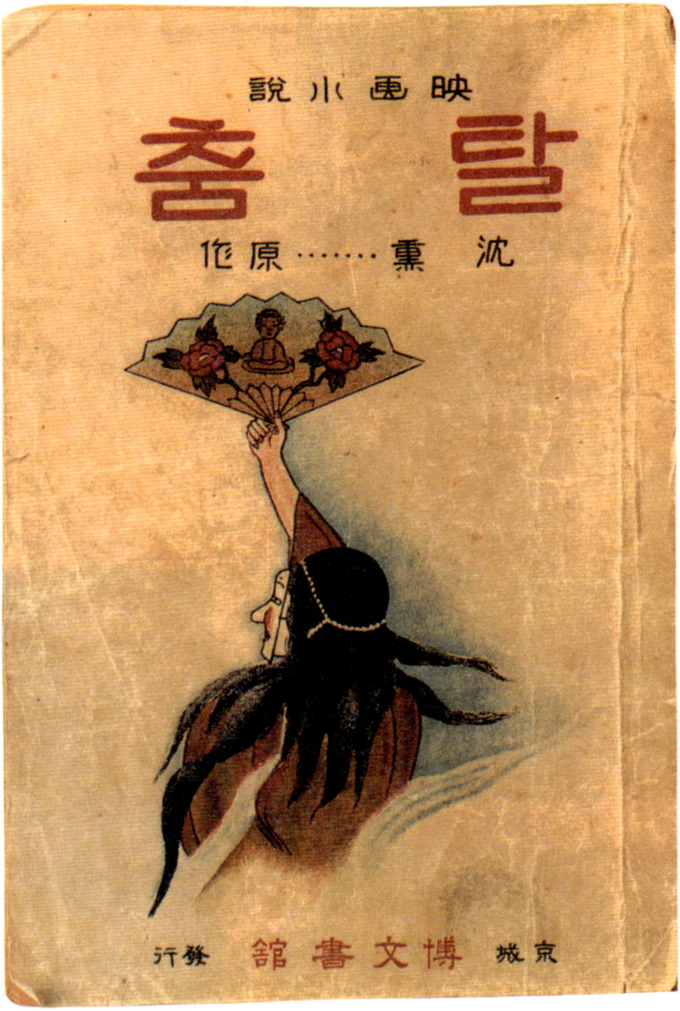

심훈의 『탈춤』(1930). 이 작품을 계기로 영화계에 투신하게 된다.

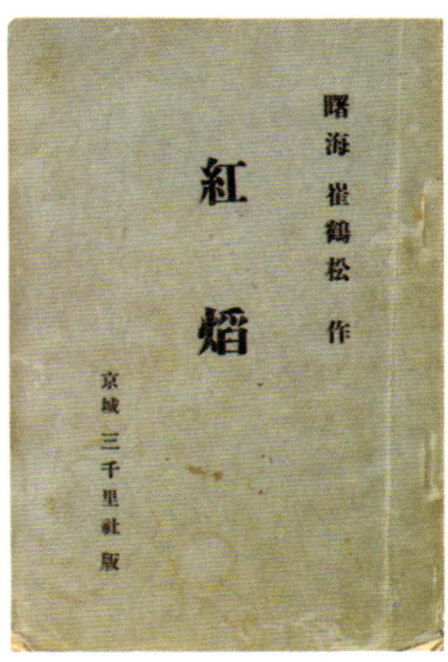

(왼쪽) 이경손의 『백의인』(1929)
(오른쪽) 최학송의 『홍도』(1931)는 프로문학의 성격을 잘 나타낸 대표적인 작품

『신여성』 제6권 제4호(1932)

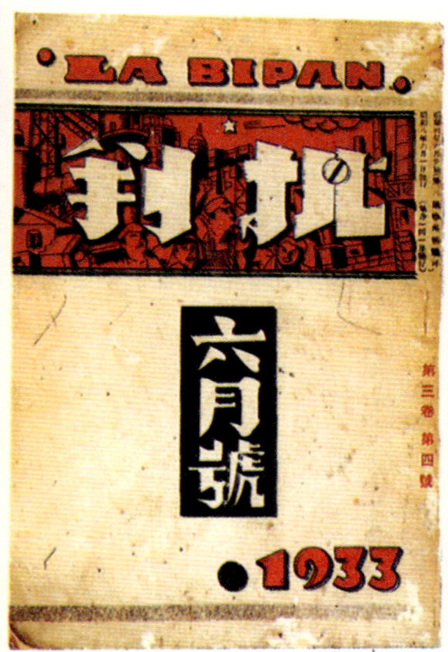

『비판』 제3권 4호(1933)

양주동의 『조선의 맥박』(1932). '조선'은 님 또는 민족, '맥박'은 저자이다. 표지의 재료가 직물이다.

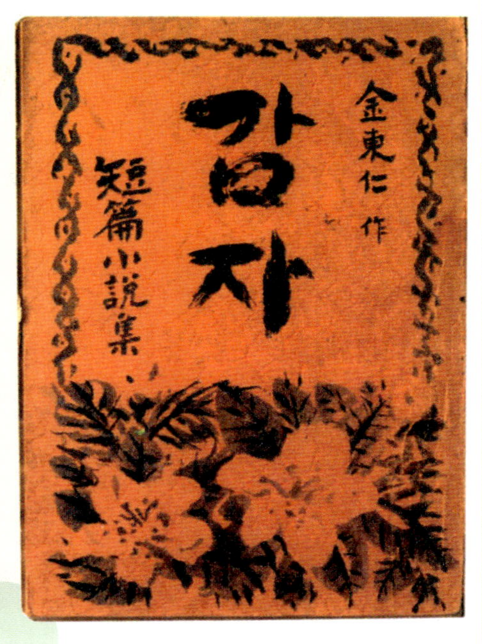

김동인의 작품들.
(왼쪽 위) 김동인의 자전적 중편소설 『여인』(1932)
(오른쪽 위) 초기 우리 나라 자연주의 소설의 대표적인 단편선 『감자』(1935)
(왼쪽 아래) 김동인의 단편 3편이 실려있는 『깨여진 물동이』(1936)

(왼쪽 위) 모윤숙의 처녀시집 『빛나는 지역』(1933)

(오른쪽 위) 『신가정』 제1권 제7호(1933). 1936년 일장기 말소사건에 연루되어 폐간되었다.

(왼쪽 아래) 이광수, 주요한, 김동환의 글을 함께 실은 『시가집』(1934)

(오른쪽 아래) 박귀송의 『애틋시집』(1934)

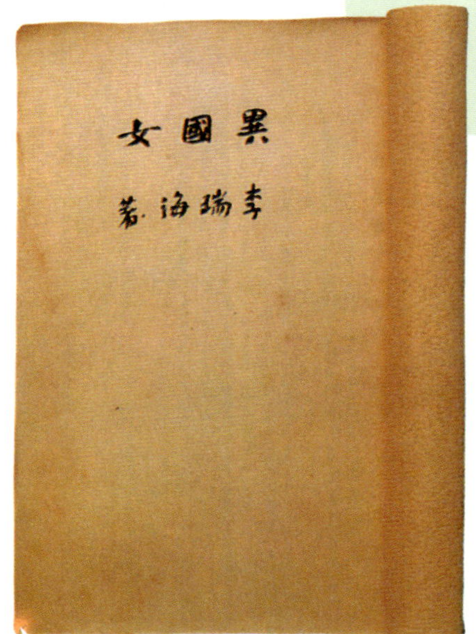

(왼쪽 위) 우정을 주제로 쓴 단편 6편이 실린 이무영의 『취향』(1937)
(오른쪽 위) 염상섭이 평론활동을 하면서 보낸 4~5년의 공백 후 쓴 최초의 장편 『이심』(1928)
(왼쪽 아래) 이서해가 2년간 만주를 여행하여 쓴 『이국녀』(1937). 잘 알려지지 않은 희귀본
(오른쪽 아래) 장만영의 처녀시집 『양』(1937). 최재서 등에게 격찬을 받았다고 함

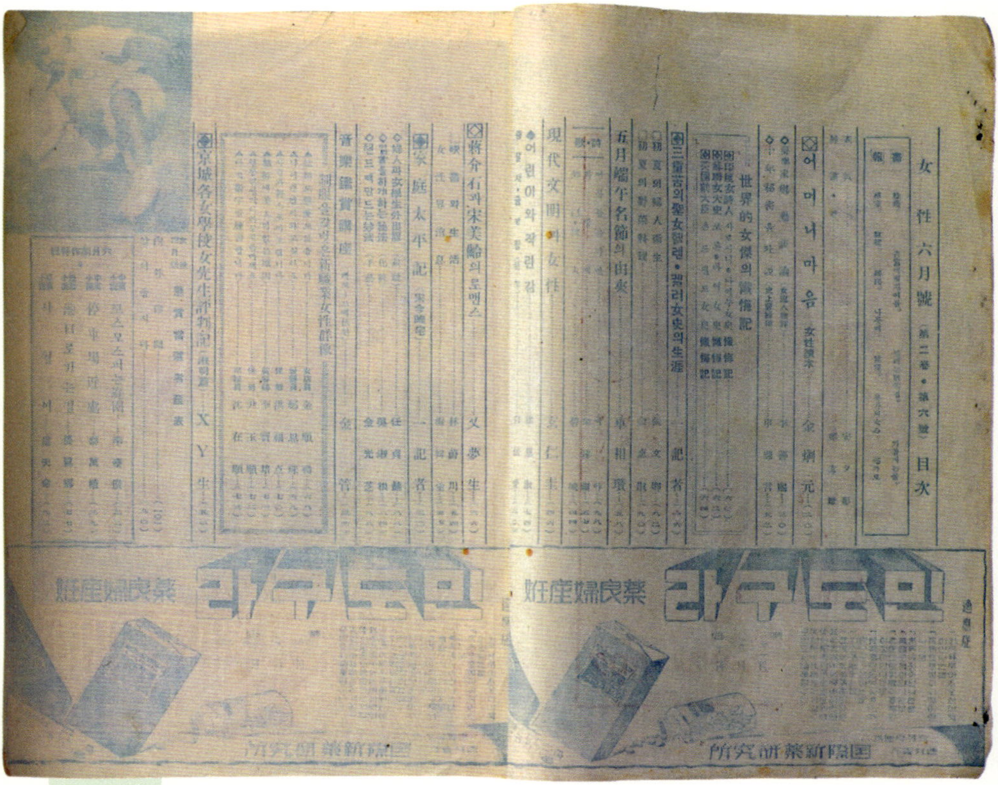

『여성』 제2권 제6호(1937)

(왼쪽) 강경애 외저, 『현대조선여류문학선집』(1937)
(오른쪽) 『여류단편걸작집』(1939). 장덕조, 이선희, 박화성, 백신애 등의 작품이 수록되어 있다.

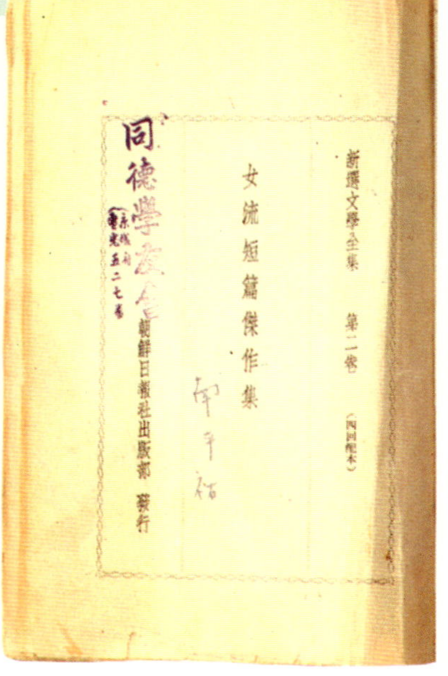

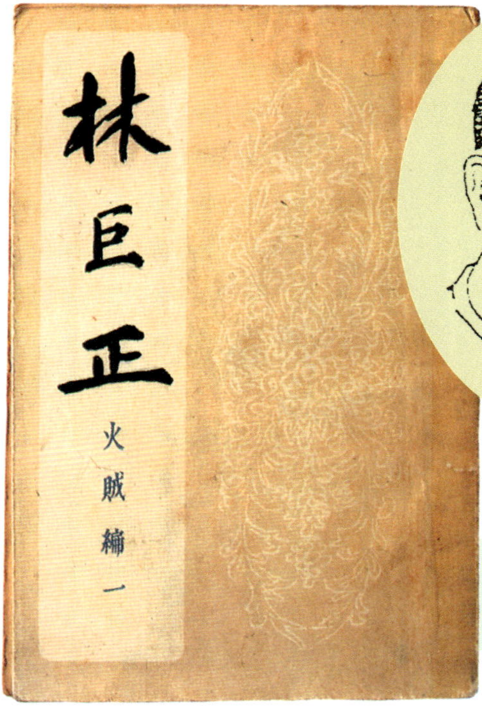

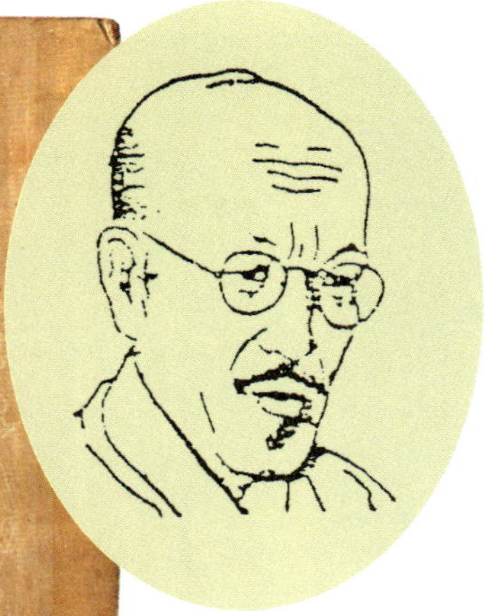

소설가 벽초 홍명희와 그의 작품 『임꺽정』(1948)

新連載小說豫告

본보에 방금 연재중인 「대소」(?)『흑두건(黑頭巾)』과 『심야의 태양』(深夜의太陽)은 만천하 독자의 열광적 애독을 받으면서 흥미의 절정을 향하야 올라가고잇거니와 어제또 여류신인 강경애여사(女流新人姜敬愛女史)의 역작인 예술적 향기높은 장편창작 『인간문제』(人間問題)를 오는 八월一일부터 청전 이상범화백(靑田李象範畵伯)의 삽화와 아울러 본지 학예면에 실리어 금상첨화(錦上添花)의 성관을 이루게되엇습니다.

[illegible]

長篇創作 人間問題 姜敬愛 作 李象範 畵

[illegible]

作者의 말 인간사회에는 늘새로운 문제가 생기며 인간은 이문제를 해결하기 위하야 투쟁하므로써 반전될것입니다. 대개 인간문제라면 근본적 문제와지엽적문제로 나눠 볼수가잇을것이니 나는이 작품에서 이시대에 잇어서의 인간의 근본문제를포착하여 이문제를 해결할 요소와 힘을 구비한 인간이누구며 또 그인간으로서의 갈바를지적하려고 노력하엿습니다. 끝까지 보아주시고 오류와 모순을 들어 진지한 질책을 내려주시면……함뿐입니다.

(사진 [illegible])

八月一日朝刊부터

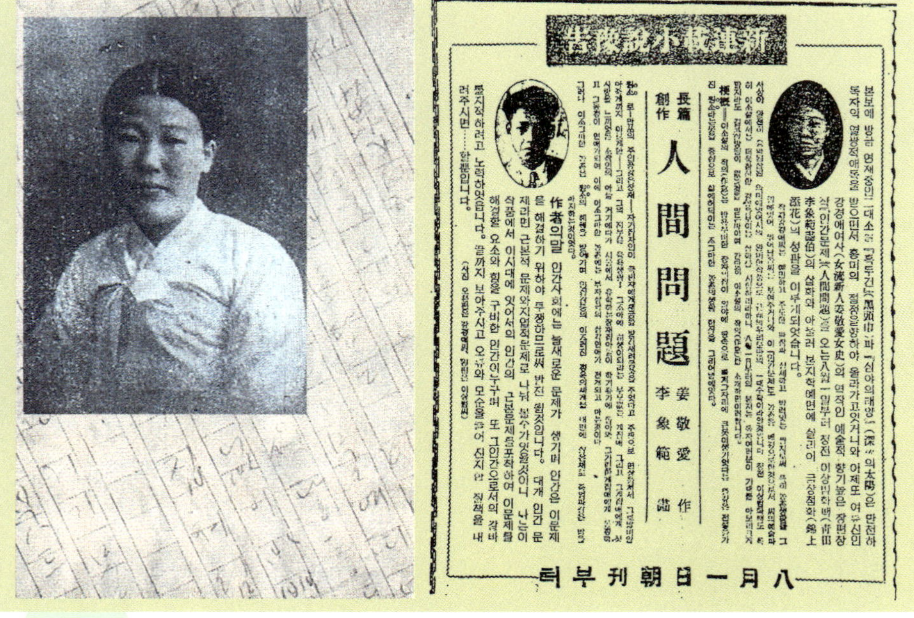

작가 강경애와 육필원고. 오른쪽은 『동아일보』 1934년 7월 27일자에 실린 강경애의 장편소설 『인간 문제』 연재 예고기사

소설가이자 시인 · 영화인으로 활동한 심훈

심훈의 대표작 『상록수』(1936), 아래는 그보다
2년 전에 발표한 장편소설 『영원의 미소』(1935)

일제하 노동현실을 다룬 작품을 여러 편
발표했던 이북명

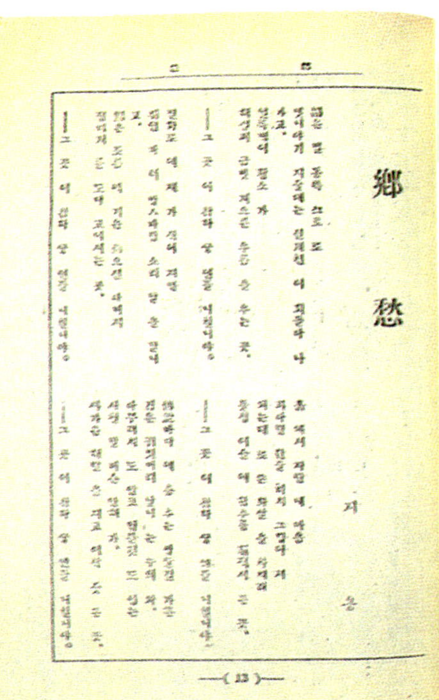

1930년대 초 휘문고보 재직 때의 정지용과 『조선지광』에 실린 그의 시 「향수」

시인 김영랑과 그의 첫 시집이자 한국 현대 시의 전환기를 마련한 『영랑시집』(1935)

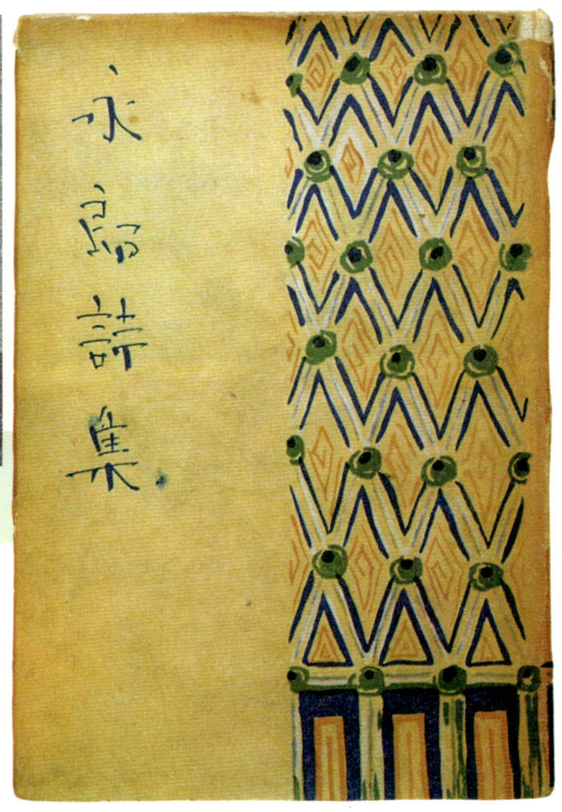

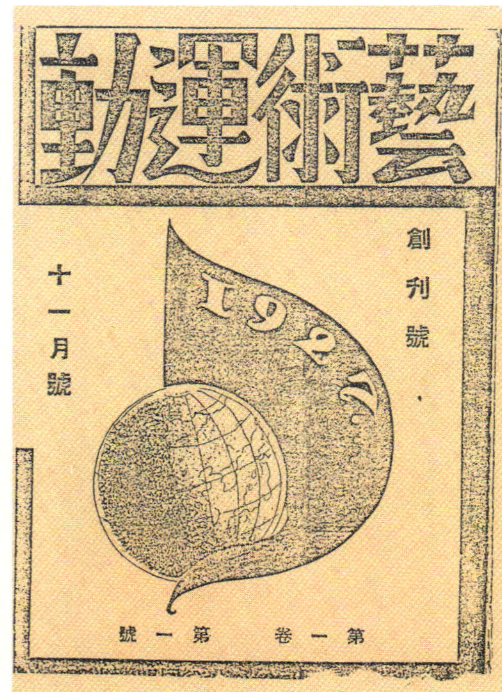

카프의 기관지 『예술운동』 창간호 (1927)

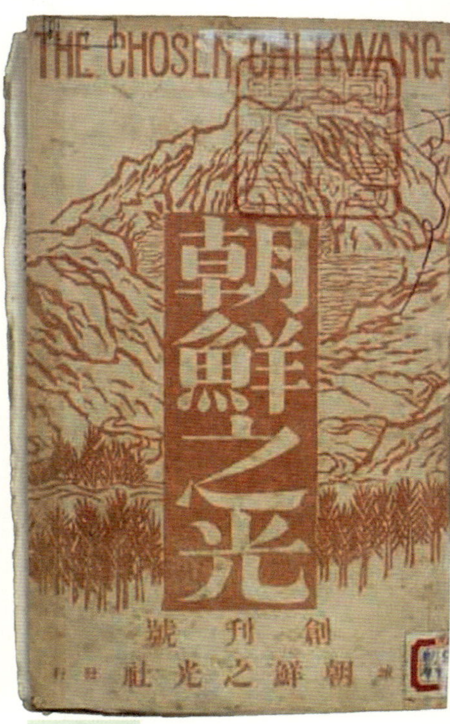

프로문학 작품의 발표 무대가 된
『조선지광』 (1927)

시문학파의 기관지 『시문학』 (1930)

월간지 『비판』 창간호 (1931)

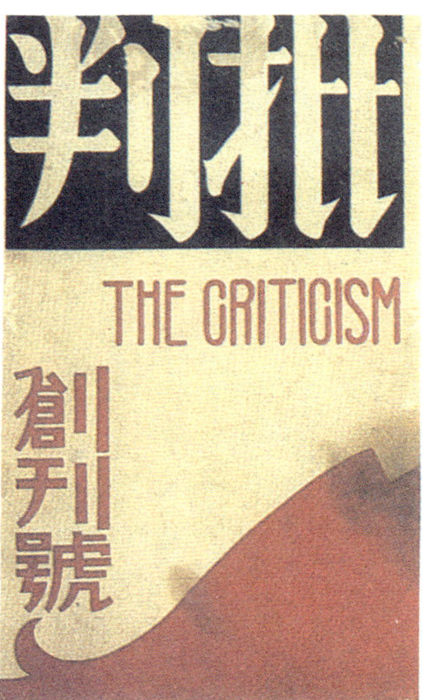

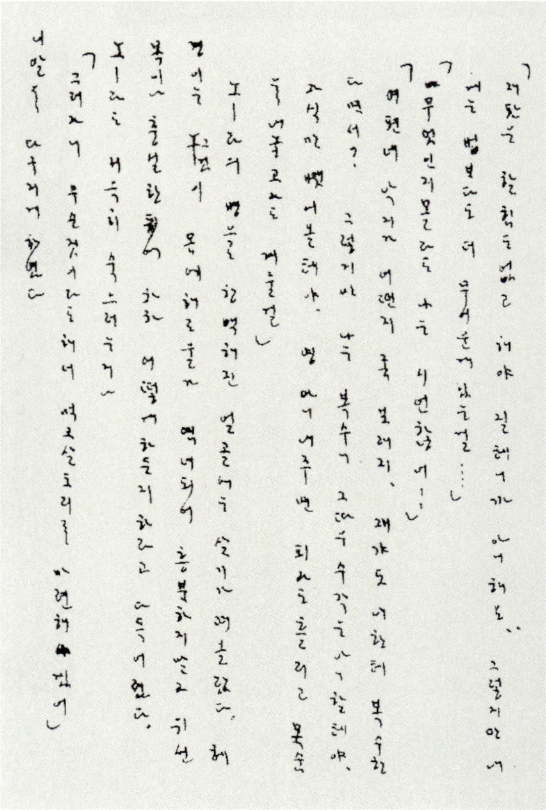

(위) 『탁류』『태평천하』의 작가 채만식.
(왼쪽) 채만식의 장편소설 『탁류』(1939)
(오른쪽) 채만식 육필 원고

작가 박태원과 그의 소설 『천변풍경』(1937)

「東洋」에 關한 斷章

金起林

★…… 原始民族과 밋 그 文化에 대한 硏究는 十九世紀 以來 갑자기 盛해졌다。그리하야 地上에 남아있는 뭇 原始民族은 實로 수없는 人類學者、考古學者、民族心理學者、人種學者들의 間斷없는 訪問으로해서 煩거로울 지경이였다。그래서 이 方面에 關한 著述은 날로 盛해갔다。우리는 그中에서도 有名한 『피레이저』『말리노스키』『라차루쓰』『그롯셰』『뿐트』等의 이름을 얼른 들수가 있다。그러면 끝에ㅡ그들 原始民族과 그 文化는 드디어 이른바 進步한 西洋人 一部의 讚嘆의 的이 되기까지 하야 이런 종류의 感傷家가 到處에서 생기게 되었다。『고ㅡ갱』이 『타이티』섬으로 永住의 땅을 찾어간 것은 流行小說같은 이야기가 되었지만 印象派에 지쳐버린 畵面에 原始時代를 再現하랴고한 野獸派는 드디어 이러한 感傷을 한개의 藝術運動으로 昇華시켰던 것이다。『로ㅡ렌쓰』는 原始生活을 『모란』에 까지 끌어올려서 畢竟에는 春畵가 神聖한것이 되어버린 느낌이 있었다。原始에의 歸依는 한편 小兒憧憬思想으로 나타났었다。『루쏘ㅡ』는 때때로 聖畵처럼 引用되기도 하였다。

★…… 생각컨대 이러한 一聯의 原始崇拜 小兒憧憬이 發生하는 心理的根據의 反面에는 늘 人工的인 物質文明과 그 狡智에 대한 强한 抗議가 숨어있지 않었는가 한다。오늘 自由主義나 個人主義를 誹謗하는것은 벌써 한낫 常識이 되어버렸지만 끊임없는 利潤追求의 自

문학친목단체인 '구인회'에서 함께 활동한 이상과 김기림. 왼쪽은 김기림의 「동양」에 관반 단장(1941)

1943년 낙향하기 직전 성북동 집에서 찍은 이태준의 가족사진

한국 문학사상 최초로 토착적 유머를 형상화시켰고, 30세에 요절한 김유정. 오른쪽은 그의 단편 21편이 수록된 『동백꽃』(1938)

유치환 초기 대표작인 「깃발」 「그리움」 「일월」
등 53편이 수록되어 있는 『청마시초』(1939)

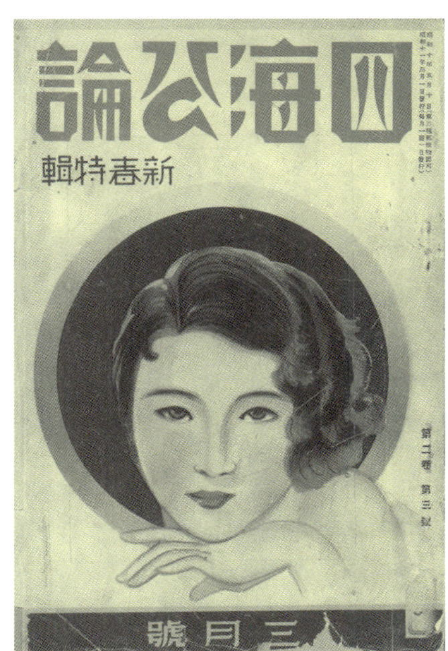

1935년에 창간된 월간 종합문예잡지 『사해공론』

『박문』 제12집(1939)

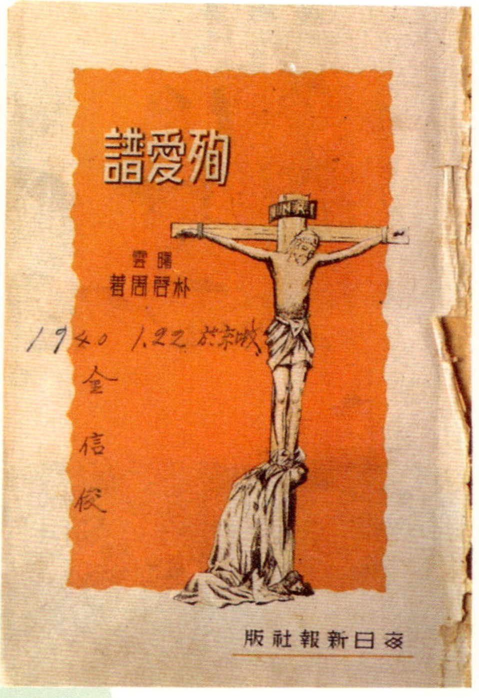

(왼쪽 위) 1941년 매일신보사에서 간행한 김동인 작품집. 김동인 스스로 한국 최초의 단편이라고 주장한 『배따라기』와 『왕조의 낙조』 『여인』이 실려있다.

(오른쪽 위) 박계주의 『순애보』(1940)는 당시 대단한 베스트셀러였다고 한다.

(왼쪽 아래) 이광수의 추천으로 1931년 동아일보에 연재했던 『백화』(1943)

(오른쪽 아래) 임경일의 『남한산성』(1943)

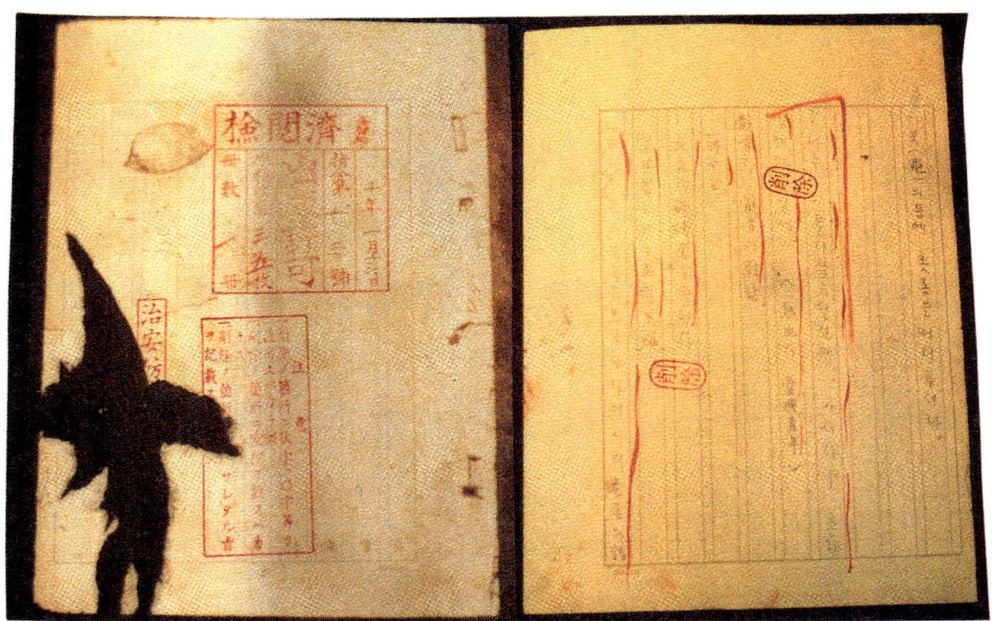

일제에 의해 검열 · 삭제당한 오장환의 육필 원고

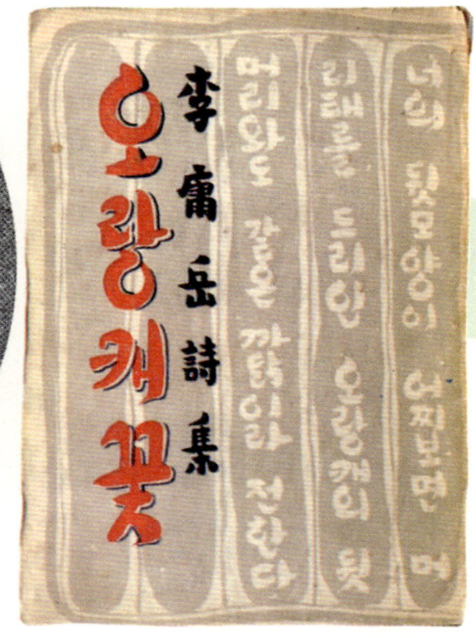

시인 이용악과 그의 제3시집
『오랑캐꽃』(1947)

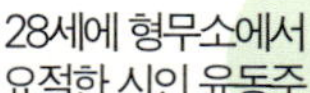

28세에 형무소에서
요절한 시인 윤동주

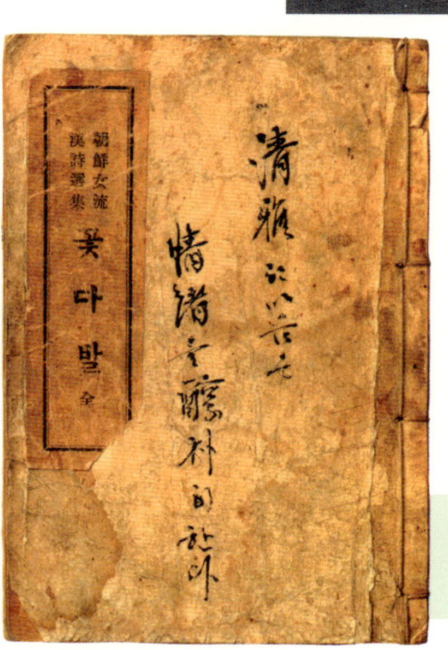

조선시대 여류시집을 김억이 번역하여 펴낸 『꽃다발』(1947)

시인 이찬과 백석

시인 이육사와 평론가 최재서

임화와 그의 평론집 『문학의 논리』(1940, 학예사)

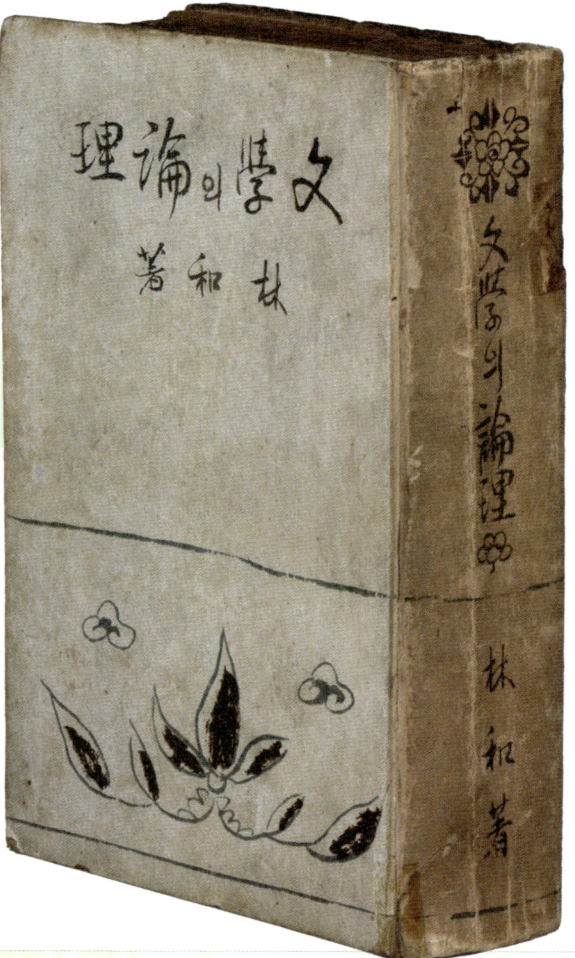

(위) 평론가 김남천
(아래) 평론가 안함광

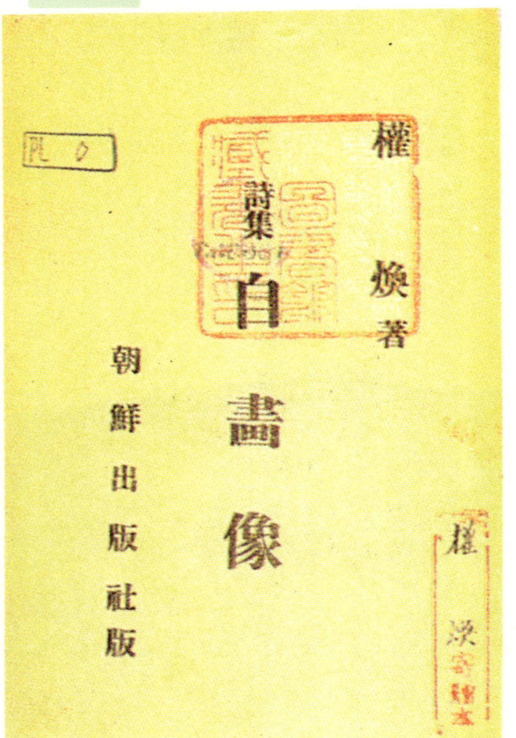

권환의 시집 『자화상』

평론가 최재서와
평론가 백철

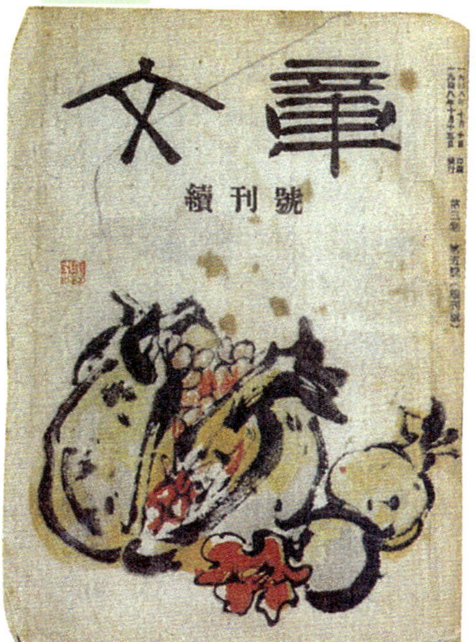

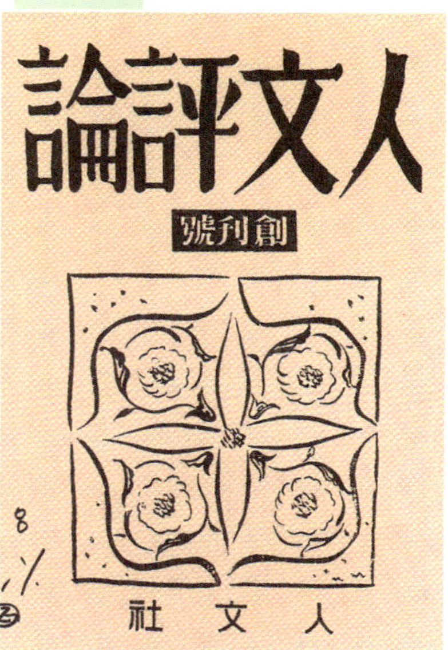

문학지 『조선문학』

월간 종합지 『조광』 창간호(1935)

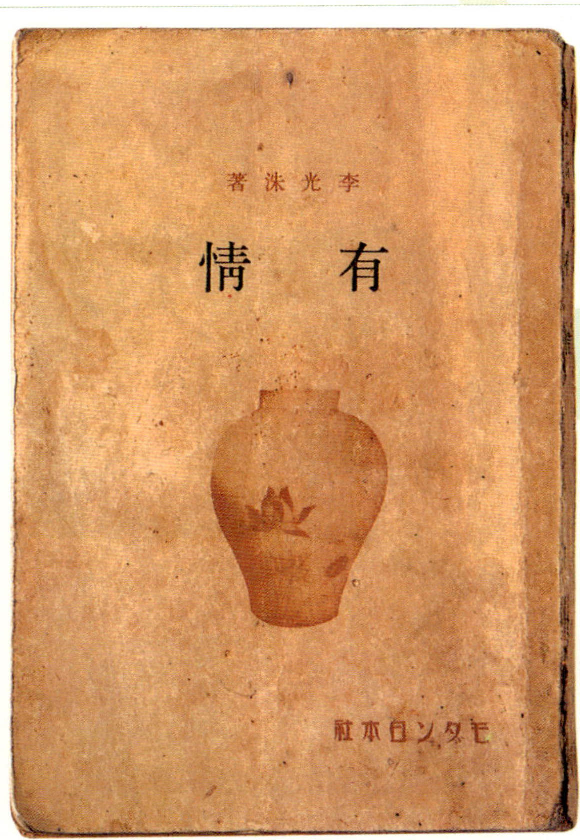

(왼쪽) 이광수의 『유정』(1940)

(오른쪽) 『재만조선시인집』(1942)은 지금까지 알려지지 않았던 만주 한인시라는 점에서 자료 가치가 큰 희귀본이다.

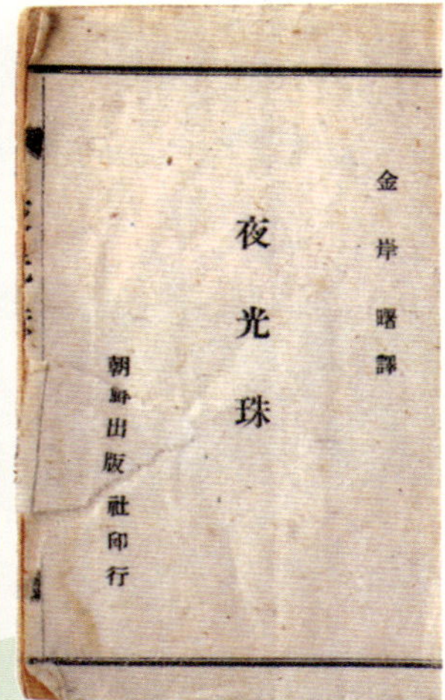

(왼쪽) 『조선동화집』(1941)

(오른쪽) 중국 한시를 김억이 번역한 시집 『야광주』(1944). 과감한 의역으로 한국 번역사에 크게 기여하였다.

정인택의 『청량리계외』(1944)

(위) 김동인이 아들 일환을 위해 쓴 작품 『아기네』(1944)
(아래) 이기영의 『처녀지』(상)(1944)

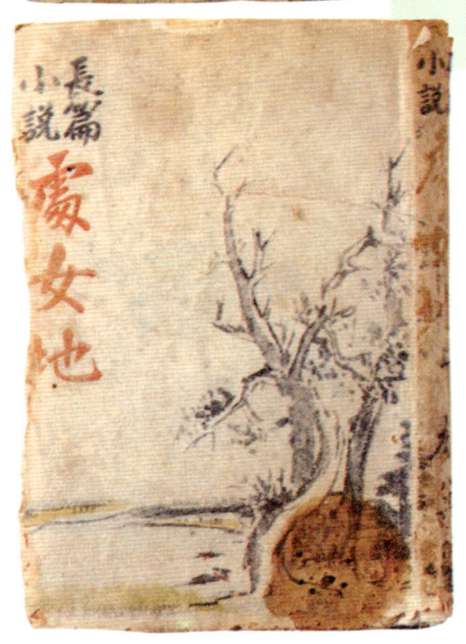

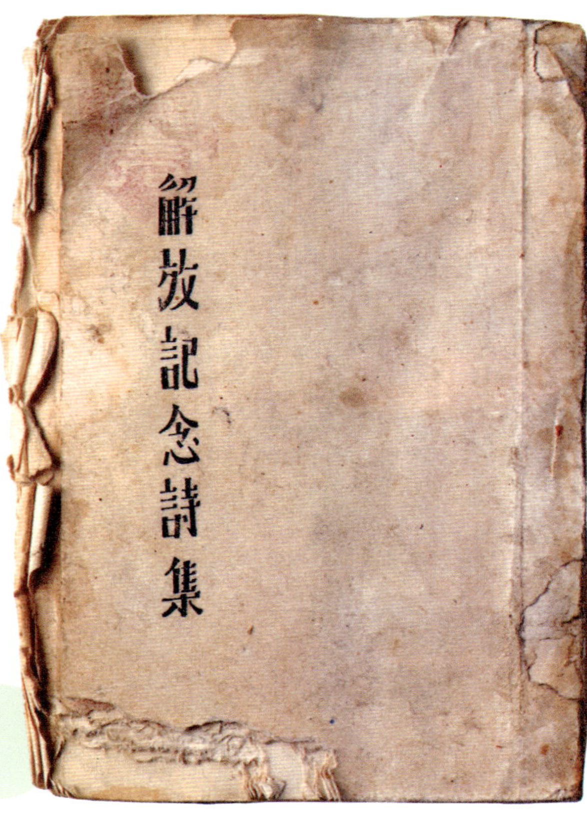

해방 직후 좌익계열 문화단체에 대립하여 양주동, 서항석, 유치진이 결성한 중앙문화협회에서 발행한 시집 『해방기념시집』(1945). 정인보 등 24인의 시를 모아 발행

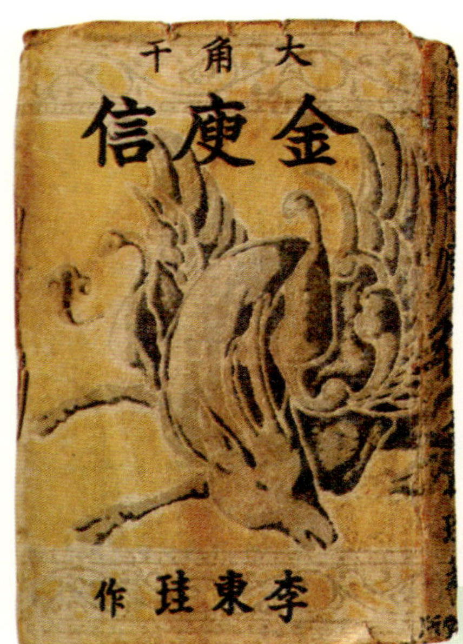

(왼쪽 위) 이동규의 『김유신』(1944)
(오른쪽 위) 당시 국내 유일한 탐정소설가 김래성이 외국 탐정소설을 번안한 대표작 『백가면』(1946)
(왼쪽 아래) 계용묵의 두번째 단편집 『백치 아다다』(1946)

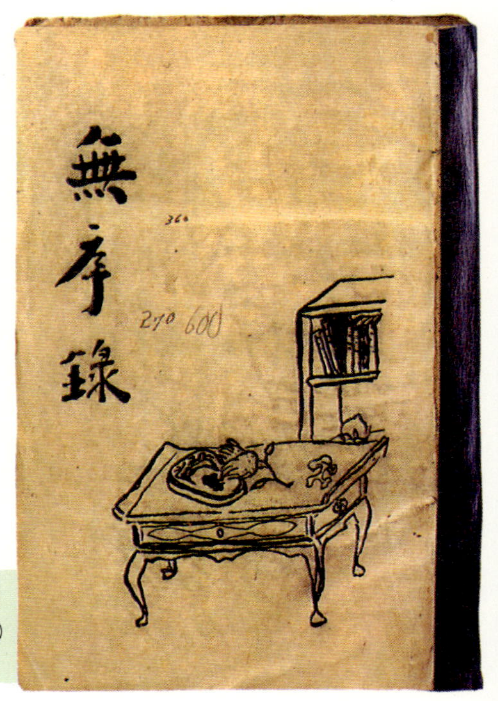

이태준의 『무서록』(1944)

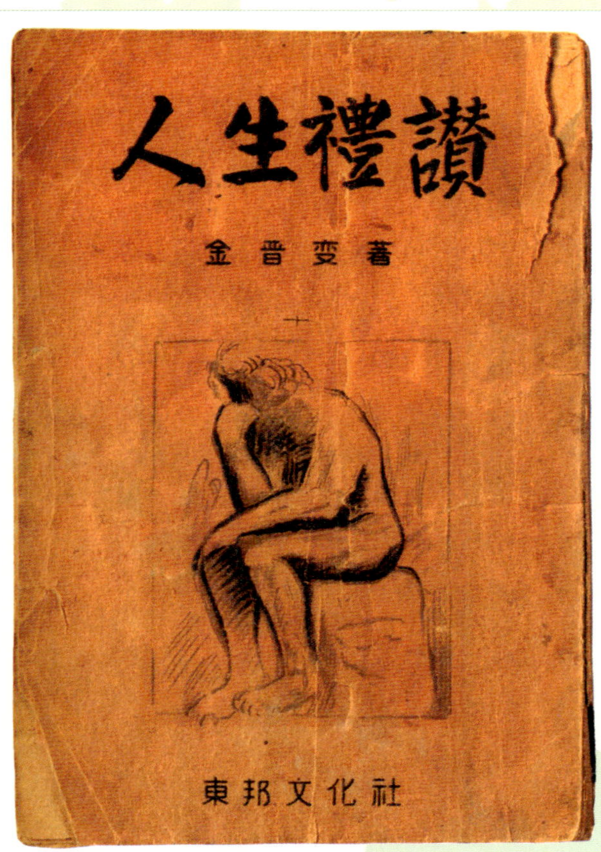

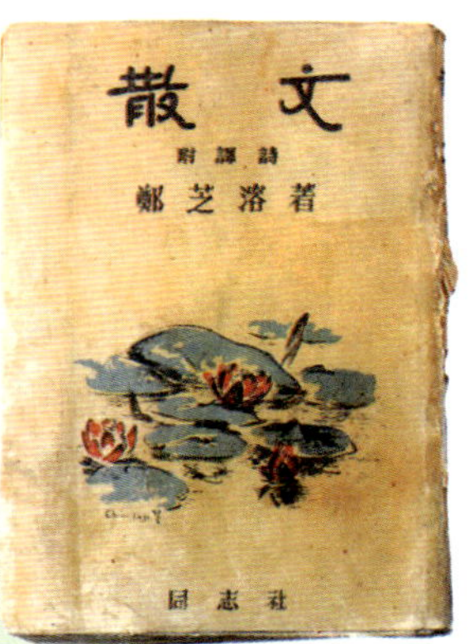

(왼쪽 위) 김진섭의 『인생예찬』(1947)
(오른쪽 위) 정지용의 『산문』(1947)
(왼쪽 아래) 정비석 외 『반도작가 단편집』(1944)
(오른쪽 아래) 이태준의 『상허 문학독본』(1946)

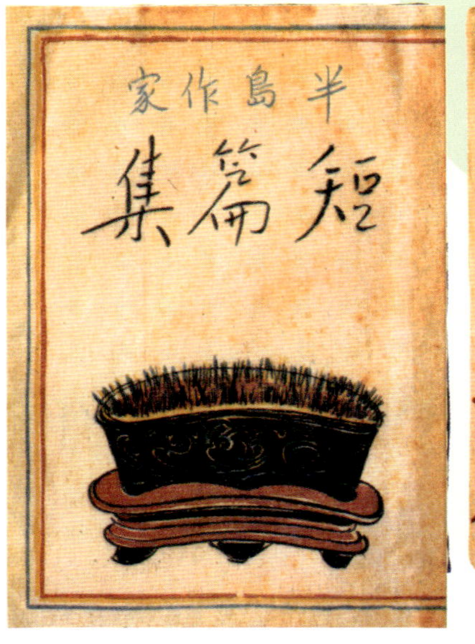

(왼쪽 위) 1930년대 시단에 큰 공헌을 한 정지용의 첫 시집 『정지용 시집』(재판본, 1946)
(오른쪽 위) 신석초 등이 민족저항시인 이육사의 유작 20여 편을 모은 『육사 시집』(1946)
(왼쪽 아래) 일제시대에는 발행할 수 없었던 월북작가 권환의 시집 『동결』(1946)
(오른쪽 아래) 일제 말기의 억압을 달래기 위해 대자연을 노래한 정지용의 시집 『백록담』(1946)

(왼쪽) 박목월, 박두진, 조지훈이 청록파로 불린 계기가 된 시집 『삼인시청록집』(1946)

(오른쪽) 박종화의 두 번째 시집 『청자부』(1946). 광복 후에 발행되었다.

(왼쪽) 여상현의 시집 『칠면조』(1947)

(오른쪽) 검열을 통과하지 못해 1931년에 내지 못하고 해방 후에 간행한 김억의 장편 서사시 『먼동틀 제』(1947)

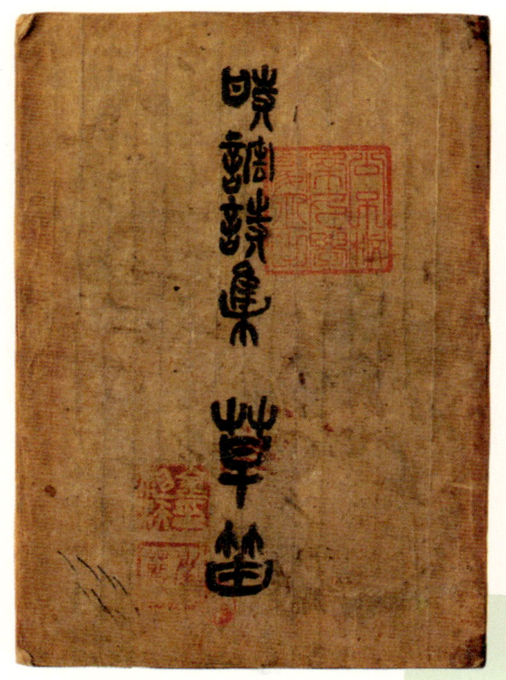

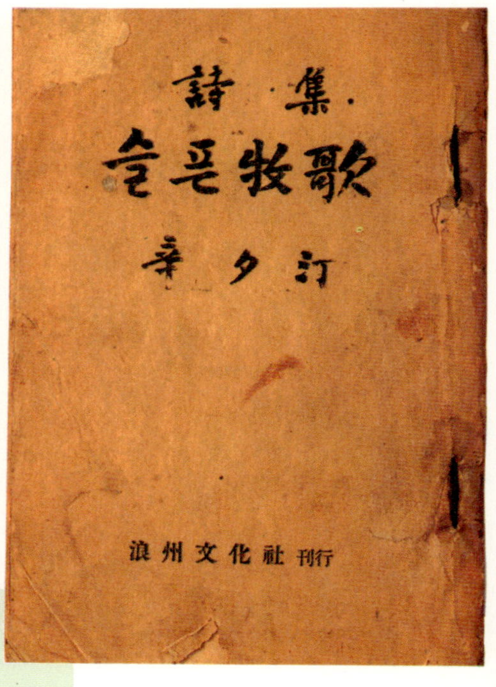

(왼쪽 위) 일제말 사상범으로 여러 번 감옥에 드나든 김상옥의 처녀시조시집 『초적』(1947)

(오른쪽 위) 검열에 걸려 해방 후에야 부인에 의해 발행된 신석초의 『슬픈 목가』(1947)

(왼쪽 아래) 김광균의 두 번째 시집 『기항지』(1947)

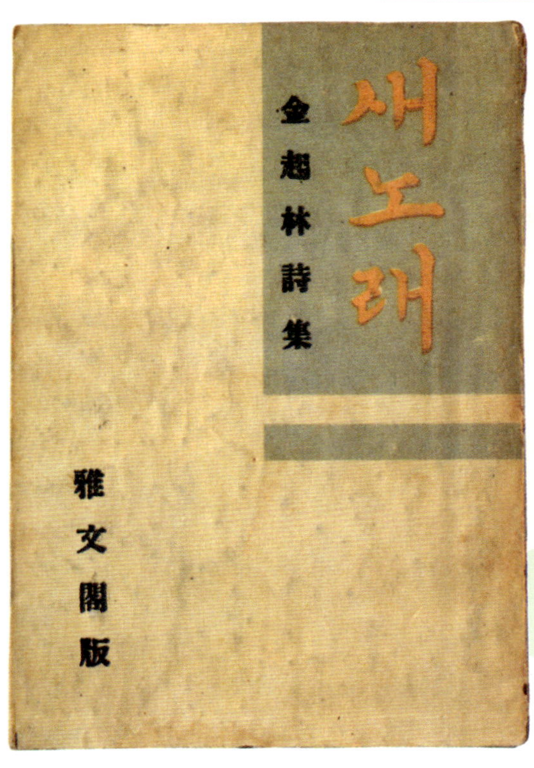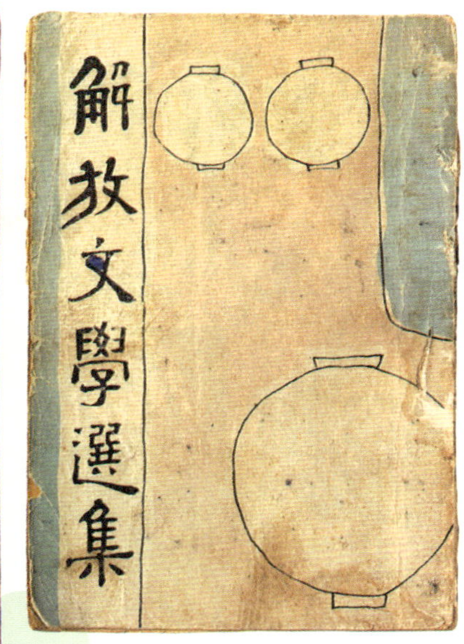

초현실주의적인 시인으로 알려진 김기림의 시집
『새노래』(1948)와 김동리 등이 참여하여 발행한
『해방문학선집』(1948)

김동인의 『발가락이 닮았다』(1948)와 정비석이 만주여행에서 습득한 작품을 모은 『고원』(1948)

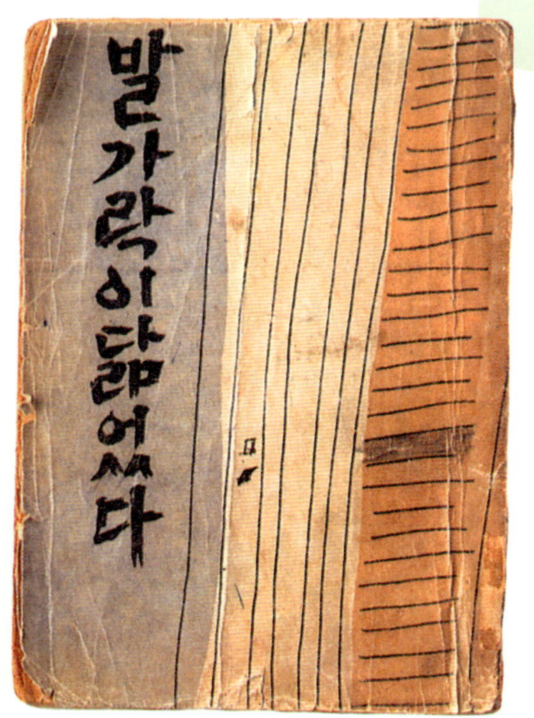

박두진의 처녀시집 『해』(1949)와 조병화의 처녀시집 『버리고 싶은 유산』(1949)

(왼쪽) 한국전쟁 중 부산에서 발행한 청마 유치환의
제5시집 『보병과 더부러』(1951)
(오른쪽) 황순원의 소설 『사예곡』(1952)

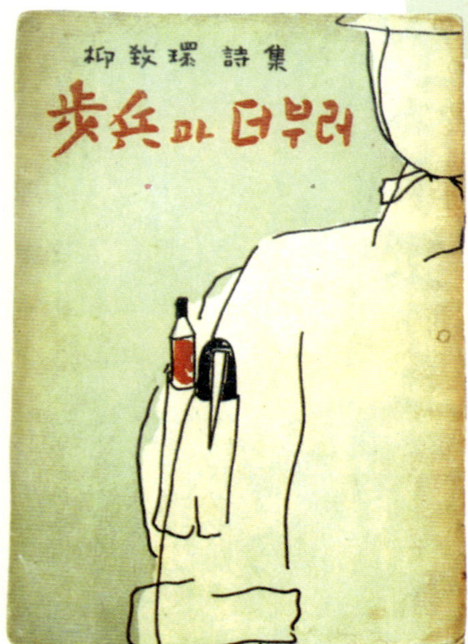

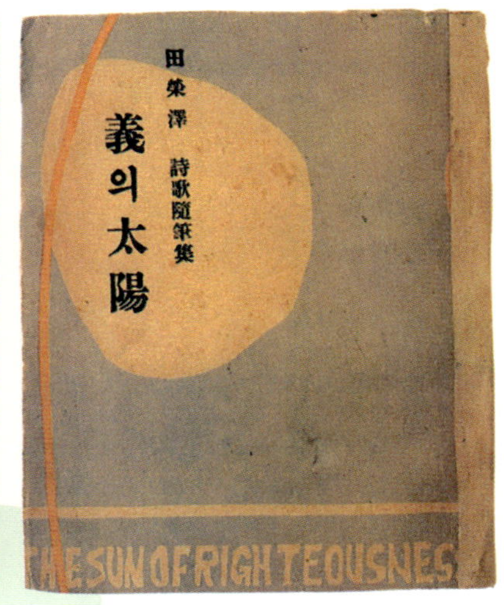

(왼쪽 위) 심훈의 작품집 『그날이 오면』(1953)
(오른쪽 위) 전영택의 작품집 『의의 태양』(1955)
(왼쪽) 변영로의 『명정 사십년』(1953)
(아래 왼쪽) 김팔봉의 『나는 살어 있다』(1951)
(아래 오른쪽) 마해송의 『사회와 인생』(1953)

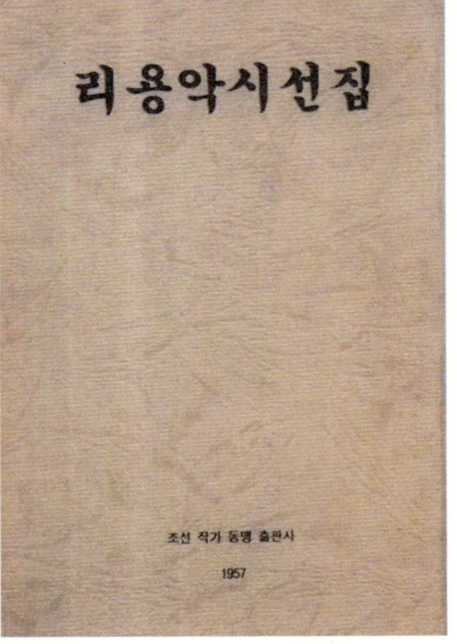

(왼쪽 위) 조기천 시집 『백두산』(1947)
(오른쪽 위) 한설야 단편소설 『승냥이』(1951)
(왼쪽 아래) 한설야의 『력사』(1956)
(오른쪽 아래) 리용악 시선집 『리용악시선집』(1957)

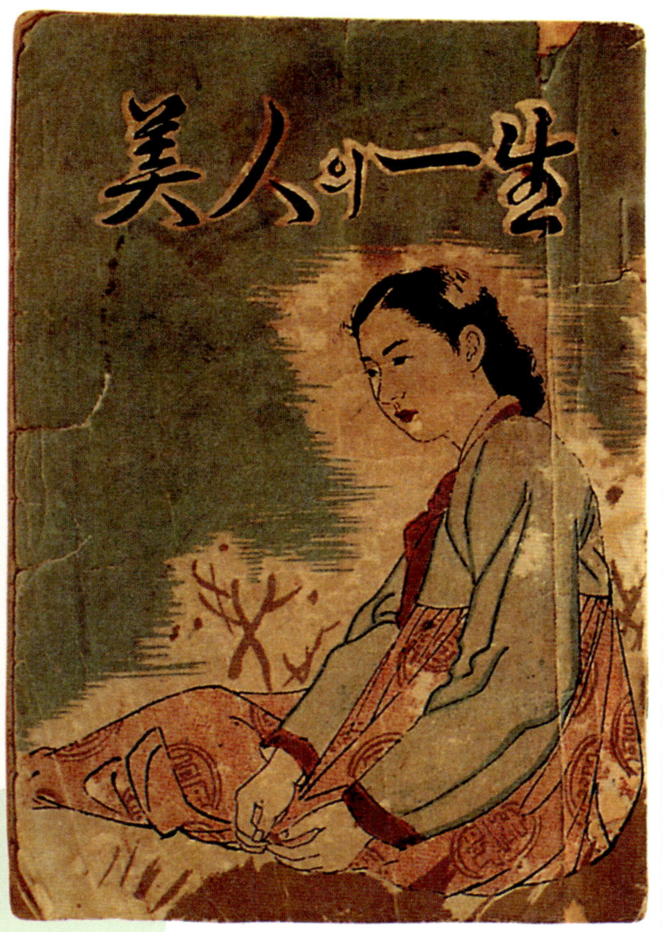

(왼쪽 위) 유주현의 소설 『자매계보』 (1953)
(오른쪽 위) 송헌석의 소설 『미인의 일생』(1953)
(왼쪽 아래) 구상의 사회시평집 『민주고발』(1953)
(오른쪽 아래) 조지훈의 『시의 원리』 (1953)

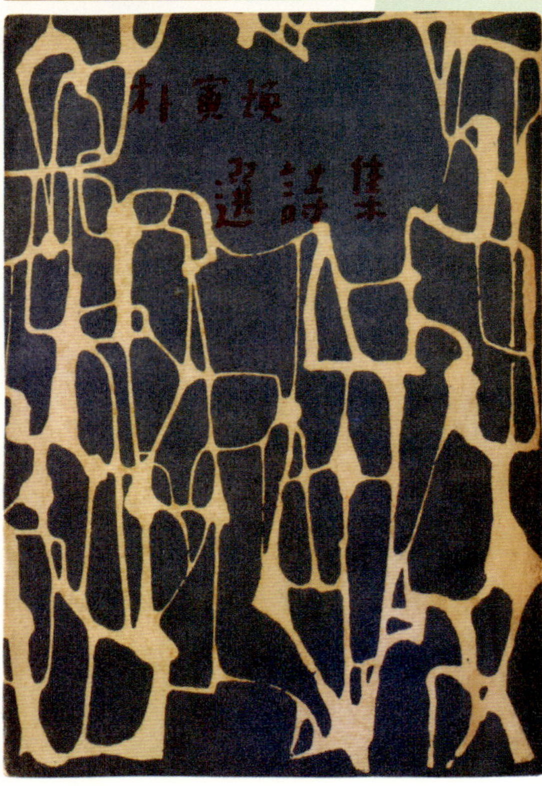

(왼쪽 위) 정비석의 소설 『자유부인』(1954)

(오른쪽 위) 심훈의 소설 『직녀성』 상,하(1953)

(왼쪽 아래) 31세로 요절한 박인환의 유일한 시집 『박인환 시전집』(1955). 시 56이 수록되어 있다.

(오른쪽 아래) 주요섭의 단편소설 『사랑손님과 어머니』(1954)

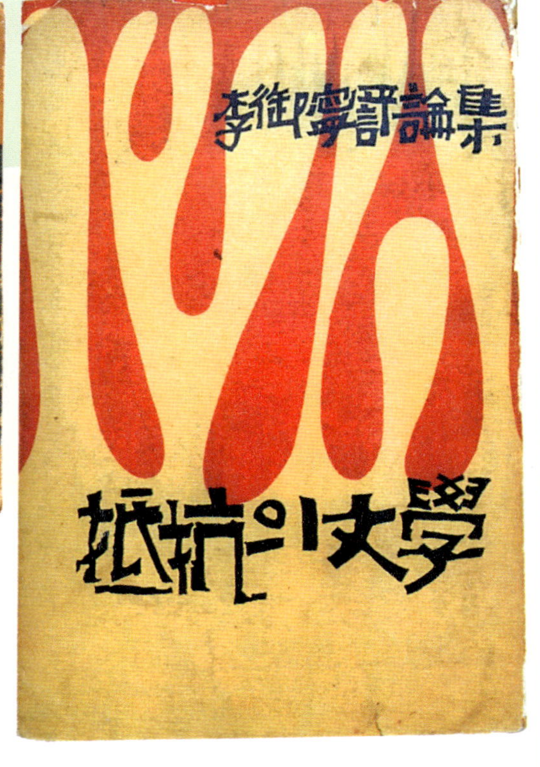

(왼쪽 위) 김용운 소설 『두만강』(1959)
(오른쪽 위) 한무숙 소설 『월운』(1956)
(왼쪽 아래) 이종택의 동시와 소년시집 『바다와 어머니』(1959)
(오른쪽 아래) 이어령 평론집 『저항의 문학』(1959)

이기영의 소설 『두만강』(1958). 1954년에 첫출간되었다.

왼쪽부터 시집 『빛나는 태양』, 『김우철 시선집』, 『벽암시선』

박팔양의 시집 『황해의 노래』(1957)

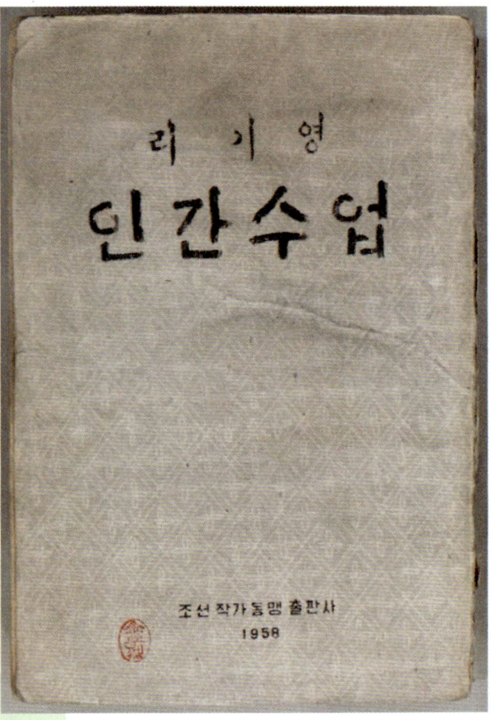

(왼쪽) 송영 희곡집 『불사조』(1959)
(오른쪽) 이기영의 소설 『인간수업』(1941)

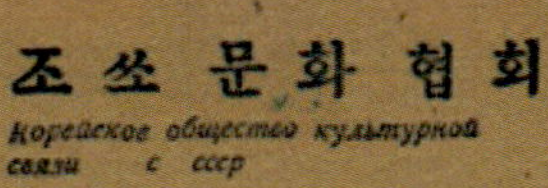

1959년 『포석 조명희 선집』 간행에 앞서 조명희의 처남이자 역사학자였던 황동민이 조쏘문화협회(대표 이기영)에 원고 청탁을 의뢰한 문서

(아래 왼쪽)
엄흥섭의 소설 『동틀무렵』(1960)

(아래 오른쪽)
박팔양 시집 『눈보라만리』(1961)

(왼쪽 위)
박세영 시집 『밀림의 역사』(1962)

(오른쪽 위)
윤세중 장편소설 『시련 속에서』(1963)

(왼쪽 아래)
이기영의 소설 『한 녀성의 운명』(1963)

(오른쪽 아래)
박태원 장편소설 『갑오농민전쟁』(1977)

삼성출판사에서 펴낸 박경리 대하소설 『토지』(1973)

(왼쪽 위) 『총서 불멸의 역사』(1991~2000) 외
(왼쪽 아래) 천세봉 장편소설 『대하는 흐른다』(1964)
(오른쪽 아래) 이기영 장편소설 『땅』(1973)

「풀」의 시인 김수영

「껍데기는 가라」「좋은 언어」의 시인 신동엽

근대문학. 100년. 연구총서. 04

논문으로 읽는 문학사
1

해
방
전

근대문학100년 연구총서 편찬위원회

　　근대문학 기점 문제는 연구자들 사이에서 합의를 이루지 못하여 여전히 논쟁 중에 있다. 보는 이에 따라서 갑오개혁이 시작된 1894년을, 애국계몽기의 시작인 1905년을, 최남선의 신체시가 나온 1908년을 근대문학의 기점으로 잡는다. 상이한 주장이 있기는 하지만 분명한 것은 2008년이 근대문학이 시작된 지 100년이 되는 해라는 것이다. 근대문학의 기점을 늦게 잡아도 1908년을 넘지는 않기 때문이다. 그런 점에서 한국 근대문학은 한 세기를 맞이한 셈이다. 근대문학 100년의 축적 앞에서 우리는 지나온 문학의 여정을 돌이켜보고 새로운 100년을 준비해야 한다. 유럽 근대의 강한 자장 속에서 형성된 한국의 근대문학은 근대 자체가 심각한 반성의 대상이 된 현 시점에서 새로운 틀과 상상력을 요구하고 있다. 이를 위해서는 지나온 100년의 문학을 다각도로 조망할 수 있는 시야가 필요하다. '한국 근대문학 100년 총서'는 이러한 시대적 요청에 부응하기 위하여 마련되었다.

　　본 총서는 총 7권으로 구성되었다.

　　1권 『연표로 읽는 문학사』는 근대문학 100년의 기간 동안 발표된 주요 작품 및 문학, 사회 상황을 간략한 연표 형식으로 정리한 것이다. 연표 형식으로 정리된 문학사를 통해 근대문학 100년간의 주요 사건과 작품들을 한눈에 조망할 수 있을 것이다. 이 책에서 특기할 만한 사항은 해방 후 연표에 남북의 문학을 함께 정리하였다는 점, 연표와 함께 연표에 등장하는 주요 사건, 단체, 매체 등에 대해 간략한 설명을 덧붙였다는 점이다. 이러한 형식을 통해 남, 북을 포괄하는 명실상부한 한국 근대문학 연표를 지향했고 좀 더 입체적으로 한국 근대문학사를 이해하는 데 도움이 되고자 했다.

　　2권과 3권은 『약전(略傳)으로 읽는 문학사』이다. 위원들은 여러 차례의 논의를 거쳐 한국 근대문학 100년의 주요 문인을 선정하였고 이 문인들의 삶과 문학의 요체를 담아내는 서술식 약전을 해당 작가를 연구해 온 연구자들에게 의뢰하였다. 기존의 연대기식 연보 방식뿐 아니라 서술식 약전을 함께 수록함으로써 한국 근대문학을 빛낸 문인들의 문학세계를 좀 더 심층적으로 조망하고자 한 것이다. 작업의 전문성과 신뢰를 높이기 위하여 작성한 이들의 실명을 밝혔다. 작성자의 실명은 약전에 대한 독자들의 신뢰를 높이는 데 기여할 것이다. 2권은 해방 전 등단한 문인들을 중심으로 묶었으며 3권은 해방 후 등단한 남북의 문인들을 함께 묶었다. 일부 작가들의 경우 필자의 사정으로 수록되지 못하였다.

4권~7권은 『논문으로 읽는 문학사』라는 이름으로 한국 근대문학에 대한 연구논문들을 모아 엮었다. 한국 근대문학이 100년의 역사 동안 적지 않은 성과를 축적해 온 것과 마찬가지로 한국 근대문학에 대한 연구 또한 다양한 관점과 방식으로 의미 있는 성과를 축적해 왔다. 『논문으로 읽는 문학사』는 이러한 한국문학연구의 성과들을 시기별, 주제별로 가려 모아서 논문을 통해 한국 근대문학 100년을 심층적이고 다각적으로 이해하고자 기획되었다. 해방 전의 한국문학(4권), 해방 후의 남한문학(5,6권), 해방 후의 북한문학(7권)의 구성을 통해 한국 근대문학 100년의 역사를 깊이 있고 개성적으로 이해하는 데 도움을 주고자 했다. 좋은 논문들이 많지만 이 책의 편제상 다 싣지 못한 점이 아쉽다.

이상과 같은 구성으로 '한국 근대문학 100년 총서'는 그간 축적되어 온 한국 근대문학의 성과를 통시적, 공시적으로 조망하면서 좀 더 입체적으로 재구성하고자 하였다. 그간의 한국 근대문학을 총체적으로 정리, 반성하면서 이후의 한국 근대문학사를 준비하기 위해서이다.

이 중요한 작업이 구상에서 끝나지 않고 실현될 수 있는 물적 기반을 마련해 준 한국문화예술위원회의 김정헌 위원장에게 깊이 감사드린다. 이 작업의 의미에 대해 공감하고 후원하였던 김병익 전위원장, 구체적인 안에 대해서 조언을 아끼지 않았던 문학소위원회 분들, 그리고 자잘한 문제에 일일이 신경을 써준 문화예술위원회 관계자 여러분의 적극적인 관심이 없었다면 이 작업이 결코 빛을 보지 못하였을 것이다.

근대문학 100년 연구총서 편찬위원회 일동

1 한국사회의 근대화와 새로운 문학의 태동   9

1
한국사회의 근대화와 새로운 문학의 태동

근대계몽기 신문의 문체와 한글소설의 정착 과정

『만세보(萬歲報)』를 중심으로

김영민

1. 머리말

한국 근대문학의 완성을 향한 중요한 징표 가운데 하나는 한글의 사용 및 한글소설의 대중화이다. 그런데, 한글체 근대소설이 등장하는 과정에서 우리는 한자(漢字) 및 한문(漢文)과 한글을 섞어 쓰는 독특한 문자 활용의 시대를 경험한다. 이른바 국한문혼용의 시대를 거치게 되는 것이다. 이러한 복합적 문자 사용의 역사는 다양한 문체와 표기 방식에 대한 연구를 필요로 하는 중요한 요인이 된다.

이 논문의 초점은 근대계몽기의 다양한 문체와 표기 방식에 대한 연구를 통해 그 시기 언어 사용의 면모를 드러내고, 그것을 통해 한국 근대문학의 출발과 한글소설의 정착 과정을 밝히는 데 있다. 이 과정에서 분석의 대상이 되는 것은 근대계몽기에 발행된 신문들이다. 근대계몽기

소설의 문체 연구를 위한 분석 대상을 근대계몽기의 신문으로 삼은 것
은, 이 시기 문체의 변화를 주도한 것이 신문이라는 판단 때문이다. 신
문의 간행이야말로 한국 근대문학의 새로운 출발과 정착을 위한 가장
중요한 문화적 토대였다는 전제[1]를 바탕으로 이 논의는 진행된다. 본
논문에서는 근대계몽기 신문 전반에 대해 주목하되, 일단 『만세보』를
주된 분석의 대상으로 삼는다. 여기서 『만세보』를 논의의 중심에 놓은
것은 『만세보』에 근대계몽기의 문체와 표기 방식에 대한 고민이 집약
되어 있다고 보기 때문이다.

2. 『만세보』와 한글체 소설의 정착 과정

1) 근대계몽기 신문과 근대 서사문학의 전개

한국 근대 서사문학의 새로운 출발은 한글 전용 신문의 간행과 함께
이루어졌다. 근대계몽기의 새로운 문학양식인 단형 서사문학 작품의 창
작은 기독교 계통 신문들에서부터 시작되었다. 이후 이러한 단형 서사
문학 작품의 창작은 『독립신문』, 『협셩회회보』, 『미일신문』, 『경향신
문』, 『뎨국신문』 등의 한글체 신문을 통해 보편화된다.[2]
『대한미일신보(大韓每日申報)』와 『만세보(萬歲報)』 역시 근대계몽기 한
글소설의 정착 과정에 매우 중요한 역할을 한 신문이다. 특히 이들 신
문에는 근대계몽기 문학 이해를 위한 매우 중요한 요소인 문체 선택에
대한 고민이 잘 드러나 있다. 『대한미일신보』는 1904년 7월 18일 순한
글 기사와 영문 기사를 함께 다루는 신문으로 출발했다. 1905년 8월 11
일 이후 이 신문은 영문판을 분리시켜 *Korea Daily News*로 따로 발행하고,

국문판은 국한문혼용판으로 바꾸어 발행한다. 이 국한문혼용판은 앞서 나왔던 『황성신문』의 경우와 같이 국한문혼용체, 순한문체, 순한글체 기사를 함께 수록했다. 대부분의 기사는 국한문혼용체였으나, 순한문체가 이따금 섞여 있었고, 「적션여경녹」, 「향긔담화」 등과 같은 서사문학 작품을 순한글로 수록했다는 점이 특기할 만하다. 1907년 5월 23일 이후에는 다시 순한글 신문을 추가로 발행함으로써, 한글판, 국한문혼용판, 그리고 영문판의 세 가지 신문이 존재하게 된다. 중간에 영문판은 사라지지만, 한글판과 국한문혼용판은 한일합방으로 인해 이 신문이 총독부 기관지인 『매일신보(每日申報)』로 바뀔 때까지 지속된다. 『대한믹일신보』가 국문판에서 국한문혼용판으로, 그리고 다시 국한문혼용판과 국문판의 병존으로 변화하는 과정은 무엇보다 독자를 누구로 선택하는가 하는 문제와 직결되어 있었다. 『대한믹일신보』는 하나의 작품을 두 가지 문체로 발표하기도 했다.[3)]

　다양한 계층의 독자를 신문의 독자로 끌어들이려는 노력은 『만세보』에서도 발견할 수 있다. 『만세보』는 1906년 6월 17일 창간된 후 1907년 6월 29일까지 약 1년간 발행된 일간신문이다. 발행인은 신광희(申光熙)이고, 사장은 오세창(吳世昌)이었으며 이인직(李人稙)이 주필을 맡았다. 이 신문은 원래 천도교 기관지로 출발했지만 단순히 천도교의 포교를 위한 종교 잡지는 아니었다. 그보다는 "我아韓한人인民민의 智지識식 啓계發발키를 爲위ᄒ야 作작홈"[4)]이라고 밝힌 창간호 「社說」에서도 알 수 있듯이, 개화와 계몽을 목적으로 하는 일간 종합신문이었다.

　『대한믹일신보』가 순한글체와 국한문혼용체의 두 가지 신문을 발간함으로써 독자에 대한 계도와 계몽의 문제를 해결하려 한 것과 달리, 『만세보』는 하나의 신문 속에서 이 문제를 해결하려고 고심했다. 그러한 고심의 결과 탄생한 것이 바로 부속국문체(附屬國文體)이다. 부속국문체란 한자(漢字)로 된 본문에 이른바 루비 활자로 불리는 소형 활자를 사용해 한글을 함께 적는 표기체를 일컫는 것이다.[5)] 『만세보』의 부속국문체는 문자 사용계층이 확연히 분리되어 있던 근대계몽기 우리 사회의 현실을 반영하며 등장한 특이하고도 새로운 문자 표현 방식이었다.[6] 『만세보』에는 『혈의루』를 비롯하여, 『귀의성』 등의 신소설과 「소설 단편」 및 「백옥신년(白屋新年)」 등의 단형 서사문학 작품이 실려 있다. 『혈의루』는 이른바 최초의 신소설로 정리되고, 『귀의성』은 이 이 시기 발표된 작품 가운데 가장 완성도가 높은 작품 가운데 하나로 꼽힌다. 『만세보』에 연재된 이들 작품은 연재 당시에도 적지 않은 대중적 인기를 끌었을 뿐만 아니라, 연재 후에는 곧바로 단행본으로 출판되어 중판을 거듭했다. 『혈의루』와 『귀의성』의 성공은 근대문학 작가로서의 이인직의 위상을 높이는 일이기도 했지만, 근대소설의 정착과 대중화를 알리는 본격적 신호이기도 했다.

2) 『만세보』의 문체를 보는 시각

『만세보』를 통해 세상에 나온 작품들인 『혈의루』와 『귀의성』 그리고 「소설 단편」과 「백옥신년」은 모두 부속국문체로 발표되었다. 이들 작품의 문체에 대해서는 그것이 한글체가 아닌 부속국문체라는 사실 때문에 여러 가지 비판이 가해졌다.

한국 근대문학사 연구에 적지 않은 기여를 했던 조연현은, 이인직의 연재본 『혈의루』와 단행본 『혈의루』의 문장을 비교한 검토한 바 있다. 여기서 조연현은 연재본 『혈의루』의 부속국문체 표기가 일본의 훈독표기방식(訓讀表記方式)에 토대를 둔 무국적의 문장이라고 비판한다.[7] 최원식과 김윤식 역시 연재본 『혈의루』의 문체를 일본식 문체라 비판한 바 있다. 『혈의루』의 문체가 한글 전용의 전통을 후퇴시키고, 독자들에게 거부감을 주었다는 것이 최원식의 판단이다.[8] 김윤식은 『혈의루』의 문장을 '일본식 언문일치 문체(문장)'이라고 칭하며, 『혈의루』가 일본의 정치소설을 열망했으나 그 경지에까지는 이르지 못한 이른바 '사이비 정치소설' 혹은 '정치소설의 결여 형태로서의 소설 유형'이라고 정리한다.9)

그렇다면 작가 이인직은 왜 「소설 단편」과 『혈의루』, 그리고 『귀의 성』을 부속국문체로 발표하게 되었을까? 이는 전적으로 신문사의 편집 방침에 따른 것이었다.10) 한자와 한글을 병기하는 표기 방식은 외형적 으로만 보면 일본어의 루비활자 활용의 방식과 매우 유사하다. 이렇게 외형이 유사하다는 점에서, 일단 『만세보』의 편집진들은 부속국문을 활 용하는 표기법을 일본어의 경우를 보면서 생각해 냈을 가능성이 없지 않다. 더구나 『혈의루』에 사용된 한자들 가운데는 일본에서만 쓰는 한 자도 적지 않게 섞여 있었으므로11) 『혈의루』의 부속국문체가 일본어 표기법의 영향을 얼마간 받았다는 사실을 부인할 수는 없다.12)

그런데 한자와 한글을 함께 적는 표기 방법이 우리 나라에 없었던 것 은 아니다. 병행 표기의 사례를 확인하기 위해 「훈민정음」의 두 가지 판본을 제시하기로 한다. 먼저 인용하는 판본(가)는 순한문체로 된 것이 고, (나)는 한자와 한글을 병기한 것이다.

   (가) 訓民正音
   國之語音異乎中國與文字不相流通故愚民有所欲言而終不得伸其情者多矣 予爲此憫然新制二十八字欲使人人易習便於日用矣[耳]13)

   (나) 世솅宗종御엉製졩訓훈民민正졍音흠
   國귁之징語엉音흠이 / 나랏말ㅆ미
   異잉乎ᅘᅩᆼ中듕國귁ᄒᆞ야 / 中듕國귁에달아
   與영文문字ᄍᆞᆼ로不ᄫᅮᆶ相샹流륭通통ᄒᆞᆯ씨 / 文문字ᄍᆞᆼ와로서르ᄉᆞᄆᆞᆺ디아니ᄒᆞᆯ씨
   故공로愚ᅌᅮᆼ民민이有ᅌᅮᇢ所송欲욕言언ᄒᆞ야도 / 이런젼ᄎᆞ로어린百ᄇᆡᆨ姓셩이니르고져 홇배이셔도
   而ᅀᅵᆼ終즁不ᄫᅮᆶ得득伸신其끵情쪙者쟝ㅣ多당矣ᅌᅴᆼ라 / ᄆᆞ촘내제ᄠᅳ들시러펴디몯ᄒᆞᇙ노 미하니라

予영ㅣ爲윙此충憫민然션ᄒᆞ야/내이룰爲윙ᄒᆞ야어엿비너겨
新신制졩二ᅀᅵᆼ十씹八밣字ᄍᆞᆼᄒᆞ노니/새로스믈여듧字ᄍᆞᆼᄅᆞᆯ밍ᄀᆞ노니
欲욕使ᄉᆞᆼ人ᅀᅵᆫ人ᅀᅵᆫᄋᆞ로易잉習씹ᄒᆞ야便뼌於헝日ᅀᅵᆯ用용耳ᅀᅵᆼ니라/사ᄅᆞᆷ마다ᄒᆡ여수
비니겨날로뿌메便뼌安한킈ᄒᆞ고져홇ᄯᆞᄅᆞ미니라14)

글 (가)의 언해본 글 (나)는 한자와 그것을 음독한 부분 그리고 그것을 번역한 부분들로 구성되어 있다. 글 (나)에서 번역 부분만을 따로 떼어 내면 "나랏말ᄊᆞ미 / 中듕國귁에달아 / 文문字ᄍᆞᆼ와로서르ᄉᆞᄆᆺ디아니홀ᄊᆡ / 이런전ᄎᆞ로어린百ᄇᆡᆨ姓셩이니르고져홇배이셔도 / ᄆᆞ춤내제ᄠᅳ들시러펴디몯홇노미하니라 / 내이룰爲윙ᄒᆞ야어엿비너겨 / 새로스믈여듧字ᄍᆞᆼᄅᆞᆯ밍ᄀᆞ노니 / 사ᄅᆞᆷ마다ᄒᆡ여수비니겨날로뿌메便뼌安한킈ᄒᆞ고져홇ᄯᆞᄅᆞ미니라"가 된다. 이는 한글체 문장이다. 글 (나)에서 한자만을 따로 떼어내면 "世宗御製訓民正音國之語音異乎中國與文字不相流通故愚民有所欲言而終不得伸其情者多矣予爲此憫然新制二十八字欲使人人易習便於日用耳"가 된다. 이는 글 (가)와 완전히 동일한 글이 된다. 글 (나)에서 부속국문이라 할 수 있는 한자의 음독 표기만을 그대로 옮겨 놓으면 "셍종엉젱훈민졍흠 / 귁징엉흠이 / 잉흉듕귁ᄒᆞ야 / 영문쫑로ᇙ샹륭통홀ᄊᆡ / 공로융민이홇송욕언ᄒᆞ야도 / 싱즁ᇦ득신낑쪙쟝ㅣ당윙라 / 영ㅣ윙충민션ᄒᆞ야 / 신졩二ᅀᅵᆼ十씹밣쫑ᄒᆞ노니 / 욕ᄉᆞᆼ신신ᄋᆞ로잉씹ᄒᆞ야뼌헝ᇙ용싱니라"가 된다. 하지만 이 자료의 경우 부속국문만으로는 무슨 뜻인지 문맥이 통하지 않는다. 그것은 이렇게 부속국문체로 된 부분은 국한문혼용체 문장에 음만 달아 읽은 것이기 때문이다. 원래 국한문혼용체로 된 부분에 음만 달아 놓은 글들은 부속국문으로 읽어내려 가면 뜻이 통하지 않는다. 달리 말하면, 부속국문으로 읽어내려 가면 뜻이 통하지 않는 글들은 원래가 국한문혼용체로 쓰였다는 것을 의미한다. 반면에 원래 한글로 쓰인 문장들은 한자를 생략한 채 부속국문으로만 읽어도 문맥을 파악하는데 어려움이 없다. 이 문제는 『만세보』 문체의 핵심을 이해하는

데 매우 중요하다. 이에 대해서는 뒤에서 상세하게 다시 언급할 것이다.

이렇게 우리 나라에도 오래 전부터 부속국문을 사용하는 표기 방식이 있었다는 점을 확인하면, 『만세보』의 부속국문체가 꼭 일본의 근대 문체를 모방한 것이라고만 주장하기는 어렵게 된다. 이 관점에서 보면 양문규,[15] 정선태,[16] 최태원[17] 등의 연구는 『혈의루』의 문체와 한글체 사이의 연결 고리에 주목한 연구들이라는 점에서 주목할 만하다.

이인직의 문체에 대한 최근의 주목할 만한 업적은 일본의 한국문학 연구자인 사에구사 도시카쓰(三枝壽勝)의 「이중표기와 근대적 문체 형성」이다. 그런데 사에구사 도시카쓰(三枝壽勝)는 『혈의루』의 루비 활자 사용에 대해 언급하면서, 국내의 연구자들과는 달리, 그것이 일본의 후리가나식 표기와는 적지 않은 차이가 있는 것임을 지적했다. 『혈의루』의 한자 사용과 읽기 방식을 분석한 결과 "일본의 '루비' 사용에 안 보이는 예가 이인직의 작품에 나온다"[18]거나 "이인직의 '루비' 사용법이 일본 것을 그대로 받아들이지 않았다는 시사를 받을 수 있다"[19]는 지적을 한 것이다. 사에구사 도시카쓰는 『혈의루』의 부속국문체와 일본의 후리가나식 표기의 근본적 차이와 그 원인을 밝히지는 않았지만 이 문제에 관한 매우 중요한 단서를 제공한 셈이다. 『혈의루』의 부속국문체와 일본식 표기법의 차이에 대한 구체적 지적은 노혜경(魯惠卿)의 「『혈의루』에 나타난 '일본식표기'에 관한 연구」를 통해 이루어졌다. 노혜경은 이 연구에서 "『혈의루』의 표기는 일본식 표기법의 외형만 빌렸을 뿐 그 목적이나 활용 양상은 전혀 다른 것이다. 『혈의루』에서 루비로 표기된 한글은 한자에 대한 보조적인 것이 아니라, 한자에 앞서 이인직이 의도한 바 본래의 표현이었다. 『만세보』에 연재된 『혈의루』는 국한문혼용으로 쓴 후 거기에 루비를 단 것이 아니다. 그와 반대로, 한글로 쓴 후 거기에 한자를 넣어 신문에 발표하는 형식을 채택한 것이다"라는 의미 있는 주장을 한 바 있다.[20]

3) 『만세보』 문체의 특질

『만세보』의 부속국문체를 분석해보면 외형상 같은 문체처럼 보이는 문장들이 실은 성격이 크게 다른 두 부류로 구성되어 있음을 알 수 있다. 즉 『만세보』의 부속국문체는 그 성격을 크게 둘로 나눌 수 있는 것이다. 하나는 원래 국한문혼용체로 쓰여진 글에 한글을 달아 부속국문체로 만든 문장이다. 다른 하나는 원래 순한글체로 쓰여진 글에 한자를 병기해 부속국문체로 만든 문장이다.

이를 확인하기 위해 다음 두 글을 각각 비교해 보기로 하자.

글 (가1)은 『만세보』에 발표된 창간호 「사설」의 도입부를 원문인 부속국문체로 인용한 것이다. (가2)는 여기서 부속국문을 뺀 채 국한문혼용체로 표기한 것이다. (가3)은 반대로 본문의 한자를 뺀 채 한글체로 표기한 것이다. 마찬가지로 (나1)은 「소설 단편」의 첫 문단을 부속국문체 그대로 인용한 것이다. (나2)는 이를 국한문혼용체로 표기한 것이고 (나3)은 같은 문단을 한글체로 바꾸어 표기한 것이다.

(가1) 萬만歲세報보라 名명稱칭훈 新신聞문은 何하를 爲위ᄒ야 作작홈이뇨 我아韓한人인民민의 智지識식啓계發발키롤 爲위ᄒ야 作작홈이라 噫희라 社사會회롤 組조織직ᄒ야 國국家가롤 形형成성홈이 時시代뒤의 變변遷쳔을 隨수ᄒ야 人인民민智지識식을 啓계發발ᄒ야 野야昧미훈 見견聞문으로 文문明명에 進진케 ᄒ며 幼유穉치훈 知지覺각으로 老로成성에 達달케 홈은 新신門문敎교育육의 神신聖성홈에 無무過과ᄒ다 謂위할지라

(가2) 萬歲報라 名稱훈 新聞은 何를 爲ᄒ야 作홈이뇨 我韓人民의 智識啓發키롤 爲ᄒ야 作홈이라 噫라 社會롤 組織ᄒ야 國家롤 形成홈이 時代의 變遷을 隨ᄒ야 人民智識을 啓發ᄒ야 野昧훈 見聞으로 文明에 進케 ᄒ며 幼穉훈 知覺으로 老成에 達케 홈은 新門敎育의 神聖홈에 無過ᄒ다 謂할지라

(가3) 만셰보라 명칭훈 신문은 하룰 위ᄒ야 작홈이뇨 아한인민의 지식계발키룰 위ᄒ야 작홈이라 희라 샤회롤 조직ᄒ야 국가룰 형성홈이 시뒤의 변쳔을 수

호야 인민지식을 계발호야 야미혼 견문으로 문명에 진케 호며 유치혼 지각으로 로성에 달케 홈은 신문교육의 신성홈에 무과호다 위할지라

(나1) 汗땀을 쑤려 雨비가 되고 氣긔운을 吐토호야 雲구름이 되도록 人사람 만혼 곳은 長安路서울길이라 廟洞묘동도 都城서울이언마는 何其엇지 그리 쓸쓸호던지

(나2) 汗을 쑤려 雨가 되고 氣을 吐호야 雲이 되도록 人 만혼 곳은 長安路이라 廟洞도 都城이언마는 何其 쓸쓸호던지

(나3) 땀을 쑤려 비가 되고 긔운을 토호야 구름이 되도록 스람 만혼 곳은 서울길이라 묘동도 서울이언마는 엇지 그리 쓸쓸호던지

(가1)의 경우는 그것을 (가2) 즉 국한문혼용체로 바꾸어도 문맥이 자연스럽게 통한다. 하지만 (가3) 즉 한글체로 바꾸어 놓으면 문장이 부자연스러울 뿐만 아니라 무슨 뜻인지 알 수 없는 부분도 적지 않게 생긴다. 예를 들면, '하를' '희라' '수호야' '로성에' '무과호다' 등의 어휘는 한글만으로는 그 뜻을 파악하기가 쉽지 않다. 반면 (나1)의 경우는 그것을 (나3) 즉 한글체로 바꿀 때는 문장이 자연스럽다. 하지만 (나2) 즉 국한문혼용체로 바꾸어놓으면 매우 부자연스러운 문장이 된다. (나1)에서 사용된 '氣긔운을 吐토호야'와 같은 구절도 한글체 문장인 (나3)에서는 '긔운을 토호야'가 되어 체언인 '긔운'과 조사 '을'이 서로 어울리지만 국한문혼용체 문장인 (나2)에서는 '氣을 吐호야'가 되어 체언과 조사가 어울리지 않는다.

이 두 예문의 경우 왜 이런 차이가 생기는 것인가? 그것은 두 예문이 외형상으로는 같은 부속국문체이지만, 글 (가) 즉 「사설」은 원래가 국한문혼용체로 쓰여진 것이고, 글 (나) 즉 「소설 단편」은 원래가 한글체로 쓰여진 것이기 때문이다.21) 그 때문에 부속국문체 (가1)은 국한문혼용체 (가2)로 바꾸어 읽을 때 자연스럽고, 부속국문체 (나1)은 한글체 (나3)으로 바꾸어 읽을 때 가장 자연스러운 것이다.

부속국문체로 발표된 『만세보』의 원고들은 크게 보면, 논설 및 일반기사는 원문이 국한문혼용체로 쓰여진 것이고 소설은 한글체로 쓰여진 것이다. 따라서 대부분의 일반기사는 부속국문 없이 한자만으로 뜻이

통하고, 소설은 본문의 한자 없이 부속국문만으로 뜻이 통하는 것이다.
　글을 쓸 당시의 원문이 국한문혼용체였는가 아니면 한글체였는가를
알 수 있는 또 하나의 방법은 외형상 한자 읽기가 이른바 음독(音讀) 형
식으로 나타나는가 아니면 훈독(訓讀) 형식으로 나타나는가를 살펴보는
것이다. 『만세보』 창간호 「사설(社說)」의 첫 문장을 보면 "萬만歲세報보라
名명稱칭훈 新신聞문은 何하를 爲위ᄒ야 作작홈이뇨"라고 해서 모든 한자
를 음독하는 형식으로 부속국문을 달았다. 그러나 「국문독자구락부」의
경우는 "文문明명훈 國나라에 家집家집이 大디學학校교롤 設설始시ᄒ얏다
ᄒ니 何무엇이오 新신聞문社ᄉ"라고 해서 國(나라), 家家(집집), 何(무엇) 등 일
부 어휘는 훈독하는 형식을 취했다. 특히 같은 '何'를 「사설(社說)」에서
는 음으로 읽었지만, 「국문독자구락부」에서는 뜻으로 읽었다.
　한자를 많이 섞어 쓴 문장이면서 음독(音讀) 부속국문이 주를 이루는
문장은 원래가 국한문혼용체로 쓰여진 것이다. 이는 한자를 쓰고 그것
을 한글로 읽을 때는 음독을 했던 우리의 전통적 글쓰기 방식과도 일치
하는 것이다. 외형상 한자를 많이 사용했지만 훈독(訓讀) 부속국문이 자
주 등장하는 문장은 원래가 한글체로 쓰여진 것이다. 이는 엄밀히 말해
한자를 훈독한 것이 아니라, 원래 우리말 어휘를 먼저 쓰고 그것에 맞
는 적당한 한자를 찾아 병기한 것인데 결과적으로 보면 마치 한자를 훈
독한 것처럼 보이는 것이다. 이인직의 문장을 예로 들어 이 문제를 확
인하기로 하자. 이인직이 『만세보』 창간호에 쓴 논설 「사회(社會)」는 한
자에 달린 부속국문이 모두 음독의 형태를 취하고 있다. 이인직이 이
글에서 수많은 한자(漢字)를 사용하면서 모두 음독만 하고 단 한 번도
훈독을 하지 않은 것은 이 글이 원래 국한문혼용체로 쓰여진 것이기 때
문이다. 하지만 앞에서 인용했던 「소설 단편」에서는 汗[땀], 雨[비], 氣[긔
운], 雲[구름], 人[사람], 長安路[서울길], 都城[서울], 何其[엇지 그리] 등 훈독
처럼 보이는 부분이 적지 않게 눈에 뜨인다. 이는 원래의 문장이 한글
체로 쓰여진 것이기 때문이다.

4)『혈의루』문체의 특질

『만세보』에 연재 발표된 『혈의루』는 지금까지, 국한문혼용체로 창작된 후 일본의 문체를 모방한 부속국문체로 발표된 작품으로 이해되어 왔다.[22] 그러나 이 작품은 국한문혼용체가 아니라 원래부터 한글체로 창작된 소설이었다. 한글로 창작된 후『만세보』의 방침에 따라 부속국문체로 발표되었던 것이다.

『만세보』는 왜 원문이 국한문혼용체였던 문장과 한글체였던 문장을 서로 구별 짓지 않고 모두 동일한 방식의 부속국문체로 표기했는가? 『만세보』는 국한문혼용체 기사의 본문에 한자를 쓰고 거기에 부속국문을 달아 독자의 이해를 도왔다. 그렇다면, 순한글체 문장의 경우는 본문에 한글을 쓰고 거기에 한자로 루비를 다는 형태가 한글 독자를 더 크게 배려하는 방식이 아니었을까? 이른바 부속국문체가 아닌 부속한문체(附屬漢文體) 문장이 필요했다는 생각을 하게 되는 것이다.

우리 옛 문헌에는 부속국문체뿐만 아니라 실제로 부속한문체 문장도 존재한다. 즉 본문을 한글로 처리하고 그 한글음에 맞는 한자를 크기가 작은 부속 글자로 처리한 경우가 있었다. 다음이 그러한 예이다.

관(關)동(東)별(別)곡(曲) 뎡(鄭)숑(松)강(江)

강(江)호(胡)의 병(病)이 드러 듁(竹)님(林)에 누엇더니 관(關)동(東) 팔(八)백(百)리(里)롤 방(方)면(面)으로 맛지시니 어와 성(聖)은(恩)이야 가지록 망(罔)극(極)ᄒ다 연(延)츄(秋)문(門) 드리드라 경(慶)회(會)남(南)누(樓) 브라보고 하(下)직(直)고 믈너셔니 옥(玉)졀(節)이 앎희셧다 평(平)구(邱)역(驛) 믈을 ᄀ라 흑(黑)슈(水)로 도라드니 셤(蟾)강(江)은 어드메오 치(雉)악(岳)이 여긔로다 소(昭)양(陽)강(江) 느린 믈이 어대로 드단말고 고(孤)신(臣)거(去)국(國)의 빅(白)발(髮)도 하도홀샤[23]

그런데 여기서 한자를 부속 글자로 처리할 수 있었던 것은 본문인 한글의 글자 크기가 컸기 때문이다. 여기에 인용한 원문 한글은 목판으로 인쇄된 것이다. 이 글자는 활판으로 대략 30포인트 이상의 크기이고 부속 한자는 20포인트 정도이다. 활자본 고소설의 경우에도 부속 한문을 사용한 경우가 적지 않게 있었다. 그러나, 『만세보』와 같은 일간 신문은 단행본과 달리 지면이 한정되어 있는 매체였다. 따라서 이렇게 큰 한글 활자를 사용해 그것을 본문으로 처리하고 거기에 다시 부속 한자를 다는 것은 불가능했다. 따라서 원문이 한글인 경우라도 거기에 부속 한자를 달지 못하고, 한자를 원문으로 조판한 후 부속 한글을 달 수 밖에 없었던 것이다. 그 결과 원래 한글로 쓰여진 「소설 단편」이나 『혈의루』와 같은 작품들도 부속한문체가 아닌 부속국문체로 발표되었던 것이다.

『만세보』의 『혈의루』가 연재 당시에는 부속국문체로 발표되었지만, 그것이 원래 국한문혼용체가 아니라 한글체 소설이었다는 사실은 단행본 『혈의루』와의 문장 비교를 통해서도 확인할 수 있다.

연재본 『혈의루』의 제9회 발표분은 한자를 가장 많이 섞어 쓴 부분 가운데 하나이다.24) 이 부분에는 한자가 많은 만큼 당연히 부속국문도 가장 많이 달려 있다. (가)는 연재본 제9회의 일부를 원문대로 인용한 것이다. (나)는 (가)에서 한자를 빼고 본문 자리에 부속국문을 넣어 한글체로 다시 적은 것이다. (다)는 (가)에서 부속국문을 빼고 국한문혼용체로 적어본 것이다. (라)는 같은 부분을 단행본에서 인용한 것이다.

(가) 昨日朝어제아침에 此房이방에서 避亂피란갈 時쩨에는 房방 가운더 何物아무 것도 散亂느러노흔 것 업셧더니 今日朝오날아침에 金冠一김관일이가 外國외국에 가려고 決心결심하고, 느갈 째에 何物무엇을 찻느라고, 다락 속 壁欌벽장 속에 잇는 器物시간을, 낫낫치 니여놋코 櫃門괴문도 여러놋코 籠門농문도 여러놋코 櫃괴짝 우에 籠농짝도 놋코 籠농짝 우에 櫃괴짝도 언젓는더, 端正단졍히 노힌 것도 잇지마는 卽곳 니려질 듯흔 것도 잇섯더라, 房門방문은 何精神무슨 경신에 닷고 갓던지 房內방안에 壁欌門벽장문, 다락門문은 열린 치로, 두엇더라 (연재본의 원문 표기)

(나) 어제아침에 이 방에셔 피란갈 쩌에는 방 가운더 아무 것도 느러노흔 것 업셧더니 오날 아침에 김관일이가 외국에 가려고 결심하고, 느갈 째에 무엇을

찾느라고, 다락 속 벽장 속에 잇는 시간을, 낫낫치 너여놋코 괴문도 여러놋코 농문도 여러놋코 괴짝 우에 농짝도 놋코 농짝 우에 괴짝도 언젓는디, 단정히 노힌 것도 잇지마는 곳 니려질 듯흔 것도 잇섯더라, 방문은 무슨 정신에 닷고 갓던지 방안에 벽장문, 다락門문은 열린 치로, 두엇더라 (연재본의 한글체 표기)

(다) 昨日朝에 此房에서 避亂갈 時에는 房 가운더 何物도 散亂 것 업섯더니 今日朝에 金冠一이가 外國에 가려고 決心하고, 느갈 째에 何物을 찾느라고, 다락 속 壁欌 속에 잇는 器物을, 낫낫치 너여놋코 櫃門도 여러놋코 籠門도 여러놋코 櫃짝 우에 籠짝도 놋코 籠짝 우에 櫃짝도 언젓는디, 端正히 노힌 것도 잇지마는 卽 니려질 듯흔 것도 잇섯더라, 房門은 何精神에 닷고 갓던지 房內에 壁欌門, 다락門은 열린 치로, 두엇더라 (연재본의 국한문혼용체 표기)

(라) 어제아침에 이 방에서 피란갈 쩌에는 방 가운더 아무 것도 느러노흔 것 업섯더니 오늘 아침에 김관일이가 외국에 가려고 결심하고, 느갈 째에 무엇을 찾느라고, 다락 속 벽장 속에 잇는 시간을, 낫낫치 너여놋코 괴문도 여러놋코 농문도 여러놋코 괴짝 우에 농짝도 놋코 농짝 우에 괴짝도 언젓는디, 단정히 노힌 것도 잇지마는 곳 니려질 듯흔 것도 잇섯더라, 방문은 무슨 정신에 닷고 갓던지 방안에 벽장문, 다락門문은 열린 치로, 두엇더라 (단행본 표기)

인용한 (가)에서 본문의 한자를 모두 빼고 부속국문을 따라 읽으면 글 (나)가 되는데, 이는 그대로 거의 완벽하게 글 (라) 즉 단행본『혈의루』가 된다. 국한문혼용체로 표기한 (다)는 뜻을 정확히 이해하기조차 어렵다. 한자를 임의로 해석할 경우라도 '산란(散亂)', '기물(器物)'과 같은 어휘를 '느러노흔', '시간' 등으로 해석하는 것은 불가능하다. (가)의 본문에 사용된 표기들인 '散亂느러노흔', '器物시간' 등은 한자를 먼저 쓴 후 그것을 한글로 읽은 것이 아니라, 한글을 먼저 쓴 후 임의로 뜻이 비슷한 한자들을 끼워 넣은 것이다. 이렇게 보면 연재본『혈의루』의 원문장은 (다)가 아닌 (나)였음이 분명해진다. 결국 연재본『혈의루』의 원문장은 국한문혼용체가 아니라 한글체였고, 그것은 그대로 단행본『혈의루』의 문장과 일치했던 것이다.

이인직의 소설들이 전반적으로 친일적 성향을 강하게 드러내는 소설이라는 점에는 의심의 여지가 없다. 아울러, 『만세보』에 사용된 일본식 한자 등을 미루어 볼 때, 근대계몽기 당시 우리 언어 생활에 일본어가 적지 않게 침투해 있었음도 분명한 사실이다.[25] 그러나, 이인직 소설의 주제가 친일적이라거나, 당시의 언어 생활에 일본어가 침투해 있었다는 논의가 곧 『만세보』의 부속국문체의 본질을 설명해 주는 것은 아니다. 『만세보』의 부속국문체는 일본식 언문일치체가 아니며, 일본 문장의 모방이나 변형도 아니다. 이인직이 부속국문체를 사용한 이유 역시 단순히 그의 친일 이데올로기와 연관되는 것[26]이 아니다. 대부분의 연구자들은 연재본 『혈의루』의 문장에 대해서는 비판적으로 접근하지만, 단행본 『혈의루』의 문장에 대해서는 상대적으로 괄목할 만한 발전이 있다고 평가한다.[27] 그리고 그 짧은 기간 동안 일어난 근대적 문체 변화에 대해 감탄한다. 그러나 이 역시 올바른 지적이 아니다. 연재본 『혈의루』의 문장과 단행본 『혈의루』 문장 사이에서 발견되는 차이는 문체의 차이가 아니라 단순히 표기법의 차이에 지나지 않는 것이다. 이는 이인직 문장의 수준이나 문체 의식의 변화와는 별반 관계가 없다. 이미 연재본 『혈의루』 집필 당시 이인직의 한글체 문장은 완성되어 있었던 것이다.[28]

5) 『만세보』와 한글체 소설의 정착 과정

「소설 단편」과 『혈의루』에 비하면 『귀의성』과 「백옥신년(白屋新年)」의 표기는 부속국문체라기보다 순한글체에 더 가깝다. 한자와 부속국문의 사용이 거의 눈에 뜨이지 않는 것이다. 작자를 알 수 없는 작품 「백옥신년」에는 "남순굴 사는 鄭졍셔방"이라는 구절에서 부속국문이 단 한번 사용된다. 이인직의 작품인 연재본 『귀의성』은 제1회에 春川三鶴山춘쳔삼학산, 南內面松峴남닉면솔기, 姜同知강동지 세 낱말에만 부속국문을 사용했다.

제2회에는 春川춘천, 7회에는 乞人걸인 한 낱말만을 그리고 제9회에는 大砲대포, 地方政治지방정치 등 두 낱말에만 부속국문을 사용했다. 10회를 넘어서면 한자와 부속국문은 더욱 눈에 뜨이게 줄어든다. 제15회에서 日露戰爭일로전쟁 등 세 낱말 그리고 16회에서 病傷兵병상병 한 낱말에 부속국문 처리를 한 이후 17회부터 45회까지는 줄곧 한글을 전용한다. 1906년 12월 13일자 수록분 즉 46회에 가면 다시 한자가 보이는데, 여기서 주목할 것은 한자에 부속국문을 사용한 것이 아니라 본문을 한글로 쓴 후 괄호 속에 한자를 집어넣었다는 사실이다. 예를 들면 다음과 같다.

> 쳔하를 다 늬거슬 삼고 독지젼제(獨裁專制)ᄒ던 만승쳔ᄌ도 무어슬쥬면 조아하는 그러ᄒ 셰상에 (…중략…) 침모가 그 소리를 듯더니 본신본의(半信半疑)ᄒ면셔 이샹한 ᄆ음이 드러셔 아무말업시 졈슌의 얼골을 쳐어다 보고 잇다.29)

이후 54회까지는 다시 한글만을 사용하다가 12월 23일자 수록분인 55회에서 다시 한자를 사용한다. 그런데 55회분의 한자 표기 방식은 위에 든 46회분의 표기 방식과는 또 다른 것이었다. 여기에서는 필요한 한자를 괄호 속에 넣되, 한글보다 뒤에 넣는 것이 아니라 그 앞에 넣는 방식을 사용한다. 예를 들면 다음과 같다.

> 인근에 식벽되는 소식을 젼ᄒ려고 (扶桑三百尺)부상슴빅쳑에 꼭끠요 우는 거슨 듯기 조흔 슷닭우는 소리라 (…중략…) 그 밋혜는 (皇宮國都)황궁국도에 만호쟝안이 되얏스니 (鐘鳴鼎食)죵명졍식ᄒ는 부귀가가 질비ᄒ게 잇는 곳이라 흥망셩쇠가 속ᄒ기는 (一國)일국에 그 손밋치 졔일이라30)

이렇게 한자를 괄호 속에 넣되 한글 앞에 표기하는 방식은 이후 56회, 77회, 78회, 79회, 83회, 85회, 95회, 97회, 98회, 104회, 105회, 108회 등에서 사용된다.31) 이러한 표기가 『귀의성』 한자 표기의 주된 방식으로 사용되는 것이다. 이러한 표기 방식은 계속해서 단행본 『혈의루』와

단행본 『귀의성』 등으로 이어지면서 이인직 소설의 대표적 표기법으로
자리잡게 된다.

단행본 『혈의루』의 초판이 발간된 것은 1907년 3월 17이다. 따라서
한자를 괄호 속에 넣고 한글과 함께 표기하는 방식을 이인직이 사용한
것은 단행본 『혈의루』 발간 이후가 아니라, 이미 『만세보』에 『귀의
성』을 연재하던 때부터였음을 확인할 수 있다.32)

『귀의성』과 「백옥신년」이 발표되던 시기는 『만세보』가 아직 부속국
문체의 사용이라는 편집 원칙을 고수하던 시기였다. 그렇다면 왜 이들
작품은 부속국문체라기보다 거의 순한글체에 가깝게 발표되었는가? 그
이유 역시 작가에게 있는 것이 아니라 신문사의 편집 방침 변화에 있다.
『귀의성』을 발표하면서 『만세보』는 점차 부속국문체 기사의 비율을 줄
여가는 편집 태도를 드러내기 시작한다.

본문활자 옆에 다시 부속활자를 다는 것은 여러 가지 면에서 적지 않
은 부담이 되는 일이었다. 우선 부속활자가 들어갈 부분을 위해 행간을
넓게 잡아야 했으므로 신문이 다룰 수 있는 기사의 분량이 축소됨은 당
연한 것이었다. 아울러 부속활자는 크기가 매우 작아 관리하기가 쉽지
않았고, 조금만 마모되어도 자형을 알기가 어려웠다. 따라서 활자의 유
지 관리를 위한 시간적·경제적 손실 또한 적지 않았을 것으로 추정된
다. 예를 들면, 『만세보』는 부속활자 관리상의 문제로 인해 1907년 2월
21일자를 예고 없이 휴간했고, 2월 22일자에는 이에 대한 사과문을 게
재하면서 당일에도 부속활자를 사용하지 못한다. 다음의 사고(社告)를
보면 이러한 사정을 잘 알 수 있다.

昨日 本社의 一時 債誤함을 因하야 活字가 混雜ㅎ기로 勢不得已ㅎ야 一
日停刊하얏사오며 本日에도 附屬國文을 姑爲撤去하야 整頓키롤 俟ㅎ오니
愛讀諸賢은 包容ㅎ심을 希望ㅎ오며 從今以往으로눈 益益注意하기로 團束ㅎ
얏기로 玆에 謝過홈33)

결국 『만세보』는 1907년 3월 9일 "本社所用 附屬國文 活字가 字劃이 磨완ᄒ야 一新 準備키를 計劃ᄒᄂ 故로 幾許間 附屬國文을 拔去ᄒ오니 愛讀諸君子ᄂ 照亮하시ᄋ"[34]이라는 공고를 낸다. 활자의 마모가 심해 교체해야 하고 그를 위해 부속국문 표기를 중단한다는 것이다.

『만세보』는 국한문혼용체 문장에 한글 음을 달아 부속국문체로 표기하는 방식을 1907년 3월 8일까지는 꾸준히 지속했다. 하지만 실은, 순한글체를 부속국문체로 바꾸는 작업은 그보다 일찍 중단한 셈이었다.[35] 전자의 작업은 나름대로 독자 확보에 효과가 있었지만, 후자의 작업은 그 효율성에 문제가 있었기 때문으로 생각된다. 즉 전자의 작업은 '비록 한문을 모르는 자라도 그 곁의 국문을 보고 알게 만들겠다'는 발간 취지에 부합하는 일이었지만,[36] 후자의 작업은 애초부터 특별한 의미를 부여하거나 성과를 기대하기가 어려운 일이었던 것이다.

이후 『만세보』는 모든 기사에 국한문혼용체를 주로 사용하면서, 소설만은 순한글체를 사용하는 형태로 발행된다. 소설의 독자가 한글을 주된 문자로 사용하는 일반 대중이라는 현실을 무시할 수 없었기 때문이다. 결국 『만세보』는 '일반 기사는 국한문혼용체, 그리고 소설은 순한글체'라는 편집 방향을 정착시킨다. 『만세보』의 이러한 편집 방향은 이후 1910년대를 대표하는 신문인 『매일신보』에도 그대로 이어진다.

3. 마무리

근대계몽기 문학의 발생과 성장 과정에서 신문은 매우 중요한 역할을 했다. 이 시기에 발행된 신문들은 무엇보다 어떠한 문체를 선택할 것인가를 놓고 고민을 거듭했다. 이 시기에는 문자 사용 계층이 국한문혼용층과 국문층으로 확연히 구분되어 있었으므로, 신문의 문체 선택은 곧 독자층에 대한 선택을 의미한다. 독자층에 대한 선택 전략은 신문의 생존 전략 가운데 매우 중요한 부분을 차지하는 것이었다. 『한성순보』가 순한문체를 사용하고 『한성주보』가 국한문혼용체를 사용한 것에 반해 『독립신문』은 순한글체를 사용함으로써 한글 신문 시대의 새로운 장을 열었다. 『그리스도신문』, 『조선크리스도인회보』, 『대한크리스도인회보』 등 기독교 계통의 신문들 역시 한글을 사용하면서, 대중 선교를 효과적으로 펴나갔다. 서로 비슷한 시기에 간행되었던 『황성신문』과 『뎨국신문』은 각각 국한문혼용체와 한글체를 사용하면서 대상 독자를 분명하게 구분했다. 국한문혼용체의 『황성신문』이 유생(儒生)을, 그리고 순한글체의 『뎨국신문』이 여성을 주된 독자로 삼은 것은 그 한 예가 된다.

근대계몽기에 발행된 신문들 가운데 특히 『대한미일신보』와 『만세보』는 이 시기 신문이 문체 선택 과정에서 얼마나 큰 고민을 했는가를 잘 보여준다. 국문판에서 출발해 국한문혼용판으로 변화했던 『대한미일신보』는 결국 국한문혼용판 신문과 국문판 신문 두 종류를 동시에 발행하게 된다. 이는 어느 계층의 독자도 소홀히 할 수 없다는 편집진의 판단 때문이었다. 이렇게 국한문혼용층과 국문층 모두를 독자로 끌어들이려는 노력을 『만세보』는 새로운 방식으로 해결해 나간다. 그것이 바로 부속국문체의 사용이었다. 『만세보』는 「소설 단편」, 『혈의루』, 『귀의성』 등 주목할 만한 근대문학 작품을 수록함으로써 한글소설의 정착 과정에도 적지 않은 기여를 했다.

근대계몽기 신문의 문체와 한글소설의 정착 과정을 『만세보』를 중심으로 살필 때, 우리는 다음과 같은 중요한 사실들을 지적할 수 있다.

첫째, 『만세보』에 사용된 부속국문체 문장은, 일단 국한문혼용체로 쓰여진 후 거기에 한글을 추가한 것으로 이해되어 왔다. 그러나 이는 명백히 잘못된 것이다. 한글과 한자를 병기하는 이중표기 방식으로 출발했다는 가설 역시 성립하기 어렵다. 『만세보』의 부속국문체 문장들을 분석해 보면 원문이 두 가지 종류로 나뉜다. 하나는 원문이 국한문혼용체로 된 것이며 다른 하나는 원문이 한글로 된 것이다. 「소설 단편」, 『혈의루』, 『귀의성』, 「백옥신년」 등 『만세보』를 통해 발표된 소설은 모두가 원문이 한글체였다. 논설이나 일반 기사는 「국문독자구락부」 가운데 일부를 제외하면 대부분이 국한문혼용체로 쓰여진 것이다. 「소설 단편」이나 연재본 『혈의루』의 표기는 외형상 일본의 후리가나식 표기와 유사해 보이면서도, 실제로 분석해 보면 일본식 표기와는 다른 면모를 보인다. 이는 『혈의루』가 원래 국한문혼용체가 아닌 한글체로 쓰여진 작품이기 때문이다. 『혈의루』의 한글체 문장은 단행본에 이르러 완성된 것이 아니다. 이미 연재본에서부터 단행본과 동일한 단계의 모습을 갖추고 있었던 것이다.

둘째, 『만세보』나 『혈의루』의 문체 특질에 대한 기존의 비판들은 『만세보』와 『혈의루』 문체의 핵심을 잘못 이해한 데서 기인한 것이다. 『만세보』와 연재본 『혈의루』에 사용된 문체와 표기법은 일본 문체와 표기법의 모방이라는 비판도 받았다. 당시의 정황으로 미루어볼 때, 『만세보』의 부속국문체 사용이 어느 정도 일본의 영향을 받았을 가능성은 분명히 있다. 그러나 이를 단순히 일본식 표기법의 모방이라고만 볼 수는 없다. 우리 나라의 전래 문헌에서도 부속국문체와 부속한문체는 드물지 않게 발견된다. 『만세보』에 연재된 이인직의 소설들이 사용한 한자 병기 방식은 크게 세 가지였다. ① 한자를 본문으로 적고 거기에 부속국문을 첨가하는 방식. ② 한글을 본문으로 적고 한글 뒤 괄호 속에 한자를 적어 넣는 방식. ③ 한글을 본문으로 적되 한글 앞에 미리 괄호를 두어 거기에 한자를 표기하는 방식. 이 가운데 부속국문을 첨가하는 방식은 소설보다는 일반 기사에 적합한 것이었다. 그럼에도 불구하고 이인직이 일반 기사가 아닌 소설에 부속국문체를 사용한 것은 『만세보』의 초기 편집 방침에 따른 것으로 보인다. 『만세보』가 편집 방침으로 부속국문체를 선택한 것은 하나의 신문으로 두 가지 문자 층의 독자를 동시에 흡수하려는 시도 때문이었다. 이는『대한민일신보』가 두 가지 문체의 신문을 각각 발행하면서 얻으려 했던 것과 동일한 효과를 의도한 것이었다. 따라서 부속국문체 사용의 근원을 일본의 근대 문체 정립 과정에서만 찾으려는 시도는 잘못된 것이다. 더구나 이 문제를 이인직의 친일 이데올로기의 소산으로 이해하는 것은 옳지 않다.

셋째, 한국 근대문학사 초기에는 신문의 문체가 작가와 작품의 문체에 매우 큰 영향을 미쳤음을 구체적으로 확인할 수 있다. 이인직은 한글체 소설이었던 작품「소설 단편」과『혈의루』등을『만세보』의 편집 방침에 맞추어 부속국문체로 발표했다.『귀의성』의 경우는 연재 초기에는 부속국문체를 사용했지만, 연재가 진행되는 과정에서 점차 순한글체로 발표 문체를 바꾸어 갔다. 이는『만세보』가 부속국문체 사용의 빈도를 줄여가다가, 마침내 그것을 완전히 폐지한 데 따른 결과였다. 이러한 사실들은 근대계몽기에는 작가가 작품의 문체를 선택하기보다는, 발표 매체가 어떠한 문체 사용 원칙을 고수하고 있었는가에 따라 작품의 문체가 결정되었음을 보여주는 뚜렷한 증거가 된다.

문체 선택에 관한 여러 가지 시행 착오를 거치면서『만세보』가 도달한 결론은 '일반 기사는 국한문혼용체로, 그리고 소설은 순한글체로'라는 것이었다. 이러한 결론에 따라『만세보』는 본격적인 한글소설 발표의 장으로서 중요한 역할을 하게 된다. 그리하여『만세보』는 한글소설의 정착과 대중화 과정에 나름대로 적지 않은 기여를 하게 되는 것이다.

『만세보』의 이러한 선택은 이후 신문들의 편집 방침과 문체 선택에도 적지 않은 영향을 미친다.『만세보』가 1900년대 근대계몽기 한글체 소설의 정착과 대중화를 위한 토대로서의 역할을 했다면, 이후 1910년대에는『매일신보』가 그 역할을 이어가게 된다. 이 논문의 후속 작업은『매일신보』와 한국 근대소설의 관계에 대한 연구로 이어지게 될 것이다.

1) 이러한 전제에 대한 상세한 논의는 필자의 책, 『한국근대소설사』, 솔출판사, 1997, 481~496면 참조.

2) 근대계몽기에 발표된 단형 서사문학 자료의 실체에 대한 확인은, 김영민·구장률·이유미 편, 『근대계몽기 단형 서사문학 자료전집』(상·하), 소명출판, 2003 참조.

3) 근대계몽기의 대표적 '역사·전기소설' 가운데 하나인 「이순신전」을 그 예로 들 수 있다. 신채호는 「이순신전」을 국한문혼용체 소설로 발표한다. 그런 후, 이 작품을 패셔싱이 번역해 한글소설로 다시 발표하게 되는 것이다. 국한문혼용체 「이순신전」은 1908년 5월 2일부터 8월 18일까지, 그리고 한글체 「리슌신전」은 6월 11일부터 10월 24일까지 발표되었다. 따라서 6월부터 8월까지 약 두 달간은 하나의 작품이 두 가지 문체로, 두 종류의 『대한민일신보』에 실리게 된다.

4) 사장 오세창, 「사설」, 『만세보』, 1906.6.17.

5) 『만세보』에서는 이렇게 작은 크기로 병기한 한글을 부속국문이라 불렀다. 부속국문을 활용한 문체가 부속국문체이다. 근대계몽기 문체 연구는 표기 방식의 연구와 서로 분리되기 어렵다. 표기체계와 문체의 관계에 대해 임형택은 다음과 같이 서술한 바 있다. "표기체계의 역사적 전환은 글쓰기 차원에서, 문체의 변화란 정신의 변화, 나아가 사회 풍상을 반영한다는 측면에서 총체적으로 고구해야 할 사안임이 물론이다."(임형택, 「근대계몽기 국한문체의 발전과 한문의 위상」, 『한국문학사의 논리와 체계』, 창작과비평사, 2002, 393면)

6) 『만세보』가 부속국문을 활용해 한글을 병행하는 방식을 택한 것은 다양한 계층의 독자를 끌어들이는데는 효과적이었기 때문이다. 『뎨국신문(帝國新聞)』 잡보란에 실렸던 다음의 기사는 『만세보』의 부속국문 사용 의도가 어디에 있었는가를 분명히 보여준다. "…… 그 신문 만들기난 한문으로 쥬장ᄒ고 한문 글ᄌ 엽헤 우리 나라 국문으로 쥬셕ᄒ야 비록 한문을 몰ᄋ난자라도 그겻히 국문을 보고 알계 만들깃다 ᄒ며……"(「萬歲報施設」, 『뎨국신문』, 1906년 5월 11일).

7) 조연현, 「'신소설' 형성과정고」, 『현대문학』 1966년 4월호, 178면 참조.

8) 최원식, 「애국계몽기의 친일문학」, 『한국근대소설사론』, 창작사, 1986, 293면.

9) 김윤식·정호웅, 『한국소설사』, 예하, 1993, 34~36면 참조.

10) 당시 이인직의 위치로 미루어 보면, 이인직 역시 『만세보』의 문체 결정 과정에 관여했을 것으로 추정된다. 그러나 그는 논설이나 일반 기사의 경우에는 부속국문체가 적합하다고 생각했지만, 소설에는 부속국문체가 별반 효과적이라고 생각하지 않았던 것 같다. 이인직은 자신의 이름을 밝힌 논설들이나 그가 썼을 것으로 추정되는 논설들에 모두 철저하게 부속국문을 달았다. 하지만 『혈의루』 등의 소설에서는 부속국문을 매우 소홀히 다루었다. 「소설 단편」을 부속국문체로 발표하면서는, 한자로는 보지 말고 한글로만 읽으라고 작가 주(註)를 달았다. 『귀의성』이 연재되던 때는 『만세보』가 부속국문체를 폐지하기 이전임에도 불구하고 이 작품을 부속국문체가 아닌 한글체로 발표했다. .

11) 예를 들면, 御孃樣(아가씨), 奧樣(부인), 世話(은혜) 등이 있다.

12) 이와 관련해서는 다음과 같은 지적을 참고할 수 있다. "이는 「血의 淚」의 序頭이거니와, 그 表記의 特徵은 國漢文混用體에다 漢字에는 모두 국문으로 讀音과 뜻을 달고 있다는 점이다. 그런데 이와 같은 표기는 開化期 이전의 小說文章에서는 보기 드문 現

象이었던 만큼, 日本小說의 影響이 作用하고 있음을 斷定하기에 어렵지 않는 것이다.”
(이재선, 『한국개화기소설연구』, 일조각, 1972, 138면)

13) 박종국 주해, 『훈민정음』, 정음사, 1979, 3면. 여기에 인용한 자료는 간송박물관 소장본
으로 간행 연대는 1446년이다.

14) 위의 책, 77~82면. 여기에 인용한 자료는 희방사본(喜方寺本)으로 간행 연대는 1568년
이다.

15) 양문규, 「이인직 소설의 문체에 관한 연구」, 『인문학보』 제6집, 강릉대 인문과학연구
소, 1988, 60~61면 참조.

16) 정선태, 「신소설의 서사론적 연구」, 서울대 대학원, 1994, 15면 참조.

17) 최태원, 「『혈의루』의 문체와 담론구조 연구」, 서울대 대학원, 2000, 25면 참조.

18) 사에구사 도시카쓰(三枝壽勝), 「이중표기와 근대적 문체 형성」, 『현대문학의 연구』
제15집, 2000, 54면.

19) 위의 책, 55면.

20) 노혜경(魯惠卿), 「『血の淚』に見られる ‘日本式表記’ についての 研究」, 『第52回 朝
鮮學會發表資料集』, 朝鮮學會, 2001년 10월 참조.

21) 「소설 단편」이 원래 한글체로 쓰여진 작품이라는 사실은 작품의 서두에 첨가된 “이
小說소설은 國文국문으로만 보고 漢文音한문음으로는 보지 말으시오”(菊初, 「小說 短
篇」, 『만세보』, 1906.7.3)라는 작가 주(註)에서도 유추가 가능하다.

22) 권영민, 「이인직과 신소설 『혈의누』」, 『이인직 혈의누』, 서울대 출판부, 2001, 487면
참조.

23) 명슝강, 「관동별곡」, 『역대가사문학전집』(임기중 편) 제6권, 동서문화원, 1987, 585면.

24) 연재본 『혈의루』의 주된 문체는 부속국문체이지만 모든 회에 한자가 섞여 나오는 것은
아니다. 전혀 한자를 섞어 쓰지 않고 한글로만 발표한 회도 여러 번 있다. 예를 들어
제6회(1906.7.28)가 그러하다. 48회(1906.10.6), 49회(1906.10.7), 50회(1906.10.9)의 경우는
연속해서 한글로만 발표했다. 한자를 사용하고 부속국문을 단 정도도 일정하지 않다.
한글로만 발표한 부분이 있다거나, 회에 따라 한자와 부속국문의 사용 빈도수가 크게
들쭉날쭉한 것도 한자가 나중에 추가되었다고 추정할 수 있는 또 하나의 이유가 된다.

25) 이 문제에 대해 양문규는 다음과 같은 견해를 보인 바 있다. “일본식 한자어는 공교롭
게도 ‘옥련’의 일본 생활을 묘사하는 부분(21~35회)에서만 이따금씩 나타나는데, 이는
작중무대의 현실성을 살리려는 것과 관련이 있는 듯 싶다.”(양문규, 앞의 글, 61면)

26) 김윤식 등은 이인직의 부속국문체 사용을 친일파 이데올로기의 반영으로 해석한다.
김윤식, 「『혈의 누』의 두 가지 표기법에 대한 생각―「이중표기와 근대적 문체형성」에
대한 토론문」, 『현대문학의 연구』 제15집, 2000, 73면 참조.

27) 예를 들면 다음과 같은 지적을 참고할 수 있다. “『만세보』 연재 당시 『혈의 누』가 국한
문 혼용체를 사용하면서 국문으로 한자에 음을 병기하는 방식을 채택했던 것에 비한다
면, 단행본 『혈의 누』의 국문체 지향은 개화계몽시대의 문체 변혁 과정에서 국문체의
대중적 사회 기반을 고려한 새로운 [변]화를 의미하는 것이라고 하겠다.” 권영민, 앞의
글, 487면.([　]는 누락된 것으로 보이는 글자를 추가한 것임)

28) 연재본 『혈의루』와 단행본 『혈의루』 사이의 문장이 달라 보이는 또 하나의 이유는
단행본 출간시 내용상의 개작이 있었기 때문이다. 그러나, 이 문제는 문체의 변화와는
직접 연관성이 없는 부분이므로 이 논문에서는 더 이상 다루지 않는다.

29) 이인직,『귀의성』,『만세보』, 1906.12.3. 이러한 표기 방식은 현대 한글 문장에 한자를 표기하는 방식과 동일한 것이다.

30) 이인직, 위의 글, 1906.12.23.

31) 이후 연재가 확인된 134회까지는 줄곧 한글만을 사용한다. 이 사이 64회에 한 번 부속국문을 사용하기도 했다. 그런데 이는 한문구(漢文句)를 읽기 위한 것이었다는 점에서 연재 초기 문장에서 볼 수 있는 부속국문체와는 성격이 다르다.

32) 이 사실 역시 단행본『혈의루』의 한자 표기법에 특별한 의미를 부여하던 기존의 연구들이 잘못된 것임을 보여준다.

33)「社告」,『만세보』, 1907.2.22.

34)「社告」,『만세보』, 1907.3.9.

35)『귀의성』이나「백옥신년」에서 부속국문의 사용을 줄여간 것도 한 예가 될 수 있고,「국문독자구락부」란을 없앤 것도 그 예가 될 수 있다.

36) 그러나, 엄밀히 말한다면 국한문혼용체 문장에 음을 달아 부속국문체로 쓰는 방법 역시 국문독자가 해독하는 데는 한계가 있는 방식이다. 국문독자를 위한 가장 확실한 방법은 단순히 한자에 음을 다는 것이 아니라, 원문을 완전히 한글체로 바꾸어주는 것이다. 이는 사실상의 번역을 의미한다. 앞에서 인용한 훈민정음 언해본이 한자를 음독한 부속국문을 달고, 그 뒤에 다시 번역 문장을 병기한 것이 이에 어울리는 사례이다. 드문 경우이기는 하지만,『만세보』는 부속국문을 활용해 국한문혼용체의 번역을 시도하기도 했다. 1907년 7월 24일부터 28일까지 5회에 걸쳐 연재된 천도교전(天道敎典)에는 단순한 음독이 아닌 번역 부속국문이 달려있다. 한 구절만 예를 들어 보면 다음과 같다. “人上無人스룸우의는스룸이업심이오 人下無人스룸ᄋ리는스룸이무ᄒ니…….”(『만세보』, 1906.7.26) 이런 문장의 경우는 원문인 국한문혼용체로 읽으나, 번역문인 부속국문체로 읽으나 모두 문맥이 잘 통한다. 그것은 부속국문으로 된 부분이 원문에 종속된 것이 아니라 거의 독립된 별개의 한글체 문장이기 때문이다. 특히 ‘人上無人’을 ‘스룸우의는스룸이업심’으로 번역했으면서도 ‘人下無人’을 ‘스룸ᄋ리는스룸업심’으로 하지 않고 ‘스룸ᄋ리는스룸이무’로 번역한 것에 주목할 필요가 있다. 이는 한자와 한글 어느 쪽으로 읽더라도 ‘人下無人’ 다음에 오는 어미 ‘~ᄒ니’와 연결되도록 하려는 배려에서 나온 것이다. 천도교전의 한자 표현들을 음독하지 않고 번역을 시도한 이유는 크게 두 가지로 볼 수 있다. 하나는 이 글의 원문이 현토한문체였기 때문이다. 현토한문체는 음만 달아서는 의미 전달이 거의 불가능하다. 다른 하나는『만세보』가 천도교에서 발행하는 신문이었다는 점에 있다. 당시 대다수의 천도교인은 국한문혼용체를 제대로 해독하지 못했을 것으로 추정된다(이에 대해서는 최기영,「천도교의 국민계몽 활동과『만세보』의 발간」,『대한제국시기 신문연구』, 일조각, 1991, 83면 참조). 천도교전은 천도교의 교리를 다루고 있는 글이다. 따라서『만세보』로서는 이 글을 천도교인에게 읽히기 위해 한글로 번역할 필요가 있었다. 이는『죠선크리스도인회보』등 기독교 계통의 신문들이 대중 선교를 위해 모두 한글체로 발행된 것과 같은 맥락에서 이해할 수 있다.

철도와 근대성
「경부철도노래」와 「세계일주가」를 중심으로

김동식

1. 근대성에 대한 고고학적 탐색

　1899년 9월 18일에 개통된 한국 최초의 철도 경인선의 평균 속도는 20~22km였다. 1905년 5월 1일에 개통된 경부선(서대문−초량)의 평균속도는 26.5km였고, 소요시간은 17시간이었다. 하지만 당시의 사람들은 바람처럼 빨리 달린다고 말했다. 현재 경부선 철도는 4시간 10분이 소요되며 최고 140km의 속력으로 달린다.[1] 고속철도가 완공되면 2시간 이내에 서울−부산 간을 주파할 것이라고 한다. 한국 철도가 보여주고 있는 속도의 가속도적인 변화는 한국사회가 경험한 압축적인 근대와 유비적인 동형성을 갖는다고 해도 과언이 아닐 것이다. 철도는 근대성의 이념적 표상이자, 근대성과 관련된 경험의 역사(성) 그 자체이다.

　철도란 무엇인가. 철도는 자연적인 지형에 종속되기를 거부하고 직진한다. 그 과정에서 굴을 파고 다리를 놓음으로써 새로운 공간성을 창출하고 풍경을 재구조화한다. 기차는 질적인 지형을 균질적인 공간으로 변형할 뿐만 아니라, 엄청난 속도를 바탕으로 시공간을 압축하고, 국제적인 표준시를 도입하도록 강제한다. 또한 기차는 또한 공장의 진동과 소음을 일상화한다. 기차의 소음과 진동은 질병의 출처가 되기도 하고 에로틱한 경험의 근원이 되기도 한다. 아주 가끔씩 기차는 탈선하거나 충돌하여 공포의 근원이 되며 트라우마적 경험을 산출한다. 기차는 탑승객의 자의적인 하차를 허용하지 않는다. 기차에 실린 사람은 속도를 통해서 외부세계와 공간적으로 분리된다. 그리하여 기차를 타는 주체는 우리지만, 기차에 타는 순간 우리는 배송되는 객체가 된다. 우리는 기차의 폭발적인 힘에 실려 어딘가로 보내지는 셈이다. 이런 모든 것으로 인해 기차는 근대성에 대한 탁월한 상징이다. 그것은 근대성이 질주이며, 동시에 지극히 위험하면서도 매력적인 질주라는 사실을 상징한다.[2]

　문화적 문학연구는 근대성의 미시적 영역에 대한 고고학적인 탐색이며, 근대성을 경험적인 차원으로 불러들여 술어화하는 과정이다. 근대성을 이념형으로 인식하는 것이 아니라 우리의 경험으로서 재서술하는 것이기도 하다.[3] 문제는 이 과정에서 문학 내지는 문학연구의 정체성이 훼손될 위험성이 상존한다는 점이다. 문화적 문학연구가 문학작품을 자료로 삼는 문화연구를 지향하는 것은 바람직하지 않은 것으로 보인다. 문화사적인 맥락을 원용하여 보다 섬세하고 풍요로운 문학해석의 층위를 열어 보이는 작업으로 수렴되어야 하고 또 그렇게 될 수밖에 없을 것이다. 개화기의 문학에서 1990년대의 문학에 이르기까지 철도의 흔적들이 한국문학사 곳곳에 흩어져 있다. 철도와 문학과의 관련성에 관한 문화적 문학연구를 시도하는 이 글은 예비적인 고찰에 지나지 않는다. 그런 점에서 초창기의 철도 체험과 일정 정도는 닮아 있을 수밖에 없다.

2. 『일동기유』와 『서유견문』에서의 철도―새로운 공간성의 발견

한국인으로서 최초로 철도를 경험한 사람은 1876년 수신사(修信使)의 자격으로 일본에 다녀온 김기수(金綺秀)이다. 『일동기유(日東記游)』에 의하면, 김기수는 요코하마(橫濱)에서 시바시(新橋)로 가는 과정에서 '화륜거(火輪車)'를 탔다. 열차를 앞에 두고도 긴 행랑(行廊)이 놓여져 있는 것으로 알았다는 고백을 보면, 철도에 대한 사전 정보나 지식이 전혀 없었던 것으로 보인다.

> (객실의―인용자) 양쪽 가에는 모두 琉璃로서 막았는데 장식이 찬란하여 눈이 부시었다. 車마다 모두 바퀴가 있어 앞차에 火輪이 한번 구르면 여러 車의 바퀴가 따라서 구르게 되니 우뢰와 번개처럼 달리고 바람처럼 비처럼 날뛰었다. 한 시간에 三,四百里를 달린다고 하는데 차체는 안온(安穩)하여 조금도 요동하지 않으며 다만 左右에 山川, 草木, 屋宅, 人物이 보이기는 하나 앞에 번쩍 뒤에 번쩍 하므로 도저히 걷잡을 수가 없었다. 담배 한 대 피울 동안에 벌써 新橋에 도착되였으니 즉 九十里나 왔던 것이다.[4]

기차의 속도는 바람과 같지만 차체의 내부는 안온했고 조금도 요동하지 않았다는 것은, 김기수가 속도와 신체의 분리를 경험했음을 보여준다. 또한 달리는 열차의 유리창을 통해서 산천, 초목, 가옥, 사람 등을 보았다는 것은, 그가 철도가 제공하는 파노라마적인 풍경이라는 낯선 경험에 노출되어 있었음 의미한다. 김기수가 파노라마적인 풍경을 외면하다시피 하면서 담배를 피워야 했던 것은 무척이나 자연스러운 일이다. 풍경과 시선의 관계, 달리 말하면 여행자가 공간과 맺는 관계가 근원적으로 달라졌기 때문이다.

전통적인 여행에서 여행자는 자신을 전경(前景, Vordergrund, 눈앞에 펼쳐져 있다가 뒤로 사라지게 될 풍경)의 일부분으로 의식하였고, 이러한 의식은 그를 그 지역의 자연과 신체적인 차원에서 연관시켰다. 여행자는 구체적인 장소와 공간적·감각적 연관을 갖게 되며, 여행자에게 여행 공간은 생생한 연속성으로 경험된다. 이를 두고 풍경공간(Landschftsraum)이라 할 수 있을 것이다. 반면에 철도 여행에서는 속도로 인해 전경이 해소되면서 여행자의 신체는 공간적인 차원과 분리된다. 여행자의 신체와 시선이 인식 대상과 동일한 공간에 속하지 않게 됨으로써, 전통적인 여행의 과정에서 감각할 수 있었던 공감각적인 경험은 불가능한 것이 된다. 속도에 종속된 시선은 풍경을 하나의 연쇄로 경험할 수밖에 없는데, 이 과정에서 신경에 주어지는 자극도 속도에 비례해서 증가한다. 김기수가 파노라마적인 풍경을 외면하면서 담배를 피울 수밖에 없었던 이유가 여기에 있다. 그는 풍경의 새로운 패러다임을 처음으로 경험했던 것이다.[5]

철도가 제공하는 파노라마적인 풍경에 당혹스러워하고 시공간 압축에 놀라워하는 과정에서도, 김기수는 철도와 관련된 중요한 사실을 발견한다. 철도가 비록 커브를 그리면서 달리는 경우는 있지만 높고 낮음이 없는 평탄한 길을 달리고 있다는 사실이 그것이다.[6] 이러한 점은 유길준의 『서유견문』(1895)에도 자세히 설명되어 있다. 철도는 심한 곡선을 달릴 수 없고 높낮이 변화가 심해서는 안되며 물을 건널 수 없기 때문에, 철도의 건설은 반드시 곧아야 하고 언덕은 깎아서 평평하게 하고 높은 산은 터널을 뚫어야 하며 물이 있을 때는 제방을 쌓거나 다리를 놓아야 함을 지적하고 있다.[7] 철도가 파노라마적인 풍경을 제시할 뿐만 아니라, '평평한 공간'으로 대변되는 새로운 공간성을 창출해 낸다는 것을 설명하고 있는 셈이다. 철도는 산과 계곡과 같은 지형(地形)의 저항을 극복하고, 뉴턴적인 공간 달리 말하면 "완전히 매끄럽고 평평하고 단단하며 직선에 가까운 이상적인 길을 만든다."[8]

철도가 뉴턴의 역학을 교통수단으로 현실화한 것이며, 원리상에 있어서는 균질적인 공간을 상정하는 것이 사실이지만, 철로 부설의 실제 작업이 만만했던 것은 결코 아니다. 자연지형과의 마찰을 최대한 줄이면서 건설될 수밖에 없었기 때문이다. 널리 알려진 것처럼 한국 최초의 철도는 1899년에 개통된 경인선이었고, 1905년에는 경부선이 개통되었다.9) 경부선 노선 확정 과정에서 특히 문제가 되었던 것은, 왕릉과 같은 황실의 권위와 관련된 공간들이었다.10) 국문 고전소설에서 국왕이 거론되는 지점에 이르면 행을 달리 하거나 의도적인 띄어쓰기를 하는 것처럼, 국왕과 관련된 기호는 다른 기호들과 균질적인 것으로 생각되지 않았다. 또한 궁궐 근처는 말을 타고 지날 수 없는 곳으로 규정되어 있어서, 관료와 일반백성을 막론하고 모든 사람들은 종묘 앞길이나 대궐문 앞에서는 말과 가마에서 내려 지나가게 하였다.11)

> 대체로 논하여 보건대 만물이란 만 가지 물건이니 진실로 하나로 할 수 없거니와, 하나의 하늘이라 해도 서로 같은 하늘이 없고, 하나의 땅이라 해도 한 곳도 서로 같은 땅이 없다. 마치 천만 사람이 각자 천만 가지의 성명(이름―인용자)을 가졌고, 삼백 일에는 또한 스스로 삼백 가지의 하는 일이 있음과 같다. 오직 그와 같을 뿐이다.12)

이옥의 글에서 알 수 있듯이, 시간·공간·기호에 있어서 질적인 차이와 위계를 설정하는 것은 전통적인 사회의 일반적인 인식이었던 것으로 보인다. 특히 신분의 고하를 막론하고 선묘(先墓)에 대한 놀라울 정도의 경외심은 질적 공간 또는 비(非)균질적인 공간에 대한 태도와 관련되는 것이다.13) 풍수적 간룡법(看龍法)에 입각하여 산악의 형세를 지맥의 흐름으로 읽어내는 고지도는 공간에 대한 전통적인 인식을 반영하는 것이기도 하다. 물론 조선시대에도 평평한 길이 있었다. 하지만 그것은 왕권의 권위와 관련된 것이었다.14) 하지만 자연적인 지형의 종속으로부터 자유로운 길, 왕실의 권위와 무관한 곳에 인공적으로 만들어진 직선 형태의 평평한 길은 그 자체로 새로운 풍경이었다.

폐쇄적인 공간성의 와해, 도시지역으로의 넓은 확장, 특수화된 구역들의 발생(주거지역, 상업지역, 공장지역, 부르주아의 혹은 프롤레타리아 계급의 도시 구역들) 등은 일반적으로는 산업 혁명의 경과이고, 특수하게는 열차의 운송혁명의 결과이다. 이러한 발전이 직접적으로 열차에 의해 야기되지 않은 곳에서도 열차는 이미 존재하는 경향들을 가속화하는 요인으로 작용한다.15) 갑오경장과 대한제국 시기(1894~1910)를 거치면서 한양은 수많은 외국인들의 유입과 외국 건축물의 건설을 경험하면서 큰 변화를 겪게 된다. 높은 첨탑으로 대변되는 르네상스식 건축물인 낙현성당(樂峴聖堂, 1892)과 명동성당(明洞聖堂, 1898), 그리고 높은 언덕 위에 자리잡은 외국공관들은 수직적인 차원에서 전통적인 도시경관을 크게 바꾸어 놓았다. 수평적인 차원에서는 전차와 경인선이 전통적인 도성의 경계를 허물고 도시공간의 확장을 가져왔다. 특히 서대문-종로-홍인문 일대의 가로가 정비되었으며, 육조거리 끝의 황토마루를 평지화해서 광장으로 만듦으로써 서울역과 광화문을 잇는 직선대로가 만들어졌다.16) 전차와 기차가 다니는 곳 또는 그와 연계된 지역은 가로가 정비되거나 평지화 작업이 이루어졌던 것이다. 또한 교통과 물류의 무게중심 또한 한강수운에서 철도로 옮겨가며, 경강상인들의 기반이었던 용산 일대는 경부선 건설을 위한 철도공장이 들어서면서 신용산으로 변모하게 되었다. 철도부지를 헐값에 매입한 일본이 남대문 역 부근의 땅을 자국인들에게 불하하면서 충무로와 명동 일대에 일본인들을 위한 새로운 시가지가 개발되었으며, 종로와 청계천 이북은 조선인, 명동 일대는 일본인, 그리고 소공동 일대는 중국인들의 상권이 형성되었다.17) 철도가 가져온 공간적인 변화는 놀라운 것이었다. 하지만 전적으로 조선인들을 위한 것이 아니었다는 점에서 한없이 착잡한 것이기도 했다. 철도는 놀라움과 착잡함을 왕복할 수밖에 없었다.

3. 철도를 바라보는 몇 가지 시선들—계몽과 취몽의 경계선

철도에 대한 사회적인 인식이 제고된 계기는, 경부선의 부설시기와도 일정 정도 겹치기도 하는, 러일전쟁(1905)이었다. 당시의 신문들을 보면 전황보도가 거의 매일 계속되고 있는데, 흥미로운 것은 철도가 전선(戰線)의 형성과 깊은 관련을 맺는 것으로 이해되고 있다는 점이다. 러일전쟁의 전황 예측과 관련해서 시베리아 철도가 전선을 형성하는 가장 주요한 요인으로 인식되었다.[18] 또한 철도의 부설권과 소유권은 승전국의 권리이며 철도는 점령지의 표상이었다.[19] 철도의 소유권은 해당 영토에 대한 실질적인 지배권과 직결되는 문제이었기 때문이다. 약간의 확대해석이 허용된다면, 이 시기의 철도는 사실상 국경(의 대체) 개념이기도 했다. 철도가 닿는 곳까지가 그 나라의 영토라는 생각이 그것이다. "우연히 일이 잇셔 경부텰도의 챠를 트고 부산에 가서 바다를 보니 오호—라 하늘은 어디까지 넓으며 짜은 어디까지 한ㅎ엿는가"[20]라는 구절에서 알 수 있듯이, 경부선을 내리면 바다와 만나게 된다는 생각의 저변에는 경부선이 닿는 곳까지가 조선의 영토라는 관념이 가로놓여져 있다. 특히 경부·경의·경인·경원·평원선과 같이 국토를 종횡으로 관통하는 간선철도가 모두 외국인의 손에 들어가 있는 상태에서 서오순 등 국내실업가에 의해서 추진되던 호남철도 부설이 좌절되었을 때 사회적인 실망은 참으로 큰 것일 수밖에 없었다.[21] 철도의 소유권과 부설권은 국가 경계의 확정과 상징적인 관련성을 지니고 있었기 때문이다.

일반적으로 철도는 문명개화의 상징이었다. 철도는 계몽과 관련지어서 생각되곤 했는데, 특히 철도와 관련된 시가들에서 빈번하게 등장하는 기차의 고동소리는 완고한 꿈을 깨우는 각성의 소리였다. 자연스럽게 새로운 세계에 대한 기대감의 표현으로 이어졌다.

(가) 먼 싀골에 싱쟝ㅎ야 농ㅅㅎ던 늙은이가 셔울구경 ㅎ랴 ㅎ고 평싱 별너 올라오니 볼만흔 일 무수ㅎ다……

ㅅ방으로 텰로 놋코 힝인물품 슈운홀 제 착산통도 몃 천리를 순식간에 왕릭ㅎ나 그 근쳐에 사는 사람 고동소리 놀나깃네 신셰계가 되엿고나…… 22)

(나) 긔챠 고동 흔 번 불미 일폭강산 수쳔리가 번기ㄱ치 순식간에 눈 압흐로 지나가니 뎌 속력을 옴겨다가 사룸일에 붓쳐 노면 새 세계가 쉽게 될 듯……

긔챠 고동 흔 소리에 정부대관 놀닛스니 위급시뎌 싱각ㅎ고 젼일습관 ㅂ린 후에 새 졍치를 베프러셔 나라권셰 회복키를 속히 가는 긔챠ㄱ치

긔챠 고동 흔 소리에 완고쑴을 찌엿스니 젼진ㅎᄂ 스샹으로 비루심쟝 다 ㅂ리고 실디ㅅ업 힘을 써셔 긔명샹에 진보키를 속히 가는 긔챠ㄱ치……

긔챠 고동 흔 소리에 우리 동포 분발ㅎ야 국민ㅈ격 일치 말고 ㅈ치졔도 셩립ㅎ야 사룸마다 활동ㅎᄂ 규구 즁에 나가기를 속히 가는 긔챠ㄱ치……

긔챠 고동 흔 소리에 샹공업이 발달되니 근은동텰 긔광ㅎ야 각식물픔 졔조흔 후 외국ᄭ지 슈출ㅎ면 부강긔초 이 아닌가 속히 가는 긔챠ㄱ치23)

'승평세계'를 꿈꾸고 정부대신과 탐관오리를 각성시키고 봉건적인 미몽에 빠진 백성들을 각성시키고 상공업의 발전을 소망하고 뜻을 가진 유지들의 단체결속을 기대하고 있다. 이러한 소망과 기대감의 저변에는 기차의 속력으로 대변되는 근대적 기술문명이 가로놓여져 있음은 물론이다. 기차의 속력으로 대변되는 힘을 사회변혁의 에너지로 치환하고자 하는 소망이 담겨져 있다. 기차의 기적소리는 사회적 변화를 촉구하는 초월적인 목소리로서 이해되고 있다.24)

반면에 철도부설과 관련된 농촌사회의 피폐함을 지적하는 시가들이 지속적으로 발표되고 있다. 이러한 시가들에서 기차의 기적소리는 땅을 빼앗긴 농민들의 울음이다.

(가) 텰도 근쳐 도라드니 착산통도 몃 천리에 뎐답 졈졈 업셔져셔 농ㅅ홀 곳 업다25)

(나) 불쏘 불쎄 희가 쓴다 군용디라 표목 박고 가옥들을 뎜령ㅎ며 분묘ᄭ지

픈내이니 죽은 빅골 무슴 죄오 산 사룸만 간장 탄다 이 **가믈을 엇지 홀고**[26]
  (다) 됴흔 토디 다 내주니 우리 동포 류리흐다 승텬입디(昇天入地―인용자)
흐란 말가 거졉홀 곳 젼혀 업네 **화륜긔챠 고동소릐 산쳔초목 우는고나 뎡덕궁**[27]
  (라) 運輸往來 便利키로 滊차搭乘 爭頭흐다 三處鐵路 볼죽시면 良田美土
盡入이라 目前小利 貪取흐야 心腸大患 不知흐니 乘차客의 **醉夢이오**[28] (강
조는 인용자)

인용문 (가)와 (나)에 의하면 철도 부설 과정에서 전답을 빼앗겨 농사
지을 땅이 없는 실정이다. 일제에 의해 주도된 철도부설은 가옥, 분묘,
농지를 가리지 않았다. 농민들의 입장에서 보자면 철도는 정부의 방임
아래에 자행되는 제국주의적인 폭력이며, 문명의 세례(洗禮)가 아니라
생명의 터전을 황폐화하는 '가뭄'이었다. 또한 (다)에 의하면 철도의 기
적 소리는 새로운 시대를 알리는 소리가 아니라 자연과 농민의 울음소
리이다. 기적 소리는 공포 그 자체였던 셈이다. 인용문 (라)는 많은 사람
들이 철도의 편리성에 현혹되어 있지만 실제로는 토지라는 막대한 대
가를 치른 불균등교환이라는 사실을 지적하고 있다. 철도로 대변되는
문명개화란 하나의 취몽에 불과하다는 인식은, 철도의 기적 소리에서
봉건적인 미몽의 각성을 떠올리는 입장과 대척적인 지점에 놓여져 있
다. 그렇다면 철도는 꿈을 깨우는 또다른 꿈이 아니었을까. 철도는 계몽
(반봉건 문명개화)과 취몽(제국주의적 침탈) 사이에 놓여진 현실적인 경계선이
었으며, 교통의 편리와 식민지적 종속의 모순적인 결합 양태였다.

  남문 밧글 브라보니 경인경부 경의텰도 이리 뎌리 련락흐여 가고 오는 긔챠
소리 쥬야부졀 흐는 터에 경원호남 두 텰도를 련희부셜 되는도다 텰도션이 증
가흐여 교통편리 혼 듯 흐나 쥬간자가 누구런고 뎌 명황도 무음 샹코[29]

똑같은 철도지만 이용하는 방법은 달랐다. 유학생들은 계몽이라는
꿈을 안고 비장한 표정으로 기차에 올랐고, 관광단은 제국주의의 안온

한 품을 꿈꾸며 남대문 역에서 거대한 전별행사를 가졌다.30) 철도가 끝나는 곳에 바다가 있었고 그 바다에서 해가 떠올랐다. 하지만 해의 상징적인 의미는 철도에 대한 꿈이 다르듯이 그 내용이 달랐다. 관광단에게는 해는 일본(日本)이었고, 유학생들에게는 계몽의 빛이었다. 하지만 현실적인 경로는 동일한 것이었다.

4. 만남의 형식으로서의 철도 – 「경부철도노래」

철도 체험이 등장하는 최초의 작품은 이인직의 『혈의누』(1907)이다. 철도와 관련된 두 장면이 제시된다. 하나는 청일전쟁에서 다리에 총을 맞은 옥련이 정상(井上) 소좌의 치료를 받고 인천을 거쳐 일본 오사카에 도달하는 장면이고, 다른 하나는 정상 소좌가 전사한 후 양어머니의 구박에 견디다 못해 자살을 결심하고 동경(東京)행 기차에 탔다가 우연히 구완서와 만나는 장면이다. 오사카에 도달한 장면에서는 '지네같이 기어가는 기차는 입으로 연기를 확확 뿜'는 것으로 단 한 줄로 묘사되어 있고, 구완서와 만나는 장면은 차중기연(車中奇緣)이라고 할 만큼 우연적인 상황이다. 다만 옥련과 구완서의 관계형성에 기차의 관성이 작용하고 있는 장면이 특이하다고 할 수 있다.

빠르던 기차가 천천히 가다가 딱 멈추어서면서 반동되어 뒤로 물러나니 섰던 옥련이가 넘어지며 손으로 서생의 다리를 잡으니, 공교히 서생 다리의 신경맥을 짚은지라 그 때 서생은 창밖만 보고 앉았다가 입을 딱 벌리면서 깜짝 놀라 돌아보니 옥련이가 무심중에 일본말로 실례라 하나 그 서생은 일본말을 모르는 고로 알아듣지는 못하나 외양으로 가엾어하는 줄로 알고 그 대답은 없이 좋은 얼굴빛으로 말을 한다.

기차의 객실이라는 특유한 시공간이 아니었더라면, 옥련과 구완서 사이의 대화는 애초에 시작되지 않았을 것이고, 신체의 일부분과 접촉했다고 하더라도 그냥 스쳐 지나가는 사람에 불과했을 것이다. 하지만 상황의 사소함과 우연성은 기차 객실이라는 시공간이 갖는 독특한 성격에 의해서 상당 부분 완화되고 있는 것 또한 사실이다. 기차의 어떤 측면이 만남의 새로운 형식을 구성하는 것일까. 한국인 최초로 기차에 시승했던 김기수 역시 기차가 만남의 형식일 수 있음을 고백하고 있어서 주목의 대상이 된다.

> 路面에 鐵을 깐 것도 또한 二面으로 하였으니 여기서는 車가 가고 저기서는 車가 와서, 오는 것은 오고 가는 것은 거더라도 양쪽이 서로 방해됨이 없었다. …… 때로 혹시 서로 만나게 되면 같은 時間에 停車하여 양쪽이 서로 勞苦를 위로하였다. 이 車가 四, 五間이나 되면 저 車도 또한 四, 五간이나 되니 이 車의 한 간(間) 한 간이 앞뒤가 서로 막혀서 서로 關涉이 없으며 저 車의 한 간, 한 간도 이 車에 앉아서 볼 수 있었다. 한 간에는 男子가 타고 한 간에는 婦女가 탔으며 한 간에는 本國人이 타고 한 간에는 外國人이 탔으니 간간이 각각 다르므로 面面이 서로 엿보게 되었다. 勞苦를 위문하기 겨우 마치자 즉시 불을 뿜고 회오리바람처럼 가버려 눈 깜작할 사이에 보이지 않으니 머리만 긁고 말문이 막히며 서운하게도 놀랄 뿐이었다.[31]

『일동기유』는 수신사로서의 외교적 자존심을 지키려는 자의식이 전편에 걸쳐 배어있는 저작이다. 위의 인용문은 김기수 자신이 수신사의 신분임을 잠시나마 망각하고 있는 거의 유일한 장면이다. 선로교환을 위해 반대방향으로 가는 열차와 마주보고 정차한 상태에서 본국인과 외국인, 그리고 남자와 여자(부녀)를 보았고 서로 노고를 위로했다고 술회한 대목이 인상적이다. 김기수에게 이 장면은 망각의 대상이 아니라 만남과 이별의 방식으로 각인되어 있었던 것이다. 또한 본국인·외국인·남자·여자라는 대상인식은 추상적이라 할 것인데 그것은 신분제를 매개한 것이기 아니기 때문이다. 추측해 볼 도리밖에 없겠지만, 열차 테크놀러지가 신분제적인 감각을 잠시나마 균질화한 것은 아닐까. 기차가 평면에 가까운 균질적인 공간을 전제하며, 대중교통기관인 철도가 동일한 테크놀러지의 공유를 가능하게 한다는 사실로부터 형성된 일종의 무의식일지도 모른다. 김기수와 시선과 위로를 교환했던 네 명의 사람은 여행객이라는 점에서 등가의 관계를 형성한다. 수신사 김기수는 한 사람의 여행객으로서 다른 여행객들을 만난 것이고, 그 순간 신분제에 입각한 감각이 잠시 흐려져 있었던 것이리라.

> 우렁탸게 토하난 汽笛소리에 / 南大門을 등디고 쩌나나가서 /
> 쌜리부난 바람의 형세갓흐니 / 날개 가던 새라도 못짜르겟네
>
> 늘근이와 졂은이 셕겨안졋고 / 우리네와 외국인 갓티탓스나 /
> 內外親疎 다갓티 익히디너니 / 됴고마한 짠세상 멸노일웟네[32]

「경부텰도노래」의 1절과 2절이다. 1905년 1월에 개통된 경부선은 서울과 부산을 17시간만에 주파했다. 평균 26.5km의 속도였다. 1906년 4월 융희호(隆熙號)는 평균 40km의 속력으로 11시간이 걸렸다. 김기수가 부산에서 서울로 올라오기까지, 이러저러한 사정 때문에 특정 지역에 체류한 것을 제외한다면, 13일 정도 걸렸다. 수신사의 행차였기 때문에 최대한의 행정적 편의가 제공된 여행이었음을 감안해야 할 것이다. 따라서 기차의 속도를 바람과 새에다가 비유한 것은 관습적인 과장이라기보다는 현실감각의 표현이라고 해도 크게 틀리지 않을 듯하다. 새나 바람을 통한 기차 속도에 대한 비유는, 철도를 통한 시공간 압축과 자연의 구속으로부터의 해방을 표현하기 위해 동원된 것이다. 그렇다면 '조

그마한 딴 세상'을 이루었다고 표현할 만큼 기차 객실의 경험은 특별한 것이었을까.

조선시대의 대표적인 개인용 교통수단은 말과 가마였다. 가마는 아무나 탈 수 있는 것이 아니었다. 가마는 양반관료나 그 가족만이 탈 수 있었다. 그것도 품계에 따라 가마의 종류에 규제가 가해졌고 형태와 치장 가마꾼의 수, 수행인원 등에 차등이 두어졌다. 양반이라고 해도 무관들은 가마를 탈 수 없었다. 일반백성들의 경우 가마는 탈 수 없었고 말은 도성 밖에서만 탈 수 있었다.33) 16세기 이후 사치풍조와 함께 신분과 무관하게 가마의 이용이 일반화되는 경향을 보였지만, 교통수단은 신분제의 상징적인 표상이었다. 또한 선박이 아니라면 교통수단을 동시적으로 공유하는 경험은 거의 불가능했다. 철도의 경우 여행의 시공간과 교통수단을 동시적으로 공유한다는 점에서 특이한 경험일 수밖에 없었다. 김기수의 감각이 최남선과 아주 흡사한 것은 결코 우연이 아니다. 신분·성별·연령·빈부에 따라 좌석이 서열적으로 배정되는 방식이 아니라, 요금을 지불하면 해당 등급의 그 어떤 자리에도 배정이 될 수 있는 대중교통수단의 등장은 결코 무시할 수 있는 사건은 아니다.

특히 경부철도는, 귀빈석을 제외하면, 개방적인 공간에 통로와 좌석을 제공하는 미국식 객차를 채용했다. 유럽식 열차는 신분제를 반영하는 마차를 연결한 것이기에, 객실과 객실 사이에 왕래가 불가능했고 일반적으로 한 간에 4명이 마주 보고 앉게끔 되어 있다. 반면에 미국의 열차와 객실은 증기선의 자유로운 분위기를 고스란히 옮겨놓은 것이었다. 유럽인의 눈에 미국의 증기선 객실은 어떠한 풍경으로 다가왔을까. 하나의 '작은 세계'였고 다양한 계층이 한데 모이는 민주적이고 평등한 공간에 다름 아니었다.

하나의 '작은 세계'라는 것이 여행객들이 서부의 증기선을 두고 흔히 묘사하는 특징이다. …… 여기서는 모든 사회계급들이 등장하고 있다. …… 각종 사회

계층들 출신의 사람들이 서로 담화를 나누는 자유를 이곳에서 목격할 수 있는데, 이는 외국의 방문객들에게는 미국의 민주주의적 평등을 직접적으로 상징하는 것으로 아주 인상적이다.[34)

개방적인 동시에 사교적인 여행의 시공간에 대한 기대는 결코 최남선의 것만은 아니다. 철도는 우연하면서 평등한 사교가능성(sociablity)을 제시한다. 김기수는 본국인·외국인·남자·부녀를 기차 여행에서 만났고, 최남선은 늙은이·젊은이·우리네·외국인 등이 객실에서 함께 여행하는 장면을 보았다. 그렇다면 현진건의 「고향」(『조선의 얼굴』, 1926.3)에 등장하는 다음의 장면에 등장하는 '기묘한 모임' 역시 철도에 내재된 사교가능성의 증폭으로 볼 수 있을 것이다.

대구에서 서울로 올라오는 차중에서 생긴 일이다. 나는 나와 마주앉은 그를 매우 흥미있게 바라보고 또 바라보았다. 두루마기격으로 기모노를 둘렀고, 그 안에서 옥양목 저고리가 내어보이며 아랫도리엔 중국식 바지를 입었다. 그것은 그네들이 흔히 입은 유지 모양으로 번질번질한 암갈색 피륙으로 지은 것이었다. 그리고 발은 감발을 하였는데 짚신을 신었고, 고부가리로 깍은 머리엔 모자도 쓰지 않았다. 우연히 이따금 **기묘한 모임**을 꾸미는 것이다. 우리가 잡은 찻칸에는 공교롭게 세 나라 사람이 모였으니 내 옆에는 중국 사람이 기대었다. 그의 옆에는 일본 사람이 앉아 있었다. 그는 동양 삼국 옷을 한 몸에 감은 보람이 있어 일본말도 곧잘 철철 대이거니와 중국말에도 그리 서툴지 않은 모양이었다.[35) (강조는 인용자)

5. 글쓰기로서의 철도―「세계일주가」

「경부철도노래」(1908)는 서울에서 부산까지 철도를 타고 가면서 보고 느낀 소회를 가사(歌詞) 형태로 읊은 것이다. 역 주변의 풍경과 유적, 고사(古事)와 현황을 간략하게 소개하고 있다.36) 「세계일주가」(1914)는 「경부철도노래」의 구성이 전지구적인 차원으로 확장된 형태로서, 주요 국가와 도시의 인문·역사·지리 등과 관련된 주요한 사실들을 노래하고 있다. 「세계일주가」에서 교통수단은 철도와 화륜선인데, 철도의 비중이 압도적이며 최남선의 관심 역시 철도에 집중되어 있는 양상을 보인다. 「세계일주가」는 본문의 분량도 상당하지만, 본문에 대한 주석의 양도 만만치 않다. 철도로써 세계(globe)를 표상하고자 하는 최남선의 상상력은, 전신(電信)을 통해서 세계각국으로부터 전달되는 뉴스를 가지고 장시 「기상도」를 구성해 내었던 김기림의 상상력과 동궤의 것이기도 하다. "한양아 잘잇거라 갓다오리라 / 압길이 질펀하다 수륙십만리 / 사천년 녯도읍 평양 지나니 / 굉장할사 압록강 큰 쇠다리여"라고 첫 연을 시작한 뒤 친절하게도 '수륙십만리' '평양' '압록강철교'에 대해서 주석을 달았다. 그 가운데서 작품의 구성과 관련이 되는 항목은 평양이다.

[平壤] 近來 와서 朝鮮의 縱貫鐵道가 世界의 大交通路가 되어 旅客 貨物이 갈수록 이 길로 모여드니, 이 路程이 京義線으로 北西向하여 京釜線으로 南東歸함은 또한 世界的 大路에 處함을 얼마만큼 刺激코자 함이다.37)

최남선의 여정은 다음과 같다. 서울에서 출발하여 경의선을 타고 평양과 의주를 거쳐 중국에 도달한다. 봉천, 북경, 천진, 상해, 여순을 거쳐 대련(大連)에서 남만철도(南滿鐵道)를 타고 종점인 장춘(長春)까지 간 뒤에, 러시아 소유의 동청선(東淸線)을 타고 하얼빈(哈爾賓)과 블라디보스톡(海蔘威)을 거쳐 시베리아 횡단철도로 갈아탄다. 러시아, 독일, 오스트리아, 헝가리, 발칸반도, 그리스, 이탈리아, 스위스, 프랑스의 리옹과 마르세이유, 스페인, 포르투갈, 프랑스 파리, 룩셈부르크, 벨기에, 홀란드, 영국, 아일랜드, 미국(뉴욕-필라델피아-보스턴-시카고-샌프란시스코), 하와이,

일본을 경유한 뒤에 경부선을 타고 서울로 돌아오게 된다.

「세계일주가」 역시 도시·인물·사적 등이 주석과 함께 나열되어 있다. 특이한 것은 철도여행을 통해서 아무도 만나지 않는다는 점이다. 최남선에게 있어서 철도는 경험적인 현실이라기보다는 상상력의 대상이자 원천이며, 더 나아가 상상력 그 자체임을 보여준다고 할 것이다. 따라서 「경부철도노래」와 「세계일주가」에서 최남선이라는 글쓰기 주체는 철도라는 상상력의 수로를 따라서 흐르는 상상적인 주체이다. 당연히 철도에 대한 감각이 각별할 수밖에 없는데, 교통이나 철도와 관련된 구절이 등장하면 거의 예외 없이 주석란에서 설명을 하고 있다. 벨기에와 관련해서 "가진 교통기관이 정제도 하다"라고 노래한 뒤에, '갖은 교통기관'이라는 지극히 평범한 구절에다가 굳이 주석을 붙인다. 이유는 간단하다. "鐵道의 延長만으로 보아도 面積에 比하여 世界의 第一이라"라는 설명이 하고 싶었기 때문이다. 또한 뉴욕과 관련된 '交通敏速'이라는 평범한 구절에 대해서는 "모든 交通機關이 모두 具備하거니와, 地上만으로 말 수 없으므로 空中에는 高架線, 地下에는 地底線, 河底에는 隧道善이 있어 一樣 紛遝(분답: 어지럽게 뒤섞여 있음—인용자)하니라"라는 주석을 붙인다. 세계 최대규모의 정거장, 철도의 대중심, 쾌속력기차(快速力汽車), 최고지(最高地)에 위치한 철도역, 일본 최초의 기차역 등 철도와 관련해서 기념할 수 있는 거의 모든 항목들이 주석의 내용을 이루고 있다.

따라서 「경부철도노래」와 「세계일주가」를 (가상)체험적인 감상과 역사지리학적인 주석이 첨부된 철도여행 안내서라고 보아도 크게 틀리지 않을 것이다. 그렇다면 이들 작품의 무의식 속에 잠재되어 있는 철도란 무엇인가. 최남선에게 있어서 철도란 다름 아닌 거대한 글쓰기(écriture)이다. 경부선은 서울에서 대전을 거쳐 부산에 이르는 플롯이며 수많은 역명(驛名)은 거대한 글쓰기를 구성하고 있는 인접성의 기호들이다. 철도는 세계의 표면(종이) 위에 그려진 선(線)들이다. 지도에서 하나의 점으로만 존재하는 도시(정거장)를 연결하는 선이자, 서로 연결되고 교차하고 분기되는 선이라는 점에서 철도는 원-글쓰기의 형태로 다가온다. 38)이 지점에서 유념해야 할 것은 철도와 관련된 최남선의 공간인식이 지리학적인 공간(지도의 기호 차원으로 환원되는 공간인식)에 입각해 있으며, 구체적인 도시들은 이름의 차원 달리 말하면 기호의 차원으로 균질화되어 있다는 점이다. 자연 풍경과 유기적으로 결부되어 있던 공간인식이 아니라, 좌표축 위의 일정한 시점(視點) 아래에서 통일적으로 규정되는 기하학적인 공간 파악으로 옮겨간 것이다. 「경부철도노래」와 「세계일주가」는, 철도라는 글쓰기로부터 분절되어 나오는 체계적인 주석이며, 일종의 기호 놀이이다. 철도 노선이 그려진 지도를 앞에 놓고 기차역들을 따라가면서 바로 그 지도 위에다 기차역과 관련된 사항들을 기록하는 상상력의 놀이와 같다.

이러한 양상은 과연 세계에 대한 단편적인 지식이나마 대중들에게 제공하고자 노력하는 계몽주의자 최남선의 면모로부터 비롯한 것일까. 아니면 제국주의적인 현실에 둔감했던 한 식민지 지식인의 허황된 내면으로부터 연유하는 것일까. 계몽주의나 식민주의 모두로부터 자유로운 위치에 있는, 마르셀 프루스트의 『잃어버린 시간을 찾아서』를 잠시 살펴보자. 열차에 대한 경험이 집중적으로 나타나는 대목은 「꽃피는 아가씨들 그늘에」의 2부 '고장의 이름-고장'이다. 병으로 한동안 고생을 하던 '나'는 기분전환차 발베크로 여행을 간다. 프루스트에게 기차여행이란 무엇인가. "땅 표면 가지각색 기복을, 보다 가깝게, 보다 친근하게 따라" 가는 것이며, "우리가 살고 있는 장소에서 가고픈 장소의 중심으로 상상이 껑충 뛰어 우리를 데려다" 주는 것이며, "두 장소의 거리 차를 사념 속에 있던 그대로 전체를 고스란히 다시 한 번 느끼는" 일이다. 철도는 "우리를 하나의 이름에서 또 하나의 이름의 곳으로 데려다" 준다. 그리고 그 과정에서 구체적인 장소(정거장)들은 하나의 이름(기호)로 탈바꿈한다.39) 프루스트의 기차 여행을 조금만 더 따라가 보자. 기차여행은 실제로 객실에 타기 이전부터 시작된다. 그것은 다름 아닌 철도 여행 안내 시간표로부터 시작된다.

> 따라서 우리는 1시 22분발 기차로 간단하게 파리를 출발하기로 되었다. 나는 이 열차를, 오랫동안 천천히 즐기면서, 철도 여행 안내 시간표에서 찾아내곤 하였는데, 매번 감동이 일어나, 벌써 출발의 도상에 있는 듯한 즐거운 환상에 잠겨, 그 열차를 잘 알고 있는 듯한 느낌이 들었다. 상상 안에서 행복의 모습을 결정하는 것은, 그것에 관한 우리 지식의 정확성보다는 그것이 마음속에 일으키는 욕망의 일치에서 오는 것이어서, 나는 벌써 그것을 자세히 알고 있는 듯한 생각이 들었던 것이다.

기차역의 이름들은 프루스트에게 있어서 하나의 기호였으며 음표였다. 그리고 그것은 상상력의 무의식으로 가는 통로들이기도 했다. 기차역이라는 기호가 불러일으키는 음악적인 연상 속에서 그는 거대한 건축물에서 개인적인 이미지들을 건져 올릴 수 있었다.[40]

최남선의 「경부철도노래」란 무엇인가. 최남선은 철도를 원—글쓰기로서 사유했고, 지명을 지도상의 기호로 환원했으며, 지명이 불러일으키는 자유로운 연상을 역사지리학적인 무의식으로 연결지었다. 어쩌면 그는 열차를 타고서 자신의 내면이자 한국인의 내면이라고 할 수 있는 역사적 무의식으로 통로를 내고자 했는지도 모른다. 그럼에도 불구하고 프루스트에 비한다면 그 자체로 억압의 기록이라 할 것이다. 프루스트에게 있어서 지명이 언어의 무의식(어원학)과 개인적인 이미지들이 얽히며 움직여나가는 상상력의 운동성이었다면, 최남선에게 지명은 역사와 지리로 대변되는 집단적인 무의식이 잠재되어 있는 곳이었다. 「경부철도노래」와 「세계일주가」는 식민지 지식인의 계몽주의적 의도의 산물이 아니라 철도라는 교통 미디어와 관련된 일반적인 체험에 조금은 근접한 것이 아니었을까.[41]

1) 철도 부설과정에 대해서는 정재정,『일제침략과 한국철도』, 서울대 출판부, 1999; 철도
와 관련된 연대기적 사실은『철도주요연표』, 철도청, 1984; 한국철도의 속도 변화 과정에
대해서는 http://kids.korail.go.kr/html/mus/mus16.html 참조.
2) 볼프강 쉬벨부쉬, 박진희 역,『철도여행의 역사』, 궁리, 1999; 김종엽,「프로이트와 철
도」,『창작과비평』110, 2000, 331면.
3) 졸고,「풍속·문화·문학사」,『민족문학사연구』18, 2001.
4) 김기수,『일동기유』, 부산대 한일문화연구소, 1962, 63면. 맞춤법 일부 조정.
5) 파노라마적인 풍경을 외면하지 않고 묘사하게 된 것은 경인철도 개업식에 이르러서이
다.「잡보－철도기업례식」,『독립신문』, 1899.9.19. "경인철도회샤에셔 어젓긔 기업예식
을 거힝 흐는디 인쳔셔 화륜거가 쩌나 슘기 건너 영등포로 와셔 경성에 니외국 빈긱들을
슈레에 영접흐여 한치고 오젼 九시에 쩌나인쳔으로 향흐는디 화륜거 구는 쇼리는 우뢰
깃흐야 쳔디가 진동흐고 긔○○에 굴독 연긔는 반공에 소스 오르더라 (…중략…) 수레
속에 안져 영창으로 대다보니 산쳔초목이 모도 활동흐야 둧는 것 깃고 나는 새도 밋쳐
쏘르지 못 흐더라 수레 속에 앉아 영창으로 내다보니 산천초목이 모두 활동하여 닳는
것 같고 나는 새도 미처 따르지 못하더라."
6) "火輪車(汽車)는 반드시 鐵路로 따라가게 되었다. 길은 그다지 매우 높고 낮음이 없었
으니 낮은 것은 돋우고 높은 것은 편편하게 만들었던 것이다. (…중략…) 길은 한결같이
바르지는 않고 때로는 旋回하는 데도 있었으나 커브를 잘 돎으로써 또한 군색하고 막히
는 데는 없었다." 김기수, 앞의 책, 63면. 맞춤법 일부 조정.
7) 유길준,『서유견문』, 동경 : 交詢社, 1895, 470면. "盖 鐵路는 屈曲흐면 不可흐고 及
峻阪의 升降이 不易흐며 川溪의 渡涉이 不能흐니 是故로 其道의 修造홈이 必直흐야
丘陵의 小흔 者는 剗平흐고 山岳의 大한 者는 其底를 鑿흐야 百里에 至흔 者도 有흐고
海濱의 沮洳흔 地는 堤堰을 起흐야 其上에 往來흐는 道를 作흐며 江河를 遇흔 則 鐵橋
或 木橋를 架호디."
8) 볼프강 쉬벨부쉬, 박진희 역, 앞의 책, 32면. 작자와 연대가 미상인「경인철도가」와
「경의철도가」에 의하면, 철도는 "泰山을 뚫고 橋岳을 넘어" "터어널과 터어널을 次例
로 지나"는 새로운 풍경을 제시하며(「경의철도가」,『철도박물관도록』, 철도청 홍보담당
관실, 2002, 49면) "遠山을 우구려 가깝게 하고 / 近山에 뻗치여 멀게 하"면서 시공간을
압축한다(「경인철도가」,『철도박물관도록』, 33면).
9) 경부선 철도의 노선 확정 과정에 대해서는『철도 100년사』, 철도청, 1999, 61~64면
참조.
10) 위의 책, 64면. 경부선 노선 확정에 있어서 수원 부근의 왕릉과 행행로(行幸路)를 어떻
게 하느냐가 문제의 초점이 되었다. 수원 부근의 화산(花山)에는 장헌세자와 정조의 묘
인 융릉(隆陵)과 건릉(健陵)이 있었다. 한국정부는 철도가 선왕의 묘역을 통과하지 못하
도록 하기 위해 풍수설을 동원했다. 일본은 이를 비과학적이라고 무시하는 한편 풍수가
길영수(吉英洙)로 하여금 현지를 답사케 하고 아무런 문제가 없음을 왕에게 보고하게
하였다. 지지대(遲遲臺) 고개도 문제였다. 정조는 융릉을 참배하고 돌아오는 길에 이 고
개에서 멈추어 사도세자에 대한 사모의 정을 표시하곤 했다. 한국정부는 경부선이 이
고개를 통과하는 것에 대해 완강히 저항했다. 결국 일본은 한국정부가 추가 비용을 부담

하는 조건으로 북부노선을 훨씬 서쪽으로 우회하도록 선정했다.

11) 정연식, 「조선조의 탈 것에 대한 규제」, 『역사와 현실』 27, 1998, 196면.

12) 李鈺, 「이언(俚諺)」, 『이옥전집』 2, 실시학사 고전문학연구회 역주, 소명출판, 2001, 292면.

13) 제임스 게일, 장문평 역, 『코리안 스케치』, 현암사, 1970, 8~9면. "조선의 산은 그 허리가 선묘로 쓰이고, 대단히 신성시되고 있다. 조선사람들의 말을 들어보면 산은 지세에 갖가지 영향을 미쳐 나라의 흥망성쇠를 결정한다고 한다. 외국인은 조선 사람을 별로 힘 안들이고도 박해할 수 있다. 외국인들은 그들한테서 집을 뺏고 그들을 거리로 내쫓을 수 있다. 우스운 얘기 같지만 그들은 별로 대수롭지 않은 듯이 순응할 것이다. 그러나, 그들의 선묘에 선불리 손을 댔다가는 톡톡이 보복을 당하고 만다."

14) 서울(한양)은 조선왕조의 수도로 정해진 이래(1934)로 왕조 말기에 이르기까지, 정치와 행정의 중심도시이자 풍수지리를 고려된 계획도시로서의 면모를 유지해왔다. 도시의 기본모형은 지형을 고려한 풍수의 자연적 공간모형과 중국의 고대도시에 적용된 사회적 공간모형이 절충·결합된 양식이었다. 사대문 안의 시내구조는 왕궁을 북쪽 중앙에 놓고, 그 좌우에 종묘(宗廟)와 사직(社稷)을 배치하였으며, 도성 한복판에는 종각을 두었다. 동서와 남북을 가르는 3개의 간선도로를 따라 상가와 관어가(官衙街)가 들어섰으며, 성내 거주민의 경우 종로의 시장을 중심으로 남촌과 북촌이 구분되어 양반과 상민 사이에 주거공간의 신분적 분리가 이루어졌다. 임덕순, 「서울의 首都起源과 發展過程」, 서울대 박사논문, 1985; 임덕순, 『600년 수도 서울—수도의 기원과 지리적 발전과정』, 지식산업사, 1994 참조.

15) 볼프강 쉬벨부쉬, 박진희 역, 앞의 책, 224면.

16) 김의원, 『한국 국토개발사 연구』, 대학도서, 1982; 김백영, 「공간의 역사」, 『근대성의 경계를 찾아서』, 서울사회과학연구소, 새길, 1997.

17) 임진왜란과 병자호란 이후에 한양을 재건하는 과정에서, 북한산성의 축조로 창의문 밖 일대가 군사적으로 중요시되었고, 한강의 수운(水運)을 이용한 경강상인(京江商人)들의 활동으로 서강·마포·용산·한강진 등지가 경제적으로 활기를 띄게 되었다. 경강상인의 상업 활동과 역사적 의미에 대해서는 고동환, 『조선 후기 서울 상업발달사 연구』, 지식산업사, 1998, 45~88면 참조.

18) 「요양후샤계획(론셜)」, 『대한매일신보』, 1904. 9. 15. "이왕 싸홈을 미루어 싱각홀진디 지차 출전에도 필경 아라사이 어육이 되어 봉천과 합이빈으로붓터 북으로 셔빅리아 길을 향ᄒᆞ야 **철도** 련속ᄒᆞᆫ 디로 퓌ᄒᆞ여 갈 듯ᄒᆞᆫ디 봉천길이 합이빈으로 련속ᄒᆞ엿슨 즉 이 근처에서 다시 일본 군소로 더부러 싸홈이 될 듯ᄒᆞ나 (…중략…) 우리 싱각에는 이러케 된 일은 과연 천만 의외이되 장ᄎᆞ **셔빅리아 철로**로 아병 나올 거슬 엇지홀눈지 모를지라 전후 결말이 이번 **셔빅리아 철도**로 아병 운툴ᄒᆞᄂᆞ디 달엿슬 듯ᄒᆞᆫ 즉……"(강조는 인용자)

19) 「만쥬와 일본(론셜)」, 『대한매일신보』 1910.1.12. "일본이 수십년을 고심ᄒᆞ고 두 번 큰 싸홈에 힘을 허비ᄒᆞ여 수십만 인민을 죽이고 수쳔억원의 젼지를 ᄇᆞ리고야 겨우 남만쥬 반폭을 즈긔 슈중에 집어넛코 여긔다가 텰도를 부셜ᄒᆞ며 군비와 경찰을 셜시ᄒᆞ고 식민홀 일을 힘쓰ᄂᆞᆫ도다."

20) 「바다를 보고 감동홈이 잇다(긔셔)」, 『대한매일신보』 1910.1.30.

21) 「호남텰도에 디ᄒᆞᆫ 의론(론셜)」, 『대한매일신보』 1909.6.9.

22) 「시ᄉᆞ평론」, 『대한매일신보』 1908.7.3.

23) 「漁笛壹聲」(시스평론), 『대한매일신보』 1908.8.16.

24) "빅셜 빅결 빅셜이여 텬싱만물 곳것마는 웨 이러케 편벽된고 우리 나라 니각셔는 침침
칠야 그양 안쟈 자나 끼나 밤즁일셰 경인텰로 고동소리 쳔산만슈 뒤놉건만 고침안면
일양이오 뎐긔회샤 번긔불이 억만쟝안 붉앗것마는 시벽졍신 혼미ᄒ다"(지녕 양원학교
학도 한인옥, 「빅셜가」, 『대한매일신보』 1908.1.15).

25) 「시스평론」, 『대한매일신보』 1908.4.30.

26) 「시스평론」, 『대한매일신보』 1908.5.10.

27) 「시스평론」, 『대한매일신보』 1908.1.22.

28) 智啞生, 「醉生夢死」, 『대한매일신보』 1908.4.10. 원문 그대로 인용. 그밖에 철도부지를
제공하고 지단을 받지 못한 상황을 제시하는 작품으로 "京釜線 京義線에 鐵道役事 宏
壯ᄒ다 鑿[뚫을 착]山通道 千餘里에 地段價 뉘 밧엇노 軍用票 製造費는 五百兩이라지
五百兩 資本에 鐵道 노앗네 나 원 기막혀"(빅악산인(白岳山人), 「屛門酬酌ー시스평론」,
『대한매일신보』 1908.2.27).

29) 「시스평론」, 『대한매일신보』 1910.3.20.

30) 1900년대 중반 이후 기차역과 관련해서 새롭게 등장하는 풍속 가운데 하나는 일본관광
단의 전별식이었다. 관광단에 대한 당시의 평가는 "셩화로다 셩화로다 관광단이 셩화로
다 동경 흔번 구경흔 후 마귀혼이 잔스득 들녀 우리끳지 후리랴고 오쟉갓치 지적괴며
이리뎌리 싸돈니니 네가 진졍 셩화로다"(「시스평론」, 『대한매일신보』 1909.9.22.)나 "쩌나
갓네 쩌나갓네 관광단이 쩌나갓네 푸로코트 새 양복에 대한강토 질머지고 긔챠고동 흔소
리로 부상동텬 건너가셔 돗는 희를 마죵 갓네 어느 누가 안력 됴와 독흔 희스빗 만히
쐬고 폐밍이나 아니 될짜 그도 역시 가려로다"(「시스평론」, 『대한매일신보』, 1909.4.15)
등의 기사들을 통해서 충분히 짐작할 수 있다.

31) 김기수, 『일동기유』, 63면.

32) 「경부텰도노래」, 『육당최남선전집』 5, 현암사, 1973, 347면.

33) 정연식, 「조선조의 탈 것에 대한 규제」, 『역사와 현실』 27, 1998, 177~205면. 고위관료
들이 타던 가마로는 평교자(平轎子)가 대표적인데, 종1품 이상의 관원이 탈 수 있었다.
가장 화려한 쌍교(雙轎)는 두 마리의 말이 앞뒤에서 끄는 가마였고 2품 이상의 관리와
관찰사, 승지를 지낸 사람에게만 제한적으로 허용되었다.

34) Louis C. Hunter, *Steamboats on the Western Rivers*, New York, 1969, p.391. 볼프강 쉬벨부쉬,
앞의 책, 144면에서 재인용.

35) 현진건, 「고향」, 『운수좋은 날』(김동식 편), 문학과지성사, 2008, 206면. 시선과 매너라
는 주제가 중첩되어 있는 문제적인 장면이다. 작중 화자는 남자의 의상을 '읽어 내려가는
시선'을 지니고 있으며, 예의바른 무관심(civic inattention)이라는 매너를 지키고자 한다.
(시민적인 무관심에 대해서는 E. Goffman, *Relations in Public*, New York : Harper & Low, 1971
참조) 반면에 남자는 예의바른 무관심을 무시하고 대화적 상황을 조성하려는 무례를
범하고 있다. 이 작품을 제대로 읽기 위해서는 철도가 일상화 과정과 나란히 나아가는
매너의 변화과정을 먼저 고찰해야 할 것이다. 이 글에서는 다루지 못한다.

36) 최남선의 시가에 대해서는 김용직, 『한국근대시사』(상), 학연사 1986; 홍기삼, 「애국계몽
운동의 문학적 수용」, 『한국문학연구』 15, 동국대학교, 1992; 권오만, 「육당시와 장르인식
의 문제―'산문시'와의 관련을 중심으로」, 『인문사회과학』 19, 서울시립대학교, 1985; 서
영채, 「최남선 시가의 근대성에 관한 연구」, 『민족문학사연구』 13, 1998 참조 「경부철도노

래」에 등장하는 철도체험에 대해서는 정재정, 「20세기 초 한국문학인의 철도 인식과 근대 문명의 수용 태도」, 『인문과학』 7, 서울시립대 인문과학연구소, 2000, 163~203면 참조.

37) 「세계일주가」, 『육당 최남선전집』 5, 현암사, 1973, 353면.

38) 자크 데리다, 남수인 역, 「인문과학 담론에서의 구조, 기호, 게임」, 『글쓰기와 차이』, 동문선, 2001 참조.

39) 마르셀 프루스트, 김창석 역, 『읽어버린 시간을 찾아서』 4, 국일미디어, 1998, 10면. "정거장은 대부분 시가의 일부분을 이루는 게 아니고, 역 표시판에 그 시가의 이름을 걸고 있듯이 그 시가의 개성의 본질을 품고 있는 것이다."

40) 기차와 자유연상의 관계에 대해서는 김종엽, 「프로이트와 기차」, 『창작과비평』 110, 2000년 겨울, 314~333면.

41) 마샬 맥루한, 박정규 역, 『미디어의 이해』, 커뮤니케이션북스, 1997, 25면. "철도는 달리는 일, 수송하는 일, 혹은 바퀴, 선로(線路)를 인간 사회에 도입해 온 것이 아니라, 전혀 새로운 종류의 도시와 일과 레저를 낳게 하여 종래의 인간의 기능을 촉진하고, 또 규모를 확대하였던 것이다. 이것은 철도가 지나가는 곳이 열대 지방이건 한대 지방이건 마찬가지이며, 또한 철도라는 매체가 운반하는 물건이나 내용이 무엇이든 조금도 상관없다."

현대소설의 형성과 시점

최시한

1. 머리말

한국의 19세기 말과 20세기 초는 그 예를 찾기 힘든 격변기요 혼란기였다. 글말생활이 한문에서 벗어나 한글 위주의 언문일치를 지향하면서 일반 민중에까지 확산되며, 예술로서의 문학 개념이 새로이 자리잡음으로써 오늘과 같은 문학이 그 모습을 드러낸 시기가 바로 그때이다.

이야기문학 영역에서도 이전의 규범과 관습이 많은 부분 폐기되거나 변화되지 않을 수 없었다. 당대의 작가들은 한마디로 '무엇을 어떻게 이야기할 것인가?'라는, 안정된 시기라면 일단 관습에 따르기만 하면 되는 그러한 기본적인 문제와 씨름해야 했다. 그들이 부딪히고 해결해 나간 결과가 결국은 문학사를 이루고 한국 현대소설 특유의 면모를 형성했으며, 지금도 여전히 소설을 쓰고 읽는 데 영향을 미치고 있다. 그러므로 그 시기는 현대소설 연구가 항상 되돌아가야 할 원점이다.

여기서 필자는 20세기 초 약 30년 동안 생산된 작품들을 대상으로, 전통적인 것의 지속과 변화, 그 과정에서 일어난 혼란과 정립의 양상을 시점과 이야기형식 곧 서술형식의 측면에서 개괄적으로 살펴보고자 한다. 이는 당대의 복합적 실상을 형식적인 국면에 초점을 맞추어 드러내는 동시에, 그것을 정리하고 설명할 틀과 가닥을 잡기 위한 시험적 연구이다.

한국 현대소설 형성 과정의 시점 측면에 관한 연구는 방법론이 갖춰지지 않은 탓에 깊이 있는 결과를 얻지 못하거나 서구를 비롯한 외부의 영향을 지나치게 강조하여 단절론에 빠지는 경향이 있었다. 그러다가 이재선이 본격적인 연구를 시작한[1] 이후, 주로 전통적인 것의 지속과 변화 양상을 드러냄으로써 단절론을 극복하려는 쪽으로 이루어져왔다.[2]

그 동안 많은 성과를 거두었음에도 불구하고, 이제까지의 연구에 대해 다음과 같은 지적을 할 수 있다. 우선 시점 혹은 서술형식의 측면에 초점을 맞추어 전면적으로 이루어진 연구가 적다. 의도와는 달리 다른 측면의 논의와 뒤섞여 착종이 일어나거나 만족스러운 탐색이 이루어지지 않은 경우도 많다. 또 논의의 성격상 거시적 안목이 요구됨에도 불구하고, 경술국치(1910) 전후의 짧은 기간에만 주목하는 경우가 많다. 그것도 그 시기에 나타난 사실들의 표면적 양상을, 인칭이라든가 이야기 양태(narrative mode)를 구분하는 기준만 가지고 미시적으로 관찰하거나 무리하게 시기 구분까지 하는 데 쏠리고 있다. 그 결과 아직도 당대의 실상이 선명하게 관찰, 정리되지 않았고 그 심층적 구조 역시 적절히 분석되었다 하기 어렵다.

그것은 방법론이 불비하고 이전 이야기문학에 관한 그 방면의 연구가 충분히 이루어져 있지 않은 탓도 있지만, 접근법이 창작 중심이 아니라 비평 중심이었기 때문이기도 하다. 당시에 새로운 것을 내세웠던 목소리들, 대부분 소리만 크지 추상적인 수준에 머물러 실천과 괴리된 발언들만을 지나치게 중요시한 나머지 창작 행위 곧 작자의 이야기 행위 자체에 관심을 두는 연구, "비평적 발언에 매이지 않고 작품의 실상을 충실하게 이해"3)하려는 노력이 충분치 않았던 것이다.

이 글은 기존 연구를 보완하고 논의의 맥락을 새로 잡아보려는 뜻에서, 작품의 실상을 작자가 서술과정에서 부딪히고 해결해간 문제들, 나아가 그것을 지배한 심층적 원리와 충동에 중점을 두어 살피고자 한다. 이는 결국 작품에 나타난 양상들을 작자가 전통적 서술형식을 이어받고 또 변화시킨 행위의 결과로 설명하려는 것이다. 현대소설이 정립된 1920년대 작품까지 대상으로 잡은 것은 우리 현대소설 특유의 면모 형성에 깊이 작용한 것으로 여겨지는 관습적이고 무의식적인 요소들을 살피는 데 꼭 필요하기 때문이다. 그 시기에도 여전히 어떤 혼란·모색·조정 등이 일어나고 있다면 그에 관련된 요소들은 다른 무엇보다도 주목되어야 할 터이다.

2. 이야기문학의 시점적 측면

이야기문학의 시점적 측면은 양상이나 관련 개념들이 매우 복합적이고 유동적이다. 게다가 아무리 개괄하여 살핀다 해도, 격변기의 작품들을 대상으로 그 통시적 변화를 살피는 일 또한 아주 범위가 넓고 복잡하다. 이 방면의 기존 연구들이 자료의 표면적 사실을 기술하는 데 머물거나 이질적인 논의를 뒤섞음으로써 초점이 흐려지는 경향을 보이는 것은 논의 자체가 안고 있는 이러한 중층성과 유동성 때문으로 보인다. 그러므로 이 글에서는 먼저 기본개념, 논의의 국면, 접근방식 등을 확립하고 또 제한하고자 한다.

우선, ‘이야기’ 곧 ‘서사’는 초개인적 전통과 관습 속에서 이루어지는 개인적 행위라는 점을 확인해 둘 필요가 있다. 옛날로 갈수록 전통의 힘이 더 크게 작용하고 오늘날로 올수록 개인적인 변개가 두드러지기는 하지만, 항상 그 두 가지 측면이 함께 존재한다. 이야기 행위는 그렇게 집단적이면서 개인적이요 무의식적이면서 의식적인 것이다.

그것은 한국의 19세기 말과 20세기 초에도 마찬가지이다. 한국 현대소설이 그 시기에 일본과 중국을 전신자 삼아 서구소설의 영향을 크게 받으며 형성·발전된 것은 사실이나, 일본에서 그것을 공부한 소설가도 ‘이야기책’을 읽으며 자랐고, 무엇보다 한국어로 생활하고 글을 쓰는 한, 아무리 의식적으로 외부로부터 영향을 받았다 하더라도 전통적인 이야기 관습을 바탕으로 작업하기 마련이다. 그러므로 전통단절론이라든가 이식문학론은, 더구나 그러한 특성이 유독 강한 이야기문학 분야에서는, 성립되기 어려운 주장이다.

또한 ‘이야기’는 하나의 갈래이기 이전에 인간이 경험한 바를 표현하는 보편적 양식 가운데 하나이며,[4] 그 특성을 지닌 갖가지 역사적 하위갈래들이 부단히 뒤섞이고 재창조되는 복합 양식이다. 그러므로 소설 외에도 설화·야담·수기·자서전·기록(다큐멘터리) 등과 같은, 허구적이거나 비허구적인 여러 하위갈래를 포괄하고 있다. 오늘날 문학적 이야기의 대표적 갈래가 되어 있는 소설만 하더라도 어떤 안정되고 구체적인 꼴을 지니고 있다기보다 “항시 그 구성요소로 분해되려고 하는 불안정한 복합물”[5]인 것이다.

이야기 행위, 양식, 작품 등이 지닌 이러한 특성들을 고려할 때, 그것의 변화과정은 반드시 의식적이거나 계획적일 수 없으며, 직선적이거나 단선적일 수도 없다. 아주 다양한 갈래 혹은 요소들이 복잡하게 관련되고 겹치면서 중심적인 것과 주변적인 것, 문학적인 것과 비문학적인 것의 경계를 바꾸거나 넘나들며 이합·집산되고 생성·소멸된다.

따라서 그에 대한 연구는 전통적이거나 새로운 여러 요소 및 하위갈래들이 관련을 맺는 양상, 그러니까 변한 것과 변치 않은 것, 의식적인 것과 무의식적인 것 등을 면밀히 살피면서, 그 총체적 결과로서 생성된 이야기체의 특성을 기술해야 한다. 그러기 위해서는 한두 가지 잣대로 기계적인 분류를 하거나 지나치게 시기·작자·작품 등을 세분한 뒤 그들을 계기적으로 관련짓기보다는, 되도록 긴 시간에 걸쳐 개별 작자 와 작품을 뛰어넘어 존재한 일반적 경향이나 기법의 복합적인 양상에 주목해야 할 것이다.

한편 이야기문학의 시점적 측면이 어디의 무엇을 가리키는가를 구별 하고 제한하기란 쉽지 않다. 그것은 '시점'이라는 용어가 최근의 발전되 고 확산된 논의들을 충분히 포섭하기 어려우며, 관점(perspective)·초점화 (focalization)·지향(orientation) 등의 용어 역시 아직 자리잡히지 않았기 때문 이다. 이는 전통적 의미의 시점론이 새로운 수사학, 담화이론 등이 등장 함에 따라 그 속으로 흡수되거나 확산되어버리는 추세와 밀접한 관계 에 있다.

그런 어려움이 있기는 해도, 물론 지금 시점론과 시점 연구가 불필요 하거나 불가능한 것은 아니다. 이야기문학의 시점적 측면이란 '누가 무 엇을 어떻게 이야기한(하는) 것'이 이야기라고 할 때의 그 '누가 어떻게' 의 측면으로서, 일단 이야기의 형식 쪽을 가리킨다. '무엇'을 '어떻게' 이야기하는 주체는 다름아닌 '누구' 곧 서술자(화자)이다. 따라서 시점이 란 서술자가 작품 내의 인물, 사건, 공간 등과 같은 대상에 관하여 지각 하고 이야기하는 행위 혹은 상황의 국면이다. 독자가 허구세계를 체험 하는 것, 곧 소설적 의사소통이 서술자의 이야기를 바탕으로 이루어지 며, 또 그 이야기는 기본적으로 '서술자의'(입장에서 이루어지는) 서술이다. 그 점을 고려할 때, 시점은 이야기주체로서의 서술자가 그 대상들을 지 각하고 말로써 제시하는 행위 혹은 상황의 여러 측면—서술자의 시 간·공간적 위치, 사상과 태도, 인식 혹은 지각의 정도와 담화 형식 등 을 뜻하게 된다.

그런데 대상을 이야기하는(말하는) 서술자가 항상 그것을 보는(인식하는) 자인 것은 아니며, 그의 이야기 또한 이미 누군가가 말한 것을 갖가지 방식으로 재진술하는 것일 수 있으므로 양상이 매우 복잡하다. 때문에 시점 논의는 좁게 접근하면 대상을 '보는' 혹은 '초점을 맞추어 제시하는' 관점에 국한되지만, 서술자의 화법, 태도, 서술된 것의 양태, 문체 등의 논의와 밀접히 연관되면서 서술형식 전반과 관련을 맺는다.

요컨대 시점적 측면의 연구는 넓게 보아 서술자가 서술하는 행위와 상황에 관한 연구요 그의 위치뿐만이 아니라 정신적 태도와 관점에 관한 연구이다. 그리고 그것을 창조한 작자가 작품내적 세계를 형상화하고 구성하는 의도와 기법, 나아가 그가 현실을 바라보고 질서지우는 세계관과 미의식에 관한 연구이다. 또 작자 개인의 차원을 넘어 이야기 자체가 지니고 있는 관습성과 복합성을 고려할 때, 그것은 사람이 이야기로써 사물을 인식하고 재현하는 관습과 그 본질을 살피는 일이다. 아울러, 범위를 한정하여 시점이 소설의 예술성을 결정짓는 핵심요소라고 보면, 그것은 소설의 예술적 원리를 밝히는 일이기도 하다.

3. 20세기 이전의 이야기형식–일대기형식

현대소설 형성기에 일어난 변화를 논의하려면 당연히 그 이전의 형태가 규정되어 있어야 한다. 하지만 이전 이야기체의 시점 및 서술형식에 관한 연구는 정리된 결론에 도달해 있지 않은 듯하다. 그러므로 필요한 범위 안에서 거칠게나마 가설을 세우지 않을 수 없다.

이 글의 목표에 맞추어 이전의 서술형식을 살핌에 있어 무엇보다 주목해야 할 것은 전(傳)이다. 그것이 20세기 이전의 이야기 전통 속에서 지배적인 위치에 있었기 때문이다. "전은 사마천의 『사기』 열전 이래 한자문화권에서 고유하게 발전되어 온 수사(修史) 양식(Histographie) 내지 문학장르로서, 한 인물의 일대기(一代記)를 서술하면서 그것을 일정한 관점에서 포폄하는 것을 목적으로 한다."6) 전의 기본형태라 할 수 있는 『사기』 열전은 역사적 인물의 가계, 행적, 평결의 세 부분으로 구성되는데, 특히 평결(評結)은 필자의 핵심적 의견을 덧붙인 대문으로, 계세적(戒世的) 교훈이 강하게 노출된다.7) 그런데 그것은 대상, 서술형식 등이 다양해지면서 그 변이형태가 매우 많아지고, 앞의 뜻매김에 이미 드러나 있듯이, 경험(역사)적인 것에 허구적인 것까지 포함되게 된다. 전이 지배적인 만큼 주변적인 것들도 그 형식을 차용하거나 표방하여 전의 특징과 경계가 흐려졌다고 할 수 있다.

사정이 그러하기에 현대 이전 이야기의 일반 특징을 살피는 데는 오히려 전이라는 용어 자체가 포괄적인 접근에 지장을 줄 수 있다. 그러므로 여기서는 앞서 뜻매김한 전을 기본형태로 하면서 그것의 자장 안에 있는 설화 · 야담 · 한문단편소설 · 고소설 등의 여러 이야기들에 공통된 형식을 잠정적으로 '일대기형식'8)이라 부르고자 한다.

일대기형식은 사람의 일생을 자연적 시간 순서로 서술하는 이야기의 한 형식이다. 그것은 기본적으로 경험적 자아가 역사적 · 윤리적 충동에 따라 수행하는 삼인칭 서술이다.9) 그런데 그 서술자는 경험적 자아로서의 작자 자신이되, 어디까지나 공적(公的)인 서술자로서 요약적이고 추상적인 언술로 실제 사실 자체와 집단적 가치—이념 · 윤리 · 규범 등—의 유포 및 합리화를 추구한다.10) 기본형에 해당하는 사전(史傳)류에 비해 허구성이 강한 가전(假傳)류라든가 대부분의 고소설 역시, 물론 정도와 표현법의 차이는 있으나, 공적 서술자가 한 사람의 일생 서술을 통해 집단적 가치를 지향하므로 일대기형식이다. 고소설 앞머리의 가계 서술과 말미의 교훈적 서술은 각기 전의 서두와 평결부의 변형이라고 볼 수 있다. 이 경우, 실제 작자와 다소 거리가 있다고 보아 '내포작자'

개념을 빌어오면, 그 서술의 원천으로 간주되는 내포작자 역시 윤리적·이념적 규범의 수호자로서의 공적인 존재, 군자라든가 현자를 지향하는 존재로 간주된다. 이러한 사실들은 현대소설 이전 단계에서는 역사적 충동보다 창조적 충동이 우세한 갈래들도 일대기형식에서 자유롭지 못했음을 보여준다.

요컨대 현대소설 이전의 지배적 이야기형식인 일대기형식은, 공적인 서술자가 사람의 일생을 서술함으로써 집단적 가치를 추구하는 삼인칭 서술로서, 그 내용이 경험적 사실과 일치하는—실제로 그러하든 그런 것처럼 가장하든간에, 적어도 그래야만 하고 또 그런 것으로 받아들여졌던11)—서술형태이다. 그것은 개인적이기보다 집단적이고, 낭만적·표현적이기보다 교술적이며, 개방되기보다는 완결된 구조를 이루면서, 무엇보다 허구적 존재로서의 서술자에 의한 중개성12)이 희박한 경험적 이야기이다. 그것의 서술자는 경험적 자아로서의 작자 자신이되 공적인 존재로서, 경험세계만이 존재하는, 혹은 경험세계와 허구세계가 구분되기 이전의 서술상황에서, 서술대상은 물론 독자보다 우월한 위치에서 서술을 한다(글[文]을 쓴다). 따라서 대상의 구체적 실상보다 주체의 추상적 관념 위주이며, 모방(미메시스)적이기보다 진술(디에제시스)적이다. 거기서 독자는 교화(敎化)되어야 할 수동적 존재로서, 개별적이 아니라 집단적인 존재로 간주된다.

이제까지의 분석을 바탕으로 일대기형식이 지배력을 잃는 시기, 그러니까 여기서 살필 20세기 초의 현대소설 형성과정에서 일어날 변화에 대해 추리해본다. 현대소설은 교술적인 것과 기록적인 것을 문학에 포함시키지 않음으로써 소설 역시 허구적인 것으로만 간주되는 시기의 산물이다. 그러므로 일대기형식의 전통 아래 현대소설이 형성되는 과정에서 일어나는 핵심적 변화는 (이야기된 사건이 '일생 위주에서 특정 사건 위주로 바뀜'과 함께) '경험세계와 허구세계의 분리' 및 그에 따른 작자와 서술자의 분리, 교술성의 간접화 등일 것이라는 판단을 하게 된다. 이는 전통

적 의미의 문(文)으로부터 현대적 의미의 문학(文學)이 분리되는 변화의
핵심을 이루는 사항으로서, 이제부터 살피게 될 몇 가지 갈래와 작품의
모습은, 크게 보아 당대의 작자들이 일대기형식의 이야기 전통 속에서
경험세계와 허구세계를 분리하여 하나의 독립되고 완성된 세계로서의
작품을 형상화하고, 그것을 통해 생각을 간접적으로 '보여'주고자 힘쓰
는 과정에서 생성되었으리라 짐작할 수 있다.

4. 1900년대와 1910년대의 이야기형식

1) 전기, 문답·토론체, 몽유록

경술국치 이전 약 3년 동안에 주로 발간된 전기(傳記)는, 일대기형식의
기본 특징을 두드러지게 계승하고 있다. 대개 제목에 '전' 혹은 그에 준
하는 말이 붙어 있으며, 평결부를 두거나 신채호의 『을지문덕』(1908)처럼
서론―본문―결론의 논설 형식을 취하여 번역자 및 작자의 역사관과 애
국계몽이념을 제시하고 있다. 역사적 인물의 일생을 다루면서 집단적
가치를 추구하는 것이다. 이는 신채호·박은식·장지연 같은 담당자들
이 전의 형식과 친숙한, 한학(漢學)을 한 계층이기에 당연한 바 있다.

따라서 허구적인 것만을 (좁은 의미의) 문학이라고 보는 현대의 잣대로
보면, 전기는 소설이라 하기 어렵다. 이는 전기가 애국계몽이념을 지닌
주체이자 역사적 존재인 작자가 현실에 대해 공적인 발언을 하는 경험
적 이야기이며, 경험세계와 허구세계가 구별되기 이전의 상태인 일대기
형식의 서술상황에서 산출되었음을 뜻한다.

전기의 작자 혹은 번역자들은 당시에 왜 그것을 짓고 번역했는가? 박

은식의 『서사건국지』(1907) 서문에 잘 드러나 있듯이, 국민들이 과거에 실재했던 구국영웅의 삶을 보고 느껴 감동함으로써 당장의 국가적 현실을 알고 애국심을 갖게 하는 데 적합했기 때문이다. 그렇다면 그것은 이전의 일대기와 달리 사실의 기록보다는 묘사를 필요로 하며, 공적 서술자에 의한 일방적 평결보다는 사건과 인물을 통한 이념의 형상화 혹은 극화(劇化)가 요구된다. 그리고 이때 자연히 서술자의 개입이 약화되는 한편 허구적 요소가 개입된다.

바로 그러한 까닭으로 전기는 일대기형식이 변화된 모습, 곧 소설적인 모습을 다소 띠게 되는데, 그 구체적 양상을 한 가지만 살펴본다. 표지에 '신소설'이라고 한 『애국부인전』[13]은 중국본을 대본으로 장지연이 쓴 잔다르크 전기로서 끝에 평결부가 있다. 하지만 서두에 가계 서술이 없고 작자가 추구하는 애국계몽사상이 다음과 같이 잔다르크의 연설 형식으로도 제시되고 있다.

이 때 원수가 몸기를 두르며 한점 앵두같은 입술을 열고 삼촌련꽃 같은 혀를 흔들어 두 줄기 옥을 깨치는 소리로 공중을 향하여 창자에 가득한 열심하는 피를 토하니

그 연설에 가로되

"우리 법국 동포 국민된 유지하신 제군들은 조금 생각하여 보시오. 우리 나라가 어떻게 쇠약하고 위태한 지경이며 (…중략…) 동포제군께서 이미 노예되는 것이 부끄러운 욕 되는 줄 아시니 이렇듯 좋은 일이 없나이다. 그러나 다만 부끄러운 욕 되는 줄로 알기만 하고 설치할 생각이 없으면 모르는 사람과 일반이 아니오 세계의 어떤 나라 사람이든지 진실로 이민된 책임을 다하여야 당연한 임무가 아니오."(22~24면)

위의 연설 부분은 일반 서술과 구분되어 그것이 인물의 말임을 표시하고 있는데, 그 내용이란 바로 작자가 전파하고자 하는 애국계몽이념이다. 이는 화자를 인물로 내세움으로써 위기에 빠진 나라를 건지기 위

한 작자의 사상을 사건화 혹은 극화하여 간접적으로 제시하는 것이다.

이러한 양상은 전기(및 외국역사서)와 함께 당시에 존재했던 또다른 사상 유포 형식인 문답·토론체의 특성에 대한 단서를 제공한다.[14] 문답·토론체에 속하는 것으로는 「소경과 앉은뱅이 문답」(1905), 「거부오해」(1906) 등 규모가 작은 것에서 안국선의 『금수회의록』(1908), 이해조의 『자유종』(1910)과 같이 큰 것이 있는데, 대개 짧은 시간 동안 제한된 공간에서 벌어지는 문답, 토론, 연설 등으로 이루어져 있다. 이들은 전기와는 달리 허구성이 개재되고, 현재의 사건이나 문제를 직접 다루며, 이야기다운 면이 적다. 하지만 『금수회의록』 끝에 평결부에 해당하는 작자의 '촌평'이 붙어 있는 데서 알 수 있듯이, 이들 역시 전기처럼 당대 현실에 대한 비판적인 생각이나 사상을 유포하는, 곧 사건보다는 관념이 우위에 있는 논설적이고 교술적인 것들이라 할 수 있다. 그렇다면 문답·토론체는 앞에 인용한 전기의 일부처럼 목격자 혹은 연설자로서의 화자를 등장시켜 사상을 사건화하여 보여주는 서술형식, 하지만 역사적 사실에 제한받는 전기와는 달리 이야기적 특성이 희박해질 정도까지 극단화된 관념의 극화(劇化) 방식이라고 할 수 있다. 주로 신문에 실렸으며 등장인물이 동물로 설정되기도 한 데서 드러나듯이, 그것은 독자들이 쉽게 접근할 수 있도록 우화라든가 재미난 극으로 바꾼 '논설'인 것이다.[15]

요컨대 전기와 문답·토론체는 허구성의 개재 여부, 일대기형식의 계승 여부 등에서 서로 다른 서술형식이지만, 관념을 구체적 형상으로 체험시키려는 경향의 산물이라는 점, 하지만 각기 현대소설다운 허구성과 형상성 혹은 서사성은 부족하다는 점에서 서로 통한다.

이러한 맥락에서, 이전의 형식인 몽유록이 왜 당시에 활발히 계승되었는가를 설명할 수 있다. 유원표의 『몽견제갈량』(1908), 박은식의 『몽배금태조』(1911) 등이 취한 몽유록 형식은[16] 그 담당자들이 전기의 경우처럼 주로 한학을 한 사람들이라 그들한테는 아주 익숙한 것으로서, 바로 꿈 속에서 문답·토론·연설하는 형식이다. 그것은 전혀 일생을 다루지도 않고 경험적인 서술도 아니라는 점에서 일대기형식 및 전기와 대립되는데, 그렇다고 해서 문답·토론체처럼 서사성이 약하지도 않다. 꿈에 들어감 — 나옴의 서사장치를 지니고 있어서 훨씬 안정된 구조를 지니고 있다. 작자의 현실비판적이고 계몽적인 사상을 인물의 말로 극화하여 얼마든지 제시하면서도 서사적 뼈대를 확보할 수 있기에 몽유록형식은 지속되었던 것이다.

이렇게 볼 때 앞의 세 부류는 모두 당대 현실에 관한 논설의 성격을 지녔으며, 그 가운데 가장 소설다운 면모를 지니고 있는 것은 몽유록이다. 허구성과 서사성을 함께 확보하고 있기 때문이다. 이전 시기에는 일대기형식에 밀려 주변적이던 형식이 좀더 중심적인 것으로 부상한 셈이다.[17]

2) 신소설, 초기 단편소설

'신소설'이란 본래 이전과는 다른 새로운 이야기체를 두루 지칭하는 말이었다. 그것이 점차 경술국치 전후의 약 10년 동안에 주로 단행본으로 발표된 가정사 중심의 장편이야기들을 가리키는 갈래 이름이 되면서 '고소설'의 대립어로 굳어졌는데, 그렇게 된 데에는 그에 해당되는 작품들이 지닌 '새로움'과 공통성이 작용했을 터이다.

『혈의 누』(1906)를 비롯한 신소설 작품들이 지닌 새로움이란 내용 쪽보다[18] 형식 쪽의 새로움으로서, 그것은 일대기형식으로부터의 분리 혹은 그것의 폐기를 뜻한다. 우리 현대소설이 이전 소설과 구별되는 표현적 특성으로 일컬어지는 영웅적 형상의 후퇴, 선적(線的)인 서술구조의 약화, 전지적·주권적 서술자의 후퇴, 공간화 경향 등[19]은 모두 그것의 구체적 양상들이라고 할 수 있다. 그러한 특징을 지니고 있는, 일대기형식에서 벗어난 최초의 소설다운 소설이 신소설이다.

시점 및 서술형식의 측면에서 보면, 일대기형식에서 벗어남은 한마디로 장면화에 의해 가능해졌다고 할 수 있다. 장면화란 말하기(telling)에 대립되는 보이기(showing)의 구체적 형식으로서, 대상의 사실적 재현을 가리킨다. '장면'은 이야기된 시간과 이야기하는 시간의 접근, 일상언어의 사용, 시간·공간의 구체성 등의 특징을 지닌다.[20]

다음은 이인직의 『치악산』[21] 첫머리이다.

> 강원도 원주 경내에 제일 높은 산은 치악산이라
> 명랑한 빛도 없고 기이한 봉우리도 없고 시커먼 산이 너무 우중충하게 되었더라
> (…일곱 문장 생략…)
> 치악산 높은 곳에서 서늘한 가을 바람이 일어나더니 그 바람이 슬슬 돌아서 개 짖고 다듬이 방망이 소리 나는 단구역말로 들어간다
> 달 밝고 이슬 차고 베짱이 우는 청량한 밤이라. 소소한 바람이 홍참의집 뒤꼍 오동나무 가지를 흔들었는데 오동 잎에서 두세 방울 찬 이슬이 뚝뚝 떨어지며 오동 아래 담장 위에서 기와 한 장이 철썩 떨어진다
> 달은 오동나무 그림자를 끌어다가 홍참의집 건넌방 동창 미닫이에 드렸는데 서늘한 바람이 오동 그림자로 활동사진을 놀리더라
> 창밖에 눈썹같이 좁은 툇마루가 있는데 어떤 부인이 혼자 앉았다가 머리끝이 쭈뼛쭈뼛하고 겁나는 마음이 생겨서 미닫이를 열고 방으로 들어가는데 나이 이십이 될락말락하고 시골 구석에도 이런 일색이 있던가 싶을 만한 일색이라. 은조사 겹저고리에 세모시 다린 치마를 입고 서늘한 바람에 치운 기운이 있던지 겁이 나서 소름이 끼쳤던지 파사한 태도가 더욱 어여쁘더라
> (부인) 이애 검홍아 검홍아……(1~3면) (고딕체-인용자, 이하 같음)

작품이 주인공의 가계가 아니라 공간 서술, 그것도 치악산이라는 배경을 상징적으로 제시하는 서술로 시작되고 있다. 그리고 한밤중의 풍경과 움직임이 자세히 묘사된다. 대화와 지문이 구별되고 인물의 내면

상태가 서술되어 사실적인 효과에 이바지한다. 일대기형식의 진술적 혹은 '말하기'적 서술과는 달리 일상적이고 구체적인 시간 속의 공간이 모방되고 '보여지는', 즉 형상화되는 것이다.

그러한 형상화는 서술자가 대상과의 거리를 확보하여 비교적 객관적인 관찰과 서술을 했기 때문에 가능해진 것이다. 일대기형식처럼 삼인칭 서술이고, 서술자가 자기 존재를 드러내면서 서술 대상과 독자보다 우월한 위치에서 개입하고 있으나, 고딕체 부분에서 알 수 있듯이, 그의 권위와 개입 정도는 훨씬 낮다. 그는 윤리적 개입자요 이념의 수호자로서의 면모가 희미하다. 일대기형식에서 신소설로의 변화는 이렇게 서술이 관념 중심에서 삶의 구체적 양상 중심으로, 서술하는 자 중심에서 서술 대상 중심으로, 그리고 요약적 서술에서 묘사적 서술로의 변화이며, 이는 장면화라는 말로 압축되는 것이다.

요컨대 장면화란 다름 아닌 시간·공간화이자 그 속에 존재하는 것들의 구체적 형상화이다. 그 형상화 행위 즉 서술 대상들을 서술하는 행위는, 그 주체인 서술자의 위치·태도·말투·사상 등의 객체화를 동반하므로 공간화는 또한 시점화이기도 하다. 시점 논의가 허구적 서사물, 그 가운데서도 현실의 구체적인 묘사가 이루어지는 사실주의적 서사물만을 대상으로 이루어진다고 한정한다면, 한국 소설사에서 시점이 중시되고 문제되는 것은 장면화가 이루어지는 신소설부터라고 할 수 있다.[22]

그런데 서술자와 대상간의 거리가 확보되고 그의 권위와 개입 정도는 낮아졌으나 그와 경험적 자아로서의 작자 사이의 거리, 그가 허구적인 이야기를 하는 허구적 존재로서 작자로부터 분리되고 그의 이야기 행위가 일관되게 조정되는 '객관화' 혹은 '객체화'[23] 정도는 그다지 멀거나 높지 않은 것으로 보인다. 서술상황에서 설정 가능한 두 개의 거리 가운데 작자와 서술자 사이의 객관적 거리가 상대적으로 덜 확보된 것이다. 앞의 인용에 그것까지 뚜렷이 나타나 있지는 않으나, 신소설 일반의 서술상황에서 일대기형식이 지닌 바 작자와 서술자, 경험세계와 허구세계의 미분화(未分化) 상태는, 정도는 달라졌어도 지속된다. 따라서 역시 정도가 달라졌지만 여전히 서술자가 보이고 있는 공적(公的)이고 주권적인 태도는, 이른바 '작자적 서술상황'24)의 그것과는 다소 다른 면이 있다. 신소설의 서술자는 '작자처럼 전지적이거나 주석적일' 뿐 아니라 작자라는 존재와의 근친성이 강한, 일대기형식의 전통 속에 놓여 있는 존재이다. 신소설의 작자는 '작자의 이야기 행위 수준(level)'과 구별되는 '서술자의 이야기 행위 수준'을 구별하고 또 조정하는 데 이르지 않은 것이다.

이 서술자의 객체화는 서구 이야기체의 변천과정에서도 핵심적인 문제이므로 한국만의 특수한 문제는 아니다. 그리고 "작자는 어느 정도 위장을 할 수는 있지만 완전히 소멸할 수는 없기"25) 때문에, 그 정도가 높다고 해서 반드시 좋은 작품으로 평가되지는 않는다. 서술자의 객체화는 작품 구조의 통일성이나 주제를 형상화하는 예술적 완성도의 차원에서 평가될 성질의 것이며, 이는 신소설의 경우도 마찬가지이다.

서술자가 객체화되지 않은 상태는 신소설에서 두드러지게 문제되거나 작품 구조를 파탄시키지는 않는 듯이 보인다. 그것은 전기, 문답·토론체, 몽유록 등의 경우와는 달리, 그 작자들이 당대 현실에 대한 비판적 관심이 적어서 작품을 통해 유포해야 할 사상 자체가 빈약했던 까닭이다. 신소설이 장면화로 말미암아 얻게 된 서사성 혹은 형상성이 어떤 관념을 표현하는 데 이바지하고 있는가를 살펴보면, 그 서술형식면의 새로움이 내용의 새로움을 동반하고 있지 않음을 확인할 수 있다. 일대기나 몽유록 형식을 이어받아 현실비판적이고 계몽적인 사상을 유포했던 전통적 지식인 계층의 작자들과는 달리, 신소설을 담당한 근대적 지식인 계층의 작자들은 전통 형식을 일부 새롭게 변화시켰지만 소설의 통속적 재미에 기울고 말았다.26) 신소설은 일대기, 전기 등처럼 삼인칭 서술 위주여서 일인칭 서술을 찾기 어려운데, 이는 곧 작자들이 허구성을 표방하고 대상의 여실한 묘사를 내세우면서 사상 면에서는 관습적인 화법인 삼인칭 서술방식 속으로 도피해버렸음을 뜻한다.

근본적으로 새로운 형식을 낳을 만한 새 사상은 부족한 새로움 — 그것이 신소설의 과도기적이고 상업주의적인 새로움이다. 이렇게 볼 때 20세기 초의 이야기체에서 전통적 서술형식은 바람직한 내용을 지니되 그 형식을 혁신할 시간을 갖지 못하고, 외부의 강한 영향 아래 이룩된 새로운 서술형식은 바람직한 내용을 지니지 못하고 있다. 근대화의 결정적 시기에 나라를 잃은 불행이 문학 분야에 남긴 상처의 하나가 바로 이것이다.

요컨대 신소설은 장면화를 통해 일대기에서 벗어났지만, 심층의 차원에서 작자와 서술자의 분리, 혹은 서술자의 객체화와 거리 확보가 이루어져가는 과도기의 산물이다. 시점론적 측면을 볼 때, 신소설에서 일대기형식의 특성은 잔존해 있는 셈이다. 이해조의 『화의혈』 서언에 나타난 바와 같은 소설의 허구성에 대한 인식은, 창작 행위 혹은 이야기의 과정에서 아직 적절히 실천되지 못하고 있다.

한편 초기 단편소설로 분류되는 작품군이 있는데, 이들은 신소설과는 달리 개인의 내면에 관심을 보이는 단편이며 일인칭 서술을 취하기도 한다. 그런데 최초의 근대적 단편집으로 꼽히기도 하는 안국선의 『공진회』(1915)의 앞과 뒤에 '독자에게 주는 글'이 붙어 있다. 그리고 일인칭 서술형식을 취한 현상윤의 「핍박」(1917),[27] 이광수의 「방황」(1918) 등의 서술자 '나' 역시 작자와의 근친성이 강하여[28] 논설이나 수필에 가까운 성격을 띠고 있다. 일대기형식의 특징을 신소설처럼 지니고 있는 것이다.

하지만 이 일인칭 서술의 등장 그 자체가 지닌 의미는 크다. 작자와의 근친성이 강하다 하더라도, 서술자가 '나'라는 한 인물 혹은 개인으로서 이야기된 세계에 등장함으로써 공적인 성격이 약화되고 서사 자체가 개인적인 것이 될 근본적 변화의 가능성이 잠재되어 있기 때문이다.

5. 1920년대의 이야기형식

앞에서 1900년대와 1910년대의 이야기체들을 일대기형식의 계승과 변화라는 측면에서 살폈다. 이제 그 다음 시기, 그러니까 "한국소설사에서 근대적 리얼리즘이 확립된 1920년 전후"[29]부터의 작품들을 살필 차례이다. 그런데 이 시기의 작품들은 유형적인 경향이 적으므로 앞 장에서와 같이 갈래지어 개괄하기 어렵다. 따라서 여기서는 이 글의 맥락에서 뜻깊다고 여겨지는 양상을 띤 몇 편의 작품을 택하여 작자들이 직면했던 문제들 중심으로 살피고자 한다.

1) 서술자의 객체화 문제

현진건의 「타락자」는 『개벽』에 4회에 걸쳐 연재되었는데, 그 마지막 회 말미에 학예부 책임자 현철의 글이 붙어 있다. 그것은 「타락자」를 "작자 자기의 자서전이나 전기같이 생각하여 비난의 투서를 하)는 이가 있으나 그것은 결코 그렇지 아니하다"[30]는 내용이다. 이처럼 일인칭 서술의 '나'를 작자와 구별하지 못하는 것은 예나 지금이나 미숙한 독자가 범하는 잘못이다. 그런데 편집자가 문학개론적 지식을 동원하여 한 쪽 이상의 분량으로 그에 관해 해설한 것은, 당시에 그게 그만큼 중요한 문제였음을 암시한다.

독자의 독서과정은 물론 작자가 창작을 하는 과정에서 둘을 구별하는 일이 당대에는 쉽지 않은 일이었다. 일대기형식의 전통 속에서 그 둘을 분리하여, 즉 허구적 존재로서의 서술자를 객체화하여 시점의 적절성과 통일성을 확보함으로써 자신의 느낌과 생각을 서술자, 인물, 공간적 요소 등을 동원하여 형상화하는 일은 문학사적 과제였다.

이기영의 「민며느리」[31]는 그 부제 '금순이 소전(小傳)'에서 알 수 있듯이 주인공 장금순이 스물 한 살 먹기까지의 전, 곧 일대기이다. 차차 밝혀지겠지만, 1920년대의 단편소설 중에도 이처럼 아직 일대기형식의 흔적을 지닌 작품이 매우 많은데, 인물에 대한 서술자의 우월한 위치를 드러내는 '금순이'라는 호칭 또한 작자가 직접 개입하는 다음과 같은 서술과 함께 일대기적 특성의 지속 양상을 보여준다.

> 그는 K촌을 떠난 지가 올해 삼 년째이다. 그는 그렇게 유랑하다가 작년 봄에 서울로 올라와서 비로소 자리를 잡게 되었다. 그는 올라오는 길로 S제사공장 시험을 본 것이 다행히 합격이 되어서 지금은 ××문 밖에서 사글세방 한 칸을 얻어가지고 늙은 부친과 살림을 하는 터이다. (…중략…) 그는 우선 동무들한테 언문을 배우고 책을 사다가는 옥편을 놓고 자습을 하였다. 공부란 무서운 것이다. 제군은 어린 새가 날 공부 하는 것을 보았을 것이다. 처음에는 한 치 두 치를 날기 시작하던 것이 어느 틈에 대공(大空)으로 날라간 것을. ― 금순이도 한 자 두 자를 깨닫더니 어느 틈에 글바다로 뛰어들었다. ― 뿐만 아니라 그의 남다른 환경과 본래의 총명은 ×××××××를 하게 되었다. ― 아! 만일 K촌 사람이 지금의 금순이를 본다면 어떻게 삼 년 전에 원득이와 살던, 아주까리 기름 냄새나는 그 금순이던 줄을 알 수 있으랴? (30~31면)

앞에서 독자를 친구나 아랫사람처럼 '제군'이라 부르며 연설하듯이 말하는 이는 서술자라기보다 작자이다. 장금순이 "무산계급전선의 한 투사"(35면)가 되어가는 과정을 통해 사회주의 이념을 제시하려는 작자인 것이다. 그가 이렇게 부적절하게, 그리고 작품 전체에 비추어 일관성 없이 개입하여 주제를 노출함으로 말미암아 작품의 형상성과 통일성이 훼손된다.

서술자가 객체화되지 않은 데서 비롯되는 양상은 그 밖에도 많다. 앞에 다소 드러났듯이, 서술자가 이야기하는 현재(discourse-NOW)[32] 혹은 시점(時點)이 분명하거나 한정되지 않고 끊임없이 '지금'으로 이동함으로써 현재와 과거가 시제상 뒤얽히고, 아울러 공간을 가리키는 '여기'와 '거기'가 혼동되기도 한다. 서술자의 존재 자체, 그리고 그가 대상을 지각하고 서술하는 것으로 가정된 시간적·공간적 위치가 명료하지 않음으로써 빚어진 이런 혼란이 아주 심해지면, 염상섭의 「표본실의 청개구리」(1921)와 같이 일인칭 서술과 삼인칭 서술이 착종되는 일이 벌어진다. 앞의 인용에서 얼굴을 드러냈던 존재와 같은 존재이되 일인칭으로 지칭되며 작자와 근친성이 강한 '나'와, 김창억의 '일생'을 서술하는 삼인칭 서술상황의 서술자가 아예 작품을 반분하여 맡아가지고 공존하게 되는 것이다.33)

2) 주제의 형상화 문제

그러한 혼란을 피하여 주제를 형상화하고 형식적 통일성을 얻는 데는 여러 방법이 있을 것이다. 그 가운데 1920년대 작품들에서 흔히 보이는 것으로 두 가지를 들 수 있다. 전통적인 삼인칭 서술을 쓰되 앞서 살핀 『애국부인전』의 경우처럼 인물의 입을 빌어 그가 주제를 '발언' 혹은 '연설'케 하여 사건화하는 방법이 있다. 그리고 다른 하나는, 이미 초기 단편소설에서 나타나기 시작한 것으로서, 아예 작자가 '나'라는 인물이 되어 ─ 직접 등장하거나 '나'라는 인물을 가장하여 ─ 모든 말을 하는 일인칭 서술의 방법이다. 이 둘 가운데 뒷것의 사용에 따른 변화야말로 우리 이야기 전통의 변화과정에 으뜸가는 중요성을 지니고 있다.

먼저 삼인칭 서술을 하되 인물의 입을 통해 핵심적 사상을 제시하는 경우를 살펴본다. 이 경우, 앞서 「민며느리」에서 보았듯이, 서술자가 얼마나 적절하고 일관되게 시점을 유지하는가와 인물의 발언행위 자체와 그 내용이 얼마나 인물의 성격과 사건 전체의 문맥에서 박진성을 지니느냐가 문제된다.

  김동인의 첫 작품 「약한자의 슬픔」[34]은 「민며느리」처럼, 그리고 작자 자신이 밝혔듯이, 강 엘리자베트라는 "여성의 반생을 그린"[35] 삼인칭 서술형식의 소설이다. 그런데 전체 서술이, 서술자가 말하거나 주인공 자신의 목소리로 말하거나 간에, 주인공을 초점자로 삼아 그녀가 지각한 것 중심으로 이루어져 있다. 서술자와 초점자를 분리하고 서술자의 개입을 제한한다는 것은 그만큼 작자—서술자—인물이 객체화되고 미적으로 통어됨을 뜻한다. 이는 작자 스스로 정리한 이른바 일원묘사 A형[36]—슈탄젤의 '인물적 서술상황'의 일종에 해당하는 그 서술형식이 일관되게, '의식적으로' 수행된 것이다. 이는 매우 놀라운 일로서 김동인이 우리 소설사에 시점을 도입했으며, 그가 『소설기술론』(1921)을 써서 처음으로 시점이론을 세운 "러보크보다 먼저 알아차리고 있었을 뿐 아니라 스스로 이를 실천한"[37] 작가라고 평가하는 근거가 된다. 그리고 이광수 소설의 서술자가 공적인 서술자에 가깝다고 볼 때, 김동인의 이광수 비판은 곧 이광수 소설의 서술자 비판이며, 나아가 일대기형식의 서술자를 지양하고 허구적 이야기를 철저히 허구적 혹은 '예술적'으로 수행하고자 했기에 할 수 있었던 비판이라 할 수 있다.[38]

  그런데 그런 방식으로 서술의 통일성과 시점의 일관성은 일단 얻어졌으나 그 서술 내용의 박진성 혹은 인물의 성격적 통일성 문제가 남아 있다. 그렇게 이루어진 서술 전체를 통해 형상화하고 전달하려 한 생각은 결말부에서 주인공의 매우 길고 극적인 독백의 형태로 제시되는데,[39] 그것이 스무 살 된 주인공의 성격과 행동에 걸맞지 않는다. 따라서 작품 전체의 사건구조 속에서 필연성을 띠지 못한다. 관념이 충분히 사건화되지 못하고 있는 것이다.

3) 일인칭 서술형식의 확립 문제

그러한 문제점을 비교적 쉽게 극복할 수 있는 서술방식이 앞에서 지적한 두번째 것, 곧 일인칭 서술형식이다. 그 경우, 작자가 '나'로 앞에 나서서 자기 모습을 노출하여도 그다지 화법의 통일성이 깨지지 않는다. 1910년대 후반부터 이른바 고백체, 편지체 등을 포함한 일인칭 서술형식의 작품들이 많이 나타난 까닭 가운데 하나가 바로 여기에 있다. 일인칭 서술형식은 그것 자체가 새로운 것이며 해방되려는 자아의 내적 고뇌를 표현하기에 적절하다는 점 외에도, 서술자의 객체화 및 시점 조정 문제가 앞서 살핀 삼인칭 서술에 비하여 쉽거나 심각한 문제를 덜 일으킬 수 있기 때문에 추구되었다.40)

하지만 일인칭 서술에서도 서술의 수준을 구별하고 또 조정하여 통일성과 박진성을 얻는 일이 여전히 문제된다. '나'는 허구세계에 나타나는 순간 서술자인 동시에 인물이 되는 까닭이다. 고백체, 편지체 등은 일종의 특수형태이므로 여기서는 좀더 일반적 양상을 보여주는 전영택의 「화수분」41)을 가지고 그 점에 대해 살펴보기로 한다. 이 작품 역시 '화수분전(傳)'이라고 할 수 있는 내용인데, 그 대강을 '나'의 이야기 행위 및 과정 중심으로, 각 장(章)별로 요약하면 다음과 같다.

1. '나'는 한밤중에 행랑살이하는 화수분의 울음소리를 듣고 까닭을 궁금해 한다.
2. 화수분네 식구들은 금년 구월에 '나'의 집 행랑에 들어와 구차하게 살아왔다.
3. 이튿날 '나'는 화수분의 아내가 '나'의 아내한테 자기 남편 집안의 내력과 지난 밤 남편이 운 까닭(살기가 어려워 딸을 남의 집에 주었음)에 대해 말하는 것을 듣는다.
4. 며칠 뒤 '나'는 화수분이 고향에 다녀오겠다고 하여 허락해 준다.

5. 겨울이 되어도 화수분이 안 돌아와서 그의 아내가 찾아 떠난다.

6. '나'는 동생으로부터 화수분네 식구들의 뒷이야기(부부는 얼어죽고 남은 아이는 누군가 데려갔음)를 듣는다.

이 작품의 핵심 내용은 제3장과 6장에서 제시된다. 그런데 제3장은 화수분 아내의 목소리로, 제6장은 '나'의 목소리로 되어 있다는 차이가 있을 뿐, 그들 모두 '나'가 들어서 전하는 것이다. 그렇다면 이 작품에서 '나'의 역할이란 주로 화수분에 대해 자기가 보고 들은 것을 목격자요 증인으로서 이야기하는 일이다. 이는 서술자 자신이 대상을 지각하거나 그에 관한 정보를 입수하는 행위와 과정 자체를 서술한 셈인데, 일단 이야기의 근원상황이 그대로 반영된 '자연스러운' 서술이라고 할 수 있다.

그런데 '나'는 하는 행동에 비해 서술상의 비중이 너무 크다. 서술된 만큼 기능성이 강한 행동을 거의 하지 않는다. 단지 동정적인 태도로 보고 들은 것을 이야기할 뿐이며, 그것도 화수분 가족의 비참한 삶을 '객관적으로 이야기한다'거나 '인간적인 시선으로 바라본다'기보다는 '너무도 냉담하게 행동한다'는 느낌을 주는 결과를 낳는다. 이는 '나'가 서술자인 동시에 화수분에게 도움을 줄 수 있는 고용주, 곧 인물이라는 점을 고려하지 않고, 이야기의 근원상황을 소박하게 재현만 했기 때문에 빚어진 것이다.42) 전영택 소설, 나아가 당대의 많은 일인칭 소설이 대개 그렇듯이43) 그 재현의 상황은 작자 자신의 상황, 다시 말해 '나'와 작자 사이의 근친성이 강한 경험적 상황에 가깝다. 따라서 이 작품의 이러한 문제점 역시 일인칭 서술형식을 취했지만 역사적 자아로서의 작자와 서사적 자아로서의 '나'를 충분히 분리하지 않은 데서, 즉 허구세계를 별도의 세계로 인식하고 형상화지 않은 데서 비롯된 것이다.

그와 같은 상황이되 작자가 전하려는 것이 「화수분」처럼 단순하지 않을 때, 바꿔 말해 '나'가 서술자이인 동시에 인물인 상황에 대한 고려가 적은 채 작자의 심각한 관념이 수준을 무시하고 터져나올 때, 『만세전』[44]의 아래와 같은 서술이 나타난다.

> 아무리 노가다패(우리 조선 사람은 일본 노동자를 특히 이렇게 부른다)라도,
> 처음에는 온순할 뿐 아니라 도리어 이국풍정에 어두우니만치 일종의 공포를
> 품는 것이 보통이지만, 반 년 있어 다르고 1년 있어 달라진다. 5년 10년 내지
> 20년이나 있어서 조선의 이무기가 된 자에 이르러서는 더 말할 것도 없는 것
> 이다. 여기서 제군이 생각할 것은 어찌하여 1년 2년 5년 10년 …… 해가 갈수록
> 그들의 경멸하는 생각이 더욱더욱 늘어가고, 따라서 10배 100배나 오만무례하
> 도록 만들었느냐는 것이다. (93면)

이러한 서술, 특히 고딕체 부분 이후의 서술은 앞서 살핀 삼인칭소설 「민며느리」의 그것과 같은, 경험적 자아로서의 작자가 직접 하는 말이다. 결국 일인칭 서술 역시 삼인칭 서술과 마찬가지로 서술자가 객체화되지 않은 채 현실에 대한 생각을 '연설'하려고 든 탓에, 시점의 일관성이 깨지고 주제가 효과적으로 형상화되지 못하는 같은 결과에 이르고 있다.[45]

여기서 1920년대 단편소설의 주요형태 가운데 하나였던 액자소설 형식에 주목하게 된다. 그것은 이야기의 근원상황을 그대로 반영한 자연스러운 형식일 뿐 아니라, 대개 일인칭과 삼인칭의 서술을 복합한 이중의 시점을 사용하여 서사적 거리를 확보함으로써, 작자의 주관성을 배제하는 동시에 사건의 사실성을 강화하는 형식이다.[46] 따라서 그것은 일대기형식의 전통 아래 현대소설을 형성하는 과정에서 부딪힌, 앞서 몇 가지로 간추려본 문제들을 해결하는 하나의 방식이 될 수 있었기에 '자연스럽게' 빈번히 선택되었던 것이다. 말하자면 「화수분」의 '나'를 외부 이야기에 놓고 화수분의 아내와 자기 동생한테 들은 이야기를 내부 이야기로 삼으면, '나'는 허구세계에 존재하되 인물이 아니므로 앞서 지적한 수준 착종의 문제를 피할 수 있다. 또 김동인의 「배따라기」(1921)처럼 '나'가 서술 대상에 대한 생각과 느낌을 과도하게 노출하여도, 그

것이 외부 이야기에서의 일이므로 내부 이야기의 통일성에 직접 영향
을 주지 않고, 오히려 독자의 반응을 그쪽으로 유도하는 효과까지 얻을
수 있는 것이다.

6. 맺음말

20세기 초 약 30년 동안의 이야기체를 대상으로 현대소설의 형성과
정을 시점 및 이야기형식의 측면에서 개괄하여 보았다. 이전 형식의 지
속과 변화에 주목하되 관습과 작자의 의식적인 노력이 뒤엉키는 창작
행위에 초점을 두어 살폈다. 새로운 논의의 가닥을 잡으려는 시험적 연
구인만큼 무리한 데가 많다. 이제까지 살핀 것을 간추리면 이렇다.

20세기 이전의 지배적 이야기형식을 일대기형식이라고 볼 때, 현대소
설 형성기의 여러 양상은 한마디로 그것을 이어받거나 개혁하여 당대
의 현실적·문학적 요구에 부응하고자 모색하는 과정에서 생겨났다고
할 수 있다. 전기는 일대기형식을 충실히 계승하되 작자의 사상을 극적
으로 간접화하여 제시하려는 시도를 보인다. 문답·토론체와 몽유록은
일대기형식이 아니고 허구성을 지녔으며 극화된 형식이지만, 작자의 사
상을 유포하기 위한 논설의 성격을 지녔다는 점에서 일대기와 통한다.

한편 신소설은 일대기형식과 분리된, 혹은 그것을 폐기한 최초의 소
설다운 소설이다. 그것은 장면화 혹은 시점화에 의해 가능해졌는데, 서
술자와 대상간의 거리에 비해 그와 작자간의 거리가 확보되지 않았으
므로 상대적인 의미를 지닌다. 초기단편소설에서 나타나는 일인칭 형식
의 '나' 또한 작자와의 근친성이 강하다. 그러나 서술자의 공적(公的)인
성격이 약화되고 서술이 개인적인 것이 될 수 있다는 점에서 일인칭 형

식의 등장은 큰 뜻이 있다.

일대기형식의 전통 아래 현대소설이 형성되는 과정에서 가장 핵심적인 것은 이야기 행위의 객관화 혹은 서술자의 객체화 문제―서술상황에서 경험적 자아와 허구적 자아, 경험세계와 허구세계를 구별하여 서술자를 작자로부터 분리함으로써 그의 이야기 행위를 일관되게 조정하는 문제이다. 그것은 1920년대의 작품들에서도 주제의 형상화 문제, 일인칭 서술형식의 정립 문제 등과 맞물리면서 문학사적 과제가 된다. 삼인칭 서술의 「민며느리」와 일인칭 서술의 「화수분」 모두가, 다뤄지는 사건이 일대기적인 것처럼 이야기 행위 또한 일대기의 경험적 특성이 지속되어 서술수준이 착종되고 시점의 일관성이 깨짐으로써, 주제가 적절히 형상화되지 않거나 박진성이 훼손되고 있다. 김동인은 초점자의 지각 내용을 되도록 벗어나지 않는 서술방식을 의식적으로 추구함으로써 획기적인 업적을 이룩한다. 그러나 「약한 자의 슬픔」의 경우, 초점자의 독백으로 제시된 작자의 사상이 초점자의 성격에 걸맞지 않아, 주제를 효과적으로 형상화하는 데까지는 이르지 못한다. 액자소설형식은 이러한 문제점들을 해결하기에 적합한 형식이기에 당시에 빈번히 선택된 것으로 보인다.

주석

1) 특히 『한국 개화기소설 연구』(일조각, 1972)의 「3. 신소설의 서술구조론」과 『한국 단편소설 연구』(일조각, 1977)의 「2. 한국 단편소설의 서술유형」, 그리고 『한국 현대소설사』(홍성사, 1979)의 「서론」.
2) 관련 저술 가운데 일부를 발표순서에 따라 보이면 다음과 같다.
　　송민호, 『한국 개화기소설의 사적 연구』, 일지사, 1975.
　　김윤식, 『한국 근대문학 양식론고』, 아세아문화사, 1980.
　　＿＿＿, 『한국 근대소설사 연구』, 을유문화사, 1986.
　　주종연, 『한국 근대단편소설 연구』, 형설출판사, 1982.
　　조진기, 『한국 근대리얼리즘소설 연구』, 새문사, 1989.
　　윤수영, 「한국 근대서간체소설 연구」, 이화여대 박사논문, 1990.
　　김현실, 『한국 근대단편소설론』, 공동체, 1991.

구수경, 「한국 서사문학의 시점 연구」, 충남대 박사논문, 1991.
　　김교봉·설성경, 『근대전환기소설 연구』, 국학자료원, 1991.
　　박재섭, 「한국 근대고백체소설 연구」, 서강대 박사논문, 1993.
　　최병우, 『한국 근대일인칭소설 연구』, 한샘, 1995.
3) 조동일, 『한국문학통사』 5(제3판), 지식산업사, 1994, 40면.
4) 서구의 수사학은 그 양식을 흔히 네 가지로 분류하는데, ‘서사’는 문학의 상위갈래 가운데 하나이기 이전에 그 양식들 가운데 하나이다. 다른 세 가지는 묘사·설명·논증이다.
5) Robert Scholes & Robert Kellogg, *Nature of Narrative*, Oxford Univ. Press, 1966, p.15.
6) 박희병, 『한국고전인물전연구』, 한길사, 1992, 9면.
7) 소재영, 「‘전’의 근대문학적 성격」, 『근대문학의 형성과정』(한국고전문학연구회 편), 문학과지성사, 1983, 135면.
8) ‘일대기형식’은, 김열규의 ‘전기적 유형’(『한국민속과 문학연구』, 일조각, 1971), 조동일의 ‘영웅의 일생’(『한국소설의 이론』, 지식산업사, 1977) 등과 통하되, 그들보다 좀더 추상적이고 외연이 넓으며 이 글의 목표가 고려된 용어이다. 한편 조동일은 소설과 전(전기)을 나누어 보면서, 그 둘의 우열관계에 따라 문학사의 단계를 구분할 수 있다고 하였다. 그에 따르면 1919년에서 시작되는 근대문학기는 둘이 공존하되 전이 문학으로서의 의의가 격하되고 소설이 우월한 위치를 굳힌 단계이다(『한국문학통사』 3, 88면).
9) 이는 전의 평결부의 ‘태사공왈(太史公曰)’, ‘외사씨왈(外史氏曰)’, ‘찬왈(讚曰)’ 등으로 시작되는 서술들까지를 삼인칭 서술로 보는 것이다. 자기가 자기 이야기를 공식적으로는 쓰지 않았을 뿐 아니라 쓴다고 해도 탁전(託傳) 형식을 취했던 20세기 이전의 시기에 있어서, 일인칭형식은 매우 예외적이고 주변적인 것으로 본다.
10) 그 집단적 가치는 대개 그 작품이 산출된 시대의 지배적 이념으로서 조선시대의 경우에는 유교이념이다. 때문에 일대기형식은 기본적으로 보수적 성격의 갈래라고 할 수 있다. 그렇게 볼 때 개혁적이거나 주변적인 이념 혹은 인물을 다룬 허균·박지원 등의 전이 그 규범적 형태에서 벗어난 것은 당연하다.
11) 이는 글이 재도지기(載道之器)라는 관념 아래 글 혹은 문학을 효용론적으로 보는 사상과 문화적 관습을 바탕으로 한다.
12) F. K. 슈탄젤, 김정신 역, 『소설의 이론』, 문학과비평사, 1990, 18면.
13) 장지연, 『애국부인전』, 광학서포, 1907.
14) 이 두 갈래, 특히 그 가운데 문답·토론체의 분류 기준, 명칭 등은 연구자마다 일정하지 않다. 여기서는 이 글의 논지에 따라 이제까지와는 다소 다르게 분류한다.
15) 김윤식은 안국선의 『금수회의록』, 『공진회』 등을 ‘연설의 산문화’ 형태로 보았는데(『한국 근대문학양식론고』, 200면), 여기서 말을 조금 바꾸고 대상을 확대하여 이들을 ‘연설의 극화’형태라고 할 수도 있을 것이다. 한편 조남현은, 이들 작품을 넓은 의미의 소설 속에 넣고 볼 때 “한국소설사에서 ‘직접화법’을 시도한 첫 용례”가 된다고 하였다(「개화기 소설양식의 변이현상」, 『한국 현대소설 연구』, 민음사, 1987, 89면).
16) 앞서 문답·토론체로 거론한 『금수회의록』은 몽유록 형식을 겸하고 있기도 하다.
17) 하지만 몽유록 형식은 그 현실비판성 때문에 경술국치 이후에는 찾아보기 어렵게 된다.
18) 내용면에서 이전의 것이 지속되는 양상에 대한 대표적 연구로 조동일의 『신소설의 문학사적 성격』(서울대 출판부, 1973)이 있다.

19) 이재선, 『한국 현대소설사』, 20~28면.

20) 최시한, 『가정소설연구-소설형식과 가족의 운명』, 민음사, 1993, 177면.

21) 이인직, 『치악산』, 유일서관, 1908.

22) 장면화는 물론 플롯의 국면에서도 중요한 문제이다. 인용된 『치악산』의 경우처럼 많은 신소설 작품들이 일대기적 서두를 탈피하여 한 장면으로 시작되고 뒤에 가서 그 장면으로 다시 돌아오는 형식으로 구성된다. 이때 그 사이에 그 장면의 원인이 된, 시간적으로 그 이전의 사실—그 장면 핵심인물의 그때까지의 일대기—에 대한 서술이 들어가게 마련이다. 신소설에서 벗어나지 못한 현상윤의 1910년대 초기 단편소설들이, 오히려 단편이기에 더욱 두드러지게 그런 형태를 보여주고 있다(최시한, 「현상윤의 갈래의식-1910년대 장르체계의 유동성에 대한 고찰」, 『서강어문』 제3집, 서강어문학회, 1983 참조).

23) 필자는 전에 이것을 '객관화'로만 부르면서, 그 정도가 근대적 서술방식, 나아가 근대적 의식의 확립과정을 보여준다는 전제 아래, 염상섭 소설을 대상으로 그 양상을 검토한 바 있다(「염상섭 소설의 전개-서술자의 객관화 과정을 중심으로」, 『서강어문』 제2집, 1982). 한편 서술자의 '객체화'는 '극화(dramatize)'와 통하는 말로서, 우리의 이야기 전통과 이 글의 논지를 고려하여 택한 용어이다.

24) F. K. 슈탄젤, 앞의 책, 32면 및 제3장 참고.

25) W. C. 부우드, 최상규 역, 『소설의 수사학』, 새문사, 1985, 34면.

26) 권영민, 「개화기소설 작가의 사회적 성격」, 『한국학보』 제19집, 일지사, 1980년 여름, 92면.

27) 주종연은 앞의 책, 89면에서 이 작품이 일인칭 서술형식을 취한 최초의 근대적 단편소설이라고 하였다.

28) 최시한, 앞의 논문, 118면. 이 작품들의 말미에는 작자가 탈고한 날짜가 적혀 있고, 그런 예가 당대의 소설들에 많은데, 이 또한 작자로서의 서술행위만 의식했지 서술자로서의 서술행위는 의식하지 못했다는 증거로 본다.

29) 이재선, 『한국 현대소설사』, 44면.

30) 『개벽』 제22호, 1922.4, 36면.

31) 『조선지광』, 1927.6.

32) Seymour Chatman, *Story and Discourse*, Cornell Univ. Press, 1978, p.63.

33) 이는 1920년대 소설에서 흔히 볼 수 있다.

34) 『창조』 제1~2호(1919.2~3). 이 작품은 1920년대에 발표된 것은 아니나 여기서의 시대구분이 편의상 이루어진 것이고, 또 그 작품이 "근대적 리얼리즘이 확립된 1920년 전후"의 작품이므로 대상으로 삼는다.

35) 김동인, 「조선근대소설고」, 『조선일보』 1929.7.28~8.16; 『김동인전집』 제16권, 조선일보사, 1988, 31면.

36) 김동인, 「소설작법」, 『조선문단』 1925.4~7; 『김동인전집』 제16권, 앞의 책, 169면.

37) 김윤식·정호웅, 『한국소설사』, 예하, 1993, 86면.

38) 이 점에서 「광염소나타」, 「광화사」 등이 이야기를 만드는 과정까지 이야기하고 있음은 매우 시사적이다.

39) 희곡과도 비슷하다. 희곡의 지문에 해당되는 부분, 곧 서술자가 지각하여 말하는 부분은 겹으로 된 괄호를 써서 구별해 놓고 있다.

40) 물론 여기서 외국소설, 특히 일본 사소설의 영향을 빼놓을 수 없다. 당대의 일인칭

서술들이 지닌 ‘나’와 작자 사이의 근친성 문제는, 사소설의 예가 있기에, 그리고 자연주의 사조에 걸맞기에 당연시되기도 했다.

41) 『조선문단』 제4호, 1925.1.

42) 이에 비해 나도향의 「벙어리 삼룡이」(『여명』, 1925.7)는 “내가 열 살이 될락말락한 나이니까 지금으로부터 십사오년 전 일이다”로 시작하여 ‘삼룡이전(傳)’을 서술하지만 ‘나’가 회고만 할 뿐 삼인칭 서술로 일관하면서 인물로서 대상세계에 등장하지 않기 때문에 이러한 문제점이 생기지 않는다.

43) 한 예로서, 전영택의 삼인칭 소설 「운명」(1919)의 주인공 나영순은 전영택 자신으로 파악된다(김윤식, 『한국 근대소설사 연구』, 264, 270면). 한편 이재선은 “1920년대의 ‘나’란 서술자는 외면상으로는 허구적인 대리자이지만 실지에 있어서는 작가 자신의 경험적인 보고·고백과 같이 거리감의 원격성이 없는, 주관적인 감개(感慨)와 증명으로 일관한다”고 지적하면서, 경험적 자아와 허구적 자아가 혼효된 ‘나’가 등장하는 1920년대 작품을 열거한 바 있다(『한국 단편소설 연구』 79, 92면).

44) 염상섭, 『만세전』, 고려공사, 1924.

45) 유종호는 여기서 다룬 시기 이후의 작품들을 서구의 소설과 비교 분석한 뒤 한국 현대소설의 “극적 방법과의 무연성(無緣性)”을 지적하면서 그것이 “한국의 근대적 자아의 성숙도와 밀접한 관계가 있다”고 한 바 있다(김붕구 외 지음, 「서구소설과 한국소설의 기법」, 『한국인과 문학사상』, 일조각, 1964, 300~301면). 그러한 지적은 이 글에서 주목한 양상이 이후에도 지속된다는 것, 그 원인을 밝히려면 시점과 서술형식의 측면 외에 문화 전반에 관한 폭넓은 탐색이 필요하다는 것, 그리고 그것을 반대로 긍정적으로 파악한다면 한국소설의 특징 하나를 부각시킬 수 있을지도 모른다는 것 등을 일깨워준다.

46) 이재선, 『한국 단편소설 연구』, 100면 및 『한국문학의 해석』, 새문사, 1981, 72면.

한국 현대소설과 만주공간

정호웅

1. 머리말

1930년대 중반 이후 '만주문단'이 형성되었다. 동인지『북향』(1936)을 비롯한 지면을 통한 만주 거주 문인들의 활동이 없었던 것은 아니지만 만주문단의 형성에 결정적인 역할을 한 것은 만주에서 발행되던 조선어신문인『만몽일보』와『간도일보』를 관동군 홍보처에서 통합하여 만든『만선일보』(新京 소재)였다. 여기에는 많은 조선문인이 관계했는데 고문 최남선, 편집국장 염상섭, 사회부장 겸 학예부장 박팔양, 기자 안수길 등이었다.[1] 이들을 중심으로『만선일보』학예면이 크게 활기를 띠게 되었음은 자연스럽다. 강경애·현경준·박영준·박계주·손소희·유치환·함형수·김조규·김달진 등 우리 문학사에 이름을 남긴 문인들이 이곳을 중심 무대로 활발한 작품 활동을 펼쳤던 것이다.[2] 그리하여『재만수필선』(1939),

『재만시인집』(1941), 『싹트는 대지』(1941), 『재만조선시인집』(1942) 등의 작품집이 간행될 수 있었다. 어려운 상황 속에서 일구어진 만주문단에 대한 재만 작가 현경준의 증언이 있는데 발표지면의 부족 등 어려운 형편을 뚫고 만주문단을 건설하려 애써온 재만 문인들의 지나온 과정과 자신들의 문학에 대한 긍지와 경성문단에 대한 대결의식이 뚜렷하다.

> 『민성보(民聲報)』 시대로부터 『북향(北鄕)』에 이르기까지 조선 유민(流民)들의 가지각색 희비극을 노래하고 또는 노래하려고 애쓴 그 작품들 속에서 우리는 역력히 금일의 상징을 엿볼 수가 있다.
> 　그리고 그 밖에도 수없는 '생활의 노래'들이 발표기관의 결핍이라던지 환경의 부자유로 말미암아 어둠 속에서 헤매다가 그냥 어둠 속으로 사라진 것을 생각할 때 우리는 다시금 긴 한숨을 뽑지 않을 수가 없다.
> 　이러한 것을 털끝 만큼도 모르면서 "간도에도 조선문학이란 것이 있었던가" 하며 자기야말로 가장 위대한 작가인 것처럼 자처하는 그들을 볼 때 우리는 말할 수 없는 비애를 느낀다.[3]

『만선일보』를 비롯한 만주 소재의 지면을 중심으로 펼쳐진 재만 문인들의 '이민문학'[4]이 이처럼 나름의 긍지 위에 전개되고 있었던 한편으로 경성문단에서의 만주 공간에 대한 관심이 점점 높아짐을 따라 만주를 배경으로 한 작품이 족출하게 된다. 그 맨 앞자리에 1920년대 중반의 최서해 문학이 있음은 두루 아는 사실이거니와 최서해를 이어 이광수·이효석·이기영·최명익 등의 만주 소재 작품이 해방 전에 발표되었으며, 허준·안수길·박경리 등의 만주 소재 작품이 해방 이후 발표됨으로써 만주는 한국 현대소설 속의 중요 공간으로 자리잡았다.

한국문학과 만주의 관계를 다룬 연구자들은 많다. 오양호·채훈·김윤식·조규익 등의 업적을 그 대표적인 것으로 들 수 있을 것이다. 선학들의 연구 성과를 길잡이로 하여 한국소설 속 만주 공간의 의미가 무엇인지를 이 글에서 살펴보고자 한다.

2. 생존의 터전으로서의 만주 공간과 생존의 논리

만주에 삶의 근거를 두고 살고 있었던 작가들에게 만주 공간은 다른 그 무엇보다 앞서는 생존의 터전이다. 두고 온 고향에 대한 그리움도 조국 독립의 꿈도, 오족협화의 이념도 왕도낙토 건설의 화려한 깃발도 이 앞에서는 한갓 추상적 기호일 뿐이다. 안수길, 강경애로 대표되는 재만 작가들의 해방 전 작품에서 만주가 갖는 가장 핵심적인 의미는 이것이다.

> 벼! 벼! 벼를 이 넓은 토지에 꽉 차게 심고 북돋우면 그만이다. 그것만이 일념이었다. 그 외의 것은 돌아볼 가치가 없었다. 원주민들과의 충돌 그런 것도 벼를 북돋우려는 일념 앞에는 아이 장난이었다. 오직 벼! 벼 앞에는 아무런 희생도 참도 견딜 수 있었다.[5]

만주국 건국 2년 전이 배경인 안수길의 중편 「벼」는 두만강을 건너 북간도에 이주한 조선 농민들의 수전 개척의 과정과 일본의 만주 진출을 경계한 중국측의 조선족 박해 정책에 맞서는 싸움의 양상을 그린 작품이다. 그들에게는 벼와 농사지을 수 있는 토지는 생존의 유일한 근거이니 절대로 포기할 수 없다.[6] 중국 국가권력의 개입에 맞서 벼와 토지를 지키기 위해서는 일본 영사관의 도움이 필수적이니, 이 문제 앞에 일본에 대한 적대 의식도 조국 독립의 염원도 들어설 자리가 있을 수 없다.

> 피치못할 경우라면 학교는 없어져도 괜찮다. 그러나 십여 년간 이룩한 이 고장에서 떠나지 않아서는 안 된다는 것은 학교 문제보다 더 큰 것이었다. 그러므로 학교를 폐쇄하라면 시키는 대로 하고 시일을 천연하여 나까모도를 중간에 넣어 길림영사관에 매봉둔 사정을 진정하여 문제를 정치적으로 해결짓는

것이 순서라 생각하였다. 이백여 호나 모여 살면서 지금가지 영사관과 연락이 없은 것은 여기에 그럴 듯한 지도자가 없은 까닭이었다. 찬수 자신이 우선 그 것에 생각이 미치지 못한 것은 결국 본다면 작은 문제인 학교에 열중하기 때문이었다.[7]

재만 조선인들의 벼와 토지에 대한 절대의 집착, 그 밑에 놓여 있는 이처럼 절박한 생존의 몸부림을 앞에 놓고 당시 경성문단에서 발표된 작품들을 읽으면 그 낙관적 낭만성이 비현실적이라 말할 수 있을 정도로 확연하게 두드러짐을 알 수 있다.

> 몇 달째 꿈속에나 보던 광경이다. 일망무제, 논자리마다 얼음장처럼 새벽 하늘이 으리으리 번뜩인다. 창권은 더 다리에 힘을 줄 수 없어 노인의 시체를 안은 채 쾅 주저앉았다. 그러나 이내 재우쳐 일어났다. 어머니와 아내에게 부축이 되며 두 주먹을 허공에 내저었다. 뭐라고인지 자기도 모를 소리를 악을 써 질렀다. 위쪽에서 위쪽에서 악쓰는 소리들이 달려 내려온다.
> 물은 대간선 언저리를 철버덩철버덩 떨궈 휩쓸면서 두 간통 봇동이 뿌듯하게 내려쏠린다.
> 논자리마다 넘실넘실 넘친다.
> 아침 햇살과 함께 물은 끝없는 벌판을 번져나간다.[8]

재만 작가 현경준이 "근자에 와서 대륙문학 운운하며 왕성하게 만주로 찾아와서는 수박 껍데기 할틋 그저 피상적으로 죽 훑어보고는 엉터리없는 거짓 수작을 늘어놓는"다라고 경성문단 작가들이 만주 현실을 다룬 작품들을 일축했던 것은 「농군」 등이 보여주는 이같은 비현실성에 대한 비판이라 보아 무방할 것이다.

이기영의 장편 『대지의 아들』(1939~1940)에서도 우리는 벼에 대한 재만 조선인들의 절대의 집착을 읽을 수 있으니 이기영은 최고의 농민작가다운 안목을 보였다고 할 것이다. 현경준은 이 작품을 두고 "이씨는 만주를 모른다. 산도 물도 사람도 모른다. 그러한 씨에게 집필을 요구했

다는 것은 확실히 조선문단이 저널리즘에게 유린당하는 것이 아니고
무엇이랴?"9)라 말하며 아예 평가 자체를 거부하는 태도를 보였다. 그러
나『대지의 아들』은 "예가 어딘 줄 아니? 여긴 만주다!"10)라는 말 속에
분명한, 당장의 생존이 문제되는 만주의 절박한 현실에 대한 인식과
"그것은 확실히 대지의 아들이다. 고량이나 강낭이와에 비교한다면 쌀
은 아들이라도 맏아들 폭이라 할 수 있다"11)라는 말에서 알 수 있듯 쌀
에 대한 재만 조선인들의 절대의 집착에 대한 정확한 이해를 보여주는
작품이다.

만주문학을 대표하는 작품집『북원』(1944)의 작가 안수길(安壽吉 1911~
1977)은 1949년부터 작품활동을 재개하여 장편『북간도』(1967),『통로』(1969),
『성천강』(1974)으로 대표되는 큰 문학을 쌓아올렸다. 주로 장편에서 역량을
발휘했지만「제삼인간형」(1953),「소박한 인상」(1960),「이라크에서 온 불온
문서」(1964),「효수」(1965),「삼인행」(1974) 등의 단편에서도 단정한 간결체
문체의 한 전범을 보였다. 이 가운데 우리의 논의와 관련하여『북간도』를
살피지 않을 수 없다.

『북간도』의 서사를 이끄는 것은 이한복, 최칠성 두 사람으로부터 이어
내리는 두 집안이다. 두 집안의 정신은 만주 이주 이전의 고향에서부터
이미 분명하게 나뉘어 있었다. 현실 질서에 타협하거나 굴복하지 않고
맞서는 이한복과 순응하는 최치성의 대립은 만주 이주 이후 더욱 어려워
진 상황 속에서, 그 아래 세대로 내려가며 보다 뚜렷해진다. 이 작품은
땅 주인인 중국인에 유착한 최삼봉과 그에 맞선 이장손의 대립을 보여주
는데, 그 아래에는 최삼봉을 악으로, 이장손을 선으로 미리 규정해 놓은
작가의 이분법적 윤리관이 확연하다. 두 집안의 정신을 선/악으로 가르
는 작가의 이분법적 윤리관은 두 집안을 넘어『북간도』에 등장하는 모든
인물들의 정신과 삶을 척도하는 근본 기준으로 작동한다.12)

아마도 어린 나이에 북간도로 이주하여 20년 넘게 어려운 세월을 견
뎌야 했던 작가의 체험 때문이었을 것이다. 조심스러운 추측이긴 하지

만, 괴뢰국인 만주국을 앞세운 일본의 사실적인 식민 지배 체제가 확고하게 자리잡았던 1930년대 후반 이후 「목축기」(1943), 「벼」(1941), 『북향보』(1941) 등의 작품을 통해 일본의 만주 지배 질서에 휩쓸려 들었던 과거에 대한 부정 의식이 함께 작용했는지도 모른다.13) 또 이 작품이 쓰여졌던 1950~60년대 한국의 지배 이데올로기의 하나인 민족주의의 구속을 생각할 수도 있겠다. 어떻든 『북간도』의 서사를 이끄는 핵심 동력은 이같은 윤리적 이분법이며, 이로 인해 중국(청)과 일본·러시아(소련)과 만주국과 조선·몽골 등 여러 민족, 여러 국가의 이해 관계와 생존 문제가 뒤얽혀 아수라 혼란 속에 빠져들었던 만주의 현실과 그 속을 떠돌며 힘든 시절을 고통스럽게 견뎌야만 했던 조선인들의 역사를 단순화시키고 말았으며, 재만 조선인들에게 만주 공간이 갖는 절박한 생존의 터전이라는 현실적 의미를 약화시키고 말았다는 사실이 중요하다.

　　재만 작가들이 생존의 논리를 좇아 만주에 진출한 일본 국가권력의 지배질서와 손잡는 길로 나아간 것은 준엄한 현실 법칙이 실현되는 한 양상이라 볼 수 있을 것이다. 만주를 배경으로 한 유진오의 「신경」을 통해 우리는 이 점을 좀더 분명하게 확인할 수 있다. 만주국인 수도는 신경(장춘)은 대륙 진출의 교두보로서 정책적으로 개발된 도시이다. 일본 자본과 조선 자본의 적극적인 진출로 급속하게 대도시로 성장해간 신경의 10년 전과 현재를 비교하며 그 변화 뒤에 가로놓여 있는 일본의 가공할 힘을 간파하고 그 앞에 무력한 자신을 확인하는 「신경」의 주인공은 일본의 지배를 당연의 현실로 수용했던 당대 조선인 일반을 대표하는 존재이다. 재만 조선인들의 현실은 그 주인공의 현실보다 더 어려운 것이었으니 그들의 대부분은 일본 국가권력의 지배질서 속에서 생존을 도모하는 길로 걸어가지 않을 수 없었던 것이다.

3. 죽음의 공간과 혁명적 정치성

한국 현대소설 속 만주는 또 다른 한편 토지소유제도의 모순과 민족모순이 겹쳐 있는 중첩된 모순의 공간으로 이주한 조선 농민들을 죽음에 직결된 기아선상에 내몰고 있으며 그 속에서 그 같은 모순 혁파를 위한 지향성을 키우고 날카롭게 벼리는 공간이기도 하다. 최서해, 강경애의 문학 속 만주 공간이 이런 특성을 가장 잘 보여준다.

프로문학(경향문학)은 혁명적 정치성의 문학이다. 프로문학은 당대 한국사회가 안고 있던 두 가지 주요 모순인 봉건모순과 식민모순을 동시에 넘어서고자 하는 혁명운동의 한 부분으로 존재했으니, 당연히 혁명을 위한 무기로 인식되었다. 운동으로서의 문학 개념, 운동을 위한 수단으로서의 문학 개념이 이 경우처럼 분명했던 적은 우리 문학사에서 달리 찾기 어렵다.

프로소설은 좁게 보아 1920년대 중반에서 KAPF가 해산되는 1935년까지, 넓게 보아 1920년대 중반에서 1948년 무렵까지 펼쳐졌다고 볼 수 있다. 프로소설의 첫 장을 연 작가는 최서해(1901~1932)이다. 함북 성진에서 태어난 최서해의 어린 시절은 거의 알려져 있지 않다. 그러나 1905년 무렵 숙부집에서 기식했으며 1910년에 아버지가 간도로 떠났다는 기록으로 미루어 매우 불안정한 가정환경에서 성장했음을 짐작할 수 있다. 그 또한 1918년 무렵 간도로 건너가 이후 1923년 봄에 귀국하기까지 간도 곳곳을 떠돌며 지냈다. 귀국하기까지의 그 불안정한 환경과 가난 그리고 떠돌이의 삶체험에서 최서해 초기문학이 솟아올랐다.

신경향파 소설을 대표하는 것으로 평가받는 최서해 초기문학은 몇 가지 두드러진 특성을 지니고 있다. 첫째, 주인공들은 간도 이민·유랑자·노동자 등 하나같이 하층민이며, 동시에 고립된 인물들이다. 둘째, 그들이 처한 상황은 곧바로 죽음으로 직결될 정도의 극단적인 궁핍상

황이다. 셋째, 작품의 대부분은 살인·방화·폭행·호규(號叫) 등 충동적이고 발작적인 행위로 끝난다.[14]

이같은 특성의 최서해 초기문학은 당대 현실의 황폐성을 강렬한 감각적 직접성의 차원에서 포착해낸 것으로, 그 소설공간의 협착성을 넘어 당대 현실을 상징적으로 증언한 것이라 평가할 수 있다. 그런데 중요한 것은 그 같은 증언의 안쪽에 싹터오르고 있는 혁명적 정치성의 싹이다.

> 나는 여태까지 세상에 대하여 충실하였다. 어디까지든지 충실하려고 하였다. …… 그러나 세상은 우리를 속였다. …… 우리는 여태까지 속아 살았다. 포학하고 허위스럽고 요사 한 무리를 용납하고 옹호하는 세상인 것을 참으로 몰랐다. …… 우리는 우리로서 살아온 것이 아니라 어떤 험악한 제도의 희생자로서 살아왔었다. …… 마주에 취하여 자기의 피를 짜받치면서도 깨지 못하는 사람을 그저 볼 수 없다. 허위와 요사와 표독과 게으른 자를 옹호하고 용납하는 이 제도는 더욱 그저 둘 수 없다.[15]

우리 소설에서는 처음 확인되는 '제도'에 대한 인식이며, 제도의 혁파를 지향하는 혁명적 정치의식의 드러냄이다. 기아선상에 놓여 있는 가족을 뒤로하고 승리의 가능성이 보장되어 있지 않은 그 길을 주인공은 결연히 선택하는데 이 점에서 그는 비극적 영웅[16]이다.

만주 공간이 낳은 혁명적 정치성의 문학을 대표하는 또 한 사람의 작가는 강경애이다. 강경애의 간도 소재 문학은 일제의 폭력적인 지배의 실상과 조선인의 참혹한 현실을 핍진하게 증언하고 있다는 점, 특히 무장투쟁을 그린 「소금」(1934)과 간도공산당 사건으로 사형 당한 항일혁명운동가의 가족을 다룬 「어둠」(1937)이 보여주듯 비타협적 투쟁노선 위에 선 것이라는 점 등에서 안수길이 대표하는 간도문학 일반의 성격과는 구별되는 특수성을 지니고 있다.

강경애 문학의 한복판에는 '산'이 놓여 있다. 그 산은 혁명적 정치성의 보루이다.

> "아니 어딜 가셔요, 글쎄 말이나 해요"
> 그의 안타까워 묻던 말에 남편은 묵묵히 앉았다가
> "산으로 가우."
> 남편의 말.
> "어느 산?"
> "그저 산이라구만 알아두지……."
> 그 후부터 그는 멀리 바라보이는 산을 유정하게 바라보게 되었으며 누구의 입에서나 산이 어떻다는 말만 들어도 그는 가슴이 뛰곤 하였던 것이다. 산 남편은 필시 어느 산인지는 모르나 산으로 갔을 것만은 틀림없었고 그래서 죽는 때까지도 산에서 산으로 옮아다니다가 X에게 붙들리었을 것이라 하였다. 그는 눈을 들었다. 눈송이에 묻혀 잘 보이지 않는 저 산, 꿈같이 아득히 보이는 저 산, 자기네 모자는 남편의 뒤를 따라 저 산으로 갈 곳 밖에 없는 듯하였다.[17]

그 산을 마음속에 품고 그 산을 살고자 하며 실제로 살고 있는 사람들은 막다른 절망 속에서 오히려 희망을 볼 수 있는 이들이다. 그 정신의 요체는 혁명적 정치성이다.

> 다음은 내 차례우. 그때 B 하나가 총 끝에 칼을 끼워 가지고 내 곁으로 왔소. 그때가지 도 저가 참날 나를 죽이려는가? 하였수. B는 그 칼을 나의 가슴에 대었수. 비로소 나는 삶의 희망이 아주 탁 끊어졌수. 그때유. 아저머이! 그때라우. 나는 그 절망에서 어떤 힘을 벼락같이 얻었수. 그러자 나의 의식은 명확해졌수. 동시에 내가 누구에게 죽음을 받는다는 것을 똑똑히 알았수. 나는 B를 보았소. 그때 나의 가슴에는 칼이 들여박혔수(강조-인용자).[18]

강경애 문학의 밑자리에 시퍼런 이같은 혁명적 정치성은 "나에게 남은 것은 오직 돌진뿐,"[19] "그는 벌떡 일어났다,"[20] "이까짓 눈 속 같은 것은 아무 꺼릴 것이 없다고 부쩍 생각키웠다"[21] 등에서 보듯, 극한상황에 내몰려서도 굴복하지 않는 굴강의 정신으로 구체화된다.

　최서해, 강경애 문학이 지닌 이같은 혁명적 정치성은 그러나 다른 작가들의 작품에서는 찾아보기 어려운 예외적인 것이다. 공산주의 무장투쟁조직의 일원으로 10여 년을 산에서 지내다 투항한 한 여인을 다룬 박영준의 『밀림의 여인』을 보면 그 예외성을 뚜렷이 확인할 수 있다. 다른 세계, 다른 질서 속에서 살아온 인물이기에 투항 이후 그녀의 생활이 순조로울 수 없다. 사사건건 충돌하게 되고 새로운 세계의 질서를 받아들이기 어려운 그녀는 계속해서 상처 입는다. 다시 산속으로 돌아가고 싶지만 이탈자에 대한 준엄한 처벌이 기다리고 있으니 그럴 수도 없다. 『밀림의 여인』은 이처럼 두 세계 사이에 놓여 찢긴 그녀의 현실을 한 축으로 하고 그런 그녀를 깊이 연민하여 이 세계의 질서 속으로 동화시키고자 노력하는 화자의 고결한 인도주의를 다른 축으로 하여 펼쳐진다. 오랜 노력의 결과 그의 인도주의는 그녀를 이 세계의 질서 속으로 원만하게 동화시킨다. 마침내 그녀는 첩을 둔 부도덕한 아버지, 여자라고 구박했던 부모, 고작 13살밖에 안 된 어린 딸을 쫓아내듯 시집보낸 부모의 집에 대한 강한 적의를 거두고 그곳으로 돌아가기로 결정한다.

> 　기차가 떠날 때 순이는 얼굴을 창 밖으로 돌리고 눈물을 흘렸다.
> 　왜 우는지는 알 수 없다. 허나 배반하던 부모를 찾아가는 자기 마음을 수습하지 못해 우는 것만은 능히 짐작할 수 있었다.
> 　남보다 먼저 차에 오르려고 하던 것이나 차안에 들어와서도 가만히 앉아 있지 못하고 차 떠날 시간을 조급히 기다리던 것을 보아 한시바삐 부모를 만나고 싶어하는 것만은 사실이었으나 기차가 기적을 울리고 움직이기 시작하던 바로 그때가 자기의 운명을 결정하고 생활을 확실히 구별하는 순간이라는 느낌이 없지 않았을 것이다.[22]

　작가는 화자의 입을 빌어 그녀의 결단이 '자기의 운명을 결정하고 생활을 확실히 구별'하는 것이라 하였다. 그녀는 지금까지 받아들일 수

없었던 새로운 세계의 질서 속으로 들어서기로 한 것이다. 물론 이것만
은 아니다. 인정할 수 없었던 부모를 찾아가는 기차에 오른다는 마지막
설정 속에는 어떤 이념도 부모를 향하는 자연의 정 앞에서는 무력한 것
이라는 전언도 들어 있다. 그러니까『밀림의 여인』의 주제는 산 속의
세계보다 이 세계가 훨씬 더 나은 세계이며, 이념보다도 더 소중하고
힘 있는 것은 인정이며 자연의 정이라는 것이다.

4. 불평등의 공간과 인간에 대한 탐구

만주국 건국 이후 만주는 일본의 전적인 지배 아래 들었다. 오족협화
의 깃발이 내걸렸지만 일본족·조선족·만주족·몽고족 등의 순으로
위계질서가 분명한 민족차별의 현실을 은폐하기 위해 조작된 이데올로
기에 지나지 않았다. 그 이데올로기의 허구에 맞서 싸웠던 사람은 그러
나 극소수에 지나지 않았고 대부분의 조선인들은 그 깃발을 좇는 삶을
택할 수밖에 없었다. 앞에서 보았듯 대부분의 재만 조선인 작가들의 만
주국 건설 이후의 작품들 또한 동궤에 놓여 있었다.
조작된 이데올로기임이 명백함에도 그것을 좇지 않을 수 없는 현실
이 만들어낸 것의 하나는 민족 이전의 '인간'에 대한 관심이며, 이것과
등을 맞대고 있는 '세계동포애'의 강조이다.『싹트는 대지』에 실려 있는
황건의 「제화(祭火)」 속에 다음과 같은 흥미로운 내용이 있다.

> 이러한 눈알이 도는 듯한 번진과 위협 속에 한 정상적이 아닌 정신이 가져
> 야 하는 만래의 변화와 위압을 애정이라는 것과의 관련에 있어 어떻게 규정하
> 고 어떻게 조련하여 그것을 다시 인간성의 순수를 보지하는 입장에 결합시키

고 사상(捨象)하여 또 하나 새로운 애정주제와 의의를 발견하고 만들 수 있을까? 따라서 이 관심은 어디까지든 특정한 개인이라든지 종족이라든지 하는 범주를 생각하기 이전에 '인간'이라는 것에까지 올려와야 할 것이겠고 발뿌리는 언제나 역사 이전의 지위에 두어져야 할 것이었다. 어떻게 하면 우리는 그러한 정신의 지하에까지 내려가 그곳에서 그것을 헤치고 피해받는 일 없이 샘물처럼 다시 솟아나오게 하고 솟아나올 수 있을까.[23]

특정한 개인이나 종족이라든지 하는, 사회역사적으로 규정되는 범주 이전의 '인간'이란 명제 앞에 모든 개인 사이 종족 사이의 차별은 무화된다. 모든 사람은 다만 인간이란 동일 범주 속의 동등한 개체로 존재하는 것이다. 안수길의 『벼』에는 나카모도라는 일본인 세계동포주의자가 등장하는데 그 또한 '역사 이전의 지위'에 놓이는 '인간'의 범주를 세계관의 중심에 놓고 있는 사람일 것이다.

만주라는 특수 공간이 낳은, 역사 이전의 존재로서의 인간을 강조하는 이 인간 중심의 사상은 인간 존재의 근본 속성과 현실질서 밖에 존재하는 강한 성격에 대한 탐구와 이어져 있다. 인간 존재의 근본 속성과 그 같은 성격은 민족, 계급 등 사회역사적 요소와는 무관한 것이니 이에 대한 탐구를 통해 그들은 불평등 공간 만주에서의 그들의 현실적 조건을 넘어설 수 있었기 때문일 것이다.

만주 개척민의 역사와 그들의 고통스러운 현실을 증언하는 데 주력한 안수길의 해방 이전 북간도 시절의 문학 한편에는 뜻밖에도 그 같은 사회역사적 현실 이전의 인간 본성 또는 현질질서 밖에 존재하는 강한 성격에 대한 탐구가 자리잡고 있는 것은 이 점에서 이해할 수 있다.

그 한 예는 「목축기」의 로우송이란 중국인이다. 사오십 년간 돼지 기르기로 살아온 그는 다만 돼지 기르기에만 관심둘 뿐 세상사에는 태무심하다. 시간도 그를 지나쳐가니 그는 세상의 변화와는 상관없이 언제나 돼지 사육사로서의 오늘을 살 뿐이다. '생리조차 돼지로 화'한 존재인 그는 한 일에 몰두하여 그 일 자체가 돼버린 존재이니 현실에서도 실재하기 어려운 강렬한 성격의 소유자이다. 대상에 전심전력 자신을 던지는 이 인물 성격의 안쪽에는 은 자신에 대한 절대의 자부심이 자리잡고 있다. 그가 호랑이에게 귀 한쪽을 물어뜯긴 뒤 '복수귀(復讐鬼)'24)가 된 것은 이 때문이다.

마침내 복수귀로 떨어진 로우송과 닮은 인물은 또 있다. 「원각촌」의 억쇠가 그인데 그는 의심귀(疑心鬼)이다. 아내에 대한 의심, 아내를 노리는 사내들로 가득 찬 세상에 대한 의심으로 그는 스스로를 세상으로부터 격리시킨 외로운 사람이다. 「벼」의 박첨지는 애욕에 들려 모든 것을 팽개친 인물이니 로우송, 억쇠와 동류라 하겠다.

「차중에서」는 인간의 이기심에 대한 탐구라 할 수 있다. 작가에 의하면 "인간의 이기적인 면이 얼마나 잔인한 것"25)인가를 파헤치고자 한 작품인데, 이 점에서 이 작품은 최명익의 「장삼이사」(1941)의 선구이다. 「장삼이사」는 전선을 따라 북중국에서 '한 사 오 년' 그 다음엔 대련을 거쳐 지금은 신경에서 '색시 장사'를 하고 있는 사람의 무지막지한 손길에 덜미 잡혀 끌려가는 도망친 색시에 대한 기찻간 속 '장삼이사'들의 잔인한 언행에 대한 치밀한 관찰 보고서이다. 자기보다 약한 존재에 대한 집단적 따돌림을 통해 만족을 얻는 인간 존재의 가학적인 이기적 본성에 대한 깊은 추구라 할 수 있는데, 어쩌면 안수길의 「차중에서」를 앞에 놓고 쓰여진 작품인지도 모른다.

안수길의 작품뿐이 아니다. 또 하나 이 경우에 해당하는 대표적인 작가는 박계주다. 박계주의 만주 배경 소설 속에도 인간 존재의 근본과 현실질서 밖 강한 성격의 안쪽을 파헤치려는 작가의 눈빛이 날카롭게 번득이고 있다. 예컨대 단편 「육표(肉票)」(1942)의 경우.

그토록 그는 하는 일 없이 남의 등을 쳐서 먹고, 싸워서 화해하노라 얻어 먹고, 도박장 에 따라다니며 개평을 얻어서 먹고, 술집에서는 그가 싸움을 일으

키면 손님이 안 올까 겁 이 나서 싸움하지 말라고 술을 거저 주니 그 때문에
또 얻어 먹고, 두루 얻어 먹기에 의 식주의 걱정이라고는 도무지 없는 그였지
만, 그러나 그에게도 역시 남모르는 번민이 있었 으니 그것은 영춘옥(永春屋)
의 옥녀 때문이었다.26)

　주인공은 "이 작자의 사전에야말로 염치나 체면이나 남이라는 술어
가 통 없고, '나'라는 술어 하나만 있는 듯싶었다"고 말해지는 강달규다.
모두가 싫어하고 꺼리지만 아랑곳없다. 그런 천하망종인 그가 옥녀에
대한 정념 안에 꼼짝 못하게 갇혔다. 옥녀를 차지하기 위하여 옥녀의
정부를 사지에 팽개치는 데까지 나아갔으니 그 정념은 이미 현실세계
를 지배하는 질서를 넘어섰다고 할 것이다.
　만주를 배경으로 한 소설에서의, 이처럼 인간 본성과 현실질서 밖 강
한 성격에 대한 탐구는 그러나 깊이 나아가지는 못했던 것으로 보인다.
그들은 당장의 생존이 문제되는 엄혹한 현실 속에 있었기에 그 같은 현
실 이전의 문제를 깊이 추구하기 어려웠기 때문일 것이다.

5. 절망의 공간과 전향지식인의 자기 확인

　한국 현대소설 속에 등장하는 또 하나의 만주 공간은 낙백한 혁명가
들의 비애가 우울하게 드리워져 있는 공간이다. 널리 알려진 최명익의
「심문」(1939)이 대표적이다. 「심문」은 1930년대 심리주의소설을 대표하
는 작품이다. 주요인물 세 사람의 미묘한 심리 통찰이 이 작품의 핵심
이다. 그 하나는 현혁이다. 한때는 좌익 이론가로 이름높았던 인물이나
전향한 후 파락호로 전락,아편에까지 빠져들고 말았다. 스스로를 철저

하게 모욕함으로써 신념을 저버리고 전향한 자신에게 복수한다는, 이른
바 '자굴(自屈)의 사상'27)을 실제 삶으로써 실천한다. 또 한 사람은 여옥
이다. 옛 애인 현혁과 '나' 사이에 놓여 갈등하는, 대단히 복잡한 심리의
소유자이다. 이미 생활력을 상실하고 아편중독자로 전락한 현혁과의 생
활을 혼자 힘으로 꾸려나가야만 하는 처지이니 현혁은 그녀에게 있어
무거운 짐이다. 더욱이 현혁은 전향함으로써 자존심에 상처를 입어 뒤
틀린 심리의 소유자로 변해 버렸기에 더욱 감당하기 어려운 존재이다.
그런 현혁을 껴안고 사는 그녀의 심리세계는 이중적이다. 사랑하는 사
람을 혼자 힘으로 책임지고 그의 사랑을 독점하고 있다는 데서 솟아나
는 내밀한 자부심과 한편으로는 그의 악마적 지배로부터 벗어나고 싶
다는 탈출의 욕망이 뒤섞여 있다. 여기에는 '나'와의 관계에서 생겨난
복잡한 심리가 겹쳐 있다. '나'의 사랑을 갈구했지만 성취하지 못한 데
서 비롯된 모욕감과 좌절감, 그럼에도 불구하고 '나'에 대한 사랑을 씻
어버리지 못하는 데서 오는 안타까운 집착이 복잡하게 뒤엉켜 있는 것
이다. 그녀는 유서에서 현재의 외로움과 미래의 외로움에 대한 공포 때
문에 자살한다고 밝히고 있지만, 궁극적인 원인은 이처럼 복잡하게 뒤
엉켜 갈피 잡기 어려운 심리의 혼란이라고 하는 것이 더 타당할 것이다.
　마지막 다른 하나의 중심인물은 화자인 '나'다. 여옥을 사랑했지만
죽은 아내의 추억이 이를 가로막아 그 사랑은 완전하지 못하다. 여옥과
의 완전한 사랑을 가꾸고자 다짐해 보기도 하나 마음대로 되지 않는다.
모욕감을 느낀 여옥은 마침내 그를 떠나 현혁에게 돌아간다. 여옥의 떠
남은 아쉽지만 그렇다고 깊은 충격을 받거나 상처를 입지는 않는다. 그
는 이처럼 소극적이고 이중적인 심리의 소유자인 것이다. 그는 죽은 여
옥의 "한 점의 티나 가느른 한 줄기 주름도 없는"28) 깨끗하고 맑은 인
당과 거기에 겹쳐 떠오르는 아내의 인당에 비치는 그녀들의 '아름다운
심문(心紋)'을 보게 되는데, 그것은 모든 고통과 갈등, 다른 사람의 방종
이나 타락·폭력까지도 용납하는 그녀들의 넉넉한 포용성을 표상하는

것이다. 그 같은 의미를 지닌 그녀들의 인당과 거기에 비치는 심문에 집착하는 것은 '나'라는 인물이 혼자 힘으로 앞길을 열어갈 수 있는 성숙한 남성성(男性性)의 소유자가 되지 못함을 드러내는 것인데, 그의 소극적이고 이중적인 심리세계의 특성은 이에서 기인한 것이다.

지금까지의 고찰에서 알 수 있듯이 핵심은 낙백한 사회주의자 현혁의, 위악적인 자굴심리로 표현될 수밖에 없는 자존심과 그런 상처 입은 짐승과도 같은 인간을 자기희생을 무릅쓰고 감싸안는 깊은 연민의 마음이다. 그러니까 「심문」의 세계에서는 지난날의 진보적 운동과 그것을 이끌었던 젊은 열정도, 그 이후 그들의 타락도 내쳐야 할 부정의 대상이 아니라는 것이다. 이 점에서 「심문」은 변절에 대한 자기합리화의 논리와 과거 부정 위에 선 30년대 후반 40년대 초의 후일담소설의 한 경향과는 전혀 다른 자리에 서 있는 작품이라고 할 수 있다.

현경준의 「유맹」(1940) 속에서 우리는 「심문」의 현혁과 동류의 인물을 만날 수 있다. 아편의 몽롱한 취기 속에서 '잃어버린 꿈'을 반추하는 지난날의 혁명가 규선이 바로 그다.

규선이는 쓸쓸하게 웃은 다음,
"그건 그러이. 허지만 여보게 명우. 저로서도 알지 못할 건 제 맘일세. 개심 개심 하지 만 나한텐 그게 제일 문젤세. 자네는 다행히 잃었던 옛꿈을 다시 찾아서 앞날에 희망을 걸게 되었다지만, 나한테야 뭐가 있단 말인가? 앞날에 대한 아무런 희망도 가지지 못한 나로서는 결국 과거의 꿈밖에야 회상할 것이 무엇이 있단 말인가? 한 포 먹으면 자욱이 흐려드는 머릿속에 그림같이 떠오르는 그 잃어버린 꿈—자네 머릿속에도 그 기억은 잘 남 아 있겠지?"
명우는 아무 말도 못 하고 창문 쪽으로 고개를 돌린다.
"만약에 나한테서 그것마저 빼앗어 버린다면, 난 벌써 내 손으루 이 헛껍데기만 남은 송장을 처치해 버린 지두 오랬겠네. 그러니까 명우 자네두 내 아내 모양으루 부질없는 충 고는 일체 말어 주게. 간절히 부탁하네."29)

규선은 현실 속에서 그 어떤 희망도 찾을 수 없기에 아편을 빌어 과거 속으로 끊임없이 되돌아가고자 하는 인물이다. 현재에 대한 이 과격한 부정의 사상은 재만 조선인들을 지배하고 있는 생존의 논리에 대비되어 음울하게 빛난다. 설자리, 깃들일 곳을 잃어버린 사상의 운명, 그런 사상을 지닌 인물의 완강한 자존심을 뚜렷이 보여주는 작품이다.

고국으로부터 멀리 떨어져 있는 이역이며, 자연환경·정치적 환경을 비롯해 모든 환경이 가혹할 정도로 열악한 만주 공간의 특성은 현혁과 규선과 같은 낙백한 진보주의자들의 현실과 적절하게 어울린다. 일망무제의 넓은 만주벌 한가운데 마치 유폐된 듯 고립된 자아를 들여다보며 절규하는 유치환의 절망이 그 같은 만주 공간의 특성과 절묘하게 어울리는 것도 이 점에서 이해할 수 있다.

> 興安嶺 가까운 北邊의
> 이 광막한 벌판 끝에 와서
> 죽어도 뉘우치지 않으려는 마음 위에
> 오늘은 이레째 暗愁의 비 내리고
> 내 망나니에 본받아
> 화툿장을 뒤치고
> 담배를 눌러 꺼도
> 마음은 속으로 끝없이 울리노니
> 아아 이는 다시 나를 過失함이러뇨
> 이미 온갖을 저버리고
> 사람도 나도 접어주지 않으려는 이 자학의 길에
> 내 열 번 패망의 인생을 버려도 좋으련만
> 아아 이 悔悟의 앓임을 어디메 號泣할 곳 없어
> 말없이 자리를 일어나와 문을 열고 서면
> 나의 탈주할 사념의 하늘도 보이지 않고
> 정거장도 이백 리 밖
> 암담한 진창에 갇힌 철벽 같은 절망의 광야!30)

유치환은 "다시는 돌아오지 않"(「의줏길」)겠다고 다짐하며 북만주 벌판 속으로 떠났던 사람이다. 그는 "온갖을 저버리고" '자학'과 '회오'의 진창 속에 스스로를 가두고 처벌하고자 했던 것이다. 그 단호한 자기처벌의 의지와 '철벽 같은 절망의 광야'와의 빈틈없는 어울림이 이 시를 뛰어난 작품이게 하는 한 요인이다.

6. 열린 가능성의 공간과 낭만적 지향성

대하소설 『토지』의 중심 무대 가운데 하나는 만주이다. 조준구의 음모에 휘말려 거의 모든 재산을 잃은 최서희가 용정으로 이주함으로써 『토지』의 중심 무대가 하동, 진주에서 만주로 옮겨지게 된다. 만주로의 중심 무대 이동을 따라 『토지』의 세계는 크게 변화하는데 그 양상이 여기서의 논의 대상이다.

만주로의 이동으로 인해 『토지』의 인물들이 그들을 구속하고 있던 기존의 가치관, 질서로부터 크게 자유로워졌다는 점이 무엇보다도 앞서 지적되어야 한다. 그들은 전근대적 가치관이 지배하는 질서의 바깥으로 이동함으로써 비로소 근대적인 세계질서와 만나게 되었다. 근본조차 분명하지 않는 하인 김길상과 최상층 양반 지주 집안 출신이며 상전인 최서희의 결연을 그 대표적인 예로 들 수 있을 것이다.

결코 용서하지 않으리. 그 무자비한 감정을 무엇이 풀어놨나. 풀린 것은 그것만이 아니다. 서희는 스스로, 자기 자신마저 질곡에서 풀어버린 것이다. 용정에 쌓아놓은 자기 성으로 돌아간다면 또 어떻게 변할지 알 수 없으나 그 끈질긴 숙원과 원한에 사무친 보복심과 잠들 수 없는 자긍을 내어버린 자유, 무겁고 숨막히는 철갑을 벗어버린 자유다. 사랑할 수 있는 자유, 무겁고 숨막히는 철갑을 벗어버린 자유다. 사랑할 수 있는 자유, 다 버리고 어디든 떠날 수도 있다는 생각, 그러나 바람에 날려가는 나무잎같이 왜 슬프고 외로운지, 고아의 느낌이 가슴을 저미는지 서희는 알 수가 없다. 덮어놓고 걷는다.[31]

최서희로 하여금 오래고 굳센 질곡에서 벗어나 김길상을 한 이성으로 바라보게 하고 사랑할 수 있도록 만든 것은 만주라는 새로운 공간이다. 김길상의 경우도 사정은 마찬가지이니 그는 과거로부터 뛰쳐나와 최서희를 한 인간으로 바라보고 사랑할 수 있게 되었다. 위 인용의 마지막 부분, 최서희가 슬픔과 외로움, 고아의 느낌에 사무쳐 덮어놓고 걷는 것은 해방에 따르기 마련인 공허감 때문일 것이다.

열린 가능성의 공간 만주는 부의 축적과 그것에 근거한 복수를 가능하게 한다. 만주 아닌 하동이나 진주 또는 국내의 어느 지역으로 최서희가 이동했다면 그 같은 부의 축적은 거의 불가능했을 것이다. 그 경우, 『토지』 서사의 기본 골격인 이향(離鄕)—부의 축적—복수—귀향의 구조는 다른 것으로 바뀌었을 것이며, 다른 것으로 바뀌지 않았다 할지라도 그 구체적 양상은 사뭇 다른 것으로 될 수밖에 없었을 것이다. 그러니까 최서희의 만주로의 이동이야말로 이향에서 귀향에 이르는 『토지』의 기본 서사 구조[32]를 가능하게 하는 근본 요인인 것이다.

대하소설 『토지』의 기본 서사 구조를 가능하게 한 것이 만주 공간이라는 사실은 소설에서의 공간 설정이 얼마나 중요한 역할을 수행하는가를 말해준다. 또 하나의 예를 우리는 이효석의 장편 『벽공무한』에서 만날 수 있다.

만주국 수립을 계기로 본격화된 일본과 조선 자본의 만주 진출과 함께 만주 공간의 '열린 가능성으로의 공간'이란 특성은 훨씬 더 확대 강화되었다. 『벽공무한』의 주인공 천일마가 사업차 만주를 향하여 '새로운 마음, 새로운 출발'[33]을 거듭 되뇌는 것은 이것의 반영이다. 이효석

소설 속 인물들에게 만주 공간의 그 열린 가능성은 현실의 속박을 넘어 참된 사랑, '인생의 최고의 감격'을 좇아 '분별과 냉정은 악마의 것'[34]이라는 구호를 내세운 열정에의 내맡김, '아름다운 것은 태양과 같이 절대'[35]라는 유미주의적 신념을 좇아 아름다움을 위해 순사,[36] "열정의 마지막 꽃을 찬란하게 피워보고 사라"[37]지고 싶은 꿈 등 낭만적 지향성을 보다 효과적으로 부각시키는 역할을 한다. 만주를 가득 채우고 있는 불행과 누추한 현실조차 그런 낭만적 지향성을 부각시키기 위한 배경으로 소설 속에 끌어들여졌다.

> 거리에 나서면 태반이 가난한 사람이요, 불쌍한 사람이다. 일마는 특히 여행을 할 때마다 느끼는 것이었으나, 거리거리에는 사람의 씨가 필요 이상으로 많고, 그 대부분이 불행한 편이다. 무엇하자고, 흡사 불개미 떼같이 그렇게 많이 생겨나서 불행 속에서 허덕이고 수물거리는 것일까. 인간은 고귀하기는커녕 미천하기 짝없다. 뭇 동물과 다를 바 없이 흔하고 천하고 누추하다.
> 물위에 뜬 해꺼운 쭉정이다. ……인간의 대부분은 그 쭉정이다. 어느 도회가 그렇지 않으랴만 할빈은 어디보다도 심한 쭉정이의 도회이다. 거리는 국제적 쭉정이의 진열장이다. 삶에 쫓겨 할 바를 모르고 갈팡질팡 헤매인다. 어제까지 그것을 느끼지 않았던 일마가 아니언만, 오늘 불현듯이 그 사상이 줄기차게 솟았다.[38]

앞에서 인용했던 현경준의 입장에서 볼 때 이효석의 이같은 '쭉정이의 사상'은 절대로 용납할 수 없는 것이었겠지만 이효석에게 생존의 경계선에서 살길을 찾아 허우적거리는 재만 조선인들의 현실은 관심의 대상이 아니었다. 그에게 만주 공간은 다만 열린 가능성의 공간, 그러므로 낭만적 인물들의 삶을 효과적으로 부각시킬 수 있는 공간이었을 뿐이다.

고국으로부터 멀리 떨어져 있는 이역이며, 자연환경·정치적 환경을 비롯해 모든 환경이 가혹할 정도로 열악한 만주 공간은 다른 한편 절대의 사랑과 같은, 강렬한 상징 기호를 실현하는 데 적합한 공간이다. 이광수의 『사랑』이 그 예다.

이 작품의 여주인공 석순옥은 보살행의 실행자이다. 철저한 자기 희생의 정신, 절대적 차원의 이타적 사랑의 길을 그녀는 흔들림없이 걷는다. 그녀의 그런 사랑은 안빈의 말에서 보듯 "나를 완전히 잊고 나를 잊는 줄까지도 완전히 잊고 보살행을 하는" 것이다.

> 예수께서도 그렇게 말씀하시지 아니하였소? 용서하라고. 또 원수를 사랑하라고. 하나님 이 해를 악인에게나 선인에게나 꼭 같이 비치시는 것을 배우라고. 그리고 맨 나중에 하늘 위에 계신 너희 하느님 아버지께서 완전하심과 같이 너희도 완전하라고. …… 이에 대해서 부처님께서는 무한히 참고 영원히 참으라고 하셨소 사랑은 참는 것이니까. 그런 사랑이 점점 높은 정도에 올라가면 참는 것마저 없어질 것이요 모두 자비니까 온통 자비니까, 자비 속에 참는 것은 어디 있소? 참는다는 것이 아직 사랑이 부족한 것이지. 정말 나를 완전히 잊고 나를 잊는 줄까지도 완전히 잊고 보살행을 하는 마당에야 참는다는 생각이 날 까닭이 없지. 그러니까 부처님은 벌써 참는 경계를 넘어섰지.[39]

1930년대 현실에서 예수나 부처와 같은 성인의 말씀을 좇아 절대의 사랑을 실현하는 석순옥의 삶을 효과적으로 드러낼 수 있는 공간으로 만주를 앞서는 것을 찾기는 어려울 것이다.

7. 마무리

한국 현대소설 속 만주 공간은 여러 특성을 지니고 있다. 앞에서 보았듯이 절박한 생존의 공간, 죽음의 공간, 불평등의 공간, 절망의 공간,

열린 가능성의 공간 등이 그것인데, 그 각각은 그 공간의 특성에 규정되는 소설세계를 열었다.

절박한 생존의 공간이었기에 재만조선인들은 민족이나 계급 등의 추상적 의미항이 미치지 못하는 생존의 논리를 좇아 나아갈 수밖에 없었다. 죽음의 공간이었기에 한편으로는 좌절과 타협을 낳았지만 다른 한편으로는 그것에 맞서 나아가는 혁명적 정치의식을 낳았다. 불평등의 공간이었기에 평등에 대한 지향성이 클 수밖에 없었으니 여기서 사회역사적 현실의 구속으로부터 자유로운 인간 본성과 현실질서 밖에 존재하는 강한 성격에 대한 탐구가 생겨났다. 사방으로 열려 있지만 어디한 군데 정주를 허용하지 않는 절망의 공간이었기에 낙백한 진보주의자들의 병든 영혼이 누추한 육신과 정신을 부리기에 안성맞춤의 공간이었다. 그 속에서의 자기 확인은 병든 영혼의 마지막 자존심 지키기라는 준엄한 의미를 지니는 것이다. 한편 열린 가능성의 공간이기에 만주공간에는 현실에서 패배한 이들의 낭만적 행보도, 새로운 출발을 꿈꾸는 강한 의지의 적극적인 여로도 활기차게 펼쳐졌다.

주석

1) 김윤식, 「만선일보 편집국장」, 『염상섭 연구』, 서울대 출판부, 1987, 참조.
2) 오양호 교수에 의하면 만주에서 생활했던 문인은 30여 명에 이른다고 한다. 오양호 교수가 들고 있는 사람은 최남선 · 안수길 · 박계주 · 염상섭 · 박영준 · 박팔양 · 신영철 · 김달진 · 윤영춘 · 박귀송 · 모윤숙 · 손소희 · 이갑기 · 고재기 · 윤금숙 · 송지영 · 이석훈 · 이주복 · 현경준 · 김국진 · 강경애 · 유치환 · 김진수 · 이주홍 · 최기정 · 이철호 · 최무 · 이덕성 · 이학성 등 모두 30명이다(오양호, 『한국문학과 간도』, 문예출판사, 1988, 46면). 이밖에도 신형철 · 김창걸 · 신서야 · 한찬숙 · 황건 등의 이름을 들 수 있다.
3) 현경준, 「문학풍토기」, 『인문평론』, 1940.7, 81면.
4) 이는 오양호 교수의 용어이다. 오양호, 「이민문학론」, 앞의 책 참조
5) 안수길, 「벼」, 『북원(北原)』, 예문당, 1944, 240면.
6) 「벼」, 「목축기」 등 해방 이전 안수길의 단편들이 하나로 통섭한 것이 장편 『북향보(北鄕譜)』(『만선일보』, 1944.12.1~1945.4)이다. 이 작품의 주제는 '농민도(農民道)'인데 그것은 『북향보』의 중심인물 가운데 하나인 정학도에 의하면 "조선 사람의 만주 개척에 대한

정신적 지주를 도혼(稻魂), 벼의 혼이라 생각하네. 도혼이라는 걸 쉽게 말하자면 벼를, 모포기를 자식같이 생각하는 마음"(『북향보』, 문학출판공사, 1987, 251면)을 뜻한다. 만주의 조선 개척민들게 그 같은 도혼은 "신앙이요 그들의 육체요 생리요 호흡"(『북향보』, 248면), 즉 곧 그들 자신인데 이처럼 벼에 절대적인 의미를 부여하게 된 것은 그것이 그들 생존의 유일한 근거이기 때문이다.

7) 위의 책, 287~8면.

8) 이태준, 「농군」, 『문장』, 1939.7, 229면.

9) 현경준, 앞의 책, 83면.

10) 이기영, 『대지의 아들』 5회, 『조선일보』, 1939.10.19.

11) 이기영, 『대지의 아들』 152회, 『조선일보』, 1940.5.28.

12) 정호웅, 「한국 역사소설의 미학적 특질 연구」, 『문학사와 비평』 6집, 국학자료원, 1999 참조.

13) 이런 생각에 대한 반대 의견도 제시되어 있다. 오양호는 「벼」, 「새벽」 등이 만주 이주 조선인들의 '고달픈 생활 현장'을 소재로 함으로써 "본국 문학이 조선문인보국회를 중심으로 황도문학을 수립하려던 문학적 현실과는 너무나 상이"한 "당대 한국문학 작품 중에서 가장 강력한 민족의 지향 의지를 형상화한 작품"이며, 『북향보』는 "민족 수난의 역사의식을 바탕으로" 한 작품 세계를 보였다고 평가하였다. 오양호, 앞의 책. 특히 「이민문학론 1-안수길론」과 「『북향보』 연구」를 참조할 것.

14) 정호웅, 「초기 경향소설의 성격」, 『한국현대소설사론』, 새미, 1996, 185면.

15) 최서해, 「탈출기」, 『조선문단』, 1925.3, 32~3면.

16) 한국문학에 등장하는 비극적 영웅에 대해서는 정호웅, 「아리랑론」, 『조정래 문학 연구』, 해냄, 1998, 참조.

17) 강경애, 「모자」, 『강경애전집』(이상경 편), 소명출판, 1999, 555~6면.

18) 강경애, 「유무」, 위의 책, 488~9면.

19) 강경애, 「파금」, 위의 책, 429면.

20) 강경애, 「소금」, 위의 책, 537면.

21) 강경애, 「모자」, 위의 책, 558면.

22) 박영준, 『밀림의 여인』, 앞의 책, 61면.

23) 황건, 「제화」, 『싹트는 대지』(신형철 편), 만선일보사 출판부, 1941, 279면.

24) 「목축기」, 『북원』, 예문당, 1944, 21면.

25) 안수길, 「차중에서」, 위의 책, 146면.

26) 박계주, 「肉票」, 『處女地』, 박문출판사, 1948, 157면.

27) 김윤식, 「전향소설의 한국적 양상」, 『한국 근대문학사상사』, 한길사, 1984, 301면.

28) 최명익, 「심문」, 『문장』, 1939.6, 49면.

29) 현경준, 「유맹」, 『인문평론』, 1940.8, 171면.

30) 유치환, 「曠野에 와서」, 『인문평론』, 1940.7, 44~5면.

31) 박경리, 『토지』 4, 솔, 1994, 406면.

32) 『토지』의 기본 서사 구조는 독법에 따라 이것과는 전혀 다른 것으로 파악될 수 있다. 예컨대, 『토지』를 생명 가진 존재라면 누구나 지닐 수밖에 없는 한의 해소 과정으로 읽는 다면 그 때 『토지』의 기본 서사 구조는 '한-해한(解恨)'이 된다. 이렇게 파악했을 때 『토지』의 주제는 '해한을 향한 고투의 과정'이다. 그리고 이 작품에 등장하는 300여 등장

인물 모두가 그 같은 해한의 길을 함께 걸어가고 있으니 그들 사이에 높고 낮음, 중심과 주변의 구별은 있을 수 없다. 이렇게 읽는다면 『토지』는 주인공이 없는 소설인 것이다. 정호웅, 「새로운 형식의 창출」, 『한국문학의 근본주의적 상상력』, 프레스21, 2000.

33) 이효석, 『벽공무한』, 『이효석전집』 5, 창미, 1990, 16면.

34) 위의 책, 168면.

35) 위의 책, 185면.

36) 아름다움에 대한 절대적 의미 부여는 '악의 아름다움에 대한 애착'(204면)도 '선의 아름다움에 대한 애착'과 등가의 것으로 인식하게 한다.

37) 위의 책, 209면.

38) 위의 책, 137면.

39) 이광수, 『사랑』, 『이광수전집』 6, 삼중당, 1971, 240면.

2
근대문학의 여러 길들

식민지시기 문학검열과 연구대상으로서의 판본 문제

한만수

1. 들어가며

　식민시기 일제는 조선의 사상통제를 위해 다양한 수단을 동원했다. 그 중에서도 문학연구와 관련하여 가장 중요한 것은 검열이었다. 총독부의 검열을 통과하지 않고서는 어떤 출판물도 공식적으로 출간될 수 없었다. 따라서 작가들은 검열을 의식하여 작품을 미리 조정하지 않을 수 없었으며, 또한 검열의 결과에 의해 이리저리 변형된 것이 매우 많다. '내 작품의 3분의 1쯤은 검열 때문에 잃어버렸다'는 김동인의 술회[1]는 다소 과장의 기미가 있긴 한대로 그 단적인 표현이다. 채만식은 "(내 작품의) 가장 정확한 독자의 수는 나 자신과 문선 직공 한 사람과 교정보는 이 한 사람과 검열관 한 사람 총합 네 사람"에 불과하다고 야유하고 있으며,[2] 이태준은 방정환의 죽음을 애도하면서 "이젠 그대에겐 검열난의 고통도 없을 것"

이라고 말한다.3) 굳이 유명짜한 문인들의 말을 빌려올 것도 없이, 검열의 흔적을 "벽돌신문", "마마자국" 등으로 비유하는 은유가 폭넓게 쓰였음만 보더라도 저간의 사정은 짐작할 수 있다. 게다가, 구비문학이 문자로 정착되는 과정에서도 일제의 검열체제가 작동한 측면이 적지 않다고 보아야 할 것이며,4) 또한 신문지법과 출판법의 구분에 의해 '정치 및 시사' 부문을 억압한 결과로 문예나 학술이 상대적으로 융성하게 되기도 했다.

이렇게 검열이 한국문학에 미친 영향이란 매우 근본적인 것이라고 할 수 있다. 그러나 그 영향은 일방적인 것이 아니어서 한국문학의 민간주체(작가·독자·인쇄 및 유통자본 등) 쪽에서 검열제도에 충격을 주고 바꿔나간 측면도 있다. 인쇄자본은 식민지권력과 혹은 대립하고 혹은 타협하고 혹은 협력하면서 검열제도를 성립/변화시켜나갔다. 대한제국 법률1호로 반포된 광무신문지법, 기미만세운동 직후 활발했던 지하출판물, 『개벽』의 사전(검열전) 배포 등이 그 대립의 산물이라면, 예약출판법이라든가 (사전검열과 사후검열의 절충적 성격인)교정쇄검열제도 등은 그 타협의 산물이다.5) 물론 1920년대 후반부터 점차 인쇄자본이 민간 자기검열의 소주체로 전락하고 검열지침이 금압 위주보다는 권장사항 위주로 변화해 갔음은 그 협조의 산물이겠다. 또한 작가들은 검열제도를 우회하면서 독자와의 소통공간을 확보하기 위해 다양한 노력을 기울였는데, 이같은 노력은 독자들의 적극적이고 참여적인 독서, 그리고 유통자본의 판금서적 비밀판매 등에 힘입어 적지 않은 성과를 거두었다. 물론 검열당국은 이러한 반검열활동에 대응하여 지속적으로 검열표준과 지침, 강제방안들을 정교화해 갔다. 다시 말해 검열제도가 도입되고, 검열지침과 그것을 관철하기 위한 실제적 방안들이 점차 세밀해진 것은, 사상통제의 필요에 따른 것이기도 하지만, 조선 민간주체들의 저항 및 검열우회 시도에 대응하기 위한 노력의 결과이기도 한 것이다.6)

결국 우리가 오늘날 읽고 있는 식민시기 작품들은, 검열을 통한 식민지 권력의 담론통제와 이에 대한 한국문학 주체(작가, 독자, 인쇄자본)들의

대응이 서로 영향을 주고받는 일련의 과정에서 생성되었으며, 그 상호
관계는 식민시기를 통틀어 계속 변화되어 갔다. 따라서 검열의 존재를
늘 염두에 두지 않는다면, 식민시기 한국문학(문화·사상)에 대한 논의는
큰 한계를 지닐 수밖에 없다.

이러한 판단 아래 필자는 문학검열 문제에 대해 집중적인 관심을 가
져왔던 바, 이 글에서는 그 하위주제 중 하나로, 식민지시기 문학연구는
무엇을 대상으로 삼아야 할 것인가에 대해 집중적으로 살피고자 한다.
즉 이 시기 문학에는 검열 때문에 생기는 다양한 판본이 존재한다는 점
에 주의를 환기시키면서, 어떤 판본을 연구대상으로 삼는 것이 타당할
것인가를 검토하고자 한다.

검열의 존재를 염두에 둘 때, 식민지시기 한국문학이란 단순하게 ‘쓴
것’이 아니라 ‘쓸 수 있었던 것’으로서 이해하여야 한다. 현존하는 다양
한 판본들은 검열권력의 ‘금지’와 작가들이 ‘쓰고자 했던 것’ 사이에서
발생한 다양성이기도 하며, 그 다양성을 면밀하게 검토하여야 한다. 연
구대상의 확정이란 모든 연구의 기본적 작업임에 틀림없다면 이 문제
는 결코 지엽말단의 문제일 수 없다. 그럼에도 지금까지 한국 현대문학
연구에서 어떤 판본을 연구대상으로 확정할 지를 결정함에 있어서 검
열의 존재에 대해 충분한 주의를 기울여오지는 않았다. 뒤에 보겠지만,
특히 영인본을 통한 연구는 검열의 흔적이 사라진 것이라는 점에서 시
급히 바로잡아야 할 문제라고 판단한다.

2. 복자와 판본

일제 식민시기 문학작품들을 읽다 보면 복자(覆字)⁷⁾를 자주 만나게 된

다. 뒤집힌 활자, ×× 표시, ○○ 표시가 길게는 한두 페이지에 걸쳐 이어지기도 하고, 아예 "이하 ○면(또는 ○행, 또는 ○자) 삭제(또는 생략, 또는 략)"이라는 표시로도 나타난다.[8] 물론 일제의 검열 때문에 생긴 현상이다. 이 복자 문제를 해결하지 못한다면, 우리는 연구대상조차 확정하지 못한 상태로 문학을 연구하는 셈이 된다. 그러나 국문학계에서 이 문제에 대한 본격적인 연구는 찾아볼 수 없다.

이렇게 복자 연구가 부진한 까닭은 현실적으로 쉽지 않기 때문일 터이다. 이미 작가들은 거의 작고했고, 검열 전후의 육필원고도 거의 찾아볼 길이 없다. 더군다나 당시 작가들은 검열을 의식하여 아예 집필단계에서부터 구성과 표현을 조절하기도 했던 바, 이런 경우를 실증적으로 연구하기란 거의 불가능할 터이다.

하지만 이런 현실적 제한 속에서도 복자 연구는 가능하다. 첫째, 복자 중에는 복원할 수 있는 것이 적지 않다. 그렇게 객관적으로 복원 가능한 것들을 실마리로 삼아서, 복자의 문법을 추출하고 이를 통해 다른 복자의 복원을 시도해야 할 것이다. 둘째, 당대 문인과 출판인은 다양한 방식의 복자를 활용하여 제한된 상황 속에서나마 독자와의 의사소통을 시도하기도 했다. 당연히 그 의사소통 시도의 메커니즘을 파악해야 할 것이며, 또한 이런 시도에 대응하여 검열제도는 어떻게 바뀌어 가는가를 살펴야 한다. 셋째, 검열 때문에 다양한 방식으로 변형된 작품 판본 중에서 어느 단계의 것을 '원본'으로 인정해야 하는가를 검토하는 데도 복자의 문제를 중심적으로 고려할 수 있다.

필자는 이미 복자의 유형을 분류하고 현재로서 가능한 복원방식을 유형화하였으며, 복자의 의사소통의 가능성과 한계에 대해서도 살펴본 바 있다.[9] 또한 실제로 강경애의 「소금」 결말부분에 남아있던 붓질복자를 복원하는 등 검열로 인한 복자를 복원한 바도 있다.[10] 이제 이 글을 통해 세 번째 문제, 즉 연구대상의 확정 문제에 대해 살피고자 한다.

상식적으로는 검열 때문에 발생한 것이 복자이니 그것을 제거한 상태를 원본으로 보고 연구대상으로 삼으면 된다고 생각할 수 있겠지만, 복자 복원이 완료된다고 하더라도(물론 복자의 완벽한 복원이란 불가능하기도 하지만) 원본확정에 이를 수 있는 것은 아니라는 점에 유의해야 한다. 복자는 매우 다양한 방식으로 발생하기 때문이다. 작가가 처음부터 복자를 넣은 경우, 검열통과가 어려울 단어들을 미리 다른 단어로 대치한 경우, 편집자가 복자를 넣거나 다른 단어로 대체한 경우, 인쇄 이후 삭제지시를 받아 삭제한 경우, 처음엔 그냥 검열에 넣었다가 삭제지시를 받고 복자 처리한 경우 등 다양한 경로를 통해 당대 작품은 변형되었다. 복자가 많을수록 저항적 의지가 강렬한 것으로 인식되는 시대적 풍조까지 있었던 듯하니11) 불가피한 복자가 아닌 '과시적 복자'도 상정할 수 있다. 이렇게 다양한 경우가 있으므로, 이 중에서 어떤 것을 연구대상으로 삼아야 하는가는 간단한 문제가 아니다. 예컨대 검열이 없었을 경우에 제출되었을 작품, 즉 작가가 검열을 의식하여 미리 조정한 것들까지를 제거한 상태를 상정하여야 하는가. 아니면 삭제지시 이전의 것만을 원본으로 상정해야 하는가. 또 편집자가 넣었을 가능성이 높지만 확증할 수 없을 경우는 어떻게 해야 하는가. 붓이나 다른 도구로 삭제하여서 어느 정도 알아볼 수는 있지만 분명치는 않은 경우는 또 어떻게 판단해야 할 것인가. 이 모든 문제들이 각각 매우 복잡한 논의와 실증적 작업을 요구한다.

게다가 이 중에서 한가지만을 원본으로 볼 것이 아니라, 그런 과정에서 나온 모든 판본을 복수의 연구대상으로 삼아야만 식민시기 문학의 특성을 제대로 파악할 수 있는 것이라는 주장까지 제기되었고 보면 사정은 더욱 복잡하다.12) 최경희의 이 주장은 주목할 가치가 충분하다. 최경희는 검열을 염두에 둘 때 식민지시기 문학은 하나의 판본만을 연구대상으로 확정짓는 일 자체가 불가능하다면서 텍스트의 불확정성이라는 인식이 필요하다고 강조한다. 검열상황 하에서 산출된 다양한 텍스트는 다양한 검열상황 속에서의 다양한 작가적 대응이므로, 하나의 텍스트('쓰고자 했던 것'으로서의 '원본')로 연구대상을 확정지으려 할 것이 아니라 오히려 그 다양한 판본의 대조작업에 역점을 두는 것이 마땅하다는 것이다.[13] 그러나 필자로서는, 다양한 판본들은 그저 아무 중심이 없는 다양성에 그치는 것이 아니며 그 중에서 '쓰고자 했던 것'에 좀더 가까운 텍스트는 분명히 존재한다고 판단한다. 비교적 검열의 억압이 미약했을 때 출판된 작품을 나중에 검열이 강화된 시점에 손질해 다시 발표했을 때, 두 판본을 동가치항으로 인정해야 할까? '쓸 수 있었던 것'으로서의 판본들 속에서 '쓰고자 했던 것'에 비교적 가까운 판본을 선정하는 일, 더 나아간다면 이러한 금지와 지향 사이의 어떤 지점에 놓인 다양한 판본들을 점검하면서 '쓰고자 했던 것'을 추정하는 작업은 필수적이다. 따라서 다양한 텍스트에서 이를 선별하고 좀더 중심적 가치를 지니는 판본을 선정하는 작업이 필수적이며 '텍스트의 불확정성'에 대한 지나친 강조는 자칫 이런 인식을 흐릴 우려가 있다고 판단한다. 다소 앞질러 이야기한다면, 해당 텍스트의 모든 판본들을 함께 점검할 필요가 있다는 주장에 동의하면서도, 그 중에서 좀더 중심적인 연구대상을 선정하는 작업 또한 필수적이라고 본다.

일제시기 작품을 연구함에 있어서 어떤 판본을 연구해야 할 것인가에 답변하기 위해서는 이렇게 많은 물음들을 점검해야 한다. 연구대상의 확정이란 모든 연구의 기본임은 물론이니, 이런 문제들은 식민지시기 한국문학을 연구하기 위해 던져야 할 가장 기본적인 물음들 중 하나에 속한다. 하지만 현재의 연구 관행을 염두에 두고 말한다면, 이런 문제제기는 차라리 사치스러운 고민이라고까지 말해도 좋을 지도 모른다. 텍스트의 다양성에 대한 인식은 판본대조에 주력하는 몇몇 논저들에서만 찾아볼 수 있을 뿐이며,[14] 그 경우에도 검열의 존재에 대해서는 거의 의식하지 않고 있다. 이런 예외적 경우를 제외하면 대체로 최종판을 연구대상으로 삼는 경우가 많다. 그것도 식민지시기 작품의 경우는 영인본을 통하여 연구하는 경우가 적지 않은데, 뒤에 보겠지만 거의 대부분의 영인본들은 검열의 흔적을 말끔히 지워버린 것에 불과하다. 그 결과 영인본을 읽는 연구자들은 그 판본이 어떤 성격의 것인지조차 알지 못한 채로 연구하는 결과를 불러올 가능성이 매우 크다. 식민지시기 문학연구는 연구대상의 확정이 제대로 되지 않은 상태에서 이뤄져왔다는 비판이 가능해지는 것이다.

지금까지 필자는 식민지시기 한국문학을 연구함에 있어서 검열을 염두에 두어야 할 필요성, 그리고 연구대상의 선정에 좀더 주의를 기울여야 할 필요성을 제기했다. 이제부터는 현재의 연구자들의 연구대상 선정에 어떤 문제가 있는 지, 또 어떤 판본에 좀더 중심적 가치를 두어야 할 것인지를 주로 다루고자 한다.

3. 교정쇄 검열본과 실제 유통본

일제하 검열에 대해서는 원고검열과 납본검열의 두 가지가 있었다고 흔히 이야기한다. 원고검열은 사전검열로서 출판법에 의한 간행물(주로 잡지)에 적용되었으며, 납본검열은 사후검열로서 신문지법에 의한 간행물(주로 신문)에 적용되었다는 통설이다. 그러나 이 통설은 정확하지 못하다.

몇 가지만 보기를 들어보자. 신문지법에 의한 간행물을 온전한 의미에서의 사후검열이라고 보기 어려운 부분이 많다. 즉 발행과 동시에 납본하여 검열을 받고 당국의 지시를 반영해야 한다고 규정하고 있는 바, 이는 대체로 독자에게 전달되기 이전에 검열된다는 점에서 사전검열의 성격이 강하다. 사후검열이란 독자에 대한 접근권이 보장된 이후, 사법적 판단에 의해 제재하는 방식을 일컫는 것이기 때문이다. 또한 신문은 초기에는 사전검열이었다가 문화통치기에 '사후검열'로 이행해갔다는 것이 언론학계의 통설이지만, 필자로서는 이 통설에 동의하기 어렵다.

먼저 1904년부터 신문은 원고가 아니라 조판대장으로 검열을 받았다는 점이다. 이는 물론 사전검열이지만 원고검열과는 구분되는 것으로서 세분하자면 교정쇄검열15)로 보아야 할 것이다. 또한 1920년부터는 인쇄된 즉시 신문을 납본한 뒤에 인쇄를 계속하다가 당국의 지시를 반영하는 것으로 바뀌었던 바, 이 또한 단순하게 사후검열이라고만 잘라 말하기 어렵다. 두 시기 모두에서 교정쇄검열의 성격이 강했던 것이다.

교정쇄검열은 1933년부터 '온건한' 잡지들에 대해 허용하던 것이며, 주로 사전검열을 적용받던 잡지들이 애용하던 것이지만, 사후검열을 적용받던 신문지법잡지들 또한 이를 활용하였던 것으로 보인다. 이런 맥락에서 교정쇄검열은 주목해야 할 가치가 충분하거니와, 여기서는 연구대상의 확정과 직결되는 부분에 대해서만 살피기로 하자.

검열제도 속에서 문학작품들은 대체로 다음과 같은 경로를 거쳐서 출판 유통되게 된다. 즉 원고작성·편집16)·원고검열(또는 교정쇄검열)·납본검열·유통후 재검열17)이다. 따라서 우리가 현재 읽을 수 있는 작품 역시 이 각각의 단계 중에서 어떤 단계에서 남아있는 텍스트인가에 따라서 조금씩 다른 모습으로 남아 있다. 즉 육필 원고, 편집자의 내부적 손질을 거친 경우, 원고 검열본·교정쇄 검열본·납본 검열본·재검열본 등이다. 이 각각의 경우에서 각각 복자들이 발생할 수 있지만, 복자 말고도 검열과 유관한 다양한 차이들이 각각의 판본들에는 나타나게 마련이다.18) 따라서 자신이 읽고 있는 판본이 어느 경우에 속하는 것인지를 인식하지 않은 채 작품을 읽는다면 심각한 오류를 범할 우려가 크다. 특히 교정쇄 검열본의 경우는 인쇄된 형태로 남아있어 납본검열본이나 출판유통본과의 구분이 어려우므로 더욱 문제가 된다. 당대에는 매우 한정된 인원만 읽을 수 있던 판본이라는 점을 인식하기 어렵게 되는 것이다. 게다가 교정쇄검열은 출판법잡지 뿐만아니라 신문지법잡지에서도 활용하였으므로 그 대상은 잡지 전반에 걸치는 것이었다.

1930년대 이후 잡지들은, 자신이 읽고 있는 판본이 교정쇄검열본인지 여부를 점검해본 뒤에 자료를 읽는 일이 긴요하다. 만일 지금 읽고 있는 잡지가 교정쇄검열본이라면, 채만식의 말대로 '작자·문선공·교정자·검열관, 이렇게 네 사람' 밖에는 읽을 수 없었던 판본임을 연구자는 염두에 두어야 할 것이다.

4. 삭제된 검열흔적 – 영인본을 통한 연구의 문제

식민지시기 문학연구의 자료적 측면에서 볼 때 가장 심각한 문제 중의 하나는, 우리가 지금 읽고 있는 작품들을 얼마나 많은 당대독자들이 읽을 수 있었던 것인지, 심지어는 과연 이 작품은 순전히 그 작가 혼자서 쓴 것인지조차 확정하기 어렵다는 점이다. 즉 연구대상이 확정되지 않은 상태에 있는 것이다. 특히 많은 연구자들이 자료로서 활용하고 있는 영인본의 경우 믿을 수 없는 점이 많다. 그 까닭은 크게 보아 다음의 네 가지이다.

첫째, 영인본들은 대부분 어떤 판본을 영인한 것인지를 밝히지 않고 있다. 따라서 영인본은, 자신이 읽고 있는 판본이 믿을 만한 것인지, 어떤 성격의 것인지 인식할 수 없도록 강제한다. 특히 식민지시기의 경우 검열과 관련지어 서로 다른 여러 판본이 있었다는 점을 감안하면 문제는 더욱 심각해진다. 납본인지 교정쇄 검열본인지 시중 유통본인지에 따라서 편차가 있으며, 같은 시중 유통본이라 하더라도 『개벽』의 경우처럼 검열을 무시하고 사전(事前) 발송되어 유통된 것과[19] 공식적으로 검열을 통과한 판본은 그 의미가 매우 다르다. 결국 이 시기 문학을 연구하기 위해서는 검열 삭제 이전의 작품과 삭제 이후의 작품, 그리고 실제로 당대 독자들이 읽었던 작품들이 어떤 것이었는지를 확인하고 대조하는 일이 필요하다. 물론 현재 자료들이 많이 남아있지 않으므로 이 세 경우를 모두 확정할 수 있는 작품들은 많지 않다. 하지만 현존 판본의 성격이 어떤 단계의 것인가를 알고 읽는 일만은 필수적이다. 그런데 영인본에만 의존한다면 이런 일은 물론 불가능하다.

둘째, 영인본만을 읽어서는 복자인지 아닌지를 알아볼 수 없는 경우가 많다. 유감스럽게도 그 영인본들은 검열흔적들을 말끔히 지운 채로 영인해냈기 때문이다. 한 보기로 『신생활』의 영인본(현대사 영인)과 그 저본인 국립중앙도서관본을 비교해보자.

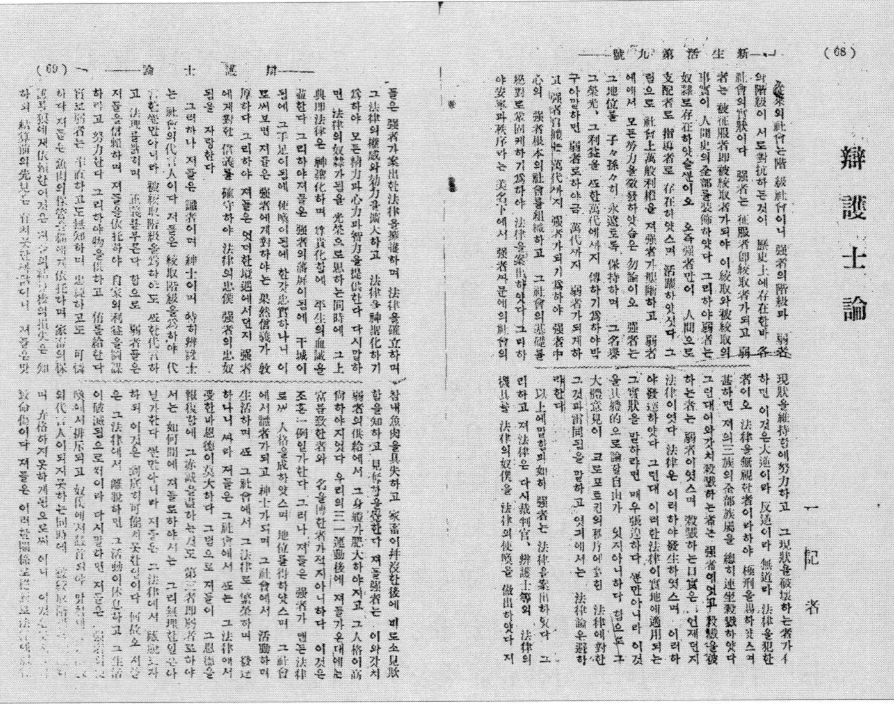

그림 1. 『신생활』 영인본(9호, 68~69면)

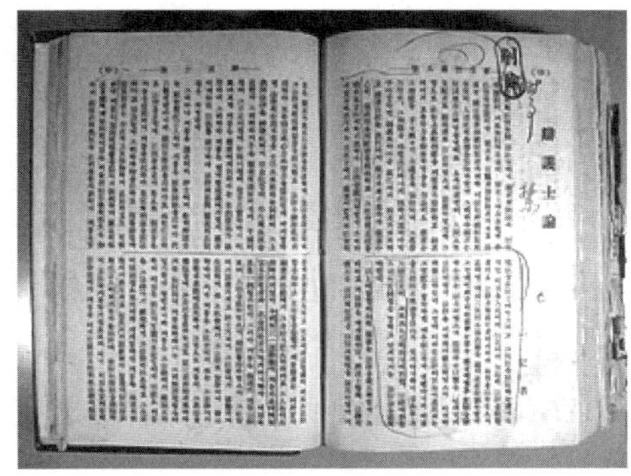

사진 2. 『신생활』 국립중앙도서관본(같은 호, 같은 면)

'삭제' 도장도, 검열관이 써넣은 '금(禁)'자도, 심지어는 69면의 붉은 색 밑줄까지도 없어졌다. 다른 부분도 마찬가지이다. 활자와 겹쳐서 지울 수 없는 경우를 제외하고는 거의 완벽하게, 마치 검열지시를 이행하듯이 지워버렸다.[20) 따라서 이 대목이 검열에서 삭제지시를 받았음을 독자들은 알 길이 없다.

셋째, 같은 호의 잡지에 정상호와 호외, 임시호 등 여러 판본이 있을 경우에 어느 하나만 영인하는 경우가 대부분이다. 내용에 별 차이가 없으니 한 가지만 영인하여 단가를 낮추자는 판단 때문일 것이다. 그 과정에서도 물론 검열의 흔적은 증발된다.

영인본 업자들은 복본들 중에서 어떤 판본을 어떻게 영인해야 할 것인가에 대해 심각하게 고민하지 않은 채로 영인한다. 손쉽게 구할 수 있는가, 어느 정도로 단가를 책정해야 잘 팔릴 것인가 만을 염두에 두며, 또한 깨끗하게 정리하여 가독성을 높임으로써 상품가치를 높이고자 하는 것이다. 결국 위의 세 가지 결함은 이런 자본의 논리 때문에 발생한다. 일제치하 식민권력에 의해 삭제된 한국문학 작품은, 해방 이후 국문학 연구의 흥성에 힘입어 활발하게 영인되지만 이번에는 자본 논리에 의한 삭제를 겪은 셈이다. 한편 연구자들은 여러 판본을 수집, 대조

하는 작업을 게을리 하면서 손쉽게 구할 수 있는 영인본을 텍스트로 삼
아 연구한다. 만일 연구자들의 판본에 대한 의식이 높았다면 이런 엉터
리 영인본으로는 수지타산이 맞지 않게 될 것이니 좀더 치밀한 영인작
업에 나섰을 터이다. 검열 흔적을 깨끗하게 정리한 영인본이 더 이상
상업성이 없도록 만들 수 있는 힘을 연구자들은 지니고 있음에도 불구
하고 그렇게 하지 못했으므로, 연구자들 역시 책임에서 벗어날 수 없다.
결국 엉터리 영인본을 우리가 읽고 있는 것은 결국 영인업자와 연구자
의 공동책임이라 할 수 있다.

물론 영인본은 여기저기 흩어져있던 작품들을 한데모아 펴냄으로써
자료접근성을 높여 연구의 활성화에 기여했음은 부인할 수 없다. 그러
나 유감스럽게도 이런 문제를 안고 있다. 그렇다면 이런 상황에서 우리
는 식민시기 작품들을 어떻게 읽어야 할 것인가. 현재 우리가 접할 수
있는 식민시기 잡지의 판본을 유형화하고, 각각에 대해 살펴보자.

①검열본 잡지. 국립중앙도서관에 집중적으로 소장되어 있으며 교정
쇄검열 또는 납본검열을 거친 흔적들이 그대로 남아있으므로 가장 기
본적인 자료가 된다.21) 그러나 실제로 독자들이 읽었던 잡지인지는 불
분명하다.22)

②시중 유통본. 검열을 거쳐 실제로 시중에 유통되었다가 개인소장
으로 남아있는 잡지이다. 검열을 거친 것이 대부분이므로(사전 발송의 『개
벽』 등 일부 예외는 있다) 당대 독자들이 읽었을 것이지만, 검열 이전의 상
태를 알 수 없다.

③영인본.23) 저본의 한계를 그대로 떠안을 수밖에 없다. 게다가 저본
이 무엇인지를 알 수 없는 것이 대부분이고 검열흔적을 삭제한 경우가
많으며, 다양한 판본 중에서 하나만을 영인하였으므로, 판본의 차이를
대조할 수 없다. 또한 따 붙이기 복자의 흔적 또한 알 수 없다. 연구대
상으로는 매우 문제가 많다.

④해외본. 일본과 조선·만주 등은 법역(法域)이 다르고 검열기준도

달랐으므로, 해외 잡지를 들여오는 경우 유이입물 검열을 거쳐야 했다.24) 따라서 해외본을 국내본과 대조하면 유이입물 검열에서 삭제된 부분을 확인해볼 수 있다. 일본·만주 등의 검열수위가 비교적 느슨한 편이었으므로 그쪽의 자료에 살아남은 것이 많겠지만, 『조선의 언론과 세상』 같은 반대의 경우도 있다.

위에서 보듯이 가장 믿을 수 없는 판본은, 가장 많은 연구자들이 활용하고 있는, 영인본이다. 반면 국립중앙도서관본(이하 '중앙도서관본')의 가치는 더욱 두드러져 보인다. 중앙도서관본을 중시해야 할 이유는 더 있다. 이 검열본에는 군데군데 삭제 이유를 밝힌 것들도 적지 않으므로 삭제 이유까지도 명확해진다.25) 게다가 검열 보조관들이 붉은 색으로 표시해둔 것과, 검열관이 실제로 삭제하기로 결정하여 삭제 도장을 찍은 것들을 한눈에 살필 수 있으므로, 이 또한 일제 검열의 실제 작동에 대해 좋은 시사가 될 터이다. 즉 '주의' 수위(검열보조관의 주기(朱記))와 '삭제' 수위(실제 삭제부분을 알 수 있는 검열관의 '삭제' 도장)를 구분하여 살펴볼 수 있다는 점이다.26) 이밖에도 필자 이름에 붉은 글씨를 해놓은 것도 있어서27) 검열의 실제 작업에서 필자가 누구인지도 유심히 살폈음을 알려준다. 물론 필자의 사상적 성향에 따라서 검열 수위를 조정한 흔적이다. 이렇게 풍부한 내용들을 담고 있으므로 중앙도서관본은 검열연구에서 무엇보다도 중요한 자료이다.

그렇다면 중앙도서관본만을 충실하게 살피면 될 것인가. 그렇지는 않다. 시중 유통본이 오히려 검열 이전의 상황을 더 잘 알 수 있게 해주는 경우도 있고(사전발송한 『개벽』지의 경우), 해외 소장본이 더 유리한 경우도(『조선의 언론과 세상』28)의 경우) 있기 때문이다. 게다가 삭제지시를 받은 대목들이 실제로 삭제되었는가(『일제시대 민족지 압수기사모음 1, 2』29)의 경우), 또는 삭제 및 수정지시에 대해 저자들은 어떻게 대응하는가(심훈 시집 『그날이 오면』의 경우30)) 등의 문제는 중앙도서관본만을 검토해서는 알 수 없다.

결국 이 시기 문학작품의 원전확정을 위해서는 영인본을 제외한 세

유형의 판본들을 모두 수집해서 꼼꼼하게 대조하는 작업이 필수적이다. 물론 세 유형의 판본이 모두 남아있는 행복한 경우를 기대하기는 거의 불가능하다. 하지만 가능한 것들을 모두 수집해보려는 노력은 필수적이다. 그 중에서도 핵심적인 것은 중앙도서관본과 시중 유통본의 대조작업이다. 시중 유통본 만을 본다면 그 복자들이 원래 무슨 글자였는지, 또는 실제로는 삭제된 것인지 여부를 알 수 없으며, 한편 중앙도서관에 있는 자료만을 읽은 사람이라면 그것이 실제로 복자로 처리되었는지, 얼마나 많은 당대 독자들이 읽었는지를 확인할 길 없기 때문이다. 중앙도서관 자료와 시중 유통본을 대조해서 읽을 때에만 어떤 글자들이 삭제되어 복자로 된 것인지를 확인할 수 있는 것이다.

발품만 많이 들고 성과는 쉽게 나지 않는 판본대조 작업이란 한국 현대문학 연구를 통틀어 두루 빈곤했지만, 특히 식민시기 작품에 대해서는 더 절실하게 요구되는 작업이다. 적어도 내가 지금 읽고 있는 이 판본이 어떤 검열적 상황에서 산출된 것인가를 인식하는 작업만은 필수적이다. '쓰고자했던 것'에 좀더 가깝지만 매우 예외적인 독자만이 읽을 수 있던 판본(교정쇄 검열본; 대부분의 영인본)인지, '쓰고자했던 것'과는 좀더 멀지만 비교적 광범위한 독자들이 실제로 읽었던 판본(시중 유통본)인지를 분명히 인식한 상태에서 연구해야 한다는 것이다.

5. 나오며

식민지시기 한국문학이란 검열당국·인쇄자본·작가·독자 등 다양한 주체들의 다양한 의도와 노력의 상호 영향관계 속에서 형성된 것이었으며 그 다양한 의도는 텍스트들에 명백하게 또는 숨어있는 채로 나타나 있다. 생성단계에 따라서 다양하게 남아있는 복수의 텍스트들은 모두 그 과정에서 생성된 것들이다. 따라서 어떤 판본을 어떻게 연구해야 할 것인가 하는 문제는 복잡하지만 귀중한, 연구의 기본적 작업에 속한다.

이 논문에서 먼저 연구대상 확정을 위한 기초적 작업을 수행하였다. 당대적 요인으로서 복자와 교정쇄검열의 존재를 상정하여야 할 필요성을 검토하였으며, 현재적 요인으로서 영인본에 대한 비판적 인식이 없이 연구하는 경향에 대해서 문제를 제기했다. 잡지의 경우로 한정지어 말한다면, 결국 국립중앙도서관의 검열본과 시중 유통본을 꼼꼼히 대조하는 일이 가장 기본적인 작업이라고 할 수 있다. 특히 다양한 판본들을 상호 대조하면서 읽는 노력을 기울인다면, 같은 작품이라 하더라도 특정 시기의 검열장 속에서 변주되고 있음을 확인할 수 있는 바, 이런 과정에서 검열과 문학작품의 영향관계에 대한 우리의 이해는 훨씬 증진될 것으로 믿는다.

교정쇄검열의 경우, 검열제도 역시 검열당국과 피검열자 사이의 상호 영향관계에 의해 형성되었음을 시사하는 대목이라고 볼 수 있다.[31] 처음에는 모든 매체에 대한 엄격한 사전검열제를 시행하였지만, 신문이 먼저 사후검열(엄밀하게는 교정쇄검열)로 완화되고 잡지 또한 점차 교정쇄검열이라는 절충적 형태로 이행해갔다는 점, 특히 교정쇄검열제는 '온건한 잡지'에 한해 허가한 것으로서 자본을 통한 민간검열을 유도하는 방식이었다는 점에서 그러하다. 즉 저작자에 대한 직접적 통제에만 의존하는 것보다는 자본을 통한 검열을 병행하는 것이 효율적이라고 판단한 결과가 교정쇄검열로 나타났으리라는 점이다.[32] 한편 인쇄자본으로서는 이를 통하여 이윤손실을 최소화하고 정시발행에도 가까워질 수 있었다.

정리하자면 식민시기의 검열제도는 검열당국과 인쇄자본의 상호 영향관계에 의해 형성되어 갔으며, 다시 그 검열제도는 문인(독자)들과 상호 영향을 주고받으면서 식민지시기 작품을 형성하였다는 것이 필자의 생각이다. 식민시기 검열이란 하나의 고정된 실체라기보다는 끝없이 변화해간 유동체였으며, 그 과정은 일방적이 아니라 양방향적이었다.

일제의 검열이 매우 혹독하고 철저한 것이었다는 회고와 절차적 합리성조차 결여되어 있었다는 회고가 같은 글 안에서 맞서 있는 김동인의 모순적 상황인식도[33] 이렇게 본다면 설명할 수 있겠다. 실제로 당시의 검열제도는 철저하면서도 동시에 허점도 많았던 것이다. 초기에는 매우 거칠면서도 정교성이 미흡한 탓에 허술한 부분도 많았고 또한 그 허술한 틈을 타서 이런저런 이야기들을 전할 수 있었지만, 검열당국은 그 빈틈을 점점 메워 가면서 철저성을 기하여 갔다. 기미만세운동, 경무국 도서과의 설립, 만주침공, 인쇄자본의 성격 변화, 총력전체제 돌입 등 크고 작은 계기에 따라 점차 제도가 정비되어 갔지만, 그 이후라 하더라도 역시 사람이 하는 일이라 늘 빈틈이란 있을 수밖에 없었으며, 그 빈틈을 작가·독자 등 출판유통의 주체들이 적극적으로 활용하려는 노력은 상당부분 성과를 거둘 수 있었다. 따라서 철저하다는 진술도 합리적이지 못하다는 진술도 잘못된 표현은 아니다. 시기에 따라서 다르고 어떤 사람의 어떤 글이 어떤 검열관에게 검열 받았는가에 따라서도 달라질 수 있는 문제인 것이다.

그러나 제도란 늘 안정성과 재생산성을 강제하여 제도 내부에 머물도록 만든다. 제도의 내부에 존재하는 사람들은 그 외부를 상상하는 능력을 점차 상실한다. 식민시기 검열제도에 대한 항의의 대부분이 검열제도를 일본의 기준에 맞춰 완화하라는 식의 주장에 주력할 뿐 그 외부를 상정하는데 제한 받는다(즉 검열 '철폐'보다는 '개선'에 무게를 두게 된다거나,[34] 또는 좀더 넓은 의미에서의 검열에 대해서는 문제 삼지 못한다)는 점은 이와 관련하여 시사적이다. 검열제도란 그 실질적 작동 내용 못지않게 제도의 존재 자체가 의미 있는 것이다.

이렇게 보았을 때 검열문제를 문화정책 및 문화제도 전반(즉 넓은 의미에서의 검열, 예컨대 정치에서 문화로의 이행, 구술에서 문자로의 이행,[35] 초기의 한국어

장려[36]에서 한국어 금지 및 일본어 상용으로의 이행 등)과 식민정책 전반을 통시적으로 연결지어 생각해야 할 필요성은 더욱 강력해진다. 세밀한 규정과 강제력으로 작동되는 제도 내부에 살았던 식민지 시기 문화인들은 그 구체적인 제도들과 씨름할 수밖에 없었지만, 이제 시간적 거리를 유지할 수 있게 되었다. 학문영역을 끝없이 축소하는 현재의 분업적 학문제도에서 벗어나려는 노력을 기울인다면, 이런 일은 가능해지리라고 믿는다.

주석

1) 김동인, 「지난 시절의 출판물 검열」, 『해동공론』 1946년 12월호; 김치홍 편, 『김동인 평론선집』, 삼영사, 1984, 554면.
2) 설문 「다시 젊어지고 싶은가, 문사 심경」, 『삼천리』 제8권 제12호, 1936.12, 214면.
3) 「평안할지어다」, 『별건곤』 43호, 1931.9, 3면.
4) 물론 구비에서 문자로의 이행이란 근대화에서 보편적인 현상이지만, 식민지시기 한국문학의 경우는 꼭 그렇게만 생각하기는 어렵다. 검열이란 문자화되어야 사전검열이 가능해져서 효율적으로 작동할 수 있으므로 총독부는 문자화되지 아니한 연행예술들을 억압하였던 것이다. 예컨대 희곡 대본이 문자화되는 직접적 계기는 대본 2부를 사전에 제출하도록 요구하던 검열제도에 의해 추동된 것이었다. 또한 조동일에 따르면 총독부는 1911년 범죄즉결령을 통해 "허가 없이 밤에 함부로 춤을 추거나 노래를 하는 행위"를 금지하는데, 이에 따라 탈춤 꼭두각시놀음 두레놀이 무당굿놀이 등 문자화되지 아니한 민속극은 직접적인 타격을 입게 된다. 조동일, 『한국문학통사』 4(제2판), 지식산업사, 1989, 379면 참조
5) 인쇄자본과 검열제도의 관계에 대해서는 한만수, 「식민시대 문학의 검열 대응방식에 대하여」, 『현대문학이론연구』 15호, 현대문학이론학회, 2001 및 「식민지시대 출판자본을 통한 문학검열에 대하여」, 『국어국문학』 131호, 국어국문학회, 2002 참조.
6) 이렇게 일제의 검열이 적어도 식민 말기 이전까지는 일방적인 억압이 아니라 한국문학의 민간주체들과 혹은 타협하고 혹은 대립하는 관계를 유지하였던 것은 물론 식민지정책 전반과 긴밀하게 관련될 것이다. 이 글의 주제도 아니고 아직 준비도 미흡한대로 잠깐 살펴보자. 예컨대 조선을 근대화시켜야 할 필요성과 식민지로 계속 묶어두어야 할 필요성 사이의 모순적 공존은 검열제도의 기본적 전제일 터이다. 근대화의 필요성(식민화 이전에는 청의 속국적 관계에서 벗어나도록 하기 위해, 식민화 이후에는 식민지적 수탈과 총동원의 이데올로기를 전파하기 위하여) 때문에 조선의 근대적 인쇄자본을 적절히 육성 활용할 필요가 있었던 식민권력은, 독점적 판권 보장, 민간신문 허용, 교정쇄 검열 허용, 예약출판법 인용 등을 통해 조선의 인쇄자본을 적절히 활용하였다. 하지만 이와 동시에 조선의 근대화가 민족국가수립의 요구로까지 진행되는 것은 억제해야 했으므로

적절한 통제 제도들도 다양하게 만들어냈다. 강점 초기의 광범위한 억압정책, 소위 문화통치기 이후에도 정치 및 시사를 억압하고 사전검열을 원칙으로 하는 등 일본과는 차별적인 검열체계를 운용했던 것, 시기에 따라 다양한 검열지침들을 마련해나가는 것, 20년대 후반부터 다시 억제정책으로 돌아서고 말기에는 민간신문들을 폐간했던 것 등은 그 보기이다. 결국 근대의 표상 및 확산체계로서 언론자본을 일정정도로 육성하면서 동시에 식민지성을 유지하기 위한 통제를 병행하는 절충이 검열제도의 기본방향이라고 보겠다. 검열우회에 대해서는 한만수, 「식민지시기 문인들의 검열우회 유형」, 『한국문화』 39호, 서울대 규장각 한국학연구원, 2007.6, 227~254면 참조.

7) 복자의 사전적 의미는 다음과 같은 두 가지이다. ① 식자(植字)에서 필요한 활자가 없는 곳에 임시로 활자를 뒤집어서 넣어둔 것, ② 인쇄물에서, 밝히기를 꺼려 'O'이나 'X' 등으로 대신 나타낸 것. 첫 번째 뜻은 활판인쇄 공정의 필요 때문에 생긴 것이지만 두 번째 뜻에서는 검열과 연관된다. 하지만 이 사전적 의미는 식민지시기 검열문제를 다루기에는 적절치 않다. 앞서 살폈듯이 이런 경우 말고도 다양한 것들이 존재하며, 첫 번째 의미는 이 연구를 위해서는 불필요하기 때문이다. 따라서 복자의 개념을 좀 조정할 필요가 있다. 이 글에서 복자란 '문학작품의 집필 인쇄 유통과정에서 검열 때문에 발생하는, 수신자가 알아보기 어렵게 만드는 여러 시각적 장애요인들'이라고 정의한다. 물론 '시각적 장애'로만 한정했을 경우 문제가 발생할 수 있다. 예컨대 필자가 검열에서 금지하는 특정 단어 대신에 다른 단어를 사용했을 경우를 포함할 수 없는 것이다. 예컨대 당시에 검열지침이 일본연호를 강제하자 육갑연호를 사용하는 것은 매우 일반적인 현상이었다. 이밖에도 이기영은 '일본' 대신에 '내지'라는 단어를 쓰라는 검열지침에 맞서서 '일본내지인'이라는 단어를 만들어 사용했다고 회고하며(김흥균, 「최초공개 민촌 이기영의 자전적 수기 『태양을 따라』」, 『월간중앙』, 2000.10, 87면), 임화가 「언어와 문학」에서 인용하는 '이리잇치'라는 인명은 아마도 '브라디미르 이일리치 레닌'을 가리키는 말일 가능성이 높다고 하는 등(와타나베 나오키, 「임화의 언어론」, 동국대 대학원 월례발표회 발표논문, 2003.12.19, 6~7면 참조) 당대 필자들은 많은 단어들을 검열에 통과할 수 있는 단어로 대치하고 있다. 이 역시 '시각적'으로는 복자가 아닐지라도 실질적으로는 복자의 성격이 강하다. 그러나 연구범위가 지나치게 넓어지는 것을 회피하기 위해서, 이 글에서는 일단 이런 정도로 복자의 의미를 한정짓기로 한다.

8) 식민지 후기로 가면서 '삭제'라는 표현은 점차 줄고 '생략' '략' 등의 간접적인 표현이 늘어난다. 자기현시적 검열에서 자기은폐적 검열로 이행함에 따라 검열(삭제)의 흔적까지 삭제하라는 검열지침이 시행됨에 따른 현상이다. 이 문제에 대해서는 한만수, 「식민지시기 검열의 드러냄과 숨김」, 『배달말』 41호, 배달말학회, 2007.12, 203~232면 참조.

9) 한만수, 「식민시대 문학검열로 나타난 복자의 유형에 대하여」, 『국어국문학』, 136호, 국어국문학회, 2004.5; 한만수, 「식민시대 문학검열에 의한 복자(覆字)의 복원에 대하여」, 『상허학보』, 상허학회, 2005.2.

10) 한만수, 「강경애 「소금」의 복자복원과 검열우회로서의 '나눠쓰기'」, 『한국문학연구』 31집, 동국대 한국문학연구소, 2006.12; 한만수, 「강경애 「소금」의 '붓질복자' 복원과 북한 '복원'본의 비교」, 『강경애, 시대와 문학』, 랜덤하우스, 2006.12.

11) 원로 극작가 차범석은 필자와의 인터뷰(2003년 2월 14일 오후 3시~4시, 서울 서초동 예술원 회장실)에서 그럴 가능성이 충분하다고 말했다. 또한 김두용은 「정치적 시각에서 본 예술투쟁」에서 다음과 같이 말하고 있어 이런 추정의 방증이 된다. "시험삼아서 신문,

잡지를 보아라. 거기에 얼마나 훌륭한 이론이 전개되었는가? 무어라 말할 수 없는 격렬한 이론이란 말이다! 그리고 '내야말로 프롤레타리아예술가다'는 절규만 하면—그리고 그 절규성이 미친놈의 것처럼 함부로 마음대로 크고 격렬만 하면—가장 훌륭한 프롤레타리아의 동지인 듯할 만큼—이렇게까지 보인다!"(「무산자」, 1929.5; 김재용, 『카프비평의 이해』, 풀빛, 1989, 211면에서 재인용)

12) 이 문제에 대해서는 최경희, 「출판물로서의 근대문학과 텍스트의 불확정성」, 성균관대 동아시아학술원 '식민지 검열체제의 역사적 성격' 학술대회 자료집, 2004.12 별지 참조.

13) 문학검열연구는 '아직 원본이 아닌' 다량의 텍스트를 고려해야 한다는 이혜령의 지적 또한 같은 맥락이라고 할 수 있다. 이혜령, 「감옥 혹은 부재의 시간들」, 성균관대 동아시아학술원 대동문화연구원 학술발표회('근대지식으로서의 사회주의와 그 문화 문학적 표상 2'), 2008.6.27, 발표자료집, 46면 참조.

14) 현대문학 연구자들의 연구대상으로서의 판본에 대한 인식은 대체로 불철저한데 이는 구비문학 연구에서 다양한 각편에 대한 고려가 중심적인 작업이 되어 있음과는 대조적이다. 처음부터 문자텍스트로 발표된 작품의 경우 그 가시성과 불가변성 때문에 연구대상이 자명하게 확정되는 듯한 착각을 주기 때문이 아닌가 한다.

15) 당시에는 '교본(矯本)검열'이라고 불렀지만, 이해하기 쉽도록 '교정쇄검열'로 바꿔 쓰기로 한다. 교정쇄검열에 대해서는 한만수, 「식민지시기 교정쇄검열에 대하여」, 『한국문학연구』 28집, 동국대 한국문학연구소, 2005.6, 125~161면 참조.

16) 여기서 편집이란 내부적 교열을 뜻한다. 그렇지만 넓은 의미의 편집 과정에도 검열은 관련된다. 즉 잡지나 단행본의 기획 및 편집단계에서 목차와 저자를 미리 제출하여 사전점검을 받는 내열(內閱)제도는 일본에서는 상당히 광범위하게 진행되었다고 하는데(야마무로 신이치[山室信一], 2005.2.8. 사신), 아직 한국의 경우에는 실물을 확인하지 못했지만 블랙리스트 제도는 있었음이 거의 확실하니, 이런 내열에 의한 사전검열 또한 있었을 것이다. 이 경우 아예 청탁을 받지 못하거나 제목이 조정되는 방식으로 문학은 검열권력의 간섭을 받게 된다.

17) 출판유통 이후에 재검열을 받게 되는 것은 다음의 세 가지 경우이다. 재판 발행 등 출판적 계기가 있을 경우, 정세의 변화에 따른 경우, 지방검열기구나 일반 독자의 이의제기에 의한 경우.

18) 검열 때문에 생기는 판본의 변화에 대한 사례연구로서는 한만수, 「이태준의 「패강냉」에 나타난 검열우회에 대하여」, 『상허학보』 19집, 상허학회, 2007.2, 311~340면 참조.

19) 이상화의 「빼앗긴 들에도 봄은 오는가」 같은 작품이 오늘날까지 남아있는 것은 『개벽』의 사전발송 덕분이었다. 즉 이 작품은 『개벽』 70호에 발표되었으나 전문 압수를 당했다. 하지만 검열결과가 나오기 전에 독자들에게 우송한 덕분에 상당수 독자들에게 읽혔으며, 오늘날까지도 아무 손상 없이 살아남아서 널리 읽히고 있다(이에 대해서는 한만수, 「식민시대 문학의 검열 대응방식에 대하여」 참조). 검열을 회피하기 위해 당시 문인이나 출판인들이 시도했던 다양한 대응에 대한 이해 없이는, "일제의 엄혹한 검열"이라는 상식과 이런 작품의 현존이라는 모순을 설명할 수 없다. 검열연구가 의미 있는 또 하나의 이유이다.

20) 이 잡지는 국립중앙도서관본에 집중적으로 소장되어 있으므로 영인작업에서 이 판본을 저본으로 삼았으리라 추정할 수 있으며, 그렇다면 일부러 원본의 비활자적 메시지들을 지웠으리라고 본다. 이렇게 철저하게 원본의 흔적을 지워버리는 까닭, 그리고 저본의

소장처를 밝히지 않는 까닭에 대해 한 영인본업자는 이렇게 말한다. 즉 대부분의 소장처들은 자신들이 소유한 귀중본을 영인하는 일을 막고 있다는 것이다. 그래서 음성적 방식에 의해 자료를 영인하게 되므로 소장처를 밝힐 수 없고, 또한 판본의 출처가 드러날 우려가 있는 특수한 지표(삭제 지시 등 비활자적 메시지)들도 말끔히 지울 수밖에 없다는 것이다. 또한 '상품'은 보기 좋고 깨끗해야 한다는 고정관념과도 관련 있을 것이다. 자료를 소장만할 뿐 공개하지 않는 소장자들의 인식이 바뀌어야 할 것이며, 또한 공공기관에서 영인작업을 맡아 공신력 있는 영인본을 만들어내야 할 것이다.

21) 국립중앙도서관 소장 잡지에는 검열보조관들이 붓으로 그은 붉은 선들, 또는 상세한 검열의견들과 함께 검열관들이 이를 토대로 삭제 지시를 내린 "삭제" 도장이 선명하게 남아있다. 아다시피 중앙도서관은 총독부 도서관의 장서를 그대로 이어받아 출범하였던 것이며, 이들 잡지들 역시 "총독부도서관 장서" 도장과 "국립중앙도서관 장서" 도장이 함께 찍혀있어 총독부도서관에서 나온 자료임을 입증한다. 이 자료들은 검열의 흔적이 역력하므로, 원출처는 물론 총독부 경무국 도서과이다. 결국 총독부 도서과—총독부 도서관—국립중앙도서관으로 이첩되었을 것이다. 아마도 도서과에서 검열을 마친 뒤에 검열신청 자료들 중에서 육필원고는 소정의 기간이 지나면 폐기하고, 책의 형태를 갖춘 납본(또는 교정쇄)의 경우는 총독부 도서관으로 넘겼을 것으로 추정한다. 중앙도서관에 소장된 식민지 잡지 자료는 매우 소중한 것이지만 마이크로필름의 경우는 영인 상태가 불량한 경우도 있고 흑백이어서 검열흔적을 제대로 실감하기 어려운 데다가 따붙이기 복자는 확인할 수 없다. 따라서 원본 잡지를 직접 읽는 일이 필요한데 최근 중앙도서관본은 관리를 강화하여, 마이크로필름 열람을 원칙으로 하면서 원본 열람은 제한적으로만 허용하고 있다. 원본 보존은 물론 중요한 일이지만 연구에 지장을 초래해서도 곤란할 것이니, 대표성을 갖는 연구기관에서 집중적인 원본 검토작업을 벌여 마이크로필름의 한계를 보강할 필요가 있다. 이렇게 철저하게 고증된 자료를 마이크로 필름화하고 인터넷을 통해 관외에서도 확인할 수 있도록 해야만 영인본을 통한 연구의 한계를 극복할 수 있다. 이런 작업은 자본의 논리에 구속될 수밖에 없는 민간 영인업자들에게만 맡겨둘 수 없는 국립도서관의 공적 책무라고 하겠다.

22) 『개벽』(2주년 기념호)에는 별도의 종이에 인쇄해서 따붙인 부분이 있다. 또한 『신생활』 5호에도 역시 4개 부분에 걸쳐서 따붙이기의 흔적이 발견된다. 이 부분이 일제의 검열에 의한 것인지, 아니면 단순한 제작상의 실수를 교정한 것인지는 아직 확증하기 어렵지만 전후 문맥으로 미루어 검열에 의한 것이리라 추정한다. 좀더 많은 보기를 찾아내고 원래의 글자를 해독한다면 확증할 수 있을 것이다. 굳이 붓질을 하지 않고 따붙이기를 선택한 것은, 삭제가 아닌 수정지시를 받았을 경우, 또는 표현의 수위를 다소 조정하더라도 그 부분을 꼭 활자화하기 위해 재검열을 받아서(또는 검열당국과 비공식적 통로를 통해 상의해서) 바꾼 경우, 그리고 검열 삭제된 글들 때문에 원래의 페이지가 바뀌었을 경우 등을 상정할 수 있을 것이다. 물론 영인본만을 보아서는 따붙이기 복자는 확인할 수 없으며 원본을 읽더라도 매우 세심한 주의를 기울이지 않으면 그냥 넘어가기 쉽다. 이 따붙이기 복자에 대해서는 이종호, 「『개벽』의 원본 분석을 통한 1920년대 검열 제도 연구」, 동국대 석사논문, 2005 참조.

23) 영인본들은 어떤 판본을 저본으로 삼았는지조차 밝히지 않는 것들이 대부분이다. 아마 가장 손쉽게 구할 수 있는 국립중앙도서관 소장본을 저본으로 삼은 것이 많을 것이며, 여기에 소장되지 않은 것들을 부분적으로 다른 곳에서 보충하였을 것이다.

24) 예컨대 「만세전」에서 이인화는 일본에서 귀국하면서 네 차례에 걸쳐 형사들에게 검문 검색을 받는데, 그 중 두 번(시모노세키와 부산)은 유이입물 검열이었다. 유이입물 검열은 도서 중 일부를 삭제하거나 아예 압수하는 식으로 이뤄졌다. 이에 대해서는 한만수, 「근대적 문학검열제도에 대하여」 참조.

25) 지금까지 널리 알려진 자료 중에서 삭제이유를 알 수 있는 것으로는 『조선총독부 금지 단행본 목록』(총독부 경무국, 소화 16년) 등을 들 수 있지만, 이 책은 단행본 목록만을 싣고 있는데다가, '치안방해', '풍속괴란' 등 2가지로 분류한 피상적이고 공식적인 검열 사유만을 밝히고 있을 뿐이다.

26) 삭제지시를 받지 않고 그저 보조관들의 붉은 색 표시만을 받은 대목들도 실제로는 삭제된 경우들이 적지 않다. 이에 대해서는 이종호, 앞의 논문 참조.

27) 보기로 중앙도서관 소장 『신생활』 9호 21면에는 '신일용'의 이름에 붉은 글씨로 표시해두었다.

28) 이 책은 조선총독부가 1927년 발간한 것으로, 국내본은 붓질을 3~4군데 하였고 압수된 기사임을 표시하는 푸른 색 '압(押)'자 도장이 40여 곳에 찍혀있다. 그러나 일본에는 붓질이 없는 판본이 남아있다. 한만수, 「식민시대 문학검열로 나타난 복자의 유형에 대하여」 참조.

29) 정진석, 『일제시대 민족지 압수기사모음』 1·2, LG상남언론재단, 1998.

30) 한만수, 「식민시대 문학검열로 나타난 복자의 유형에 대하여」 참조.

31) 이 글에서는 상세하게 다루지 못했지만 복자는 검열당국과 문인들의 서로 모순되는 의도들이 충돌하고 있는 현장으로서, 필자가 상정하는 상호작용의 대표적인 보기이다. 이에 대해서는 한만수, 「식민시대 문학검열로 나타난 복자의 유형에 대하여」(『국어국문학』 136호, 국어국문학회, 2004.5) 참조.

32) 공식적 허용 이전에도 교정쇄검열은 상당기간 묵인되어 왔다는 점(검열실무의 효율성), 『개벽』 등에서 보이는 바 검열 이전에 사전발송한 경우가 있었다는 점(제도적 허점 또는 묵인), 붓질이나 따 붙이기 등을 통하여 검열을 반영하는 불완전한 검열지시 이행을 묵인했던 점(인쇄자본의 최소한 요구를 수용해야 할 필요성) 등도 인쇄자본과 검열권력의 타협이라는 판단의 방증이 될 것이다.

33) 김동인, 앞의 글 참조.

34) '신문지법과 출판법의 개정 기성회'의 건의문(1923)은 그 대표적인 보기이다. 개정기성회에 대해서는 최준, 앞의 책, 231~233면 참조. 조선잡지협회(1931) 조선기자대회(1924) 무명회(1921) 등 언론단체의 검열관련 결의들은 이보다 대체로 강력한 편으로 근본적인 검열철폐를 주장하고는 있지만, 실제적 건의사항(또는 요구사항)의 대부분은 세부적인 제도개선들이다. 다시 말해 선언적 의미와 실제적 요구가 결합되어 있는 바, 뒤의 것에 좀더 무게 중심이 실려 있다고 보겠다.

35) 한만수, 「1930년대 검열기준의 구성원리와 작동기제」, 『한국어문학연구』 47집, 한국어문학연구학회, 2006.8; 한만수, 「식민지시기 검열장과 영웅인물의 쇠퇴」, 『어문연구』 129집, 한국어문교육연구회, 2006.3.

36) 『한성순보』와 『한성주보』를 통한 국한문혼용체 보급, 조선어 맞춤법 및 표준어의 제정에 미친 총독부 학무국의 영향, 일본인 관리에 대한 조선어 보급노력(능력시험, 수당지급), 민간신문의 문자보급운동에 대한 초기의 묵인 정책 등을 들 수 있다. 이에 대해서는 미쓰이 다카시, 「식민지시기 조선에서의 언어운동 전개와 그 성격―1920~30년대를 중심으로」, 『흔들리는 언어들』(임형택 외, 성균관대 대동문화연구원, 2008) 등을 참조

근대소설의 형성과 독서체험

김경수

1. 서론

한국문학의 연구, 특히 근대문학의 형성에 관한 연구에서 이른바 원천(源泉)과 전신(傳信)상황, 그리고 영향을 문제 삼는 비교문학적 연구방법은 필수적이다. 이는 한 국가의 국민문학의 전개에 있어서 내재적인 전통과 외래적인 문학 및 사상이 상호 복합적으로 작용하는 것이 상례라는 일반적인 사실로부터도 유추되지만, 특히 근대화의 출발 과정에서부터 서구 및 일본을 매개로 한 서구문명의 세례를 받을 수밖에 없었던 우리의 근대사의 전개과정을 되돌아 보아도 능히 확인할 수 있는 사실이다. 이점은 이광수를 포함한 형성기의 많은 작가들이 서구적 의미에서의 문학에 대한 관념 및 장르의식 아래에서 작품활동을 시작했다는 사실에서도 확인되거니와, 한 걸음 더 나아가 개화기 이래 우리 나라에 소개된 외국문학 이입사에 대한 연구[1] 및 현재까지 집적되어 있는 구체적인 연구 성과들에 의해서도 확인된다.[2]

이 글은 이러한 측면에서 한국 근대문학의 형성기에 활동한 이광수와 염상섭을 중심으로, 그것이 그들의 문학작품에 어떤 식으로 수용되고 변용되었는가를 주로 독서체험의 투영이라는 각도에서 살펴보려는 글이다. 담화론의 측면에서 이들 작가들이 외래의 문학장르를 통해 어떻게 이야기—짜기 혹은 플롯—짜기의 틀을 만들어 나갔으며, 그 과정에서 어떤 사회적 징후를 반영하고 있는가 하는 점을 규명하고자 하는 것이다. 본고에서 대상으로 삼은 작품은 『무정』과 『너희들은 무엇을 얻었느냐』[3]인데, 그 이유는 이 두 작품이 형성기 우리 문학이 외국문학으로부터 어떤 자양을 섭취했는가를 가장 잘 보여주고 있기 때문이다. 다음 장에서 근대문학 초창기의 우리 문학의 환경을 간략히 살펴보고, 그 연장선상에서 서양의 문학작품에 대한 독서체험이 개별적인 문학작품에 구현된 구체적인 면면을 살펴보기로 한다.

2. 근대문학 초창기의 문학적 환경

우리의 근대문학이 서양문학의 충격과 더불어 비롯되었다고 할 수 있는 것은, 이광수가 초기의 대표평문인 「文學이란 何오」에서 '문학'이란 말의 어의(語義)를 서구의 'Literature'라는 말의 역어(譯語)로 정립시키고 더 나아가 서구적인 장르의식까지를 소개한 데에서도 일차적으로 확인된다. 이광수의 문학론이 일본을 매개로 한 서구 문학론의 한 수용이었음은 이미 밝혀진 바[4] 있거니와, 이같은 사정은 비슷한 시기 서구문학의 전신자(傳信者) 역할을 충실히 해 낸 현철과 같은 이의 존재와 그의 글에서도 분명하게 확인된다.[5] 서구의 문학론의 도입과 소개가 곧바로 근대문학 초창기 작가들에게 창작의 중요한 지침이 되었다고는 말할 수 없으나, 그러한 원론적인 지식이 최소한 문학에 관한 전통적인 관념상의 변화를 초래했을 가능성은 배제하기 어렵다.

우리의 근대문학이 사회적 의사소통의 일 방식으로서의 문학 고유의 기능과 존재 의의를 인식하면서, 계몽이나 사회진화론 등과 같은 당시의 지배적인 담론과 구별되는 독자적인 허구적 담론을 형성하게 된 과정 또한 이런 사정과 긴밀하게 연관되어 있다. 1910년대 이후 문필활동에 나선 상당수의 작가들이 이른바 일본 유학생들로서 자신들의 독서 체험을 번역이나 자발적인 소개 글의 형식으로 국내의 신문 잡지에 투고했던 사람들이라는 사실은, 바야흐로 그들이 문필활동을 통한 사회적 의사소통의 효용성에 눈뜨기 시작했다는 사실을 반증한다. 물론 이 시기 작가들의 문필활동이 전적으로 문학에만 국한된 것은 아니었다. 이광수의 경우가 가장 단적인 예인데, 일본 유학생으로서 국내의 언론매체에 글을 투고했던 당시 문인들의 관심은 문학은 물론이고 가정의 개혁이라든지 사회 개혁, 그리고 조혼(早婚)의 폐습과 같은 전환기의 사회적 문제들에까지 다양하게 걸쳐 있다. 이는 당시 우리 근대문학이 초기에는 당대의 지배적인 사회적 담론의 영향권 하에서 허구적 담론으로서의 독자적인 성격을 완전하게는 이해하지 못했다는 것을 반증한다. 그것은 무엇보다도 그의 대표작 『무정』의 담화론적 분석이 실증적으로 보여주고 있다.[6]

이런 점에서 1917년 창간된 『태서문예신보』를 비롯해서 1920년대 문학의 전개에 중요한 역할을 담당했던 『개벽』지가, 이후 서양의 구체적인 문학작품들을 번안이나 초역을 비롯한 여러 형태로 소개하기 시작했다는 것은 여러 모로 시사하는 바가 많다. 주지하는 것처럼 번안이란, 서구의 우월한 문화에 대한 일방적인 모방과 추수 욕구의 산물이지만, 그것 자체가 우리 문학의 본격적인 형성을 위한 하나의 준비과정이라는 사실이 망각되어서는 안된다. 당시 외국문학 번안작품들을 보면 대부분 작가들이 그러한 번안행위에 대한 자신의 입장을 피력하고 있는 것을 볼 수 있는데, 이는 이들이 자신들의 행위가 어떤 것인지를 분명히 인식하고 있었다는 것을 반증한다. 번안의 행위가 토착문화에 대한 자기-부정인 것은 틀림없지만, 동시에 그것은 지배적인 문화가 자체의 환경 속에서 배태해낸 담론 형식에 대한 욕구의 태동을 의미하는 것이기 때문이다

　하지만 이러한 모방의 양상은 1920년대에 접어들면서부터 크게 달라지기 시작한다. 그것은 무엇보다도 우리의 현실에 대한 사회적 담론들이 표현될 수 있는 여건이 언론과 잡지의 출현과 더불어 마련되기 시작했기 때문이다. 외국의 문학작품이 번안이 아닌 원작 그대로의 형태로 번역되기 시작하는 것이 이를 입증하는 하나의 증거라 할 만하다. 그것은 바야흐로 작가들이 서구의 우월한 문학에 대한 무의식적인 이끌림의 충동으로부터 벗어나 우월한 문화의 문화적 이슈들을 우리의 구체적인 현실 위에서 사고하기 시작했다는 것을 의미한다. 우리 나라의 경우 대략 1920년을 기점으로 하여 외국의 문학작품들이 속속 번역되기 시작하는데, 우리 근대문학의 형성 또한 이런 모방 양상의 변화와도 긴밀한 관계가 있다. 특히 이 시기의 외국 문학작품의 번역행위가 염상섭과 현진건, 그리고 나도향과 홍명희 등 이후 우리 문학의 한 주역으로 등장하게 되는 작가들에 의해 이루어지고 있다는 사실은 더더욱 주목할 만하다. 현진건과 염상섭 같은 작가들이 본격적인 창작활동에 앞서 외국문학 작품을 번역했다는 점은 이들이 외국 문학작품의 독서를 통해 허구적인 문학적 담론의 특성을 어느 정도 인식했으리라는 추정을 가능케 해주며, 동시에 소설 장르를 자기화하려는 요구가 그만큼 절실했었을 것이라는 추정도 가능하게 해준다.

3. 추상적 독서체험의 징후—『무정』

초창기의 한국 근대문학 작품 가운데서 외국문학의 독서체험을 비교적 분명하게 보여주고 있는 작품은 1917년 1월 17일에서부터 6월 14일까지 『매일신보(每日申報)』에 연재 발표된 이광수의 『무정』이다. 급격한 사회변동기를 배경으로 젊은 남녀 인물들의 자유연애의 고민을 그리고 있는 이 작품은 통상 바로 이전의 신소설의 발전적 계승으로 문학사적 평가를 받고 있는 작품이다. 『무정』이 이처럼 근대문학의 효시라고 하는 문학사적 평가를 받게 된 한 요인으로는 무엇보다도 그의 서구문학의 체험이 한 몫을 단단히 하고 있다. 그것은 앞서 언급된 이광수의 초기 문장들에서도 확인되는 사실이며, 훗날에 쓴 그의 자전기록인 「나」에서도 확인된다. 거기에서 이광수는 동경 유학시절 서구문학작품과의 만남을 비교적 소상하게 밝혀놓고 있기 때문이다.

이런 의미에서 이광수의 『무정』이 톨스토이의 『부활』의 감화로부터 쓰인 작품임을 주장한 이보영의 논의는, 작가 개인의 술회에서 드러난 작품들과 그의 문학작품들을 대응적으로 규명하는 선에서 그쳤던 기왕의 논의와 비교해볼 때 그 의미가 적지 않다고 할 수 있다. 즉, 이보영은 피카레스크 소설에서처럼 도덕적 가치기준의 혼란을 특징으로 하고 있는 『부활』의 사회적 배경이 『무정』의 식민지적 배경과 흡사하며, 그리고 인물들의 삼각관계 및 주인공의 심리적 갈등 또한 유사함을 들어 두 작품의 유사성을 거론하는 동시에 톨스토이에 대한 이광수의 수용의 한계도 지적하고 있는 것이다.[7] 하지만 이보영의 이러한 논의는 이광수가 『부활』을 읽고 대체적인 내용을 이해했으리라고 추단(推斷)(물론 이에 대한 서지적 증거를 제시하고 있기는 하다)하고 있다는 점에서 일정한 한계를 안고 있으며, 더 나아가 『무정』이 본으로 삼은 톨스토이의 『부활』과의 유사성에 주로 초점을 맞추고 있어 후발 작가가 그 수용의 과정에서 직면하게 되었을 변용의 가능성들은 전혀 상정하지 않고 있어 아쉬움을 던져 준다. 이 점에서 『무정』의 초반부에서 선형을 가르치러 온 형식이 선형에게 사랑의 의미를 묻고 그에 대해 선형이 어쩔 줄 몰라 하는 대목을 예로 들면서, 『무정』을 "서양 문학적 체험을 처음으로 기록한 것"이라고 말한 김우창의 해석은 매우 시사적이다. 그는 다음과 같이 말한다.

> 『무정』의 이러한 구절에서 우리는, 사랑이 사실로부터 의식으로, 의무로부터 가치 또는 권리로 바뀌는 것을 본다. 이런 의미에서 자유연애에 대한 각성은 주체화된 자아의 내면적 각성의 한 계기가 되는 것이다. 이렇게 사랑의 각성은 자아의 새로운 구성에서 하나의 계기가 된다. 되풀이하건대, 전형적 문학의 체험이 사랑에 관한 것임은 틀림이 없지만, 다만 서양 문학의 영향 하에서 이루어진 신문학에서, 이것은 의식화되는 것이다. 이것은 한국의 자아의 역사에서 매우 중요한 전환점을 나타낸다. 이제 사랑 또는 인간의 감각과 관능 또는, 일반적으로 말하여, 욕망은 자아구성의 중요한 원리로서 생각되게 된 것이다.[8]

『무정』의 근대문학적 성격을 서구문학에 대한 독서체험의 충격을 솔직히 드러낸 작품으로 보고 논의해 들어간 김우창의 위와 같은 해석이 우리 소설의 그러한 변용 가능성을 읽어내는 하나의 의미 있는 독법인 이유는 바로 여기에 있다. 『무정』에서 제기된 자유선택의 문제가 남녀 사이의 자유연애의 그것임은 두말할 것도 없고, 그것이 삼각관계의 구도를 통해 제시되고 있다는 것 또한 익히 알려진 사실이다. 이 과정에서 우리는 이형식을 위시한 김선형 및 박영채 등의 인물들의 내면의 발견과 자기각성에 그들의 독서체험이 중요한 역할을 하고 있다는 것을 발견한다. 그것은 이형식의 경우에 더욱 강하게 그려져 있다.

> 남들이 기생집에 가는 동안에, 술을 먹고 바둑을 두는 동안에, 그는 새로 사 온 책을 읽기로 유일한 벗을 삼았다. 그래서 그는 동배간에도 독서가라는 칭찬

을 들었고, 학생들이 그를 존경하는 또 한 이유도 그의 책장에 자기네가 알지 못하는 영문, 독문의 금자 박힌 것이 있음에서였다. (65면)

> 그는 루소의 「참회록(懺悔錄)」과 「에밀」을 보았고, 세익스피어의 「햄리트」와 괴테의 「파우스트」와 크로파트킨의 「면포의 약탈(掠奪)」을 보았다. 그는 신간 잡지에 나는 정치론과 문학론을 보았고 일본 잡지의 현상소설에 상도 한 번 탔다. (…중략…) 그는 「타고르」의 이름을 알고 「엘렌 케이」여사(女史)의 전기(傳記)를 보았다. 그리고 우주도 생각하여 보았고 인생도 생각하여 보았다. 자기에게는 자기의 인생관이 있고, 우주관, 종교관(宗敎觀), 예술관(藝術觀)이 있고 교육에 대하여서도 일가견(一家見)이 있는 줄로 자신한다. (181면)

고아로 자라나 동경에서 공부를 마치고 돌아와 현재 경성학교 영어 교사로 있는 이형식은, 책에 대해 지나칠 정도의 열정을 지니고 있는 인물이다. 위 인용문에서 보는 것처럼 이형식은 당시에 소개된 서양의 주요저작들을 읽어보았다는 데 대해 강한 자부심을 가지고 있으며, 또 그로부터 자신이 나름대로 세계를 볼 줄 알게 되었다고 자신한다. 그리고 형식에게 있어서 독서체험은 자신의 사회적 실존의 한 토대가 되기도 한다. 그가 학교 교사 생활을 하면서도 저축 한 푼 없이 "매삭 월급을 타는 날에는 반드시 일한 서방에 가거나, 동경 마루겐 같은 책사에 사오 원을 없이하여 자기의 책장에 금자 박힌 것이 붙는 것을 유일의 재미로"(65면) 여기고 있는 것도 바로 이런 이유 때문이다. 일반적으로도 그렇지만, 독서행위가 나름대로 세계를 이해하는 하나의 방편이자 현실에 대처하는 능력을 기르는 추체험의 형식인 것은 이형식에게도 마찬가지다. 이형식이 교육을 통해 "문명한 조선"을 만들자고 생각하는 대목에서 이 점은 분명하게 확인된다. 새로운 변화의 물결이 밀려들어오기 시작했던 개화기에 있어서 숱한 번역물들이 새로운 문명을 습득하는 유일한 방편이었음은 부정할 수 없는 사실이며, 그런 만큼 이형식과 같은 개화기의 지식청년이 책에 대해 이처럼 과도한 열정을 지녔던 것

은 지극히 자연스러운 현상으로 보인다.9)

　하지만 이형식의 독서체험은 그것이 구체적인 삶의 경험과 유리된 추상적인 것이며, 단순히 자기만족의 차원에 머물러 있다는 데서 그 한계를 드러낸다. 이 점은 형식의 서구문학의 독서를 통한 교양이 이후 그에게 닥친 현실적인 시련을 극복하는 데 있어서 아무런 도움이나 지침이 되어주지 못한다는 사실에서 분명하게 나타나는데,『무정』에서 그것은 형식과 영채 및 선형 사이에서 벌어지는 삼각관계의 연애를 통해서 그려지고 있다. 영채가 등장하게 되면서부터 독자들은 주인공 이형식의 내면의 갈등을 지속적으로 목격하게 된다. 영채가 자신의 하숙집으로 자신을 찾아와 그 동안의 지나온 역정을 이야기한 이후, 형식은 줄곧 자신에게 은혜를 베푼 선생의 딸인 그녀와 결혼하는 것이 당연하다고 생각하고, 될 수 있으면 영채를 아내로 맞이하겠다고 다짐한다. 그리고 그녀와 결혼해서 아들 딸 낳고 행복하게 사는 공상까지도 한다. 그러나 이러한 형식의 생각은 일관되게 유지되지 못한다. 형식은 영채로부터 그간 영채가 겪어 온 이야기를 들으면서 스승의 딸을 거두어야 한다는 결연한 의무감을 느끼면서도, 한편으로는 영채와 선형이 놓여 있는 여러 조건을 비교해 보기도 하고, 또 영채가 이미 정절을 지키지 못한 것은 아닌가 하는 의구심 때문에 실의에 빠지기도 한다. 형식의 이와 같은 내적인 갈등은 결국 영채가 청량사에서 김현수와 배명식 일당에게 유린되는 사건이 벌어짐으로써 본격적인 심화된다. 형식은 영채와 선형을 만난 이후로 줄곧 과거의 은인에 대한 도의적 책임과 자발적 선택에 의한 자유결혼이라고 하는 근대적인 도덕관념 사이에서 방황하며, 어느 한 순간도 자신의 의지에 따라 행동하지 못하는 것이다. 선형과의 혼삿말이 나온 직후에도 형식은 자신의 선택을 명확히 인식하지 못하고 오히려 곁에 있는 친구인 우선의 말에 기대어 자신의 행동의 방향을 취할 만큼 우유부단한 모습을 보인다. 그 대목은 아래와 같이 서술되어 있다.

「그러면 영채는 어떻게 하고?」

「죽은 영채를 어쩐단 말인가. 자네도 따라 죽을 텐가. 열녀가 아니라 열남이 될 양으로. 그런 미련한 소리 말고 어서 꼭 내 말대로만 하게.」

우선의 말을 들으매 형식도 얼마큼 안심이 된다. 자기도 그만한 생각을 못함이 아니지마는 자기 생각만으로는 안심이 아니 되다가 우선의 말대로 하리라 하였다. 제 생각대로 한다는 것보다 우선의 말대로 한다는 것이 더 마음에 흡족한 듯 하였다. (201면)

위 인용문에서 보듯이 형식은 자신의 문제에 대해서 자기 스스로의 입장보다는 주위 사람의 의견에 스스로를 내맡기고 거기서 안정을 얻는다. 이러한 형식의 태도는 그것이 배우자 선택에 따른 전통적 윤리관과 자유연애라고 하는 근대적 가치관 사이에서의 동요라는 점에서, 이 형식이 이성적(理性的)으로는 근대적 가치관을 따르고 있다고 자임하면서도 실제에 있어서는 아직도 그러한 가치관을 자기 것으로 체득하지 못했음을 단적으로 보여준다. 그리고 한편으로는 자신이 성장기 때 받은 구도덕의 가치관이 아직 완전하게 청산된 것은 아니라는 사실도 말해준다. 형식에게 있어서 배우자 선택과 관련된 새로운 가치관과 도덕 관념은, 비록 그것이 독서를 통해 습득되어 있는 것이기는 하지만 한 번도 현실 속에서 충분히 검증된 적이 없는 관념에 불과했던 것이며, 바로 그렇기 때문에 형식은 선뜻 전통적인 윤리관을 취하지도 못하고 또 근대적인 자유연애의 가치관을 따르지도 못했던 것이다. 형식이 일종의 마비증세라고도 할 수 있을 판단과 행동의 정지상태를 보이는 것은 바로 이런 이유 때문이다. 이러한 현상은 이형식뿐만 아니라 영채나 선형에게서도 발견된다. 선형의 충격은 작품의 초반에 이형식으로부터 자신을 자기 뜻에 의해 사랑하느냐는 직접적인 물음을 받고 당황하는 모습에서 그려져 있으며, 영채의 그것은 김현수와 배명식 일당에게 정절을 빼앗긴 후 자살을 결행하려 평양으로 행하다가 기차에서 우연히 알게 된 병욱과의 만남을 통해 그려진다. 그 대목은 다음과 같이 서술되어 있다.

　　"그러면 지금도 그 형식을 사랑하시오?"
　　사랑하느냐 하는 말에 영채는 가슴이 뜨끔하였다. 과연 자기가 형식을 사랑
하였는가……. 알 수가 없다.
　　자기는 다만, 형식이라는 사람은 자기가 찾아야 할 사람, 섬겨야 할 사람으
로 알았을 뿐이요, 칠팔 년래로 일찍 형식을 사랑하는지 생각해 본 적도 없었
다. 다만 어서 형식을 찾고 싶다, 어서 만나면 자기의 소원을 이루겠다, 만나면
기쁘겠다 하였을 뿐이다. (228면)

　　"선형씨는 나를 사랑합니까?" 하고는 힘 있게 선형의 눈을 보았다.
　　선형도 하도 뜻밖의 질문이라 눈이 둥그레진다.
　　더욱 무서운 생각이 난다. 실로 아직 선형은 자기가 형식을 사랑하는가 않는
가를 생각하여 본 적이 없다. 자기에게는 그런 것을 생각할 권리가 있는 줄도
몰랐다. 자기는 이미 형식의 아내다. 그러면 형식을 섬기는 것이 자기의 의무
일 것이다. 아무쪼록 형식이 가정답게 되도록 힘은 썼으나, 정답게 아니 되면
어찌하겠다 하는 생각은 꿈에도 한 일이 없었다. 형식의 이 질문은 선형에게는
청천벽력이었다. (250면)

　문면에 드러나 있지는 않지만, 영채가 김현수와 배명식 일당에게 봉
변을 당한 후 자살을 결심하게 된 것은 그녀가 성장기에 부모로부터 배
웠던 전통적인 윤리관 때문이다. 그리고 영채 자신이 스스로의 행동을
변호하는 대목에서 "고성(古聖)의 교훈도 있는데"(230면)라고 말하는 대목
에서도 알 수 있듯이, 여기에는 『내훈(內訓)』과 같은 전통사회의 여범서
(女範書)의 체험이 개재되어 있음을 알 수 있다. 영채가 비록 병욱의 설
득으로 인해 자살하려는 뜻을 물리게 되는 것은 사실이지만, 그 과정에
서의 그녀의 번민이 상이한 두 가치관 사이에서의 번민이라는 것은 의
심할 여지가 없다. 이런 사정은 형식으로부터 의외의 질문을 받은 뒤에
두려움에 떠는 선형에게 있어서도 마찬가지다. 선형 또한 신식 학교를

다니면서 신문명을 공부했지만, 겉으로만 서양의 신문명을 따르고 자식과의 관계에서는 이전 사회의 부모들처럼 자식들의 일에 간섭하고자 하는 아버지 김장로의 모순된 행동의 결과로 배우자 선택의 문제에 있어서는 영채와 다름없는 입장에 놓이게 되는 것이다. 비록 개화한 장로의 집안에서 자라났기는 했지만, 그녀 또한 전통적인 윤리규범의 세계관으로부터 완전히 자유로울 수는 없었던 것이다. 따라서 형식이 자신의 태도를 신우선에게 기대어 정하듯이, 영채와 선형도 자신들의 행동의 합리성을 비추어보는 거울로 각각 병욱과 순애를 상정하고 그들의 의견에 기대어 삶의 방향을 정할 수밖에 없는 것은 지극히 당연한 현상이다.

　『무정』의 인물들이 내보이는 이런 공통적인 현상은 우리에게 시사하는 바가 적지 않다. 무엇보다도 『무정』은 그 주인공들이 사회의 관성상 전시대의 가치관이 엄연한 가치척도로 엄존하고 있었던 사회에서 성장했지만 이제는 자신의 선택권에 우선성을 부과하는 새로운 시대의 문턱에 다다른 인물들이라는 세대정체성을 공유하고 있다는 사실을 알려준다. 그런 까닭에 형식을 비롯한 영채와 선형 등은 이성적으로는 개인의 자유의사와 의지에 따른 행동을 긍정하는 근대적 가치관에 기울어져 있으면서도, 동시에 자신들이 배태되어 나온 바로 이전 사회의 도덕적 규범의 힘을 전적으로 떨쳐버리지 못하는 것이다. 그리하여 그들은 오히려 그 두 개의 가치관 사이에서 끊임없이 동요하거나 제3자의 도움이 없는 한 자신들 스스로의 판단을 유보하는 모습을 보인다. 이런 현상은 물론 이들이 모두 사춘기 인물들adolescences이라는 사실과 무관하지 않다. 십여 년을 소급해서 이야기되는 영채와 형식의 유년시절의 경험에서 분명하게 확인되는 것이지만, 실상 『무정』에 나오는 인물들은 "급격한 변동으로 아이덴티티의 위기를 타의적으로 감수해야 했던 시기에 생존했던 인물들"10)이라는 점에서 자신과 사회에 대해서 명확한 인식을 갖지 못한 인물들이기 때문이다.

　따라서 살펴본 것처럼 이형식과 영채, 그리고 선형 등 『무정』의 주요 등장인물들이 스스로의 행위를 결정하거나 태도를 정하는 과정에서 자기 아닌 다른 사람을 일종의 거울로 생각하는 공통적인 의식지향을 갖는 것은 어찌 보면 거의 필연적인 현상이라고 할 수 있다. 그만큼 그들은 시대적 환경상 아주 상이한 두 개의 도덕적 가치관의 접경지대에 서 있는 것이다. 『무정』이 전근대적 관념과 근대적 관념 사이에서 동요하는 모습을 드러내고 있는 것은 바로 이런 이유 때문이다. 따라서 미성숙의 단계에서 완전한 성숙의 단계로 옮아가지 못한 이 사춘기적 인물들이 부지중에 모순된 의식의 지향을 드러내는 것 또한 극히 자연스러운 일이다.11) 물론 이 모순된 행동과 의식이 전적으로 그들이 책을 통해 습득한 근대적 가치관의 피상성으로부터 결과된 것이라고 말할 수는 없다. 그러나 이형식의 경우만을 보면, 이들의 그러한 행동이 서양의 책을 통한 근대적 가치관의 수용이 현실적으로 그들의 선택을 결정지을 만큼 체화되지 못했다는 점은 분명하다. 이형식은 영채가 기생이라는 사실을 안 뒤에 영채를 청루(靑樓)에서 빼내올 수 있는 방법을 강구하는 대목에서도 현실적으로 가능한 방법을 찾기보다는 책과 관련된 상념에 안주한다. 즉, 그는 자신이 "영문으로 글짓기를 공부하여 가지고 그렇게 된 뒤에 얼마 동안 저술에 세월을 허비하고, 그 원고를 미국이나 영국에 보내고, 미국이나 영국 책사 주인이 그 원고를 한 번 읽어보고, 그 다음에 그 책사에서 그 원고를 출판하기로 작정하고, 그 다음에 그 책사 주인이 우편국에 사람을 보내어 이형식의 이름으로 천원을 내놓"(67면)게 되는 것을 공상할 뿐이다. 영채를 살려야 한다는 절박한 당위의 현실에서도 이처럼 비현실적인 공상에 만족하는 이형식의 행동 또한 책에 대한 그의 과도한 열정을 드러내는 것이면서, 한편으로는 그가 현실과의 맞대면을 책을 핑계로 의도적으로 지연시키는 행위라고까지 말할 수 있다. 그에게 있어서 현실이란 책의 세계를 지칭할 뿐, 결코 실제 현실은 아니었던 것이다. 책에 대한 이형식의 과도한 열정과 의존

도는 따라서 소설에서 형식의 세계 읽기가 어떤 상태였는가를 보여주
는 한 징후라고 할 수 있다. 선형과의 만남 이후 점차 성장의 관건으로
서의 이성에 대해 눈뜨게 되는 형식이 "모든 서적과 인생과 세계를 온
통 다시 읽어 볼 생각"(75면)을 하게 되는 것은 형식이 그간 자신의 현실
이해가 책을 통해 간접화되어 있다는 사실을 의식하고 있음을 나타내
주는 대목이다. 형식이 이러한 간접화된 현실인식에 머무는 한 그가 계
속해서 우유부단한 인물12)로 남게 될 것은 너무도 분명하다.

　『무정』에서 상정된 이런 정신적인 간극이 주인공 형식을 위시해서
영채와 선형, 그리고 병욱 등이 자신들의 이런 간접화된 현실이해의 한
계와 그와 결부된 주변적 정체성을 인식함으로써 비로소 해소되기 시
작한다는 것은 의미심장하다. 소설에서 각자 유학의 길을 떠나는 형식
과 선형, 그리고 병욱과 영채 일행은 삼랑진의 수해장면을 목격하게 되
면서 자발적으로 수해에 피해를 본 사람들을 구완하는 행동에 나선다.
그리고 심지어는 병욱의 발의로 수재민 구호를 위한 자선음악회를 여
는 등 적극적인 활동을 보인다. 이제까지의 그들의 면모가 한결같이 자
유결혼의 문제라든가 정조의 문제 등 이른바 가치관이라고 하는 정신
적인 문제에 국한되어 전개되어왔다는 점을 감안한다면, 삼랑진에서의
이들의 이런 변모는 이들이 형식과 김장로 등의 서가에 꽂혀 있는 외서
(外書)를 통한 간접적 현실이해로부터 직접적인 현실이해로 변화했다는
것을 알려준다. 말하자면 형식의 사회인식의 준거틀이 책으로부터 실체
로서의 현실사회로 변화한다는 것이다. 영채의 등장과 그의 정절의 훼
손이 이형식에게 책을 토한 간접적인 세계인식의 한계를 자각하도록
만든 하나의 계기가 되었다면, 삼랑진의 참상의 목격은 직접적인 현실
이해의 당위를 일깨운 사건이었던 셈이다. 이쯤 되면 격변기의 사춘기
인물들의 정신적 갈등과 해소과정을 그리고 있는『무정』이, 이른바 책
을 통한 '간접화된 현실이해'로부터 '직접적인 세상읽기'로 비유적으로
그리고 있다고 말해도 과언이 아니다. 그리고 이 변화의 과정이 그들의

성장의 모습이라면, 『무정』은 인물들이 살아가는 실제 현실이 진정한 삶의 텍스트임을 인식해가는 성장소설로서 평가될 수도 있다.

　이렇게 독서체험과 관련하여 작품을 이해할 때, 『무정』은 이른바 선대의 제반 가치규범이 무너지고 외래적인 규범도 옳게 정착되지 못한 과도기의 현실에서, 어디에다 준거틀을 마련해야 할지 모르는 사춘기 인물들의 의식과 행동의 마비증상과 그들의 성장의 의미를 문제 삼고 있는 작품으로 읽힌다. 이른바 책을 통한 간접화된 세상읽기의 상태에서 직접적인 세상읽기로 자신들의 현실독해가 이루어져야 한다고 하는 당위의 발견이 그것이다. 즉, 『무정』은 어떤 구체적인 문학작품에 대한 독서체험이라기보다는 당시 일본을 통해 받아들였던 서구 문명의 저서들에 대한 청년들의 의존도가 어느 정도였는지를 알려주며, 아울러 그 수용의 피상성과 추상성에 대해서도 우리에게 시사해주는 바가 적지 않다. 그 추상성은 아마도 자유연애라고 하는 새로운 관념으로 요약될 수 있는데, 형식을 둘러싼 삼각관계의 구도에서 보듯이 그 관념 또한 실제의 현실에서 구현되기에는 여전히 생경한 선험적 지식으로 그려져 있다. 따라서 결론적으로 말해 『무정』은, 전대의 가치관과 대척적인 근대적이고 또 대안적인 가치의 습득이 유일하게 서양의 책을 통해서 이루어졌으며, 그 수용의 정도가 추상적임을 보여줌으로써 당대 사회의 과도기적인 측면을 단적으로 보여주는 작품이라고 할 수 있다. 그리고 이런 추상성은 근본적으로 작가인 이광수 자신이 서구문학으로부터 받은 영향의 피상적 이해에서 비롯된 것이다.

4. 원(原)-텍스트로서의 서구소설-『너희들은 무엇을 얻었느냐』

형성기에 활동한 한국 근대문학 작가 가운데서 이광수 만큼이나 서구의 문예물에 대한 독서체험을 자신의 소설 속에 드러내고 있는 작가가 염상섭이다. 「표본실의 청개구리」와 「제야」, 그리고 「암야」와 같은 그의 초기작에 뚜르게네프와 아리시마 다께오(有島武郎), 그리고 입센과 같은 작가의 영향이 직접 투영되어 있다는 것은 이미 널리 알려진 사실이며, 최근에는 이보영에 의해 도스또예프스키의 영향이 심도 있게 논의된 바 있다.13) 이보영은 또 식민지 시대의 한국문학에 깊은 영향을 미친 서구의 작가로 도스또예프스키와 톨스토이 외에 오스카 와일드를 들고 있는데, 염상섭의 첫 장편소설이랄 수 있는 『너희들은 무엇을 얻었느냐』는 바로 이 오스카 와일드에 대한 독서체험을 짙게 보여주고 있는 작품이다. 1923년 8월 27일부터 1924년 2월 5일까지 『동아일보』에 연재 발표된 이 작품은, 1920년대의 현실을 배경으로 일본유학의 경험이 있거나 식자층에 속하는, 이른바 신여성 및 개화 청년들의 풍속을 그리고 있는 작품이다. 전체 상·중·하 세 부분으로 구성된 이 작품은 남편 응화의 후실로 들어앉아 그의 지원하에 『탈각(脫殼)』이라는 잡지를 경영하고 있는 덕순이, 남편은 미국으로 그리고 자신은 일본으로 유학을 가게 된 것을 알릴 겸 평소 잡지출간에 도움을 준 벗들을 불러 모아 조그만 잔치를 벌이는 것으로부터 시작한다. 그리고 이후의 이야기는 줄곧 이 자리에 모였던 남녀 인물들 일부의 연애담 및 그에 대한 주변 인물들의 논의를 중심으로 전개된다. 작품에서 구체적으로 연애관계가 설정되어 있는 남녀의 쌍은 경애와 한규, 마리아와 석태, 명수와 기생 도홍, 그리고 문수와 순자 등이 되는데, 이 외에 덕순과 응화 및 정옥과 그녀의 남편의 결혼문제까지도 문제가 되고 있는 점을 감안하면, 사실상 이 작품은 그 인물 설정 면에서 볼 때 철저하게 남녀의 연애관계를 전경화시켜 드러내고 있는 작품이라고 할 수 있다. 이런 측면을 보면 이 작품에서 이른바 근대의식이란 것이 연애감각으로 환치되어 있다는 유양선의 지적[14]은 전적으로 타당하다. 하지만 이 작품은 인물들의 상관관계 및 줄거리 전개의 힘으로써 남녀간의 연애를 상정한 것 이상의 문화적인 징후를 드러내고 있는데, 그것은 바로 인물들의 연애에 대한 감각 및 사고 모형으로서의 서구의 문학작품에 대한 모방욕망이라고 할 수 있다. 이 점은 사실상 이 작품에 등장하는, 연애관계가 설정된 모든 남녀 인물 사이에서 목격되는 현상이다.

먼저 덕순의 경우부터 살펴보자. 한 쪽 발이 없고, 또 나이도 아버지 뻘이 되는 응규와 결혼해서 사는 덕순은, 이야기 현재 응규와 따로 떨어져 동경으로 가서 공부를 하려고 하는 인물로 그려진다. 이러한 덕순의 태도는 물론 두 살이나 더 먹은 전취소생인 자식과 나이 창 얼마 나지 않는 동창생인 며느리와 함께 살게 됨으로써 싹튼 심리적인 반작용으로도 이해된다. 하지만 보다 덕순의 의식변화의 보다 근본적인 원인은, 경애와 한규의 대화에서 드러나듯 그녀가 접한 서구의 신식사상과 밀접히 연관되어 있는 것이다. 경애는 덕순의 그러한 변화를 아래와 같이 해석한다.

> 경우로 따지면야 그도 그렇지만 아무것도 몰랐으면 그대로 지내겠지만 무얼 좀 알게 되니까 쿵쿵증이 나서 그대로 지내게겠소? 덕순이 형님두 만세 이후로 급작스레 퍽 변한 모양입디다. 게다가 글자나 쓰는 사람들하고 추축을 하고 잡지니 문학이니 하게 되니까 딴 세상 같은 생각이 나는 게지……그건 고사하고 '엘렌 케이'니 '입센'이니 '노라'니 하는 자유사상(自由思想)의 맛을 보게 되니까 모든 것을 자기의 처지에만 비교해 보고 한층 더 마음이 움직이지 않겠소. (190면)

경애에 의해 평가되는 위와 같은 덕순의 의식은 작품에서 그대로 사실로 드러난다. 작품에서 덕순은 미국으로 유학 가는 남편과 함께 일단 일본으로 가는데, 그곳에서 한규와 모종의 연애관계를 가졌다가 여의치 않게 되어 다시 조선으로 돌아오게 된다. 이러한 덕순의 행동은 물론 우발적인 것일 수도 있다. 그러나 작품을 꼼꼼하게 살펴보면 덕순의 행동은 이미 존재했던 유사사건에 대한 모방충동에서 비롯된 것임을 알 수 있다. 작품의 초반부에서 덕순은 자신이 경영하던 잡지에, 남편을 버리고 신문기자인 연인에게로 간 일본의 여류문학자 B여사의 행동을 찬미하는 글을 싣게 되었는데, 작중인물들의 상당수가 알고 있고 또 그들에게 적지 않은 이야깃거리가 되었던 그 사건에 대해 이미 덕순은 전폭적인 지지를 보냈던 바가 있고, 또 일본으로 건너간 뒤 명수에게 보낸 편지에서는 자신의 처지를 『인형의 집』의 여주인공인 노라의 행위에 준해 생각하는 모습을 보이고 있기 때문이다. 「신도덕관으로 본 B여사의 사건!」이라고 제(題)한 글과 명수에게 보낸 편지내용을 보면 이는 분명히 드러난다.

……B여사! 당신과 같은 처지에서 신음하는 여자가 얼마나 있을 줄 아십니까. 또한 당신과 같은 의사를 가지고 당신과 같이 하여 보았으면—하는 생각을 가지고 있는 사람이 얼마나 되는지 아십니까. 그러나 당신은—그 취하신 바 수단이 잘 되었든 못 되었든 어떻든지 용자(勇者)였습니다. 당신과 같은 용기가 있고 당신과 같은 경로(經路)를 밟은 사람이 있더라도 당신은 그 중의 누구보다도 용감하였다고 하지 않을 수 없습니다……(223면)

……지금까지 나는 노래를 찬미하여 왔습니다. 그러나 언제도 한 번 말씀한 것과 같이 사회의 비난은 없지 않다 하더라도 '노라'보다는 B여사에게 동정이 갑니다. 가만히 생각하면 '노라'도 남편의 품에서 빠져 나온 뒤에 B여사와 같은 길을 밟았을 지도 모를 것입니다. 만일 그렇다 하면 '노라'의 편이 도리어 순리요 또 비난할 점이 없다고 하겠지요 하여간에 우주의 만물과 만법이 양성(兩性)의 합리적 결합(合理的 結合)으로 말미암아 비로소 완성(完成)이라는 것을 얻는다 할 지경이면 '노라'와 같은 극단의 이지적 개인주의(理智的 個人主義)보다는 B여사의 예술적 연애생활(藝術的 戀愛生活)에 가치가 있지 않은가

합니다. 선생님! 선생님은 어떻게 생각하십니까? 선생님의 높으신 의견이 듣고
싶습니다……(301면)

　덕순과 한규의 관계는 문면에 구체적으로 드러나지 않지만, 적어도 B
여사의 행동에 대한 덕순의 찬미의 태도를 근거로 할 때, 덕순이 B여사
의 행동 및 『인형의 집』의 주인공 노라의 행동을 일종의 모델로 삼아
행동했을 가능성을 전혀 부정할 수는 없다. 또한 일본에 간 덕순이 명
수에게 편지를 보내 자신의 행동에 어떤 단안을 내려달라고 하는 것 또
한 이와 같은 맥락에서 이해할 만하다. 이러한 덕순의 행동은 작품에서
어느 것 하나도 성공하지 못하는데, 사실상 이러한 결말은 작품에서 미
리 예견되었던 것이다. 작품에서 서술자는 작중의 남성인물들에게 여러
가지를 묻는 덕순에 대해 "덕순이는 자기가 스스로 판단하지 못하여서
묻는 것은 아니지만 실제 생활에는 늘 방황하기 때문에 한층 더 열심히
묻는 것이다"(208면)라고 평가하고 있는데, 이는 위의 인용에서도 확인된
다. 그리고 나중에 학비의 구처문제 때문에 응규와의 이혼을 미루는 덕
순의 행동이 보이는 미숙성과 모순을 장흥진이 정확하게 비판하고 있
는 것을 보면, 덕순의 의식과 행동은 1920년대 당시의 현실에서 서구의
새로운 가치관을 책을 통해 습득하고자 했던 사람들의 의식의 파탄을
보여주는 전형적인 예라고 할 수 있다.
　경애와 한규의 연애관계 또한 이런 시각에서 보면 새롭게 해석될 수
있다. 이들의 연애관계는 작품의 도입부에서부터 명백하게 드러나는데,
두 사람의 만남 대목에서부터 서구의 문학책이 중요한 배경 구실을 하
며, 이후의 대화에서도 그것은 핵심적인 매개기능을 담당한다. 경애와
의 만남 직전 한규는 묵고 있던 여관방에서 오스카 와일드의 소설집을
펴들고 누워있는 것으로 그려지는데, 위에 인용한 대화에서도 '엘렌 케
이'와 '입센'과 '노라'가 언급되고 있지만, 이후의 대화에서도 두 사람은
서구의 문예물을 매개삼아 대화를 지속해 나간다. 와일드의 소설책에서

딸자식을 달라는 사내에게 아버지가 돈을 요구하는 대목에서부터 시작
된 두 사람의 대화는 소설의 내용에 준해 자신들의 사고를 드러내고 또
탐색하는 양상을 보인다.

> "그래 경애씨 생각엔 어떻겠소? 경애씨가 소설가가 된다 하면 끝을 어떻게
> 마치겠소?"
> "글쎄……하지만 결혼한 것처럼 하지요"
> "어떻게 결혼을 해? 현금 일만 '파운드'도 없이?"
> 경애는 눈을 깜박깜박하다가 무서운 얼굴빛을 띠며
> "돈 없이 한 것처럼 하지!"
> "누가 딸을 내논다구?"
> "딸이 어떠한 수단을 써서라도 남자한테로 가지!"
> "딸도 사랑보다는 돈이 맛이 있다면?"
> "그럼……하는 수 없이! 그런 건 사랑이 아니니까 처음부터 결혼이 될 리가
> 없지요"
> "하하하……"
> 한규는 한참 웃다가
> "여보 그럼 결국에 그 혼인은 아니 되고 마는 게 아니요? 그러면 소설은 그만
> 두고 경애씨가 그런 경우를 당하면 어쩔테요?"(194면. 강조는 인용자)

　현재 경애와 한규는 똑같이 일본 청산학원 신학부와 여자부에 재학
중인 학생이다. 따라서 일본어판 와일드 전집을 보면서 대화하는 것은
별로 이상스러운 일이 아니다. 문제는 이 두 사람이 근대적인 가치관,
특히 자유의지에 의한 연애결혼의 문제를 인식함에 있어서, 와일드의
소설[15]의 내용을 일종의 모델처럼 여기고 자신들의 생각을 정리하고
있다는 점이다. 즉, 이 두 사람에게 있어서 와일드의 소설책은 자신들을
비추어 보는 일종의 거울과 같은, 상대방의 의중을 떠보는 일종의 심리
테스트의 모형문제의 역할을 하고 있다.
　결혼을 둘러싼 현실적 조건과 배우자 선택에 있어서의 자유의지의

관철 문제로 해석될 수 있을 이런 문제에 대해, 결국 경애는 "기생이나 갈보가 아닌 다음에야 돈에 눈이 어두워서 사랑을 하고 몸을 내던질 년이 어데 잇드람!"(198면) 하고 자위하는 선에서 자신의 판단을 유보하고 있다. 서술자 자신이 덕순의 경우와 마찬가지로 "인제야 십팔구 세쯤 된 경애로서는 모든 생각이며 수작이 퍽 일되었다고 할 수 있다. 그러나 돈과 사랑이라는 두 가지를 어떻게 조화(調和)를 시켜서 해결할까 하는 문제를 생각하기에는 아직 어리고 자기 힘에 겨운 일이다"(197면)라고 주석을 가하고 있는 데에서 알 수 있듯이, 경애의 처신 또한 덕순의 등장으로 인해 실패하고 만다. 작품에서 이 실패는 동경으로 건너 간 이후의 경애와 한규의 이야기가 온전하게 전달되지 않고 있다는 점에서도 확인되는데, 이 점에서 덕순과 경애는 한규마저도 그 의식의 정도에 있어서는 같은 수준에 머물고 있는 인물이라고 말할 수 있다.

덕순과 경애, 그리고 한규의 삽화와 마찬가지로, 명수와 석태 사이에서 갈등을 겪는 마리아 또한, 자유연애에 대한 자신의 의식을 자각하고 실행에 옮기는 과정에서 서양문학작품의 내용을 일종의 모형처럼 간주한다. 기독교 계통의 X여학교의 기숙사 사감대리를 맡아보고 있는 마리아는 이 작품에서 이성에 대한 자신의 자각의 과정이 가장 잘 그려져 있는 인물이다. 그녀는 이야기—현재 1년 전 고향에서 서울로 돌아오는 길에 만났던 남자로부터 연애편지를 받고 번민하면서도 한편으로는 같은 교회에 나가는 안석태라는 사람과도 연애중이다. 하지만 그녀의 연애에 대한 감정은 무척 동요가 커서, 덕순의 집에서 만난 명수에게 대해서마저도 연정을 품는다. 명수와 마리아가 본격적으로 대화를 나누게 되는 것은 마리아가 명수가 앓아누운 방에 찾아온 날부터라고 할 수 있는데, 여기서 두 사람은 약혼한 처녀가 애인을 버리고 폐병장이인 다른 남성에게로 간 소설이야기를 나누면서 서로의 생각을 타진한다. 소설책의 내용을 매개로 진행되는 이런 구도는 경애와 한규의 만남의 장면과 아주 유사한데, 마리아와 명수의 관계는 특히 작품에서 명수가 늑막염

진단을 받고 병으로 심하게 앓는 것으로 그려지는 것을 보면 소설 내용이 그대로 현실적 사건으로 환치된 것 같은 느낌을 강하게 전달한다. 석태와 명수에 대한 사랑의 갈등으로 번민하는 마리아와 명수는 주로 서신왕래를 통해 자신들의 의사와 태도를 표현하는데, 이 두 사람은 모두 그 소설내용을 모형으로 상정하고 이야기를 해나간다.

> …… 만일 우리가 그 소설에 나오는 인물과 같은 길을 밟지 않을 수 없을 처지에 있는 것을 분명히 깨달았다 할 지경이면 피차에 아무 말 없이 그대로 살짝 덮어두는 것이 가장 현명한 일이겠지요. Y라는 여자가 약혼한 A라는 남자를 버리고 B에게로 가지 않으면 아니 된 것과 같은 비극을 나도 면할 수 없게 된다 하면 어떻게 할까요. 그러한 운명을 거역할 수 없게 된다면 어떻게 할까요? …… (348면)

> …… 더구나 기위 그와 같이 되고야 말 것이니 자진하여서 그 소설의 인물들을 모방하고 그 소설을 희곡화(戱曲化)하여 우리의 실제생활로써 아주 연극을 실연하자고 하시는 말이라고 해석할 지경이면 그것은 자기라는 것을 장난감으로 알고 인생이란 것을 유희로 아는 어릿광대의 심심풀이겠지요. 그러한 일은 처음으로 문학에나 소설에 취미를 붙인 사람에게 흔히 보는 현상이지만 그에서 더한 자기 모욕이 없겠지요 …… (351면)

첫 번째 인용문은 명수에게 보낸 마리아의 편지 내용 가운데 일부이며 두 번째 인용문은 그에 대한 명수의 답신 중 일부다. 이 두 사람이 자신들의 문제를 비추어 보는 거울로 택한 작품이 어떤 작품인지는 비교문학적인 고찰을 통해 밝혀져야 할 것이지만, 일단 위의 인용 내용만으로도 우리는 마리아와 명수의 의식을 단적으로 엿볼 수 있다. 덕순과 경애가 그러했듯이, 마리아의 경우도 석태와 명수 사이에서 헤매는 자신을 소설 속 여주인공의 경우와 비교하면서 자신의 선택을 명수에게 묻고 있다. 여기서 마리아가 소설 내용을 일종의 답안 삼아 해결하고자 하는 위기가 자유의지에 따른 배우자 선택의 당위성과 현실적 조건의 괴리에서 빚어진 것임은 물론이다. 이렇게 본다면 덕순과 경애와 마리아는 공히 자유연애에 대한 자신들의 가치관을 자신들이 읽은 서구의 문예물 내지는 기사로 접했던 실제 사건과 견주어 가면서 형성하고자 하는 인물들이라는 점에서 공통점을 지니고 있다고 말할 수 있는데, 이런 점에서 이들은 또 소설 속에서 일련의 스펙트럼을 형성하고 있다고 말할 수 있다. 곧 덕순과 경애 및 마리아 등 작중의 세 여성인물은 변화된 가치관으로 현실에 적응함에 있어서 공히 자신들이 읽었던 작품의 내용을 모방하고자 하는 욕망에 의해 움직이고 있는 것이다.

이처럼 인물들이 자신들의 처지를 비추어 보는 거울로 택한 것이 문학작품(혹은 그에 값하는 실제 사건)이라는 의미에서 그 문학작품은 일종의 원(原)—텍스트라고 해도 과언이 아니다. 이러한 인물들의 행태는 명수에 의해 분명하게 비판된다. 명수는 마리아가 자신도 소설 속의 정황대로 될 가능성을 이야기하는 것을 두고 현실에 발을 딛고 선 사람이 소설적 상황을 추구하는 것은 허구적 텍스트의 현실을 사회적 현실로 환원하고자 장난에 불과하다고 비판하고, 더 나아가 위의 인용문에서 강조 표시된 것처럼 "처음으로 문학에나 소설에 취미를 붙인 사람에게 흔히 보는 현상"이라고 진단한다. 명수의 이러한 진단은 마리아의 의식의 한계를 정확히 지적한 사실로서, 사실상 덕순과 경애에게도 그대로 들어맞는 정확한 진단이라고 할 수 있다. 다시 말해 명수의 위와 같은 진단은, 한일합방 초기 이른바 신교육을 받았다고 하는 신여성들의 행동이 외견상으로는 자유의지에 따른 연애 및 낭만적 사랑을 추구하는 것으로 보이지만, 그 실제에 있어서는 외국의 문예작품에 대한 어설픈 독서체험에 근거하여 소설적 현실을 실제 현실로 환치하려는 맹목적인 모방욕망에 불과하다는 날카로운 비판인 것이다.

명수의 진단은 따라서 새로운 도덕관념 수용의 근본적인 한계성을 문제 삼고 있는 것이라 할 수 있는데, 이로부터 우리는 이 소설에서 전경화되어 있는 주제적 관념인 이른바 성적 자각이라는 테마와 마주치게 되고, 아울러 작중의 다른 인물들 또한 명수와 같은 의식을 공유하고 있음을 알게 된다. 마리아에 대한 명수의 진단이 비단 마리아뿐만 아니라 덕순과 경애, 그리고 더 나아가서는 서양화가와 결혼한 신여성인 정옥에게도 어느 정도 타당하게 들어맞는 진단인 것처럼, 이 작품에서 벌어지는 사건 및 시대의 추이에 대해 시종일관 비판적인 자세를 취하는 중환의 태도 또한 명수와 유사한 의식을 내보인다. 덕순의 집에서 벌어진 잔치에서부터 기독교에 대한 무비판적인 수용의 태도에 대해 장광설의 비판을 퍼부었던 중환은 이후로도 줄곧 문수의 피상적 철학지식이라든가, 석태같이 결혼을 하였으면서도 신여성을 지향하는 태도 등에 대해 비판적인 견해를 피력하는데, 그 중에서도 작중에서 연애관계에 얽혀 있는 신여성들에 대한 비판은 아주 강도 높게 반복되어 나타난다. 예를 들면 다음과 같다.

> 기생이랄 게 아니라 통틀어 말하면 조선의 여성이라는 것이 근본적으로 그렇지. 말하자면 여성이라는 성적 자각(性的 自覺)이 없다는 게 옳겠지 …… 중성(中性)이라고나 할까. 허허허. (248면)

> 어떻든지 연애라는 것은 모든 힘(力)을 낳을 수 있다고 나는 생각하네만은 이러한 의미로 나는 조선 사람이 연애의 삼매(戀愛三昧)에 취생몽사(醉生夢死)로 세월을 보내라는 말이 아니라 다시 말하면 연애의 그 자체보다는 연애를 할 만한 모든 조건과 조짐이 조선 사람에게 있었으면 좋겠다는 말일세. 그러나 연애라는 것은 감정이 순일(感情純一)하여야 할 것이요 자기의 생활에 대하여 깊은 자각과 날카로운 반성력(反省力)이 있어야 할 수 있는 것일세 ……(280면)

작품에서 신문사 기자로 설정된 김중환은 서술자에 의해 "스핑크스 같은 남자", "데카단(퇴폐경향)의 기분과 도학적 관념(道學的 觀念)사이를 올지 갈지 하는 자"(213면)로 평가되는데, 그 단적인 예는 특히 신여성에 대한 이중적 태도에서 드러난다. 즉, 그는 "붓대를 들 지경이면 여자를 해방하라고 열렬한 자유사상을 고취하기도 하고 새로운 시대는 새로운 어머니와 새로운 아내의 뱃속에 잉태되리라고 기고만장이 나서 떠들" 기도 하지만, 신여성들의 행태에 대해서는 "옛적에는 혼서지 한 장으로 계집을 사고팔고 하였지만 지금 세상에는 여학교 졸업증서 한 장으로 사내를 사고 팔려가고 하게 되었다"(213면)고 비판하는 인물이다. 다른 말로 하면 그는 "요새 연애란 미두(米豆)나 다를 게 없"(320면)다고 확신하고 있는 사람인데, 이러한 김중환의 태도는 작중인물들에게는 수수께끼 같은 면모로 받아들여지지만 사실은 정확한 것이다. 위의 두 번째 인용문에 나타나 있는 것처럼, 그는 자유연애라고 하는 근대적 도덕관념 수용의 시대적 필연성과 당위는 인정하지만, 그것은 당사자들의 자기 생활에 대한 자각과 반성을 전제로 한다는 것을 냉정히 인식하고 있기 때문이다. 이런 측면 때문에 기왕의 논자들은 한결같이 중환을 염상섭의 분신으로 간주하는 데 주저하지 않았는데,16) 사실상 작품의 전개과정에서 필요할 때면 언제라도 모습을 드러내어 당대 사회에 대한 자신의 의견을 내보이는 이 작품의 서술자의 의식도 중환의 그것과 동궤라 할 수 있으며, 또 정옥의 남편으로 등장하는 이의 판단도 거의 대동소이하다.

중환이 자유연애의 선결적 조건으로 "자기의 생활에 대하여 깊은 자각과 날카로운 반성력(反省力)"을 든 것과 마찬가지로, 정옥의 남편 또한 신여성의 자유연애의 조건으로 "깊은 자각"과 "인생에 대한 열정" 및 "생활의 길에 대한 지식"을 들고 있는데, 자유연애를 인정하면서도 동일한 전제조건을 강조하고 있다는 점에서 두 사람의 의식은 사실상 동일하다고 해도 과언이 아니다. 뿐만 아니라 "사랑의 존귀함"을 인정하면서도 그에 수반되는 "고통과 번민"을 강조하고 있는 서술자의 서술태도 또한 앞의 두 사내의 사고와 상통하는 바가 크다는 것을 알 수 있는데, 이렇게 보면 중환과 정옥의 남편, 그리고 서술자는 최소한 자유연애라는 관념을 수용하는 태도에 있어서는 동일한 의식을 공유하고 있는 인물이라고 말하는 것도 가능하게 된다. 기존의 논자들이 이 작품의 작중인물인 중환을 작가의 분신으로 본 것은 바로 이런 맥락에서 그 근거를 찾을 수 있다. 그러나 앞서 말한 것처럼 이러한 중환의 생각이 명수의 그것과 다르지 않으며, 또 바로 위에서 살펴본 것처럼 정옥의 남편 및 서술자의 태도와도 다르지 않다는 사실을 감안하면, 우리는 이 작품의 인물들이 서술자에 의해 의도적으로 형상화되었을 가능성까지를 거론할 수 있다.

이러한 사실은 결국 중환과 명수, 그리고 정옥의 남편 등, 작품에 등장하는 신지식을 습득한 인물들이 개별자로서라기보다는(인물화에 있어서의 차이가 없다는 말이 아니다) 서술자의 의식을 보다 우회적으로 드러내기 위한 대변인으로서 창조되었다는 것을 알려주는데, 앞서 살펴본 것처럼 연애관계가 설정되어 있는 인물들이 한결같이 서구문학에 대한 피상적인 모방욕망의 수행자로 설정되어 있다는 사실을 감안하면 이는 그다지 무리가 있는 해석이라고는 할 수 없다. 이른바 신여성임을 자임하는 여성인물들의 자아각성의 현단계와 한계가 통일되게 설정된 것이 모종의 의도라고 볼 수 있는 것처럼, 이 여성인물들의 의식을 전달하고 평가하는 인물들과 서술자의 인물들의 태도를 동일하게 설정한 것 또한 분명한 의도의 산물로 읽을 수가 있기 때문이다.17)

이렇게 보면 이 작품은 서술자가 동시대 현실에 대한 자신의 분명한 세계관 위에서 그것을 표현하기 위한 소설적 형상으로서 작중 인물들 및 그들의 관계를 기계적으로 설정한 작품으로 이야기할 수 있다. 이는 결국 작품 자체가 소설적 형상보다는 사회적 자아로서의 작가 개인의 사회현실에 대한 직접적인 발언의 연장임을 드러내는 것이다. 말하자면 인물들의 발언 및 서술자의 발언은 기본적으로 작중 인물들을 지향한다기보다는 소설 밖의 경험현실을 공유하고 있는 독자들을 지향하는 목적론 위에서 기능을 하고 있다는 것인데, 이 작품의 서술자가 이야기의 중간 중간에 실제 독자를 상정하고 말을 건네는 드러난 서술의 방식을 애써 감추려 하지 않는 현상도 작품의 이런 특징적인 서사적 목적론을 단적으로 보여주고 있다. 단적인 예를 들어보면 다음과 같다.

> 사랑의 꽃은 성욕의 충동이라는 원소(元素)의 동화작용으로 피우는 것이다. 다시 말하면 연애라는 심적 현상(心的 現象)을 일으키는 원동력(原動力)이 생명체의 제일 밑층에서 굳세게 움직이는 성욕에 있다는 말이다. 하지만 그렇다고 성욕이 연애의 전체가 아닌 것은 물론이다. 만일 성욕에만 편벽된다 할 지경이면 마치 피어나는 꽃에 독한 거름을 많이 주는 것과 같은 결과를 얻을 것이다. 성욕을 다만 성욕대로 받거나 그것을 충족시킴에 너무 급하여서 이것을 능히 미화(美化)하고 정화(淨化)할 줄을 모를 지경이면 그것은 개돼지에 지날 게 없을 뿐만이 아니라 정열의 낭비나 사랑의 힘의 발산(發散)밖에 아무 소득이 없는 것이다. 하기 때문에 이런 경향을 가진 남녀의 관계는 다만 추악할 뿐 아니라 오래 계속하지를 못하고 마는 것이다. 그러나 이런 종류의 남녀—다시 말하면 성욕의 충족만을 연애의 전체로 아는 천박한 남녀에게는 성욕을 충족시킬 기회가 없이 그 연애가 깨트려질 때에는 피차의 인상(印象)이 아름답고 깊게 남을 수 있는 것이다. 독자는 나의 이 논리가 정확한가 아니한가를 마리아라는 처녀로 말미암아 증험할 수 있을 것이다. (292면)

위의 서술에서 드러나는 바 서술자와 인물의 관계는, 그것을 이른바 인형조종술의 한 예라고까지는 말할 수 없을지 모르지만, 최소한 이 작품이 서술자에 의해 일방적으로 구축되고 있다는 단적인 증거가 된다. 이는 즉, 작가의 사회적 현실에 대한 간섭의 정도가 그만큼 전경화되고 있다는 증거가 되는 것이다. 『너희들은 무엇을 얻었느냐』라는 이 작품 제목의 직설적인 표현 또한 이와 긴밀하게 연관되어 있다. 따라서 결론적으로 말해 염상섭의 『너희들은 무엇을 얻었느냐』는 작가가 1920년대 당시 반복적으로 주창했던 '개성'에 대한 태도를 가시적으로 표현하기 위해 쓴 다분히 의도적인 작품이라고 말할 수 있다. '개성'의 본의(本意)를 드러내기 위한 그 의도성은 특히 작가가 자유연애라는 근대적 가치관의 시대적 당위와 한계를 설명하기 위해서, 현실적 행동과 사고에 있어서 자명한 한계를 지니고 있는, 이른바 논의대상으로서의 인물군(덕순, 경애, 한규, 석태, 마리아, 도홍 등등)을 선험적으로 형상화시키고, 또 다른 한 편에는 그들의 행태를 비판할 지식청년들을 자신의 대리인으로서 설정한 데서 찾아볼 수 있다. 그 과정에서 이 작품은 서구물의 어설픈 독서체험을 현실적으로 실연(實演)하고자 하는 인물들을 통해 개성에 대한 미자각 상태를 폭로하고 있다는 특성을 드러내고 있는데, 이는 일본을 매개로 한 서구의 근대문학과의 만남을 통해 형성의 토대를 마련한 우리 근대소설의 형성과정을 생각해 볼 때 아주 이채로운 양상이다.18)

5. 결론

지금까지 이 글은 한국 근대문학의 형성과 전개에 있어서 서구의 문학작품 내지는 문학론이 중요한 계기가 되었다는 일반적인 사실에 의거해서, 현대소설 형성기에 활동한 작가들 가운데 서구문학의 독서체험이 비교적 분명하게 확인되는 이광수와 염상섭을 대상으로 하여, 이들의 개인적인 독서체험이 그들의 작품에 수용된 양상을 살펴보았다. 그 결과 이광수의 『무정』과 염상섭의 『너희들은 무엇을 얻었느냐』는 그 각각이 서구의 문학작품에 대한 작가들 직접적인 독서체험의 연장선상에서 창작되었다는 것을 확인할 수 있었다. 주제적 국면에서 근대적 제도의 일종이랄 수 있는 자유연애 사상의 수용에서부터 서양 소설이 보여주고 있는 근대적 행동과 사고에 대한 모방 욕망이 그것이다. 하지만 그 과정에서 이 두 편의 소설은 근대 서구 소설에 대한 작가들의 독서체험이 소극적인 차용 선에 머물지 않고 나름대로 당대 조선의 현실을 직감적으로 포착해내고 있다는 사실을 또한 분명히 보여준다. 즉, 『무정』은 서양의 문명과 그것을 담고 있는 책에 대한 일방적인 의존의 모습과 더불어 그것이 혼란된 당대 사회의 현실에서 가치판단의 마비상태를 야기했다는 사실을 분명히 보여주며, 『너희들은 무엇을 얻었느냐』는 보다 구체적으로 이른바 신여성 및 지식청년들의 초미의 관심사가 자유연애라고 하는 새로운 이념에 집중되어 있었으며, 그 과정에서 자유연애를 그리고 있는 서구의 문학작품이 인물들 사이의 의사소통의 한 코드를 형성하고 있었다는 것을 보여주고 있는 것이다.

일본을 매개로 한 서구문학의 소개가 하나의 주요한 동력이 되어 비로소 본격적으로 전개된 한국 현대소설의 환경적 조건을 생각해 볼 때, 이런 현상은 당시로서는 불가피하고도 아주 자연스러운 현상이었을 것이다. 이 글에서 대상으로 삼은 이광수와 염상섭을 위시하여, 근대문학 초창기에 활동했던 상당수의 작가들이 한결같이 일본유학 시절에 일본어로 번역된 서구 근대문학의 세례를 받았던 작가들이라는 사실 또한 이 글이 제기하고 있는 바 우리 소설사의 근본적 조건을 뒷받침해준다. 비단 이광수와 염상섭 뿐만 아니라 동시대 및 이후의 다른 많은 작가들의 작품에도 다양한 근대 서구 소설의 독서체험이 짙게 드리워져 있을 것이다. 따라서 그 구체적인 양상이 동시대의 다른 작가들 및 그들의 작품들을 통해서 보다 폭넓게 검증된다면, 우리 현대 소설이 서구의 장르인 소설을 자기화했던 과정(novelization)이 보다 분명하게 드러날 것이다.

주석

1) 김병철의 『한국 근대번역문학사 연구』(을유문화사, 1975)는 이런 사실을 실증적으로 보여주고 있는 노작이다.
2) 한국 근대문학의 비교문학적 연구의 필연성과 그 이입의 과정을 소상하게 밝혀준 대표적인 저서로는 김학동의 『한국문학의 비교문학적 연구』(일조각, 1972)와 이재선의 『한국 개화기소설 연구』(일조각, 1972)를 들 수 있다.
3) 이 글에서 대상으로 삼은 작품은 『이광수전집』(삼중당, 1962)과 『염상섭전집』(민음사, 1987)에 수록된 것이다. 이하 본문을 인용할 때에는 면수만 밝힌다.

4) 초기 이광수의 문학론이 일본에 소개된 서양의 문학론이라든가 그 연장선상에 놓인 명치 시대 일본 문학인들의 문학론과 연결되어 있다는 사실은 김열규의 「이광수 문학론의 전개」에서 소상하게 밝혀진 바 있다. 이재선 외, 『한국 근대문학 연구―일반문학적 試考』(서강대 인문과학연구소, 1969), 43~109면 참조.

5) 전신자로서의 현철의 역할과 그의 활동은 앞서 인용한 김학동의 저서에서 상세히 고찰되었다. 특히 『개벽』지에 연재된 현철의 소설론은 소설의 사건과 인물, 배경과 문장 등에 대한 구체적인 지침을 담고 있는데, 여기에 드러난 소설의 구성요소에 대한 견해 또한 오늘날 우리가 이해하는, 서구적인 의미에서의 소설의 작법 내용과 흡사하다. 김학동, 앞의 책, 262~296면 참조.

6) 『무정』이 담화론적으로 웅변적 서술자를 등장시켜 계몽의 담론을 펼칠 수밖에 없었던 역사적인 필연성과 그 양상에 대한 구체적인 분석은 김열규의 「이광수 문학의 문법」(연세대 국학연구원 편, 『춘원 이광수 문학연구』, 국학자료원, 1994)에서 행해졌다.

7) 이보영, 앞의 책, 132~137면 참조.

8) 김우창, 「서양문학의 유혹」, 『김우창전집』 4, 민음사, 1993, 271면.

9) 책에 대한 형식의 열정은 그대로 작가 이광수의 열정이라고 보아도 무방하다. 이보영은 이광수 자신이 자전소설 『나』에서 명치학원 당시 그가 영역된 톨스토이 전집을 언급하고 있지만, 당시 그의 실력으로는 거의 읽을 수 없었으며, 따라서 자기과시를 위한 장서에 불과했음을 지적한 바 있다. 이보영, 앞의 책, 134면.

10) 한승옥, 『한국현대장편소설연구』, 민음사, 1989, 38면.

11) 이보영은 "『무정』은 소설의 형식을 빌린 그 당시 미성년이던 한국의 복잡한 얼굴이다"라고 말한 바 있는데, 이런 진술 또한 『무정』의 주제 및 그 시대적 진단의 면모를 적절하게 지적한 것으로 보인다. 이보영, 『식민지시대 문학론』(전주: 필그림, 1984), 160면 참조.

12) 형식의 우유부단함과 비일관성은 김동인이 『춘원연구』에서 그를 '희극배우'라고 일컬은 이후 줄곧 논자들의 비판의 대상이 되어 왔다. 하지만 본고와 같이 이형식의 정신적 갈등을 이해할 때 이런 논란은 별 의미를 갖지 못한다. 오히려 이형식의 이런 인물화 자체는 당시 젊은 지식청년들의 전형적인 의식을 대변하고 있는 것으로 읽힐 수 있기 때문이다.

13) 염상섭의 초기작이 뚜르게네프 및 아리시마 다께오의 영향을 어느 정도 받았다는 사실은 김윤식과 강인숙에 의해 이미 지적된 바 있다. 한편 이보영은 염상섭에게 있어서 도스또예프스키의 영향이 지속적이었던 데에 반해 아리시마 다께오와 같은 일본문학의 영향은 본격적인 성질의 것이 아니었다고 말한다. 김윤식, 『염상섭연구』, 서울대 출판부, 1987, 168~173면; 강인숙, 『자연주의 문학론』 II, 고려원, 1991, 80~84면; 이보영, 앞의 책, 125면 참조.

14) 유양선, 「근대지향성의 문제와 현실뒤집기의 수법」, 『염상섭문학연구』(권영민 편), 민음사, 1987, 133면.

15) 이보영의 조사에 의하면 이 작품에서 인물들의 대화의 매개가 되고 있는 오스카 와일드의 작품은 「모범 백만장자(The Model Millionaire)」라고 한다. 이보영, 앞의 책, 128면 참조 뿐만 아니라 이보영은 이 작품에 설정된 몇몇 삽화들이 입센의 「바다에서 온 부인」과 닮아 있다는 것을 근거로 하여, 입센의 작품이 이 작품의 형성에 영향을 미쳤으리라고 확신하고 있다. 이 점에 대해서는 이보영, 『난세의 문학』(예지각, 1991), 186~191면 참조

16) 김종균, 『염상섭연구』, 고려대 출판부, 1974, 101면; 최시한, 「염상섭 소설의 전개」, 『서

강어문』2집, 서강어문학회, 1982, 233면; 김윤식, 『염상섭연구』, 서울대 출판부, 1987, 279면 참조

17) 작품에서 중환은 자신을 '미소지니스트'(여성혐오론자)라고 규정하고 있는데(318면), 이런 측면을 생각해 보면 이는 신여성에 대한 염상섭의 보수적인 생각과 연결되는 것으로 보인다. 작가로서 신여성을 소설에 등장시키는 염상섭의 태도와 실제 여성에 대한 염상섭의 태도는 동일한 것으로 보이지 않는 것이다. 초창기 작가들의 신여성에 대한 이런 이중적인 태도에 대해서는 김양선의 논문 「'신여성' 드러내기의 두 가지 방식」(안숙원 외, 『한국여성문학비평론』, 개문사, 1995)이 흥미롭다.

18) 위에 인용된 중환과 명수 등의 발언과 서술자의 발언이 그 어조나 내용에 있어서 염상섭의 평문과 유사하다.

근대 초기 희곡에 나타난 남성성 / 여성성의 구조와 의미

양승국

1. 문제 제기

1920년대에 들어서면서부터 근대적 연극 양식에 대한 관심의 증가로 희곡 작품들이 본격적으로 발표되기 시작한다. 이들 작품들은 공통적으로 가정내에서 여성과 사랑의 문제를 다루고 있다는 특징을 지닌다.

1913년 4월 29일부터 5월 1일까지의 혁신단의 〈쌍옥루(雙玉淚)〉(원작 己が罪)의 공연이 성황을 이룬 뒤부터 일본 가정소설을 중심으로 한 신문 연재소설의 각색공연이 계속하여 인기를 모은다. 이들 작품 속에는 당연히 여성 배역이 등장하게 되지만 1912년 9월의 엄명선 일행의 '부인 연구단' 외에는 실질적인 여배우가 출연하였다는 증거는 찾기 어렵다. 이러한 점에서 1922년 출현한 민중극단에서 이월화라는 본격적인 전문 여배우를 발굴, 등장시켰다는 점은 근대극의 발전과정에서 매우 중요한 의미를 지닌다.

일본에서조차도 가와가미 오도지로(川上音二郞)의 아내 가와가미 사다야코(川上貞奴)가 남편의 유럽 순회공연에 가담한 이후 1908년 여배우 양성소(帝劇女優養成所)를 설립하고 여배우들을 훈련시킬 때까지도 전문적 여배우란 존재하지 않았다. 1906년 설립된 문예협회에서 1909년 처음으로 선발한 배우들 중 22살의 여성 마츠이수마코(松井須磨子)가 1911년 입센의 〈인형의 집〉에서 노라로 출연하였을 때 비로소 일본 비평계에서는 '여배우'의 탄생을 인정해 주었다.

그러나 이렇게 여배우가 공적 공간인 극장에서 자신의 역할을 자연스럽게 맡아 하기 시작하였을 때 여배우는 '여성성(sexuality)'[1]의 주체가 되어 수많은 남성(여성) 타자의 관음적 시선을 몸으로 받아들이게 된다.[2] 한국에서 1910년대 신파극은 대부분 가정 문제를 소재로 한 가정비극, 인정비극이었고 이러한 소재는 1920년대 이후에도 계속되는데, 이러한 유행은 타인의 은밀한 가정을 엿본다는 사적 공간의 공공화라는 관음적 쾌락과도 관계가 있다.[3]

18세기 이후 서양에서는 근대 도시의 출현과 함께 사적 공간이 확대되고 이에 따라 낭독을 전제로 하지 않는 소설이 발달하게 된다. 혼자소리내지 않고 책을 읽는다는 것은 자신의 내면과 대화를 나누는 행위로서 종교개혁으로 비롯된 영적 묵상과 경건주의의 이상에 연결된다.[4] 이러한 사적 공간의 여가 시간의 확대에 따라 이를 위한 사적 글쓰기가 발전한다. 배우나 이야기꾼이라는 매개체가 없기 때문에 소설의 독자는 등장인물이나 사건에 대해 정서적 친밀감을 느끼며, 이러한 독자들의 사생활 혹은 사적 경험이 소설의 태동기부터 소설의 주제가 되어 온 것이다.

한국에서는 개화기 이후 신소설의 발달과 일본 가정소설의 영향으로 이러한 사적 영역의 소재가 연극 공간으로 흡수되기 시작한다. 서양에서 프랑스 혁명 이후 육체성[5]에 대한 관심과 함께 멜로드라마라는 새로운 대중 문화 장르가 발전하였음6)을 상기할 때, 한국에서 개화기에 인기를 모은 신파극은 바로 이러한 멜로드라마의 한국적 실천이며 새로운 육체의 발견이었다. 이러한 점에서 한국에서 근대 초기의 희곡은 부르주아의 사생활을 폭로하는 서양식의 사실주의 드라마의 경향과는 관계가 멀다.

그럼에도 불구하고 개화기 이후 급격히 전개되는 근대적 표상 공간7)속에서 한국의 극장 공간은 위에서 보이는 제반 성격이 뒤섞여 있는 혼재의 공간으로 기능한다. 다시 말하면 배우 / 관객, 관객 / 관객, 연극계 / 비평계의 주체 / 타자의 관계뿐 아니라, 극장 구조 자체의 근대 / 전근대의 성격이 뒤섞여 드러나는 모순과 정립의 공간인 것이다.

본고에서는 이러한 개화기 이후의 연극 풍경8)을 일부 희곡 텍스트를 통하여 점검해 보고자 한다. 구체적으로는 문명개화라는 새로운 이데올로기의 충격이 전통 가정 구조에 어떤 영향을 미치고, 그 결과로 남성성 / 여성성의 문제가 어떻게 노출 또는 은폐되는지를 중점 살펴볼 것이다. 따라서 본고에서 정한 근대 초기란 시기 구분은 연역적이기보다는 다분히 귀납적인 판단에 의한 것이며, 그 시기는 대개 1910년대 후반~1920년대 중반 이전이 될 것이다.

2. 상상계의 거울상으로서의 문명개화

일제의 식민지 교육정책은 1911년의 1차 조선교육령에 의해 규정된다. 이 교육령은 한말 애국계몽기의 실력양성운동과 향학열을 정리하면서 초등·중등·고등교육기관을 제도화하려는 것으로, 1922년 2차 교육령으로 대학까지 포함하는 학제의 체계화가 이루어진다.9) 이러한 교육제도에 편입된 많은 젊은이들이 '신청년', '신여성'의 지위를 얻지만 식민지 교육의 규율 속에서 이들이 자신의 주체를 확인하는 것은 오히려 '개성적 혁명'10)이라는 미명하의 자유결혼에 대한 자각을 통해서이다.

그러나 이러한 자유결혼의 의지는 문명개화를 단지 타자의 세계로 대상화하는 많은 '구여성'에게는 결코 뛰어넘을 수 없는 남근중심적 상상계의 거울상일 뿐이다. 그들은 문명개화라는 현실적 명제를 자신이 이미 종속적으로 몸담고 있는 한 가정의 남성이라는 거울을 통해서 받아들일 수밖에 없다. 따라서 이 여성들은 단지 남편이 멀리 떨어져 있다는 것만을 한탄할 뿐, 결코 상상계를 넘어선 상징계로 편입할 수 있는 자신의 大타자(the Other)11)를 발견할 수 없다. 남편이라는 거울상을 통해서만 주체를 지닐 수밖에 없는 이러한 여성들이 수동적으로 '언어'에 대한 자각을 통해 그 거울을 깨뜨렸을 때 주체의 혼란은 불가피하다.

> 최 여보 영옥씨 나를 알겠소?
> 이 (몸을 불불 떨며) 나는 가요. 풀이 노리개 차고 분 바르고 일본 동경으로 가요. 자 간다. 뛰 푸푸푸푸. 잘은 간다. 동경 왔구나. 저기 영준씨가 있구나. 좋다. 어떤 日女를 끼고 술만 먹노나. 여보 영준씨, 영준씨! 나를 잘 죽여 주었쇠다. 나는 갑니다. 멀리 멀리로 갑니다. 여보 여보, 왜 나를 버리오? 여보, 영준씨!
> 김 마음에 맺혀 오던 것이 오늘 그 편지를 보고 그만 정신이 혼란하였구나.12)

라캉에 의하면 아이가 거울 이미지를 내면화하고 거기에 리비도를 투사하는 것은 거울 앞에서 자신을 안고 있는 부모가 승인과 동의의 몸짓을 보내기 때문이라고 한다. 즉 거울 이미지는 부모가 그것을 인정하고 승인하는 한에서만 중요성을 갖는다. 즉 아이에게 중요한 위치를 차지하는 어떤 인물이 그 이미지를 공준(entériné)하지 않는다면, 그것은 자기 의식과 에고를 형성하는 데까지 이르지 못한다. 이러한 상상계는 상징계에 의해서, 다시 말해 부모의 언어에 의해서 다시 구조화되고 덧쓰여진다.13)

<규한>의 유학생 영준의 처 '이씨'(이 작품에서 여성 등장인물은 이름이 없다)14)의 거울 이미지 속의 부모는 남편 영준이다. 그러나 정작 영준은 그의 상을 통해 자신의 주체를 인식하는 아내 '이씨'의 에고를 공준해 주지 않는다. 이것을 깨닫게 되는 것은 역설적으로 이웃에 사는 마찬가지의 유학생의 부인인 '최씨'가 대신 전해주는 영준의 편지 낭독15)을 통해서이다. 이혼 요구를 알아들었다는 것으로 끝나는 것이 아닌, 그로 말미암아 미치고 마는 '이씨'의 비극은—'최씨'는 어느 정도 도달해 있는—상징계의 질서에 의해 구조화되어 있지 않은, 상상계에 머물고 있는 개화기 '구여성'의 의식 구조를 잘 보여 주고 있다.

그런데 이러한 의식 구조가 비단 '구여성'뿐만 아니라 신학문을 배웠다고 하는 신여성에게도 마찬가지로 적용된다는 점에서 문제가 심각하다.16)

춘일모 (소리를 지르면서) 가라 이년 울기는 무얼 울어 남의집 시약시 잇는 서방이 맛이냐 이년아

춘일 (놀나는듯이) 어머니—그 말은—

춘일모 (노한 어됴로) 무엇이 그 말이야 내가 그짓말을 하니 처가의 덕으로 공부하고 지내는 녀석이 무얼

영애 (이 말을 듯고 정신이 아득하야 아!하고 쓰러진다)

춘일 (잡아 니르키면서) 아! 영애씨 용서하여 주서요 나는 벌서 무의미하게라도 신성한 결혼의 례면 압헤 섯든 자이여요—용서하여 주십쇼 네? 영애씨

춘일모 (분한듯이) 이런 빌어먹을 녀석 (춘일을 본다)

영애 (얼골에 이상한 우슴을 씌이고 니러나면서) 하하하 나를? 나를? 에라 이 놈아 내가 귀신이야 하하하—우서서 죽겟네 (쮜여 나가랴 한다)

춘일 (끼여 안으면서 눈물 흘니고 애원하는 듯이) 아! 영애씨—영애씨는 (늣기여 운다 영애 뿌리치고 퇴댱) 아 영애씨? 영애씨? (두 손을 들고) 아—영애씨? 저를 용서하여 주주 (쓰러진다)

(멀니 영애의 깔깔 우스면서 손벽치는 소리 들니인다)17)

　　결혼하여 처가의 도움으로 공부하고 있다는 춘일의 정체를 깨닫는 순간 그의 애인 영애는 미치고 만다. 그런데 영애는 이혼을 망설이는 춘일 때문에 미치는 지경에 이르고 말았다는 점에서 〈규한〉의 '이씨'와는 거울 이미지를 공준해 주는 주체가 다르다. 즉 이 경우는 춘일과 영애 모두 상상계의 거울상을 넘어 상징계의 질서로 나아가지 못한다. "요샛것들의 그 횟독횟독하고 정강이에 올느는 초마에 허리까지 나려오는 조고리를 닙은 년"18)으로 춘일의 모친에 의해 규정되는 신여성 영애와 참 연애를 부르짖는 '여명긔에 선 청년' 춘일 모두 문명개화라는 식민주의 이데올로기를 단지 연애와 결혼이라는 거울상으로만 비추어 볼 뿐이다. 이러한 점에서 이들간에 남성성/여성성의 변별점을 찾기는 힘들다.

3. 사랑의 추구 혹은 죽음의 구조

　　〈규한〉과 〈미쳐가는 처녀〉는 공통적으로 유부남인 유학생 남성의 연애담에 기초한다. 시골에서 이혼 선언을 편지로 받아 든 구여성 '이씨'와 유부남인 줄 모르고 자유연애를 즐기다가 남자의 정체를 깨달은 신여성 영애는, 모두 한 남자를 통해서만 확인할 수 있는 문명개화의 거울상에서 벗어나지 못해 미치고 마는 비극의 주인공이다.

　　이 비극을 벗어나기 위한 적극적인 방법은 주인공 스스로 이 거울상을 넘어서 상징계의 질서로 들어가야 한다. 이 방법의 하나로 제시된 것이 사랑의 추구이다.

　　金 (빙글빙글 우스면서) 그러면 演說會 한번 하려면 宏莊히 힘이 돌겟슴니

다—그려! 엇전지 演說할째 보면 줄々 나리 읽는 것 갓해서 쾌 쌜니는 한다 햇
드니 그것이 只今 生覺하니가 卽 외는것임니다그려! 네— 엇재든 女子가 외
는 聰氣는 만흔 모양이에요

順貞 외는 聰氣가 만흐면 무엇하나요! 무슨 研究性이라는 것이 조곰이라도
잇서야지요!

金 아마, 女子가 虛榮心도, 쾌 만치오? 옷이나 잘 입고 돈이나 만타 하면 그
런 사람들을 쾌 欽慕하지오?

順貞 그럼요, 大槪가, 그럿치오 그 엇더케 그리아서요

金 다—아는 수가 잇지오 그것도 몰으겟슴닛가!

順貞 도모지 이것 저것 할 것 업시 우리 朝鮮 女子라는 것은 너무 몰나요
쏘 잘 가리켜 주는 이도 업서요 어늬 째에는 왜 내가 男子가 되지 안이 햇나
하는 生覺도 업지 안어요 좀 男子갓치 自由로운 몸이 되고도 십허요

金 男子는 무엇이 그리 나흔 것이 잇슴닛가! 째다른 것이 무엇이 그리 잇나
요! 只今 朝鮮 사람으로서는 女子나 男子나 다— 새 사람이 되야죠 부실 것
부서 버리고 깨트릴 것 깨트려 버려야지요 只今은 무엇무엇 하는 이보다 모
든 것을 破壞할 것 파괴해 버려야 하지오 建設한다고 써드는 이보다 只今 이
時代는 破괴 時代에 잇는 줄 암니다. 이 말슴이 난 김에 제 이야기도 하겟고,
쏘 제 할 일도 말슴하겟슴니다. (…중략…) 나는 곳 解決하기로 作定햇슴니다
只今부터 새 生活을 始作하겟슴니다 只今이라도 우리집에 가서 離婚해 달나
고 말슴하겟슴니다 勿論 우리집에서 큰 야단이 날 테지오 쏘 社會의 冷評도
잇겟지오 그러나 사람의 「사랑」이야 엇더케 쓴켓슴닛가. 順貞氏와의 「사랑」
이야 쎌 수가 잇겟슴닛가 나는 몰으겟슴니다 집안의 호령이 잇거나 社會의 辱
이잇거나 나는 나요 그는 그올시다 나는 언제든지 나요 그는 언제든지 그겟지
오……

順貞 저는 참……. 한 분만 밋고 잇겟세요.19)

작가는 차라리 남자가 되었으면 세상 살아가기가 편하겠다는 순정의
입을 통해 당대 허영에 빠진 여성의 허위 의식을 공격한다. 이러한 점
은 당대 남성 지식인의 여성의식을 엿볼 수 있는 흔한 예이므로 오히려
이상할 것 없다. 그보다 주목되는 것은 유부남으로서 사랑을 부르짖는

김인성의 웅변적 주체 확인의 표현이다. 부술 것은 부수고 파괴할 것은 파괴하여야 한다는 강한 부르짖음은 별다른 진보성의 표현이 아니라 결국 본처와 이혼하고 자유결혼을 획득하여야 하겠다는 의지에 지나지 않는다. 그럴 때 집안의 반대와 사회의 비난에도 불구하고 '나'라는 주체를 확인할 수 있다. 이러한 웅변에 감동을 받았는지 순정은 김인성에 대한 강한 신뢰감만 재확인할 뿐이다. 결국 순정은 김인성이 유부남인 줄 알고 있으면서 그와의 사랑을 선택한 것이며, 오히려 고민하고 결단을 내릴 사람은 남자인 김인성임을 알 수 있다.

이러한 약속을 실천하기 위하여 김인성은 부모 앞에 나아가 당당히 참 혼인과 열렬한 사랑을 부르짖는다.

> 金 제 말슴을 그래도 못 알어 들으섯슴니다, 結婚이라고 하는 것은 짠 사람이 못하겟죠, 當事者 以外에는. 제가 一平生을 갓치 살 것을 엇더케 남이 定합닛가? 제가 한 結婚이라도 나종에 或, 엇더케 될지 몰으는 것을 엇더케 남이 하라고 해서 하고 남이 말내서 안이 함닛가 제 結婚으로만 말슴하드래도 그럿치오, 철도 나지 안이한 것을 붓드러다 놋코 이 말 저 말 업시 하신 結婚이 안임닛가, 勿論 아버님끠서 철도 안이난 것을 붓드러다가 結婚식히신 것도 잘못하셧고 실은 것을 작고 살나고 걱정하시는 것도 無理지오. 참 結婚을 하려면 두 사람 사이에 圓滿한 理解와 熱烈한 사랑이 잇서야 하지오. 두 사람이 徹底하게 理解하고 熱烈한 사랑이 잇서야 하죠, 이것이 업는 婚姻이라면, 벌서, 이것은 참 婚姻이 못 되겟지오.[20]

열렬한 사랑이 있어야만 참 혼인이라는 이러한 주장은 "서양국에서는 몰으겟다마는 우리 조선풍속으로야" 있을 수 없는 일이다. 이렇게 종래의 사회적 질서와 의무라는 관점을 부정하는 위험한 사랑이야말로 열정적 사랑이다. 이는 타자와의 감정적인 연루가 너무도 강렬히 스며들어서 그 사람 또는 그 두 사람으로 하여금 자기의 통상적 책무를 무시하게 만든다. 열정적 사랑에 빠진 사람의 관심은 자신이 사랑하는 대상에 너무도 강력히 묶여 있어서 세상 어느 곳에서도 열정적 사랑이 (사회 관습적인) 결혼의 필요 또는 충분조건으로 생각된 적이 없고 오히려 대부분의 문화에서 결혼의 골칫거리로 여겨져 온 것이다.[21]

따라서 이러한 사랑은 자기 소멸의 순간에 이르러서야 그 생명을 다한다. 정열이야말로 인간을 파멸시키는 욕망이다.[22]

> 順貞 (金의 손을 붓들면서) 어듸가 그리 압흐서요!
> 金 (不快한 顔色. 苦情을 不堪. 太息不絶) 順貞氏! 나의 病은 임이, 깁히 들엇소…… 漢藥이 몃 百 貼이면 所用잇고 洋藥이 몃 百 瓶이면 쓸데잇소…… 나의 病은 깁히 들엇서…… 이 世上에는 내 藥이 업슬걸…… 하나 설은 것은…… 내 病은 내가 맨든 것이 아니요…… 다른 사람이 만드럿서…… 다른 사람이…… 다른 사람이…… 우리 아버지, 어머니가…… 아니, 우리 社會가!…… 나는, 나는! 하로밧비, 저—리로…… 저—리로 ! 光明한 天堂으로…… 光明한 天堂으로!……
> 順貞 (絶望한 氣色으로 울면서) 무슨 말슴을 그러케 하서요! 저는 엇더케 하게요 (金을 抱擁.)
> 金 順貞氏!……(流涕) 나는…… 順貞氏를, 사랑해요…… 내가, 죽드래도…… 「사랑」은 變치 안겟지오…… 世上이, 잇기 前에는…… 永遠하게…… 하로밧비, 저—리로, 光明한 곳으로, 가는 것이, 나의게는…… 나의게는 더 즐거워요…… 나의, 그리운 곳은, 저—기 저 곳쑨이에요…… 조곰이라도, 이 世上에 더 잇슬스룩…… 더만흔 괴롬박게…… 나는, 저—리로! (小刀로 가슴을 찌르자 넘어진다. 順貞은 屍體를 붓들고 운다) (幕)[23]

김인성은 상징계 속의 타자(the Other)를 발견한 점에서는 정신이상의 징후를 보인 앞의 주체들(이씨, 영애)과는 분명 다르지만, 그 타자의 끊임없는 욕망 속에서 자아를 재정립시키지 못한다는 점에서는 강박증의 증상[24]을 강하게 드러낸다. 이 타자가 당대의 극복할 수 없는 식민지 현실이라는 점에서[25] 작가는 자신의 현실 비판의식을 우회적으로 제시한다. 따라서 위와 같은 남성 주체—여성이 아닌 점을 주시하자—의

열정적 사랑은 죽음의 순간에 대사회적 메시지를 던짐으로써 시대적 의미를 띨 수 있게 된다.[26]

한편 낭만적 사랑은 이러한 열정적 사랑에서 비롯되었지만 모성애를 바탕으로 하여 안락한 가정을 추구하기 위한 여성화된 사랑이다. 18세기 후반에 나타나 현재까지 존재해 온 낭만적 사랑은 자유와 자아실현을 결합시킨, 결혼을 목적으로 한 동반자적 사랑(companionate love)을 지향한다.[27]

> 花 (한숨을 길게 쉬이고 다시 구름을 가랏치면서) 져기셔 오는 져 검은 구름이 뭇쳐럼 밝은 져 달을 가리울 模樣이지오! (흐르는 눈물을 몰너 々々 씻는다)
> 員 (한숨을 쉬이면서 달을 치여다 보다가 다시 花心을 도라보고) 쌈짝 놀니이면서) 여보게! 왜— 우나? 여보게 (花心의 얼골을 드려다보며) 여보게 이게 무슨 짓인가?
> 花 (倚子에 어푸러지면셔 눈물먹음은 말소리로) 아— 우리 어머니 아바지가 나를 왜 나아노시엿는지?…… 나아노시엿거던 죠곰더 사시엿더면 十年만 더 사시엿셔도……
> 員 이러나게 (悲壯한 表情으로) 이게 무슨 짓이야— 어셔 이러나게— 남이 보면 흉보네 (흔드러보다가 다시 안어 이르키면셔) 원 사람도…… 못싱기々도 힛네
> 花 (안키여 이러나셔 다시 昌鉉의 무릅에 업푸러저 늣기여 울면서) 나으리— 참으로, 정말 져를 々々 사랑
> 昌 (반가운 態度와 言辭로) 아모럼 죠씀도 疑心 니이지 말게— 자네가 오히려 나보다 못홀가 겁니이는 터일셰 (머리도 쓰다듬어 쥬며 어루만져셔 엇지 홀 줄을 모르는 것갓치 한다)
> 花 나으리! 참말이지 이 世上에는 나는 나으리밧게는………… 사람이 업는 줄………… 나으리! 나으리를 나으리라고 부르지 안이ㅎ게히………… 네!
> 員 花心이! 여보게! 참말인가? 정말인가? (깃붐을 抑制치 못ㅎ는 態度로) 이제야 나의 쇽을 仔細히 안 模樣일셰그려?[28]

가을 달빛이 교교히 비치는 가운데 화려한 요리점 후원에서 기생 화심과 그의 애인 곽창현이 나란히 앉아 수작을 하고 있다. 곽창현의 무릎에 쓰러진 화심은 신세 한탄을 하며 곽창현의 사랑을 다시금 확인한다. 이러한 화심을 어루만지며 곽창현은 오히려 화심의 사랑을 의심하나, '나으리를 나으리라고 부르지 않게' 해 달라는 상징어법 속에서 두 사람의 타자성은 극복된다.

타자성을 주체와 분리하여 소외시키지 않고 그것을 끌어안으려는 전체성의 철학을 지향하는 엠마누엘 레비나스에 의하면 즐김과 누림 곧 향유(jouissance)가 세계 내 존재의 가장 근원적인 존재 방식이다.[29] 레비나스에게 있어서 사랑은 언어와 더불어 타자와 관계할 수 있는 방식이다. 사랑, 즉 에로스는 여성적인 것의 출현과 더불어 시작된다. 여성적인 것은 신비와 매혹을 지니고 있다. 여성적인 것은 이론적인 인식을 통해 접근될 수 없는 타자성의 특성을 지니고 있다. 레비나스는 이 타자성을 여성적인 것의 본질로 본다.[30] 레비나스에게 애무는 주체의 존재방식이다. 애무를 통해 주체는 타자와의 접촉에서 단지 접촉 이상의 차원으로 넘어간다.[31] 애무는 무엇인지 모르면서 손에 잡으려고 하고, 그러면서도 계속 미끄러지는 어떤 것을 만지는 행위이다. 즉 애무는 있지 않은 것, 무(無)보다 못한 것, 미래에 감추어진 것을 찾는 것이다.[32] 이 감추어진 것, 전적으로 타자적인 것의 발견은 아이의 출산을 통해서 실현된다. 아이는 '타자가 된 나'이므로 자아는 이제 타자와 타자의 미래 속에서 자신을 초월하는데, 레비나스는 이러한 미래와의 관계를 '생산성(비옥성)'이라고 부른다. 이 생산성을 통해 인간은 자기 자신의 유한성으로부터 구원받는다.

이렇듯 사랑은 애무의 행위를 통해서 확인된다. 위 장면은 개화기 이후 발표된 희곡 중애서 애무가 구현된 최초의 것이라 할 수 있다. 이 애무를 통해서 등장인물들간의 낭만적 사랑이 현실성을 획득하게 되고 관객은 이 애무의 행위를 통해서 여성성(sexuality)을 감각적으로 체현하는 즐거움을 지니게 된다.

花 나으리? (背景을 가랏치며) 어이구! 져 시가를 좀 보셔요 (혼쟈말노) 됴밀
ᄒ기도 ᄒ다

昌 그럼 우리 朝鮮의 首府인디 그만도 못ᄒᆯ가

花 (혼자말로) 긔아미집 갓구나

昌 사람 사는 것이 한거름만 놉히 올나셔ᄭ 보면 다 그런 것이야
(暫間 沈默)

花 저러ᄒ 속에 무슨 자미를 보겟다고 사람들이 사노 우리갓치 이러케 셔로
사랑ᄒᄂ는 맛에 사는 것이야 아마, 져번에 엇더ᄒ 신문에 엇더ᄒ 절문 女子가
自己 男便이 신병으로 죽엇ᄂ디 사랑을 일어바리고 살 수 업다고 自己도 싱
목숨을 ᄭᆫ코 말엇다는 것이 낫셔요 그런것을 보면 世上은 사랑이라 ᄒᄂ는 것이
支配ᄒᄂ는 것이야33)

경성 한양공원34)에 오른 두 남녀는 발 아래의 시가지를 굽어보면서
속세의 거친 현실을 벗어나는 안락함에 취한다.35) 1막에서의 사랑의 확
인 후에 화심은 자신이 느끼고 있는 사랑의 즐거움이 도회지의 번듯한
생활보다 값지다고 확신하며, 세상은 사랑이 지배하는 것임을 깨닫고
사랑을 위해서는 죽을 수도 있음을 암시한다.

(花心이는 ᄶ쫒챠 나아가다가 泰鍾의게 ᄶ쎠여밀이여 門압헤 쥬겨안즈며 우름
반 말반으로)

花 에구— 하ᄂ님도 야슉ᄒ심니다 엇지ᄒ면 이갓치도 졔에게 對ᄒ야는 薄
情ᄒ게 ᄒ심닛가? 에구 져는 인졔 누구를 바라고 이 어름갓치 찬 이 世上을
사러감닛가? 에구 져도 한時 밧비 이 어름 世上을 ᄶ쎠나야 ᄒ겟슴니다

(花心 卓子에 가셔 短刀를 집어들고)

花 졔 목숨을 졔가 죽이는 것도 ᄶ쏘한 罪가 될는지 모르겟스나…… 에구 나
으리!! 에구 령감! 이 世上에셔는 造物의 猜忌로 이 地境에 이르럿스나 져 世
上에 가셔는 滋味잇게 지닉보십시다

(短刀로 自殺) (幕)36)

실수로 자신의 후견인인 백부를 죽인 죄로 곽창현이 잡혀가자 화심

은 '얼음갓치 찬 이 세상'을 살아갈 자신이 없어 '저 세상에 가서 자미 잇게' 살아보기를 기원하며 자결하고 만다. 결국 이들 남녀가 꿈꾸었던 사랑의 완성은 물거품이 되고 만다. 그러나 단순히 사랑의 보금자리가 파괴되었다기보다는 화심의 기생의 신분에서 벗어나 안락한 가정을 꾸미고자 한 현실적 욕망이 송두리째 무너져 버린 것이다. 따라서 더 이상 삶에의 욕망을 지닐 수 없는 화심은 최후의 선택으로 자살을 택하는 것이다. 여기에서 이미 1910년대 말 조실부모하여 기녀로 팔리게 된 한 가여운 여인의 운명을 볼 수 있다. 결국 화심은 사회적 피압박자(subaltern) 로서의 식민적 여성성의 한 단면을 보여 주고 있는 셈이다.

4. 섹슈얼리티의 발견과 남성적 시선의 노출

성(sexuality)의 억압에 관한 담론은 엄연한 역사적·정치적 담보에 의해 보호되고 있으며, 이는 17세기 이후 자본주의의 발전과 일치하고 부르주아적 질서와 한 몸을 이룬다.37) 한국에서 연극 공간에 한정시켜 볼 때 풍기문란을 방지한다는 명분으로 가해진 관객 단속과 레퍼터리 검열은 바로 권력에 의한 성의 억압의 한 장치라고 볼 수 있다. 어두운 극장에 남녀가 한데 모여 '음란'한 내용을 즐긴다는 것이야말로 섹슈얼리티의 자유로운 향유가 될 수 있다.38)

長安社 演劇場에셔는 一般觀覽者中에 마々 慇懃者 別室及東西南北집 等 各色에 稱號가 有혼 女人이 逐夜雲集ᄒ는디 再昨夜에 婦人 一等席에셔 何 許年少者 美貌婦女兩個가 何等 憾情이 有ᄒ엿는지 互相 爭鬪ᄒ야 一場風波 가 起ᄒ엿는디 當番巡査가 該婦女를 逐出혼즉 抵死不出홈으로 滿場이 拍手

그림 2. 1920년대 여성의 패션

흥엿다더라[39]

1910년에 보이는 위와 같은 기사는 당시의 관객의 성향과 그들의 관극 태도를 짐작하게 해 준다. 그러나 그보다는 문제를 일으킨 여자 관객이 끝까지 버티면서 극장 밖으로 쫓겨나가기를 거부하였고 이를 모든 관객이 박수로 격려해 주었다는 사실이 주목된다. 이를 통하여 특정한 기호(嗜好)를 지닌 집단의 관객의식이 형성되어 있었으며, 이들은 이러한 관객의 소란을 더불어 즐기고 용납할 수 있을 정도

그림 1. 1925년의 서울의 모습

의 유대감을 지니고 있었고, 이것이 순사의 권력에 맞설 수 있는 정신
적 지원 세력으로 기능하고 있음을 알 수 있다.[40] 그러나 이러한 '저항'
이 가능할 수 있었던 것은 아마도 그 주체가 여성이었기 때문이고, 특
히 체면불구한 화류계 여성이었기 때문이며, 함께 자리하고 있는 많은
여성들의 동지애적인 섹슈얼리티가 발휘되어 순사도 어쩔 수 없었기
때문일 것이다.

　1910년대 당시만 하여도 이러한 섹슈얼리티가 극중 배우의 '몸'으로
표현되기보다는 언어적 형상화에 머물렀을 가능성이 많다. 왜냐하면 아
직까지는 본격적인 여배우가 등장하지 않아서 무대 위에서 여성성을
노출시킬 수 있었던 존재는 단지 기녀들뿐이었을 것이기 때문이다. 그
러나 이 기녀들이 '기생조합'의 이름으로 집단 공연을 기획하면서부터
는 본격적으로 자신들의 육체의 관능미를 뽐내기 시작하게 된다. 특히
전통 무용과 창의 공연이 아닌 서양의 무용과 가극의 공연에서 그 적극
성의 정도가 매우 컸다.

　1920년대 서울(그림 1)과 여성의 패션(그림 2)의 모습에 비하여 1910년대
의 무대 공연의 모습(그림3)이 훨씬 근대적 감각으로 보여지고 있음을 알

그림 3. 한성기생조합의 서양무용 공연

수 있다. 그것은 단 한 가지 여성들의 육체를 통해서 발견할 수 있는 섹슈얼리티에 근거한다.[41] 19세기 서양에서는 창녀와 마찬가지로 여배우 또한 '공적인 쾌락을 제공하는 존재'로 간주될 수 있었다. 화장품과 의상을 효과적으로 이용하여 자신을 드러내는 여배우는 인공적이고 상품화된 형태의 당대 여성의 성욕을 입증해 주는 존재로[42] 여겨졌다. 이러한 여배우의 존재가 한국에서는 1920년대에 들어서야 탄생한 것이다. 그러나 한국연극에서 관능성과 퇴폐성이 문제가 되기 시작하는 것은 1920년대 후반 이후 성행한 레뷰의 발달과 관련해서라는 점을 고려한다면 근대 초기 희곡 텍스트에서 이러한 섹슈얼리티의 흔적을 찾기는 그리 쉽지 않아 보인다.

  韓景福 맛난 지 十年 동안, 오입이란 오입은 다 하다가 필경에는 阿片길노 드러섯다지, 아, 내가이 世上에셔 밧을 福이 이것이든가? 아모럿튼지 한번 살어볼냐고 애쓰던 結果는 이것이든가? 아, 속은 것이 怨痛해, (홀젹홀젹 운다. 舞臺의 左便에서 一男이가 쪼작거름으로 슬며시 걸어온다) 한 兄弟로서 엇지 그리 着異가 있나? 兄이 넘어나 排斥하는 것과 동생이 넘어나 情다운 것을 合하야 二分을 하엿스면 죠흐련만은. 아니, 내가 왜 그 방문에 갓든가? 남편의게 賤待를 밧는년은 同셔의게도 구박을 밧는 法인가? 아이 분해, (입을 다물고 고개를 흔들며 흙흙 소리를내여 울다가 압흐로 퍽 업드러진다. 한참 동안 지낸 후 아모 소리 아니 들닐 째에 一男이가 슬며시 방으로 드러가서 景福의 겻헤 가서 귀를 기우리고 한참 잇다가, 빙그레 우스면서 고개를 끗덕끗덕하고 四方을 휘─ 삷힌다. 먼저 景福의 비녀를 째고 다시 籠門을 열고 옷을 주섬주섬 내여서 褓에다 싸서 들고 난오다가 겁결에 景福의 발을 밟엇다)
  韓景福 아야 (하면서 벌덕 이러나 一男을 힐끗 보고는 本態的으로 一男의게 와락 달녀들어 소매를 잡고) 이게 웬일이요? 네? (一男이가 소매를 뿌르치니 景福이는 또다시 달녀들어 一男의 바지를 붓들면서 소래를 내여) 왜 왓다 가시요? (一男이는 발길노 두어 번 거듭 찬다. 景福은 방바닥에 넘어지면서 無心中에 쌕 소래를 질넛다. 金泰林, 二男, 順福, 下人들이 쮜여나온다. 一男은 門을 열고 도망하엿다)[43]

아편 중독자인 김일남의 아내 한경복은 동서의 화목한 사랑이 부러워 그들의 방문가에 갔다가 오해만 받고 돌아와 흐느낀다. 김이남의 아내 최순복은 동서의 그와 같은 행위가 혹시나 자신의 남편의 사랑을 빼앗고자 하는 것이 아닌가 의심한다. 이를 알아챈 한경복의 위와 같은 신세 한탄은 곧 남성의 사랑을 얻고자 하는 그리움의 무의식적 표현이다. 그러나 그 표현은 아직 여성의 강요된 정숙함의 수준을 넘지 않는다. 그만큼 작가는 독자(관객)들이 한경복으로부터는 여전히 순종적인 연약한 여성상을 발견하기를 기대한다. 이 기대에 부응함이 과도한 것인지 일남의 발길 두어 번에 한경복은 그만 죽고 만다. 참으로 한 여성의 섹슈얼리티가 너무 쉽게 날아가 버리고 만 셈이 된다.

> 永俊 (미안한듯이) 네 명자씨, 제가 당신을 사랑하기는 내 생명보다도 더 귀중하게 압니다……그러기 째문에 제에게는, 업지 못할, 이, 압흔 마음의 고통이 잇슴니다……,
> 明子 (고마운듯이) 네 압니다, 영준씨가 저를 다시, 더업시 사랑해 주시는 줄이야, 그러나 영준씨의 마음이 그러케 압흐실 째, 제의 마음이야 엇더켓슴니까, 만일 아푸다 하면 제의 마음이, 갑절더 아푸겟지요 네 영준씨— 그리고 사랑이란, 모든 것을, 다 버서나야 함니다, 사랑의 압혜는선생도 친구도 아모 것도 업슴니다, 잇다 하면 사랑의 줄로 얼거맨, 남성과 녀성의 쌜간 두 몸동이가, 잇슬 쑨이겟지요, 영준씨! 저는 영준씨를 이러케 사랑함니다, 만일 제의게 영준씨가 업다 하면 제는, 사회도, 일월도, 아모 것도 업슬 줄 암니다
> 永俊 (미안하고 무슨 감화를 바든듯이) 안여요 제가 사랑을 못 리해한다는 것은, 절대로, 아님니다, 마침, 고향 친구가 와서, 선생님의 말을 하니까 마음이 좀 불안해진단 말이지요……
> 明子 (안심된 듯이) 영준씨! 이것이 모도다, 엇더케 할 수 업난 운명임니다, 그것은 벌서 과거의 일이니까, 과거는 과거 그대로 내버려 두고, 우리는 장차 도라올 우리의 압길을 위하야 울냐면 울고, 근심할냐면 근심합시다, 네, 영원토록……(고개를 숙이며 영준의 무릅에 손을 엇는다)[44]

소학교 교원으로 김명자(22세)를 후원해 온 이원상(40세)과 청년 문사 박영준(24세)이 김명자를 사이에 두고 벌이는 전형적인 삼각관계의 작품이다. 이 작품에서 사랑에 대한 적극적인 의지를 표출하는 젊은이는 박영준보다는 오히려 김명자이다. 그녀는 이원상과의 일은 과거일 뿐이고 자신들의 미래를 향하여 젊은 몸의 사랑을 이루자고 주장하며 영준의 무릎에 손을 얹는다. 사랑 앞에는 선생도 친구도 없고 단지 사랑으로 얽어맨 젊은 육체만 있을 뿐이라는 김명자의 대사는 1920년대에서는 보기 드문 강한 열정의 표현을 드러내 준다.

元相 (눈물 흘리며) 명자……나는 이 세상에 다시 바랠 것도 없고 미들 것도 업는, 쓸쓸한 넓은 천디에, 누가 나를 위하야, 눈물 한 방울이라도, 흘려 줄 사람이, 업는 늙어가고, 배척바든 불상하고 외로운 몸이여! 다시 더 말할 것도 업지만 최후로, 명자에게 한 가지 원할 것이 잇스니, 만일 명자가 나를 불상히 안다면 옛날의 정으로라도, 이 말 한 마디를 들어주겟나, 응?
明子 (정신을 차리며) 네, 말삼해 주서요
元相 그러면, 명자, 나를 봐……응 (손짓을 하며) 내에게 최후로 그 짯듯하고 향긔로운 키쓰를 한번 해 주어, 그리고 피차 서로 엇더케 할 수 업는 사정이니까 괴로운 이 세상에 명자는 명자를위하고, 나는 나를 위해서라도 (가삼에서 품엇든 칼을 쓰내여 쥐며) 이 칼로 가티 죽어주기를 최후로 바라는 것이여 (결심한 듯이 명자를 주의해 처다본다)
明子 (놀내며) 최후의 부탁이라고 하시니까 무슨 말이든지 듯겟습니다만은 ……저는 참아, 꼿다운 청춘과 사랑하는 애인을 남겨두고는, 죽지를 못하겟서요, 네, 용서해주서요45)

이원상은 마지막으로 명자에게 키쓰를 요구하고 더 나아가 같이 죽어주기를 원하지만 명자는 잠시의 망설임도 없이 '꽃다운 청춘과 사랑하는 애인을 남겨두고는' 죽을 수 없다고 거절한다. 사랑을 요구하는 데나 그 사랑을 거절하는 데에 이들 남녀에게는 정신적인 이유도 관념적인 갈등도 없다. 단지 늙어 가는 40대의 시든 육체와 20대의 꽃다운 청춘의 변별성만 강조될 뿐이다. 결국 사제간의 통속적인 삼각관계가 극히 자극적으로 표출되고 있을 뿐이며, 여기에서 승리하는 것은 당연하게도 젊고 싱싱한 육체의 주인공들인 것이다. 이처럼 이 작품은 사건을 이끌며 바라보는 시선의 주체가 여성이라는 점에서 매우 이질적이다.

가령 다음과 같은 작품을 보자.

> (이째에 尹看護婦는 아주 황망흔 거름으로 登場한다.)
>
> 尹靜淑 (金의게 秋波를 건네노라고 그러는지? 얼골을 살짝 불키면서 황망흔 中에도 햇죽 웃는다.)
>
> 金性海 알는 이가 몹시 괴로워 흐시는 형편임니다. 未安흐지만 좀 보와 주씨시오……
>
> (…중략…)
>
> (이째에 支那人 쏘이가 名啣 흔장을 들고 드러와서 金을 주면서 「이 어른이 楊先生을 보겟다구 그러는데 드러오시랜까요?」, 웃는다. 金은 名啣을 바다들고 「玉仁英? 누구일가?」 혼쟈 중얼거린다.)
>
> 尹靜淑 그 이는 上海 잇는 俱樂部 議員이시람니다. 아마 慰問次로 오신게지요……
>
> 金性海 (쏘이의게) 그림! 드러오시라구 그래라!
>
> (쏘이는 말없이 퇴장흔다.)
>
> 鄭惠智 (玉英仁과는 前에부터 熟面이여서 그러는지는 모르지만 남이 이상하다고 認定흐리만큼 愛嬌를 부리면서 玉을 引導흐여 가지고 드로온다.) 善浩씨! 玉先生님 오섯슴니다.46)

상해 임시정부의 활동을 의식한 무대 공간을 설정한 듯한 작품임에도 불구하고, 이 장면을 통해서 알 수 있는 것은 여성의 섹슈얼리티에 대해 지니고 있는 남성 작가의 편향적인 시선의 노출이다. 추측의 어법을 빌면서 "추파를 건네노라고 그러는지", "남이 이상하다고 인정흐리만큼 애교를 부리면서" 또 위 장면 뒤에 정혜지가 옥영인에게 대해 "이상흐게 생긋웃고는 얼골을 살짝 불킨다"와 같은 여성의 섹슈얼리티와 관련된 무대지시문을 무책임하게 던져 놓는다. 이 정도의 지시문이면 무엇인가 극적 사건으로 진행되어야 할 의미를 지니는 것이지만 극이 끝나도록 더 이상의 사건 진행은 전개되지 않는다.[47] 결국 작가의 여성의 섹슈얼리티에 대한 관심만 은연중 드러낸 셈이 되며 이 관심은 독자(관객)의 의식 속에 그대로 남아 여성성에 대한 왜곡된 관념만 고정시키게 된다.

5. 남성성의 부재와 '집'의 해체

특정한 역사적 사회들에 있어서 사랑은 '타자의 자유에 대한 증오'의 형태를 지닌다.[48] 이는 남녀간의 사랑과 성적 지배의 관계를 쉽게 규정할 수 없다는 것을 의미한다.

남자는 여자의 지지를 필요로 하며 남자는 여자의 우상이고자 한다. 즉 남자는 이 적대적 세계와의 투쟁 속에서 여자가 자신의 힘이 되어 줄 것을, 자신을 응원해 줄 것을 필요로 한다. 하지만 그는 여자가 자신과 동등한 자격을 갖고 그렇게 하기를 원하지 않는다. 그는 여자가 자신의 남성적 정체성을 확인해 줄 것을 요구한다. 즉 적대적 세계에서 투쟁을 벌이고 있는 자신을 여자가 흠모하고 존경하고 인정해 줄 것을 요구한다는 것이다. 다시 말해 남자는 여자가 자신을 지지하되 동시에 그를 존경하고 인정하면서 지지할 것을 바라는 것인데, 바로 그렇게 해야만 그의 남성적 정체성이 확인되기 때문이다. 남성적 정체성과 관련한 남자의 나르시시즘은 바로 다음과 같은 조건 하에서만 충족된다. 즉 여자가 남자를 사랑하되 그녀보다 모든 면에서 우월한 존재로, 그리하여 그녀를 보호해줄 수 있는 존재로 사랑해야 한다는 조건이 그것이다. 결국 이를 달리 표현한다면, 남자는 여자로부터 사랑을 받되 여자에 대한 지배자로서 사랑

을 받고자 한다는 것이다.[49]

이 인용문을 통해서 알 수 있는 것은 남자는 여자에 대해서 '보호하는, 그러나 실제로는 지배하는 사랑'을 원하며, 여자로부터는 '인정하고 흠모하는 사랑'으로서의 여성적 사랑을 받기를 원한다는 것이다. 이러한 남성적 / 여성적 사랑은 가족 또는 집이라는 친밀함과 내밀함의 특수한 공간의 특수한 성격으로 인해 재생산 또는 강화된다.[50] 이 때 가족 내에서 '보호하는 사랑'으로서의 남성적 사랑이 과도하게 강조될 때, 그것은 가부장제라는 남성의 지배를 형성하게 된다.

그러나 가부장제가 가족이라는 무대로 국한될 수는 없다. 이종영에 의하면 가부장제는 다음의 두 가지 수준의 지배가 접합된 구조로 파악된다.

> 첫째는 가족 내에서 가장으로서의 아버지의 지배이고, 둘째는 사회적 수준에서 아버지들의 연합체가 여성과 미혼남자들을 지배하는 것이다. 중요한 것은 이 두 수준의 지배가 서로 분리되어 독립성을 지니는 것이 아니라 상호규정적으로 접합되어 있다는 것이다. 즉 가부장제는 가족에서의 아버지의 지배와 사회에서의 아버지들의 지배가 유기적으로 접합된 것이다.[51]

가부장제는 개별적 가족의 수준에서 생산될 수 없다. 가부장제를 생산하는 힘은 가족을 가부장제적으로 조직화할 능력을 갖는 실체에 속한다. 이 힘은 친족적 공동체 그 자체에 있다기보다는 친족적 공동체를 하나의 '공동체'로 조직하는 특정 집단에 있다. 인간 집단이 하나의 친족공동체로 전화되기 위해서는 특정한 친족체계에 의해서 '공동체적으로' 조직되어야만 한다. 그리고 그렇게 발생하는 친족공동체가 만약 남성지배적인 친족공동체라고 한다면, 그 친족공동체를 그처럼 '공동체'로 조직시킨 주체적 집단은 바로 남성들의 집단일 것이다. 따라서 정확하게 말한다면 가부장제를 생산하는 실체는 남성지배적인 친족공동체내의 남성 집단이다.52) 즉 남성들은 가족 내에서 가부장적 지배를 실현하기 위해 자신들의 결사를 조직하고, 이 결사를 통해 공동체적 수준에서 지배권력을 확립하여 여성과 가족을 지배한다고 할 수 있다. 요컨대 남성들은 공동체적 지배를 통하여 가족을 지배하는 것이다.53)

1898년에 일본에서 시행된 메이지 민법에 따를 때, 법적 주체는 개인이 아니라 가족이다. 그리하여 개인적 정체성은 가족에의 소속에 의해 규정된다.54) 일제하 시행된 호주제도하의 호주는 가족에 대하여 거의 무제한적 권리가 인정되어 강력한 가부장권을 가지고 있었다. 즉 호주에게는 ① 가족의 거소지정권, ② 가족의 교육감호징계권, ③ 가족의 혼인입양에 대한 동의권, ④ 가족의 서자 입적에 대한 동의권, ⑤ 가족의 거가(去家)에 대한 동의권, ⑥ 가족의 분가에 대한 동의권, ⑦ 가족의 재산관리권·처분승낙권, ⑧가족의 금치산·준금치산 선고의 청구권 및 그 취소청구권, ⑨가족의 후견인·보좌인이 될 권리, ⑩ 친족회에 대한 권리, ⑪ 가족에 대한 부양의 의무, ⑫ 상속에 있어서의 특권 등이 부여되었다.55)

이러한 가부장제의 특성을 고려할 때 〈규한〉·〈황혼〉·〈연과 죄〉·〈미쳐가는 처녀〉 등의 작품은 나름대로의 변별적인 가부장적 층위를 보인다. 〈연과 죄〉의 곽윤오는 곽창현의 백부이자 후견인으로서 호주의 지위를 지니고 있으며, 법적으로 곽창현은 곽윤오의 상속자가 된다. 따라서 이 작품에서 곽윤오는 막강한 현실로서의 호주의 권리를 행사한다. 〈미쳐가는 처녀〉에서 홀어머니로서 호주의 권리를 지니고 있는 춘일모는 춘일의 처가(妻家) 신세를 지면서도 당당하게 가부장권을 행사한다. 따라서 이들 작품에서는 사회적 수준에서 아버지들의 연합체가 여성과 미혼남자들을 지배하는 가부장권의 현실을 드러낸다. 이들 가부장권에 저항하지만 좌절하고 마는 것이 이 작품의 젊은 주인공들의 비극이다.

이와 달리 〈규한〉과 〈황혼〉에서는 가부장권에 대한 신세대의 강력한 도전을 보게 된다. 공통적으로 조강지처와 이혼을 하고 독립적인 새 살림을 차리겠다는 이들 남성들의 선언은 곧 지금껏 유지되어 왔던 신성한 가부장권에 대한 정면 도전이다. 〈규한〉에서는 도전의 주체가 이국 땅과 편지 속에서만 유령처럼 존재하지만, 그 힘이 막강하여 이미 가부장권에 종속되어 피해를 입고 입는 구여성 이씨가 더 큰 피해를 입어 결국 미치고 마는 것으로 종결된다. 반면, 〈황혼〉에서는 도전의 주체와 대상이 분명하게 드러나지만, 피해자로서의 구여성은 등장하지 않는다. 그 대신 도전자 자신이 스스로 피해를 입고 강박증 끝에 자살하고 만다. 이처럼 이들 작품에는 도전 후의 세계가 여전히 불투명하게 그려져 있으며, 도전의 성공자는 없고 단지 도전으로 말미암은 피해자만 있을 뿐이다.

이밖에 남성적 / 여성적 사랑을 취급하고 있는 다른 작품들에서는 가부장권의 현실, 또는 가족의 공간으로서의 '집'이 나타나지 않는다. 사랑의 목표로서의 결혼 성취라고 하는 해피엔딩의 멜로드라마의 구조가 근대 초기 희곡에는 전혀 나타나지 않는다. 거의 모든 작품의 결말은 주인공의 정신이상, 아니면 죽음으로 끝나고 만다.

이처럼 이 시기 희곡에서는 가부장권의 견고함도, 그것을 전복시키는 사랑의 힘도 없다. 단지 좌절의 비극만 있을 뿐이다. 이는 달리 말하면 '보호하는 사랑'으로서의 남성적 사랑은 이미 사라져 버리고, 오히려 상대를 '인정하고 흠모하는 사랑'으로서의 여성적 사랑만이 남녀 모두에게 남았을 뿐임을 말해 준다. 결국 남성성이 거세되어 버린 것이다.

부르주아 국가에서 여자는 결혼을 하기 이전까지는 남자와 형식적으로 대등한 주체성을 갖고 자유연애 과정에서 남녀는 적어도 형식적인 평등성을 유지한다. 그러나 결혼과 더불어 여자는 탈주체화하고 남성지배가 전면적으로 관철된다. 이처럼 부르주아적 성적 지배양식은 자유연애의 형식적 평등성과 결혼 생활의 불평등성 사이의 모순으로 특정지어진다.56)

그러나 개화기 이후 한국의 가정이 이러한 부르주아적 성적 지배양
식의 실천 현장으로서 자리하고 있는가는 의문이다. 식민지 현실 하에
서는 극히 일부의 부르주아 가정을 제외하고는 자유연애에 의한 결혼
도 불가능하고, 그보다는 결혼 생활의 불평등성을 논할 만한 경제적 기
반의 성립 자체부터가 이미 불가능해져 버리고 만 것이다.

男爵 안되, 안되. 李와는 絶對로 結婚치 못해. 絶交! 흥, 건방진 놈!
　雪子 아버지, 딸자식 둘 가온대, 하나만이라도 참사람이 되게 하여 주시요.
玉順이도, 내 모양을 식히시지 안으실 생각이면, 져들의 婚姻을 許諾하여 주
시요. (수건으로 눈물을 훔치며 玉順을 向하야) 玉順아, 너도 過히 걱정 마라.
아무리 嚴格한 李先生이라도, 동생의 戀愛를 成就식히고쟈, 自己의 故鄕과,
父母 親戚을 버리고, 쏘다시 오지 안을 決心으로 다른 곳으로 갓다 하면, 설
마, 너를 버리지는 안이 할나. 玉順아! 용서하여 다오 어린 너의게까지 이 못
된 형으로 하여곰, 걱정을 하게 하엿스니.
　男爵 (悲愴한 語調로) 그러면 아주 갈 심이냐.
　玉順 형님, 가시지 말아요 그리까지 하고도, 내 뜻을 채우고 십지는 안아요
첫졔, 아버지와 어머니의……………(하며, 새로히, 쏘 운다)
　雪子 고맙다. 感謝한 네 말은, 永々히 닛지 안으마. 그러나, 내 갈 곳은, 짜로
잇다. 막는 곳을 버리고, 기다리는 곳으로, 가는 것이 穩當할 것이지. (억지로,
우슴을 지으며) 李先生과 結婚한 뒤에는, 부대 잘 살아라.
　玉順 형님!,
　雪子 어머니! 부대 안령이 계셔요
　夫人 (잠々히 울쑌)
　男爵 (感情이 極하야, 苦悶하면서) 雪子야! 이것이, 도모지 나의 ……………
…

(하며, 뒤로 넘어진다. 一座가 놀나, 男爵을 扶護한다. 바람 소래, 우레 소래
에 짜라, 소낙비 소래가, 요란히 들닌다. 電燈은 停電이 되어 室內는 暗黑. 窓
外의 電光만 凄然이 번적거릴쑌.) (幕)[57]

미혼모로 9살된 아들을 키우며 요리점을 경영하는 설자는 부친이 위

독하다는 소식에 고향에 돌아온다. 돌아와 보니 동생 옥순은 자신에 대한 주위의 악평 때문에 이선생과의 연애가 지장을 받고 있다. 괴로운 차에 산책길을 나섰다가 우연히 이미 다른 가정을 꾸린 아이의 생부를 만나지만 냉정히 대한다. 부친인 남작이 손자의 장래를 생각해서 경성에 남기를 강권하나 설자는 모든 만류를 뿌리치고 자신의 생활의 터전인 평양으로 돌아갈 것을 결심한다. 이 충격에 부친은 쓰러진다. 이처럼 이 작품은 1920년대에서는 보기 드물게 세대간의 갈등 속에서 신세대 여성의 뚜렷한 주체성을 직접적으로 드러내 준다. 제목에서 보여 주는 것처럼 '나의 세계'를 선택한 설자의 주체는 앞의 자유연애 또는 열정적 사랑을 부르짖는 신청년(신여성)들보다도 훨씬 더 개성적이고 의지적이다.

　雪子 아버지 생각과, 내 생각과는, 아주 다릅니다. 나는 相鎬를, 朴氏집 사람으로 맨들기는 실혀요. (冷笑하며) 아버지는 家名과 地位를 크게 생각하시는 모양이외다만은, 그까지것이 무엇이 그다지 자랑할 만함니가. 조고마한 世界에서 쌩々돌다가, 죽는다는 外에, 무슨 큰 特色이 잇슴니가. 아버지! 나는 나의 사랑하는 아들로 하여곰, 이런 窟 갓흔 속에서, 썩히고 십지 안아요. 적으나마, 될 수 잇는 대로, 自由로온 空氣 속에서 살니고 십허요. 男爵이라는 虛된 일흠에, 六體와 마음의 拘束을 바다가며, 嬌慢과 虛僞의 生活에, 져의 모쳐름 돗아나오는 살고자 하는 싹을, 뭇질르고 십지 안아요. 그 째문에는 私生子라는 일흠도, 상놈이라는 地位도, 그다지 苦痛이 안인 줄 암니다.58)

이러한 설자의 대사 속에는 경술국치 이후 귀족으로 행세하고 있는 많은 친일 세력의 선택과 행위에 대한 은근한 비판이 들어 있다. 물론 이보다는 계급차별과 가부장권을 부정하고자 하는 강한 의지를 더욱 강하게 드러낸다. 그러나 이러한 설자의 주체적인 선택이 가능한 것도 평양에서 운 좋게도 요리점을 경영하는 과부를 만나 그 재산을 물려받을 수 있었던 덕분인 점, 즉 그 스스로 신흥 부르주아 계층에 귀속될 수 있는 물질적 힘을 획득한 덕분임을 간과해서는 안 된다.

> 金氏 (沈着한 語調로) 그럴테지요 이 社會는 正義를 부르짓는 이는 그 反面
> 에서 그를 누르랴는 것이 이 社會이니간요 그럼으로써 正義를 부르짓는 이의
> 마음은 더욱 더 구더지고 그의 피는 더욱 끌슴니다 누를사록 한번 깨다른 그
> 마음은 업서지지 안코 더욱더 膨漲하여지는 것이 眞理임니다 그럼으로 저만
> 하드래도 아까도 말슴한 바 數十年 同眼을 두고 이 집의 한 손의 지내지 안은
> 生活 그것을 맛업시 지내왓슴니다 그러자 얼마前 당신이 永永 다른 곳의 家
> 庭을 이룬 그째브터 저는 깁히 깨다른 바가 잇서서 極端으로 당신과 갓흔 態
> 度를 取하랴고까지 하엿슴니다만은 그것보다도 더한層 우리 社會에 그갓치
> 숨은 설음이 얼만히 만을 것을 깨닷고 그를 救援해 보랴고 決心햇슴니다 그래
> 서 그째브터 저는 그의 武器로 먼저 배오랴고 집을 나섯슴니다 그래서 그것을
> 오날까지 繼續하야 왓슴니다 그러면서 저는 저보다 먼저 깨다른 이의 指導 아
> 래서 女子를 爲하야 일하야 음니다 그러니간 당신 갓흐신 生覺을 가즈신 이와
> 는 永遠히 合하지 못할 것임니다 그리하야 이제 당신이 이 집을 나가기 前에
> 내가 먼저 나랴 함니다 學奉이는 내가 다려다 가르치겟슴니다 學奉이를 당신
> 갓흐신 이의 아래서 亦是 당신갓흔 사람이 될 것을 나는 무서워 함니다 (學奉
> 이의 손을 잡으며) 자ー 學奉아 外할머니한테 가자!
> 이째 錫俊은 주먹으로 테불을 누르고 이마에 피줄이 서잇고 針母와 下女는
> 荒々히 쒸여올나가 金氏를 붓잡는다 ―幕―59)

이에 비할 때 위 작품의 김씨의 가출 선언은 자못 충격적이다. 〈나의 세계로〉의 설자의 독립 선언이 아버지 세대의 가부장권에 대한 비판이 면서도 희생자적 선택이라면, 위의 김씨의 가출 선언은 동세대의 남성 모두에게 향한 것으로 철저히 계획되고 준비된 여성인권선언이다. 그러 나 가출한 김씨가 어떤 곤경을 어떻게 헤쳐나갈 수 있을지는 알 수 없 다.60) 단지 우선은 친정으로 돌아가 의지하고자 하는 상식적인 행보를 밟을 뿐이다. 이렇게 집을 나간(떠난) 여성들의 삶이 구체적으로 연극 공 간 속에 침투할 때 1920년대 말 이후 본격화되는 '딸팔기의 모티프'가

극텍스트로 남게 되는데, 그 시초의 작품이 「삼천오백냥」(김유방, 『영대』 2, 1924.9)이다. 결국 이 시점부터 여성성의 문제는 다분히 식민주의적 관점에서 보다 면밀히 검토해야 될 것이다.

남성들은 이제 '보호하는 사랑'을 베풀기보다는 오히려 보호를 받아야 될 입장으로 전락한다. 그렇다고 전대의 가부장권이 여전히 위세를 떨치고 있는가 하면 그도 그렇지 않다. 이제 더 이상 가족을 중심으로 행사할 가부장권도 없고 편안히 몸을 누일 내밀한 가정, '집'도 없다. 가령 김운정의 「기적 불 때」(『폐허이후』 1, 1924.1)의 남자들은 모두 집을 나가 한 푼이라도 더 돈을 벌어 와야만 최소한의 생존을 유지할 수 있다. 돈을 더 이상 벌지 못하는 무능한 남자에게 가부장권 같은 것은 아예 처음부터 주어지지도 않는다. 오히려 자신의 무능을 한탄한 「기적 불 때」의 노인 화실은 양잿물을 먹고 자살하는 것이 가정에 보탬이 될 뿐이라는 것을 자각하고 실행에 옮기기까지 한다.

이제 남성성은 사라지고 '집'은 해체되어 버렸다. 1920년대 후반 이후 창작되는 거의 모든 리얼리즘 희곡들의 구조는 바로 이러한 '집'의 해체를 중심 소재로 취급한다. 결국 1930년대의 작품들은 이렇게 해체된 가족의 구성원들이 '집'을 잃고 헤매면서 '생존'을 위해 자신의 육체를 어떻게 상품화시키느냐의 문제를 취급할 수밖에 없게 된 것이다.

6. 결론

사적 세계에 속한 텍스트 속의 내밀한 세계를 공적 공간 속에서 다시 만날 수 있다는 관음적 즐거움은 연극이 제공하는 보편적 쾌락에 속한다. 1920년대 이후 한국 연극에서도 극장 공간에 보다 익숙해진 관객층의 형성과 여배우의 등장과 함께 남녀의 문제를 취급하는 희곡 텍스트들이 다수 발표된다. 본고는 1920년대 중반까지의 희곡 중에서 가족과 사랑의 문제를 취급한 작품들을 통해서 여성성/남성성의 구조와 의미를 점검해 보고자 한 시도이다. 이를 통해 알 수 있는 사항은 다음과 같다.

우선 이 시기 남녀의 애정 문제를 다룬 작품들은 공통적으로 젊은 남녀의 죽음 또는 정신 이상이라는 비극적 결말로 끝맺고 만다. 특히 여성 등장인물들은 남편으로부터 이혼 선고를 받거나(「규한」), 사랑하는 남편이 유부남인 것을 알고(「미쳐가는 처녀」) 미치고 만다. 아니면 사랑을 잃게 될 처지에 놓이자 자결하거나(「연과 죄」), 남편의 폭력에 어처구니없는 죽음을 맞기도(「살기 위하야」) 한다. 심지어는 조강지처를 버리고 재혼한 남자 주인공이 강박증에 시달리다가 자결하는(「황혼」) 경우까지 있다. 이러한 작품들은 문명개화의 새 시대를 맞아 주체를 확립하지 못하고 방황하는 새로운 여성상/남성상을 보여 준다. 한편으로는 이렇게 전통적인 가부장제하에서 젊은 남녀 등장인물들이 희생되는 것은 문명개화의 명목으로 자행되는 제국주의의 폭압을 상징하는 점으로 볼 수 있어 주목된다.

이밖에 간혹 젊은 여인의 자아 찾기로서의 가출이 시도되기도 하고(「나의 세계로」, 「구가정의 끝날」), 여성 주체의 적나라한 육체적 애정 표출이 드러나기도(「희생자」) 하지만 여전히 이러한 구조의 이면에는 남성의 관음적 시각이 내재되어 있다. 「참회」는 작가의 이러한 시선이 은연중 노출된 대표적 작품이다.

이러한 이 시기의 작품들은 공통적으로 사랑하는 남녀가 애정을 성취하고 새 가정을 꾸리는 해피엔딩의 멜로드라마이기보다는, 전대의 가부장권을 상실한 남성 주체의 남성성 부재 또는 친밀함과 내밀함의 특수한 공간으로 기능하는 '집'의 해체를 보여준다. 따라서 더 이상 남성은 권력의 주체로서 남성적 사랑을 베풀지도 못하고 여성 역시 해체되는 '집'을 떠나 자각된 주체로서 세상에 다시 서지도 못한다. 1920년대 중반 이후 희곡 속의 남성 등장인물과 여성 등장인물 모두 이제는 '집'을 떠나 자신의 육체를 상품화하여 살아가는 피압박자(subaltern)로만 남을 뿐인 것이다.

주석

1) 이 때 여성성은 본래는 féminité를 의미한다. 그러나 프랑스어의 féminine이 sex를 의미하는 영어의 female과 gender를 의미하는 feminine을 다 포함하는 의미임을 고려할 때, 본고에서는 여성의 육체적 性性을 강조하는 의미에서 여성성 역시 sexuality의 개념으로 사용한다.
2) 일본연극에서 여배우의 출현과 여성성의 의미에 대해서는 이케우치 야스코[池內靖子], 「'여배우'와 일본의 근대성—주체, 몸, 시선」, 『동아시아의 근대성과 성의 정치학』(한국여성연구원 편), 푸른사상, 2002 참조.
3) 가령, 윤백남의 희곡 〈운명〉에서 양길삼의 친구 장한구가 박메리를 엿보면서 음흉한 웃음을 짓다가 남몰래 들어와서는 박메리를 희롱하며 '메리—의 억개에다가 손을' 없는 장면(『운명』, 彰文堂書店, 1930, 23~24면)은 이러한 여배우의 여성성에 대한 남성 관객의 본능적 관심을 재현해준 것이 된다.
4) 피터 브룩스, 이봉지·한애경 역, 『육체와 예술』, 문학과지성사, 2000, 71~73면.
5) 육체에 궁극적인 책임을 돌리려는 사회적 관습, 언어를 통해 혁명적 투쟁을 이해하려는 태도를 말한다. 위의 책, 118면.
6) 멜로드라마가 신성한 왕의 육체에 자리하고 있던 후광을 벗겨내어 그의 육체는 단지 심판받아야 마땅한 몸뚱아리일 뿐임을 보여주고, 그 반면 희생자들의 속박당한 육체의 자유와 권리를 주장하며 이 과정에서 고결한 인물의 미덕과 무죄가 그들의 육체적 표시에 의해 밝혀진다는 권선징악의 구조를 지님을 의미한다. 피터브룩스, 위의 책, 118~138면.
7) 李孝德, 박성관 역, 『표상 공간의 근대』(소명출판, 2002)에서 제2부 '미디어의 변용—경험의 균질화' 부분 참조.
8) 이때의 풍경이란 "시각을 중심으로 한 감각을 통해 지각되는 물리적·공간적인 대상이 아니라, 어디까지나 지각하는 인간의 인상(impression)이라는 자발적 심상·표상"(李孝德, 앞의 책, 43면)으로서의 풍경이다.
9) 김진균·정근식·강이수, 「일제하 보통학교와 규율」, 『근대주체와 식민지 규율권력』, 문화과학사, 2000(재판), 81면.
10) 김영팔, 「미쳐가는 처녀」, 『개벽』 52, 1924.10, 30면.
11) 라캉은 주체/타자의 단순한 이분법을 넘어 상징계의 언어적 질서로 이끌어 주는 대문자 타자(the Other)를 상정한다. 상상계의 주체는 이 대타자의 욕망에 맞추어 자신의 욕망을 실현하려 끊임없이 노력한다. 따라서 그는 인간의 욕망은 타자의 욕망(man's desire is the desire of the Other)이라고 규정한다. Lacan, *Direction of treatment and principles of its power in Écrits : A selection*, translated from the French by Alan Sheridan, W·W·Norton & Company,

New York · London, p.264.

12) 이광수, 「규한」, 『학지광』, 1917.1; 『이광수전집』 20, 삼중당, 1963, 16~17면.

13) 브루스 핑크, 맹정현 역, 『라캉과 정신의학』, 민음사, 2002, 155~156면.

14) 상상계에서 상징계로 진입하면 주체는 재현되거나 변형되며 이 때 담론 속에서 자신을 '나'로 나타내면서 주체의 자리를 확보한다(아니카 르메르, 이미선 역, 『자크 라캉』, 문예 출판사, 1994, 115면). 이러한 점에서 이씨의 남편 영준이 보낸 편지 속에 뚜렷이 '나'라는 1인칭의 호칭이 등장하는 것과 여성 등장인물이 이름이 없고 그들의 발화 속에 '나'가 분명하지 않은 것은 뚜렷한 대조를 이룬다.

15) 이 지점에서 구비적 문화전통의 말하기에 대하여 문자와 글쓰기의 식민성이 드러남을 알아차릴 수 있다. "문자는 역사의식의 발전으로 이행함과 동시에 고착화된 과거를 재검토한다. 또한 문자는 진리와 거짓을 차별화함으로써 '이미 기성화된 세계관에 대해 보다 의식적이고, 보다 비판적이며 동시에 보다 비교 분석적인 태도'를 취한다. (…중략…) 글쓰기 형식이 존재하는가 혹은 존재하지 않는가의 여부는 식민주의 상황에서 가장 중요한 요소이다. 글쓰기는 구비 문화권 내에 하나의 새로운 의사소통 기제를 소개할 뿐만 아니라 지식과 해석에 대해 독창적이고 공격적인 지향성을 보인다."(빌 애쉬크로프트 외, 이석호 역, 『포스트콜로니얼 문학이론』, 민음사, 1996, 138~139면)

16) 이러한 여성의 문제에 대해서 보브와르는 "여성은 남자들 가운데에서 분산되어 살고 있다. 즉 여성들은 주거·노동·경제적인 이해 관계 그리고 사회적인 지위 등을 통해 다른 여자들보다는 개별 남자들—남편 또는 아버지—과 더욱 긴밀하게 결합되어 살고 있다" 고 하여 여성은 공동체를 형성하지 않고 자신에게 여성으로서의 고유한 동일성 형성을 가능하게 해 줄 자기 고유의 역사를 가지고 있지 않기 때문이라고 설명한다. 레나 린트호프, 이란표 역, 『페미니즘 문학이론』, 인간사랑, 1998, 27면.

17) 김영팔, 「미쳐가는 처녀」, 『개벽』 52, 1924.10, 43~44면.

18) 위의 책, 35면.

19) 極熊, 「황혼」, 『창조』 1, 1919.2, 8~9면.

20) 위의 책, 12면.

21) 앤소니 기든스, 배은경·황정미 역, 『현대사회의 성·사랑·에로티시즘』, 새물결, 2001(2판), 76면. 이러한 열정적 사랑의 일반적 속성은 Milton Viederman, *The Nature of Passionate Love in Passionate Attachments*, ed by Willard Gaylin and Ethel Person, Macmillan Publishers, 1988 참조.

22) 시부사와 타츠히코, 문대찬 역, 『몸 쾌락 에로티시즘』, 바다출판사, 1999, 38면.

23) 極熊, 「황혼」, 앞의 책, 19면.

24) 브루스 핑크, 맹정현 역, 『라캉과 정신의학』, 민음사, 2002, 204~215면.

25) 고모리 요이치, 송태욱 역, 『포스트콜로니얼』, 삼인, 2002, 13면.

26) 이러한 열정적 사랑이 현실성을 띠기보다는 퇴폐적 이미지를 보다 강하게 드러내는 것으로 의미를 다하는 경우를 박종화의 「죽음보다 압호다」(『백조』 3, 1923.9)에서 볼 수 있다. 1920년대 시극의 특성과 함께 이 작품의 구조와 의미를 논한 연구로는 임승빈, 「1920년대 시극 연구」, 『한국극예술연구』 16, 한국극예술학회, 2002.10 참조.

27) 낭만적 사랑의 개념과 특성에 대해서는 앤소니 기든스, 앞의 책, 75~88면 참조.

28) 八克圓, 「戀과 罪」, 『매일신보』, 1919.9.22.

29) 레비나스의 철학에 대해서는 강영안, 「레비나스의 주체와 타자」, 『주체는 죽었는가』,

문예출판사, 2001 참조.
30) 강영안, 앞의 책, 246면.
31) 엠마누엘 레비나스, 강영안 역,『시간과 타자』, 문예출판사, 2001, 109면.
32) 강영안, 앞의 책, 246면.
33) 八克圓, 앞의 작품, 1919.9.23.
34) 1910년 5월 개원한 남산공원을 말한다. 정재정・염인호・장규식,『서울 근현대 역사기
    행』, 혜안, 2000, 200면.
35) 이 장면이 한양공원을 공간적 배경으로 취하고 있음을 주목하자. 우선 백부의 실족사
    를 위한 공간의 설정이 필요하겠지만, 단순히 그의 죽음을 유도하기 위한 것뿐이라면
    다른 식의 배경 설정도 얼마든지 가능하다. 그보다는 경성이라는 도시 공간과 대조되는
    자연성, 곧 역사와 근대성의 밖에 존재하는 화심의 여성성을 강조하기 위한 것이라고
    볼 수 있다. 이 여성성은 여전히 근대의 남성이 더 이상 소유하지 못하는 전체성과 자족
    적인 완전함의 기표로서 계속 기능하고 있다. 리타 펠스키, 김영찬・심진경 역,『근대성
    과 페미니즘』, 1999, 78면 참조.
36) 八克圓, 앞의 작품, 1919.9.26.
37) 미셸 푸코, 이규현 역,『성의 역사 1-앎의 의지』, 나남출판, 1995, 120면.
38) 에두하르트 푹스, 이기웅・박종만 역,『풍속의 역사』3, 까치, 1995, 347~360면 참조.
39) 婦女風波,『매일신보』, 1910.10.5.
40) 같은 신문의 그 전날(1910.10.4)의 기사에는 장안사에서 淫婦蕩子들이 傷風敗俗의 행
    위를 즐기고 있다고 하여 매일 밤 순사들이 調察중이라고 하고 있다. 이러한 가운데
    이 소동이 일어났음에도 순사의 권위가 제대로 서지 않았다는 것은 관객의 집단 세력화
    가 어느 정도 가능할 정도로 관객들이 연극을 자유롭게 즐기고 있었음을 말해 준다고
    하겠다.
41) 사진 아래 부분의 많은 쪽진 머리의 주체들로 미루어 볼 때, 이 공연의 관객들 대다수는
    무대 위의 출연진들과 동업자적 의식을 지닌 기생층이었을 것으로 추측된다. 아마도 이
    들이 이 공연으로부터 배우고자 한 것은 어떻게 하면 아름답게 자신을 드러낼 수 있을
    것인가의 문제가 아니었을까.
42) 리타 펠스키, 앞의 책, 47~48면.
43) 松堂生,「살기 위하야」,『창조』5, 1920.3, 87~88면.
44) 김태수,「희생자」,『개벽』50호, 1924.8, 43면.
45) 위의 책, 51면.
46) 흰뫼,「참회」,『창조』8, 1921.1, 91면.
47) 가령 김우진의「이영녀」의 무대지시문 또는 사건 진행과를 비교해 보면, 상대적으로
    김우진의 작품에서 드러나는 여성의 섹슈얼리티가 얼마나 사건 전개와 밀접하게 관련을
    맺고 있는지를 알게 될 것이다.
48) 이종영,『성적 지배와 그 양식들』, 새물결, 2001, 15면. 남성적 사랑 또는 남성성에 대한
    본고의 논의는 특히 이 저서에서 많은 부분을 참조하고 있다.
49) 위의 책, 24~25면.
50) 위의 책, 29면.
51) 위의 책, 64면.
52) 위의 책, 65~66면.

53) 위의 책, 67면.

54) 위의 책, 112면.

55) 한국여성연구회 여성사분과 편, 『한국여성사』, 풀빛, 1992, 52~53면.

56) 이종영, 앞의 책, 171면. 이러한 부르주아적 성적 지배양식을 고려한다면 위에서 거론한 작품들보다 오히려 이른 시기에 발표된 「병자삼인」과 「국경」이 이 지배양식의 구조와 훨씬 가깝거나 이미 초월해 있음을 보여 준다. 특히 「병자삼인」의 경우는 「여천하」의 평범한 부르주아적 성적 지배양식의 구조를 '우승열패'라는 제국주의적 지배양식에 대한 비판의 구조로 교묘하게 전치시켜 놓은 선구성을 보여 준다.

57) 김영보, 「나의 세계로」, 『황야에서』, 조선도서주식회사, 1922.11, 36~37면.

58) 위의 책, 22면.

59) 진우촌, 「구가정의 끗날」, 『조선문단』 5호, 1925.2, 67면.

60) 당시 기혼 여성이 집을 나가 남에게 의지하지 않고 살아갈 방도가 과연 있었을까. 이 점에서 김우진의 「이영녀」는 이러한 가출 여인이 헤쳐나가야 할 현실적 질곡의 한 축을 시사해 주는 대표적인 작품이라고 할 수 있다.

1920~30년대 소설 독자 형성과 분화의 과정

천정환

1. 머리말

본고는 1920~30년대 소설 독자를 대상으로 하여 소설 수용 양상과 그 문화적 의미의 변화과정을 살펴보고자 한다. 누가, 어떻게, 어떤 소설을 읽었는가 하는 것이 본고의 기본적인 관심인데, 이 문제를 전체 문화의 지형 속에서 소설 수용의 사회적 의미가 어떤 것이었는가 하는 것과 연관시켜 논하고자 한다.

소설을 읽는다는 것은 복합적인 의미를 지니는 대중적 문화 실천의 하나이다. 소설 읽기는 근대 자본주의 사회에서 이루어지는 오락·여가 행위이며, 동시에 출판 매체를 통한 이데올로기의 대중적 전유와 재생산 행위이다. 또한 소설은 근대 예술 장르의 하나로서, 예술 수용자들에 의해 향유된다. 이들에게 소설을 읽는 것은 교양을 얻고 예술을 향유하는 진지한 행위이기도 한 것이다. 이같이 복합적인 소설 수용의 사회적 의미가 1920~30년대에 이르러 본격적으로 형성된다. 즉 1920~30년대에 소설 읽기는 가장 대중적인 동시에 가장 유력한 문화 실천행위로 인식된다.[1] 그러나 그러한 지위는 오래 지속되지는 못하였다. 라디오·영화와 같은 시청각 매체가 대중적인 영향력과 문화적 소통의 중심부위를 차지하기 시작하는 것 또한 이 시기이기 때문이다.

한국문학 연구에 있어, 1920~30년대 소설에 대한 연구가 상당히 축적되었음에도 불구하고 소설의 독자층과 그들의 소설 수용 양상에 대한 연구는 거의 이루어지지 않았다. 근대문학의 성립과정은 문학 문화(literary culture)가 재정립되고 문학적 제도의 장이 새롭게 구축되는 과정이기도 하다. 이는 필연적으로 독자층의 구성과 의식상의 대대적인 변동을 포함하는 과정이며, 다시 그 변동에 의한 영향을 흡수하는 과정이었다. 그러나 근대 한국의 소설 독자층이 어떠한 존재이며 그 문화적 위상은 무엇인지, 그리고 그들의 소설 수용의 양상이 소설 생산과 맺는 상호관계가 어떠한 것인지에 대해 별로 논의된 바는 없다. 이러한 사정에는 우선 자료의 부족이 큰 영향을 끼친 듯하다. 어떠한 규모와 구성을 가진 독자에 의해, 어떤 책이 얼마나 팔려서 읽혔는가 하는 기본적인 통계 자료를 찾기가 어렵기 때문이다. 그리고 여기에 여기저기 산재한 자료를 묶을 수 있는 방법론과 시각의 부재도 한 몫을 한 것으로 보인다. 형식주의 또는 문학적 엄숙주의에 의해 조장된 태도가 독자의 문제나 문학 작품의 사회적 실현의 문제를 상대적으로 도외시하게끔 한 경향이 있다.

그러나 문학 작품의 의미는 출판과 매체 담당자들의 중개에 의하여 수용자들에게 전해지고, 수용자들의 독서과정을 통해서만 실현된다. 이러한 과정을 통해서만 작품은 그 온전한 사회적 의미를 획득한다. 따라서 문학작품의 의미 실현에 있어 수용자인 독자나 매개자가 하는 역할은 결코 부차적이거나 수동적인 것이 아니다. 문학의 장(literary field)은 작가들뿐만 아니라, 비평가·출판업자·교육자 등과 수용자들이 함께 하나의 사회적 '제도'로서 정립하고 유지하는 세계이기 때문이다. 이러한 관점에 설 때 독자는 문학연구에 있어 보다 적극적인 위상을 부여받을 수 있다. 즉 독자는 '주체인 작가'가 생산한 의미를 수용·소비하는 역할만을 맡는 데 그치는 것이 아니라, 또 다른 주체로 자리매김될 수 있다. 그들은 수용과 일상적 소비 실천의 과정에서 문학의 장에 새로운 의미를 창출하는 역할을 맡는 것이다.

소설 독자층을 형성하고 그들의 수용 양상을 결정하는 데 영향을 미치는 요인은 한 두 가지가 아니다. 그것은 대중의 경제적 상태와 문화의 자본주의적 근대화의 진전, 교육의 상황과 이데올로기의 지형 등등 정치·사회·경제적인 제반 요인이 한데 작용하여 만들어내는 복합적인 현상이다. 본고에서는 이러한 요인들의 작용과 영향을 체계화하지는 못하였다. 그러나 제 요인들중에서 소설 독자층의 형성과 분화에 직접적인 영향을 미쳤다고 판단되는 요인, 즉 독서 문화의 양태와 대중문화의 성립과 전개에 대하여 상대적으로 많은 관심을 기울였다.

소설 독자층의 형성과 변화를 기술하고 있는 학자들마다 강조하는 요인들은 다르다. 앞에서 기술한 것과 같은 요인들이 근대적 독자층의 형성에 보편적으로 작동하는 힘이라는 데에는 별로 의심의 여지가 없다. 그러나 개별 국민국가의 사회발전 경로에 구체적인 차이가 있듯이, '국민국가 의식 형성'에 다대한 역할을 했다고 하는 소설의 독자층의 형성 경로에도 구체적인 차이가 있다.2) 그리고 '근대화'와 소설 독자층의 확대과정에서 각 시간적 국면마다 작용하는 힘은 차이가 있다. 예컨대 19세기 후반과 1900년대의 조선에서는 인쇄자본의 출현과 방각본의 등장·활판인쇄로의 교체로 이어지는 인쇄양식의 변화가 무엇보다도 중요한 요인이 되었다. 그러나 활판인쇄가 일반화되는 1920년대에 이는 더 이상 변화의 중요 동인이 될 수 없다. 또한 '애국계몽'과 민족주의 이데올로기는 1900년대까지의 소설 독자에게 중요한 요인이지만, 1920

년대의 독자에게는 그렇지 않다. 그리고 조선에 있어서는 서구 국가나 일본에 비할 때, 소설 독자층 형성과 확대에 있어 외국소설과 학교교육이 차지하는 역할의 정도가 확연히 다른 듯하다. 전자의 요인은 식민지 조선의 경우에 있어서는 매우 중요한 것으로 다루어질 수 있지만, 후자는 상대적으로 중요하지 않다. 후술하겠지만 '조선어를 통한 문학교육'이나 '조선어 문학작품 읽기'는 공교육에서는 거의 배제되어 있었기 때문이다.

따라서 이러한 요인들의 역할을 체계화하고 방향을 짓는 것 자체가 중요한 작업일 수밖에 없다. 본 연구는 아직 진행중인 데다가, 원고의 성격과 분량을 고려할 때 1920~30년대라는 꽤 긴 시간에 걸친 변화를 체계적으로 담는 데에 본고는 한계가 있다. 그래서 일단 본고에서는 주로 신문과 잡지 등의 자료에 근거하여 당시 소설 독자의 상을 제시하고, 그 속에서 발견되는 문화적 변동의 양상을 개괄하였다. 1920년대에는 독서문화의 양상의 변화 자체가 중요하고, 근대적인 독서의 양상과 소설 수용의 양식화되는 1930년대에 있어서는 본격적인 위력을 발휘하기 시작하는 도시대중문화가 보다 중요한 요인으로 작용하게 된다고 보았다. 그리고 사회적으로 인식된 '소설 읽기'의 의미가 소설 독서층 형성에 있어 중요한 변수라는 점을 논의의 또다른 축으로 삼고자 하였다.

본고의 2장에서는 1920~30년대 소설 독자층 형성의 문화적 조건에 대해 다루었다. 이전과는 다른 의미를 부여받은 독서와 글쓰기가 소설 독자층의 형성·확대와 맺는 연관을 살피고자 했다. 3장에서는 소설 독자층의 분화 양상을 다루었다. 소설 독자의 폭이 크게 늘고, 서구 근대문학의 이입과 '신문예'의 점진적인 득세에 따라 소설 독자는 더욱 중층화되는데, 이러한 분화의 실제 양상과 이에 영향을 끼친 요인에 대해서 살펴보았다. 4장에서는 1930년대 이후의 대중문화의 확산과 소설 대중화 문제의 관련 양상을 주로 서술했다.

2. 1920~30년대 소설 독자 형성의 문화적 조건

1) 소설 읽기의 사회적 의미 변화—계몽의 도구에서 '참예술'로

19세기 말, 20세기 초를 거치며 소설의 사회적 유용성이 전례 없이 크게 부각된다. '애국 계몽'의 이념적 필요에 의해 소설의 유용성이 새롭게 발견된 것이다.3) 이미 조선 후기에 사대부가 여성과 중인층을 중심으로 폭넓은 소설 향유층이 형성되어 있었지만,4) 새로운 출판 자본의 형성과 유통망의 확대5)로 소설 독자는 더욱 늘어나고 있었다. 이러한 상황에서 계몽 지식인들은 대중의 소설 읽기에 '개입'할 필요를 강하게 인식한 것이다. 구체적으로 이는 한편으로는 새로운 서사 양식의 창안을 포함하는 '소설 개량'으로, 다른 한편으로는 당시 대중이 주로 향수하던 '전대(前代)의 소설'이나 일부 신소설에 대한 비판6)으로 현상했다.

그러나 소설을 국민적 각성과 계몽 이념의 매개로 삼고자 한 이러한 시도는 그리 성공적일 수 없었다. 당시의 대중에게도 소설은 진지한 이념의 매개라기보다는, 자주 질 낮은 오락과 자극을 얻는 매체로 생각되었기 때문이다. 더구나 신문지법과 출판법이 시행된 이래, 애국계몽의 이념을 담은 출판물의 출간이 어려워지자 본격적으로 이윤동기에 의해 대량 제작·유포되기 시작한 소설은 그러한 가능성을 더욱 높이고 있었다.7) 사실 조선의 사대부들조차 소설을 읽는 목적이 즐거움이나 휴식과 활력에 있다는 것을 인식했다.8) 지식인들은 자주 소설의 효용과 소설 읽기의 사회적 효과를 민족적·국민적 요청이나 계몽적 목적과 관련시켜 사고하는 경향이 있다. 그러나 그 실현은 예외적으로만 가능하다. 소설의 본연적인 '가벼움'이 그러한 이념적 요청을 견뎌내지 못하기 때문이다.

그런데 1910년대 말에 등장하기 시작한 신문예의 담당자들이 생각했던 소설의 의미는 또다른 것이었다. 그들은 "참 문학적"인 것을 가운데 놓고, 소설을 '예술'의 하나로 격상시켜야 했다. 그래서 한편으로 소설이란 '浮浪者, 敗家亡身한 자식'이나 볼 것이라 생각한 일부 "양반, 학자, 신사"나 "소설을 보면 사람 버린다"고 생각한 "교사, 예수교 교역자"의 관념과, 다른 한편으로는 '가정소설, 통속소설, 흥미 중심 소설만을 됴화'하며 소설을 단순히 오락이나 흥미거리로 파악하는 대중적 관념과 대결해야 했다. 그들은 "예술은 신의 攝이며" "참 예술가는, 또는 소설가는 人靈"9)이라는 새롭고도 낯선 관념을 가지고 있었다. 이는 '예술의 자율성'을 위해 고립을 기꺼이 감수한 관념이었다.

이러한 관념에 맞는 '진정한' 신문예의 독자는 1920년대 초반에 극소수에 불과했다. 그러나 신문예의 독자는 새로운 매체와 교육에 의해 육성되고 있었기에 전체 소설 독자층의 재편의 축이 될 수 있었다. 즉, 우선 그들은 기존의 대다수 소설 독자들과는 소유한 상징자본의 규모와 사회적 위상의 면에서 완전히 달랐다. 그리고 그들이 받은 교육에 의하면 분명 소설은 근대적인 교양과 예술적 취미의 방편이었다. 전시대에 소설은 분명 본령에서는 비껴나 있는 문학이었으며, 특히 한글소설의 경우 결코 사대부 계급의 남성이 드러내 놓고 읽는 글이 될 수 없었기 때문이다. 앞의 김동인의 언급에서도 알 수 있듯이 그러한 상황은 1910년대에도 일각에서는 반복되고 있었다.

신교육을 받은 층이 소설 독자층에 합류함으로써 소설의 질과 형태의 분화는 더욱 확연해진다. 또한 소설의 이러한 분화는 다시 수용자들의 분화를 확대재생산하는 힘이 되었으며, 생산과 유통의 과정에 그 분화의 양상이 반영된다. 즉 생산자들은 수용자들의 구매력과 관심·취향에 맞게 차별적인 상품을 생산해낸다. 그 차별성은 소설책의 언어(일어/조선어), 가격, 출판 형태, 광고 방법과 광고 지면의 분화로 드러났다. 전체 소설 독자층의 확대 과정은, 도식적으로 말하면 구소설 독자층의 확대10)(18세기 이후~1910년대), 신소설 독자층의 형성(1890년대~1910년대), 신문예 소설 독자층의 새로운 형성(1910~1920년대)을 통해 이루어졌다. 1910년대 이후 매년 보통학교 졸업자는 대략 10만(1910년대 후반)~25만(1930년대 후반)명씩 새롭게 배출[11]되었는데, 이를 기준으로 새롭게 커져간 소설 독자층의 규모를 추정할 수 있다.

2) 문맹과 새로운 글쓰기의 문화적 의미

그러나 실제로 소설을 자유롭게 읽는 사람의 비율은 그리 높지 않았다. 일제는 의무교육의 실시를 거부했으며, 인문적 독서교육도 꺼렸다.[12] 그래서 1920년대 초반 전체 조선 인구의 9할 정도가 완전문맹 상태에 있었으며, 1930년에도 일본어와 한글을 모두 읽을 수 있는 사람은 전체 인구의 6.78%(여성 1.9%)에 불과했다.[13] 공적인 교육과 문자 생활이 일본어로 행해졌기 때문에 문맹의 문제는 이중적 모순을 노정했다. 고급한 문화생활과 지식을 얻기 위해서나 상향적 사회이동을 위해서는 일어 해독이 필수적이었기에 문제는 곧 식민지 체제 내의 편입 여부와 유-무식자의 차별 문제와 결부될 수밖에 없었다. 높은 문맹율과 이중언어적 상황은 일제하의 독서와 문화 생활의 문제를 특징짓는 데 빼놓을 수 없는 요소이다.

높은 비율의 문맹과 공존한 것은 구술문화와 공동체적 독서였다. 즉 공동체적 독서[輪讀]와 음독(音讀)이라는 독서의 형태로 표현되는 전근대적 문화로서의 구술 문화는 1920~30년대에 광범하게 잔존했던 것이다. 공동체적 독서와 음독을 곧 전근대사회의 독서 형태라 볼 수는 없다. 그러나 '구술문화에서 문자문화'로, 그리고 '음독과 비개인적 독서'에서 '묵독과 개인적 독서'로의 이행은 전근대사회에서 근대사회로의 이행에 있어 경향적으로 관철된 현상임이 인정된다.[14] 문장 해득력이 없었지만 구술·구연문화의 방법으로 소설을 향유한 계층이 있었다. 이러한 향유

방식의 대상이 된 것은 주로 고전소설과 신소설의 일부이며, 대중용으로 싸게 제작된 이른바 딱지본(구활자본) 소설들인 것으로 보인다.[15]

여기서 주목할 점이 있다. 첫째, 구술문화와 그 매개가 전시대의 잔재로서의 의미만을 갖거나, 구술과 구연·공동체적 독서가 단지 문맹자만을 위한 문화 양식이 아니었다는 점이다. 이는 거의 전체 문화 향유자를 대상으로 한 광범한 영향력을 갖고 있었다. 따라서 그것은 보편적인 커뮤니케이션 방법의 하나로서 1920~30년대를 거치며 계속 변형·재생산되었다. 신문종람소나 독서회, 대규모 야담대회[16]와 같은 활동은 이전 시기에는 없던 새로운 구술문화적 행위로서의 의미를 가지며, 무성영화, 라디오, 유성기와 같은 전혀 새로운 매체들이 구술문화를 위해 활용되었다. 판소리뿐만 아니라, 만담과 영화의 줄거리와 같은 서사물들이 유성기 음반 속에 담겼다. 또한 거리의 전기수들을 대신하여 나타난 배우들이 라디오에서 소설을 낭독했다. 이들이 낭독한 소설은 『춘향전』이나 『추월색』 같은 작품이 아니라 이른바 이태준·김말봉 등의 '신문예' 소설작품이었다. 그리고 방정환이나 윤백남과 같은 작가는 그 스스로가 대단히 인기 있는 구술연기자이기도 했다.[17]

둘째, 구술문화의 가장 중요한 매개물이었던 것은 다양한 고전소설과 신소설이다. 이들은 신문예 건설이라는 과제를 위해 타기해야 할 대상으로 인식되었지만, 대다수 대중들이 고전소설과 신소설을 통해 형성하고 있던 허구와 서사적 관습에 대한 감각은 중요했다. 또한 1910년대에 소년기를 거친 작가들 자신이 외국 소설에서만이 아니라 이러한 소설들로부터 문학적 자질과 경험을 키워오기도 했다.[18] 아래 인용문은 1900년에 태어나 1915~7년 사이에 서울의 경성고보를 다닌 작가 한설야의 회고로서, 청계천변에서 행해진 매우 전형적인 구연과 구연의 감상 장면을 묘파한 것이다.

거기(서울 청계천 거리—인용자)에는 허줄한 사나이가 가스등을 앞에 놓고 앉아 있으며, 그 사나이는 무슨 책을 펴들고 고래고래 소리 높혀 읽고 있었다. 그 사나이 앞, 가스등 아래에도 그런 책들이 무질서하게 널려 있었다. 울긋불긋 악물스러운 빛깔로 그려진 서툰 그림을 그린 표지 우에 '신소설'이라 박혀 있고 그 아래에 소설 제명이 보다 큰 글자로 박혀 있었다. 그 사나이는 이 소설을 팔러 나온 것이며 그리하여 밤마다 목청을 뽑아가며 신소설을 낭송하고 있는 것이었다. 그리고 그 사나이의 주위에는 허줄하게 차린 사람들이 언제나 삥 둘러서 있었다. / 얼른 보아 내 눈으로 판단할 수 있는 사람은 인력거꾼, 행랑 어멈 같은 뒷골목 사람들이었다. 거기에는 젊은 여인의 얼굴도 띄엄띄엄 섞여 있었다. 가운데 앉은 사나이가 신이 나서 점점 목청을 뽑을수록 사람들은 귀담아 듣느라고 숨소리를 죽였다. (…중략…) 나는 그 뒤부터 매일같이 이 다리 밑 풍경을 찾아 다녔다. / 신소설 장사치들은 동대문께 다리 밑에서 시작하여 종로 쪽 다리 밑으로 이동하면서 밤마다 소설 낭송을 하였다. / 구차한 사람들이 주머니를 탈탈 털어서 그 소설들을 샀다. 그 소설 내용은 거지반 다 가정비극이지만 이 비극은 이미 가정의 범위를 벗어나서 커다란 사회 문제로 되고 있었다.[19) (강조는 인용자)

그러나 문화의 구술문화적인 요소는 점차 전일적인 인쇄문화에 의해 구축(驅逐)되고 있었다. 이에 결정적인 역할을 하며 문화적 변동을 야기한 것은, 확대되고 내면화해간 '글쓰기'였다. 말하기와는 달리 '완전히 인공적인 기술'이며, 단지 말하기의 보완물이거나 첨가물이 아닌 글쓰기는 새로운 감각의 세계를 연다. 즉 말하기를 구술—청각의 세계에서 시각의 세계로 이동시키고 말하기를 사고와 함께 변화시켜 '재구조화' 한다.[20)

학교교육의 확대와 근대적 제도의 확산은 글쓰기를 교육하고 교육받아야 할 새로운 교양의 주요 항목으로 만들었다. 즉 누구든 읽을 수 있는 상황이 도래함과 동시에 누구나 무엇인가를 써야 하는 상황이 온 것이다. 식민지 시기의 조선어 및 일본어 교육에서 작문은 처음부터 중요한 항목이었다. 또한 1910~20년대의 신간 서적 목록이나 광고를 통해서 글쓰기(또는 재구조화된 말하기)와 관련된 서적이 수없이 만들어지고 팔리고 있음을 확인할 수 있다.

이는 크게 두 부류로서, ① 실용적인 글쓰기(말하기) 서적과, ② 독자들의 미문 충동과 관련된 非/準 실용 서적들이다. ①에는 간독(簡牘), 편지, 서식서적, 토론·연설문집 등등이 포함된다. 이들 책들은 성문화된 근대적 제도에 적응해야 하는 필요에 의해 필수품이 되고 있었다. 물론 조선에 행정, 경제에 관련된 서식이 없었던 것은 아니었지만, 모두 새롭게 배워서 써야 했던 것이다. 『삼천리』 1936년 12월호에 실린(141면) 『文章百科大辭典』의 광고는 "人の氣品才能を評價るも一行の文章からだ 本書あれば如何なる文章も自由自在"(사람의 기품 재능을 평가하는 것도 단 한 문장부터이다. 본서를 읽으면 여하한 문장도 자유자재)라 쓰고 있고, 같은 호의 『手紙百科辭典』의 광고는 "便紙가 能하면, 立身出世가 빠르다…… 交際든지 商業取印이든지 便紙가 能하면 萬人의 尊敬을 받게 되면 處世할 수가 잇스나……"라 말하고 있다. 글쓰기는 인품과 재능을 가늠하는 척도인 동시에, 처세의 수단이었던 것이다.

②는 주로 '문장독본', '문학독본'의 교육적 엔솔로지 형태로 간행된다. 그리고 1923~5년에 대형 베스트셀러21)였던 『사랑의 불꽃』(1923)과 같은 서한문집도 이에 포함된다. 1932년 '30만의 중학생'을 겨냥해 만들어진 『新文學選集』의 광고문안22)은 다음과 같이 말하고 있다. "近代靑春된이 必讀의 書", "우리는 이책을 編輯할때에 文章이 情熱的인것 思想이 雄建한것 行文이 流麗한 名文인것을 標準잡엇슴"23) 글쓰기는 인품과 재능을 가늠하는 척도인 동시에, '근대 청춘'의 요건이기도 한 것이다. 이들 책의 글쓰기는 근대적 자아의식과 그 표현의 욕망, 낭만적 연애, 문학, 예술 등의 새로운 코드들과 관련된다. 누구나 무엇인가를 써야 하고 쓸 수 있는 이러한 상황에서 전문적인 '문사'가 된다는 것은 무엇을 의미하였을까? 이 문제는 특히 ②에 관련되는데, 당대의 청년학생들에게는 글쓰기뿐 아니라 '미문'과 '명문'이 문제였다.24) 문학과 감상적인 미문이 등치되기도 하는 상황이 벌어진 것이 1920년대 전반의

일이다.

1920년대 전반기 문학이 갖는 낭만성과 감상성은 단지 세계관의 문제가 아니라, 이러한 문학 저변의 글쓰기의 양태와도 관련을 맺는다. 처음으로 심각하게 뭔가를 써서 자신을 표현해야 했던 당시 청년과 학생들을 미문과 문학 충동이 휘어잡고 있었던 것이다. 문학과 삶의 혼동이라 부를만한 신문화의 기풍과 상황을 가리켜 『조선문단』의 발행자 방인근은 "참말 全體가 處女作時代"25)라 적실하게 칭한 바 있다.

3. 소설 독자층의 분화와 차별화의 진전

1) 고전소설·신소설 독자와 '잠재적' 독자

1900~10년대 지식인들이 그린 소설 독자의 상은 주로 "愚夫愚婦와 兒童走卒", "目不識丁의 勞動者"26)가 포함된 민중이었다. 소설의 독자가 무식한 노동자·농민이라는 인식은 일부 지식인 사이에서 끈질기게 이어졌으나, 이는 사실과 좀 다른 듯하다. 농촌 지역에서 주로 팔린 소설이 구활자본 고전소설이었던 것은 사실이지만, 문맹과 빈곤 때문에 사실상 노동자·농민이 소설의 주된 독자층이기는 어려웠다.27) 그러나 노동자·농민을 포함한 문맹자들도 소설을 향유하기는 했다. 그들은 단지 '잠재적 독자'28)였던 것이다.

농촌의 장터와 가정에 어떤 구성을 가진 얼마나 많은 '듣는 독자'들이 있었는지는 명확히 규명하기 어렵다. 다만 그 소비 대상 소설이 구활자본으로 생산된 고대소설과 일부 신소설이라는 것, 그리고 그 소설들의 문장과 서술 형식에 구술을 위한 요소가 개재해 있었다29)는 점이

주로 논의되어 왔다. 그런데 고대소설과 일부 신소설 및 '신작 구소설'의 독자는 이런 문맹자들에게만 국한되지 않았다. 18~9세기에 걸쳐 형성된 고전소설의 독자층과 그들 사이의 구분30)도 유지·재생산되고 있었다. 고전소설이라는 통칭 아래 포함된 소설들도 그 출판 형태와 문학적 갈래, 사용된 언어에 따라 방각본 소설과 필사본 소설, 영웅소설과 가문소설, 판소리계 소설, 한문소설 등으로 나뉜다. 그리고 이에 따라 그 독자층도 세분될 수 있다. 비도시지역의 유식하고 비교적 부유한 독자들도 이 범주에 포함되어 있었던 것이다. 이 경우 도시대중문화와 신교육에의 접촉 여부가 소설 독자층 구분의 결정적인 기준이 될 수 있음을 알 수 있다.

또한 압도적으로 읽힌 것은 『춘향전』·『조웅전』 등이지만, 명백히 신문예의 영향을 받아 새롭게 창작된 신작구소설이나 범주구분이 모호한 과도기적인 작품들도 생산되어 읽혔다. 따라서 소설에서 사용된 언어와 출판 및 유통 형태를 고려하면 이들 독자가 향유한 소설은 방각본 소설 및 딱지본(구활자본) 고소설, 일부 신소설 및 신작구소설 등이다. 이 소설의 유통경로는 대형서점과 우편주문을 위주로 했던 도시의 그것과는 차이가 있었다. 그리고 이러한 소설의 소비자에는 보통교육 정도의 신교육을 받은 다양한 독자들 또한 포함되어 있었다. 구활자본 소설은 매년 십수만 권 이상 팔려 나갔다는데, 농촌의 독자들이 이를 다 소화한 것은 아니다.31)

1920년대 작가들에게는 대부분의 독자들이 본격적인 신문예 작품이 아니라 고전소설을 찾고, 기껏해야 신문 통속소설을 본다는 것이야말로 조선의 신문예가 뚫고 나가야 할 구시대적 한계상황으로 인식되고는 했다. 그러나 활자로 인쇄된 고전소설과 신문을 보(듣)는 것은 낡은 문화에 속하는 행위가 아니라, 새로운 매체를 통해 새로운 문화적 대상을 향유하는 행위였다. 연극·영화를 보거나 라디오를 듣는 것과 마찬가지로, 단행본이나 신문소설을 읽는 대중이 출현하고 독서가 일종의 일상사가 된 것은 20세기 이전에는 존재하지 않았던 미증유의 일이었다. 따라서 방각본 시대에서보다 훨씬 큰 규모로 1910년대 이후에 소비되고 다른 문화 장르로 리메이크된 『춘향전』을 위시한 고전소설은 대중의 문화지체 현상을 보여주는 것만은 아니다. 국제적이며 첨단적인 기술적 조건과 전통적이며 고유한 문화의 내용이 결합하는 현상이 이 시기에서부터 본격적으로 나타난다. 즉 미국 레이블 레코드로 제작된 민요와 잡가, 새 활판 기술로 인쇄된 소학과 족보, 라디오의 공연물이 된 판소리, 토키 영화로 제작된『춘향전』등이 당시 문화의 새로운 특징을 보여주는 상징물이다.

2) 도시 대중 문화 소비자로서의 소설 독자

1920~30년대 소설 독자의 중핵을 차지하는 계층은 도시의 학생과 중산층 여성[32]이다. 이들은 전체 조선인들의 교양과 소비의 면에서 상층을 점하지만, 취향과 행위의 양식에서는 자체로 '대중' 문화 향유층을 이룬다. 대중문화 향유층을 결정짓는 것은 그 성층상의 지위가 아니라, 행동과 향유의 체계인 것이다. 학생의 경우, 일본어를 일정하게 해독하는 수준의 교육 정도를 가지고 당시의 소설 수용의 복합적 의미를 고루 구현하는 존재이다. 여성 독자층의 경우 그 숫자 자체가 그리 많았다고 볼 수는 없지만, 그 수용 태도의 독특함과 강렬함, 그리고 작자층에 의해 의식되는 정도 때문에 중요하게 취급할 필요성이 있다.

학생과 여성 독자층의 경우, 이광수의 장편소설,[33] 노자영·윤백남 등의 대중소설, 번안소설, 신문 연재 통속소설, 일본 통속소설, 야담 및 일부 역사소설 등과 일본을 포함한 외국 '명작' 소설이 그들의 향유 대상이었다. 1931년 『동아일보』가 경성의 여고보학생 44명(1931년 1월 26일), 고등보통학교 상급반 남학생 111명(동년 2월 2일), 인쇄공 95명(동년 3월 9일)

을 대상으로 한 독서경향조사에서 거론된 소설 작품을 들면 『부활』, 『아버지와 아들』, 『죄와 벌』 등의 러시아 작가 작품, 『眞珠婦人』, 『나는 고양이다』, 鶴見祐輔(츠루미 유스케)의 『어머니』 등 일본의 유명 작품, 그외 『인형의 집』, 『햄릿』, 『레미제라블』, 『서부전선 이상없다』 등으로 서양의 '명작'들이 압도적이다. 이 조사에서 거론된 조선 소설은 『무정』 『재생』 『삼봉이네 집』 등 대부분 이광수의 것이었다.

　신여성과 모던걸의 존재 자체가 문제적이었던 것만큼 1920년대 여성을 다룬 소설에서 독서는 문제적인 것으로 그려진다. 여성적 독서가 갖는 특이성이 강렬한 '독서환각'으로써 남성 작가들의 눈에 관찰되었던 것이다.34) 드러난 외모를 빼면 독서는 아마 신여성의 행태 중 가장 두드러져 보이는 것이었을 수도 있다. 왜냐하면 첫째, 유／무식의 문제에 있어 여성은 남성보다 훨씬 심각한 모순적 상황에 처해 있었기 때문이다. 일반적 여성의 문맹률은 더욱 심각하여, 유무식의 격차는 여성 내부의 심각한 모순과 결부되어 있었기 때문이다. 둘째, 한글이 한문이나 일어처럼 자체로 문명의 도구가 아니라 '암클'인 상황이 잔재하고 있었다. 근우회의 기관지 『근우(槿友)』 창간호의 「편즙 사고」는 전체 회원이 "통독하시도록 하기 위하애 순언문으로 편즙을 하려 하엿삽든 바 편즙시 일상관계와 쏘은 론문에 수준이 종전 계획대로 되지 못엿씀"을 강조하고 있으며,35) 일제가 중등 여학생을 위해 따로 편찬한 『여자고등조선어급한문독본(女子高等朝鮮語及漢文讀本)』(1924)은 한문의 비중이 압도적이었던 남학생용 교재보다 조선어 사용 비중이 훨씬 높았다. 여성과 학생 독자층의 존재와 영향력은 낭만주의와 감상적 문장을 특징으로 하는 1920년대 전반기의 소설 창작 경향에 큰 영향을 미칠 뿐만 아니라,36) 1930년대 신문소설의 경향을 특징짓는 데도 큰 영향을 미치는 것으로 보인다.

　이 범주의 독자층에 주목할 경우 1920년대 중반 이후 소설 독자의 분화를 촉진한 힘은 교육의 확대와 더불어 도시대중문화의 확장이다. 이는 사회구성원들이 소유한 문화자본의 양과 질을 차별화시키고 취향의 분화를 야기했다. 근대의 독서가 갖는 가장 큰 특징은 그 '기능성'일 것이다. 이전의 책은 자체로 지고한 가치를 가진 지식과 사고 자체였으나 이제 그것은 한편으로 매체이면서, 또한 일종의 도구(매뉴얼)이다. 다양한 기능적 목적을 가진 책 읽기에는 자본제의 노동분업과 근대가 만들어낸 이분법(노동/휴식, 정신노동/육체노동, 전문지식/교양 등)이 반영되어 있다. 한편에서 무목적적인 예술적 향유의 대상과 그에 대한 취향이 만들어지며 또한 정반대로 기능이 오락과 자극에 한정된 상품들이 출현한다. 1920년대 중반부터 '趣味 讀物'들이 대거 출현한다. 동아·조선일보가 증면되고, 영화와 스포츠 기사, 부인란을 독립한 것은 1925년이다. 또한 이 시기에 일본으로부터의 우편주문을 통해 춘화집을 비롯한 포르노그라피 상품들이 다량 소비된다.37) 또한 대표적인 정론지 『개벽』을 대신하여 '취미'를 앞세운 『별건곤』이 창간되고 "새로 창설된 민중덕이오 현대덕 오락물"인 야담을 표방한 조선야담사가 나타난 것은 각각 1926년과 27년이었다.38) 이러한 양상은 활자 매체와 소설을 대하는 대중의 취향에도 상당한 영향력을 끼칠 수밖에 없었다.

읽을거리 이외의 대중문화 소비(영화·음악·스포츠 등)도 1930년대에 이르면 소설 읽기의 의미에 규정적인 영향을 미치는 것으로 생각된다. 김동인은 신문소설의 주요 독자가 '가정부인과 학생이 대부분'이라는 점을 지적하고, 가정부인이 소설에서 원하는 내용은 '모성애, 가정적 갈등, 눈물, 웃음, 안타깝다가 원만한 해결'이며 학생들이 원하는 것은 '연애, 모험, 괴기, 활극, 삼각, 사각의 갈등', '공포, 해석키 어려운 수수께끼'라고 정리한다.39) 김동인이 지적한 신문소설 수용의 코드는 당대의 대중문화에서 공통된 것이기도 했다. 도시의 신문소설 독자는 일본에서 유입되는 각종 '취미' 잡지와 연극과 영화의 주요 관객이기도 했는데, 다시 말해 가정비극과 '연애', '모험', '탐정'의 요소는 장르화한 대중소설의 가장 인기 있는 보편적 코드이면서 소설과 경쟁 또는 상호보완의 관계에 놓였던 신파 연극과 영화의 생산·수용의 코드이기도 했다. 근대적 교양과 오락으로서 독보적인 지위를 누리던 소설 읽기라는 문화적 실천은 1930년대 중반 이후 선택 가능한 대중문화 향유의 한 양식이 되었다. 즉 '문예'의 위치는 재조정되어야 했다.40)

3) '고급' 독자의 등장과 차별화의 동인

가장 배타적이면서도 '고급한' 소설에 대한 문예 취향과 그 향유자층을 형성해간 동인은 두 가지이다. ①'자율화'하여 제도적 질서를 구축해간 문학 장의 자체 역량이다. 1920년대까지 사실 "比較的 純藝術味를 가진 所謂 高級이라는 作品은" "同好者끼리의 鑑賞에 供하는 範圍에서 더 나가지 못하는 터"41)였다. 그러나 1920년대 중반 이후부터 신문학은 지식층과 청년층에 대한 영향력을 크게 확대하는데, KAPF와 『조선문단』의 동시 성공은 이러한 과정을 상징적으로 보여준다.42) 이는 장으로서의 '문단'이 완비되고 그 장의 형성, 유지에 필요한 이데올로기와 제도, 예비 인력 등이 갖추어지는 과정이다. 자율화된 질서에 걸맞는 소설 내적 형식의 변화가 수반되어 소설은 예술 작품의 하나로서 엄격한 장르적 요건을 점차 구비해 갔다. '감상'해야 할 대상으로서의 소설은 '흥미로운 줄거리'가 아닌 높은 사상성과 창작법·문체를 중심으로 읽을 것이 요청되었다.43) 이를 통하여 '고급' 취향을 소유한 독자들이 탄생했다.

②학교 안팎의 문학 교육의 힘이다. 보통학교 이상의 과정에서 조선어 교육은 자체로 부실했을 뿐 아니라, 대중적 공적교육이 문학과 관련하여 수행한 역할은 미미했던 것으로 보인다. 총독부가 공적 교육을 장악하고 난 뒤의 공식적인 국어(조선어) 교육에서 문학작품이 사용된 것은 1924년에 편찬된 『신편 고등조선어급한문독본(新編 高等朝鮮語及漢文讀

本)』에서가 처음이었지만, '문학'은 아직 중등의 과정에서 독립된 교과가 아니었으며, 공식적인 조선어 교재였던 『고등조선어급한문독본(高等朝鮮語及漢文讀本)』(1911 / 1924)의 지문에는 『소학』, 『논어』, 『맹자』 등 한적의 비중이 훨씬 컸다.[44] 따라서 중등학교는 새로운 문장과 문학에 대한 갈증을 전혀 풀어주지 못했을 가능성이 높다.

부실은 다른 방식으로 보완되고 있었다. 첫째, 전술한 바와 같이 신문장 작법과 엔솔로지 형태의 문장·문학 독본[45]이 1910년대와 1920년대에 폭발적으로 출간되었다. 둘째, 일본문학을 포함한 외국문학과 일본어 교육이 신문학 교육과 깊은 관련을 맺었다. '조선어급한문'교재가 전혀 그렇지 못했던 데 비해서 일어 교재였던 『新編 高等國語讀本』(1924)에는 소세키의 『吾が輩は猫である』 등 일본 근대문인의 현대 문장이 다수 실렸다. 보다 전문적이거나 '수준 높은' 문학적 교양은 서양문학과 일본문학에 의해 형성되어야 했다. 그리고 이들 작품에 의해 문학은 전문학교 이상의 최고 교육과정에서는 교육되고 있었다. 이러한 사실은 일반적인 소설 독자층과 고급 취향의 향수자 사이에 매우 큰 의식과 취향의 격차가 형성될 가능성을 의미한다. 또한 조선어로 만들어진 신문예 작품이 담당한 문화적·사회적 역할의 성격에 주목하게 한다. 즉 고전소설과 신문학 작품, 그리고 외국의 근대소설은 각각 다른 역할을 하면서 작가와 '고급' 독자의 소설 취향을 형성하는 데 기여했다. 1920년대 중반 이후에 등단한 작가들을 대상으로 할 때, 고전소설은 10대 초반까지의 소년기에, 이광수를 위시한 일부 국내 작가의 작품은 중고등학생 시절에 영향을 끼쳤다.[46] 그러나 일단 본격적인 문학에 눈을 뜨고 난 뒤에 고급한 취향을 가진 독자들이 교양과 문학수업을 위해 읽는 것은 모두 외국소설이었다. 그중 러시아 소설은 가장 광범위하게 비교적 어린 나이에서부터 읽혔다. 1930년대에는 상황이 다소 바뀌지만, 1920년대의 많은 지식인들은 조선어로 된 문예작품은 질과 양의 면에서 거의 읽을 것이 없기 때문에, 서양 명작이나 문학론을 전부 일본어

로 직접 읽어야 된다고 생각했다.47)

　차별화의 감각을 개별 전문적 독자들이 소유한 것은 이미 1920년대 초반부터이지만, 작자와 독자가 다같이 '처녀작'이던 시대를 벗어난 이후에 차별화의 감각은 한층 세련되게 사회화된다. 1930년대 이후에 이광수와 몇몇 문인은 '문호' 내지 '중견'의 자리를 얻게 되고, 20여년의 발전을 축적한 작품들에 대한 선별이 진행되어 조선문학 '명작 선집'이 간행되었으며, '구인회'의 문학강좌가 관심을 끌기도 한다.

4. 1930년대 소설 대중화의 진전과 소설 읽기의 사회적 의미 변화

1) 소설 대중화 논의와 '대중'으로서의 독자에 대한 인식

　독자층의 구성과 취향의 변화가 소설 작품 창작의 중요한 조건으로 고려되기 시작한 것은 1920년대 후반이다. 소설 독자층의 확대와 변화는 소설 대중화 문제에 대한 문단의 두 가지 국면의 논의와 긴밀히 연관된다. 그 첫 번째는 1920년대 말, 1930년대 초의 '소설 대중화론'이며 두 번째는 1930년대 초·중반에 걸친 신문소설·통속소설 문제이다. KAPF의 작가와 비평가들에 의해서 대중조직론의 일환으로 제기된 소설대중화론은 소설 수용과 생산의 상호작용의 문제에 있어 중요한 의의를 갖는다. 이 논의를 통해 독자의 존재는 '무식한 우부우부'라는 식의 엘리트주의적인 직관에 의해서가 아니라, 전체 사회의 일 성층(成層)으로서 구체적인 상태를 지닌 실체로 파악된다.

　김기진의 분석은 특히 이런 점을 잘 드러내는데, 여전히 직관적 방법에 의존하는 면이 있지만, 김기진은 독자층에 의해 소설이 소비 수용되는 동기와 경향, 그리고 소설의 문체와 내용, 나아가 책의 가격, 의장까지 문제삼고 있다. "그들(노동자·농민─인용자)이 이 책을 사가는 심리는 ①울긋불긋한 그림 그린 표지에 호기심과 구매욕의 자극을 받고 ②호롱불 밑에서 목침 베고 드러 누워서 보기에도 눈이 아프지 않을만큼 큰 활자로 인쇄된 까닭으로 호감을 갖고 ③정가가 싸서 그들의 경제력으로도 능히 1~2권쯤은 일시에 사볼 수 있다는 것이 다시 구매욕을 자극"하기 때문이며, "④문장이 쉽고 고성대독하기에 적당함으로─소위 그들의 '운치'있는 글이 그들을 매혹하는 까닭으로 애독하고 ⑤소위 재자가인과 박명애화(薄命哀話)가 그들의 눈물을 자아내고 부귀공명의 성공담이 그들로 하여금 현실로부터 그들을 우화등선하게 하고 호색남녀를 중심으로 한 음담패설이 그들에게 성적 쾌감을 환기케하여", 소설 수용자들은 "책을 버릴래야 버리지 못하게"된다. 그래서 "그들은 혼자서만이 책을 보지 않고 이웃사촌까지 청하여다가 듣게 하면서 구비구비 꺾어가며 고성대독"한다는 것이다. 특히 조직되어야 할 대중으로서 그들을 파악할 때 "최대의 곤란한 문제"는 ⑤에 관련된 소설의 이데올로기적 효과로서, "적어도 1~2세기 전부터 이 따위 이야기책으로 말미암아 축적되어온 심리적 효과의 결과인 동시에 이미 소실된 구시대의 사회기구와 그 분위기가 아직도 그들의 상상의 세계에서는 지속"[48]되고 있다는 사실이다.

두 번째, 신문소설·통속소설 문제는 도시 대중문화의 확대와 관련된다. 작가는 일반적으로 자기 텍스트에 대한 진지하고 엄숙주의적인 자신의 태도를 독자들에게도 가정한다. 그러나 그러한 기대는 결코 충족되지 않는다. 교육 기회의 확대와 이에 따른 식자율의 증가[49]는 소설 독자의 표면적 수를 늘렸다. 그리고 저널리즘의 본격적인 상업화와 영향력의 확대, 도시 대중문화의 영향력 확장이 뚜렷한 추세로 자리를 잡으면서 독자가 읽을 거리를 오락으로 대하는 경향[50]은 완연히 커졌다. 그런데 오히려 1927~31년을 기점으로 구활자본 소설은 쇠퇴하기 시작

했다.51) 이를 대신하여 신문소설과 잡지의 영향력이 급격히 커지는 것이다. 『춘향전』, 『유충렬전』이 여전히 많이 읽혔지만, 이보다는 『主婦之友』와 『キング』 따위에 실린 가벼운 '讀物'이 진지한 문예의 적으로 부각되었다.52)

따라서 통속소설·신문소설에 대한 문단 전체의 장기간에 걸친 활발한 논의는, 기실 그 수와 성향의 면에서 큰 변동을 보인 독자층의 현실을 소설 생산의 조건으로 어떻게 포용할 것인가의 문제였던 것이다. 통속소설에 대해 찬반을 표시하는 것과는 별개로 창작경향의 분화는 빠르게 진행되었다. '신문소설의 올림픽 시대'가 개막되는 한편, 만문·야담·라디오소설·영화소설 등의 하위 장르적 서사물들이 대거 출현했다. 또한 이와 정반대로, 1920년대와는 다른 맥락에서 독자를 사실상 전혀 의식하지 않거나 극히 제한된 범위의 독자만을 의식하면 되는 영역이 개척된다. 대중 독자로부터의 고립 자체를 모티프로 하거나 공공연히 엘리티즘을 표방한 모더니즘 작품이나 예술가소설도 등장한다. 그러나 1930년대 중반의 작가들도 기본적으로 독자에게 "계몽과 감동"을 주어야 한다53)는 인식을 버리지 않고 있었다.

2) 소설 통속화와 1930년대 후반 대중문화의 변화

1930년대 문화의 변동을 보여주는 지표는 소설 통속화와 영화의 영향력 확대이다. 대중소설, 번안소설, 신문 연재 통속소설, 일본 통속소설, 야담, 일부 역사소설 등의 향수자층이 전면적으로 그 수와 영향력을 확대하고 문단의 창작물 전체가 통속화하는 것이 1937~8년의 소설 통속화이다. 이는 앞의 대중화 문제의 경우에서와 달리, 작가층이 급격한 대중의 성장과 문화자본의 확대 현상에 대해 수동적으로 적응한 결과였다. 이를 임화·이원조 등의 당시 비평가들은 신문자본과 장편소설과의 관계에서 파악한다. 계몽성을 완전히 벗어던진 민간신문의 이윤추구가 저발전한 한국 장편소설 장르의 상태와 결합했다는 것이다.[54] 이 시기에 이르러 고전소설에 대한 신문학의 작가들의 태도 또한 크게 변화한다. 김기진이 소설대중화론을 제창할 당시, "춘향전 수준의 소설을"이라는 슬로건을 내걸자 그가 얻은 것은 우익기회주의라는 비난과 조소였다. 그러나 일본잡지 『개조(改造)』에서 등단하고 단편소설집까지 같은 출판사에서 출간함으로써 각광을 받았던 신예 장혁주가 1938년 『춘향전』을 개작한다. 뿐만 아니라 이태준·박태원 등과 같은 '구인회'의 멤버들도 통속적인 역사소설 창작이나 고전소설 번역에 나선다. 이는 물론 문단 전반의 전형기적 상황이나 고전부흥론의 발흥 등의 움직임과도 관련이 있다.

> 「저 계집앤 영화라면 왜 저렇게 죽구 못 살까?」 / 하고 미운 소리를 한다. / 「남 참견은! 이년아. 누가 너처럼 밤낮 괴타분하게 소설만 읽구 있더냐?」 / 「흥! 소설 읽는 취미를 갖는 건 버젓한 교양이란다!」 / 「헌데 좀 저급해!」 / 계봉이가 도로 나서서 주근깨를 집적이던 것이다. / 「어째서 이년아, 소설 읽는 게 저급하더냐?」 / 「소설 읽는 게 저급하다니? 이 사람 오핼세!」 / 「그럼 무엇이 저급하니?」 / 「읽는 소설이 ……」 / 「어쩌니 내가 읽는 소설이 저급하니?」 / 「국지관이 소설이 저급하잖구? 'OOO'이 저급하잖구? …… 그런 것두 예술 축에 끼니?」 / 「예술은 다아 무엇 말라비틀어진 게야? 소설이믄 그저 소설이지 ……」 / 「하하하하, 옳아. 네 말이 옳다. 그래두 추월색이나 유충렬전을 안 읽으니 그건 신통하다.」 (…중략…) / 계봉이는 오꼼이를 손으로 찔벅거리면서 남자 어른들 음성을 흉내내어, / 「거 …… 아무리 근대적 감각을 향락하기 위해서 그런다구 하더래두 계집아이가 영활 너무 보러 다니면은 뒤통수에 불자(不字)가 붙는 법이다. 응? 알았어? 불량소녀 ……」[55](강조는 인용자)

위는 1937년 10월에서 38년 5월 사이에 채만식이 『조선일보』에 연재한 장편소설 『탁류』의 한 대목이다. 대화를 나누는 인물들은 백화점의 점원인 계봉이와 그 동료들인데, 위 대화를 통해서 많은 것이 지시되고 있다. 당시의 백화점 여직원들은 보통 여고보 졸업에 준하는 학력을 가진 평균 이상의 교양을 가진 여성들이었으며 여주인공의 동생인 계봉이 또한 여고를 졸업한 후 의학전문이나 약학전문을 다니고 싶었으나 자립하기 위해 '숍거얼'이 되었다. 위 인용문에 따르면 1930년대 후반의 모던한 직업 여성들은 '소설 읽는 취미＝고리타분한 것 또는 버젓한 교양, 저급하지는 않은 취미 / 菊池寬의 소설＝저속한 소설 또는 예술 축에 끼지 못하는 소설, 낙제를 면한 취미 /『추월색』,『유충렬전』＝가장 저속한 소설 읽기 / 영화 보기＝보다 모던한 취미, 근대적 감각을 향락하는 일, 지나치면 불량소녀가 되는 일'이라는 취향판단의 감각을 가지고 있다.

위 인용문은 1920, 30년대를 아우르는 대중적 문화 향유의 대중적 교체 과정을 압축해서 보여주고 있다. 영화가 대중문화의 패자가 되리라는 것은 이미 1920년대에 예견되었다.[56] 그러나 1930년대로 들면서 "불과 10년 남직한 사이에 영화는 완전히 대중화되버렸고 젊은 사람들의 거의 전부가 「영화 청년」, 「영화 소녀」가 되어잇"[57]을 정도가 되었다. 특히 1930년대 이후의 대중화된 영화 소비는 근대성과 대중문화 소비 패턴의 상관성에 대한 가장 유력한 지표를 제공한다. 즉 "영화소비가 신문 등 문자매체보다 훨씬 사회경제적, 문화적 근대성과 높은 상관관계"에 있고 "다른 매체에 비해 사회 경제적·문화적(특히 기독교, 일어해득) 지표에 따른 지역별 문화소비 차이를 판별하는 데 가장" 높은 설명력을 가지고 있다.[58]

그러나 영화 보기는 소설 읽기를 전면적으로 대체하지는 못했다. 독서 자체가 가장 유력한 교양적 행위와 교육의 수단으로 굳건히 자리 잡았으며, 소설 읽기는 독서에 속하는 일 중에서 만화를 제외하고는 가장 쉬운 일이었기 때문이다. 그러나 영화보기는 대중의 열광에도 불구하고 오랜 기간 단지 '오락'의 영역 속에 머물 수밖에 없었고, 아주 늦게서야 의미있는 '교양'으로 인정되고 제도 속으로 편입되었다.

　이러한 문화적 변동의 과정의 이면에서 우리가 읽을 수 있는 것은 인식의 구조 또는 '지'의 편재구조의 변화이다. 개인화된 독서와 소설읽기의 확대에는 구술성의 구축과 지식의 개인화가, 그리고 영화의 등장과 득세과정에는 회화적 재현의 충격[59]과 문자의 역할과 기능을 대체하는 이미지화된 지식의 힘이 있다.

5. 맺음말

　이상의 논의를 통하여 1920~30년대 소설 독자의 형성과 그 변동의 과정에 대해서 살펴보았다. 1900~10년대의 지식인에게 소설은 대중적이며 새로운 문화적 매개로서 인식되어, 계몽적 이념을 전파하는 수단으로 사고되었다. 그리고 1910년대 후반부터 소설 읽기는 근대적 예술 장르를 향유하는 한 수단으로 인식되기 시작한다. 이러한 과정을 통하여 소설 독자층에 신교육을 받은 지식인층이 새롭게 포함된다. 그러나 1920년대에 이르면 소설 읽기는 대중문화 향유의 한 갈래로 뚜렷이 자리를 잡는다. 이는 소설 독자층의 내부적 분화를 수반하는 과정이기도 했다. 낮은 정도의 문화 자본을 소유한 농민과 노동자층이 고전소설과 일부 신소설을 전통적인 방법으로 향유했으며, 신문 연재소설을 중심으로 한 대중소설과 번안소설, 일본 통속소설을 주로 읽는 도시의 소설 독자층이 광범하게 존재했다. 그리고 체계적인 문학 교육과 독서 경험을 가진 층도 형성되었다. 이 과정을 통해 보편적인 독자층의 차별적 형성이 완성되는 듯하다.

　전체 독자층의 확대와 재편과 소설 독자의 확대 재편은 깊은 연관을 가지고 있다. 소설 독서는 가장 대중적인 독서 형태로서 대중의 의식과 이념, 교육 상태를 보여주는 척도로서의 의미를 가지고 있다. 이 글에서는 주로 독서 문화의 변화와 대중문화의 확대 과정에 관심을 가졌다.

주석

1) 이에 관해서는 이광수, 「文學講話」, 『조선문단』 창간호, 1924.10; 「讀書로 본 社會의 變遷」, 『동아일보』, 1927.1.8, 2면; 「朝鮮文化와 民衆과 新聞」, 『삼천리』, 1935.7 등 참조.
2) B. Anderson, 윤형숙 역, 『민족주의의 기원과 전파』(나남출판, 1991)는 근대 국민국가 형성에 있어 인쇄자본주의와 소설의 역할을 논한 가장 선구적이며 대표적인 연구이다. 그리고 조동일, 『소설의 사회사 비교론』 2(지식산업사, 2001) 6장에서 소설 형성과 관련된 유럽·아시아·아프리카 국가의 차이를 논했다. 몇 가지 예를 들면, 영국 근대소설과 그 독자층의 형성에 관한 선구적인 업적으로 꼽힌다는 I. Watt, *The Rise of Novel*은 시민(부르주아)을 중심으로 한 계급구성과 생활양식의 변화를 가장 중요한 요인으로 기술하고 있고, 영국소설 독자 문제에 대한 또다른 고전중에 하나인 Q. D., Leavis의 *Fiction and the Reading Public*은 저널리즘의 발전을 중요한 요인으로 고려했다. 한편 R. Escarpi의 *Sociologie de la littérature*는 프랑스 문학의 유통과 출판의 문제를 무엇보다도 규정적인 문제로 다루고 있다.
3) 예컨대 신채호는 "소설은 국민의 나침반"이며 소설이 "국민을 강한 데로 導하면 국민이 강하며 正한 데로 도하면 정하며 邪한 데로 도하면 사하"며, "천하 대사업은 을지문덕·천개소문 같은 대철·대영웅·대호걸이 做하는 바며, 사회 大趨向은 종교·정치·법률 같은 대철리·대학문으로 하는 것이 아니라 언문소설이 정하는 배라" 하였다(신채호, 「近今 國文小說 著者의 注意」, 『대한매일신보』, 1908.7.8). 이에 대한 논의는 조남현, 『소설원론』, 고려원, 1984, 32~6면; 권보드래, 『한국 근대소설의 기원』, 소명출판, 2000, 112~116면; 한기형, 「신소설의 근대문학적 위상」, 성균관대 박사논문, 1997, 47~8면 등 참조.
4) 18~9세기 조선소설 독자에 대해서 大谷森繁, 『朝鮮後期小說讀者研究』, 고려대 민족문화연구소, 1985 등 참조.
5) 백운관·부길만, 『한국 출판문화 변천사』, 타래, 1992, 3장 2절 참조.
6) 『자유종』에서의 유명한 "춘향전은 음탕 교과서오 심청전은 쳐량 교과서오 홍길동전은 허황 교과서라 홀 것이니……"라는 구절이나 "한국 전래 소설이 대개 음담과 숭불걸복의 괴화"라는 신채호, 「近今國文小說著者의 注意」(『대한매일신보』, 1908.7.8) 등을 참조할 수 있다.
7) 이에 대해서는 이주영, 『구활자본 고전소설 연구』, 월인, 1998; 한기형, 앞의 논문, 5장 참조.
8) 김일열, 「한문소설과 독자」, 『고소설의 저작과 전파』(고소설연구회 편), 아세아문화사, 1994, 422~3면.
9) 김동인, 「소설에 대한 조선 사람의 사상을」, 『학지광』 18호, 1919.1, 45면.
10) 대곡삼번에 의하면 17세기 이후 한글소설의 주된 독자였던 상류 계층의 여성들은 18세

기에 貫冊이 생기자 다시 그 독자군을 이루게 된다고 한다. 또한 19세기에 득세한 방각본의 경우는 그 특징상 축약본이거나 抄譯本이었기 때문에 세책가의 독자를 완전히 잠식하지 못했다고 한다. 세책의 독자가 서서히 해체되는 것은 19세기 말의 신교육과 새로운 문예의 태동에 의한 일이다. 대곡삼번, 앞의 책, 119면.

11) 오성철, 「1930년대 한국 초등교육 연구」, 서울대 박사논문, 1996 등 참조.

12) 위의 논문, 3장 참조.

13) 노영택, 「日帝時期의 文盲率 推移」, 국사편찬위원회, 국사관논총 51, 1994; 朝鮮總督府, 『昭和五年 朝鮮國勢調查報告－全鮮編』 제1권, 82~83면 참조.

14) 前田愛, "音讀から默讀へ－近代讀者의 成立", 『近代讀者의 成立』, 筑摩書房, 1989; Walter J. Ong, 이기우·임명진 역, 『구술문화와 문자문화』(문예출판사, 1995); Alberto Manguel, 정명진 역, 『독서의 역사』(세종서적, 2000) 등에 의하면 일본의 경우 '음독에서 묵독으로'의 변화가 주로 명치 초기에, 영국의 경우 17~8세기에 주로 일어난 변화이다.

15) 한설야, 「나의 인간수업, 작가수업」, 『작가수업』(한설야 외), 조선작가동맹출판사, 1959; 『우리시대의 작가수업』, 역락, 2001, 27~8면 등 참조.

16) 「新春野談大會」, 『동아일보』, 1928.1.31 등 참조.

17) 「대담－명우 문예봉과 심영」, 『삼천리』, 1938.8; 한국방송공사, 『한국방송육십년사』, 1987, 54면 등.

18) 유진오·박태원 외, 「작가 단편 자서전」, 『삼천리』, 1937.1 등.

19) 한설야, 「나의 인간수업, 작가수업」, 『작가수업』(한설야 외), 조선작가동맹출판사, 1959; 『우리시대의 작가수업』, 역락, 2001, 27~8면.

20) 이에 대해서는 Ong, 앞의 책; 前田愛, 앞의 책과 이외에도 Hwa Yol Jung, "Language. Politics and Technology", in Research in Philosophy & Technology, vol.5, 1982.

21) 「서적시장 조사기」, 『별건곤』 7권 9호, 1932.9, 138면 등 참조.

22) 『삼천리』, 1932년 3,4월호.

23) 『삼천리』 1936년 12월호에 실린(141면) 『文章百科大辭典』, 『手紙百科辭典』 광고 문안.

24) '미문'을 내세운 경우의 몇 가지 예를 들면 다음과 같다. 中村素山, 『美文 日本書翰文』, 巖松堂(동아일보 1923년 2월 19일자 광고); 黃義敦·申瑩鐵, 『新體美文學生書翰』, 홍문각(『동광』 1927년 4월 광고); 柳春汀, 『模範詩的美文 最新文學書簡集』, 경성각서점(『삼천리』 1935년 11월호 광고).

25) 방인근, 「處女作 發表當時의 感想」, 『조선문단』 6호, 1925.3.

26) 「논설」, 『대한매일신보』, 1908.7.8; 「小說家의 趨勢」, 『대한매일신보』, 1909.12.2 등.

27) 碧朶, 「貧趣味症慢性의 朝鮮人」, 『별건곤』 1호, 1926.11 참조. 또한 유선영의 견해에 의하면 식민지시대의 대중문화와 관련된 대중은 어디까지나 전체 인구의 15%(1910년)~30%(1940년)에 달한 비농업 인구로부터 개념화된다. 이들이 여가, 도시거주, 현금구매력 등의 기준을 갖춘 집단이기 때문이다(유선영, 「한국 대중문화의 근대적 구성과정에 대한 연구」, 고려대 박사논문, 1992).

28) 마에다 아이는, 읽을 거리에 관심을 가지면서도 자주적으로 독서하는 의욕과 능력은 결핍된 독자로서 혼자서는 독해력이 없고 귀로 듣는 오락을 즐기는 독자를 '잠재적 독자'로 개념화한다. 前田愛, 앞의 책, 126면.

29) 이주영, 『舊活字本 古典小說研究』, 月印, 1998; 류준경, 「방각본 영웅소설의 문화적 기반과 그 미학적 특성－구술적 성격을 중심으로」, 서울대 석사논문, 1997.

30) 이원주, 「고전소설 독자의 성향」,『한국학논집』1~5합집, 계명대 한국학연구소, 1980, 6~7면은 경북 지역에 거주한 반가의 여성들을 대상으로 소설 수용의 성향을 조사했다. 1910~20년대의 소설 독자층이었던 이들이 보여주는 경향은 도시의 신교육을 받은 사람들과의 그것과는 완전히 다르다.『옥루몽』·『창선감의록』·『유씨삼대록』 등이 이들이 가장 즐겨 읽은 소설이다. 이들은 소설책을 '구입'하지 않았으며, 가전본을 통해 주로 성례 전후에 이들 소설을 읽었다고 한다. 또한 이들은 작품의 문체와 윤리적인 성향의 아속을 가려 傳보다는 錄계 소설을 읽었다고 한다.

31) 朝鮮總督府,『平壤府 : 調査資料 第三十四輯 生活狀態調査(其四)』, 昭和七年(1929년), 226~8면의 "平壤警察署 管內 出版物 頒布 狀況(昭和四年末 現在)"에 열거된 인기 있던 소설책은 다음과 같다.「옥중화」·「삼국지」·「구운몽」·「소대성전」·「謝民傳」·「심청전」·「옥루몽」·「愛の火焰」·「雙玉樓」·「강명화 實記」·「춘향전」·「閔子冥足」·「옥린몽」·「수호지」·「유충렬전」·「水許傳」·「龍文傳」·「烈女傳」·「효자전」·「추월색전」·「無情」·「海國王星」.

32) 중학생과 그 이상의 학력을 가진 학생과 여고보 학생과 그에 준하는 교육을 받은 여성을 말한다.

33) 본격적인 신문학의 작품 중에서 '대중적으로' 고전소설이나 상업적 작품과 경쟁할 수 있었던 것은 이광수의 작품들뿐이었다.

34) 김동인의 「마음이 여튼 자여」, 「정희」, 「김연실전」과 염상섭, 「제야」, 「너희들은 무엇을 어덧느냐」 등의 작품과 장연화, 「문학기생의 고백」,『삼천리』, 1934.5 등을 참조.

35)『槿友』창간호, 1929.5, 13면.

36) 김기림, 「漫談 新聞小說『올림픽』時代」,『삼천리』1933.2.

37) 1923~6년 사이에 일간지의 책광고면을 가장 자주 장식한 책들은『(圖解研究) 男女生殖器全書』,『裸體美人寫眞畫集』戀のぬれ烏』,『女の裸體美』,『男女 性慾及性交の新研究』,『圖解 處女及妻の性的生活』 등과 같은 책이었다.

38) 碧朶, 「貧趣味症慢性의 朝鮮人」,『별건곤』1호, 1926.11; 崔承一, 「大京城 파노라마─原名 趣味漫談」,『朝鮮文藝』창간호, 1929.5 등 참조.

39) 김동인, 「신문소설은 어떻게 써야 하나?」,『조선일보』, 1933.5.14.

40) "금후엔 페이지수를 많이 줄이고 그 대신 (…중략…) 취미기사를 좀 많이 넣도록 하시오 (…중략…) 순 작품본위로만 하면 누가 잡지를 사 보나요"(이광수, 「前『朝鮮文壇』追憶談」,『조선문단』, 1935년 8월호)

41) 염상섭, 「소설과 민중 2」,『동아일보』, 1928.5.29.

42) 이광수, 「文藝瑣談」,『동아일보』, 1925.11.2~12.5에 의하면 이십년 전의 조선 사회와 당시 사회의 가장 놀라운 차이를 보여주는 것은 "양복·맥주·연애, 여러 가지 있겠지마는, 학교교육과 문예와 사회주의"이며 "더구나 문예가 오늘날 조선에서는 수십만 청년남녀의 정신을 지배하는 무서운 세력"이다. 초기『조선문단』의 편집 방침은 주목된다. 이는 명백히 문청을 위한 교육 훈련의 장의 의미를 강하게 지니고 있으며, 대중의 호응도 높다.「編輯後 몃 말슴」,『조선문단』4호, 1925.1, 209면 등을 참조.

43) 이러한 점은 광고 담론을 통해 잘 드러난다. 일반적인 대중소설의 광고는 영탄조로 주인공의 비극적 운명과 줄거리를 소개하며 '滋味'를 강조하는 경우가 많은 데 비해, 신문예 작가의 창작집의 경우는 작품의 문제성과 형식적 완결성을 강조하는 경향이다.

44) 박붕배,『韓國國語敎育全史』上, 대한교과서주식회사, 1987, 363면.

45) 최남선의 『시문독본』(1911년)과 이태준의 『문장강화』(1939년) 사이에 있는 수많은 ‘독
본’과 ‘강화’들이 계열을 이루며 한국의 근대적 ‘글쓰기’의 이데올로기와 기술적 규범을
만들어냈다.
46) 「오오, 二八靑春－문인의 이십시대 회상」, 『삼천리』, 1933.3; 「작가 단편 자서전」, 『삼
천리』, 1937.1.
47) 1920년대초 이광수는 ‘문학에 뜻을 두는’ 청년들에게 윈치스터, 나쓰메 소세키의 『文
藝批評論』, 『文學論』과 本間久雄, 『文學槪論』·坪內逍遙, 『英文學史』·五十嵐力,
『日本文學史』를 권하고 있으며 유진오의 회고에 의하면 경성제대 예과 1학년생으로서
서양 근대문학작품을 거의 섭렵했는데, 그 “길잡이 노릇을 한 것이 이꾸대[生田長江]의
「近代思想十六講」, 구리야가와[廚川白村]의 「近代文學十講」이었다.”(이광수, 「문학에
뜻을 두는 이에게」, 『개벽』 21호, 1922.3; 이충우, 『경성제국대학』, 다락원, 1987, 89면)
48) 김기진, 「대중소설론」, 『동아일보』, 1929.4.18.
49) 오성철, 앞의 논문에 의하면, 일제하의 교육사에 있어 1933년부터를 ‘대중교육의 단계’
라 불릴 만할 정도로 보통 교육의 기회는 확장된다.
50) 崔承一, 「大京城 파노라마－原名 趣味漫談」, 『朝鮮文藝』 창간호, 1929.5 등 참조.
51) 이주영, 앞의 책, 3장 참조.
52) 「書籍市場調査記－漢圖·以文·博文·永昌等書市에 나타난」, 『삼천리』, 1935.10;
최승일, 앞의 글.
53) 「十萬 愛讀者에게 보내는 작가의 편지」, 『삼천리』, 1935.11.
54) 1930년대 말의 ‘통속화’가 처음은 아니다. 언제나 ‘통속화’할 가능성이 농후한 것이
소설이다. 임화는 “新文學(이광수에 의해 주도된 1910~20년대 문학을 가리킨다－인용
자) 歷史性이 喪失되고 傾向文學의 時代가 시작되려할제” “性格과 環境의 決裂”로 표
현되는 위기에 처한 “新文學이 當然히 밟아야 할 自然스런 末路”로서 1920년대 문학의
통속화를 제1국면으로 파악한다. 이러한 파악의 자료는 이광수의 『단종애사』, 『재생』,
『혁명가의 안해』, 『이순신』과 통속화의 경향을 집대성한 최독견의 작품이다. 임화, 『문
학의 논리』, 학예사, 1940, 394~5면.
55) 채만식, 『탁류』, 문학사상사, 1986, 460면.
56) 『별건곤』 1926년 12월의 「활동사진 이약이」는 다음과 같이 말하고 있다. “조선총독부
까지도 조선통치 잘한다고 활동사진으로 자랑을 하며 도라다니게까지 세상은 활동사진
의 세상이 되고 말았다. ‘노리’라고 우습게만 여기든 오락이 대중의 생각을 지배하는
데에 아모 것보다도 더 큰 힘을 가진 것을 알게 된 까닭이다.”
57) 안동수, 「映畵隨感」, 『영화 연극』 제1호, 1939, 44~5면.
58) 유선영, 앞의 논문, 264면 등.
59) 이효석, 「南方飛行 其他」, 『삼천리』, 1938.5. “하로나 이틀을 걸녀 小說 한 권을 떼는
努力보다 불과 시간반에 端正하게 정리된 한 편의 이야기를 보는 편이 얼마나 경제적인
가도 생각된다. 영화에는 심리묘사가 결핍되나 이 난관도 차차 극복되어 가는 듯이 보이
며 앞으로는 소설보다도 도리혀 한 수 앞선 수법까지 발명될 듯이 짐작된다. 문장이 주는
매력은 영화의 한층 적확한 시각적 요소와 그것이 비저내는 특수한 분위기가 충분히
건저준다. 생활의 한 폭의 단면을 그렇게도 수월하게 눈만으로 감상할 수 있음이 새삼스
럽게 경이로 느껴진다.”

근대 초기 시의 미적 개념 인식과 근대시 장르의 체계화 과정 연구

조영복

1. 문제제기

근대시 형성 과정에서의 문인들과 사상운동가들과의 관계를 조명하는 것[1] 은, 단순히 근대 초기 시의 사상 체험을 설명하는 단계에 그치지 않는다. 이들 문인들과 사상운동가들의 교유를 통해 얻어진 이념이나 개념들은 상징주의 시를 수용하는 과정에서 주제 의식이나 근대적 문학 개념을 형성하는 데 바탕이 된 것으로 보인다. 따라서 이 시기 문학을 보는 틀이 '문학 내적인 문제'에서 머무를 수는 없을 듯하다. 본고는 이같은 문제의식을 견지하면서 근대 초기 시의 형성 과정에 대한 하나의 시각을 마련하고자 한다. 하나는 미학적 측면의 고찰로써 당시 시적 담론의 내용 혹은 주제가 무엇인가 하는 점을 논할 것이며, 다른 하나는 형식적 측면(언어적 측면)의 고찰로써 근대 초기 시의 은유 담론의 형성과 형식적 정제화의 측면을 논할 것이다.

'문학운동의 정치화' 곧 문인들의 사회주의 사상의 수용 및 자각이 이른바 신경향파로 불리는 염군사와 파스큘라로부터 비롯되고 그것이 카프의 결성으로 이어진다는 그 간의 논의에 대한 일정한 수정이 필요하다는 판단은 근대 초창기 잡지 발간의 여러 상황을 살펴보면 비교적 분명하게 나타난다. 기존의 문학 경향이나 담론(상징주의, 퇴폐주의, 낭만주의)을 와해하고 계급주의 문학으로의 이행을 처음 시도한 것으로 평가되는『백조』에 대한 시각도 수정할 필요가 있다고 본다. 본인의 이같은 입장은『신청년』지(1919년 1월 20일 창간)의 발견으로 인해 그 논거가 보다 확실해진 감이 있다.2)『신청년』에 대해서는 본인이 이미 그 중요성을 언급한 바 있었으나3) 잡지 자체를 손에 넣을 수 없어 그 면모를 추정할 수 있을 뿐이었다.『신청년』에서도 사상운동가들과 문인들과의 관계가 보다 확실하게 나타나고 있는 것이다. 초기 잡지들에서의 이들의 관계는 문학과 사상운동과의 미분화, 즉 문학 고유의 독립성 및 자율성에 대한 직업적 인식적 미분화가 첫 번째 원인이었을 것으로 짐작되지만 이는 근대시 형성의 제반 과정들이 보다 복잡한 관계 속에 놓여있었음을 반증하고 있는 것으로 판단된다. 한국 근대시 형성 과정은 형식적으로 자유시화 하는 과정4) 이상의 의미를 담고 있는 셈이다.

근대시(문학) 형성 과정 자체가 일제 식민지화 과정 아래 놓이게 됨으로써 근대시 형성기의 문인 혹은 지식인들의 사유는 이같은 특수한 과정에 끊임없이 개입될 수밖에 없었다. 이 점은 근대문학 연구자들이 그동안 여러 차례 지적한 바 있다. 특히 그들 대부분이 일본 유학생이었다는 점에서 당시 일본에서 유행한 사상적 조류에 민감할 수밖에 없었고, 그들이 받아들인 문학의 근대적 관념 또한 그 영향권으로부터 벗어나지 않았던 것이다. 생 · 자아 · 자유 · 자아의 존귀성 같은 관념들은 아나키즘과 공산주의 사상이 미분화 되었던 초기 사회주의적 관념 속에 분명하게 드러나는데, 이것이 문학적 이념, 문학 언어에서의 '은유', '상징'의 개념과 맞아 떨어졌던 것이다. 이는 사회주의적 관념으로부터 문학 언어가 태동하는 중요한 계기를 이룬다. 초기 문인들과 사상운동가들의 교유는 근대시(문학)에 대한 개념적 인식과 사상 체험의 미분화 과정 속에 있었던 것이다. 근대 초기 시인들이 수용했던 근대시 개념들은 일본 유학 시절을 통해 경험한 사상 체험과 사상운동 과정과 관계를 맺고 있으며, 인식론적 차원에서도 밀접한 연관이 있었다고 볼 수 있는 셈이다. 문인들과 사상운동가들의 교유를 통한 문학 담론의 형성 과정은 일종의 '지식인적' 차원의 활동으로 볼 수 있지만, 보다 본질적으로는 문예운동과 사상운동의 '개념'의 유사성과 '개념'의 전이 과정에서 생겨난 것이라 할 수 있다. 대체로 사상운동가들이 소설보다는 시를 주로 발표하고 있다는 것도 주목되는데, 상징주의나 낭만주의가 시 중심이고 그것의 주요 개념적 범주들이 사회주의 사상 체험에서 얻은 것과 상동성을 가지고 있었던 데서 그 일단의 원인을 찾을 수 있을 것이다.

　　본고에서는『삼광』,『신생활』,『폐허』지를 중심으로 한 사상운동가들과 문인들의 관계, 특히 남궁벽, 황석우 등의 경우를 통해 이같은 입장을 재확인하고 그 당시의 상황을 보다 면밀하게 검토하고자 한다.

2.『삼광』·『폐허』·『신생활』지의 관계

　　문인들과 사상운동가들의 관계는『삼광』(1919.2 창간)·『폐허』(1920.7)·『신생활』(1922.3)지에서 발견되는데, 이들 잡지에 간여하고 있는 인물들간에 어떤 연속선이 발견되고 있다는 사실은 흥미롭다. 이미 본인은『삼광』지에서의 염상섭과 황석우의 관계에 대해 간략하게 조명한 바 있다.[5] 염상섭의 글이 김환이 편집하던 『학지광』에 실리지 못한 것과 염상섭이 백악의 「자연의 자각」에 대해 신랄하게 비판한 것은 '반 창조파' 로서의 『삼광』과 『폐허』 간에 어떤 교량적 역할이 있었음을 의미한다. 즉 『폐허』는 『삼광』의 연장이고 '삼광파'의 발전적 해소이며 결국 『삼광』은 『폐허』의 모체라는 것이다.[6] 이는 황석우가 『폐허』 창간호에서 『삼광』에 실었던 글 중의 오류 부분을 정정하고 있는 것을 보아서도 그 타당성을 인정할 수 있겠다.[7] 그런데 『폐허』와 『삼광』 간의 관계에서도 보다 중요하게 지적되어야 할 것은 바로 사회주의 사상운동과의 관련성이다. 『폐허』, 『삼광』의 연속성은 단지 이들 잡지 간행자들이 비슷한 인적 구성을 보인다는 점에 있다기보다는 일본에서의 사상운동 경험에서의 어떤 공통된 의식의 지향이 이들을 묶고 있다는 점에서 기인하고 있다고 보인다.

『신생활』과 『삼광』, 『폐허』로 이어지는 사상운동가와 문인의 관계는 황석우와 이혁로의 관계에서도 추정할 수 있다.[8] 본인은 『폐허』에 실린 보성과 이혁로가 동일인일 가능성을 제기한 바 있다.[9] 황석우의 시 「血의 시」가 '步星君의 압헤 밧친다'는 부제를 달고 『폐허』 창간호에에 실려 있다는 점도 다시 주목할 대목이다.

「혈의 시」에서 보이는 특징적인 점은 '혈. 진리' 등의 시어가 내포하듯 사상운동가적 징후가 포착된다는 것이다.

> 나는 네의 陰虛한 御用의 嘆美者가 안일다
> 나는 네의 들적직은한 膽脂내나는 接물을 엇으려고 허둥거려쓰대는 性慾의 乞人도 안일다
> 나는 큰 眞理의 網에 부닷처 넘어질 때
> 내몸이 선지 피투성이가 될 때,
> 나는 그 괴를 저 샤砲의 사갓치
> 버니마에 던저 한 殘忍性의 깃븜을 느낄 때
> 나는 비로서 우레소리보덤 더 咆哮로서

뛰고 뛰여 노래한다.

—「血의 詩」

　‘보성’에게 부친 이 시는 황석우의 보성에 대한 사상적 동지로서의
애정을 담고 있다. 시인은 ‘너(보성)’의 ‘어용의 탐미자’나 ‘성욕의 걸인’
이 아니다. 고난의 길을 같이 걸어가는 진리의 담지자, 곧 동지이다. ‘피
의 시’라는 제목 자체가 사회주의 사상과의 친연성을 강하게 암시하고
있다. 이 시에서 상징주의와 낭만주의, 퇴폐주의 시의 선구자로서의 황
석우의 모습을 발견하기는 어렵다. ‘들쩍지근한 접물을 얻으려는 성욕
의 걸인’이라는 구절에 주목해 황석우 시의 ‘퇴폐적’ 경향을 확인한다
는 것은 매우 부적절한 텍스트 읽기가 아닐 수 없다. 동인지 자체를 ‘상
징주의, 퇴폐주의의 온상’으로 전제하게 되면 이 텍스트의 해석 역시
결정론적인 오류를 반복하는 수준에서 벗어나기 어렵다. 근대시 연구사
에서 사상운동과 동인지 문학 사이의 관계는 생소하고 낯설게 파악되
고 있다. 그간 문학과 사상운동과의 연계는 대체로 염군사, 파스큘라,
카프로 이어지는 일직선 적인 관계의 틀 속에서 이해되었다. 순문예동
인지로 규정된 『폐허』나 『백조』와, 사회주의 사상이나 사상운동가들과
의 관계를 상정한다는 것 자체가 불가능한 것이었다. 그런 까닭에 동인
지 문학은 순전히 문학 내적인 문제로, 부르조아지 문인들이 시도한 유
미주의 문학운동이나 ‘새것 콤플렉스’ 일종의 하나로 이해했던 것이다.
그러나 사회주의자 혹은 사상운동가였던 이혁노·나경석 등이 『폐
허』에, 정태신·신태악 등이 『장미촌』에 참여하고 있는 것은 분명한 사
실이다.10)
　『폐허』의 주도적 인물은 남궁벽으로 알려져 있다. 이는 그의 사상적
지향점을 이 잡지를 통해 확인할 수 있다는 의미도 된다. 그가 『폐
허』의 모델을 백화파의 그것에 두고 있었다는 것은 ‘폐허’라는 제목이
갖는 의미를 통해서도 알 수 있으며, 창간의 동기를 밝힌 편집 후기(相

餘)에 잘 나타나 있다.[11]

> 「폐허」야, 너는 얼마동안 민족적으로 성장하여 가거라. 그러나 장래에는 세
> 계적으로 활약하여라. (…중략…)
> 「폐허」라는 제목은, 독일 시인 실레르의,
> 넷것은 멸하고, 시대는 변하엿도다.
> 내 생명은 폐허로부터 온다.
> 는 시구에서 취한 것이다.[12]

남궁벽은 이 후기에서 『폐허』가 그들 동인만의 혹은 조선만의 잡지가 아니라 세계 인류의 잡지가 되는 동시에 조선의 예원을 개척함으로써 전 인류의 예원이 되게 하는 목적을 가졌음을 누누이 강조하고 있다. 조선의 문학을 위해 헌신하는 길이 곧 전 인류의 문학을 위해 헌신하는 것이 된다는 것이다. 이는 적어도 『폐허』가 백화파의 자아각성을 중심으로 한 세계시민주의에 그 이념적 토대를 두었다는 것, 그리고 이것이 사상운동에 그것의 한 축을 대고 있었다는 주장을 확인할 수 있는 셈이다. 이는 '폐허파'의 성격을 규정하는 데 있어 매우 중요한 문제를 제기한다 하겠다. 흔히 알려진 대로 데카당스와 퇴폐주의의 온상으로 『폐허』의 성격을 규정할 수는 없다는 뜻이다. 동인 구성면이나 그들이 내세운 이념적 측면에서도 『폐허』의 성격은 서양 문예사조사의 측면을 단선적으로 적용할 수 없는 국면을 지니고 있었다.[13]

『신생활』지에 실린 남궁벽의 시를 통해 이같은 관점을 더 밀고 나가보자. 『신생활』은 김명식·유진희 등의 상해파 좌익이 주도하고 서울파 공산주의 그룹이 합류해서 운영된 잡지로,[14] 1922년 3월 11일 창간호부터 사회주의적인 색채를 강하게 띠고 있었기 때문에 압수를 당하고 필화사건을 겪다가 마침내 폐간(1923.1.8)되는 등의 고초를 겪는다. 이 『신생활』지에 순수하고 정결한 내면을 담아 내었다고 평가된[15] 남궁벽의 시와 일기가 게재된 것은 우연한 일이라고 보기 어렵다. 남궁벽의 시와

일기를 게재하는 데 일정한 역할을 했던 염상섭의 경우, 일본 유학 시절 '독립선언서 사건'이나 노동운동 체험을 통해 사상운동에 눈떴을 개연성은 쉽게 짐작된다. 남궁벽이 순수 정결한 상징주의 시인이라는 세간의 평가와는 달리, 그가 일본 유학 시절 민족과 국가, 민족과 개인간의 문제에 '신비에 가까울 정도의 감정'을 품고 있었다는 것은 기억할 만하다. 일본 당국이 위험인물로 간주해 政·法·文 이외의 과학을 연구하는 조건으로 관비유학생을 제안했을 때 그는 일언지하에 거절했다. 이같은 남궁벽에 대한 당대인의 회고는, 남궁벽이 '순수 내면 성향의 상징주의 시인'이라는 시사적인 평가와는 상반되는 점이 많다. 또한 사회주의자들의 잡지 『신생활』에 남궁벽의 시 「별의 압흠 그리고 기타」 등의 시와 그가 죽고 난 뒤 염상섭이 번역해 발표한 「我孫子日記」가 실려 있다는 점도 간과할 사항은 아니다.

　　남궁벽과 유종열, 지하직재(志賀直哉)와의 관계, 『동아일보』 주최로 열린 유종열의 강연회와 유종열 부인이었던 유겸자의 독창회가 염상섭과의 관계 속에 있음은 널리 알려진 바다.16) 남궁벽이나 염상섭의 유종열에 대한 관심은 순전히 직업적인 친분적인 관계는 아니었다. 남궁벽은, 유종열이 조선문화에 대한 애정을 표시하고 조선인에 대한 인도주의적 관심을 표명했기에 그를 통해 조선인으로서의 최소한의 자존심을 회복하고 위안을 얻고자 했다는 것이다. 그런데, 유종열에 대한 남궁벽의 보다 근본적인 관심은 그가 일본의 '백화파'를 주도했던 인물이라는 데 있었을 것으로 짐작된다.

　　백화파의 존재는 당시 일본 대정 데모크라시의 사회적 분위기와 분리되기 어렵다. 백화파의 사상적 구조를 이루는 양 축은 낭만주의적 세계관이 보여주는 자아각성의 문제와 노동 문제였다. 핵심적인 것은 백화파의 낭만주의적 자아 각성이 경도제대 경제학 교수 하상조(河上肇)의 「가난한 이야기」로 대표되는 노동문제와 동전의 양면을 이루고 있었다는 데 있다. 작가는 가난을 해결하는 열쇠를 부자쪽의 윤리적 자각에서 찾음으로써 인도주의적 휴머니즘을 보여주지만 계급주의 모순에 대한 철저한 자각을 보여주지는 않는다. 이같은 백화파가 가진 톨스토이 숭배는, 유도무랑의 자기부정과 종국적으로는『씨뿌리는 사람들』의 창간에까지 그 영향을 미친다고 평가된다.[17]

이같은 낭만주의 사조와 사회주의 사상 문제와의 혼합은 1920년대 초기 조선의 사상운동가들과 문인들의 관계 속에서도 비교적 뚜렷하게 찾아진다. 남궁벽과 염상섭, 그리고 황석우와 사상운동가들과의 관계는 1920년대 초기의 문학과 사상운동의 복잡한 역학 관계를 반영한 것으로 보인다. 황석우가 사상운동을 한 연유로『신청년』,『삼광』,『폐허』,『신생활』,『장미촌』등 그가 주로 간여했던 잡지에는 사상운동가들이 동인으로 참여한다. 그리고 대판에서 노동자 생활을 했던 염상섭도 이때 황석우와 관계를 맺게 되었던 것이다. 남궁벽이 사상 잡지『신생활』에 글을 싣게 되는 것도 이들과의 인연이 중요한 작용을 했을 것이다. 그들이 일종의 연합 형태로 잡지 창간에 간여한 점이 드러나고 있고, 사상운동가들의 작품 속에 자아각성, 생명 등의 주제가 '힘'의 강조와 함께 분명하게 드러나는 데서 확인된다.

근대 초기 문예 잡지가 사상 잡지와 문예 잡지로 비교적 뚜렷한 선을 그은 채 출발했던 것은 우선은 잡지 발간에 얽힌 제도적인 문제때문이었을 것이다. 당시 잡지 간행은 신문지법과 출판법에 의해 공적으로 구속되었는데, 신문지 법에 의해 허가된 간행물인 경우가 아니면 사상적인 글을 싣지 못하게 되어 있었다.[18] '신문지 법'에 의해 발행 허가를 받은 신문, 잡지는 사전 원고 검열 없이 일단 인쇄된 원고를 납본하는 형식이었고, 출판법에 의해 허가를 받은 간행물은 미리 원고 겸열을 받은 후에 제작되도록 규정되어 있었다.『장미촌』을 간행할 당시 몇 달이 걸려서 겨우 잡지가 발간될 수 있었다는 박영희의 회고[19]는 당시 출판법에 의해 잡지가 허가된『장미촌』의 원고 검열 기간이 얼마나 길고 험난했는지를 보여주는 것이다.『개벽』,『신생활』,『조선지광』,『신민』등을 제외하고 대부분의 문예 잡지는 출판법에 의해 간행 허가를 받게 되는데, 신문지 법에 의해 간행된 잡지가 아닌 경우는 사상적인 글이 실리지 않은 탓인지 수준이 낮은 것으로 평가되기도 했다. 당시 문예지들이 싣고 있는 글이 '문예물'로 한정된 이유를 짐작할 수 있다. 이 점은 결국 사상가들이 쓴 글 또한 문예물 혹은 문화적 담론으로 이해되고 포장될 수밖에 없었던 한 가지 이유가 아닌가 짐작된다. '힘, 생명, 진리' 등이 강조되고 있는 것도 결국 사상적 내용의 문예담론화 장치일 수 있다는 것이다. 재미있는 것은 『신청년』, 『폐허』, 『장미촌』 모두 창간 초기에는 사상운동가들의 이름이 보이다가 사라지고 점점 전문적 문인들의 동인지 형태로 꾸려지고 있다는 점이다. 반대로 『신생활』은 문인들의 결합이 느슨해지는 것을 볼 수 있다. 문인의 전문화와 문학 장르의 체계화, 그리고 시적 언어에 대한 인식으로 인한 비전문 문인들의 참여가 가능하지 않게 된 점 등이 그 원인이었을 것이다.

이같은 과정을 거치면서 우리 근대시는 형식적으로는 우리말의 정제된 형태를 탐구해 가면서 시적인 언어로 보다 완미해지고 사상적으로는 주체적 개인으로서의 인간의 본연적 의지를 보여주면서 보다 근대적 주제들을 탐색해 들어간다. 우리말 시어가 보다 정교해지면서 그에 따라 주제의식도 비교적 선명하게 드러나게 된다. 1920년대의 상징주의시 모방자로 오해된 일군의 시인들은 이같은 시적 행로를 준비하는 하나의 '계단'의 역할을 하고 있었던 것이다. 본고에서는 대표적으로 황석우와 남궁벽을 통해 구체적으로 이를 분석해보기로 하겠다.

3. 형식의 정제와 근대적 미학의 형성–황석우의 경우

초기 상징주의 시론의 수용과 실제 시창작에 있어 황석우는 그 중심
인물로 흔히 거론된다. 황석우는 '일본 상징시의 서투른 모방자'로 이해
되었고 그 혐의는 벗어나기 어려웠다. 그러나 황석우가 1920년대 후반
기에 『조선시단』(1928.11) 등의 잡지를 간행하면서 조선 근대 시단에 일
정한 영향력을 발휘하고 있는 점은 눈여겨보아야 할 것이다. 『삼광』,
『폐허』 시절부터 잡지 간행에 간여하기 시작한 황석우는 '상징주의 시
잡지의 요람'으로 인식되던 『장미촌』을 거치면서 시인으로서의 일정한
지위를 확보하게 된다. 『조선시단』 잡지를 주재하고 첫시집인 『자연
송』(1929)을 간행하면서 시단에도 일정한 영향력을 행사하게 된다. 신진
시인들을 끌어 모으고 '신시운동' 곧 시의 새로운 부흥을 꾀하게 되는
데, 이 때부터 그의 역할은 시인으로서보다는 다른 방향에서 확고부동
한 것으로 자리잡았던 것 같다. '상아탑'이라는 필명이 갖는 위력은
1920년대 '동인지 시대'부터 계속되는데 1930년대에도 별반 퇴색하지
않았던 듯 하다. '상아탑'이 그 잡지에 참여하는가 안하는가가 그 잡지
의 질과 생명력을 보장받았던 것이다. 당대 문인들의 회고록 속에 최고
의 시인은 언제나 '상아탑'이었던 것이다.

그러나 현재 그에 대한 평가는 당대적인 분위기와는 매우 다르다. 언
어예술로서의 시에 대한 '소양 부족', '운율이나 해조에 대한 초보적인
공리조차 파악하지 못한 돈키호테적인 의욕' 등으로 그를 평가하는 것
은 현재의 시각에서 그를 재단한 것이 아닌가 한다. '문학성'의 관점으
로 시사 전체를 이해, 평가하는 입장은 신비평의 세례를 받은 문학 연
구자들이 가지고 있는 대표적인 관점으로, 해조·리듬·시어 등에 대한
문학 연구자들의 강조가 문학사적 사실의 이해에 있어 결정적인 구실
을 하게 된다.[20]

　당대적 평가와 현재적 시각, 이 차이가 바로 황석우를 보는 기본적인 관점이 되어야 한다고 본다. 이는 우리가 근대시를 보는 시각의 '해석학적 지평'이 어떤 것이어야 하는가를 설명해 준다. 근대 초기시는 일정한 해석학적 범주 내에서 이해되어야 하는데, 가다머의 '지평융합'의 개념이 유효한 것은 이 때문이다. 문학사적 사실을 기록하고 판단할 때 필요한 것은 당대의 시각도, 현재의 시각도 아닌 제3의 시각이다.

　「벽묘의 묘」에 대해 후대의 평자들은 이 시의 상징성을 부분 인정하면서도 이것이 던지는 언어의 미감이나 '몽롱한 상징성' 자체를 일본 시단의 모방적 시풍으로 규정하고자 한다. 그러나 황석우의 경력을 보건대 이 시는 다른 각도에서 조명되어야 한다. 일본 유학시절에 신시운동에 참여한 경험이 있고 종합 교양지인 『근대사조』 등에 참여한 경험으로 미루어 그의 시작 행위 자체를 '새것 콤플렉스'에 걸려 있었던 자의 모방행위로 판단하기에는 석연치 않은 구석이 있다. 와세다 대학 정치경제학부에 적을 두고 있었고, 결사금지가 단행된 일본의 사상단체에 열심히 드나 든 경험이 있었으며, 1921년 11월 박열·김약수·원종린 등과 조직한 흑도회의 중심 멤버(간사)로 활동한 데서 그가 줄곧 '사상'의 문제에 집요한 관심을 가지고 있었음을 확인할 수 있다.21) 그의 이 같은 사상운동의 경력과 상징주의 시와의 관계를 확인할 수 있는 근거를 그는 후일 표명한 바 있다.

　황석우는 자신의 시집 『자연송』(1929) 서문에 쓴 글에서 이 시들이 "대정 9년(1920) 이전의 시를 모은 것"이고 사상시는 나중에 따로 시집으로 낼 것이라 말하고, 『자연송』에 실린 시들이 "나의 사회운동 이전 곳 대정 9년 이전과 쏘는 만주방랑시대에 된 작들"이라 밝히고 있다.22) 이 같은 언급을 통해 보건대, '사상시'는 분명 『자연송』의 시들에서 보이는 '자연'이나 '우주' 등의 범신론적인 개념으로 이해되는 시들과는 다른 종류의 것을 의미하는 것으로 판단된다.

　황석우에게 '사상시'란 적어도 두 가지 개념으로 이해되고 있는 듯하다. 하나는 말 그대로의 사상시(정치적 의미에서의 사회주의 사상을 담은 시)이며 다른 하나는 개념시(관념시)·진술시이다.23) 이것은 겹치기도 하고 분리되기도 하는 개념이다. 현철과의 논쟁에서는 후자의 개념으로 판단되고 후일 『자연송』을 간행할 때는 전자의 개념에 가까운 의미로 쓰고 있는 듯하다. 사상으로서의 시는 감성의 표현이나 구체성의 표현으로서의 시가 아닌 추상, 관념으로서의 시를 의미하는 것이다. 당대에는 한시도 신체시도 아닌 제3의 경향의 시이다. 현철과의 논쟁에서 보이는 그의 인식론적 편린도 여기에 근거하고 있다.

한 월평에서 황석우는 오상순의 시를 평가하면서 '시의 초경에는 하수의 사상시가 되기 쉽다'는 충고를 하고 있기도 하다.24) 그가 의미하는 사상시는 '개념시'나 '관념시'를 의미하는 것으로, '서정시'와는 대척점에 있는 것이다. 황석우에게 서정시와 사상시의 경계는 비교적 뚜렷했던 것이다. 황석우는 오상순의 「구름」과 「생의 철학」(『개벽』 5호)을 예로 들면서 "그 詩의 전부가 抒情詩되기에는 넘우 思想에 訴하여 지내 잇고 또는 思想詩로서는 요령을 이해키 어려울만치 修辭가 어질어저잇스며 또는 표현이 넘우 幼稚하다 할 수 잇다"고 평가했다. 상당한 학문적 철학적 소양을 가지고 있는 오상순이 시의 형식을 빌어 '생의 철학'을 운운하는 데 대해 못마땅한 감정을 숨기지 않았다. 황석우의 글은 표현, 수사, 사상 등의 개념과, 그것이 서정시와 맺는 관계에 대한 그의 소양을 알 수 있게 한다. 적어도 서정시와 사상시가 황석우에게는 뚜렷한 경계를 갖는 범주였던 것이다. 뿐만 아니라 그는 문장 문체 표현의 관계에서 최소한 신텍스의 차원에서 문장이 성립되지 않을 경우의 유치함을 조목조목 비판하면서, 시적 장르에 대한 전문가적 인식을 피력하기도 한다. 예컨대

첫재 「구름」이란 詩曲을 보면, 「흘러가는 구름, 딸아가던 나의 눈, 자최업시 스스로 슬어지는 彼女의 幻滅 보는 순간에 슬몃이 풀어지며 무심히 픽 웃고

잇대어 눈물짓다」라 하엿스나 작자여, 무엇이 슬몃이 풀어지며 또는 무엇이 픽 웃고 무엇이 눈물짓다는 말인가 흘러가는 구름이 그랫다는 것인가 혹 딸아 가는……의 눈이 그러타는 것인가 다시 퇴고할 겸 자세히 읽어보라. 그리고 둘재 「生의 哲學」이란 詩에 「宇宙萬有의 本質이 모다 生이란 哲學的 直覺속 에」라 하여 노코는 「돌에다 귀를 가마ㅡㄴ히 기울여 보고 쇠메다 손을 슬몃이 대여 보앗다 미친듯이」라 하엿스니 이것이 무슨 의미인가? 그것을 다시 「宇宙 萬有의 본질이 모다」라는 것을 前提라 하고 그 남아지의 句를 斷案으로 보더 래도 그 본질되는 者의 설명도 정의도 아인 전연 의미 不通의 말이 아인가.[25]

황석우의 평가에서 보듯 습작과 다름없는 오상순 시의 특징이 무엇 인가를 추측할 수 있다. 한 문장에서 주어가 무엇인지 가늠하기 힘들 정도로 오상순의 우리말 문장 구사 능력은 부족했던 것이다. 초창기 시 인들의 시 장르에 대한 인식의 미비함을 대변해 주는 것아 아닌가 생각 될 정도이다. 황석우의 오상순에 대한 비판은 황석우가 시 장르에 대한 일관된 인식을 하고 있었던 데서 가능했던 것으로 보인다.

황석우의 글은 시란 무엇인가에 대한 질문으로 이어진다. 生田長江 이 말한 "노래를 부를 만한 조자(調子)가 있고, 그 조자가 긴장되어 있으 며, 보통 문장에 비해 문구 배열이 전도되어 있는 것" 중의 한 가지만 구비하면 시가 된다는 논리를 그는 비판한다. 시 장르의 특징으로 운율 과 시어 사이의 긴장력과 시적 의장을 들고 있지만 그럼에도 시가 이 세 가지 특성 중 한 가지만 구비하면 된다는 것은 시 장르 자체에 대한 심각한 오류가 아닐 수 없다는 것이다. 이 글은 곧 현철의 비판을 불러 오지만[26] 그렇다고 해서 현철과 황석우 사이에 시 장르에 대한 본질적 인 인식의 차이가 있었다고 보기는 어렵다. '신체시는 서양시를 모방한 것'이라는 데 대한 황석우와 현철의 주장은 '모방'이 시의 '외형을 모 방'한 것이라는 한정된 의미로 이해되는 한에서는 논의의 일치점을 찾 을 수 있다.

最近의 日本詩壇이나 또는 우리들이 쓰는 詩는 (詩形은 비록 西詩形을 模倣하엿다 하더래도)곳 日本人의 創造한 詩, 또는 우리가 創造한 獨立한 詩일다. 詩形과 詩는 달다. 詩를 덥허노코 西洋詩의 模倣이라 하는 것은 적어도 一民族의 그 國民詩歌運動에 與하는 이 우에 더넘는 甚한 큰 侮辱은 업는 줄안다.

황석우는 덧붙여서 '시 형식과 시는 다르다'고 주장하고 '형식적으로 시형을 모방한다고는 해도 그것은 일본 혹은 우리가 창조한 독립한 시'라고 평가한다. 여기서 시 형식과 시의 경계를 구분하는 준거나 방식의 오류를 지적할 생각은 없다. 다만 황석우 자신이 근대시 자체를 서양시의 모방이라는 측면보다는 '국민시가운동'의 일환으로 파악하고 있다는 점은 눈여겨 볼 만하다. 그렇다면, '국민시가운동'의 일환으로서의 근대시(상징주의 시)운동을 퇴폐적·병적이라고 평가하기에는 난점이 없지 않은 것이다.

황석우의 시집 『자연송』에 실린 시들을 구체적으로 살펴보더라도 『폐허』 시기에 보여준 상징성이나 이른바 '데카덩한' 측면은 거의 보이지 않는다. 여기서 '자연'은 '우주의 온갖 만상의 사물'을 의미하는 것인데, 이 시들에서 고도의 상징성이나 은유는 쓰이지 않고 있다. 대신 태양, 달 별, 등 지구를 포함한 모든 은하, 우주에 대한 비유를 소박하게 드러낸다. 황석우 시의 이같은 경향을 당대에서는 '사상성' 혹은 '관념성'이 있다는 점에 가치를 둔다. 이러한 평가가 '상아탑'의 명성에 걸맞는 의례적인 치사인 점을 감안해도 황석우를 '상징주의의 사도'로서 보다는 '노장사상'을 웅혼하게 드러 낸 시인으로 평가하고 있는 점은 주목할 만하다.

박우천은 황석우의 「一枚의 書簡」「女子의 마음」「私生兒」「구름 속에서 나오는 달」「女子」「두 盜賊」「人生」「죽이배인 어머니」 등이 노장사상을 생각케한다고 쓰고 상징주의 시인으로 자리매김되고 있는 것에 대해서는 비판적인 언급을 하고 있다.27) 여기서 '노장사상'이라는 것은 황석우가 노장사상의 본질에 가깝게 접근했다는 의미로서보다는 자연 만물에 대한 친근적인 사유를 드러낸다는 의미로 이해된 듯하다. 다음은 「一枚의 書簡」 전문이다.

> 어느날 「새벽」의遞夫가
> 地球國自然方
> 「人間展」이라는한張의
> 便紙를 가지고와서地上에내던진다
> 그便紙裏面에는「造化翁拜」라하였고
> 그文面에는曰「敬啓者다름 안이라TIME府令에依하여 여름과그에게ㅅ달닌
> 一切의家族은다려가고
> 宇宙樂壇의寵兒琴家가을군을보내니
> 한울새로물들인맑은大自然속에서
> 가을君의바람줄(風絃)을타는
> 풀닙曲調, 니무ㅅ닙曲調, 물길曲調等의여러가지名曲을울고짜고寒心늣기여
> 마음껏享樂하라」하엿더라

우주 만물과 자연에 인격적인 의미를 부여하고 있는 이같은 '자연시'는 앞에서 언급한 오상순의 시와는 다른 것이다. 소박하게 의인법을 구사하고 있는 점이나, 구체적으로 자연과 우주 만물을 대상으로 하고 있다는 점에서 오상순 시의 추상적이고 사변적인 '사상시'와는 다소 구별된다. 오상순에 대한 황석우의 평가와 황석우 자신의 시에 대한 평가를 종합하면 이 '사상시'란 의미는 '관념시'이자 '개념시'로 이해된다. 상징주의 시도 그러한 점에 있어서는 '사상시'의 계보에 속하게 된다. 그러나 황석우 자신은 이를 명확하게 이해하지 못한 듯하며『자연송』의 시들도 대체로 그가 말한 '사상시'의 두 가지 범주에서 벗어나는 것으로 판단된다. 황석우의 이러한 소박한 '자연시'는 '자연'과 '대지'의 개념

속에 자아 각성과 자아 존귀의 문제를 밀어 넣었던 남궁벽의 경우에 비
해 훨씬 소박한 느낌을 준다. 황석우가 1920년대 초에 썼던 상징주의
계열의 시들에 비해서도 지나치게 단순하다. 비유의 매개항이 원관념과
유사성의 차원에서 결합되어 있기 때문이다. 황석우의 시는 오상순의
지나친 관념성과 남궁벽의 구체성을 띤 시적 재현과는 다른 것으로 판
단된다. 그러나 이들 시인들 대개가 그들 시의 핵심에 일관된 '자연주
의 사상'을 관통하고 있다는 데는 공통점을 지적할 수 있다.

『자연송』은 당시 그다지 주목을 받지 못했다. 이 이유는 우리 근대시
의 형식의 정제 과정과 언어 미학적 측면의 발전 과정을 이해함으로써
해명될 수 있다. 여기서 근대시의 미학적 체계화 과정의 일면을 엿볼
수 있는 것이다.

황석우가 이 시집을 간행한 시기는 적어도 정지용 등이 이미 우리말
화 된 '모더니즘 시'를 쓰고 있던 시기였다. 정지용의 시 「카페 프란스」
나 「황마차」는 사상과 이미지, 내용과 형식이 전대에 비해 조화롭게 결
합된 시로 시적 이미지와 상징성이 안정되어 있다. 그러나 황석우의 시
는 언어 미감에 있어 1920년대 초기적 상황을 벗지 못하고 있거나 오히
려 그 질적인 층위에서 떨어진다. 그 이유는 이 시들이 대체로 대정 9년
(1920년) 이전의 시들을 모아 둔 탓이다. 그러나 새로운 시집을 간행하면
서 그는 조선어적 미감의 언어 곧 우리말화 된 시의 인식론적 층위를
관통하지 못하고 있었다. 이 시들은 여전히 미숙한 언어 운용을 보여주
고 있는 것이다.

황석우가 『폐허』 시절 쓴 시들에서 눈에 띄게 드러나는 점은 괄호(( ))
의 병기이다. 이것은 그 간 연구자들이 황석우의 시인으로서의 자질을
판단하는 중요한 근거가 된 것이다. 그런데, 괄호의 병기는 『창조』, 『폐
허』, 『백조』 등의 '동인지'를 살펴보면 황석우뿐 아니라 다른 여타 시인
들에게서도 나타나는 공통적인 사안이다. 괄호 병기는 두 가지 중요한
요인이 있었다. 하나는 '설명(독자에 대한 계몽)'의 방식을 선택한 때문이

며, 다른 하나는 앞에서 말한 바의, 한자어와 우리말 표현의 경쟁관계에서 경쟁력이 확연하게 자각되지 않았던 탓이다. 시인 자신뿐 아니라 독자들의 입장에서도 그 경쟁의 우열이 구분되지 않았던 것이다.『폐허』창간호에 실린 9편의 短曲 중「碧毛의 猫」와「太陽의 沈沒」을 보자.

어느날내靈魂의
午睡場(낮잠터)되는
沙漠의우, 수풀그늘로서
碧毛(파란털)의
고양이가, 내고적한
마음을 바라다보면서
(이애, 네의
왼갓 懊惱, 運命을
나의熱泉(ㅅ글는샘)갓흔
愛에 살적삶어주마,
만일 네마음이
우리들의世界의
太陽이되기만하면
基督이되기만하면).

—「碧毛의 猫」

太陽은 잠기다. 저녁구름(夕雲)의發狂者의 기개갓치, 어름비(氷雨)갓치, 여울(渦)지고, 보라빗으로여울지는ㅅ긋업는岩窟에太陽은ㅅ더러지다,
太陽은 잠기다, 넓은들에길일흔
少女의애嘆스러운가슴안갓흔
黃昏의안을숨(潛)여太陽은잠기다,
太陽은잠기다, 아아죽는者의움푹한눈갓치
異國의祭壇의압헤, 太陽은휘도라잠(沈)기다

—「太陽의 沈沒」

황석우 시에 대한 후대의 평가를 보면, 그가 '소용돌이'와 '여울'의 뜻을 구별할 수 없을 정도로 우리말 이해에 모자랐고, 그 결과로 말의 사전적인 의미에 맹목인 채 시를 창작했다는 것이다. 이는 그가 괄호를 빈번하게 부기하는 데서도 확인할 수 있다고 주장한다. 운율과 해조에 대한 인식의 결여가 "무턱대고 한국 근대시의 새 차원 개척에 대한 새것 캄플렉스를 가속화 시켰다"고 평가한다.[28] 이같은 평가는 형식주의적 입장에서 정당한 것일 수도 있지만, 근대시의 정제화 과정에서 생겨난 시대적 부산물인 점을 감안하면 객관적인 평가라고 말하기는 어렵다.

일반적으로 어떤 어휘 혹은 언어가 경쟁관계에 있거나 아니면 대중이 이미 어떤 언어를 집중적으로 사용하기 시작했다면 시인은 자연스럽게 그 경쟁관계에 있는 언어를 습득하고 자연스럽게 사용할 수 있어야 한다. 이는 구어체와 문어체의 표현론적인 갈등 관계로도 이해할 수 있을 것이다.

괄호의 병기를 다시 주목하자. 예컨대, '바람줄'과 '풍현'을 두고 시인은 자연스럽게 어떤 한 쪽을 선택해야 한다. 구어를 문어로 자연스럽게 사용할 수 있는 언어적 미성숙 상태에 이 시인들의 존재론적 지위가 결정되었다면 상징주의 시의 미성숙은 이미 앞에서 제기했던 대로 '모방'이 그 원인이었다기보다는 우리말로 된 시, 곧 한국어에 대한 구어체 표현의 미성숙이 그 원인이 되었을 수도 있다. 거기에 '은유'라는 고도의 상징성을 띤 문학적 의장에 대한 인식의 미흡함과 은유 그 자체가 가진 불확실성이 1920년대 근대시 형성 단계의 상징주의 시를 미성숙하게 태동시켰던 것이다. 서양식 관념의 형성과 그것의 구어체적 표현이라는 단계적 전이 과정에서 그 미성숙이 그대로 드러나게 되었던 것인데, 후일 이를 '결여'라는 부정적 가치평가의 문맥 속에서 단순화시켜 버렸던 것이다.

근대 초기 시에 있어 '상징주의 시의 번역 과정'이란 무엇을 의미하는가 하는 점에 대해 우리는 숙고해야만 한다. 1920년대 전후로 근대시에 눈떴던 시인들에게 상징주의란 무엇일까. 그것은 개념의 번역이며 서구 형이상학의 내재화 과정이 아닌가 한다. 죽음·욕망·꿈·사랑 등의 서구식 개념의 인지 과정은 우리말의 표음주의적 전사과정과는 다른 것으로 생각된다. 예컨대 '마돈나'(「나의 침실로」)의 개념을 표기한다는 것은 '가르마 같은 논길'(「빼앗긴 들에도 봄은 오는가」)을 시적 언어로 표기하는 과정과는 다른 것이다. 전통적이고 관습적인 언어와 의식을 전사하는 후자와는 달리 전자의 '마돈나'를 표기하는 과정은 일종의 에크리튀르를 모방하는 과정이며 관념을 모방하는 과정이다. 가라타니 고진은 일본의 언문일치 과정이 단순히 서양의 영향에 의한 것만이 아니었음을 지적하고 그것이 언어와 문자 혹은 근대 네이션의 문제와 분리할 수 없는 것임을 주장한다.

<blockquote>

중대한 것은 언문일치에 의해 음성 언어가 씌어지게 된 것이 아니라, 언문일치적인 에크리튀르가 구어를 구제하기 시작했다는 사실이다. 예를 들면 아쿠타가와 류노스케가 『나는 쓰는 것처럼 말하고 싶다』고 말한 것은 단순한 역설이 아니다. 그리고 언문일치에 정말로 영향을 끼친 것은, 후타바테이 시메이의 「뜬구름」과 같은 작품이 아니라 그의 러시아 문학 번역, 즉 번역을 통해 만들어진 에크리튀르인 것이다. 음성주의의 착각이란 이러한 새로운 에크리튀르가 음성을 규제해 왔음에도 불구하고 거꾸로 음성이 충실하게 글로 씌어진 것처럼 간주하는 일이다.[29]

</blockquote>

우리 1920년대 상징주의 시에서 드러난 새로운 관념도 실은 서구 상징주의 문학의 번역 과정에서 생성된 새로운 에크리튀르인 것이다. 그렇다면 황석우가 한자어 뒤에 괄호를 병기한다거나 내재적 운율에 맹목적이었다는 것은 형식주의적 문맥 곧 '문학성'의 차원에서 논할 것은 아니라고 판단된다. 오히려 그것이 새로운 관념을 만드는 과정에서 생겨난 일차적 언문일치 과정(서구식 관념과 우리말 표기 사이의 정합 과정)으로 이해해야 하는 것이다. 구어(음성언어)로서 '마돈나'가 우리말로 정착되기

이전에 이것은 번역과정에서 하나의 에크리튀르로 생겨났다고 볼 수는 없는가 하는 것이다. 그들에게 '마돈나'는 우리말화(관념의 전사)하기 이전에 번역으로 생성된 하나의 관념이었고 그것이 완전히 언문일치화 하는 것은 후차적 문제이다. 오히려 그것은 문화적 문제여서 언어학이나 문학에서 다룰 문제는 아닐지도 모른다. 예컨대 신이 존재하는가, 구원 혹은, 죄와 벌의 관념이 실제 한국과 같은 비서구적 종교 문화권에서 생겨날 수 있는가 하는 문제여서 대답은 간단치 않다.

고진이 지적하듯, 영구불변한 '문학성'이란, 구어의 완전한 표기, 완전한 미학적 재현의 상황을 전제에 두었을 때 의미있는 개념이 된다. 그것은 통시적이면서 영구성을 띠고 있어 시간을 관통해버린다. 비역사적인 문제가 되는 것이다. '마돈나'가 상징하는 주제적 담론을 이끌어내기 위해 이를 어떻게 완전하게 미학적으로 재현해 내는가, 음성을 충실하게 문자로 표현해 내는가 하는 것이 관건이 되어버리는 것이다. 「나의 침실로」를 관념성과 미숙한 관능성의 모방으로 치부하는 것이 '문학성'에 의한 판단의 예가 될 것이다. 즉 '문학사'는 배제되고 절대적인 무진공 상태의 '문학성'만이 평가의 기준이 될 위험이 내재되어 있는 것이다. 이같은 '문학적 관점'은 역설적이게도 우리 근대시사의 한 대목을 부정적으로 평가해버리는 성급함을 낳게 된다. 서구 상징주의 시의 부정이 아니라 철저하게 한국시사를 부정하는 역설은 여기서 생겨나는 셈이다.

여기서 다시 소쉬르의 '명백한 것의 부정'이라는 '에크리튀르의 규범성 무화'를 생각해 볼 수 있다.

어떤 언어가 다른 언어보다 확실하다거나 애매하다거나 하는 일은 결코 없습니다. 항구적 성격이라 할 수 있는 것은 일체 없습니다. 있는 것은 단지 일순간의 시간 속에서 한정된 다양한 것뿐입니다. 그곳에는 언제까지고 첫날에서 다음날로 넘어가는 언어의 제반 상태밖에 없는 것입니다. (「제네바 대학 취임

강연」)

　20년대 상징주의 시를 '모방과 미숙함'의으로 평가하는 논리가 바로
이같은 '원형적인 에크리튀르' 전제함으로써 생겨난 것임을 부인하기
어렵다. 1920년대 시를 부정하는 논리는 우리말과 언어적 의장에 대한
완고하고 보수적인 시각으로 부터 비롯되었지만 그 종착지는 결국 '규
범적인 랑그'와 '원형으로서의 서구 상징주의 시'를 전제하고 규범화시
키는 결과를 낳게 되고, 그것은 역설적이게도 우리 근대 초기시의 형성
과정을 부정적으로 바라보는 결과를 초래하게 되었던 셈이다.
　소쉬르는, 다양한 이디엄(idiome)이 존재하기는 하지만 그것이 한 국가
나 한 민족 공동체, 혹은 한 인종의 고유한 언어적 특징을 의미하는 것
은 아니라고 지적한다. 이는 그가 하나의 보편적 문자 체계(ecriture)의 사
용을 부정하면서 지역적 공간적 언어의 경계를 명백히 구분하고자 하
는 권력적 의도를 분쇄시키고자 하는 전략과 깊이 관련되어 있다.30) 그
는 언어와 인종, 언어와 민족, 국가간의 관계에서 선진적인 것과 후진적
인 것, 원형과 발전과의 관계(인도 유럽어의 모어와 자어의 관계)를 명백히 부
정하고자 했다고 알려져 있다. 언어의 원형성과 그것의 모방·전파·수
용에 있어, 이 양자 사이에는 위계나 권력적 관계가 놓여있지는 않다.
상징주의의 모방은 현실이며 실재이다. 그러나 그것의 모방 과정은 관
념의 전사과정이며 새로운 종류의 에크리튀르가 자연스런 우리말 표현
의 단계를 향해 가는 하나의 과정으로 이해되어야 한다.
　서구 상징주의 개념의 자장 안에서 파악되는 황석우·남궁벽 등의
시와는 달리 김소월의 시는 당대 독자들의 입장에서는 가장 손쉽게 수
용되고 정서적 감응이 뛰어난 것이었다. 김소월의 시에서 보이는 언어
적 완미함과 명료함은 상징주의적인 관념을 표출한 황석우 등의 시에
비한다면 분명한 차이가 있다. 그리고 문학적 완성도 또한 뛰어나다. 그
이유가 무엇인가. 김소월의 시를 '민요조 서정시'라 지칭하는 데서 우리

는 해답을 구할 수 있다. 김소월의 시적 담론은 우리의 일상적 경험에 매우 밀접하게 관련되어 있다. '한, 이별의 정한' 같은 정서는 우리의 전통적 정서에 속한다. 반면, 1920년대 시에 주로 보이는 '죽음과 사랑, 불멸, 영원성' 등의 개념은 낯선 것이다. 그와 같은 관념은 우리에게는 낯선 육체(경험) 속에 부유하듯 머물러 있는 것이어서 그것이 언어적 명료함을 얻기 위해서는 더 많은 시간적 경과를 필요로 한다. 언어가 인식의 차원과 긴밀하게 결합되기 위해서 거쳐야 할 많은 단계가 필요한 것이다. 서구적 관념으로 채색된 '죽음'이 우리말의 옷을 입고 구체적인 표상적 이미지를 얻는 것은 적어도 청록파의 시들에서이다. 박두진의 「묘지송」을 떠올려보면 수긍할 수 있을 것이다.

박종화·박영희 등의 많은 시인들은 상징주의 시를 출발점으로 삼고 있다. 그들은 이후 각각 소설·비평 등의 다른 분야에 몰두한다. 예컨대 박종화가 역사소설(산문)로 쉽게 빠져들어갈 수 있었던 것, '조선심' 탐구라든가 '민요시'의 단계로 건너 뛰어버려야 했던 것은 관념을 구어체화 하는 것에 대한 불편함이나 고민으로부터의 탈주일 것이다.

그에 비해 이상화가 '마돈나'가 주는 관념성과 추상성에서 벗어나 「빼앗긴 들에도 봄은 오는가」와 같은 명편을 남기고 있는 것은 그의 시적 자질의 걸출함을 의미한다고 볼 수 있을 것이다. 더불어 서구의 관념적 담론을 떠나 자기 경험에 내재한 사물의 구체적 표상성이 '언문일치'에 가까운 우리말 시를 가능케 한 것이었던 셈이다. 서구식 관념을 문자화 하는 것보다는 전통적 경험이나 익숙한 관념을 문자화 하는 것이 그 구체적 표상성을 획득하는 데 용이했기 때문일 것이다. 당대 시인 상아탑 황석우 시의 불명료함과 관념성은 바로 이 서구적 관념의 전사라는 고민 속에 있었다. 그로부터 서구적 관념어는 우리말의 구체적 표상을 얻기 위한 고투로 들어간다. 근대시의 미학적 형식적 정제 과정이라고 부를 수 있을 것이다.

4. 근대적 자아 인식의 근거-자아의 존귀함 : 남궁벽의 경우

남궁벽이 『신생활』에 쓴 시들31)은 그가 죽기 직전 일어로 썼던 것을 사후에 염상섭이 번역해 실은 것이다. 「별의 압흠」, 「馬」, 「信賴」, 「이러하게살고십다」, 「自我의 尊貴」 5편이 실려있다. 염상섭의 표현대로 '센티멘탈리즘'이 주조를 이루고 있는 '감상적인 시'다. 휴머니즘과 센티멘탈리즘은 당시로서는 동일한 문맥 속에 묶여질 수 있는 경향이었고 이는 허식과 과장이 없는 남궁벽의 내면적 성향을 말하는 것으로 이해되었던 것 같다. 남궁벽의 시는 당시의 시적 수준을 감안해도 소박하고 단조롭다. 그가 우리말에 둔감했고 일어에 능통했다는 사실이 이 번역시의 수준을 측정하는 데 그다지 유용한 참고가 되지는 않는 듯하다. 그럼에도 남궁벽의 존재가 독보적인 것으로 이해되었던 것은 바로 이 내면적 성향, 솔직과 정결함이었다. 수주는 남궁벽의 시가 '용어물입(冗語勿入)'의 표호를 연상시킨다고 보고, 간결하면서도 살에 베일 듯 섬세한 표현이 생동감과 신비감을 준다고 썼다.32) 남궁벽의 시는 쓸데없는 말이 없다는 뜻으로 그만큼 언어가 긴밀하고 밀도있게 사용되고 있다는 뜻이다. '흙떵이를 톡톡치는 비빵울'의 표현을 남궁벽의 시와 실제 성격에 비추어서 비교하고는, '생명의 적은 소래와 만물을 소생시키는 흙의 냄새가 들린다'고 보았다. '생명'과 '신비'가 남궁벽 시의 핵심이었던 것이다.

1920년대 시의 사변성의 원인은 대부분 '언어'와 인식의 차원에 존재한다. 그들의 시가 근대적 자아 각성과 미적 개념을 기반으로 하고 있다는 점은 누누이 강조되었다. 그러나 이 '근대성'의 개념은 역어적 성격이 짙었다. 우리의 구체적 정서와 사상 감정, 인식론의 범주에 드는 것이 아니었다. 서양 인식론과 형이상학을 일본에서 번역한 것을 다시 수입한 것들이다. 사상은 가지고 들어오되 그것을 구체적인 시어로, 형상의 언어로 표현할 수 있는 기반은 거의 닦여져 있지 못했다. 이 역어 차원의 개념이 토착화되기에 1920년대는 너무 이른 연대였던 것이다. 그들은 근대시가 은유 담론의 형식을 필요로 한다는 점은 이해했지만 그것을 구체적인 표현의 형태, 형상성의 차원에서는 이루어내지 못했던 것이다.

박영희나 이상화, 박종화 등의 시가 보여주는 관념성과 사변성 그리고 사설조로 기울어지는 형식상의 특징은 남궁벽의 경우는 썩 뚜렷하지 않다. 박영희는 '자기'를 말하는 대신 그들의 세상에서는 거대한 타자일 수밖에 없는 '근대·미·예술·상징' 등의 개념을 말하고자 한다. 그러나 남궁벽은 '자기의 언어'를 말하고자 한다. 남궁벽은 구체적인 상황을 설정하고 거기서 자신의 감정을 드러내고 자신의 언어를 말하고자 한다. 반면 박영희는 상징·이상·영원성 등의 추상적 개념을 말하기 위해 센티멘탈리즘에 접근한다.

센티멘탈리즘과 추상성은 이들의 시를 더욱 사변적으로 만들어버린다. 남궁벽은 자신을 어떤 사물이나 대상에 감정이입하고 그것을 통해 자신의 내면을 투시하고자 하지만 박영희는 어떤 추상적 개념(예술, 미)을 위해 자신의 감정을 과장한다. 그 곳에는 자아의 서정적이고 내면적인 목소리가 지배하기보다는 거시적이고 사변적인 담론이 시 전체를 지배하게 된다. 그것이 더욱 박영희의 시를 난해하고 요령부득한 시로 만들어버린다. 박영희나 이상화 등의 백조파 시인들의 시가 후에 보다 문학적 '은유'의 장치를 통해 근대적 미학 개념을 이끌어 내는 것은 흥미롭다.[33]

'자아' '신뢰' '존귀' 등의 개념을 끌어들이고 있는 남궁벽의 목소리는 보다 뚜렷하고 구체적이다. 서정양식의 본질상 시는 '센티멘탈리즘'으로부터 벗어나기 어렵지만, 그 센티멘탈리즘이 기반하고 있는 토대는 남궁벽과 박영희의 경우 썩 차이를 보인다는 뜻이다. 남궁벽의 시는 구체적인 상황을 묘사하면서 시작하고 그로부터 자신의 목소리를 비교적 분명하게 담아낸다.[34] 음악회가 끝난 뒤 한 부부의 태도를 통해 '신뢰'

를 이야기한 「신뢰」, 밤의 상야(上野:우에노) 공원에서 나무와 꽃 그리고
달을 보며 우주 만물의 '신비'에 대해 읊고 있는 「이러하게 살고십다」
등은 어떤 구체적인 정황과 공간이 설정되어 있다.
　　다음 시를 보자.

> 雨後의 봄한울은,
> 봄갓지도안하게淸澄하다
> 嫩葉이 香氣피우는 森林속에는,
> 구름이 山과 가티 ㅅ곰 ㅅ작하지도안는다
> 나는 틀님업는 四季의 循環을 生覺한다
> 그循環을ㅅ다라서 萬物이生長하고 ㅅ도凋落한다
> 나는 이 모든現像을 支配하는 法則을 생각한다
> 그것을생각할ㅅ대마다, 나는 더욱더욱 神秘의王國에아득인다
> 모든것을 神秘로히보는
> 「自己의存在」는, ㅅ도한 더한
> 神秘이지만 ,
> 何如間 이神秘의世界속에서
> 自己라는 不可思議한것을 발견할ㅅ대,
> 나는 그윽히 自我尊貴의感을 늑긴다
> 그리고 더욱 놉고 貴엽게 살지안으면안되겠다고 生覺한다
>
> ──「自我의 尊貴」, 『신생활』, 22.7.5

　　「자아의 존귀」에서는, '비온 뒤의 하늘은 봄 같지도 않게 청징(淸澄)하
고, 눈엽(嫩葉)이 향기피우는 삼림 속에는 구름이 산과 같이 꼼짝도 하지
않는다'는 배경이 구체적으로 설정되어 있다. 그의 사념은 이 상황에서
펼쳐진다. 문제는 시 서두의 서경 묘사가 아니라 그것을 본 뒤에 시인
이 깨닫는 사변의 내용일 것이다. 시인이 펼쳐 놓는 것은 '자아의 존귀
함'에 대한 인식이다. 그는 다른 시 「자아의 존귀」를 비롯 「이러하게 살
고십다」에서도 '자아'에 존귀성을 부여한다. 비 온 뒤의 청명한 자연 속

에서 흐르던 구름조차 움직임을 정지한 정적의 한 가운데서 시인은 '자아'에 대해 눈뜨게 된다. 수주가 말한, '살에 베일 듯한 실감'이란 이 구체적인 정황을 떠나서는 참 말하기 어려운 것이다. 시인의 자기 성찰은 여기서부터 시작한다. '나는 누구인가'라는 질문이 이어지고 이 질문은 자연의 순환과 그것을 지배하는 법칙, 거기에 소속된 인간에 대한 신비감으로 이어진다. 종국적으로는 자아의 존귀함에 대한 자각과 자기 다짐이 이 시의 전체를 지배하게 된다. 이 점은 남궁벽이나 염상섭이 영향을 받았던 백화파들의 사상과 윤리관을 반영하고 있다고 하겠다.

남궁벽은 자아를 만물 가운데 최고의 존재로 인식하고 성찰의 대상으로 놓는다. 그는 자아를 만물을 운행하는 법칙의 지배를 받으면서도 그 한 가운데 존재하는 신비스럽고 존귀한 존재로 규정한다. 자아를 성찰의 대상으로 놓는다는 것은 자아를 객관화 시킨다는 것을 의미하며 이는 자신에 대한 형언할 수 없는 존귀감의 인식 없이는 불가능한 것이다. 이는 감정의 토로나 발산을 위해서, 자기 감정을 통째로 실어 나르는 '도구로서의 시'의 단계 곧 '협소한' 서정시 단계에서는 가능하지 않다. 이 말은 이 시기 근대시 형성 과정에서 엘리트들의 감읍벽이나 단순한 낭만적 자기 감정의 방출을 위해서 시가 기능했다는 주장에 의문을 갖게 만든다. 그들은 자기의 내부를 들여다보면서 처음으로 자기의 존귀함을 느꼈던 내적 언어의 고백자들이다. '자아'가 대상화되고 객관적인 성찰의 대상으로서 규정되자, 낭만주의적 감정 전달자로서의 시인은 사라진다. 염상섭이 '센티멘탈리즘'이라고 본 것은 이 정결한 내면성이었다. 이는 이장희 등의 경우와 유사한 특징을 보인다. 자기를 관찰의 대상으로 놓는 것, 그것은 근대시(문학)의 시작이 아닐 수 없다. 근대시가 근대시로서 그 이전의 전통적 개념의 시가로부터 '차이'를 주장할 수 있었던 이유도 바로 자기 인식이라는 시인의 각성에 있었다. 상아탑 황석우나 남궁벽이 당대의 가장 뛰어난 시인으로 대중에게 인식된 것도 같은 이유이다.

5. 근대적 자아의 장엄함과 은유

이같은 점을 좀 더 밀고 나가면, 근대시(문학)의 이념을 그들의 예술 행위 속에서 찾아볼 수 있다. 역사나 자연, 물질적 조건으로서의 인간에게서보다는 그것들 속에서 스스로의 초월적인 힘을 발견하는 존재로서의 인간은 분명 칸트가 발견한 성찰적 상태의 인간의 개념과 가깝게 간다.35) 자연은 인간의 외부에 있는 물리적 폭력적 객체가 아니라 자신의 내부에 있는 주체적 존재이다. 인간 안에 있는 이 '초감성적 토대'로서의 '자연'의 개념은 남궁벽의 시에서 '신비한 세계 속에 있는 불가사의한 존재로서의 자기'로 나타난다. 그러기에 자아는 존귀하기 이를 데 없는 절대적 존재가 된다. 자아의 존귀함에 대한 인식은 더 나아가 윤리와 도덕의 대상이 된다. '더욱 높고 귀하게 살겠다'는 자아의 각성이 그것이다. 존재론은 일종의 윤리와 도덕의 근거가 된다.

예컨대 근대문학에 있어서 이들 문인들의 귀족주의적 자기 인식이나 대사회 의식에 있어 '불행한 의식'의 상태로 자신을 끌고 가는 단초가 되는 것이다. 그들 시를 이해하고 알아주는 대중이 없었고 그들은 우월한 위치에서 대중들에게 '이것이 근대예술이다'는 계몽을 하지 않으면 안되었기 때문이다. 곧 삶 자체를 예술적으로 만들기 위해 기생, 결핵, 음주, 데카당스 문화를 예술의 표지로 생각하고 대중의 감수성과 자신들의 그것을 차이나게 하지 않으면 안되었던 것이다. 그들은 대중을 설득하고 확신을 주기를 포기하고 대신 그들을 압도하고자 한다. 그들의 시는 대중을 압도하는 공포와 위력을 지닌 '난해의 수사학'으로 이루어져 있는 것이다. 우리 시에 나타나는 이같은 장엄함의 사유와 형태 및 수사학적 구조가 근대문학의 미학적 토대가 되고 있다는 점은 강조되어야 한다. 백조의 유미주의, '참예술가'에 대한 김동인을 비롯한 창조파의 인식 등은 여기에 근거해 있다.

　서양 예술사에서 근대예술의 태동을 말할 때 중요한 가늠자로 쓰이는 것 역시 예술가의 '자기 의식'이다. 근대 예술의 시작은 예술가가 스스로를 주체적이면서도 독립적인 존재로 이해하고 인지하는 것으로 요약된다. 근대 예술의 시작은 예술가로서의 자기 인식 과정과 등가적 관계에 있는 것이다. 르네상스 시대의 예술가들에게서 이를 확인할 수 있다. 신이나 궁정에 소속된 노예적인 운명감으로부터 벗어나 스스로를 예술가로 인식하고 그 예술가인 자기 자신을 독립적인 존재로 자각함으로써 그들은 근대예술가의 부모가 된다. 하우저는 중세의 신학적 세계관이 무너지면서 대두하는 새로운 우주관에 대한 인간 의식의 눈뜸을 다음과 같이 설명하고 있다.

> 　신의 임의성에 관한 생각뿐만 아니라 이 우주에서 인간만이 신의 총애를 받을 수 있고 신의 초월적인 존재에 참여할 수 있다는 인간의 특권에 대한 생각 역시 밑바닥부터 흔들렸다. 인간은 이제 마술이 걷힌 새로운 세계에서 아무런 중요성을 지니지 못하는 하나의 조그만 인자가 되었다. 그러나 가장 주목할 점은 인간이 그의 변화된 새로운 위치로부터 새로운 자기 신뢰와 자존심의 감정을 획득했다는 사실이다. 자신을 완전히 압도하고 지배하는 거대한 우주를 이해하고 그 법칙을 산출하며 이를 바탕으로 자연을 정복할 수 있다는 의식은, 지금까지 전혀 알려지지 않았던 무한한 인간의 자아감정의 원천이 되었다.[36]

　인간은 이제 세계 질서의 외부에 존재하는 신에 의해서가 아니라 자기 내부로부터 작용하는 신적인 힘만을 인정하였고, 그와 더불어 자기 존재에 대한 무한히 확장된 의식을 소유하게 되었다. 인간의 초라하고 보잘 것 없음이 바로 인간의 유일한 조건이자 충족감의 원천이 되었던 것이다. 근대 예술은 이 완전히 새롭게 이해되고 자각된 인간의 이해를 바탕으로 전개되기 시작한다. 이를 우리는 자연의 아름다움에 대비되는 인간의 장엄함으로 규정한다. 이로써 '자아'에 대한 새로운 개념 규정이 시도된다. 이 '자아'의 존귀성은 아나키즘 사상에 눈뜬 사회주의자들의 생의 철학과 힘의 논리에 그 바탕을 두고 있는 것으로 판단된다.

　자아의 철학은, 진리는 개개인의 경험 속에서 구체적으로 실현되며 자아와 대면한 세계란 사실은 개개인 속에서 발현된 세계임을 강조한 것이다. 독일 개인주의 철학자 루돌프 슈타이너(Rudolf Steiner)는 이 개개인의 경험 속에서 발현되는 진리는 정신적인 것과 육체적인 것의 조화로운 경험 가운데서 본질적으로 구현된다고 보았다.37) 이같은 자아의 개념이 성립되기 위해서는 자아의 실현과 자유로운 경쟁 체제를 보장해야 한다. 그러나 국가의 제도나 법은 이같은 개인의 자아 실현을 근본에서 제지할 뿐이다. 이같은 생각은 개인주의 철학이 한편으로는 무정부주의와의 연결되고, 다른 한편으로는 인간의 내면에서 보다 높은 정신의 세계를 탐구하는 신지학의 길로 접어드는 통로가 된다. 즉 개인주의 철학이란 무정부주의와 신비주의를 동시에 거느리거나 그 한 방향으로 질주할 운명을 타고난 것이다.

　한편, 독일 철학에서 '자아'란 피히테 등의 낭만주의나 이상주의 철학에서 보듯 인간 정신의 고밀도의 사고행위를 가리키는 형이상학적인 개념이지 단순한 자연 체험의 영역을 의미하지 않는다. 실제로 인간이 자기를 성찰하고 스스로를 사유하는 존재(호모 사피엔스)로 인식하게 되는 것은 자연으로부터 스스로를 분리하면서 부터이다. 자연으로부터 떨어져 나옴으로써 인간은 자연의 품에서 보호받기를 포기하게 되는데, 그 대가로 그는 자연의 거대한 힘과 위용을 극복할 수 있는 장엄한 자로서의 실존을 부여받게 된다. 인간 안에 있는 자연이 인간 밖에 있는 자연을 극복 할 수 있게 되면서 인간은 자연을 능가하는 우월성을 부여받고, 판단하는 자의 심성으로 우리 삶에 일어나는 사건들을 성찰할 수 있게 된다.38) 자연의 아름다움을 찬미하던 인간은 이제 인간 자신의 장엄함을 찬미하게 된다. 개인주의 철학의 끈은 여기에 닿아있으며 모더니즘 사유도 여기에 근거한다. 이에 대해 롱기노스는 이 장엄함의 미학을 수사학적인 장엄함으로 옮기면서, 청자를 압도하는 위력적이고 압도적인 언어의 수행자들을 바로 시인과 작가로 규정한다. 장엄한 수사는 청자가 판단하고 확신할 수 있는 시간을 빼앗고 그들을 열광하게 하는 역할을 하는데, 이로써 작가·시인은 그들로부터 완전한 승리를 구가한다는 것이다.39)

그렇다면 개인과 자아가 강조되는 언어란 본질적으로 한편으로는 장엄한 자기 존재를 현시하는 수행언어적 측면과 그것에 겉옷을 입히는 관념의 수사학으로 재현될 수밖에 없다. 따라서 1920년대 시의 전반적 특징으로 지적되는 병적, 퇴폐적, 감정적, 낭만주의적 특징에 대한 부정적 평가는 여기서 재부정될 처지에 놓인다. 즉 낭만주의나 상징주의 자체의 퇴폐성이나 퇴영성을 단순한 '모방'의 차원으로 돌릴 수 없고 근대시의 형성 과정에서 근대시의 장르적 인식과 무관하지 않은 것이다.

그런데 아이러닉하게도 당시 시인들이 장엄한 자기 존재를 현시하면 할수록 1920년대 시는 더욱 비극적이고 감상적인 수사로 일관하게 된다.40) 감정의 실체가 없고 모호하고 내용없는 고백적 외침으로 되어가는 것이다. 죽음의식이나 비극적 자기 인식이 매개되어 있음에도 불구하고 '관념성'의 범주를 넘지 못한다고 평가되는 이유이기도 하다.

6. 정결한 자아로서의 자연 사상

남궁벽이 백화파의 낭만주의적 자아각성을 표준 문법으로 인식하고 『폐허』를 백화파의 그것에 접근시키고자 했음은 앞에서 살펴보았다. 남궁벽의 경우를 일컬어 자연으로부터 존재에 대한 형이상학적 관념을 도출해 낸 독일 낭만주의 개념을 적용시키는 것은 무리다. 그러나 남궁벽 역시 '자연'을 통해 어떤 관념을 전달하고자 한다. 『폐허』 2호에 실

린 남궁벽의 「풀」 등은 그 주제가 풀·물·구름·대지 등의 자연물에
대한 시인의 절대적 동화를 읊은 것이다. 살아있는 생명인 풀에 대한
경의를 통해 생의 비의감과 경외감을 드러내고 있는 남궁벽의 시들은
『태양』지 1919년 8,10월호에 실린 그의 논설의 시적 대응물이다. 그의
시적 재능의 얕음과 논리의 일방적 비대현상[41]과 '실감의 세계에서 비
껴난 관념'을 지적할 수 있겠지만 관념의 그 내용물이 무엇인가 하는
점은 주목할 필요가 있다. 그는 자연 현상을 통해 생의 신비함과 자아
의 존귀함에 대해 말하고자 했던 것이다.

풀, 녀름 풀,
代代木들의
이슬에저진너를
지금내가맨발로삽붓삽붓밟는다.
愛人의입살에입맞초는맘으로.
정말너는ㅅ다의입살이아니냐.

그러나네가이것을야속다하면,
그러면이러케하자.
내가죽거던흙이되마,
그래서네ㅅ부리에가서,
너를북돗아주맛구나. //

그래도야속하다면,
그러면이러케하자
네나내나,ㅡ우리는
不死의들네(圈)를돌아단니는衆生이다.
그永遠의歷路에서닥드려맛날ㅅ대에,
맛치너는내가되고,
나는네가될ㅅ대에,

지금내가녀를삽붓밟고있는것처럼
너도나를삽붓밟아주려무나.

―「풀」, 폐허 2호

　오오끼가 일본 동경에 있는 공원 이름으로 이 공원의 풀을 의인화 한 것이 그의 관념성을 잘 드러낸다는 비판은 다소 부정확한 지적이다.[42) 남궁벽은 같은 지면에 실린 「生命의 秘義」에서 '인왕산의 풀'을 노래하고 있지만 「풀」에 비해 실감의 차원이 높아진 것은 아니다. 자연물에 자신의 감정이나 관념을 의탁하는 감정이입법은 시를 쓰는 데 있어 초보적인 기술이다. 그것은 '유사성'의 법칙 아래서 주지와 매체를 일대일로 치환시키는 은유의 기본 원칙이다. 시인은 이슬에 젖은 풀의 가녀리고 섬세한 외양에 자아를 투사하면서 '영원의 역로'에 나아가고자 하는 의지를 드러낸다. '영원, 불사'와 같은 관념은 이 시기 시인들이 '미'라는 절대적 관념을 상정해 두고 이 '미'의 세계에 '영원, 불사'의 욕망을 건축하려고 한 태도와 유사한 것이다.

　그 보다 중요하게 지적되어야 할 것은 남궁벽의 주된 관심인 '자연의 신비함'에 대한 인식이다. 남궁벽의 자연친화 사상은 동양적인 것과 서구 낭만주의적 요소를 동시에 품고 있다.[43) 황석우가 『자연송』에서 보여준 시는 자연사상의 초기적인 상태인, 자연귀의사상이나 자연예찬사상과 그다지 다르지 않다. 그러나 남궁벽의 시는 거기에 시인의 내면 투사가 뚜렷하게 드러나 있어 차이를 보인다.

　남궁벽 성격의 간결·소박·허식없음과 같은 '자연주의적' 성향이 당대 담론과 맺는 관계를 주목할 필요가 있다. 이 '자연주의'는 자연 친화사상의 일종으로, 인간을 자연적 소질로 보는 것이다. 이는 윤리적 규범조차 이에 근거하여야 한다는 생각이 널리 유행한 당대의 사상적 조류와 깊은 관계가 있다. 타고르의 『원정』이 소개되고 '자연송'이 널이 애송된 것은 이같은 흐름을 반영한 것이다.[44) 이 '자연주의 사상'은 한편으로는 아나키즘과 같은 사회주의 사상과 연결되고 다른 한편으로는 소박한 자연사상으로 문학 작품에 반영되었다. 인간 본연의 생명, 생의 의식으로 이해되면서 자연 사상은 개인주의와 생명주의로 무장되고 이것이 점차 주체적 철학과 사유의 형태로 나타나게 된 것이다. 이광수의 「무정」이나 나혜석의 「경희」 같은 작품에서 주체적 인물의 각성은 이 같은 자연주의 사상이 근대적 개인에게 습합된 특징을 뚜렷하게 보여준다. 이들의 '자연주의' 경향은 백철이 지적하고 있는, 후일 자연주의 문학(사실주의 문학의 예비적 단계)을 의미하는 것은 아니다.45)

「경희」에서 주인공은 뜨거운 광선이 자기 머리 위에 쏟아지고 나비와 까치, 닭과 병아리가 자유롭게 노니는 모습을 통해 사물의 이름을 새삼 확인한다. 이름을 확임함으로써 경희는 자신이 '사람'임을 확인한다. 이 소설에서 '자연'은 사물의 본성적인 상태를 일컫는 것인데, 경희는 그 본성적인 상태를 비로소 그 이름을 되물음으로써 회복한다. 이같은 '근대적 개인의 주체적 각성'은, 한편으로는 앞서의 아나키즘과 연결되고 다른 한편으로는 생, 번뇌와 같은 개인의 내면적 고통과 대응하면서 낭만적·신비적 경향을 띠었고, 상징주의적인 시풍에 접맥되었던 것이다. 그렇다면, 일본에서의 자연주의 사상과의 친연성은 어떻게 이해할 수 있을까.

당시 일본에서의 자연주의 사상은 낭만주의적인 경향을 띠면서 근대적 자아의 각성이라는 문제를 제기한다. 일본 낭만주의란, 전근대성에 대항해 '관념적으로' 개인의 자아를 해방하려고 한 것이며 특히 일본 메이지 기의 낭만주의는 자유주의와 기독교 정신, 영국 독일의 낭만파 문예의 번역을 모태로 한 것으로 평가되는데, 이 과정에서 특히 기독교의 영향은 주목할 만한 것이었다. 기독교를 배경으로 새로운 문예 세계를 개척한 기타무라 도코쿠(北村透谷)는 영원한 것을 동경하여 회의하고 고뇌하는 젊은 정신을 드러내 근대인으로서의 자각을 보인다. 그의 내부생명론은 연애의 신성과 정신의 진실을 일치시킴으로써, 자아확립,

생명감의 충실을 기하고자 한 것이다. 연애의 신성성과 정신의 절대적 가치를 강조하면서 예술을 절대화 물신화하던 당대의 소설은 이 자연주의 사상이 낭만주의와 습합된 형태를 띤 것이라 이해된다. 메이지 낭만주의는 고전주의와 대립하기보다는 고전주의와 혼합되었던 탓에 신비 몽환적 세계에 대한 낭만적인 동경이 두드러지게 나타나고 상징주의와도 만나게 되는 셈이다.

일본이나 한국에서 낭만주의나 상징주의 자연사상은 거의 동시적인 이념적 틀 속에서 발아하고 성장했던 것이다. 그것은 서구 문예사조가 당대 사회의 현실적 필요와 정치적 반동의 힘으로 탄생, 성장, 소멸했던 것과 분명한 차이를 보여주는 것이다. 일본이나 한국은 서구 문예물을 번역하고 모방하는 과정에서 근대적 개인의 자각, 주체성, 생명 의식 등의 이념항을 동등한 가치 체계 속에서 인식했기 때문에 각각 개별 사조의 이념적 지향이나 방법에 대해 무지하거나 관심을 돌릴 필요가 없었던 것이다. 이같은 서구 사회와의 차별성뿐 아니라 상징주의적 몽환성이 동양에서 전통적으로 내려온던 형이상학파 시론과 맺는 근친성도 이 서구 사조의 실재가 의미하는 '거리'를 무시할 수 있는 조건이 되었다. 유약우는 그의 책에서 상징주의의 '조응' 개념이 중국의 전통시관과 어떤 공통점을 관류하고 차이점을 드러내는지를 말한다.46) 이를 간단히 요약하면 다음과 같다.

보들레르의 '조응' 개념은 중국의 전통적인 시관과는 그 미세한 차이를 가지고 있다. 속세와 거기보이는 모든 것은 하늘의 조응이라는 생각은 유협이 하늘의 무늬(天文)와 평행되는 땅위의 무늬(人文)라는 개념과 비교된다. 보들레르는, 자연의 비밀과 혼돈된(신비스러운) 말은 시인의 해석을 기다린다고 보았다. 시인은 번역자거나 암호판독인인 것이다. 그러나 유협의 이론에서는 자연은 해석이 필요 없으며 시인은 자발적으로 자연의 도를 밝히며 그 자신의 무늬와 자연의 무늬를 제시하면 된다.

보들레르가 말한 조응은 감각적 자료들과 자료들 사이의, 감각의 세계와 시인의 마음 사이에서, 감각적 세계와 초감각적 세계사이의 조응을 의미하는 것인데, 이 중 세 번째 것에서 중국의 형이상학적 시관과 관류하는 어떤 본질적인 공통점을 찾을 수 있다. 말라르메는 시란 인간의 말을 통하여 그 본질적인 리듬으로 돌아가는 존재 방면의 신비한 의미의 표현이다고 말했다. 이런 방법으로 시는 우리의 삶을 미덥게 하고 유일한 정신적 과업을 구체화한다. 이같은 상징주의자들의 시관에는 미를 절대적인 것으로 놓고 그것을 향해 전 생애를 건 모험이 존재했었지만 동양의 시관에서 그것의 절대는 도의 추구였다. 중국의 형이상학파 시인들은 시를 종교적 계시와 유사하거나 그에 선행하는 것으로 이해한 반면 상징주의자들은 시로 종교를 대체하였다. 유협은 말이 천하를 움직일 수 있는 이유는 그것이 곧 도(道)의 문(文)이기 때문이라 했고, 말라르메도 말의 신비한 힘을 믿었고 시인의 사명은 종족의 말을 더욱 순결하게 함이었다. 중국 시인들에게 말의 역설은 인간 조건 중의 하나로서 순순히 받아들이는 것이었던 반면 말라르메 등의 시인들에게는 평생 시인에게 운명지워진 고통의 연속으로 이해되었다. 의식의 고양상태를 추구하는 방법의 문제에서 중국인들은 무감각을 통해 의식적인 것을 초월하는 것을 목표로 했지만 상징주의 시인들은 공감각을 통해 무의식적인 것으로 내려가는 것을 추구했던 것이다. 랭보가 말하는 모든 의식의 혼란(초현실주의적인 것)이란 장자가 말하는 심제(마음을 삼감)의 경지와는 다른 것이었던 셈이다.

  상징주의자들과 중국 시학에서의 절대추구는 각각 '미'와 '도' 개념을 통한 것이었고 그것이 기능하는 차원이 무의식이냐 의식의 차원이냐, 즉 그것이 기능하는 점에서 차이를 보이고 있다. 하지만 '말'이 천하를 움직일 정도의 절대적이고 신비한 힘을 가졌다는 데는 그들 공히 의심하지 않았다. 시는 종교 바로 그것이거나 종교와 유사한 것이었다. 이

점에서 상징주의는 동양의 형이상학적 전통에서 쉽게 수용할 수 있는 바탕을 가지고 있었다. 핵심적인 것은 이같은 상징주의 시관에서 표현하는 내용, 주제의식이었다고 볼 수 있는데, 그것은 근대적 인간관과 미의식의 개화와 더불어 가능한 것이었다.

상징주의나 낭만주의 사조의 수용이 문학 내적인 문맥에서만 이해될 수는 없다. 아나키즘을 비롯한 사회주의 사상운동과 자아각성을 강조한 개인주의 철학의 수용 등과 동시적으로 이해할 수밖에 없는 이유가 존재하는 셈이다. 이는 근대 초기 시의 형성 과정이 상징주의 시의 모방 과정이기보다는 보다 더 복잡하고 다양한 틀 속에서 이루어짐을 보여 주는 것이라 하겠다.

7. 결론

지금까지 근대 초기 시의 형성과정을 형식적 미학적 사상사적 측면에서 살펴보았다. 상징주의 시의 모방과정으로 이해해 온 근대 초기시는 다음의 여러 각도에서 조명될 필요가 있다. 첫째는 동인들의 면모인데, 『삼광』 『폐허』 『장미촌』 『신생활』 등의 잡지에 참가한 문인들과 사상운동가들의 관계를 통해 확인할 수 있었다. 둘째, 사상운동가들의 참여는 근대 초기 시의 주제 형성과 관련을 갖는다는 점이다. 사회주의 사상이 상징주의 시에서 보이는 자연사상이나 신비주의 경향과 뚜렷이 구분될 수 없는 특성을 보인다는 점에서 그 근거를 찾을 수 있었다. 셋째, 한국 근대 상징주의 시의 대표적인 시인으로 평가되는 황석우·남궁벽 등을 통해 이를 구체적으로 살펴보았다. 황석우의 경우, 그의 시는 한국 근대시의 형식 실험과 미학적 정제 과정에서 한 과도기적 단계를 보인다. 남궁벽의 경우, 그에게 자아각성의 문제는 근대적 개인으로서의 주체적 인간의 탄생을 보여주는 것이며 근대적 미학의 형성을 준비하는 하나의 과정이다. 이들에게서 비롯된 근대 초기 시의 형식적 사상적 의미화는 1930년대 들어서서 우리말 언어에 대한 미학적 자의식과 형식적 완미함, 주제의 선명성을 담보하는 밑바탕이 된다.

1920년대 초기 시가 보여주는 낭만성과 과도한 감정주의가 관념성과 맺는 관계도 주목할 만하다. 근대시의 자아의 강조는, 한편으로는 장엄한 자기 존재를 현시하는 수행언어적 측면과 그것에 겉옷을 입히는 관념의 수사학으로 재현될 수밖에 없다. 낭만주의나 상징주의 자체의 퇴폐성이나 퇴영성이 단순한 '모방'의 차원으로 돌릴 수 없으며 이는 근대시의 형성 과정에서 근대시의 장르적 인식과 무관하지 않은 것으로 파악된다. 그러나 근대 초기시인들이 자기 존재를 장엄한 것으로 현시하면 할수록 1920년대 시는 더욱 비극적이고 감상적인 수사로 일관하게 된다. 그러면서 감정의 실체가 없고 모호하고 내용없는 고백적 외침으로 되어간다. 죽음의식이나 비극적 자기 인식이 매개되어 있음에도 불구하고 '관념성'의 범주를 넘지 못한다고 평가되는 일단의 이유를 제공하고 있는 것이다. 하지만 이 또한 은유적 담론 곧 시 형식의 정제화 과정과 맞물리고 있다는 데에 그 의미를 지적할 수 있겠다.

본고는 그간 황석우나 박영희·남궁벽 등의 근대 초기 시인들의 시를 '상징주의'라는 단일한 담론으로 이해하고자 했던 태도를 지양하면서 우리 근대시의 형성 과정을 미학적·주제적·형식적 측면에서 보다 구체적으로 접근하고자 했다.

주석

1) 졸고, 「장미촌의 비전문문인들의 성격과 시 사상」, 『한국문화』 26, 서울대 한국문화연구소, 2000.12; 「1920년대 초기 사회주의 사상가들의 시와 그 성격」, 『우리말글』 21, 우리

말글학회, 2001.8.

2) 한기형, 「잡지 『신청년』 소재 근대문학 신자료(1)」, 『대동문화연구』 제41집, 성균관대 동아시아학술원, 2002.12, 428~429면. 이 잡지에 참여한 사회사상가들의 면모를 통해 『백조』의 낭만주의와 사상운동이 이미 이들 잡지에서 동시에 뿌리내리고 있다는 점을 강조하고 있다.

3) 「나도향, 이효석, 박영희의 알려지지 않은 작품을 통해 본 근대문학 초창기 잡지 발간의 제 상황」, 『한국학보』 102, 2001년 봄.

4) 대체로 근대시의 발전 단계는 형식적인 자유화 과정으로 이해하고 있다. 대표적인 연구업적으로는 한계전, 『한국현대시론연구』, 일지사, 1983.

5) 졸고, 「1920년대 초기 사회주의 사상가들의 시와 그 성격」, 『우리말글』 21, 우리말글학회, 2001.8.

6) 김윤식, 『염상섭연구』, 서울대 출판부, 1989, 125~126면.

7) 삼광 2,3호에 실린 글 중 일부분을 정정하고 있다.

8) 조선일보(1923.5.29) 기사에는 新生活이 '金永煥氏의 노력으로 본월상순에 海蔘威에서 제십칠호 발행'이라는 기사를 싣고 있는데, 김영환은 『폐허』 동인으로 기재된 인물과 동일인으로 보인다. 『폐허』 창간호 '想餘' 참조.

9) 「1920년대 초기 사회주의 사상가들의 시와 그 성격」, 301~307면. 김윤식 교수는 '폐허파'를 논하면서 성해 이익상과 이혁로에 관해 그 거취가 불투명하다고 쓰고 있다. 김윤식, 앞의 책, 101면.

10) 졸고, 앞의 논문 참조

11) 김용직, 『한국근대시사』, 학연사, 1986, 157면.

12) 「상여」, 『폐허』 창간호, 1920.7.25.

13) 『폐허』와 『창조』의 성격은 시 중심과 소설 중심의 잡지라는 장르의 대립뿐 아니라 동인 구성이나 지향에서 차이를 보인다.

14) 이에 대해서는 임경석, 「서울파 공산주의 그룹의 형성」, 『역사와현실』 28호, 역사비평사, 1998.

15) 김학동, 『한국 근대시인연구』, 일조각, 1975, 202~234면; 김용직, 앞의 책, 157~160면. 대부분 연구자들이 남궁벽의 활동이 『폐허』의 테두리에서 벗어나지 않았다고 평가하는데, 이는 정확한 사실이 아니다. 『폐허』의 동인으로 한정짓는 것 자체가 근대시나 근대잡지의 형성을 '문학 내적인 측면'으로 한정하고 '순수한 문예 동인지'로 규정하는 데서 비롯된다.

16) 「1920년대 초기 사회주의 사상가들의 시와 그 성격」, 『우리말글』 21, 우리말글학회, 2001.8.

17) 김윤식, 앞의 책, 94면.

18) 정진석, 『한국언론사연구』, 일지사, 1988, 146~147면.

19) 박영희·이동희·노상래 편, 「초창기의 문단측면사」, 『박영희전집』 2, 영남대 출판부, 1997, 440면.

20) 김용직, 앞의 책, 219~224면.

21) 조지훈, 「한국민족운동사」, 『조지훈전집』 6, 일지사, 1973, 141면.

22) 황석우, 「서문」, 『자연송』(시집), 조선시단사, 1929, 2면.

23) '사상'의 내용을 담되 이미지의 구체성이 중점이 된 '묘사시'로부터 벗어나 있다는

점에서 개념시·진술시인 것이다.

24) 황석우, 「희생화와 신시를 읽고」, 『개벽』 6호, 1920.12.1.
25) 황석우, 앞의 글, 89면.
26) 현철, 「비평을 알고 비평을 하라」, 『개벽』 6호, 1920.12.
27) 朴宇天, 「황석우 씨의 시를 읽고」, 『조선시단』, 1929.4.
28) 김용직, 『한국근대시사』(상), 학연사, 1986, 3~4장 참조.
29) 가라타니 고진, 「언어와 정치」, 『세계의 문학』 1994년 겨울호, 116면.
30) 소쉬르, P., 최승언 역, 『일반 언어학 강의』, 민음사, 225~231면.
31) 『신생활』 8호, 1922.7.
32) 수주, 「결벽의 인 고 남궁벽 군」, 『신동아』, 1935.9.
33) 졸고, 「1920년대 동인지 시대 시의 관념성과 은유의 탄생」, 『문학과 교육』 9, 1999년
   가을.
34) 남궁벽 시의 이러한 특징은 김억의 경우와 대조된다. 피상적인 대상 인식과 언어의
   細技어에 그친 김억과는 달리 남궁벽의 시는 내면적 깊이를 지닌 사변적 공간을 마련함
   으로써 상상력과 정신의 내공성을 소유한 것으로 평가된다. 김용직, 앞의 책, 159면.
35) 최문규, 『탈현대성과 문학의 이해』, 민음사, 1996, 243면.
36) 하우저, 백낙청·반성완 역, 『문학과 예술의 사회사』, 창작과비평사, 1985, 200면.
37) 크리스토프 린덴베르크, 이정희 역, 『슈타이너』, 한길사, 1998 참조.
38) 최문규, 『현대성과 문학의 이해』, 민음사, 1996, 244~246면.
39) 위의 책, 245면.
40) 졸고, 「한국 현대시에 있어 모더니티의 발현과 자기 정체성 확립 과정 연구」, 『한국문
   화』 30, 2002.12.
41) 김윤식, 『염상섭연구』, 서울대 출판부, 1989, 105면.
42) 김윤식, 앞의 책, 105면.
43) 김학동, 앞의 책, 218면.
44) 백철, 『신문학사조사』, 신구문화사, 1983, 135면.
45) 위의 책, 134면.
46) 유약우, 이장우 역, 『중국의 문학이론』, 동화출판공사, 1984, 109면.

1920년대 민요시의 근원(根源)과 성격

심선옥

1. 문제의 제기

이 논문은 근대시의 형성과정에서 민요와 민요시의 역할에 주목하여, 1920년대 민요시의 근원을 탐색하고 그 의미를 살펴보고자 한다. 지금까지의 연구는 1920년대 민요시운동의 성과와 의의를 규명하는 데 집중되어 있었다. 특히, 민족문학과 민중문학의 관점에서 1920년대 민요시는 "민족적인 것, 민중적인 것, 전통적인 것의 탐구라는 문학적 대응양식"[1]으로 규정되었다. 그러나 1920년대 민요시운동의 문학사적 의미를 규정하기 위해서는 공시적인 접근과 함께 통시적인 접근이 필요하다. 이를 위해 민요시운동이 제기되었던 배경과 그 문학사적 근원을 해명하는 일이 선행되어야 할 것이다. 이 논문은, 지금까지 단절적으로 연구되어 왔던 애국계몽기와 1910년대, 1920년대를 하나의 연구 범위로 포괄하여,

민요의 근대적 변용(變容)이 실현되는 양상을 살펴보고자 한다.

애국계몽기의 가곡개량운동을 통해 민요의 사설을 변형한 '민요조 시가'들이 근대적인 인쇄물을 통해 다수 발표되었으며, 이는 1910년대까지 계속되었다. '민요조 시가'는 민요와 근대시가 접합하는 지점에서 만들어진 과도적인 시가(詩歌) 형식이라고 할 수 있다. 1920년대 민요시는 이러한 '민요조 시가'의 성과를 바탕으로 삼고 있다. '민요조 시가'가 민요의 창곡(唱曲)과 형식 원리에 의존하는 것과 달리, 민요시는 근대적인 의미의 자유시, 개인 서정시가 확립되는 시기에 제기된 것으로, 민요의 형식적인 구속력이 약화된 반면 민요의 정서적·미적 특징이 부각된 양식이다.

1920년대 민요시에는 당대 지식인들의 민요 의식, 특히 민요의 사회적 기능과 정서적·미적 특징에 대한 의식이 반영되어 있다. 따라서 1920년대 민요시운동의 성격을 규명하기 위해서는 당대 지식인들의 민요 의식을 살펴볼 필요가 있다. 1920년대 민요시운동은 하나의 성격으로 규정할 수 없는 내부적인 다양성이 존재하였다. 시기적으로도 1924년을 전후하여 근대시와 민요의 관계에 대한 의식의 변화가 나타난다. 이러한 차이의 양상과 그 의미를 밝혀냄으로써 1920년대 민요시운동에 내재하는 다양성과 역동성을 이끌어낼 수 있을 것이다. 이와 함께 김억의 민요시론과 김소월의 민요시를 검토함으로써, 민요시의 근대적 성격과 가능성을 확인해 보고자 한다.

2. 애국계몽기와 1910년대의 민요와 민요조 시가

한국 근대시의 형성과정에서 민요의 역할에 처음으로 주목한 것은 애국계몽기의 지식인들이다. 이들은 향락적인 민요와 통속민요2)가 세간의 풍속을 어지럽히고 있다고 우려하면서, 가곡개량운동을 전개하였다.

> 소위 가곡(歌曲)이 도시(都是) 수심가 난봉가 알으랑 흥타령 등류쑨이니 차하 궁흉거악(窮凶巨惡) 음담패설지성습야(淫談悖說之成習也)오[3]

> 우리날아 근래에 여항간(閭巷間)에 흥타령이 다수히 파전되나 약시(若是)히 명사(名詞)가 호(好)흔 가조(歌調)로 치남우녀배(痴男愚女輩)가 음풍왜음(淫風哇音)으로 변작(變作)ᄒ야 상간복상(桑間濮上)의 습속(習俗)을 전염케 ᄒ니[4]

> 근세(近世) 아국(我國)에 유행ᄒᄂᆞ 시가를 관(觀)ᄒ건대 태반 유미(唯靡) 음탕(淫蕩)ᄒ야 풍속의 부패만 양(釀)홀지니[5]

애국계몽기의 지식인들은 당시에 널리 유행하던 민요와 통속민요를 음담패설, 음풍왜음, 유미 음탕의 노래라고 비판하면서, 그 사설을 직접 개량하는 일에 앞장섰다. 이들의 민요 이해는 두 가지의 특징을 보여준다.

첫째는 민요와 통속민요를 구분하지 않고 동일한 차원에서 이해하고 있는 점이다. 가곡개량운동의 대상이 된 노래도 〈수심가〉, 〈아리랑〉, 〈흥타령〉, 〈영변가〉, 〈육자백이〉, 〈양산도〉, 〈뱃노래〉, 〈농부가〉 등으로 민요와 통속민요가 섞여 있다.

둘째는 가곡개량운동이 표면적으로는 향락적인 성격의 민요와 통속민요를 부정하는 것처럼 보이지만, 실상은 민요와 통속민요의 대중성을 절대적으로 인정하고 있다는 점이다. 가곡개량운동에는 민요와 통속민요의 대중적인 영향력에 힘입어 계몽의 이념을 전파하려는 의도가 깔려 있었다. 애국계몽기의 지식인들이 민요와 통속민요를 구분하지 않은 이유가 여기에 있다. 이들에게 민요와 통속민요의 차이는 중요하지 않았으며, 다만 풍속을 개량하고 애국계몽의 이념을 전파하기 위한 대중적인 수단으로서 그 의미가 있었기 때문이다. 당시 가곡개량운동의 대상이 된 노래 중에서 통속민요가 압도적으로 많았던 것도, 이미 통속민요의 대중적인 영향력이 민요보다 우세했던 현실을 반영하고 있다. 항간의 노래가 음풍, 유미(唯靡)하여 풍속을 저해한다는 이들의 주장도 민요가 아니라 대중적인 인기를 얻고 있던 통속민요에 근거해서 나온 것이었다.

가곡개량운동을 통해 민요와 통속민요는 각각의 형식과 미의식에 맞는 근대적인 형태의 민요조 시가로 전환하였다. 민요조 시가는 『독립신문』 이후 1910년대까지 근대적인 인쇄물을 통해 발표된 시가 작품으로서, 민요의 관용구와 후렴을 사용하거나 민요의 창곡(唱曲)에 근거하여 사설을 변형한 시가를 가리킨다. 민요조 시가와 민요는, 민요의 관용구와 후렴, 창곡을 유지하는 점, 생활 현장에서 우러나온 민중들의 정서와 미의식을 지향하는 점에서 공통점을 갖는다. 하지만 자생적이고 집단적으로 창작되는 민요와 달리 민요조 시가는 개인 창작이 중심이며, 노래로서의 기능 뿐 아니라 읽는 시로서의 기능을 겸하였다. 그리고 민요와 같이 지역 공동체를 기반으로 구비 전승·전파되는 것이 아니라, 근대적인 형태의 출판 인쇄물을 통해 문자의 형태로 창작·전파되는 점에서 차이가 있었다. 민요조 시가는 민요와 근대시가 접합하는 지점에서 만들어진 과도적인 시가(詩歌) 형식이라고 할 수 있다. 즉 민요의 언어와 정서, 미의식을 계승하고 당대의 이념적인 지향을 결합시켜 근대적으로 변형된 형식이 민요조 시가이다.6)

〈뱃노래〉, 〈농부가〉, 〈흥타령〉, 〈아리랑〉 등의 민요를 변형한 민요조 시가들은 육체노동과 자연 순응의 민중적인 삶에서 우러나온 건강함과 낙관적인 의식을 표현하였다. 특히, 〈아리랑〉은 근대 민요로서 "윤리·규범의 질곡을 거부하는 감성적 해방, 개화와 함께 밀어닥친 기막히는 세태, 일제 식민지로의 편입과정에 직면하는 생활 체험 등에 때로는 맞서고 때로는 우회하면서 개인적 민족적 현실을 모두 노래의 대상으로 삼"으면서 "공동체로서의 민족적 자아를 확인해 나가는"7) 성격을 확립하였다. 이러한 〈아리랑〉의 성격은 민요조 시가에도 영향을 주었다.

아르랑 아르랑 알알이오 아르랑 쳘쳘 비 씌워라
아르랑타령 경 잘ㅎ면 동양삼국이 평화되네
우리 삼국은 형뎨갓치 동종동문에 친밀일세

—축동(丑童)의 동요, 「아르랑타령」[8] 부분

〈아리랑〉을 변형한 민요조 시가의 창작은 1920∼30년대 초반까지 이어졌는데, 1922년에 김형원이 발표한 「아이들노래」(『개벽』, 1922.3), 김동환의 「아리랑고개」(『조선지광』, 1929.2), 김형원의 「그리운 강남」(『별건곤』, 1929.4), 이경로의 「농촌아리랑」(『조선일보』, 1930.3.9), 허수만의 「숫장사의 노래」(『농민』, 1933.10) 등이 있다.

한편 남녀간의 연정(戀情)과 이별의 정한(情恨)을 주로 노래하였던 통속민요는 가곡개량을 통해 그 성격이 변화하였다. 아래의 〈수심가〉에서 보듯이, 님과 시적 화자의 관계가 국가와 민족 구성원의 관계로 전이(轉移)되면서 국권 상실의 위기에 처한 현실과 그 비통한 심정을 표현하는 민요조 시가로 변형되었다.

쟈고야 우지 말아 울나거든 너 혼쟈 울지
국가스샹에 잠 못든 날 ㅼ지 웨 씌우ᄂ냐
녕변의 약산 동디야 네 부디 평안이 잘 잇거라
내 명년 츈삼월에 오거든 쏘 다시 맛나쟈
남산을 ㅂ라보니 번화ㅎ기가 한량이 업고나
언졔나 뎌 사롬 이긔고 잘산단 말이냐

—〈슈심가〉[9] 부분

일제 강점을 계기로 1910년대의 시단은 크게 변화하였다. 애국계몽기 국문운동의 기세에 위축되었던 한시가 전면에 나서게 된 반면, 민요조 시가·시조·창가·가사 등의 국문시가는 답보의 상태에 빠져들었다. 『매일신보』의 '가요'난에 발표된 국문 시가들은 일본 천황의 은덕과 식민지 지배정책을 찬양하는 송축가들로 채워졌다. 이러한 경향에 따라 민요조 시가도 인생무상과 유흥의 정서를 노래하거나 농민들을 계도하여 신민(臣民)의 의무를 촉구하는 내용이 주류를 이루고 있다.

국내의 민요조 시가들이 시대적인 이념과 미의식을 담아내지 못하는 상황 속에서, 민요조 시가의 근대적인 의미는 국외로 옮겨가게 된다. 상해나 연해주로 망명을 떠난 우국지사들, 북간도와 미주지역의 이주민들, 해외 유학생들에 의해 민요조 시가의 창작이 이어졌다. 이들은 국권 상실의 비통함과 우국충정, 떠나온 조국과 고향에 대한 그리움을 민요조 시가에 담았다. 국외에서 민요조 시가의 창작은, 국내에 비해 민요와 긴밀한 연관성을 갖는 것이 특징이다. 조국을 떠나 국외에서 살아야 하는 사람들에게 민요는 새로운 의미와 위상으로 자리 잡았다. 상해나 연해주로 망명을 떠난 우국지사들은 민요를 독립군의 노래, 항일혁명의 노래로 불렀다. 또한 가난과 수탈을 견디지 못해 북간도를 유랑하던 사람들과 미주 지역의 이주민, 해외 유학생들에게 민요는 한(恨)과 그리움의 노래로 불려졌다. 이들은 민요를 통해 조국과 고향에 대한 그리움을 달래고, 민족 구성원으로서의 정체성과 동질성을 확인하였다.

> 탁목됴야 탁목됴야 / 고목나무 쑈브지말아
> 네 아모리 비 곱하도 / 고목나무 쑈브지말아
> 바람비를 다 격고셔 / 수천년을 늙어고나
> 쏫치퓌면 보기됴코 / 입사귀는 그늘이라
> 우리형뎨 의지ᄒ니 / 고목나무 쑈브지말아
> 뎌 가지가 부러지면 / 금슈강산 젹막ᄒ다
>
> ——「탁목됴」10) 전문

> 저 건너 불함산(不咸山)에, 무궁화 한 쌍을 심엇더니,
> 모진 광풍에, 다 쩌러지난 모양
> 오장이 터져, 내가 못볼게나
>
> ——양구생(雨球生), 「육자가(六字歌)」11) 부분

〈탁목됴〉는 동학혁명 당시 널리 불렸던 〈파랑새 노래〉를 변형한 것이다. 〈파랑새노래〉에서 동학 교주인 전봉준을 상징했던 녹두나무와 파랑새의 비유가 〈탁목됴〉에서는 조국의 상징인 고목나무와 그 나무를 쪼는 탁목조(啄木鳥)로 바뀌었다. 일본 유학생이 지은 〈육자가〉는 식민지로 전락한 조국의 운명에 대한 비통한 심정을 표현한 것이다.

국권 상실을 전후하여, 민요는 '민족의 노래' '고향의 노래'로서 새로운 기능과 의미를 획득하였다. 이전까지 민요는 지역을 단위로 하여 노동과 생활 공동체의 내부에서 불리고 전승되던 노래였다. 통속민요의 유행으로 민요의 지역적·집단적·계층적 경계가 확장되고 정서적인 보편성을 얻게 되었지만, 통속민요에서도 민족이나 고향에 대한 의식이 부각되지는 않았다. 그런데 국권 상실을 전후하여 국외로 이주한 사람들을 통해 민요는 '민족의 노래' '고향의 노래'로 새롭게 '발견'되었다. 이러한 민요의 기능과 의미 변화는 민요의 정서와 미의식에도 변화를 불러일으켰다. 민요에서 민족성과 향토성을 표현하는 언어와 제재가 점차 부각되었으며, 이것은 다시 '민족의 노래' '고향의 노래'로서 민요의 성격을 확고하게 만드는데 기여하였다. 이제 민요는 그 자체만으로 민족의 비극적인 운명을 환기시키는 시적 장치가 되었다.

3. 1920년대의 민요 의식

1920년대 초부터 『개벽』을 중심으로 민요의 채록과 소개가 활발하게 이루어졌다. 당시 민요에 대한 의식은 크게 두 가지로 나타난다. 하나는 민요를 '설움과 한의 노래'로 규정하는 것이며, 다른 하나는 '민족성을 표현한 노래'로 규정하는 것이다.

1920년 11월 『개벽』에 「경성시내의 현행 동요」라는 제목으로 시집살이 민요가 채록되어 있다. 그 소개의 글에는 민요를 부녀자들이 처량한 곡조로 부르며 시집살이의 쓰라림을 애소(哀訴)하는 노래라고 설명하였다.

경성 시내의 13,4세 이하의 여자는 자기 멧 사람이 모히기만 하면 우(右)의 노래를 부르며 즐긴다. 그 곡조는 심히 처량하게 되엿다. 그 의의를 알지 못할 점은 잇스나 여하간 시집살림의 쓸아림을 서로 애소(哀訴)함이다.[12]

1923년 6월 『개벽』에는 C. S. C생이 경북 지역에서 널리 불리는 길쌈 노래를 소개하면서 "다정다한(多情多恨)" "다루다애(多淚多哀)"한 노래라고 설명하였다.[13] 이러한 민요 이해는 민요의 성격을 '애(哀)'와 '한(恨)'으로 일면화시킨 문제가 있지만, 민요를 구연자의 생활에서 우러나온 삶의 노래로 이해하고 있는 것이 특징이다.

제주도의 민요 50수를 채록하여 『개벽』에 발표한 강봉옥(康奉玉)은 민요를 '설음의 노래'이자 '민족의 노래'로 규정하고 있다. 그에 따르면 "민요는 그 민족성의 표현된 솟"이며, 또한 "노골적 단조로운 '리리크'로써 참으로 우리 민족이 인정에 줄이고 사랑의 동경에 심정의 샘[泉]이 넘처나는 설음이올시다. (…중략…) 추종(追從) 없고 겁나(怯懦) 업는 순결한 인간성, 소박한 애소(哀訴), 홈업는 고백이 원시적 선율로써 노래한 '센티멘탈'의 미입니다"[14]라고 설명된다. 그런데 이러한 설명과 달리 실제로 『개벽』에 소개된 민요들이 '설음의 노래'에 한정되어 있어서 "민족성의 표현된 솟"이라는 규정은 수사(修辭)적인 표현에 그치고 있다.

한편 박종화는, 19세기말부터 시작된 러시아의 신민요(新民謠) 창조운동을 소개하면서 민요와 민족성, 민요와 민중성을 결합시키고 있다.

한 민족의 민요가 곳 그 민족성의 반향임을 따러 그 민족문화에 대하야 얼마나 큰 가치와 심절(深切)한 관계가 잇음은 우리가 일즉이 안 바거니와 (…중략…) 러시아의 민요는 세계 민요 속에 첫재로 손을 쏩는 중에 한아이다. 이야

말로 러시애[露西亞] 민족시의 정화(精華)요 민중 예술의 경이라 할 것이다.15)

　박종화는 이 글에서 민요를 "민족성의 반향"이며 "민족시의 정화"라고 규정한다. 여기서 '민족성'은 '한 민족의 고유한 정서와 문화'라는 의미보다 '민중성의 표현'에 그 핵심을 두고 있다. 그리고 고대 민요와 신민요의 차이점을 언급하여 "국민의 공동으로 창작된 고대 민요는 너무 개성미가 엷으나 현대에 유행되는 민요는 자기의 말과 자기의 감정 곳 자기 개성의 각 방면을 자기의 마음으로 노래하고자 하고 자기의 감촉 아래에 아름다운 시의 결정(結晶)을 읊고 십흔 바 곳 근대인의 경향을 솔직하게 표현하얏다"라고 설명한다. 고대 민요와 신민요의 차이를 개성의 자유로운 표현에서 찾고 있는 것이 주목된다. 이러한 설명은 근대시의 형성과정에서 민요의 역할 및 그 변화의 방향을 분명하게 짚어낸 것이라 할 수 있다.

　홍종인은 평안북도 용강 지역에서 불리던 민요 30수를 채록하여 『개벽』에 발표하면서, 민요의 성격을 "비곡(悲曲)"으로 규정하였다. 그리고 근대시인과 민요의 관계를 강조하고 있다.

　　이에 다시 세계 인류로 조선 사람으로 우리 강산에 우리의 말로써 살 우리 민족의 장래에 올 새 시인은 먼저 우리의 민요 애요(哀謠)에 튼튼히 악수하여야만 할 것을 말해둔다.16)

　이 글에 따르면, 민요는 "조선 사람으로 우리 강산에 우리의 말로써" 창조되는 민족시와 '새 시인'으로서 근대시가 결합하는 지점으로서 중요한 의미를 갖는다. 홍종인은 김소월과 같은 시기에 오산중학교를 다녔던 사람이다. 이러한 사실은, 일찍부터 오산학교에서 민요와 근대시, 민족시에 대한 의식과 교육이 이루어졌음을 짐작케 한다.

　민족적인 관점에서 민요의 역할에 주목하는 태도는 1924년 『조선문단』을 중심으로 전개된 국민시가운동을 통해 보편화되었다. 주요한·

이광수·최남선·김억 등이 국민시가운동을 주도하였으며, 이를 계기로 1920년대 민요시는 집단적·문예운동적 성격을 띠게 되었다.

> 우리가 가진 유일한 발족뎜이 한시도 아니오 시됴도 아니오 민요와 밋 동요라 함은 나의 전부터 주장하는 바이외다. 민요를 발족뎜으로 삼거나 말거나 하여간에 조선말로 쓴 노래가 조선 사람의 가슴에 먼저 울리기 전에 예술뎍 가치가 생길 것 아니외다.[17]

> 우리는 우리 민요ㅅ속에서 우리 민족에게 특별히 맛는 리즘(리듬―인용자)을 발견하는 동시에 우리 민족의 감정의 흐르는 모양(이것이 소리로 나타나면 리즘이다)과 생각이 움지기는 방법을 볼 수가 잇다. 새로운 문학을 지으려하는 우리는 우리의 민요와 견설(니야기)에서 이것을 찾는 것이 절대로 필요하다.[18]

주요한에 따르면, 외국문화의 전제에서 벗어나서 국민적 독창문학을 건설하기 위해서는 우리 민족이 가진 사상·정서·전통·창조력을 발견하고 해석하는 것이 중요하다. 이를 위해 조선시의 발족점을 조선말로 쓴 노래인 민요와 동요에서 찾아야 한다고 주장하였다. 이광수도 근대시의 창작에서 민요의 가치를 높이 평가하였다. 이광수는 민요의 바탕이 되는 민족적 리즘을 '느리고' '질겁고' '한가한 것'에서 찾고 있다. 또한 민요의 형식적 특징으로 평조(平調)인 4·4조를 기본으로 악조(樂調), 변조(變調), 비조(悲調), 격조(激調), 난조(亂調)가 있으며, 서로 대(對)되는 구절, 대(對)하는 위치에 운(韻)을 다는 것이라고 설명하였다.

주요한과 이광수의 민요 이해는 기본적으로 1910~20년대 초기의 신문학에 대한 반성에서 나온 것이다. 즉 신문학이 대중적인 기반을 얻지 못하고 있는 현실에 대한 반성, 전통적으로 존재해 온 모든 정형율의 파괴를 지향했던 자유시에 대한 반성을 바탕으로 신시운동의 새로운 방향을 모색하게 되었다. 그것은 민족 고유의 전통에 근거하여 민족적인 정서와 사상, 언어와 리듬을 표현하는 근대시의 창조로 구체화되었다. 이에 따라 민족의 고유한 역사와 생활을 반영하고 있는 문화유산으로서 민요의 중요성이 부각되었다. 그런데 민족적인 사상과 감정의 구현체로 민요를 규정하는 이러한 관점은, 민요가 지닌 삶의 핍진성(逼眞性)과 역동성을 부차적인 것으로 만드는 문제를 안고 있었다.

한편, 김동인의 소설 「배따라기」는 민요를 이해하는 새로운 방법을 보여준다. 평안도 영유가 고향인 이 소설의 주인공에게 '영유 배따라기'는 그의 운명에 대한 위로이자 운명을 견디는 힘이다. 만약 배따라기가 없었다면 그는 자신에게 덮쳐온 '운명의 힘'을 견뎌내지 못했을 것이다. 자신의 실수로 아내를 잃고, 집나간 동생을 찾아 떠돌아다니면서 그가 부르는 배따라기 속에는 지나온 삶에 대한 회한과 고향에 대한 그리움, 아내와 동생에 대한 안타까운 사랑, "썩이지 못홀 뉘우침, 바다에 대한 애처러운 그리움"19) 등이 들어 있다. 이러한 것들이 응축되어 그의 배따라기에는 사람의 마음을 움직이는 어떤 특별한 힘이 생겨난다. 그래서 똑같은 가사와 곡조일지라도 그의 배따라기는 다른 사람이 부를 수 없는 그 자신만의 배따라기가 된다.

비나이다, 비나이다,
산쳔후토 일월셩신
하누님젼 비나이다.
실낫가튼 우리목숨
살려달나 비나이다.
에—야, 어그여지야,

소설 「배따라기」는 집단적인 체험과 정서를 대변해온 민요가 개인의 운명에 주목하는 근대사회로 넘어오면서, 개인적인 체험과 결합하여 새롭게 자신의 위상을 정립하는 양상을 보여주고 있다. 이를 통해, 민요의 근대적 전환이 가사(歌詞)의 차원뿐 아니라 개인의 생활체험에서 오는 정서의 변화까지도 동반해야 하는 것임을 알 수 있다.

4. 민요시론과 민요시 – 김억과 김소월을 중심으로

1) '민요시'의 개념과 의미

지금까지 확인된 것으로, 한국 근대시문학사에서 '민요시'라는 용어는 1922년 7월 『개벽』에 김소월이 「진달래꽃」을 발표하였을 때 처음 사용되었다. 1923년 8월 『신천지』에 발표한 「왕십리」에도 '민요시'라는 형식 명칭이 붙어있다. 이후 1923년 12월의 평론에서 김억은 김소월의 시 「삭주구성」 등에 대해 "군은 민요시에 특출한 재능이 잇"다고 규정하며, "우리의 재래 민요조 그것을 가지고 엇더케도 아릿답게 길이로 짜고 가로 역거 곱은 조화를 보여주엇습닛가"[20]라고 평가하였다.

그런데 김억에 앞서 김소월의 시재(詩才)에 주목했던 박종화는 "아름답고도 슬픈 애수의 조율(調律)"[21] "서정적 아름다운 말과 이듬(리듬-인용자)" "아름다운 기교" "세련된 아름다운 문구와 정(情)의 한숨"[22]이라고 극찬하였지만, 민요시에 대한 언급은 없었다. 한편 김기진은 김소월의 시를 '민요적 서정 소곡'이라고 이름 붙였다. 김기진이 사용하는 '민요적 서정 소곡' '민요적 서정시'는 "조선 재래의 민요(혹은 동요)적 리듬과 그 부드러운 싀골 정조"라는 의미이다.[23] 김기진은 프로문학의 입장에서 민요와 민요시에 대해 부정적인 시각을 갖고 있었으며, 김소월의 민요시에 대해서도 다분히 비판적인 입장("보잘 것이 없다." "단순히 리리시즘인 것")을 취하고 있다. 주요한도 김소월의 시에 대해 '민요적 기분'[24] '민요조'[25]라고 평하는데, 이것은 민요시라는 형식 개념이 아니라 시의 정서적 특징을 규정한 것이었다.

이상의 검토를 통해, '민요시'라는 용어가 1922~1923년 사이 김소월과 김억에 의해 처음으로 제기되었음을 알 수 있다. 이것은 1924년 이후 『조선문단』을 중심으로 주요한·이광수 등이 제기한 민요시운동보다 시기적으로 앞선 것이었다. 또한 김소월과 김억이 사용한 '민요시' 개념은 국민시가운동에서 제기한 '민요시'와 그 형식적 특징과 범주, 기능에서 차이가 있으므로 서로 구분될 필요가 있다.

2) 김억의 민요시론

김억은 '시의 족보'를 분류하면서, 민요시를 서정시 장르의 하위 범주인 양식 개념으로 규정하였다.

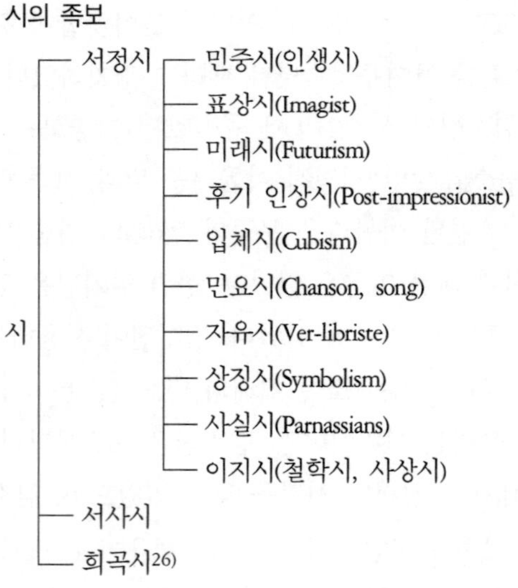

김억은 미래시·입체시·자유시·상징시 등의 근대적인 시 양식과 대등한 하나의 양식 개념으로 민요시를 설정하고 있다. 민요시의 특징은 자유시와 대비하여 설명된다.

자유시의 특색은 모든 형식을 깨트리고 시인 자신의 내재율을 중요시하는 데

잇습니다. 민요시는 그럿치 아니하고, 종래의 전통적 시형(형식상 조건)을 밟는 것입니다. 이 시형을 밟지 아니하면 민요시는 민요시답은 점이 업는 듯합니다.[27]

이러한 민요시의 규정에는 근대시의 이상적인 양식으로 추구되어 온 자유시를 실제로 창작하면서 부딪혔던 문제점과 그 해결점이 나타나 있다. 김억은 일본 유학시절부터 『학지광』을 통해 자유시의 창작을 선도해왔다. 김억은 "시인의 호흡과 고동에 근저를 잡은 음률(音律)이 시인의 정신과 심령(心靈)의 산물인 절대가치를 가진 시(詩)될 것"[28]이라고 주장하며 자유시를 창작하였다. 그는 자유시의 내적 통일성을 시의 형식, 특히 음악성을 통해 해결하고자 하였다. 이것은 자유시에서 음률(音律)·음조(音調)·곡조(曲調)·악조(樂調) 등을 강조하는 그의 시론에서 확인된다. 하지만 김억은, 모든 형식을 파괴하고 시인의 내재율만을 강조했던 자유시가 시의 압축과 내적 통일성을 감당하지 못하고 주관적인 감정의 산만한 표현으로 떨어지는 것을 경험하였다. 이러한 자유시의 문제를 해결하는 하나의 방법으로서 민요시가 제기된 것이다.

김억의 민요시론에서 주목할 것은 민요시와 민요의 관계에 대한 언급이 없다는 점이다. 또한 민족적인 사상과 감정의 구현체로서 민요에 대한 의식도 나타나지 않는다. 민요시를 Chanson, song으로 규정한 것에서 알 수 있듯이, 김억이 구상했던 민요시는 자유시에 대응하는 '노래'의 양식이었다.

김억은 민요시의 전형으로 김소월의 「금잔듸」와 「진달래꽃」을 제시하면서 자신의 민요시론을 구체화시키고 있다.

> 순실(純實)한 쌈풀리시틔가 쩌도는 곱은 시라고 하고 싶습니다. 단순성(單純性)의 그윽한 속에, 쪼는 문자를 음조 고롭게 여긔저긔 배열한 속에 한업는 다사롭고도 아릿아릿한 무드가 숨어잇는 것이 민요시입니다.[29]

김억은 민요시의 조건으로, 음조가 고르게 문자를 배열(형식)하고 다사롭고도 아릿아릿한 무드(정조)를 표현하는 것을 제시한다. 음조에 대한 고려는 언어의 음성적 자질, 즉 청각에 대한 세심한 배려를 의미한다. 김억은 시에서 '음악성이 없는 벽자(僻字), 벽음(僻音)을 피할 것'을 주문하였거니와, 실제로 김억과 김소월의 민요시에는 '아롱아롱, 해적해적, 산들산들, 찰랑찰랑, 송이송이, 하늘하늘, 너훌너훌' 등의 부드럽고 둥근 어감(語感)을 지닌 의성어와 의태어가 많이 나타나는 것이 특징이다.

김억이 민요시의 정조(情調)로 제시한 "한업는 다사롭고도 아릿아릿한 무드"는 '스윗·쏘로우(Sweet Sorrow)'로 요약된다. 김억은 '스윗·쏘로우'에 대하여 "괴롭고도 설은 즐겁음입니다. 심령(心靈)의 소삭임이 리듬이라는 비를 밧아, 곱게 띈 애닯음 만흔 꼿이라고 하고 십습니다. 배암에 물니운 죽으랴도 죽을 수 업는 개고리의 심정과 갓튼 시인의 심정에는 무엇이라 말할 수 업는 Sweet Sorrow가 잇습니다"[30]라고 설명하였다. '스윗·쏘로우'는 슬픔과 고통 속에서(또는 슬픔과 고통을 통해) 아름다움을 느끼는 복합적인 정서로서, 사랑과 이별에 따른 섬세한 심리 묘사에 집중하는 서정시를 통해 가장 잘 표현된다.

김억의 민요시론에서 민요시의 형식과 정조를 통괄하는 상위 기준은 '심플리시티(simplicity)', 즉 '단순성'에 있다. '단순성'은 시의 언어와 형식, 이미지, 시적 대상 등에 모두 적용되는 창작방법이다. 단순성은 한 편의 시에 사용되는 어휘와 이미지를 최소화한 뒤 그것을 반복·변형함으로써, 시적인 응축과 긴장을 높이고 정서적인 효과를 증폭시키는 방법을 통해 실현된다. 그런데 김억의 민요시론에서 단순성의 강조는 언어의 음성적 자질에 대한 강조와 결합하여 민요시를 동요적인 기분으로 떨어지게 하는 원인이 되기도 하였다.

2) 김소월의 민요시

1922~23년에 창작된 김소월의 민요시는 김억의 민요시론을 창작방법으로 삼고 있었다. 「금잔듸」는 민요시의 형식적인 원리가 구현되는 초기적인 양상을 보여주는 작품이다.

> 잔듸,
> 잔듸,
> 금잔듸,
> 深心山川에 바알한불빗은
> 가신님무덤가엣金잔듸,
> 봄이왔네, 버들가지끗에도
> 봄빗이왔네, 봄날이왔네,
> 深心山川에도, 金잔듸에도
>
> ―「金잔듸(小曲)」[31] 전문

이 시의 형식적 특징은, 시적 통일성을 유지하기 위한 반복과 변형이 두드러지게 나타나는 것이다. 반복과 변형은 음절 단위(잔듸–잔듸–金잔듸)와 구문 단위(봄이 왔네–봄빗이 왔네–봄날이 왔네)로 실현되고 있으며, 수미상관(深心山川에 바알한 불빗–深心山川에도 金잔듸)을 통해 시상(詩想)의 도입과 마무리를 시도하였다. 이러한 음절 단위의 반복과 변형은 민요의 기본 형식인 AAXA형과 유사하다. 민요에는 "성아성아 사촌성아" "구야 구야 담바구야" "아배아배 우리아배" "도라지 도라지 백도라지"와 같은 음절 반복의 AAXA 형식이 관습적으로 사용된다. 김소월의 시에도 "잔듸 잔듸 금잔듸" "접동접동 아우래비접동"(「접동」)과 같은 AAXA 형식의 음절 반복이 자주 사용되었다.

「금잔듸」는 발표 당시 '소곡(小曲)'으로 형식이 규정되어 있었다. 근대시 양식이 확립되기 전인 1920년대 중반까지는, 시의 형식을 규정하기 위해 사용된 용어들에 주목할 필요가 있다. 당시에는 내용이 형식을 규정할 뿐 아니라 형식에 의해 시의 내용과 시인의 시 의식이 규정되기도 했기 때문이다. 김소월은 규모가 작은 작품이라는 의미로 '소곡'을 사용하고 있다. 그는 3행~7행의 단연시(單聯詩)를 많이 창작하였는데 '소곡'은 이러한 형식의 작품을 통칭하는 데 적절한 용어이다.32) 소곡의 핵심적인 원리는 단순화에 있다. 단순화는 한 편의 시에 사용되는 어휘와 이미지를 최소화함으로써 시적인 응축과 긴장을 높이는 것을 말한다. 「금잔듸」에서 시적 화자의 정서를 표현하기 위한 시적 대상물은 금잔듸, 深心山川의 무덤, 버들가지로 한정되어 있다. 시의 어휘도 '가신' 님과 '오는' 봄의 대립적인 어휘로 압축하여 극적인 긴장감을 높인다. 그런 한편으로, 어휘와 시적 대상의 단순화가 시상(詩想)의 단순화로 귀결되는 것을 막기 위해 유사한 음절과 구문을 반복·변형하고 "잔듸, / 잔듸, / 금잔듸,"와 같은 자유로운 시행(詩行)의 분절(分節)을 시도하였다.

　김소월의 민요시에서 음절 반복이 좀 더 심미적으로 실현된 양상을 「왕십리」와 「삭주구성」에서 찾을 수 있다.

　　　비가 온다
　　　오누나
　　　오는 비는
　　　올지라도 한닷새 왓스면 좃치.

　　　여드레 스무날엔
　　　온다고 하고
　　　초하루 朔望이면 간다고 햇지
　　　가도가도 往十里, 비가 오네

—「往十里」33) 부분

　　　물로 사흘 배 사흘

> 먼 三千里
> 더더구나 거러넘는 먼 三千里
> 朔州龜城은 山을 넘은 六千里요.
> 물마저 함쌕히 저즌 제비도
> 가다가 비에 걸녀 오노랍니다.
> 저녁에는 놉픈 山
> 밤에 놉픈 山.
>
> 朔州龜城은 山넘어
> 먼 六千里
> 각금 각금 꿈에는 四五千里
> 가다오다 도라오는 길이겟지오

—「朔州龜城」³⁴⁾ 부분

위의 시들은 김소월이 동경에 유학 중일 때 국내에서 발표된 작품이다. 「왕십리」는 동사 '온다' '간다' '운다'의 반복과 변형이 시의 핵심 원리이며, 그 중에서 '온다'가 기본 축을 형성하고 있다. '간다'는 '온다'의 의미를 강화시키는 대립항으로, 또 '운다'는 '온다'에서 파생된 음절로써 기능한다. 1·2연의 '온다'가 3·4연에서 자연스럽게 '운다'로 변화되는데, 그것은 "음성적으로 유사한 낱말이 의미에서도 서로 이끌린다"[35]는 원리를 실현한 것이다.

「왕십리」에서 기본 동사인 '온다'는 '온다→오누나→오는→올지라도→왓스면→온다고 하고→오네' 등으로 반복·변형되면서 시의 내적 통일성을 유지하고, 정서적인 울림을 증폭시킨다. '온다'의 반복과 변형에 따라 시의 의미도 변화하는데, 비가 오는 상황에 대한 객관적인 인식("비가 온다")에서 출발하여, 그것을 정서적으로 포착하는 단계("오누나")를 거쳐서, 객관적인 상황에 시적 화자의 처지와 감정을 이입하는 상태("오는 비는/ 올지라도 한닷새 왓스면 좃치")로 이어진다. 이것은 음절 반복이 심미적으로 강화된 형태로써, 그 효과도 단순한 음향 효과의 차원을 넘어 시의 전체적인 의미를 형성하는 데까지 확장되고 있다.

「삭주구성」은 '사흘→삼천리→삭주구성→산'과 같은 'ㅅ'음의 반복이 나타난다. 의미가 다른 동일 음절의 반복은, 형식적 통일성과 함께 시적 의미를 연결하는 기능을 한다. 여기에 '삼천리→육천리→사오천리'의 거리 감각이 보태져서 시적 화자의 애절한 그리움을 강조하고 있다.

지금까지 살펴보았듯이 1922~23년에 발표한 김소월의 민요시는 김억이 민요시론에서 제기한 형식과 정조, 단순성의 원리를 구체적으로 실현하고 있다. 이것은 오산학교 이후 김억과 김소월이 맺어온 각별한 관계를 고려할 때 충분히 가능한 일이다. 실제로 김억이 민요시론을 구상하였을 무렵, 김소월의 고향집 근처에 머무르면서 함께 아서 시몬스의 시를 읽고, 시의 창작 및 시론에 대한 생각을 교류하였다.

하지만 김소월의 민요시와 김억의 민요시론이 합치되는 지점은 여기까지이다. 김소월이 일본 유학에서 돌아와 1924년 낙향한 뒤에 창작한 민요시는 자신만의 고유한 방법을 드러내고 있다. 「나무리벌노래」에서 그 변화의 방향을 감지할 수 있다.

新載寧에도 나무리벌
물도만코
쌍조흔곳
滿洲나奉天은 못살고장

왜 왔느냐
왜 왔드냐
자곡자곡이 피쌈이라
故鄕山川이 어듸메냐

黃海道
新載寧
나무리벌
두몸이김매며사랏지요

올벼논에 다은물은
츠렁츠렁
벼자란다
新載寧에도 나무리벌

—「나무리벌노래」[36] 전문

이 시의 형식적인 원리는 반복과 변형, 수미상관 및 단순화를 축으로 하고, 시행 분절을 통해 시상(詩想)의 단조로움을 벗어나고 있는 점에서 이전의 민요시와 같다. 그러나 시의 정조는 분명하게 달라졌다. "다사롭고도 아릿아릿한 무드" "괴롭고도 설운 즐거움"을 표현했던 이전의 민요시와 달리 「나무리벌노래」는 식민지 농촌의 현실 속에 파고든 작품이다. 이 시는 시인의 고향 인근에 있는 황해도 재령군 북률면 일대의 농민들이 동양척식주식회사의 수탈을 견디지 못해 소작쟁의를 일으켰다가 결국 토지를 빼앗기고 유랑 길에 올라야 했던 실제 사건을 바탕으로 하고 있다.

황해도 재령평야는 전라도의 만경평야 다음 가는 제2의 곡창지대였다. 예로부터 토질이 비옥하고 관개 수리시설이 잘 돼 있어 쌀의 생산량이 많고 질도 우수하였다. '나무리벌'이라는 지명도 이 지역의 생산물이 너무 풍족하여 '먹고 입고 쓰고도 남는다'는 뜻에서 붙여진 것이라고 한다. 당시에 널리 불리던 민요들에서 '나무리벌'은 풍족함을 뜻하는 대명사로 사용되었다.

신지령 나무리 올베 풍년이 지드니

나잇는 곳에는 님에 풍년이 젓다

―〈긴난봉가〉37) 부분

에헤 두들겨라 에헤 두들겨라
우리 마당에 두태를 치고
신재령 나무리 볏대를 친다"

―〈도리깨질 소리〉38) 부분

그러나 일제는 재령군 북률면에 동양척식주식회사의 농장을 설치하여 쌀 생산량의 70%를 일본으로 반출하였다. 동척의 수탈에 저항하는 소작농민들의 쟁의가 격렬해지자 일제는 '동척 이민'으로 불리는 일본인들을 대량으로 이곳에 이주시켰다. 동척 이민에게 땅을 빼앗긴 농민들은 누에를 치고 산나물을 뜯으며 생계를 이어갔지만 결국은 고향 산천을 떠나 유랑의 길에 오를 수밖에 없었다.39)

김소월의 「나무리벌노래」에서 반복해서 호명하는 '나무리벌'은 기름진 땅에서 풍족한 생활을 누리던 황해도 재령군의 나무리벌을 환기시키는 동시에, 식민지 통치 이전의 평화롭고 풍요로웠던 조선을 암시하고 있다. 또한 일제의 수탈을 쫓겨 유랑하는 나무리벌 농민들의 모습은 일제의 수탈로 고통받는 식민지의 농촌 전체에 대한 상징이 된다.

김소월이 고향집을 떠나 구성으로 거처를 옮기고 몇 년간 실의의 날을 보낸 뒤, 민요시는 그의 삶 속에서 더욱 깊어졌다. 그는 1934년 11월 『신인문학』에 김식호(金湜浩)라는 이름으로 「차안서삼수갑산운」을 투고하였다.

三水甲山 내웨왓노 三水甲山이어듸뇨
오고나니 奇險타 아하 물도 만코 山첩첩이라 아하하

내故향을 돌우가자 내고향을 내못가네

三水甲山 멀드라 아하 蜀道之難이 예로구나 아하하

三水甲山이 어듸뇨 내가오고 내못가네
不歸로다 내故향 아하 새가되면 쩌가리라 아하하

님게신곳 내고향을 내못가네 내못가네
오다가다 야속타 아하 三水甲山이 날가두었네 아하하

내고향을 가고지고 오호 三水甲山 날가두었네
不歸로다 내몸이야 아하 三水甲山 못버서난다 아하하
—「次岸曙三水甲山韻」[40] 전문

    제목에서 알 수 있듯이, 이 시는 김억의 시 「삼수갑산」의 운(韻)을 따서 지어진 것이다. 김억의 「삼수갑산」과 김소월의 「차안서삼수갑산운」은 함경도의 민요 〈삼수갑산 가고지고〉에 뿌리를 둔 작품이다.

삼수갑산 가고지고 삼수갑산 어디미냐
삼수갑산 아득하고 산은 첩첩 흰구름은 사라져

경성시내 가고지고 경성시내 어디미냐
경성시내 아득하고 산은 첩첩 흰구름은 사라져
—〈삼수갑산 가고지고〉[41]

三水甲山 보고지고 三水甲山이 어듸메냐
三水甲山 아득타 아하 山은 첩첩첩 흰구름만 싸인곳

三水甲山 가고지고 三水甲山 내 못가네
三水甲山 길멀다 아하 배로 사흘 물로 사흘 길 멀다.
—김억, 「삼수갑산」[42] 부분

김억의 「삼수갑산」은 그 형식과 정서면에서 민요 〈삼수갑산 가고지고〉와 동일하다. 김억의 「삼수갑산」과 민요 〈삼수갑산 가고지고〉에서 '삼수갑산'은 가고 싶은 곳, 그리운 곳에 대한 비유이다. 그래서 "삼수갑산 보고지고" "삼수갑산 가고지고"라고 노래한다.

그런데 김소월의 시에서 '삼수갑산'은 가고 싶은 곳이 아니라 벗어나고 싶은 곳이다. 그곳은 바로 시인이 지금 살고 있으며, 갇혀 있다고 느끼는 곳이다. 이때 '삼수갑산'은 비유가 아니라 현실이 된다. '삼수갑산'은 시인이 구성에서 보낸 십 년 세월이자 그가 지금 발 딛고 있는 절망적인 현실을 가리킨다. '삼수갑산'을 떠나 '내 고향'으로 돌아가고 싶지만 삼수갑산에 갇힌 나는 삼수갑산을 못 벗어난다. 매 연마다 반복되는 탄식 같고 한숨 소리 같기도 한 '…… 아하 …… 아하하'는 이러한 깊은 상실과 허무감을 드러낸다. 그 소리는 운상(運喪)할 때 부르는 노래의 후렴이자 울음 또는 탄식소리인 '…… 어허'를 연상시킨다. 김소월의 「차안서삼수갑산운」은 시인의 삶과 내면, 민요시의 형식적인 조건이 완전하게 일치된 상태를 보여주는 작품이다.

5. 맺음말

이 논문에서는 1920년대 민요시운동을 중심으로, 한국 근대시의 형성 과정에서 민요와 민요시의 의미를 살펴보았다. 특히, 지금까지 단절적으로 연구되어 왔던 애국계몽기와 1910년대의 '민요조 시가'와 1920년대의 민요시운동을 연속선상에서 규명하는 데 초점을 두었다.

애국계몽기와 1910년대 '민요조 시가'는 1920년대 민요시운동의 문학사적 근원(根源)이자 그 근대적 성격을 가늠하는 중요한 기준이 된다. 애국계몽기와 1910년대 '민요조 시가'의 근대적 성격은, 근대 전환기와 국가적 위기 상황에 대처하여 시대적인 이념을 내포하고 대중화시키면서 개인 서정을 표현하는 시 형식을 창조하는 데서 찾아진다. 전통성과 민중성, 지역성에 토대를 둔 민요가 근대적인 이념을 통합하면서 어떻게 정서적 보편성과 미적 근대성을 확립해 갔는가를 밝혀낼 때, 한국 근대시의 형성과정은 더욱 풍요로워질 것이다.

1920년대 민요시운동은 두 가지의 뿌리를 갖고 있었다. 민중들의 삶 속에서 건져 올린 민족의 문화유산으로서 '민요'라는 뿌리와 '자유시'라는 뿌리이다. '자유시'는 1920년대 민요시운동을 촉발했던 실제적인 바탕이었다. 1910~20년대 초기의 자유시에 대한 반성으로부터 신시운동의 새로운 방향이 모색되었으며, 그 과정에서 김억·주요한·이광수 등에 의해 민요와 근대시의 결합이 제기되었기 때문이다. 따라서 1920년대 민요시운동은 그 근원에서, 자유시가 이룩해 놓은 주관적인 체험과 감정의 표현, 개성적인 언어와 시 형식을 발전적으로 계승해야 하는 문학사적인 과제를 안고 있었다. 1920년대의 민요시론과 민요시의 성과는 이에 따라 평가되어야 한다.

김억은 민요시를 근대시의 양식 개념으로 규정하고, 민요시의 언어적 특징과 형식적 원리, 정조 등을 제시하였다. 그러나 김억의 민요시론은 음성적 자질의 강조와 관습적인 정서의 반복, 형식적 단순성에 따른 근대시 형식과 시 의식의 퇴행이라는 문제를 안고 있었다. 김소월의 민요시는 김억의 민요시론에서 출발하여 그 한계를 극복하고, 주관적인 체험과 운명을 표현하는 개성적인 시 형식을 창조했다는 점에서 1920년대 민요시의 근대적인 성격과 그 가능성을 보여주고 있다.

1) 박경수, 「한국 근대민요시 연구」, 부산대 박사논문, 1989, 7면.
2) 통속민요는 "잡가를 불러온 전문 음악인들에 의해 만들어져 잡가의 하나로서 연행된 민요풍의 노래"이다.(강등학·강진옥 외, 『한국 구비문학의 이해』, 월인, 2000, 198면) 19세기 후반에 잡가가 성행하면서 각 지역에서 전승되던 민요를 다듬어 노래하게 되었고, 또 민요와 유사한 노래를 새롭게 만들어내기도 하면서 민요풍의 노래가 잡가의 하위 장르로 자리잡게 되었다. 이후 통속민요의 인기가 점점 높아져서 1910년대에 이르면 잡가의 주류 장르로 부상하였다. 통속민요는 다시 각 지역으로 역유입되어 지역민들의 민요에 영향을 주는 등, 잡가에 속하면서도 민요와 긴밀한 영향관계를 유지하였다.
3) 금혜(琴兮), 「가곡개량의 의견」, 『대한매일신보』, 1908.4.10.
4) 아양자(莪洋子), 「가조(歌調)」, 『태극학보』, 1908.7, 56면.
5) 「천희당시화(天喜堂詩話)」, 『대한매일신보』, 1909.11.11.
6) 심선옥, 「애국계몽기와 1910년대 '민요조 시가'의 양상과 근대적 의미」, 『민족문학사연구』 20, 2002.6, 32~33면.
7) 김시업, 「근대민요 아리랑의 성격 형성」, 『전환기의 동아시아문학』(임형택·최원식 편), 창작과비평사, 1985, 233면.
8) 『대한매일신보』, 1907.7.28.
9) 『대한매일신보』, 1907.9.5.
10) 『신한민보』, 1912.2.5.
11) 『학지광』 4호, 1915.2, 51~52면.
12) 『개벽』 5호, 1920.11, 94면.
13) C. S. S 생, 「다한 다루(多恨 多淚)한 경북의 민요―새벽 길삼지기는 년, 사발옷만 입더란다」, 『개벽』 36호, 1923.6, 24면.
14) 강봉옥, 「제주도의 민요 50수―맷돌가는 여자들의 주고밧는 노래」, 『개벽』 32호, 1923.2, 39면.
15) 박종화, 「러시아의 민요」, 『백조』 1호, 1922.1, 135면.
16) 홍종인, 「용강민요 30수」, 『개벽』 34호, 1923.4, 84면.
17) 주요한, 「노래를 지으시려는 이에게」, 『조선문단』 2호, 1924.11, 49면.
18) 이광수, 「민요소고(1)」, 『조선문단』 3호, 1924.12, 31면.
19) 김동인, 「배짜락이」, 『창조』 9호, 1921.6, 13면.
20) 김억, 「시단의 1년」, 『개벽』 42호, 1923.12, 43~44면.
21) 박종화, 「월평」, 『백조』 2호, 1922.5, 145면.
22) 박종화, 「문단의 1년을 추억하야」, 『개벽』 31호, 1923.1, 6~7면.
23) 김기진, 「현 시단의 시인」, 『개벽』 58호, 1925.4, 30면.
24) 주요한, 「문단시평」, 『조선문단』 1호, 1924.10, 66면.
25) 주요한, 「7월의 문단」, 『동아일보』, 1926.7.25.
26) 김억, 「서문대신에」, 『잃어진 진주』, 평문관, 1924; 박경수 편, 『안서김억전집』 2-1, 한국문화사, 1987, 453면 재인용. 이 번역시집은 1924년에 출판되었지만 「서문대신에」의 탈고날짜가 "1922년 정월 25일 / 역자 출세(出世)후 9천6백2십3일되는 날"로 표시되어 있다. 당시 김억은 소월의 고향집 근처인 평북 정주군 곽산면에 머물고 있었으며, 소월과

계속 교류하였다. 따라서 이 글은 1922년 1월을 전후하여 뼈대가 집필되었으며, 시집을 출간할 때 다듬어졌을 것으로 짐작된다.

27) 김억, 위의 글;『안서김억전집』2-1, 456면 재인용.
28) 김억, 「시형의 음률과 호흡」,『태서문예신보』, 1919.1.13.
29) 김억, 「서문 대신에」,『안서김억전집』2-1, 458면 재인용.
30) 김억, 위의 글, 464면 재인용.
31)『개벽』19호, 1922.1, 35면.
32) 김소월의 시는 대부분 4행이 1연을 구성하고 있다. 따라서 독립된 연 구분이 가능하기 위해서는 최소한 8행 이상이 필요하며, 7행 이하의 작품들은 단연시(單聯詩)가 될 수밖에 없다.
33)『신천지』, 1923.8.
34)『개벽』40호, 1923.10, 140면.
35) 로만 야콥슨, 「언어학과 시학」,『문학 속의 언어학』(신문수 편역), 문학과지성사, 1989, 79면.
36)『동아일보』, 1924.11.24.
37) 김구회,『가곡보감』, 평양기생권번 발행, 1928, 77면.
38) 한국 구연민요연구회 편,『한국구연민요·연구편』, 집문당, 1997, 447면.
39) 1924년에 재령군 남·북률면의 농민들은 총독부에 연명장을 낸 뒤, 동척 이민을 금지하고 자신들에게도 토지를 분배할 것을 요구하며 격렬한 소작쟁의를 일으켰다. 당시 나무리벌의 소작쟁의는 사회적인 문제가 되었다.『동아일보』에는 1924년 9월 26부터 10월 3일까지 「위기에 함(陷)한 나무리벌」이라는 장문의 사설이 연재되었다. 마침내 사이토 마코토(齊藤實) 총독은 11월 2일 '동척에 무리한 이민은 제한토록 지시하겠다'는 성명을 발표하였다.
40)『신인문학』3호, 1934.11, 87~88면.
41) 전경욱, 「함경도 편」, 한국구연민요연구회 편, 앞의 책, 356~357면. 이 민요의 제보자는 함경남도 북청군 출신의 박계순·이금단 씨이다.
42)『삼천리』6권 8호, 1934.8, 178면.

3

경계의 확장, 정신의 심화

한국 근대문학의 감성과 정치적 무의식
이태준의 경우

이선영

1. 서론

원론적인 말이지만 문학 작품에 있어서 내용과 형식은 연결되는 것
이고 통일적인 것이다. 이런 생각은 옛날부터 동서양의 시인·논객들에
의해 흔히 지적되곤 했다. 우리 나라에서도 이미 오래 전 이를테면 12
세기 말엽에 고려 문인 이규보가 그런 견해를 밝힌 바도 있다. 그는 '시
에 대하여[論詩]'에서 "시 짓기란 참으로 어려운 것 / 말과 뜻이 함께 아
름다워 / 그 안에는 깊이 숨은 뜻이 있고 / 씹으면 씹을수록 맛이 나야 하
느니[作詩尤所難 語意得雙美 含蓄意苟深 詛嚼味愈粹]"[1]라고 하여 말(형식)과
뜻(내용)에 대한 통일적 시각을 강조한 바 있다. 그러나 그렇다고 이규보
가 형식의 가치를 무시하지 않으면서도 설의(設意) 곧 내용의 우위성을
강조하는가 하면, 이인로는 철사(綴辭)나 연탁지공(鍊琢之工)과 같은 형식

적 측면을 더 중시하기도 하는2) 식의 논자들 사이에 내용과 형식에 대한 견해 차이가 있는 것까지 부정하는 것은 아니다. 다만 여기서 우리가 주목하려는 것은 그런 차이보다 전술한 바와 같이 문학 작품 내지 문화적 텍스트에 있어서의 형식과 내용을 비롯하여 미적인 것과 이데올로기, 미적 감성 내지 사회적 감성과 정치적 의식 내지 정치적 무의식3)을 각각 분리해볼 것이 아니라 연결되는 것 또는 통일적인 것으로 보는 데 있다.

그리고 문학 작품을 읽는 데는 이런 시각과 함께 고려되는 방법으로 역사적 지평에서의 작품 해석이다. 역사적 지평에서의 작품 해석이란 말하자면 정치사적·사회사적 그리고 생산양식사적 세 지평에서의 작품 해석을 뜻한다. 첫째 정치사적 지평에서 작품을 해석한다는 것은 작품을 정치와 사회를 비유한 이야기, 그중에서도 어떤 현실적 모순을 상징적으로 해결한 이야기로 보고 그것을 해석한다는 것이다. 둘째 사회사적 지평에서 작품을 해석한다는 것은 작품이란 계급적 담론 내지 적대적 대화의 형식을 취한다고 보고 작품의 이념을 해석하는 것이다. 셋째 생산양식사의 지평에서 작품을 해석한다는 것은 작품을 형식의 이데올로기라는 관점에서 해석하는 것이다. '형식의 이데올로기'란 작품의 서사(narrative)를 생산양식 속에 있는 문학의 주류 형식 곧 여러 가지 이데올로기가 서로 다투고 있는 곳이라고 보는 데서 나온 말이다.4)

이 글은 대체로 이상과 같은 시각과 방법으로 상허(尙虛) 이태준(李泰俊)의 광복 이전 문학 작품들을 살펴보고자 한다. 굳이 이런 시각과 방법에 집착하는 것은 그렇게 해석함으로써 작품을 더욱 풍요로운 의미로 읽을 수 있지 않을까 하는 기대 때문이다.

이태준의 문학, 그중에서 8·15광복 이전 그의 작품들에 대한 근래 우리 학계 평단의 주장들을 보면 크게 두 갈래가 눈에 띈다. 하나는 이태준의 문학이 사회적 감성보다 미적 감성이 우세하고5) 근대적이기 보다 반근대적(反近代的)이라는 측6)과, 다른 하나는 심미적이면서 계몽적이고 반근대적이기보다 오히려 근대적 대세를 인식하고 있으며[7] 예술가의식이 세계에 대해 적극적으로 발언하는 지사적(志士的) 속성을 지니고 있다[8]는 측이다. 이 두 갈래 주장들에서 확인되는 것은 양쪽 주장들 모두 상허의 미적 감성과 심미성의 무게에 대해서는 동의하고 있지만(물론 심미성의 성격 규정에서는 서로 견해를 달리하는 터이지만) 그의 사회적 감성 내지 근대성·계몽성에 관한 견해는 논자에 따라 현격한 거리가 있다는 사실이다. 실제로 상허의 광복 이전 작품들 가운데 특히 1930년대 전반기의 「달밤」·「손거부」·「복덕방」과 같은 단편들이 한국의 전통적인 미적 감성을 빼어나게 보여준다는 점에 대해서는 위의 양쪽 주장들 뿐만 아니라 그 이외 사람들의 견해들도 거의 일치하는 줄로 안다. 그러나 예컨대 1930년대 초의 「고향」을 비롯하여 30년대 말엽 내지 40년대 초엽의 「패강랭」·「농군」·「영월영감」과 같은 단편들의 사회적 감성이나 근대성의 성격에 대해서는 논자들 간에 상당한 견해 차이가 있다. 이와 같은 여러 주장들을 감안할 때 이태준의 작가적 성격 규정은 좀 더 검토를 요하게 된다. 그는 도대체 근대적 작가인가 반근대적 작가인가, 과연 미적 감성의 작가라면 어떤 성격의 미적 감성의 작가인가, 그에게 있어 미적 감성은 사회적 감성과 어떤 관계가 있는가, 또 그의 미적·사회적 감성은 정치적 의식 내지 정치적 무의식과 어떤 관계에 있는가. 그리고 위에 든 것과 같은 광복이전 상허의 작품들은 광복 이후의 「해방전후」를 비롯하여 『농토』, 『첫 전투』(창작집), 「먼지」, 『고향길』(창작집) 같은 정치·사회적 감성 계열의 작품들과는 어떤 관계(연결성 또는 단절성)가 있는 것일까. 그리고 이런 의문들은 바로 전술한 시각과 접근방법으로 해결할 수 없는 것일까.

2. 문학관과 창작

상허 이태준의 문학 활동은 그 출발이 미적 감성의 문학을 지향하는 데서 시작하였다. 따라서 그것과 배치되는 공리적이고 교훈적인 과거 사람들의 생각이나 문학은 당연히 배격하였다. 상허는 "모든 것에 교훈적이요 공리적이어서 그 꽃과 그 땅과 그 민족"에 대한 "자연스런 연고나 미감(美感)이나 애착이나 이런 것을 도외시한"[9] 옛날 조상들의 사고를 탐탁하게 생각할 수 없었다. 또 그는 천우신조(天佑神助)의 망상을 그대로 수법으로 하여 고진감래·사필귀정식의 충효예찬과 권선징악을 일삼은 고대소설, 예컨대 『장화홍련전』·『흥부전』·『춘향전』 같은 작품들은 현대인의 소설관념으로는 극히 먼 거리에 떨어져 있으며, 진실성 없는 표현과 묘사, 쓸데없는 과장과 대구, 우중(愚衆)을 압도하는 전고법(典故法) 따위에 몰두하고 있다고 하여 고전소설을 비판하였다.[10]

그러면 이와 같이 고전소설을 비판한 이태준은 과연 어떤 새로운 소설을 생각하고 있었을까. 또 그 새로운 소설에 요구되는 점은 무엇이라고 보았을까. 상허는 '어떻게 소설을 읽을 것인가?'의 문제에 대해서 '한 가지 주의할 사실'로 소설은 다른 모든 예술과 함께 '표현'이라는 점을 강조하였다. 그에 의하면 주인공의 운명이나 사건의 결말이 어떻게 떨어지는가는 그 다음 문제로 돌려도 좋다. 그런 것은 다 읽고 나면 알게 될 사실이고, 정작 읽어나가면서 맛보고 즐기고 할 중요한 일면은 바로 표현이다. 소설이란 다른 예술, 그중에서도 그림 같은 것과 마찬가지로 표현이 중요하며, 다음으로 그 표현은 종래의 상투적인 표현이 아니라 개성적인 눈과 솜씨와 색채와 기풍과 스타일과 문장으로 된 진실성 있는 표현이어야 한다는 것이다.[11] 또 그는 표현과 함께 '묘사'를 중시하여 "어떤 물상(物相)이나 어떤 사태를 그림 그리듯 그대로 그려내는"[12] 묘사가 "문장에 가장 날카로운 힘을 줄 수 있는 것"[13]이라고 하였다. 소설에서도 인물이나 사건(생활)을 붙잡으면 쓰는 문장 문제가 나오는데, 그중에서도 근본적으로 중요한 것은 '묘사'라고 하였다.14)

그런데 상허는 이와 같이 사물을 있는 그대로 그려내는 묘사와 사상 감정을 나타내는 표현의 둘 가운데서는 묘사가 더 기본적이고 중요하다고 보았다. 그것은 묘사 아닌 이야기체로도 얼마든지 표현은 할 수 있지만, 처음에는 묘사로 들어가서 묘사를 졸업한 이야기체라야 그것이 단순한 설명에 그치지 않는, 들려주는 이야기가 아니라 보여주는 이야기로 나타날 수 있기 때문이라는 것이다.15) 소설에서 '보여주는 이야기'를 '들려주는 이야기'보다 문학적으로 상위에 있다고 보고, 표현과 더불어 특히 묘사를 강조한 상허는 그 반면 '서사'에 대해서는 비교적 경시하는 경향이 짙다. 왜냐하면 위의 언급에서도 알 수 있듯이 상허 자신이 주인공의 운명이나 사건의 결말 같은 서사의 문제는 다 읽고 나면 알게 될 사실이므로 그 다음 문제로 돌려도 좋다고 하였으니 말이다.

그리고 1940년 전후에 쓴 것으로 보이는 다음 글에 의하면 상허는 동양소설이나 동양인의 생활은 그 자체가 정적이어서 서양소설과 같은 동적인 서사에는 적절치 못한 것으로 보았다.

> 동양소설에서는 삼국지류의 무용전(武勇傳)이기 전에는 서양에서처럼 고층건물과 같은 입체적 설계는 어렵다. 생활형식이 저들은 동적인데 우리는 정적이요 저들은 입체적인데 우리는 평면적이다. 점잖은 인물이면 저들과 같이 결투를 청하거나 경마나 골프를 하지 않고 정자에 누워 반성하고 낚시질이나 바둑을 둔다. 이렇게 조용한 인물과 생활을 가지고 변화를 부린댔자 작자의 뒤스럭만 보이기가 십상팔구다.16)

이처럼 상허는 소설이란 원래 서사보다 묘사가 중요하며, 또 한국을 포함한 동양의 소설은 본질적으로 입체적 서사가 적절하지 않다고 보았던 것이다(물론 이런 견해는 오늘날 널리 수용되기 어렵고, 상허도 자신의 과거 의견과는 달리 해방 후에는 「첫전투」나 「고향길」과 같이 일련의 전투성 강한 동적인 소설들을 발표한 바 있다). 상허는 자신의 일제 강점기 소설들에서도 묘사나 문장의 힘에 대한 믿음과 존중은 두드러지게 나타낸 반면 일부 역사소설을 제외하면 서사다운 서사는 거의 눈에 띄지 않는다. 특히 발전적인 등장인물의 전형적 여러 특징을 입체적이고 생동적으로 되게 하는 데 도움을 주는 강력한 리얼리즘적인 서사는 상허의 1930년대 소설들에서는 찾아보기 어렵다. 그보다는 오히려 잔잔한 애수가 깃든 서정시적 문장이나 정적인 묘사미가 돋보이는 작품들이 주류를 이루고 있다. 상허 자신도 "「불우선생(不遇先生)」, 황수건이(「달밤」의 주인공), 안영감(「아담의 후예」의 주인공), 「색시」, 「손거부」, 「복덕방」 영감들 따위 사상적 사고라거나 현실기구와 관련한 구성이라거나 그런 것을 피할 수 있는 이미 운명이 결정된 인물들을 택해 거의 시를 쓰는 즉흥 기분으로 쓴 것이다"17)라고 하였다. 특히 이렇게 현실의 변두리나 시대의 뒷전에 밀려난 사람들을 동적으로 기술하기보다 서정시처럼 진술하거나 정물화처럼 묘사함으로써 이 작자는 일제강점기의 당시 현실에서 비켜선 입장을 취한 것으로 보인다. 게오르그 루카치는 자신의 논문, 「서사냐 묘사냐?(Narrate or Describe?)」에서 소설작가는 방관자의 입장에서 사회적 사실이나 사건의 결과를 개별적 독립적으로 묘사하지 말고 참가자의 입장에서 어떻게 그런 결과가 일어나는가를 형상화함으로써 그 사건에 참여한 인물들의 삶을 풍부하게 전개시키고 현실의 반영을 강화해야 한다고 했지만, 위의 상허소설들은 그런 면에 소홀하거나 다소 무관심한 듯이 보이는 것이 사실이다. 그렇게 본다면 상허는 현실을 방관했거나 기피했던 셈이다. 과연 그럴까.

3. 미적 감성과 정치적 무의식

필자의 생각은 단적으로 말해서 상허를 단순히 현실방관적인 작가로만 규정할 수 없다는 것이다. 일제강점기 상허의 정치·사회적 감성 계열 작품들은 물론이고 그의 미적 감성 계열의 작품들조차도 그를 현실방관자로만 보기 어렵게 한다. 먼저 그의 미적 감성과 관련하여 생각되는 것은 한국예술의 전통미, 곧 일제강점기에 한국 예술의 전통적인 미적 정체성의 형상화에 그가 특별한 관심과 노력을 기울이고 있다는 사실이다. 그 정체성은 당시 상허의 여러 작중인물들이나 서사의 성격에도 분명히 나타나는데, 「달밤」의 황수건과 「손거부」를 비롯하여 「아담의 후예」의 안영감, 「색시」, 「어떤 젊은 어미」, 속화(俗化)되기 전의 강군(「서글픈 이야기」의 주인공) 같은 인물들이 그 좋은 본보기들이다.

우선 「달밤」에서 주인공 '황수건'의 성격에 관한 일인칭화자의 진술부터 들어보자. '나'는 성북동에 이사 와서 못난이 황수건을 보고 여기가 정말 시골임을 느끼게 된다. 서울 같은 대처라고 못난이가 없을까마는 거리를 나와 행세를 하지 못하고 시골에서는 마음 놓고 다녀서 그런지 못난이는 시골에만 있는 것처럼 잘 눈에 띈다. 더구나 못난이인 황수건, "그는 태고 때 사람처럼 그 우둔하면서도 천진스런 눈을 가지고 자기 동리에 처음 들어서는 손에게 가장 순박한 시골의 정취를 돋워주는"18) 것이다. 이처럼 인위적인 가공이나 가식이 없고 시골의 자연에 잘 어울리는 우둔하면서도 천진스런 특성을 지닌 황수건을, 작자는 작중화자의 눈을 통해서 긍정적으로 묘사하고 있다. 그리고 그런 황수건의 성격적 특성은 미학자들이 흔히 한국미의 특징으로 지적하는 동양적 '자연주의'나 '자연순응성'19) 또는 '무관심성'20)과 유사하다.

다음 「손거부」에서 동명의 주인공이 지닌 성격적 특성은 한국미의 특질 가운데 또 다른 하나로 일컬어지는 비정제성(非整齊—除—性)21) 또는 비균제성22)과 관계가 깊은 것으로 보인다. 손거부는 "천성이 터벌터벌하여서 남의 말참례하기를 좋아하고 아무한테나 허튼소리를 잘 걸다가 때로는 당치않은 구설도 듣는 수가 더러 있지만 아무튼지 떠들썩하는 자리에는 누구보다도 잘 올리는(어울리는-인용자) 사람"이다. 어리석고 허황된 욕심 많은 손거부는 자기 이름이 거부(巨富)이고 장자는 대성(大成), 차자는 복성(福成)인데, 이번에 새로 난 아들 이름은 국록을 먹게 되기를 바란다고 해서 '나(일인칭 화자)'는 그의 소망에 따라 녹성(祿成)이라 이름 지어준다. 또 손거부는 '나'에게 큰아들이 저능아여서 학교에서 퇴학당한 것을 숨기고, 학교에 보내려면 대학까진 보내야 하는데 그건 어려워 학교를 고만두게 했노라고 거짓말을 하기도 한다. 이와 같이 손거부는 꼼꼼하거나 야무지지 못하며 어리석고 허풍스럽지만, 절대 술주정을 하지 않고 인사성이 돋보이는, 밉지 않은 인물이다. 세부적으로는 치밀하지 못하고 허황하며 정직하지 못한 구석도 있지만 전체적으로는 인정스럽고 호감이 가는, 따라서 어떤 '구수한 큰 맛'23)을 느끼게 하는 비균제성의 한국미를 풍긴다.

그러한 비균제성의 미는 「아담의 후예」의 경우 주인공인 안영감이 스스로 지켜야 할 규칙들에서 일탈하는 형식을 취함으로써 빚어지기도 한다. 집을 나간 딸을 기다리는 안영감은 낚시가 하고 싶어 낚싯대를 훔치다가 들켜 양로원에 들어가게 된다. 그러나 그 양로원에는 그가 "정신이 얼떨떨하리만치 기억해야 될" 많은 규칙들이 있다. 그 규칙들을 제대로 지키지 못해 안영감은 양로원 B부인의 문책을 당하고 양로원생활에 심한 부자유를 느낀다. 그 후로 바깥이 너무 그립고 딸 생각에 몸이 달아 결국 그 곳을 탈출하기로 한다. 그런데 막상 떠나려고 하니 그 동안 같이 지낸 동료 노인들이 자는 방 앞을 그냥 지나칠 수가 없다. 노인들과는 그 사이 서로 싸우는 일도 있었지만 미운 정 고운 정, 든 정을 못 잊어 남의 사과밭에서 굵은 사과 여남은 알을 따서 그들의 방문 옆에 놓고 떠난다는 것이다. 따라서 안영감에게 있어 그러한 때때로의 사회적 규범 규칙 위반이라는 몇몇 일탈행위들(비균제성)은 자유에 대한 간절한 그리움과 혈육 및 동료에 대한 훈훈한 인정과도 융합되어 앞에 든 '구수한 큰 맛'의 인간미로 나타난다.

상허에게서 비정제성 내지 비균제성의 인간미는 비단 남성에 국한되지 않고 단편 「색시」와 「어떤 젊은 어미」에서처럼 여성에게도 나타난다. 허황하고 야무지지 못하지만 애틋한 어미의 정과 여자로서의 부끄러움이 있는 「어떤 젊은 어미」의 경우도 그렇지만, 「색시」에 비정제성의 미는 더 잘 그려져 있다. 이 작품에서 '우리' 집 식모인 '색시'는 스스로 잘 웃고 남을 잘 웃기며, 일이 거칠어 그릇을 잘 깨고, 성질이 야무지지 못한데다 허풍스럽기도 하여 자기 분수에 넘치는 일에 빠져들기도 한다. 색시는 자기가 시집가 살고 싶은 사람은 캡을 비뚜름히 쓸 줄 알고 하모니카도 베이스를 넣어 불 줄 알아야 한다. 남편이 살아 있지만 시어머니의 이간질 때문에 시집에서 쫓겨나 '우리'집에 살고 있는 이 색시가 하루는 그 시집에 가서 지금 자기는 훌륭하게 잘 살고 있다는 허풍을 떨고 돌아오기도 한다. 혹은 과분하게도 건너 집에 살고 있는 전문학교 학생들에게 정신을 쏟아오다가 자기가 바라는 그들과의 관계 맺기가 현실적으로 어렵게 되자 색시는 화가 나서 결국 저의 집으로 돌아가 버린다. 차분하거나 꼼꼼하지 못하고 허풍스러운데다 분수가 모자라는 색시의 성격은 저절로 독자의 웃음을 자아내게 하는 매력이 있다. 말하자면 그것은 미학자 김용준이 조선시대 도자기의 미적 특성으로 지적한, '둔하고 어리석고 미숙하지만 일종 여운의 미'24)를 지니고 있는 그런 비균제성의 인간적 매력과 서로 맥이 닿지 않나 싶다(실제로 이태준과 김용준은 일찍부터 인간적으로 두터운 교분이 있었고 예술 면에서도 공통의 취미와 깊은 이해가 있어 서로 많은 영향을 주고받았다).25)

그리고 단편소설 「돌다리」는 앞에 든 다소 희화적인 작품들과는 성격이 다르지만 또 다른 한국예술의 전통미와 맥이 닿는 면을 지니고 있다. 이 작품은 작자가 바람직스럽게 생각하는 참농사꾼(아버지)의 모습과, 자

기와 다른 생각을 한 아들(의사)에 대한 아버지의 외롭고 불안스런 심사,
그리고 그것을 삭이는(소화하는) 아버지의 마음의 움직임을 부각시키고 있
다. 근검절약하고 농토를 기름지게 가꾸며 농사를 열심히 지을 뿐만 아
니라 죽을 임시에 땅을 팔되 이익에 얽매이지 않고 참농사군에게 팔겠다
는 것이 아버지가 지닌 참농사군의 모습이다. 그런데 이 작품에서 특히
주목되는 것은 아버지가 그 외롭고 불안스런 심사를 삭이는 데, 문득 생
각난 백낙천(白樂天)의 시 한 편, 늙은 제비 한 쌍을 두고 지은 노래가 계
기가 된다. 제 배고픔을 참아가며 먹이를 주어 기른 세끼가 자라서 나래
에 힘이 생기자 어디론지 날아가버려 늙은 어버이 제비 한 쌍만 추녀 끝
에 쭈그리고 앉는 것을 보고 이 시인은 그 늙은 제비들을 가르쳐, 새끼들
만 원망하지 말고, 너희들이 새끼 적에 역시 그러했음도 깨달으라는 내
용의 시. 그 시를 생각하며 아버지는 자신의 고독 내지 한을 소화하며
풀게 된다는 것이다. 외로움이나 원망에서 시발한 한을 초극하여 소망스
러운 방향으로 질적 변화를 이룩할 수 있게 하는 삭임과 풀이의 기능을
우리는 여기서 발견하게 된다. 이처럼 「돌다리」의 겨우도 한풀이라는 한
의 행위는 미학적 윤리적 면에서 가치지향적 행위가 됨으로써 한국예술
의 전통미의 하나로 자리 잡을 수 있게 된 것이라 하겠다.26)

그 밖에도 상허는 수필 「묵죽(墨竹)과 신부(新婦)」(1940)27)에서 두 개의
일화를 통해서 유교적 청덕(淸德)을 기리는 이야기를 하고 있다. 그중 하
나를 소개하면 그것은 어느 유생 집안의 아버지와 딸, 시아버지와 며느
리 사이에 발현(發現)된 향기롭고 맑은 덕을 보여주는 일화이다. 그 시아
버지가 지은 시를 통해 표현한 그 일화의 요지(要旨)는 이렇다. 며느리가
본디 친정이 청빈해서 시집올 때 가져온 옷상자 속에는 다만 무명(無名)
화가의 묵죽(수묵화) 한 폭이 들어 있을 뿐이었다. 그런데 시아버지의 마
음에는 ‘그 묵죽이 천금보다 낫구나, 우리 집이 기린(麒麟) 같은 아들을
얻는다면, 평생 도(道)를 궁구(窮究)한 내 마음을 위로해 주겠지’하는 생
각이 든다는 것이다. 이러한 시를 두고 상허는 어버이(사돈)가 딸(며느리)

에게 수묵화를 내리신 것과 그런 청덕을 받드는 자식(며느리)이 텅 빈 옷
상자 속에 묵화 한 폭을 가지고 어엿이 시집온 것 그리고 그 사돈과 며
느리의 "향기로운 예와 덕을 향기롭게 받을 줄 안 그 시아버지의 높음
이 가히 우러러보인다"고 한다. 그리고 이런 유교적 미덕은 현대의 가
정·문화·여성에게서는 느끼기 어려운 것으로 상허는 보고 있다.

또 수필 「동방정취(東方情趣)」(1938)[28]에서 상허는 이백(李白)의 두 편 시
와 역시 동양의 페르시아 시인 오마 카얌의 4행시 첫머리를 소개하고
자신이 느낀 '동방정취'를 곁들여 말하고 있다. 이백의 시들 가운데 한
편과 오마 카얌의 시 가운데 그 부분을 각각 소개한다.

> 저 푸른 하늘에 달 있은 지 몇 해런가 / 내 지금 술잔을 멈추고 달에게 묻노니
> // 옛 사람도 오늘 우리도 물 흘러가듯 하니 / 내일 다시 보면 모두 또 이러하리
> (靑天有月來 幾時 我今停盃一問之 古人今人若流水 共看明日皆如此) (이백)

> "이 세상은 오래 있을수록 고생이다. 일찍 떠나는 사람은 복되니 아예 이 세
> 상에 태 어 나 지 않은 사람은 얼마나 행복이냐!" (오마 카얌)

이 시들에 대해서 상허는 다음과 같은 감상을 피력하고 있다. 이처럼
명상에 뛰어난 동양인의 교양은 고도의 것일수록 선(禪)의 경지를 품지
않은 것이 드물다. 또 동양인은 서구인과는 달리 미술에서는 괴석(怪石)을
사생(寫生)하였고 예술로는 아(雅)가 아닌 속(俗)을 배척하였다. 그리고 석수
(石壽)라는 말이 있지만 그 말은 돌의 수(壽)를 탐내어서가 아니라 오히려
"상락독처(常樂獨處) 상락일심(常樂一心), 이 청정위종(淸淨爲宗)하는 선(禪)취
미에서일 것"이라 하여 불교의 선을 거듭 주목하고 있다.

이상 몇 가지 예들로도 알 수 있듯이 상허의 한국 전통미에 대한 관
심과 그 형상화 노력은 주목할 만하다. 왜냐하면 상허의 글 가운데는
유교적 미나 불교적 미와 같은 일반적인 동양미를 다룬 것도 약간 있지
만, 특히 자연순응성의 미라든가 비균제성의 미 그리고 외로움 내지 한

을 삭임으로써 그것을 넘어서는 멋과 같은 한국의 고유한 전통미를 자주 작품 속에 형상화함으로써 그는 무의식중에 자신의 온건한 민족주의29)를 지키고 있기 때문이다('무의식중에'라고 한 것은 첫째 전술한 소설들이 그와 같은 정치적 의식을 겉으로 명백히 드러내고 있지 않을 뿐만 아니라, 또 이미 앞에서 소개한 바와 같이 상허 스스로도 그런 소설들에서는 현실과 무관한 인물들을 시를 쓰는 즉흥 기분으로 썼다고 진술하고 있으니 말이다). 일제에 의해서 한국의 정치·경제·사회는 물론이고 심지어 문화까지도 일본화가 강행되던 당시의 억압적 상황에서30) 한국의 전통미를 각별히 주목하여 작품에 다룬 것은 그가 의식하지 못한 가운데 민족의 해방과 독립에 대한 민족주의적 지향이 있었기 때문이 아니었을까 싶다. 물론 의식의 차원에서는 현실을 비껴선 경우도 없지 않았지만 그 시기에도 무의식의 차원에서는 식민지현실을 부정하고 민족의 주체를 지켜 독립하려는 욕망, 곧 정치적 무의식을 지니고 있었던 셈이다.

이처럼 미적 감성 계열 작품들의 정치적 무의식에도 일종의 민족주의가 내포되어 있음을 보았거니와, 그러면 막상 「고향」·「패강랭」·「농군」·「토끼 이야기」 같은 정치적 감성계열 소설들에서는 그것이 어떻게 제시되어 있을까.

4. 정치적 감성과 정치적 의식

상허의 「고향」(1931)은 작자의 입장에 가까운 주인공 김윤건의 정치적 감성과 의식에 기초한 일련의 행동을 중심으로 하고 있다. 윤건은 동경유학 후 귀국하여 식민지하 자민족의 체제순응적인 지식인들의 처신을 매우 못마땅해 한다. W대학을 나와 XX은행에 취직이 되었다고 좋아하는 사람을 비롯하여, 고사(고등사범)를 나와 모교 교사로 있는 강군, 보전(보성전문)을 졸업하고 금융조합 이사가 된 마군, 경도제대를 나와 총독부의 관리가 된 배군 등은 윤건에게는 모두 일제에 붙어 출세한 자들로서 아니꼽고 경멸스러운 대상들일 뿐이다. 윤건은 그들과는 다른, 사람다운 사람을 찾으려 했지만 뜻을 이루지 못하고 학창시절 맹휴사건의 주창자였던 친구 이창식이 오래 전에 감옥에 갔다는 소식만 알게 된다. 그러다가 윤건은 드디어 사람들의 꼴사나운 작태에 분노를 터뜨리고 만다. 타민족의 압제 하에 있으면서도 민족적 자각은 없이같은 혈통(본관) 찾기에나 매달리는 은행원, 건실한 자력갱생은 하지 않으면서 사행심으로 놀음이나 즐기는 한 패, 혹은 취직으로 식민지체제에 끼어들 수 있게 되었다고 분별없이 기뻐하는 전문학교 학생들과 교원들, 이런 지각없고 현실타협적인 자민족 지식인들에게 주인공이 격분하게 된다는 것이다. 이처럼 자민족의 반민족적 작태를 비판하는 정치·사회적 감성은 상허의 일관된 민족주의와 긴밀히 이어져 있다.

다음 「패강랭(浿江冷)」(1938)에서는 처음부터 일제의 군국주의 시책의 강화와 병행하여 조선의 고유한 문화가 말살되고 역사적 현실이 황폐해지는 상황이 생생하게 구체화되어 있다.31) 평양의 '부벽루'에서는 "이조의 문물다운 우직한 순정이 군데군데서 구수하게 풍겨나온다"고 하여 한국의 전통적 건축미를 찬미한다(이런 말은 앞에 든 상허의 미적 감성과 동일한 성질의 것임을 알 수 있다). 그런 전통미를 가진 평양이 지금은 냉혹한 일본 전시체제의 희생물로 퇴락해가는 데 대해서 작자는 개탄을 금치 못한다. 고등보통학교에서는 조선어와 한문을 가르치는 친구 박(朴)의 수업시간은 줄어들고, 어느 큰 거리 한 뿌다귀에는 큰 분묘 같은 경찰서가 웅크리고 있으며, 평양 여자의 보기 좋던 머릿수건과 아름다운 댕기는 볼 수 없게 돼버렸다. 그 반면 총에 창을 꽂아든 병정들이 비행장을 경계하고 있는 살벌한 상황이라는 것이다. 그 밖에도 작자의 입장을 대변하는 소설가 현(玄)이 식민지현실에 참여하여 부의회 의원이자 실업가로 있는 김(金)에 대해서 취하는 비판적 태도는 비록 간접적이긴 하지만 이 작품의 민족적 입장을 명백히 한다. 더욱이 현이 자신의 친구 김에 대한 그런 비판적 태도가 결코 그를 개인적으로 미워해서가 아님을 밝힘으로써, 또 당시 날로 악화되어 가는 상황을 경계하라는 뜻으로 주역(周易)에 있는 '이상견빙지(履霜堅冰至)'를 들어 말함으로써 이 소설은 작자의 분별 있는 안목과 높은 인문적 교양 그리고 투철한 역사의식을 절묘하게 표현한 수작임을 잘 보여준다. 이와 같이 정치·사회적 감성과 미적 감성이 어우러진 「패강랭」은 문화를 말살하는 야만적 군국주의에 은근히 맞서는 반침략적 민족주의(정치적 의식)가 돋보이는 작품이다.

식민지현실을 망각하고 체제에 순응 안주하는 자민족을 비판한 「고향」과, 일제의 군국주의적 침략으로 인한 조선 문화의 파괴 황폐화 현상을 탄식 혐오하는 「패강랭」과는 달리, 「농군」(1939)은 더욱 적극적인 정치적 감성으로 조선 민족의 비극적 투쟁사를 다루고 있다.[32] 1920년대 장작림 군벌정권시대 만주의 황무지에서 조선 이주민이 벼농사를 짓기 위해 수로(水路)를 개간하며 한편으로 그것을 방해하는 만주인들(토착민·관·군)과 궁극적으로 승산 없는 처절한 싸움을 벌여 나간다는 것이 이 작품의 중심 내용이다. 그리고 작자는 이야기의 출발 부분에서부터 일제 관헌이 조선 이주민을 괴롭힌다는 사실을 상기시킴으로써 이 작품의 민족적 대타의식의 성격을 명백히 하고 있다. 조선 이주민의 적대적 타자에는 조선을 강점하고 있는 일제를 비롯하여 이주민의 생명선인 수로공사를 정치적 간섭과 물리적 힘으로 막으려 하는 당시 만주의 민·관·군이 함께 포함되어 있다는 것이다. 필자가 보기에 여기서 놓칠 수 없는 문제로 마이너리티[33]의 차별 문제가 존재한다. 물론 이 작품에서 밭농사를 고집하는 만주 토착민과 논농사에 집착하는 조선 이주민 사이의 충돌을 어떻게 해석할 것이냐는 문제가 제기될 수 있다. 그리하여 밭농사밖에 모르는 만주 토착민에 대해서 조선 이주민이 논농사에만 집착하여 대립각을 세우는 것은 그것만 떼어놓고 보면 조선

민족의 자민족중심주의로 비칠 수도 있을 것이다. 그러나 우리는 그 양자 사이의 싸움이 공정한 룰에 의한 것이 아니라 일방적인 폭력 곧 머조리티(만주인)의 힘에 의한 불공정한 싸움이라는 것을 알아야 한다. 1920년대 당시 조선민족은 조선에서와 마찬가지로 만주에서도 마이너리티일 수밖에 없었던 것이다. 그리고 이 작품에서 더욱 주목되는 점은 마이너리티로서의 조선민족이 그런 악조건에 굴하지 않고 승패를 초월하여 싸운다는 것이다. 일시적으로 수리공사가 성공한다 하더라도 그것이 지속적으로 조선 이주민의 평화와 안정을 보장하는 것이 아니라는 것을 이들 자신도 모를 리 없다. 그럼에도 불구하고 이들이 민족적 운명공동체로서 필사적인 투쟁을 감행해나간다는 데 이 작품의 민족적 비극과 문학적 감동이 있다.

그리고 「토끼 이야기」는 얼핏 보기에 위에 든 정치적 감성 계열의 작품들과는 비판의 대상이 상이한 것으로 생각된다. 「고향」이 현실타협적인 자민족을, 「패강랭」과 「농군」이 자민족에 억압적인 타민족을 비판하는 것이라면, 「토끼 이야기」는 자기 성찰적 내지 자기비판적인 것이 사실이다. 그러나 따지고 보면 단순히 거기에만 머문 작품은 아니다. 이 작품은 『중외일보』에 이은 『동아일보』와 『조선일보』의 계속된 폐간으로 상징되는 일제 말엽의 식민지 언론말살정책으로 인해서 이 땅의 지식인이 당하는 극단적 생활난을 드러내고 이에 대한 작자의 대응자세를 스스로 반성한다는 것이 그 표면적인 이야기다. 이런 상황에서 작자 자신을 대변하는 소설가 현은 어려운 가족의 생계와 참된 예술적 욕망, 냉혹한 현실과 자신의 나약한 관념 사이에서 고민하지만 결국 현실에 제대로 대처하지 못하는 자신에게 실망한다. 근무하던 신문사들이 줄줄이 폐간조치를 당한 상황임에도 불구하고 당국은 '명랑하고 건실한 생활'을 외치는 모순된 식민지현실을 보고 실직자 현은 며칠째 술이 취해 귀가한다. 다음 그는 생계의 수단으로 토끼 사육에 뛰어들지만 결국 실패하고, 또 마음 약한 그는 피할 수 없는 토끼 가죽 벗기기도 성공하지 못하고 만다. 주인공 현의 이러한 일련의 방황과 고민과 좌절과 실의는 그 자신을 스스로 성찰하고 반성하게 한 것이 사실이지만 크게 보면 현이 당면한 그런 일련의 고통들은 근본적으로 일본의 식민지 조선 지배와 군국주의 그리고 그에 따른 새 사조(思潮)로 인한 것으로 볼 수 있다. 따라서 이 작품은 단순히 자아성찰 이상의 함의를 지니고 있다고 보아야 할 것이다. 『동아』·『조선』의 양대 신문이 폐간된 때는 식민지 조선에 '전시국민생활체제'가 실시되고 이른바 '황국신민화운동'이 강행되기 시작한 시기다. 특히 '전시국민생활체제'로 인해서 식민지 조선인의 경제생활이 극도로 악화되고, '황국신민화운동'으로 인해서 조선민족의 주체적 문화 활동이 심각하게 위축되고 제한되던 때이다. 이처럼 「토끼 이야기」는 당시 조선작가의 생활고와 시대적 고민상을 자전적 형식으로 그려내고 있지만 그 근저에는 군국주의 일본의 식민지 조선에 대한 언론말살과 경제적 궁핍화에 대한 강한 부정적 의지가 깔려 있는 것으로 해석된다.

그런데 여기서 잠깐 짚고 넘어갈 것이 있다. 도대체 미적 감성과 사회적 감성은 서로 어떤 관계가 있기에 이와 같이 양자는 거의 같은 시기의 상허작품들에 함께 나타날 수 있었을까 하는 문제이다. 주지하는 바와 같이 미적 감성은 미를 감지하는 감각이고 사회적 감성은 타자 내지 공동체를 배려하는 감각이다. 이와 같이 그 감지하는 대상에 따라 감성의 갈래는 달라진다. 그러나 감성의 갈래가 다르다고 해서 그 감성들의 뿌리가 반드시 다른 것은 아니다. 이를테면 미적 감성도 사회성을 지니고 있다는 점에서 사회적 감성과 연결되어 있으니 말이다. 우리 인간은 사회적 존재임이 분명하기 때문에 미적 감성이라는 것도 우리 인간에게 있어서의 미적 감성인 이상 거기에는 사회적 성격이 반영될 수밖에 없는 것이다.[34] 따라서 원래 사회성을 고려하는 사회적 감성은 물론이고 사회성에 연결되어 있는 미적 감성 역시 본질적으로 동일한 뿌리를 가지고 있다고 하겠다.

그러므로 이태준이 일제강점기라는 동질적 성격의 역사적 상황에서 사회성이라는 동일한 뿌리를 지닌 미적 감성 계열의 작품과 사회적 감성 계열의 작품을 함께 썼다고 해서 하등 이상할 것이 없다. 이리하여 이 시기 상허의 경우 미적 감성 계열의 단편소설들에는 정치적 무의식이 있고, 사회적 감성 계열의 작품들에는 정치적 의식이 있다는 것, 그리고 그 무의식과 의식이 모두 반침략적 민족주의에 기초해 있다는 것을 우리는 이미 앞에서 보아온 터이다. 그중에도 전자의 접근법은 이미 전술한 정치적 지평에서의 작품 해석, 곧 작품이 정치적 모순을 상징적으로 해결한 것을 밝히는 것이며, 후자의 방법 역시 일종의 정치적 지평에서의 해석법이라 하겠으나, 이것은 지금도 우리 나라에서 널리 사용되고 있는 이데올로기 분석법에 해당된다. 다음에는 사회적 지평에서의 해석, 곧 사회적 감성 계열의 작품들 속에 있는 이데올로기를 검토해보고자 한다.

5. 사회적 감성과 휴머니즘

상허의 소설들 가운데는 가난하거나 약한 사람들에 대한 관심과 애정을 보인 작품들은 얼마간 눈에 띄지만, 그런 작품들에도 빈부차이나 계급갈등에 대해 사회주의적 이념을 표현한 소설은 찾아보기 어렵다. 그런 사정은 예컨대 「아무 일도 없소」(1931), 「실락원 이야기」(1932), 「코스모스 이야기」(1932), 「바다」(1936), 「밤길」(1940) 등과 같은 사회적 감성 계열의 소설들을 통해서도 인정된다. 그 가운데 두세 편만 살펴보자.

「아무 일도 없소」는 잡지사 기자 K의 유곽 취재에서 얻은 이야기들 가운데 하나다. 그중에서도 가장 중심적인 이야기는 지체 높은 집안의

딸이 비참한 매춘부생활을 할 수밖에 없었던 경위와 경로 그리고 그 생
활을 다룬 이야기다. 그런 매춘부한테서 K가 들은 이야기는 이렇다. 아
버지는 합방 전에는 원(지방관)을 지냈고 만세 때에는 독립운동단체인 대
동단(大同團)에 끼어 해외로 나가 그 후 소식이 끊어졌다. 호구지책으로
그녀는 유리공장에 다녔으나 감독의 눈독들임 때문에 거기서 나왔다.
다음에는 상처한 이웃 싸전 주인이 쌀 몇 말을 갖다놓고 자기 몸에 못
된 병을 옮겨놓은 뒤 발을 끊었다. 물어달라는 약값도 못 들은 체하는
그를 경찰서에 말했지만 오히려 경찰에서는 자기를 매음죄로 가두었다.
일주일 만에 풀려났지만 며칠이나 굶은 노모를 보다 못해 사내 하나를
데리고 자기 방으로 들어갔는데, 그것을 안 어머니가 음독자살을 하고
말았다는 것이다. 오늘 그녀가 K를 맞이한 것은 어머니 시체를 장사지
낼 비용 마련을 위해서였다고 한다. 공장 감독과 싸전 주인 그리고 경
찰관과 같은 다소간 재력이나 권력이 있는 자들에 의해서 부당하게 인
권이 유린되는 가난하고 힘없는 사람의 정상(情狀)을 조명한 것이다. 그
러나 이 소설은 계급간의 적대적 대화나 갈등에 초점이 맞추어진 것이
아니라 부패한 사회에 희생되는 약자의 삶을 개인적 연민이나 휴머니
즘의 차원에서 그린 것이다.

다음 「실락원 이야기」는 자연친화적인 젊은 교사('나')의 유토피아 건
설에 대한 꿈이 식민지 경찰의 강압에 의해서 좌절된다는 이야기다. 원
시인의 양심과 순박한 눈동자를 지닌 아이들을 가르치고 상업문명과
거의 몰교섭한 동리의 행복을 위해서 수공업의 문화를 일으키는 것이
유일한 이상인 '나'는 마침 그 이상 실현에 알맞은 P촌에서 학교 교사
로 즐거이 봉직하게 된다. 그러나 하루는 주재소 소장이 학교로 찾아와
'나'에게 무례한 태도로 교수 중에 문을 열고 나오라고 한다든가, '내'
허락도 없이 책상 위의 '내' 책들을 뒤지기도 한다. 그는 또 '내'가 취미
로 보는 일본의 사회주의운동가 오오스키 사카에[35]의 『선구자의 말』이
란 책을 뽑아들고 말썽을 부리다가 이 책 이외에도 세 책이나 같이 압

수해간다. 그 밖에도 소장은 '나'에게 무리하고 강압적인 문책과 힐난(詰難)을 거듭하다가 여의치 않자 결국 학교의 '강습 허가 철회'를 내세워 교장을 협박함으로써 '나'는 이상을 잃게 되고 P촌을 떠나게 된다는 것이다. '나'는 첫째 상업문명이 아니라 수공업의 문화를 중시하는 자연친화적인 입장이고, 둘째 유명한 일본 사회주의자의 글에 취미를 가지고 있으며, 셋째 일본의 억압적인 식민지 지배로 희망을 잃게 된 지식인이다. 그런데 둘째의 사회주의적 취미 내지 욕망은 구체화된 것이 없어 별반 언급할 만한 것이 못된다. 따라서 이 소설은 첫째와 셋째가 중심이 된 것으로 자연친화적인 이상이 식민지 지배자의 방해로 좌절되는데 대한 비판, 다시 말해 온건한 반제국주의적 민족주의에 초점이 맞추어진 작품이다.

그리고 「코스모스 이야기」는 아름다운 얼굴과 고운 마음을 가진 여주인공 최명옥이 무슨 이유로 시집에서 나왔는지를 밝혀나가는 형식의 이야기다. 결국 이 이야기가 주로 말하려는 것은 진정한 사랑의 대상이란 물질에 있지 않고 상대의 인격과 행동과 마음에 있다는 것과, 여자를 향락의 도구시하는 남성 중심의 성차별 내지 비인간화에 기여하는 모든 것에 이의를 제기하는 것 그리고 그 밖에 가난한 사람에 대해 개인적 차원의 동정을 보이는 것이다. 예컨대 명옥이 현홍구를 존경하고 사랑하게 된 것은 홍구가 자기도 고학을 하면서 누이동생의 생활까지 맡아 고된 노동을 하는 그의 성실한 마음을 명옥이 보았기 때문이다. 그와는 달리 명옥이 시집을 뛰쳐나온 것은 자기를 사람으로 보지 않고 "한낱 향락을 위한 무슨 도구로 보듯하는 남편이 도야지나 굼벵이처럼" 싫었기 때문이다. 그리고 명옥은 비인간화에 기여하는 것들, 이를테면 "자기를 사람으로 살지 못하고 돈 있는 사람의 노리개로, 화초로, 도구로 존재하게 하는 모든 것, 금·은·금강석·비단·하인들·대궐 같은 집을 모두" 버리게 되었다는 것이다. 그러나 이 단편에서도 계급갈등이나 적대적 대화 같은 것을 통한 사회적 지평에서의 이데올로기는 발견되지 않는다. 명옥이 친구의 어려운 사정을 알게 되어 "왜 사람에겐 빈부의 차가 있을까?"라고 생각했다든가, 행랑할멈이 죽어가는 자기 자식의 한 첩 약값을 요구하는 것을 들어주지 못한 것을 명옥이 뉘우친다든가 하는 것은 빈부차이에 대한 주인공의 부정적 시각이 개인적인 심정 토로의 수준에 머무르고 있음을 보여주는 것이다.

이런 소설들로 거듭 확인되는 것은 적어도 광복 이전 상허의 이념은 사회주의적인 것과는 확실히 구별된다는 사실이다. 그중에서도 이를테면 자본주의적 생산양식에 의해 무산자와 자본가의 계급투쟁이 생긴다든가, 작품에서는 계급 담론이 사회주의적 이념을 구성한다는 식의 생각을 구체화한 것은 거의 눈에 띄지 않는다. 그보다는 오히려 이미 앞에서 말한 것처럼 소박한 휴머니즘 내지 약하고 가난한 자에 대한 동정심, 혹은 반제국주의적 민족주의가 그의 사상의 기저를 이루고 있다.

6. 근대관의 복합성

그리고 다음에는 상허문학의 근대에 대한 시각을 살펴보려고 하는데 그것은 바로 생산양식적 지평에서 작품을 해석하는 것과 다를 바 없다고 할 수 있을 것이다. 왜냐하면 근대란 자본주의 생산양식에 대응하는 하나의 시대적 문명적 범주에 속한다고 보기 때문이다. 그러면 이 글 서두에서도 이미 언급한 바 있는 상허문학에 있어서의 근대(성) 문제는 어떻게 보아야 할까.

원래 상허는 서구문명이나 근대성보다 오히려 우리 예술의 전통미나 동양예술에 대한 애착과 자부가 강한 편이었다. 그는 1930년대 초엽 서양예술에 비해 결코 꿀리지 않는 동양예술의 우수성을 주장한 바도 있다.36) 그러나 이런 자부심은 1930년대 말엽부터 달라지기 시작하여 서양 근대문명 내지 자본주의의 위력을 감지하고 인정하게 된다. 이미 앞에서 거론한 바 있는「동방정취」는 그 말미에서 이렇게 진술하고 있다.

> (…중략…) 고고표일(孤古飄逸)한 동방시문에다 셰익스피어나 도스토예프스키의 모든 작품들을 견주어 보라. 얼마나 그 살덩이와 피의 비린내로 찬 여풍항속류(閭風巷俗類)에 타(墮)한 것뿐이랴.
> 그러나 현대의 승리는 서구 저들에게 있다. 하시(下視)는 하면서도 저들의 뒤를 슬금슬금 따라야 하는 데 동방의 탄식이 있다.37)

동양의 문학은 서양의 문학과는 비교가 안 될 정도로 우수하다. 그러나 현대의 대세는 그런 동양의 정신문화가 아니라 서구의 과학기술문명 쪽으로 기울고 있다. 이런 인식 아래 그는 어쩔 수 없이 서구 근대문명을 수용하지만 자기가 종래 지녀오던 관념상으로는 그것이 못 마땅한 것(거부)이다. 상허의 이 진술형식은 동일 대상인 서구 근대에 대해서 수용과 거부라는 상반된 감정의 교차를 보인 것이다. 이처럼 상허의 근대관은 단선적이 아니라 복수적이다.

서구 근대문명에 대한 상허의 그런 인식은 소설「영월영감」(1939)에서도 비슷하게 나타난다. 이 작품의 중심 이야기는 범치 못할 위엄과 후덕한 인덕을 겸비한 영월영감이 어떤 큰 포부를 실현하기 위해 조카인 성익의 돈을 빌려 금광업에 투자하여 거기에 온 힘을 기울이지만 끝내 뜻을 이루지 못하고 병사한다는 것이다. 이 지사풍(志士風)의 영월영감은 고석(古石)과 자연을 좋아하는 조카, 성익(작자의 입장을 대변하는 인물)의 처사(處士) 취미를 반대하며 이렇게 말한다.

> "자연으루 돌아와야 할 건 서양사람들이지, 우린 반대야, 문명으루, 도회지루, 역사가 만들어지는 데루 자꾸 나가야 돼……"

　　"(…중략…) 힘없이 무슨 일을 허나? 홍경래두 돈을 만들어 뿌리지 않었어? 금 같은 힘이 어딨나?"38)

　　이처럼 우리 민족은 서구 자본주의 근대문명을 적극 수용하여 새로운 역사창조의 길로 나아가야 한다는 영월영감의 뜻은 분명하다. 또 이런 뜻은 긍정적 인물인 영월영감의 뜻이기 때문에 작자 상허 자신의 뜻과도 크게 다르지 않다고 볼 수 있다. 그러나 자세히 살펴보면 영월영감과 작자(내지 성일), 이 두 사람의 뜻은 꼭 동일한 것만이 아니다.

　　여기서 우리는 성일이 영월영감을 속이는 장면을 주목할 필요가 있다. 영월영감의 지시로 그의 광산에 갔다 돌아온 성일이 그 곳 덕대의 말이라면서 '퍽 좋은 바닥'이 나왔다고 거짓말을 한다든가, 어떤 광산사무소에서 '노다지 한 덩어리'를 사와서 그 광산에서 나온 것이라며 속임수를 써서 죽어가는 영월영감을 안심시킨다. 이리하여 전망이 어두운 광산의 실상을 오해한 영월영감은 노다지가 나왔다고 기뻐하며 운명한다는 것이다. 영월영감의 죽음(슬픔)과 속음(웃음), 비극과 희극이 교차되면서 소설은 끝나게 된다. 결국 작자는 성일을 통해서 근대편중 일변도로 치닫는 영월영감의 자세에 제동을 건 것이다. 상허의 자본주의 근대에 대한 입장은 그 문명의 대세를 인정하면서도 절제된 대처가 필요하다는 것이다. 여기서도 상허의 근대관은 결코 단순하지 않음을 알게 한다.

　　위의 수필과 단편소설이 보여주는 상허의 서구 근대(성)에 대한 시각은 한결 같이 근대화 대세의 인정과 절제된 근대의 수용 쪽에 있는 것으로 보인다. 그리고 이 경우 상허가 생각한 근대성의 내용은 다소 불분명하지만 대체로 근대 서구의 과학기술혁명에 의한 경제 발전, 근대적 생활을 위한 도시로의 이주(오늘날에는 지나친 도시화가 부정적 문제를 일으키고 있지만), 그리고 이런 자본주의 근대화를 가능케 하는 돈의 힘 등으로 설명된다.

　　한편 상허에게는 이처럼 어느 정도 유보적인 입장에서 받아들인 근대가 있는가 하면 그것과는 달리 적극적으로 수용한 또 다른 성격의 모더니티가 있다. 그것은 근대 사회에 있어서의 중산층 위선(僞善)의 전형적 형태인 속물주의를 단호히 배격하는 '반(反)부르주아적 태도의 모더니티'[39]이다. 앞에 든 「복덕방」을 다시 보면 안영감 사후 생존한 두 영감은 자신들의 반속물주의를 분명히 하고 있다. 그들은 생전의 아버지를 냉대하던 딸(안경화)이 자기 명예를 세우기 위해, 음독자살한 아버지의 사망신고조차 꺼리는 속물적 태도에 분개한다. 또 그와 같은 안경화와 다를 바 없는 속물 조객들의 모임 장소인 친구의 영결식장이 마음에 들지 않아 두 영감은 그 곳을 떠나고 만다는 것이다.

그리고 상허문학에서 이 반속물주의와 유사한 것으로 탈세속주의가 있다. 「불우선생」은 자기 식구와 자신의 끼니까지도 돌보지 않으면서 국내외 정세나 현대사상 문제 같은 것에 큰 관심을 표명하는, 세속인과는 다른 차원의 사람임을 강조한다. 「코스모스 이야기」에서는 여주인공이 부유하지만 성차별적인 시집을 나와 어려운 형편에 있는 진실한 '마음의 남편'을 찾아감으로써 반부르주아적이고 탈세속적인 숭고미를 보인다. 그리고 「영월영감」은 돈의 힘을 믿고 금광업에 투신하지만 그것은 속된 명리를 위해서가 아니라 그 이상의 무엇인가 큰일을 이루기 위한 탈세속적인 것임을 스스로 밝히고 있다.

7. 결어

이상의 고찰을 되짚어 보면 두 가지 면을 생각하게 된다. 하나는 접근방법이고 다른 하나는 작품해석의 내용이다. 여기서 방법과 해석 내용은 서로 연결되어 있다는 것이 다시 확인된다. 그것은 한마디로 말해서 다양한 방법에 풍요한 내용(의미)이 산출된다는 사실이다.

첫째 정치사적 지평에서의 해석으로 상허문학의 정치적 무의식(온건한 민족주의)과 정치적 의식(비교적 적극적인 반제국주의적 민족주의)을 밝혀낼 수 있었다. 둘째 사회사적 지평에서의 해석으로는 상허문학에서 약자에 대한 개인 수준의 연민 내지 휴머니즘이 드러났다. 셋째 생산양식사적 지평에서의 해석으로는 서구 근대, 그중에서도 과학기술문명에 대한 상허의 시각이 단선적인 것이 아니라 복수적인 것이고 적극적인 것이 아니라 유보적 측면이 있다는 것을 알 수 있었다. 그 밖에도 상허가 적극적으로 수용한 근대에는 '반속물주의', 곧 '반부르주아적 태도의 모더니티'가 있음도 밝혀졌다.

물론 이 고찰은 광복 이후의 상허문학까지는 이르지 못했고 그에 따라 이태준 문학의 전모 역시 드러나지 않았다. 그러나 분명히 해 둘 것은 이 글이 처음부터 상허문학의 전모보다는 해방 전 상허문학의 풍요한 의미를 짚어보는 데 주목적이 있었다는 것이다. 따라서 이 글은 문학이란 정치사적·사회사적·생산양식사적 현실의 모순들을 상징적으로 해결한다는 것을 확인하게 되고, 이로 인해서 상허문학의 해석이 종래보다 더욱 새롭고 넉넉하게 할 수 있는 길이 조금이라도 열리게 된다면 필자는 그것으로 만족하려는 것이다.

주석

1) 최행귀 외, 리철화·류수 역,『우리 겨레의 미학사상』, 보리, 2006, 396면.

2) 전형대 외,『한국고전시학사』, 홍성사, 1979, 62면 참조.

3) ‘정치적 무의식’이란 프레드릭 제임슨이 자신의 저서 제목으로 썼을 뿐만 아니라 요긴한 문학비평용어로 다룸으로써 유명해진 개념인 것으로 안다. 그에 의하면 과거의 모든 역사는 그것이 하나의 커다란 집단적 서사라는 통일체 속에서 말해질 수 있다고 한다면 계급투쟁의 역사이며, 그런 역사적 서사(narrative) 속에 있는 온갖 억압되고 매몰된 현실을 텍스트의 표면에 드러내는 것, 그것을 행하는 데 도움이 되게 하는 것, 그것이 ‘정치적 무의식의 원리’이다. 이런 정치적 무의식의 원리를 문학작품에 적용하면, 그것은 집단적 사회적 공동체의 정치적 의식, 곧 미래의 유토피아를 지향하는 정치적 의식이 변질하여 표면에서 사라진 것을 다시 작품에 노정시키는 것이라 할 수 있을 것이다. Fredric Jameson, *The Political Unconscious : Narrative as a Socially Symbolic Act*, Cornell University Press, 1981, p.20 참조.

4) 이선영,「리얼리즘과 한국 장편소설」,『리얼리즘을 넘어서』, 민음사, 1995, 23~28면 참조.

5) 이태준이 카프문학 쇠퇴기에 계급문학을 반대하고 순수문학을 내세운 구인회의 중심 멤버라는 점과 1930년대 전반까지의 심미성이 강한 일련의 이태준 작품들에 무게를 둔 논자들의 주장.

6) 황종연,「반근대의 정신」,『비루한 것의 카니발』, 문학동네, 2001, 426~453면 참조.

7) 하정일,「계몽의 정신과 자기확인의 서사」,『20세기 한국문학과 근대성의 변증법』, 소명출판, 2000, 212~238면 참조.

8) 서영채,「매저키즘과 연애, 탕아로서의 예술가─이상」,『사랑의 문법』, 민음사, 2004, 331~332면 참조.

9) 이태준,「무궁화」,『상허 문학독본』, 서음출판사, 1988, 22면.

10) 이태준,「조선의 소설들」,『무서록』, 깊은샘, 1994, 65면 참조.

11) 이태준,「소설독본」, 앞의 책, 266~267면 참조.

12) 이태준, 장영우 주해,『아버지가 읽은 문장강화』, 깊은샘, 1997, 252면.

13) 위의 책, 247면.

14) 이태준,『상허 문학독본』, 268면 참조.

15) 「소설가」,『무서록』, 73면 참조.

16) 이태준,「명제 기타」,『무서록』, 62면.

17) 이태준,「참다운 예술가 노릇」,『상허 문학독문』, 258면.

18) 단편소설에서의 인용이나 참조 부분은 일일이 그 출전의 면수를 밝히지 않는다.

19) 김원룡(金元龍)은『한국미의 탐구』(열화당, 1998, 31면)에서 한국 고미술의 특색을, 자연과의 융합 조화를 그대로 받아들여 재현하려는 ‘자연주의’로 보았다. 조요한(趙要翰)은『한국미의 조명』(열화당, 2004, 314~315면)에서 유럽의 예술과 문학, 이를테면 르네상스기 미술과 19세기 프랑스 문학에서의 자연주의는 “외적 진실의 객관적 재현과 그 재현을 위한 과학적 방법론”이 특색이라면 한국미술 내지 “동양미술은 초기부터 ‘자연으로의 접근(Annäherung an die Natur)’과 ‘자연순응(Naturgemäßheit)’에 초점을 맞추고 있다”고 하였다.

20) 고유섭(高裕燮)은『고유섭전집 3─한국미술사 급 미학논고』(통문관, 1992, 20~21면)에

서 한국미술 특히 건축미의 특색으로 "굴곡진 재료를 규격(規格)있게 정제(整齊)는 하지 않을지언정 목재의 본형(本形)을 그대로 양식구성에 사용하여 양식감정의 표현을 순리적으로" 하는 일종의 '무관심성'을 들었고 그 "무관심성은 마침내 자연에 순응하는 심리로 변해진다"고 하였다.

21) 조지훈은 '멋'을 "한국적 미의식의 중요한 특성을 이루고 있는 것"(조지훈, 「멋의 연구」, 『한국학연구』, 나남출판, 1996, 357면)으로 보고 "멋의 형태적 특질로서 가장 기본적인 것은 '비정제성(非整除性)'이다"(조지훈, 위의 책, 418~419면)라고 하였고, 고유섭은 조선 미술의 정제성(整齊性) 부족을 지적한 다음 그 예로 도자공예의 형태가 원형적 정제성(整齊性)을 갖지 않고 왜곡(歪曲)된 파형(跛形)을 많이 이루고 있음을 들었다(『고유섭전집』 3, 18면 참조). 또 고유섭은 비정제성의 특질 중 하나로 비균제성(非均齊性) 곧 애심메트리(asymmetry)를 든 다음 그 예로 경주 불국사에 있는 다보탑과 석가탑의 경우를 거론 하였다. 그 배치로서는 좌우 심메트리지만 탑파(塔婆) 그 자체는 서로 다르다는 것이다(『고유섭전집』 3, 19면 참조).

22) 조요한은 "추사(金正喜-인용자)는(서체에 있어-인용자) 점획(点畫)의 구성이 비균제(非均齊)된 결구법(結構法)을 선호했다. 이러한 비균제된 결구법의 선호는 한 글자 안에서 동일획(同一劃)의 의도적인 변형을 통해서도 부각되고, 또 한 문장 안의 동일자(同一字)를 의도적으로 상이하게 표현하는 방법으로도 이루어졌다"(조요한, 위의 책, 348·350면)고 했다.

23) 고유섭은 조선미술의 특색으로 '비정제성(非整齊性)'과 '무관심성' 이외에도 '무기교의 기교' '무계획의 계획'과 '구수한 큰 맛'을 열거했다. 조선미술에는 모순적인 두 맛, 곧 작은 맛과 큰 맛이 있다. 작은 맛은 단아(端雅)한 맛인데, 이 단아한 작은 맛은 외부의 자연적 지리적 제약에서 온 것이다. 큰 맛은 생활의 면(面)에서 온 것으로, 무관심·체념 등에서 소대(疏大)가 나오고 파조(破調)가 나오는데 거기에 큰 맛이 있다. 그리고 '구수한 큰 맛'은 '단아한 작은 맛'과 개념으로는 모순되지만 성격적으로 한 몸을 이루고 있다. 그 좋은 예가 경주 봉덕사종(奉德寺鐘)과 이조 청화자기(靑花磁器)라는 것이다(고유섭, 앞의 책, 16~22면 참조).

24) 김용준, 『근원 김용준전집』 2, 열화당, 2001, 233면 참조.

25) 김용준은 수필 「백치사(白痴舍)와 백귀제(白鬼祭)」(『조광』, 1936.8)에서 이태준에 관한 다음과 같은 언급을 남기고 있다. "이 군(이태준-인용자)은 그때(1926년-인용자) 나와 친교를 맺은 지 오래 되지는 않았으나 피차에 취미상으로 일맥상통하는 점이 있어 거의 날마다 내왕이 있었다. (…중략…) 당시 우리들의 (…중략…) 경향은 어떠하였냐 하면, 그때 한참 휩쓸던 소시얼리즘의 사조에는 비교적 냉정하였다. 그와는 정반대라면 반대의 유미적(唯美的) 사상, 악마주의적 사상, 혹은 니체의 초인적인 사상, 또는 체홉과 같은 적막한 인생관을 토대로 한 사상 등을 동경하는 일종의 파르나시앙[高踏派]들이었다. 태준 군은 그때부터 안톤 체홉, 투르게네프 등을 읽고 나에게 체홉의 단편을 읽기를 권하기도 하였다." 그 밖에도 김용준은 이태준의 초상을 그렸고(1928년), 이태준 수필집 『무서록(無序錄)』과 소설집 『돌다리』의 표지 장정을 하였으며, 이태준이 주재한 『문장』지의 장정도 여러 번 하였다. 또 김용준은 "지금(1939년-인용자) 내가 거하는 집을 노시산방(老柿山房)이라 한 것은 삼사년 전(1934~1935년-인용자)에 이 군(李泰俊-인용자)이 지어준 이름이다"(『근원 김용준전집』 1, 열화당, 2001, 114면)라고 하였다. 그리고 「김용

준 연보」에서는 1936년 김용준을 "당대 상고주의자(尙古主義者) 이태준과 더불어 골동품 취미에 빠지기 시작, 민족정서를 조선향토색의 핵심으로 내세움"(같은 책, 280면)이라고 소개하고 있다. 한편 이태준에 의하면 소설 「오몽녀」(1925)가 발표된 직후는 상허 자신의 취향에 맞지 않은 사회주의 예술론이 젊은 문인들 간에 세력을 떨치고 있던 때였다. 그 무렵 "나는 외로운 나머지 화가인 김용준 · 김준경 몇 친구의 전통예술파란 기하(旗下)에 뛰어들기까지 하였다"(「소설의 어려움 이제 깨달은 듯」, 『문장』, 1940.2, 20면)고 그는 술회한 바 있다.

26) 천이두, 『한의 구조 연구』, 문학과지성사, 1993, 210~237면 참조.

27) 『무서록』, 앞의 책, 110~112면.

28) 같은 책, 55~57면.

29) 민족주의라는 개념은 그 발생 초기에는 국가 구성의 요소로서 주장되어 왔다. 그러나 제국주의 시대에는 파시즘의 한 관념적 요소로서 밖으로 다른 민족을 약탈 억압하고 안으로 노동계급의 투쟁을 말살하는 도구로 이용되었으며, 한편으로는 피압박 민족에게 있어서 민족해방운동의 사상적 무기로 사용되었다(李錫台 編, 『사회과학대사전』, 서울 文友印書館, 1949, 233면 참조). 물론 이 시기 한국의 민족주의는 후자의 경우에 해당하는 것으로 침략적 민족주의가 아니라 온건한 반제국주의적 민족주의다.

30) 「돌다리」 이외의, 앞에 든 단편소설들이 발표된 1930년대 전반기는 조선에서 민족주의자들의 통합단체인 신간회(新幹會)가 강제 해산을 당하였고 우가끼(宇垣一成) 육군대장이 6대 총독으로 부임한 이후부터 강습회와 농촌계몽운동의 금지 그리고 조선어 교수시간의 극단적 축소 등으로 민족문화 말살정책이 강행된 시기다.

31) 이선영, 「전통적 정서와 민족의식―이태준론」, 『리얼리즘을 넘어서』, 민음사, 1995, 350~352면 참조.

32) 「농군」은 흔히 인정되고 있듯이 만보산사건(1931년)에서 취재한 것이라 할 수 있다. 그러나 이 사건이 알려진 것처럼 일제의 간교한 계략에 의한 것인지, 혹은 우발적인 것인지에 대해 직접적으로 입장을 밝혔다기보다는 그 사건을 일정 부분 소재로 하면서도 당대 한국 민족이 처한 비극적 상황에 대한 작자의 역사 인식을 보여준다는 점에 이 작품의 핵심이 놓여 있다고 하겠다.

33) 마이너리티는 수의 많고 적음에만 의존하는 것이 아니라 두 세력 간에 역학관계가 존재하고 거기에 차별이 있을 때 통상적으로 차별 당하는 쪽을 그렇게 일컫는다(笠松幸一 · 和田和行 編著, 『21世紀の倫理』, 八千代出版, 2004, 218면 참조).

34) 칸트는 미적 감성과 사회적 감성의 관계를 공통 감각(sensus communis)이란 개념을 내세워 말한다. 그는 공통감각을 취미 판단 내지 미적 판단(내지 감성)의 주관적 원리이자 보편적인 소통 일반의 주관적 필요조건이라고 말함으로써 주관적인 미적 판단과 사회적 보편성 사이에 맥락을 열어놓고 있다(D. W. 크로포드, 김문환 역, 『칸트 미학이론』, 서광사, 2003, 189면 참조). 다른 한편으로 이 미적 감성에 대응하는 미라는 것은 그 대상을 관조(판단)하는 사람에 따라, 혹은 시간에 따라 상이하게 느끼게 된다는 것도 알아둘 필요가 있다. 이 경우 민족에 의해서, 시대에 의해서 각각 다른 미적 감성이 형성된다. 플레하노프(1856~1918)는 미적 감성에는 생물학적 조건과 역사적 조건이 있다고 하였다. 또 부하린(1888~1938)에 의하면 미적 감성은 발생적으로 생득(生得)의 것이라 할지라도 그것이 전개하여 '취미'가 되고 우리가 실제로 가지고 있는 미적 감성이 되기 위해서는 사회의 존립조건에 의해서 규정된다고 하는 과정을 거치지 않으면 안 된다고 하였

다(水野邦彦, 『美的感性と社會的感性』, 晃洋書房, 1996, 177~179면 참조). 이와 같이
칸트처럼 미적 감성을, 사회적 보편성을 지니는 것으로 보건, 플레하노프나 부하린처럼
미적 감성을 생득적인 것이면서 동시에 사회적 조건에 의해 규정되는 것으로 보건 양측
은 모두 미적 감성이 결국 사회성을 벗어날 수 없음을 밝힌 것이다.
35) 오오스키 사카에[大杉榮](1885~1923)는 일본의 사회주의 평론가이자 사회운동가이다.
문예·사상 면에서 활발한 활동을 하였고 일본사회주의동맹 발기인의 한 사람이 되기도
하였다. 관동대지진 때 헌병대에 구인되어 학살되었다.
36) 이태준, 「예술의 동서」, 『조선일보』, 1933.8.31~9.1 참조.
37) 『무서록』, 앞의 책, 56~57면.
38) 이태준, 『돌다리』, 깊은샘, 1995, 120면.
39) M. 칼리니스쿠, 이영욱·백한울·오무석·백지숙 역, 『모더니티의 다섯 얼굴』, 시각과
언어, 1993, 53~54면 참조.

현대소설의 '권태'의 시학

이재선

1. 서설－'권태(倦怠)'와 권태론

　플로베르와 보들레르에서 드러나는 것처럼, 이런 근본적이고 소원적(疏遠的) 시간체험은 '권태(ennui)'의 개념에서 그 핵심적인 표현을 발견할 수 있게 된다. 권태는 단순한 지겨움 그 이상의 것을 의미한다. 그것은 동시에 상응하는 정신적 상태, 즉 무의미감(Gefühl der Sinnlosigkeit), 삶의 넌더리(Lebensüberdruss) 등을 지시한다. 현실에 근본적으로 혼란된 관계에 관한 것이며, 이때 모든 시간적인 사건은 단조로운 지겨움의 색조를 띠는 것이다. '권태'가 갖는 시간적 양상은 현재의 것으로서 끝없는 것처럼 보이며, 과거의 것으로서 공허하게 보이는, 무의미한 기계적으로 흐르는 시간체험을 지시한다. 이런 공허한 시간은 질적 풍요로움이 아니라 단지 양적인 삶의 축소만을 가져다준다. 그것은 끈질기게 다가오는 죽음의 주시에 마비되어버린 삶을 노출시킨다.[1]

이는 위르겐 슈람케가 그의 『현대소설의 이론(*Zur Theorie des Modernen Romans*)』 (1974)에서 시간과 권태(지겨움)에 대해서 지적하고 있는 말이다. 이같은 권태나 그 징후는 20세기 현대문학에서 거의 지배적인 테마의 하나로서 그 중요성을 지니고 있다. 그만큼 권태는 현대의 많은 작가들의 작품 속에 계속되는 강박관념처럼 끼어들어 있는 것이다. 그리고 이 권태의 상태는 시간과 공간의 관념과 아주 밀접하게 연관되어 있다.

한국의 현대소설 특히 1930,40년대의 이상·박태원·최명익·유항림 등의 이른바 모더니스트 소설의 경우에 있어서도 역시 이같은 권태나 지겨움의 징후상태 및 이와 관련된 시공 의식은 두드러진 현상의 하나이다. 이 점에서 우선 이상(李箱)의 수필 「권태(倦怠)」는 권태의 풍경화 내지는 권태의 문학적 지형학으로서의 중요한 성격을 지니고 있다. 그것은 이런 권태가 이상의 개인적 차원을 넘어 30년대 문학에 있어서의 시대상황과 연계된 지식인들의 정신적인 공허와 무력의 보편적 증후 및 지식인상을 매우 상징적으로 표상하고 있기 때문이다.

> 어서 차라리— 어둬버리기나 했으면 좋겠는데— 僻村의 여름날은 지리해서 죽겠을 만치 길다. 東에 八峰山. 曲線은 왜 저리도 屈曲이 없이 단조로운고? 西를 보아도 벌판, 南을 보아도 벌판, 北을 보아도 벌판, 아—이 벌판은 어쩌자고 이렇게 限이 없이 늘어 놓였을꼬? 어쩌자고 저렇게까지 똑같이 草綠色 하나로 되어 먹었노[22]

'권태'라는 단어가 거의 25회나 거듭 나타나는 총 7장의 긴 수필 「권태」는 바로 이렇게 시작된다. 짧은 이 문맥 속에 이미 이상이 생각하고 있는 권태나 지겨움의 의미가 상당히 함축되어 있다. 바로 무위(désoeuvrement), 단조의 연속, 지루함 그리고 초록 일색의 단색성(monochrome) 내지 변화 없는 같음의 동일성과 획일성 경험이 그것이다. 특히 수필적 자아인 이상은 이 글의 전반부 1·2장에서 벽지 성천(成川, 공간)과 여름(시간)의 시공이 지

닌 공포의 푸른색의 단조함에 대한 반응을 제시함으로써 권태의 단색성
을 특별히 강조하고 있다.

> 지구 표면적의 백분의 구십구가 이 공포의 초록색이리라. 그렇다면 지구야
> 말로 너무나 단조무미한 채색이라. 도회에는 초록이 드물다. 나는 처음 여기
> 표착(漂着)하였을 때 이 신선한 초록빛에 놀랐고 사랑하였다. 그러나 닷새가
> 못 되어서 이 일망무제(一望無際)의 초록색은 조물주의 몰취미와 신경의 조잡
> 성으로 말미암은 무미건조한 지구의 여백인 것을 발견하고, 다시금 놀라지 않
> 을 수 없었다.3)
> 그들의 일생이 또한 이 벌판처럼 단조한 권태 일생으로 도포(塗布)된 것이리라.4)

이런 도시의 사람인 이상의 시각적 상상력은 사실 주관적이다. 즉 여
름 전원의 초록색을 지겨운 단조함의 상태로 보거나 묘사하는 것은 객
관적 현상이라기보다는 전혀 주관적인 의식 상태에서 기인하는 것이다.
즉 자신이 느끼고 있는 권태가 주변의 색체로 전이된 현상인 것이다.
뿐만 아니라 이러한 공포의 초록색에서 권태와 더불어 그는 기계적이
고 반복적인 시간의 지속과 모든 시간적 사건과 시골사람들의 삶까지
도 또한 권태로운 색조를 띤다고 보고 있다. 수필적 자아가 '걷기'의 공
간 이동 상태에 있는 점도 유의해봄직한 요소이다.

> 내일, 내일도 오늘 하던 계속의 일을 해야지 이 끝없는 권태의 내일은 왜 이
> 렇게 끝없이 있나5)

이런 권태현상을 이상은 바로 현대인, 특히 자의식 과잉의 도시 지식
인의 마음 상태나 질환적 삶의 기조를 이루는 본질적인 요소로서 이해
하려고 하고 있다. 그래서 이를 다음과 같이 표현하고 있다.

> 현대인의 특질이요 질환인 자의식과잉은 이런 권태치 않을 수 없는 권태 계
> 급의 철저한 권태로 말미암음이다. 육체적 한산, 정신적 권태, 이것을 면할 수

없는 계급이 자의식과잉의 절정을 표시한다.[6]

　수필 「권태」가 제시하고 있는 점은 이것만이 아니다. 이상은 몇 개의 권태로운 풍경 내지는 상태에 대한 회화적 제시를 하고 있다. 그것은 ‘천부(天賦)의 수위술’을 잊고 낮잠에만 탐닉하는 시골의 개, ‘인공의 기교가 없는 축류’(개)의 교미 풍경, ‘식욕의 즐거움조차를 냉대할 수 있는 소’의 되새김질(반추), 흉내 내는 아이들과 그 아이들의 유희적인 놀이 풍경 이리저리 몰리는 송사리떼의 유동 등이 그것이다. 특히 음식 상상력과 관련된 소의 버릇인 고된 소화와 반추의 이미지가 표방하는 섭취 상태의 묘사는 권태의 성격이나 형태를 파악함에 있어서 중요한 의의를 지니고 있다. 즉 이들은 권태로운 상태에 있어서의 징후성 또는 원인 이해의 근거가 된다. 단색적 일률성·무위·나태와 상투성의 무의미함, 반추의 미식학적(gastoronomic) 상상력에 의한 단조한 반복 등의 의미가 이에 함축되어 있는 것이다. 이상의 「권태」는 이처럼 수필의 형식으로 씌어진 권태론으로서의 성격을 지니고 있을 뿐만 아니라 30년대 한국 모더니스트 소설의 성격 이상문학의 특성을 이해하는 한 단서가 된다.

　그렇다면 권태란 무엇인가? 신이 심심하고 지겨웠기 때문에 인간을 만들었다고 키르케고르가 말하고 있지만, 권태의 의미나 형태는 그렇게 단순한 것이 아니다. ‘싫증’ ‘게으름’ ‘지겨움’ 등의 여러 의미를 지닌 이 권태는 ‘관심이나 의욕의 결여’니 ‘영혼의 굶주림이거나 무력한 결핍’(스탕달, 노발리스)이니 또는 ‘정신적 활동을 위한 필요와 적당한 자극간의 긴장에서 일어나는 고통스런 감정’ ‘영혼의 문둥병’ ‘정신적 아닌렉시아(식욕부진)’ 등으로 뜻과 개념이 다양하게 논의되고 있다. 또는 ‘정신적 고통과 신체적인 편치 않음 상태’ ‘방향 결정의 상실’ ‘허무 앞에서의 철저한 공허와 불안’ ‘집단적 잠에의 참여의 지표’(벤야민) 등으로 그 징후가 설명되기도 한다.[7] 그리고 권태는 도덕적 상태·심리적 조건·사회적 병·수동적 공격 형태 등으로서의 여러 모습을 지닌다. 이들 다양한 논의 가운데서 문학에 나타난 권태에 대해서 보다 넓고 깊게 정리한 것은 라인하르트 쿤(Reinhard Kuhn)의 『정오의 사신―서구문학에 있어서의 권태』(1976)의 경우이다. 그는 이 책의 서문에서 먼저 권태의 네 가지 형태 유형으로서 무위(désoeuvrement)·심신권태·단조로움·아노미 등을 제시함과 더불어 권태의 주요 특성을 다음과 같이 네 가지로 열거하고 있다.

첫째 권태는 정신과 신체 양자에 영향을 미치는 상태이다. 비록 그 기원은 항상 정신에서 발견되지만 그 현현(顯現)은 정신적이며 신체적인 것이다. 보들레르가 권태의 신체적 양상을 강조하기 위해서 자주 영어 '울화(Spleen)'란 단어 쓰기를 좋아하는가 하면, 플로베르는 루이 콜레에게 보낸 편지에서 '권태의 메스꺼움'을 말하고 자주 '정신(영혼)의 문둥병'으로 관련시키기도 하였다. 사르트르에 있어서는 권태의 예각형태는 사실상 메스꺼움(구토)을 일으키며 그의 『존재와 무』에서는 단순히 일종의 정신적 혐오감의 비유만이 아니고 구토를 가져오는 신체적인 싫증임을 분명히 하고 있다.8)

둘째 권태의 상태는 완전히 어떤 외적인 상황과는 독립적이다. 빈스방어의 용어를 빌리자면 '반응적'이기보다는 '내성적'인 것이다. 음악 애호가의 열중이나 권태는 프로그램의 실제적인 질이나 그 내용과는 관계가 없다. 지드는 비를 비유로서 쓴 것이 사실이나, 제라르의 권태는 기후와는 아무런 관련이 없는 것이다.9)

셋째 권태는 외적 상황과 관계없는 상태일 뿐 아니라 우리의 의지와도 독립적이다. 그리고 넷째로 권태의 상황은 보통 소원(疏遠, estrangement)의 현상으로 규정된다. 권태의 상태에서는 세계는 공허하게 된다. 모든 것은 마치 스크린을 투과하는 것처럼 보여진다. 투과된 것, 잃은 것은 바로 존재에 의미를 주는 요서이다. 음악은 더 이상 소리의 미적 세계가 아니고 음표일 뿐이며 그림은 단지 캔버스 상의 의미 없는 색채의 뭉치일 뿐인 것이다.10)

쿤은 이런 4개의 주요 요소에 첨가해서 죽음의 강박관념 관련(연루)의 결여, 단조함, 고정 시간감각과 공간감각의 총체적인 뒤틀림 등과 같은 권태의 여러 징후를 제시한다. 그리고 이런 여러 특징을 본질적인 공동 인자에 축소시키면서 잠정적으로 권태를 다름과 같이 규정하고 있다.

> 권태란 삶 그리고 세계(이세상이든 다른 세상이든)에 대한 관심을 빼앗겼을 때 정신이 느끼게 되는 공허상태이며 허무와의 만남의 직접적인 결과인 상황이며 현실과 이반된 직접적인 효과 같은 감을 갖는 상황이다.[11]

이와 같은 권태의 증후는 시간이나 공간체험 또는 의식과 불가분리의 성격을 지니고 있다. 토마스 만은 그의 『마의 산』(1924)에서 권태란 사실 단조의 연속으로서의 시간의 간결(Kurzweiligkeit)이라고 일컫고 있기도 한 것이다. 그렇기 때문에 어떤 이는 우화적이고 시간론적이고 심리 상징소설인 『마의 산』은 권태의 문제를 다룬 가장 중요한 20세기의 문서라고도 일컫는 것이다. 독일어로 권태는 'Langeweile'이다. 이 말에는 이미 '시간의 끝없는 지속'이란 뜻이 내재되어 있는 것이다. 『정오의 사신』에서 쿤의 권태와 시공의 비전은 다음과 같이 제시되어 있다.

> 시간 공간의 관념과 풀 수 없이 연결되어서, 권태는 어떤 예술작품의 주제만이 아니고 그 작품의 시간적 짜임과 공간적 구조의 부분이기도 하다. 그래서 권태는 프루스트의 『잃어버린 시간을 찾아서』의 주된 주제일 뿐 아니라 시간의 필연적인 변형을 통해서 권태가 프루스트의 문체, 사고의 양식, 작품의 구조를 결정한다.[12]

> 권태의 징후……시간감각과 공간감각의 총체적 왜곡[13]

그 밖에도 쿤이 지적한 권태의 기능 가운데서 중요한 것은 권태가 자기파괴 등 여러 가지 부정적인 양상에도 불구하고 창조행위를 설명하는 데 있어서 도움이 되고 결과적으로 예술작품을 통해서 인간행동과 그 표현에 대한 새롭고 보다 깊은 해석을 위한 비평적 도구가 된다는 지적이다.14) 권태의 생산성이라고나 할까. 이는 문학이 권태의 자연스런 소산임을 뜻한다. 스탕달은 "권태로부터 벗어나기 위해서 글을 쓴다"고 했는데 그는 이를 고치의 권태로움 속에서 실을 짓는 누에의 상징을 통해서 설명하였던 것이다. 이밖에 근자의 연구로서 마음상태의 문학사란 측면에서 권태의 의미를 살핀 패트리샤 M. 스팩스(Patricia M. Spacks)의 『권태(Boredom)』(1995)가 있다. 그렇다면 1930년대 한국 모더니즘계 소설에 있어서의 권태의 시학적 상격은 어떠하며 또 당대 소설의 시간 공산의 관념과 어떤 관계를 지니고 있는가.

2. 권태와 탈출의 우의성(寓意性)―이상의 「날개」

이상(李箱)의 소설 「날개」(1936)는 자아 발견의 문제와 긴밀하게 연관된 작품으로서, 권태의 분위기나 그림자가 뚜렷하게 투사되어 있다. 즉권태와 그로부터의 벗어나기, 의식의 동향의 중심이 상징적이고 우화적인 틀로써 구성되어 있는 작품이다. 권태와 그 탈출의 서사이다. 비평적 독법에 있어서 이에 유의한 한 사람이 김우창이다. 그는 이상의 이 권태현상에 대해서 다음과 같이 평석하고 있다.

> 이 줄어든 삶에서 그에게 문제되는 것은 오직 권태를 어떻게 할 것인가 하는 것이다. 李箱의 단편과 수필에 나오는 권태는 불란서의 '저주받은 시인(poétes maudits)'과 세기말의 퇴폐주의 전통에서 빌어 온 것으로 생각되지만, 식민지 문화인으로서 그가 처했던 상황에서 저절로 나올 수 있는 것이기도 했다.

권태란 정신의 에너지, 특히 세계의 性的 享受에 관계되는 에너지가 세계의 장으로부터 후퇴하여 우리로 하여금 세계에 대해서 극히 가냘픈 끄나풀만으로 연결된 상태에 놓이게 할 때 일어나는 심리라고 할 수 있다. 이렇게 권태의 의미를 정의하고 보면 「날개」의 주인공의 아내가 성적 쾌락을 팔고 사는 창부라는 것은 그럴만한 사정에서 나오는 것으로 생각된다. 구체적으로 주인공의 권태의 핵심에 놓여있는 것은 쾌락의 여인인 아내에게서 쾌락을 얻을 수 없다는 사실이다.[15]

권태의 개념을 나름대로 명료히 하고 그 근거위에서 「날개」를 독자적으로 읽고 있다. 물론 권태현상을 규정함에 있어서 '세계'라는 매우 광역적인 말이 왜 자주 쓰여야 하는지 또 수필 「권태」의 단색성과 되풀이의 권태현상들이 '성적 향수에 관계되는 에너지'로 규정된 권태와 어떻게 동일화할 수 있는지에 문제점이 없지는 않다. 그러나 많은 이상론 가운데서 권태현상을 이상 문학세계의 핵심으로 파악한 몇 안 되는 글 가운데서 유니크한 글이다. 사실 「날개」는 전체적으로 권태 또는 지겨움으로 지배되고 있을 뿐만 아니라, 권태로움을 반복시킴으로써 그러한 권태로움으로부터 역설적으로 벗어나려는 의식의 진화, 즉 권태라는 고치상태로부터 누에가 날개를 달고 그 권태를 벗고 비상하는 과정단계에의 몽상 또는 원망(願望)을 제시한 작품이다. 그만큼 권태와의 직면과 권태로운 시간–공간 조건의 유폐로부터의 탈출 내지는 전환을 기구하고 있는 것이다. 이 과정이 잠–유희(놀이)–외출–탈출이라는 네 가지 행위의 이미지 시퀀스에 의해서 그 구성 성분을 이루고 있다. 이점에서 잠→놀이→보행→비상의 인지위상(認知位相)의 형성에 근거한 주체의 발달단계가 암시되기도 한다.

우선 「날개」는 서사형태나 구조에서부터 이전의 소설들과는 매우 이질적인 변형성을 지니고 있다. 그것은 처음 모두의 서사(序詞, 프롤로그)에서부터 현저하다. 2인칭의 '그대'란 누군가에 대한 '굿바이'의 결별사가 네 번이나 반복되는 것부터가 그렇다. 발신자 수신자의 담화란 이중화 속에서 마치 자신의 메시지를 전달하고 있는 듯 한 시간적 송신형태 또는 독백적 언표 상황의 설정은 전통적인 액자형태와는 매우 다른 형식이다. 왜 이런 서사가 필요한가부터 문제이다. 여기에는 상황의 자아 표상의 매개로서 경상화(鏡像化) 현상이 설정 되어 있다. 즉 자아 표상을 위해서 심연 같은 거울의 반영성을 전제로 그 안의 세계와 밖의 세계를 대비하고 있는데, 대비된 나—그대의 관계는 바로 '나', 즉 자아의 이중화인 것이다. 발화 / 피화 관계인 '나'와 '그대'는 타자성, 즉 서로 다른 인물이 아니라 신원의 동일성을 지닌 나인 것이다. 다만 '나'와 '그대'는 동일성에도 불구하고 거리와 대(對)와 상위의 상호성을 지닌 대립적 관계이다. 규범 일탈적인 '나'에 의해서 '그대'는 '나'로부터 변증법적인 전환과 일탈을 거듭 권유받고 있는 것이다. 여기서 자아 가운데 있는 타자(他者) 또는 자기 동일성을 위협하는 타자성의 문제가 제기되는 것이다. 그래서 서사를 이루고 있는 전반적인 글의 구성은 '아이러니' '위트' '패러독스'란 말이 암시하고 있듯이, 대조와 파격의 통사법 내지 수사학으로 이루어지고 있는 것이다. 어쨌거나 이런 경상의 이중화 현상은 데렌바하가 일컫는 이른바 미장아빔(mise-en-abyme)의 상감기법 형태와의 유사성을 지니기도 한다. 그리고 서사 자체는 내부이야기에 대한 주제의 문제 제기적 이중화의 전경이다.

필자는 진작에 이 「날개」에 대한 두 번의 읽기와 해석에서 '전도(轉倒) 또는 도착(倒錯, Perversion)과 가역(可逆) 또는 역전(逆轉, Reversion)'[16]이란 운동의 역학적 대응관계로 다룬 바 있지만, 이 다시 일기에서는 권태와 탈출의 대응으로 이해한다. 이는 시공적인 의식의 기호론적 입장으로 감금과 초월의지 및 압축과 팽창, 하강과 복귀의 관계로 환치시킬 수도 있는 것이다. 요컨대 권태의 유폐 및 순환과 그로부터의 탈출 및 벗어남의 대응역학으로서 보려는 것이다.

「날개」에 나타난 권태상태는 서사의 모두에서 규정되고 있는 '박제 (剝製)가 되어버린 천재' 상황에서 이미 비롯된다. 박제란 생명과 기능이 거세화 되어 있는 상태로서 무력과 죽음의 표상인 동시에 또한 그 죽음을 거친 신생과 재생의 희구의 상징이기도 하다. 이것이 「날개」의 박제와 변용의 뮤토스(신화)인 것이다. 자신의 상태를 박제화 시킴으로써 '나'의 삶이나 나날의 일상성은 철저하게 권태롭거나 지루하고 게으른 상태이다. 서사에서의 권태로운 '나'의 상태는 '지성의 극치'이니 '정신분일자' '머릿속'이 표상하는 것처럼 물질 / 정신의 이원론에서 정신지향적인 반면, '여인의 반(半)만을 영수하는 생활'에서 암시되고 있듯이 남성의 신체적인 건강성과 삶과 일의 생산성이 배제되어 있는 것이다. 그래서 신체적으로는 거의 무위의 상태인 나태하고 지겨운 조건에 빠져 있으면서도 '머릿속'으로는 위트와 패러독스를 바둑 포석처럼 늘어놓는 정신적인 분일상태에 있는 것이다. 분명 육신과 정신의 이반현상이다. 따라서 일종의 권태의 상황들 '인생의 제행(諸行)이 싱겁다'는 삶의 단조함과 무의미성 내지 삶에 대한 무관심성, 기쁨의 결여 그리고 소원과 공허성과 관련시키고 있다. 권태의 본질적인 요소 가운데는 이렇게 괴테가 그의 「베르테르(Werther)」(1774)에서 파악한 삶의 넌더리(Lebensüberdruss)의 자기 파괴적인 경향과 함께 지친 단념과 의지 상실의 병리적 형태를 내재하고 있는 것이다.

　'유곽'을 연상시키는 33번지 18가구의 군거적 주거공간의 한 작은 방을 위 / 아래로 분할해서 그 속에서 '아내'라는 여인과 '나'는 서로 '반만을 영수하는' 기이한 의사적(擬似的) 결합의 공생생활을 한다. 낮이 오히려 더 조용하고 타자들과의 사회적 접촉이 최소화된 상태에서 '아내'와는 진정한 가족적 또는 부부적 결합이라기보다는 '아내'라는 매춘하는 거리의 여인에 '매어달리는' 의존관계와 '주는' 시혜를 받는 위계적 존속관계로 이루어지는 관계이다. 남권은 거의 유아기로의 퇴행적인 박제상태이거나 음위(陰痿), 거세된 상태인 것이다. 권태가 '나'로 하여금 이렇게 무력하게 한 것이다. 이는 권태의 공간이 되고 있는 볕 안 드는 '윗방'(나) 볕드는 '아랫방'(아내)의 공간 분할과 점유의 전도된 비정상상태와도 관련된다. 남성매조히즘의 정황어다. 따라서 '나'는 아내에게 순결을 부과하지도 못한다.

이런 공간에서 유아기적 상태로 퇴행해 있는 수동적인 '나'는 그 존재이유가 단지 시간을 죽이는 것처럼 아무 하는 일 없이 게으르기만 한 것이다. 권태의 비활성상태에 있어서는 인간은 이렇게 게을러 질 수밖에 없는 것이다. 그렇게 피동적으로 길들여지고 있는 것이다. 즉 권태−반응의 피학적 이상성의 상태인 것이다. 박태원의 「소설가 仇甫氏의 일일」의 산책자(flâneur)[17] 또는 남성, 어슬렁거리는 사람(stroller 또는 rambler)[18]의 상과 유사한 존재이다. '산책자'란 결국 어슬렁거리고 하릴없이 빈둥거리는 사람, 즉 배회자이다. 양자의 차이가 있다면 주로 길 위에 있는가 방 안에 있는가 일뿐 본질적으로 위축된 지식인으로서 유사한 존재인 것이다. 여하튼 '나'는 단지 아내가 주는 밥을 모이처럼 먹으며 때도 없이 잠자고, '연구' '발명' '논문' '시' 등 모조적인 지적활동 내지 유희적 놀이만으로 소일하고 있을 뿐인 것이다.

이렇게 게으른 권태상태에 있으며, 육신과 정신이 이반하는 상태인 지성적인 '나'와 아내는 전혀 대조적이다. 아내는 전혀 지겨워하지도 않을 뿐 아니라 외출이 잦고 돈을 주는 내객들과의 관계가 빈번한 상태이다. 유아적 상태로 퇴행해 있는 '나'에게는 일체의 생활요소인 돈과 옷과 밥을 주고 재워주는 '꽃'같은 증여자의 위치에 있는 존재인 것이다. 그러니까 아내와 '나'의 관계는 증여자−지불−수령자란 삼핵관계로 설정되기 때문에, 이런 아내의 직업이 '나'에게는 불가해한 '의문'이며 '연구'의 대상이 되고 있다. 아내의 직업은 매춘하는 창녀임이 분명함에도 불구하고 알 수가 없다고 한 것은 서사에서 암시한 '위조'의 결과가 아닐까. 그렇지 않다면 동서의 장소인 33번지의 인상 묘사에 있어서 굳이 '유곽'이라 반응을 제시할 필요성이 없기 때문이다. 낮에도 밤에도 잦은 외출을 하고 내객이 있고 돈이 있는 아내는 확실히 도시의 거리 위를 걷거나 빈둥거리는 매춘의 '꽃'을 파는 여인이다. 이른바 '빈둥거림

(rambling)의 문학'19) 에 있어서 거리의 산책자 또는 어슬렁거리는 사람의 상이 여성일 경우, 그는 매춘하는 여인이며, 이런 매춘은 지속적인 결합이 결여된 도시의 무상한 상호관계의 성격을 축약한다는 견해20) 와 맥락을 같이하는 현상이다. 아내의 내객들은 계속 아내에게 돈을 놓고 간다. 이 관계는 매춘을 근거로 한 지불인(내객)-지불(돈)-수취인(아내)의 교환관계이며 이것이 다시 증여자(아내)-좋고 감, 지불(돈)-수령자(나)의 관계구조로 이행되고 있는 것이다. 이 경우 상업적인 성으로서의 아내의 삶과 직결되어 있는 돈이란, 사회적인 지불과 유통내지 교환수단으로서 생존의 필수적 수단이 됨은 물론 쾌락, 여가, 유혹, 성생활까지도 모두 그 안으로 끌어들을 수 있는 사회적인 위력까지도 가진 기능 상징적 약호이다. 쉽게 말해서 사회성의 징표인 것이다. 그래서 외출이 잦고 내객이 있는 아내에게 있어서는 돈의 가치는 사회적 필요로서 그만큼 지대한 힘을 갖고 있다. 그러나 사회적 광장이 없는 '나'에게 있어서는 전혀 어떤 이용가치나 가치 저장적 기능과 의미를 갖고 있는 것으로서 받아들여지지 않을 뿐 아니라, 한갓 유희의 대상에 불과한 것이다. 적어도 처음에는 그러하다.

그렇다면, 이렇게 끊임없이 외출을 하고 내객들 끌어들이면서 '나'에게는 모성적이거나 보호자적인 증여자가 되고 있는 아내란 존재는 과연 무엇인가. 이에 대한 근자의 해석에서 매우 특이한 현상은 주인공인 '나'의 분열된 자아 또는 타자성으로 간주하려는 경향이다. 문학적 도상학 등에 있어서의 자아의 이중성(Doppelgänger) 또는 타자성 개념에 근거한 해석이다. 이는 자아 표상을 거울의 영상으로써 해부하고 있는 그의 일련의 '거울' 시에 나타난 거울 속의 나와 거울 밖의 나의 자아분열(Ich-Spaltung) 상태와 연결시킴으로써 가능할 법한 해석이다. 그러나 자아의 타자성 내지 이중성을 성의 이행수법으로까지 넓힌 자기 동일성으로서 보기는 아무래도 어려운 것이 사실이다. 서사에서 제시된 나/그대와 본문의 나/아내의 상황은 다른 것이다. 그보다는 이 작품의 얼룩진 아내란 30년대 문학에 있어서 무력한 지식인들과 친숙한 동반적 관계에 있었던 여급(女給)의 상을 동시대적으로 대리하는 여인이다. 동시대 작가인 유진오(俞鎭午)의 「어떤 부처(夫妻)」「치정(癡情)」「나비」, 박태원의 「천변풍경(川邊風景)」은 물론 이상 자신의 「지주회시(蜘蛛會豕)」「봉별기(逢別記)」 등에는 여급들이 현저히 등장하고 있는 것이다. 이런 여급들은 사회적 고통이나 타락의 표상, 쾌락의 도구나 도시적 탐닉의 대상, 경제적 필요에 의한 희생, 도시적 병리의 상징적인 사단 또는 야합과 사회적 오탁의 대리자 등의 여러 표상성의 복합으로서 이해될 수 있다. 그리고 자족생활이 남자보다는 여자에게 의존된 비정상사회 및 경제적 현실 하에서의 교환성의 여인이다. 따라서 이와 연관된 '아내'는 정상적이지 않은 결합의 대상으로서, 돈을 위해 성의 교환이 이루어지는 그런 식민지의 일상적인 삶의 대리자의 성격을 지니고 있다.

'나'의 권태는 '인생의 제행(諸行)이 싱겁고' '인간사회가 스스러운'데서 연유된다. 삶과 세상에 대한 관심의 부재와 의지의 상실 그리고 공허성 무위의 상태가 근거하는 것이다. 그래서 그날그날을 최대한으로 게으르고 귀찮아하고 사회인의 자격으로 일 해보는 것을 성가셔하는 상태이다. 이런 권태 속에서 '나'가 하는 일이라고는 세속적인 계산을 떠난 편리하고 안일한 절대상태에서의 잠과 놀고 장난하는 반복적인 유희일 뿐이다. 이 좁은 공간상태의 절대상태화에는 의식의 광장공포 (agoraphobia)가 잠재되어 있다.

나는 밤이나 낮이나 잠만 자느라고 그런 것은 알 길이 없다. (잠)

나는 늘 윗방에서 나 혼자서 밥을 먹고 잠을 잤다. (잠)

나는 이불을 뒤집어쓰고 낮잠을 잔다. (잠)

나는 조그만 '돋보기'를 꺼내가지고 아내만이 사용하는 지리가미를 그슬려
가면서 불장난을 하고 논다…… 그 얼마 안 되는 동안의 초조한 맛이 죽고 싶
을 만치 내게는 재미있었다. 이 장난이 싫증이 나면 나는 또 아내의 손잡이 거
울을 가지고 여러 가지로 논다. (놀이 / 장난유희)

'잔다' 동사가 지시하듯 밤이고 낮이고 잠을 잔다는 것은 게으름의
표상으로서 주인공의 존재이유가 오직 시간의 질서를 파괴하는 것과
밀접히 관련됨을 의미한다. 잠은 이렇게 습관적인 게으름의 표상인 동
시에 매일매일 권태로운 삶 지우기, 즉 관여와 관심의 배제 및 권태 소
멸의 의미를 지니기도 한다. 그래서 '나'는 이 잠을 통해서 권태의 진흙
구덩이 상태에 빠져 있음을 알리고 있을 뿐만 아니라, 권태로운 시공체
험을 해소시키고 있는 것이다.

이런 잠과 함께 주인공이 깨어 있을 때 하는 유일한 것은 놀이, 즉 장
난이거나 지적 유희이다. 즉 그의 삶이란 것이 도무지 노는 것이다. '나'
의 활동은 전적으로 유아기적 놀이로 일관된다. 놀이공간인 외출한 아
내의 방의 화장대, 지리가미(휴지), 각색의 병, 돋보기, 거울, 옷 등은 모
두 그가 노는 놀이의 도구이다. 이들 도구를 가지고 하는 놀이가 모두
유아화된 상태의 놀이란 점에서 생물학적 상상력이 개재된다. 유아화된
주인공에게 있어서 이 놀이는 성장의 사회화과정이나 놀이적 훈련의
지각운동양상인 이른바 '실습놀이'(피아제)로 이해될 수 있는 것이다. 설
사 유아기적인 것이 아니라 할지라도 유아기적 잔존현상이 개재한 것
은 분명하다. 그것만이 아니다. 욕망의 대상인 돈(금전)까지도 놀이의 대
상이다. 주인공은 돈을 놀이의 대상으로 함으로써 물질적인 이해 관심
이나 실리성을 배제시키고 있다. 이런 장난으로서의 놀이의 현상 역시
삶에 있어서 단조감, 일률화, 권태, 피로감을 해소시킬 뿐만 아니라 시
간의 긴박감과 공간적 우발성의 긴박감을 해소시키는 기능을 하는 것
이다. 즉 놀이의 상태는 권태로움을 구하고 시간 / 공간에의 갇힘을 해

소하는 것이다. 「날개」의 놀이 또는 유희의식은 사고활동에 대한 '연구' '발명' '논문쓰기' '시쓰기' 등의 언어유희화, 즉 의미의 비 관습적 왜곡화에서도 명료해 진다.

이렇게 단지 놀고 잠자고 '의문'의 '연구'상태에 머물러 있는 '나'의 탈권태화는 마침내 전기를 맞게 된다. 사실 「날개」의 서사과정은 피아제의 아동 발달사적 놀이단계와 흡사한 유아의 수준 및 퇴행상태로부터 주체의 성장 내지 회복의 단계에로의 전이구조와 관련되어 있는 것이다. 권태 이탈의 전기는 바로 '외출'이라는 움직임의 이미지가 표상하는 보행을 기점으로 한다. 사실 이 움직임 내지 동작은 「날개」에 있어서 매우 중요한 의미를 지니고 있다. 그것은 '박제'의 수축상태나 권태로운 정태적 공간의 감금상태 및 유아상태로부터의 벗어남의 단초가 되기 때문이다. 외출 이전의 '나'의 권태상태로부터의 이런 움직임 및 외출(보행)의 반복행위를 통해서 '나'는 점진적으로 폐쇄적인 공간에서의 의존적인 상태로부터 자기변용이 일어나게 되며 외부 공간과의 접촉에 의한 사회화와 생동화 단계에 들어가게 된다. 움직임은 공간의 현상학에 있어서 태도의 변화를 의미한다. 이것은 분명히 권태의 테마로부터 탈출의 테마로의 서사적인 전이를 뜻한다. 그리고 이 탈출의 테마를 실현하는 움직임의 이미지는 바로 외출이며 보행이란 동작이다. 이 보행이 끝에서는 '날자'의 비상으로 연계된다. 그런데 여기서 주목할 사실은 이런 외출로서의 보행을 가능케 하는 것이 바로 돈이라는 점이다. 사회적인 힘이며 사회성의 징표인 돈(은화)의 의미는 무화시켜온 '나'는 내객/아내와 아내/나 사이에 개재하는 '쾌감'을 위한 돈의 지불/유통 기능의 힘을 깨닫고 이해함으로써 자신이 지불자가 된 돈=쾌감의 등식적 관련을 확인해 보려 한다.

아내는 물론 나를 늘 감금하여두다시피 하여왔다. 내게 불평이 있을 리 없다. 그런 중에도 나는 그 쾌감이라는 것의 유무를 체험하고 싶었다.

이렇게 돈을 매개로 시작한 외부 공간으로의 외출, 즉 보행이 마침내 5회나 반복적으로 결행된다. 이 보행의 공간적 이행은 '감금'으로 부터의 해방, 탈출의 계획이며 전도와 움직일 수 없음(부동성)으로부터의 가역(可逆)과 회복의 과정으로의 변화와 전이를 뜻한다. 즉 다섯차례의 외출—귀환의 순환은 이전의 '나'와 상황으로부터 현저한 단층을 이루게 된다. 그리고 이전에 지배/순종의 관계인 '나'와 아내의 주종적 관계도 변화가 있게 된다.

1차 외출은 5원이란 돈 쓰기 연습과정이다. 거의 부동성의 상태에 있었던 '나'로 하여금 보행의 '피로'와 '피곤' 상태를 체감하게 하지만, 결과적으로는 5원이란 돈의 교환기능을 경험할 뿐 아니라 나(증여자)—돈—아내(수취자)의 지불 위상 변화를 통해서 돈의 힘의 영역안에 있는 쾌감 내지는 성적 관계 상황을 혼자 자는 잠이 아닌 아내와의 동침에 의해서 체득하게 되는 것이다. 이는 경제적 현실에서 돈을 매개로 한 성의 상품화현상에 대한 확인이다. 이로 인해서 철저히 분할된 내 방—아내 방의 경계가 이전만큼 확연하지 않게 됨은 물론 사육자/가축 또는 어머니/유아의 등식인 아내/나의 위계와 '박제'처럼 무감각이나 마비상태에 있었던 감각성에도 '동기(動氣)' 등 두근거림의 상태로의 변화가 일어나게 된다. 이런 감각성의 문제는 '나'를 엿보고 엿듣는 사람(voyeur), 쾌감을 위한 절시증(竊視症, scopophilia)과 연결시킬 수 있는 근거가 된다. 이는 돈을 매개로 한 성의 상품화현상에 대한 이해이기도 하지만, 아울러 거기에 연루되어 있는 자신의 삶에 대한 이해이기도 하다.

2차의 외출도 2원이란 돈 쓰기의 모의행위를 위한 보행이다. 여기서 움직임의 전개공간은 1차 때보다 훨씬 수평적으로 확장되어나간다. 그리고 여기서 '나'는 비로소 삶의 공준인 시계와 시간에 대한 시간의식을 갖게 된다. 자주 시계를 들여다보고 자정의 시간이 지나기를 조바심하는 것이 그것인데 비상과 탈출의 시간적 표상인 '정오'와는 대위법적인 긴장관계인 '자정'이란 시간은 아내와 묵계된 이른바 규제된 장벽시간(barrier time)21) 내지 '모라토리엄'의 시간이며 아내에 의해서 장치된 제한, 수축, 부동 등의 갇힌 시간의 표상이다. 이 자정의 금기시효가 풀리면 '나'도 내객(지불자)과 같은 위치가 될 수 있는 것이다. '나'와 아내 사이에는 1차 외출로써 그 가능성이 열린 아내와의 기쁜 동침과 함께 처음으로 밥상을 같이하는 상호 근접성이 이루어진다.

3차의 외출 역시 돈(지폐)을 휴대한 밤의 보행인데, 여기서 비로소 지불의 수령자가 아내가 아닌 타인이다. 경성역 티룸에서 커피를 사 마시게 된 것이다. 그러나 비를 맞는 낭패 때문에 아내에 의한 금기 규정의 자정 전 시간—내객과의 시간—을 위배함으로써 아내가 '좀 덜 좋아할 것'(아내 중심)이란 완곡어법으로 표현한 매춘현장을 목격하게 되고, 또 이로 인한 오한과 감기로 아내가 주는 아스피린을 먹으며 여러 날을 아내의 외출 금지령에 의해 칩거하게 된다.

네 번째 외출은 인간사회인 거리로 향하는 보행이 아니라 산으로의 보행이다. 감기 이후 감기가 나았는데도 '나'는 아내로부터 아스피린을 받아먹으며 이웃에 불이 나도 모를 만큼 연일 깊은 가수 상태에 빠져들었다. 깨어난다. 회복된 '나'는 아내의 방에서 이전의 유희를 하려고 하다가 자신의 깊은 잠과 관련이 있는 아달린 갑을 발견하고 경악하여서 산으로 올라간 것이다. 이 외출은 앞서의 자향적 외출들과는 다른 '인간세계의 아무것도 보기가 싫은' 상태에서의 염세적이고 퇴행적인 외출이다. 그래서 살의의 자신의 활동을 위해서 일부러 가두어서 살의의 잠재우기를 시도하는 아내의 배반감으로 여섯 개의 아달린을 삼켜버린다. 그 결과 '나'는 일주야의 혼수와 약물 감응적 의식 상태에 깊이 빠진다.

아스피린, 아달린, 아스피린, 아달린, 맑사스, 마도로스, 아스피린, 아달린

의식을 찾은 '나'는 아달린과 연관되는 살의에 대한 의혹과 오해를 사죄하려 다시 귀가한다. 그때 2차 외출 때에 있었던 자정 전의 금기된

장벽시간의 묵계된 규약 위배를 다시 반복하고 또 정도를 더하여서 '내 눈으로는 절대로 보아서는 안 될 것'('나' 중심)이란 창부로서의 매춘현장을 목격하게 된다. 이 확인에 의해서 처음으로 폭력적이고 배반적인 '아내'에 대한 미움의 감정을 노출시키고 있다.

제5의 외출은 위의 사건과 연접된 것으로 전도(도착)→역전(반전)으로의 탈출의 테마가 강화되는 보행이다. 아내로부터 받았던 몇 원 몇 십원의 돈마저 '문지방 밑'에 놓고 나서는, 즉 반납과 거절의 행위를 수반한 외출이다. 이것은 '나'와 아내와의 습관적인 관계의 지속이 분열되고 있음을 뜻하는 것이다. 이런 '나'의 보행은 공간적으로 경성역을 거쳐서 회탁의 거리를 내려다보는 미츠코시 백화점의 옥상으로 부감적 수직공간이 되고 시간적으로도 자정에서 대낮 또는 정오(正午)로 전이된다. 뿐만 아니라 약물 마취의 의식 상태에서 아내를 환상살인('그때 내 눈앞에는 아내의 모가지가 벼락처럼 내려 떨어졌다 아스피린과 아달린')을 한 '나'는 아내와 '나'와의 관계를 발이 맞지 않는 '절름발이(跛行)'로 규정한다. 이 파행상태의 절름발이(lameness, crippling)는 흔히 생식 불능, 불완전하고 제한된 인간의 조건, 자유로운 운동의 결여, 장애인22) 등을 표상하지만, 이 관계는 정신적이거나 균형이 맞지 않은 상호 관계성에서의 불구성을 의미하는 것이다. 이와 같이 운동의 자향적 방향을 찾지 못하는 기로를 의식하는 순간, 전기를 알리는 정오의 사이렌이 울린다.

이때 뚜……하고 싸이렌이 울었다. 사람들은 모두 네 활개를 펴고 닭처럼 푸드덕거리는 것 같고 온갖 유리와 강철과 대리석과 지폐와 잉크가 부글부글 끓고 수선을 떨고 하는 것 같은 찰나, 그야말로 현란은 극한 정오다. 나는 불현 듯이 겨드랑이가 가렵다. 아하 그것은 내 인공의 날개가 돋았던 자국이다. 오늘은 없는 이 날개 머릿속에서는 희망과 야심의 말소된 페이지가 딕셔너리 넘어가듯 번뜩였다.

나는 걷던 걸음을 멈추고 그리고 어디 한번 이렇게 외쳐보고 싶었다.

날개야 다시 돋아라.

날자 날자 날자 한번만 더 날자꾸나.
한번만 더 날아보자꾸나.

　결말의 이 현대적 신화 만들기로서의 변신의 독백적 원망의 담론은 '박제'의 상태에서 재생의 단계로의 비상을 함축하고 있다. 분명히 그것은 재생계획이며 시간의 구조로는 '현실시간'에서 '잃어버린 시간'에로의 복귀인 동시에 자정의 전도된 닫힌 상태로부터 정오의 초탈적인 열린 상태로의 지향인 것이다. 이는 '오늘'이란 시간부사 및 시제개념의 과거/현재의 이중적 복합화로써 이해된다. 그리고 공간적인 상징에 있어서도 소회되고 폐쇄된 '방'의 상태에서 자유로운 비상이 가능한 생의 공간으로의 지향이다. 그래서 「날개」의 지지학은 보행의 수평축 형태에서 날기의 수직축 형태로 전이되고 있는 것이다. 따라서 「날개」에 나타난 권태와 그로부터의 탈출은 이런 시간의 짜임새와 공간의 구조와 깊이 연관되어 있다. 즉 권태와 그로부터의 비상의 체계적 차이 내지 모형은 권태(단조, 갇힘, 무위(무료), 졸음, 반복, 공허, 부식(약화), 의지의 포기, 박제)/비상(탈출, 기대, 자유, 희망, 열림, 야심, 생명(재생))의 대비로 편성되고 있는 것이다. 이것이 바로 권태의 테마이며 탈출의 테마이다. 이 양자의 사이에서 작용하고 있는 운동과 지향의 신체(동작) 이미지인 보행(걷기)과 비상(날기)은 권태로운 유폐상태로부터의 탈출과 지향을 상징하는 근간인 것이다. 이런 점에서 두 대립된 영역을 이루고 있는 '박제' 이미지군과 '날기'의 대립과 함께 부동의 이미지로부터 동작 비등의 이미지로의 전이현상도 주목해보아야 할 현상이다.

　「날개」는 범속한 리얼리즘의 소설과는 다른 특이한 소설이다. 서사에서 밝히고 있듯이 위트·아이러니·패러독스 같은 지적인 표현수단이 천명되고 있듯이, 재현 적이기보다는 상당히 미묘한 신화적인 왜곡화에 의한 우의성(寓意性, apologue)을 함축하고 있다. 현대적 삶의 조건을 동물화된 비상과 변신 또는 하강/복귀의 신화의 틀로 얽은 것부터가 그러하며 뒤틀림과 과도한 단순화의 수법이 또한 그러한 것이다.

「서사」에서 '19세기' '도스토엡스키' '위고'를 부정한 것도 이에서 연유되는 것이다. 타락한 이중성을 제시한 「날개」는 이처럼 다소의 우의적인 장치로 식민지시대인 1930년대 도시 지식인의 권태로운 일상적 삶의 도상을 현대적 우화(fable)로 제시하고 있다. 비정상적인 경제적 현실 아래서 가족의 삶이 남자보다는 여자의 노동에 의존된 상황, 즉 물질적 기반의 부재와 일상적인 사회 관여의 불가능성의 문제를 의식적으로 왜곡시킨 이상한 동서생활의 아내 / 나라는 부처관계의 초상에 빗대어서 제시하고 있는 것이다. 결국 전도된 삶이 주는 권태에의 갇힘상태와 그런 절뚝거리기나 병든 일상의 권태로부터 벗어나서 정상적이고 건강한 삶으로 복귀하고자 하는 새로운 신화 만들기로서의 비상(飛翔) 원망이 「날개」의 기본구조인 것이다. 권태란 이렇게 30년대 지식인들의 존재상태 그 자체로 받아들여졌던 것이다.

3. 어슬렁거림의 文學－「소설가 仇甫氏의 일일」의 도시 · 일상성 · 권태

박태원(朴泰遠)의 소설 「소설가 仇甫氏의 일일」(1934)을 진작 '지식인소설'로 규정한 읽기에서 나는 이 작품이 아픔－권태의 양면성으로서의 병리적 징후성과 관련된 현상임을 다음과 같이 제한적으로 지적한 바 있다. 당시의 금지된 여건에서는 논의 자체가 극히 제한적일 수밖에 없었던 것이 사실이다.

「소설가 仇甫氏의 일일」은 표제가 시사하는 바와 같이 실직한 인텔리인 소설가의 도시에서의 무료한 하루의 일상을 순차적으로 제시하고 있는 중편소설이다. 이 점에서 '도회적 감각'을 지닌 이 작품은 일종의 '知識人 小說'의 면모를 지니고 있는 것이다. 비직업의 지식인인 구보씨가 외출하여 목적 없이 배회하면서 도시의 만화경적인 주변의 세계에 반응하다 귀가하게 되는 무료하고 권태로운 일상을 에피소드로 배열하고 있다. 이런 일상의 무료함과 적막함이 바로 어디에서 연유되는가에 대해서 작가는 작품의 어디에서도 분명한 해명을 보류하고 있다. 그러나 이런 현상 자체가 자유가 없는 식민지 치하에서 생활의 정신화를 위주로 하는 지식인의 자기소모적인 징후와 밀접하게 관계되고 있음을 간과해버릴 수 없는 것이다. 그것은 작품의 도처에서 이해될 수 있기 때문이다.23)

이후 80년대 후반의 해금 조치와 더불어 그간의 이 작품에 기울인 많은 왕성한 논의 전개에서 특히 주목되는 점은 '고현학(考現學)적 성격'24) 논의와 '산책자(flâneurs)모티프'25) 및 기타 서사학적인 접근이다. 「소설가 仇甫氏의 일일」은 우선 장르적 성격에 있어서 예술가 소설(Künstlerroman) 또는 소설가 소설인 동시에 주인공이 소설가 자신이며 중심 서사가 글쓰기와 관련되는 이른바 '자아산출 소설(Self-Begetting Novel)26)에 해당한다. 이런 유의 소설은 흔히 일인칭 서술 형태로 서술되지만 이 작품은 작가 자신의 호를 사용하여서 삼인칭화시키고 있는 것이 초점화의 특징이다. 그의 「피로(疲勞)」·「애욕(愛慾)」 등도 소설가의 자기 산출적 성격을 지니고 있어서 연작성을 지니기도 한다. 제목이 암시하고 있듯이, 26세의 무직의 소설가 구보 씨의 일상적인 하루의 삶의 제시를 시간 길이로 한 것으로, 오전에 집을 나와서 도시인 서울의 거리를 종일토록 걷고 소일하다가 밤늦게 다시 집으로 돌아오는 것이 그것이다. 따라서 현대 모더니스트 도시소설의 성격을 지닌 이 작품은 보행, 즉 산책 또는 소요 peuipatetic의 걷기의 구조적이고 주제적인 기능의 중요성을 간과해버릴 수 없는 작품이다.27) 걷기가 강조되는 점에서 거리의 이야기인 어슬렁거림(Rambling)의 문학이며 그러기 때문에 이른바 산책자 또는 어슬렁거리는 사람 및 배회자·소요자의 문학적 산보라 상(像)이 등장하는 것으로 특징을 이루고 있다. 문약(文弱)한 구보 씨는 소설을 쓰는 소설가-관찰자(Novelist-Spectator)로서 '행복'이라는 즐거움을 찾아서 매일같이 거리를 배회하며 1930년대의 식민지의 수도 경성(京城)이란 도시의 삶의 나날들을 살피는 것으로 일과를 삼고 있다. 따라서 이 소설은 일상적 삶의 이야기이며 앙리 드 페브르의 '현대세계에 있어서의 일상적 삶'과 통한다. 이런 하루는 여러 논자들의 지적처럼 캘린더 시간의 특정한 어느 날이 아니고 일상의 일과 단위인 것이다. 이는 처음에서 아들의 알 수 없는 외출에 대한 어머니의 반응에서 분명해진다.

> 어머니는 다시 바느질을 하며 대체 그 애는 매일, 어딜, 그렇게 가는겐가하고 그런 것을 생각하여 보았다. ……우선 낮에 한번 집을 나서면 아들은 밤늦게나 되어 돌아왔다.

바로 이 점이 중요하다. 구보 씨는 특정한 어느 하루가 아니고 상당히 긴 기간동안 이 외출과 귀가의 보행의 일과를 반복해보고 있음을 시사하고 있기 때문이다. 매일 거듭해서 되풀이하는 구보 씨의 이 외출은 아무 할 일이 없는 자신의 삶의 일상이 지닌 공허, 무료함 내지 권태와 관련이 있는 것이다. '권태'라는 말이 겨우 세 번 밖에는 나타나 있지 않지만, 구보 씨의 생활은 분명히 어떤 심각한 권태상태에 빠져 있는 것이다. 매일 정해진 갈 곳도 '사무(事務)'도 목적도 없이 판에 박은 듯이 거리 보행을 하는 것도 그렇지만, 그는 단조로운 타성의 생활 상태에서 게으르고 신체적으로 정신적으로 활기를 잃은 채 피곤한 무기력과 시간의 지루함에 빠져 있다. 이러한 구보 씨의 권태상태의 권태-아픔의 상호 연계적인 조건에 의해서 뚜렷해진다. 사실 「소설가 仇甫氏의 일일」은 우리 현대소설로서는 드물게 아픔과 병을 많이 환기하고 있는 문학적인 패소그래피(Pathography)나 아픔의 시학 내지 아픔의 문화와 관련되는 작품이다. 이런 아픔과 병은 신체적(육체적)인 것은 물론 정신병의 징후까지로 확산되어 있다.

　한낮의 거리위에서 구보는 갑자기 격렬한 두통을 느낀다…… 그것은 역시 신경쇠약에 틀림없었다.

　구보는 다행하게도 중이질환(中耳疾患)을 가진듯 싶었다…… 자기의 이질(耳疾)은 그 만성습성의 중이가답아(中耳加答兒)에 틀림없다고 구보는 작정하고 있었다. 그러나 부실한것은 그의 왼쪽 귀뿐이 아니다. 구보는 그의 오른쪽 귀에도 자신을 갖지 못한다.

　변비, 요의빈수(尿意頻數), 피로, 권태, 두통, 두중(頭重), 두압(頭壓), 모리따 마사따께(森田正馬) 박사의 단련 요법……

　문득 구보는 그의 얼굴에 부종(浮腫)을 발견하고 그의 앞을 떠났다. 신장염 그뿐 아니라, 구보는 자기자신의 만성 위확장(胃擴張)을 새삼스러이 생각해내지 않으면 안되었다…… 사십여세의 노동자 전경부(前頸部)의 광범한 팽륭(澎隆) 돌출한 안구, 또 손의 경미한 진동, 분명한 바제도씨병……

　갑자기 구보는 온갖 사람들을 모두 정신병자라 관찰하고 싶은 장렬한 충동을 느꼈다. 실로 다수의 정신병 환자가 그 안에 있었다. 의상분일증(意想奔逸症), 언어도착증, 과대망상증, 추외언어증(醜猥言語症), 여자음란증, 지리멸렬증, 질투망상증, 남자음란증……

아픔과 병적 징후현상을 이렇듯 많이 환기하고 있는 것은 불건강한 시대 또는 도시적 병리의 상징으로서의 의미도 있을 것이다. 아픈 예술가상과 현대의 병리애호의 미학 현상어의, 그러나 구보 씨가 실로 병약한 상태인 것은 그의 문약성의 한 표상이기도 하지만, 그가 지닌 권태로움의 신체적 양상은 물론 '영혼의 나병'이라는 권태의 정신적인 양상을 함께 표징하는 것이다. 즉 아픔은 작가의 고뇌를 상징하고 동시에 권태에 빠진 삶의 징후적 표상이기도 한 것이다. 신체적인 소모는 정신적인 피로와 상호 연계되고 또 병행하는 것이다.

한편, 권태는 앞의 서설에서 이미 지적한 것처럼 권태의 긍정적인 양상은 권태가 내적 창조와 생산의 근거가 된다는 점이다. 권태란 일반적으로 받아들여진 가치에 따라 생활하는 것을 할 수 없음의 결과인 것만큼, 작가의 창조행위를 설명할 수 있는 원동력이 되기도 하는 것이다. 이런 현상이 바로 구보 씨로 하여금 소설가-관찰자 또는 어슬렁거리는 사람(배회자)이 되어서 도시의 생활 면모나 파노라마를 관찰하고 묘사케 하는 보행(걷기)을 유발시키고 있는 점이다. 산책자가 행하는 이 보행은 도시 탐색의 '어슬렁거림의 문학'을 창조시키는 중요한 근거가 되는 것이다. 작가가 이야기하듯 '고현학(考現學, modernology)'이든, 또는 산책자 모티프든 다 중요한 해석이지만, 보다 중요한 것은 주인공이 걷고 보는 활동을 하고 있다는 사실이다. 그의 보행이 중지되거나 끝날 때는 소설도 중지되고 끝나버릴 정도로 보행은 이 소설의 주제나 구조의 근간이 되고 있는 것이다. 그리고 구보 씨가 작가로서 외출 시 늘 공책과 만년필을 휴대하고 있다는 사실도 중요하다. 이것은 작가의 환유(換喩)로서 구보 씨는 거리의 텍스트를 읽고 있음을 뜻하기 때문이다.

모두 31개 장절(章節)의 서사적 분절 단위로 구성된 작품에서 가장 중요한 것은 걷는 행위와 보는 행위이다. 이것은 결국 주인공인 구보 씨의 활동이 어슬렁거리기(산책)와 소요하기 살피기(관찰) 눈/보기와 발/가기라는 두 역할에 집중되어 있음을 뜻한다. 그는 어느 한군데도 갈 곳이 없으면서도 갈 곳이 많은 상태인 양 도시의 거리를 걷는다. 어느 곳에서는 전차를 탄다. 이런 구보의 보행의 과정은 집에서 비롯하여 광교, 화신상회, 종묘, 대학병원, 약초정, 본정통, 조선은행 앞, 장곡천정(長谷川町), 다방, 활동사진관, 부청, 대한문(大漢門), 서소문정, 남대문, 경성역, 조선은행, 다방, 종로경찰서, 대창옥(大昌屋), 황토마루, 다방, 낙원정(樂園町), 카페, 종로 네거리로 거듭 이어졌다가는 다시 집으로 끝난다. 이런 장소의 전이적 상태가 암시하고 있듯이 「천변풍경(川邊風景)」의 문학적인 지지학(地誌學)에서 도시상태 내지 도시 풍경제시에 능숙함을 보인 '도회의 소설가'로서의 작가는 여기에서도 소설에 있어서의 도시적 지명학(Toponymy)의 기능을 십분 활용하고 있다. 이것은 바로 구보 씨가 도시의 관찰자가 되고 있음은 물론 이런 파노라마적 장소나 실재 지명의 명시와 묘사 및 도시경험을 통해서 공간의 차원을 넓혀가고 있음을 뜻하는 것이다. 걷기가 공간을 넓힐 뿐 아니라 걷기의 쉼과 진행이 작품 구조의 바탕이 되고 있다. 이 작품의 각 분절 단위는 이런 공간화의 문제에 있어서도 매우 특이한 성격을 지니고 있는 것이 사실이다. 특히 관찰자의 공간이 중시되고 있는 것이다.

그렇다면 구보 씨가 거리의 어슬렁거림과 마주침의 관찰을 통해서 터득하는 것이 무엇이며 또 도시경험의 내용과 의미가 무엇인가. 구보 씨는 이 거리 위의 어슬렁거림을 통해서 거리의 많은 사람 및 교통수단, 건물 등의 상황과 만나게 된다. 화신상회에서 네댓 살의 아이를 데리고 승강기를 기다리는 젊은 내외를 비롯해서 안전지대에서 전차를 기다리는 사람들, 선보았던 여자와의 전차 속에서의 마주침, 두 무릎 사이에 양산을 놓는 젊은 여자, 다방에서 근대적 고아(高雅)함을 모르는 젊은이들과 그 사내, 빈약한 대한문 궁전, 영락한 옛 동무, '도시의 항구(港口)'인 경성역 삼등 대합실의 군중—노파, 중년의 시골 신사, 병든 노동자—과 개찰구에 서 있는 낡은 파나마에 모시 두루마기 노랑 구두를 신은 무직자, 끽다점에서의 비속하고 교양 없는 전당포집 둘째아들, 월미도로 쾌락을 즐기러 가는, 황금에서 행복을 찾는 남녀, 구두닦이, 시인이면서 신문사 사회부 기자직업의 벗, 황혼에 종로 네거리에 나온 거리의 여인들, 주정꾼 생명보험회사 외교원이라는 방약무인한 선배, 카페의 여급 등이다. 특히 경성 역에서의 경우가 중요성을 갖는다. 또 얼룩진 여성의 성을 대리하는 거리의 여인 및 여급들 역시 그러하다. 이런 마주침을 통한 도시적 삶의 현상에 대한 생태학적인 개관은 그대로

1930년대의 경성(京城)이라는 현대적 도시의 삶에 대한 시대사회적인 탐험이며 그야말로 '도시 읽기'28)의 문학적인 양상인 것이다. 현대도시의 비전이 투영된 바로 이 점 때문에 작가가 본문에서 밝히고 있듯이 모더니즘의 장소인 도시를 살피는 고현학으로서의 성격을 지니고 있는 것이 사실이다. 고현학이란 곧 도시생태학 바로 그것인 것이다. 그래서 도시경험과 마주친 미적 가치가 존중되는 것이다.

그러나 보다 유의할 사실은 '속무(俗務)' / '독서(창작)'의 이분법으로 대비된 벗의 양면성에서 암시되고 있는 것처럼, 삶의 양식을 크게 정신적이고 지성적인 지향영역과 부르주아적 물질지향성의 영역으로 양분화시키고 있는 점이다. 구보 자신을 그 전자에 두는 것은 물론이며, 가장 그 대극에 위치하게 한 것이 경성역 장면에서 등장하는 황금광이다. 구보는 소설가로서의 자신의 옹호를 위해서 이시카와 다쿠보쿠(石川啄木), 제임스 조이스, 스탕달, 아쿠타가와 류노스케(芥川龍之介), 사토 하루오(佐藤春夫), 앙드레지드와 같은 작가나 시인을 원용하고 또 자신의 아픔과 고독한 상태를 강조한다. 이와는 대조적으로 교양 없는 물질 가치 지향적 황금광의 사내와 그의 월미도 행에 따라 나선 여자의 행복에 내재하는 욕망의 속악성을 제시하여서 대비화의 근거를 삼고 있다.

> 문득 구보는 그러한 여자가 왜 그자를 사랑하려드나, 또는 그자의 사랑을 용납하는 것인가하고 그런것을 괴이하게 여겨본다. 그것은 역시 황금 까닭인게다. 여자들은 그렇게도 쉽사리 황금에서 행복을 찾는다.

> 남자는 여자의 육체를 즐기고, 여자는 남자의 황금을 소비하고, 그리고 두 사람은 충분히 행복일 수 있을게다.

이것은 경제적으로는 비록 가치고 저하되거나 돈과 직업이 없어서 세속적인 '행복'이 없는 변두리상태에 현실적으로 소외돼서 있기는 하지만, 물질주의에 반하는 창조적 지식인으로서의 자긍심의 투영현상인 것이다. 그렇기 때문에 구보 씨는 기나긴 도시에의 어슬렁거림을 끝내고 마침내 소설쓰기로 복귀하게 되는 것이다. 이것은 이상의 「날개」의 비상 원망과 상통한다. 그의 거리 읽기란 곧 대중적 '행복'과는 다른 자신의 행복인 소설쓰기 그 자체인 것이다.

한편, 이 「소설가 仇甫氏의 일일」에서 결코 간과해버릴 수 없는 것은 많은 논자들의 지적처럼 소설과 회상의 결합이라는 시간적 구성의 특성이다. F.커모드가 일컫는 단순 지속 구성형태인 이른바 '뚝—딱(tick-tock)' 플롯의 해체로서의 회상의 서사적 매개화, 즉 최상기법(Erinnerungstechnik)[29] 이 그것이다. 그 가운데서도 연상적인 최상기법이다. 이 연상의 기법에 의해서 과거와 현재를 또는 주인공의 의식상태 내지 심리 분석적 형태를 재현시킬 수 있는 것이다. 이런 기법은 바꾸어서 말하자면 내적 전기(傳記)의 재구이면서 회상하는 자아(현재)와 회상된 자아(과거)의 일치이기도 한 것이다.

도시·일상·권태로 복합화된 「소설가 仇甫氏의 일일」은 어슬렁거림의 문학이다. 직업도 없고 게으르고 심심한 권태로운 작가—관찰자가 그 권태를 벗어나려는 보행과 살핌의 행위에 의해서 문학적으로 재현한 1930년대의 식민지 도시 경성의 일상성의 생태적 형태론이다. 주인공의 보행 그 자체가 곧 거리 일기이며 거리 읽기는 소설 그 자체인 것이다.

4. 결론—현대소설과 권태의 비전

이밖에도 1930년대에 권태현상을 뚜렷이 투영하고 있는 작품으로 최명익(崔明翊)의 「역설(逆說)」(1938) 그리고 유항림(兪恒林)의 「마권(馬券)」 (1939) 등이 있다. 이들 두 작품은 시계추처럼 몸을 흔드는 '상동병자(常動

病者)'의 단조로운 흔들림의 반복적 이미지와 단조로운 일기장을 끌어와서 단조하고 무위한 권태의 삶을 제시하고 있는 것이다.

> 전날 밤에 본 상동병자가 그러하였다…… 그는 이 방속에서 4년째나 조금도 쉬지 않고 시계추와 같이 저렇게 몸을 흔들고 앉았다고 한다…… 그의 아버지인 듯한 늙은이가 역시 시계추와 같이 몸을 흔들고 앉아 있는 것이 보였다. 그 노인도 상동병자일까? ……자기 역시 이 목책 안의 작은 길을 하루에도 수없이 걷는 때가 있건만 그때마다 무엇을 생각하는 것은 아니었다.

이는 현실적인 의욕이 마비상태인 지식인의 의식세계를 그린 「역설」의 본문 가운데 일부이다. 주인공인 교사 문일의 타성에 빠져든 삶을 울안에 갇혀서 시계추와 같이 계속적으로 몸을 흔들어대는 상동병 환자의 시계추 같은 단조하고 반복적인 동작과 비유적으로 연계시키고 있는 것이다.

이와 같이 권태의 사고는 1930년대의 한국소설 특히 지식인의 삶의 조건이나 정신 상태를 표현하는 모더니스트계 소설에서 현저한 한 특징으로서 제시되고 있다. 그만큼 권태의 징후현상을 지식인의 초상이나 징표로서 받아들이고, 이에 대해서 삶의 속악성에 대한 대응으로서의 긍정적 가치를 부여하고 있음으로 이해하게 되는 것이다. 그것은 바로 권태가 일반적으로 받아들여진 가치에 따라 살아갈 수 없음의 결과요, 지성적이고 정신적인 작가나 지식인이란 그러한 물질적 속악성을 거부하는 삶의 대표적인 대리자이기 때문이다. 권태는 지식인만이 지닌 징후적 현상으로 이해한다.

이런 지식인의 일반성은 지식인을 정신적으로 물질적(신체적)으로 혐오케 하는 식민지시대란 닫힌 특수 상황에 이항 대입하면, 그 필연성은 더욱 확연해지는 것이다. 1930년대 한국소설에 나타난 권태는 이런 식민지 상황과 밀접한 관계가 있다. 그런 끝없는 답답함의 시간의 지속

속에 있다는 권태의 징후적 비전은 문학작품에서 시간의 감각과 공간의 감각을 왜곡화시켰던 것이다. 1930년대의 한국 모더니스트 소설은 권태의 문학적인 지지학인 동시에 권태의 시공적인 광장공포로부터 벗어나려는 탈출의 시학적 성격을 지닌다.

물론 이른바 '영혼의 문둥병'인 병적 징후로서 부정적인 성격을 지는 이같은 권태의 신념 상실적 현상이 지나치게 강조되거나 미화되고 모던보이적인 어슬렁거림에 수반되는 다방과 카페와 같은 근대성의 공간에의 순례상태를 배타적으로 자족화 하려는 경향이 없지 않다. 그러나 그럼에도 불구하고 이들 30년대의 소설들이 공통적으로 갖고 있는 성격은 권태를 지식인의 현대적인 삶에 내재하는 만성적인 징후현상으로 진단하고 있음과 아울러 이런 권태의 갇힌 상태로부터 이를 극복하려는 탈출이나 지향 복귀 등 원망(願望)의 비전을 통해서 초극과 희망을 암시하고 있음에 유의할 필요가 있는 것이다.

주석

1) Jürgen Schramke, *Zur Theorie des Modernen Romans*, München : Verlag C. H. Beck, 1974, p.15.

2) 고대문학회 편, 『李箱全集』(제3권 — 수필집), 태성사, 1956, 231면.

3) 위의 책, 234~235면.

4) 위의 책, 235면.

5) 위의 책, 236면. 이 권태의 시간론은 다음과 같은 다른 문맥에서도 제시된다. "그렇건만 내일이라는 것이 있다. 다시는 날이 새이지 않는 것 같기도 한 밤 저쪽에 또 내일이라는 놈이 한 개 버티고 서있다. 마치 흉맹한 형리처럼…… 나는 그 형리를 피할 수 없다. 오늘이 되어버린 내일 속에서 나는 질식할 만치 심심해해야 되고 기막힐 만치 답답해해야 된다."(251면)

6) 위의 책, 240면.

7) Horst S. Ingrid Daemmrich, "Ennui(Langweile, Boredom)", *Themen und Motive in der Literatur*, Tübingen : A Frank Verlag, 1987, pp.121~122.

8) Reinhard Khun, *The Demon of Noontide : Ennui in Western Literature*, Princeton Univ Press, 1979, p.12.

9) 위의 책, p.12.

10) 위의 책, pp.12~13.

11) 위의 책, p.43.

12) 위의 책, p.5.

13) 위의 책, p.13.

14) 위의 책, p.378.

15) 김우창, 『궁핍한 시대의 詩人』, 민음사, 1977, 22면.

16) 이재선, 「傳統과 叛逆－한국문학의 전통과 변혁」, 『서강대 인문연구논집』 9, 서강대 인문과학연구소, 1976; 「倒錯과 可逆의 논리－이상의 「날개」」, 『한국문학의 지평』, 새문사, 1981, 112~116면; Walter A Strauss, *Descent and Return*, Harvard Univ Press, 1971, pp.1~19 참조.

17) 최혜실, 『한국 모더니즘 소설 연구』, 민지사, 1992, 198~199면.

18) Debarah Epstein Nord, *Walking the Victorian Streets*, Cornell Univ Press, 1995, p.1.

19) 위의 책, p.2.

20) 위의 책, p.5.

21) David Leon Higdon, *Time and English Fiction*, Macmillan, 1977, p.4, 74. 과업 수행이 금지되거나 어떤 과제가 필연적으로 그 안에 수행되어야만 하는 시간의 길이(동안).

22) Jean Charles Seigneuret (ed.), *Dictionary of Literary Themes and Motifs*, Greenwood Press, 1988, pp.697~701.

23) 이재선, 『한국현대소설사』, 홍성사, 1979, 332~333면.

24) 김윤식, 『김윤식선집』 2－소설사, 솔, 1996, 265~271면.

25) 최혜실, 「「소설가 구보씨의 일일」에 나타난 산책자」, 『관악어문연구』 13집, 1988; 『1930년대 한국 모더니즘소설 연구』, 만시사, 1992, 198~235면.

26) Steven G. Kellman, *The Self-Begetting Novel*, Columbia Univ Press, 1980, pp.3~4, 8~9.

27) Debarah Epstein Nord, *Walking the Victorian Streets*, Cornell Univ Press, 1995, p.2; Marie Maclean, *Narrative as Performance*, Routledge, 1988, pp.55~58 참조. Peter Bata, Bely, joyce and Oöblin, *Peuipatetics in The city Novel*, Flqrrida UP., 1996, p.1.

28) William Sharpe and Leonard Wallock, "From 'Great Town' to 'Nonplace Urban Urban Realm': Reading the Modern City", *Vision of the Modern City* (ed.) William Sharpe, Johns Hopkins Univ Press, 1987, p.16~24.

29) Wolfgang Düsing, *Erinnerung und Identität*, München: Wilhelm Fink Verlag, 1982, pp.239~241.

한국 근대시와 불교적 상상력의 양면성

구모룡

1. 불교와 근대

종교로서나 사상으로서 불교의 깊이와 넓이는 무궁하다. 동양에서 불법과 시법의 관계사는 역사에 비등한다. 그만큼 불법과 시법의 관계가 오묘한 것이다. 가령 불교사상이 그대로 용해되어 있는 선시·찬시·게송·가송 등은 종교로서의 불교에 대한 깊은 천착이 없이 해석될 수 없는 영역이다. 또한 일반이론적인 영역에서 선(禪)과 시의 관계도 도(道)와 시의 관계 못지않게 오래되고 어려운 주제에 속한다. 당송 선학의 황금시대에 선시가 유행하면서 등장하여 오늘날까지 거듭 반복되고 있는 '論詩如禪 詩禪一揆'라는 진술은 시와 선의 연관에서 시적 인식과 그것을 표현하는 언어 등에 관한 본질적인 질문을 던지고 있다.[1]

이 글이 불교시학의 이론을 탐문하려는 것은 아니다. 오히려 이 글은 기존의 난제들을 우회하면서 오로지 불교적 사유나 상상력을 수용한 '근대' 시인들의 세계인식에 주목하고자 한다. 다시 말해서 서로 다른 시인들이 불교적 상상력을 선택함으로써 어떻게 근대세계에 대처하였는가를 알아보고자 하는 것이다. 이는 신유교(주자학)가 지배하던 조선시대의 종언과 더불어 불교가 새롭게 주목되었다는 사실과 관련된다. 이때 불교적 상상력은 근대의 맥락에서 '창안된 전통'의 한 양상2)이라 할 수 있다. 이러한 전통 발명은 대개 근대의 산물인 민족과 그것에 부수되는 현상들 즉 민족국가, 민족적 상징들, 민족사에 깊이 관련되어 있다. 그런데 근대 불교의 경우 민족―국가(nation-state)가 존재하지 않은 식민 상황의 창안이라는 점에서 양면성을 띤다.

시대 초월적인 종교의 연속성을 전제하면서 우리의 역사를 단순화시켜 말하면 불교의 시대에서 신유교의 시대로 이행되어 왔고 근대에 이르러 다양한 변형이 일어났다고 할 수 있다.3) 일찍부터 시작된 불교의 디아스포라는 대승불교로 발전하여 지배적인 문화적 힘을 나타낸다. 이로써 최하층 수준의 토착적 전통과 공존하는 불교시대를 펼쳐내다 신유교의 시대에 자리를 내어놓는다. 신유교의 시대에 불교는 최하층 수준에서 살아남기 위해 투쟁할 수밖에 없었다. 이러한 사실은 승려들에 대한 도성출입금지4)라는 하나의 상징적 사건을 들어 충분히 설명될 수 있는 일이라 생각된다.

불교 측에게 '강제된 근대'는 처음부터 근대불교의 양면성을 유발할 수밖에 없었다. 이러한 양면성은 불교시대에 대한 강한 기대의 한편에 이미 불교는 도래한 근대와 상충되는 전통에 지나지 않을 수 있다는 자기 한계 인식에서 나타난다. 근대불교의 위상은 이러한 양면성을 지닌다. 주자학적 질서의 와해로 얻어진 불교계의 어부지리는 곧 근대와의 관계 설정이라는 새로운 문제에 직면한다. 즉 불교는 세계에 대한 평가절하라는 고래의 관습에 따라 외적 세계를 수용하는 초월주의를 취하느냐 아니면 외적 세계에 대응하는 대항적 개혁주의를 실천하느냐의 선택에 놓이게 되는 것이다. 하지만 이 두 가지 선택지가 서로 대립하는 것만은 아니다. 둘 모두 현실을 고통에 가득 찬 세계라고 인식함으로써 공통된 입지를 갖기 때문이다. 따라서 객관세계에 대한 인식의 구체성을 결할 수밖에 없다.

불교와 근대와의 공모는 먼저 객관세계로부터의 도피라는 문제에서 가능한 일이다. 소위 친일불교의 가능성은 몸은 세속 내에 있으면서 그 세속과 대립하는 초연한 삶을 유지하는 세속 내적 신비주의5)에서 발생할 수 있다. 초월적 자유와 세속의 규범이 양립하는 자기모순은 근대 불교 대중화가 피할 수 없는 일로 보인다. 하지만 이러한 자기모순을 극복하고 본질적인 자유를 사바대중의 구체적인 자유로 연결하려는 가운데 근대와 함께 하는 저항의 변증이 일어나기도 한다. 아울러 소극적인 방식으로 불교를 세계를 지우고 마음의 평정을 구하는 방편으로 활용할 수도 있을 것이다. 이럴 때 근대에 대한 회피와 세계에 대한 부정이 동시에 가능하다. 그러나 이러한 선택은 난세를 피해 안심입명(安心立命)하는 유가의 길과 다를 바 없다.6) 이처럼 불교적 사유와 근대의 만남은 다각적인 맥락에 의한 이해를 요한다. 이 글은 이러한 관점으로 한용운(1879~1944), 서정주(1915~2000), 조지훈(1922~1968)의 시학에서 불교적 상상력이 수용된 양상을 찾아보고자 한다.

2. 저항의 변증－만해 한용운

만해 한용운의 불교 선택은 여러 가지로 주목의 대상이 된다. 이는 그가 유년기에 학습한 유가적 교양을 포기하고 불교를 선택하였기 때문이다. 그의 이러한 선택에 대한 논의는 심도를 더해 왔다. 개인적, 가족사적, 사회적 고뇌가 중첩된 결과라는 것이다. 말할 것도 없이 이들이 분리되는 것은 아니다. 무너지는 이념에 기대어 상승을 욕망하던 아버지 세대의 몰락과 무수한 민중(동학도들)이 반역의 죄명으로 학살되는 참혹한 현실을 직면한 한용운은 기존의 계급 이념과 가족 이상과 단절을 도모하고 허무를 끌어안는다. 한용운의 가문은 어느 정도의 유교적 교양을 가진 중류층 내지 향반 정도[7]라고 보는 것이 지금까지의 실증적 연구의 확인 결과이다. 한용운의 아버지는 동학군 토벌에 가담한 하급 관리로서 봉건왕조에 대한 충성심과 신분상승의 의지가 강했던 것으로 알려져 있다. 이러한 아버지의 몰락이 한용운에게 미친 영향은 매우 컸다. 동학 농민군 진압에 매우 적극적이었던 아버지에 의해 수많은 민중들이 학살되는 경험은 지금까지 그를 지배해온 이념에 대한 회의를 불러왔을 것이다. 한용운의 동학농민군 참여는 그의 가족사적 정보에 따를 때 거의 불확실하다. 오히려 그의 의병 가담 가능성이 추측되기도 한다.[8] 만해의 출가는 가족사적, 시대적 현실에 직면한 고뇌의 소산이라 할 수 있다.[9] 사상 형성기에 한용운은 기존 이념과 새로운 이념의 갈등과 비동시적인 것의 동시 수용이라는 이중성을 경험한다. 청년기를 통해 그는 유학적 사회 인식틀을 버리고 불교와 근대사상을 수용하게 된다.[10]

여기서 주목을 요하는 일은 한용운의 불교 선택이 일련의 근대사상 수용과 함께 한다는 것이다. 그의 불교 선택은 내적 계기와 외적 계기의 종합이라는 양상을 지닌다. 한용운 사상의 탁월성은 주관과 객관의 상호 변증 과정에 충실하다는 점이다. 제국주의에 의해 반(半)식민 상태에 직면한 조선에서는 다각적인 사상 선택이 나타난다. 스스로의 개혁에 실패한 사대부 계급의 중국망명은 중화체제의 연장선에 서 있는 그들의 피할 수 없는 선택지이다. 투쟁론적 민족주의는 국권의 회복을 최우선으로 삼는 이들에게 필수적인 사상이다. 이들과 비껴나 있는 몰락 양반이나 중인 그리고 민중은 서구적 근대(기독교)를 수용하거나 식민적 근대(일제)를 받아들이거나 아니면 토착적 전통을 따르면서 저항과 협력을 반복하게 된다. 이러한 상황에서 한용운은 근대의 관점에서 재해석된 불교라는 사상을 선택한다. 이는 유교에 대한 대안으로 불교를 제시하는 한편 외부로부터 강제되는 근대와 맞서는 이중적 과제의 실천과 관련된다.

한용운의 불교는 양계초 등의 근대사상의 영향을 통과하고 시베리아 북대륙과 근대 일본의 체험을 바탕으로 창안된다. 1903년(당시 25세) 출가 후 그는 속리산과 오대산 그리고 설악산 백담사에 은거하면서 많은 근대사상들을 접하게 된다. 특히 양계초의 『음빙실문집』이 그에게 끼친 영향은 큰 것으로 보인다. 양계초는 기독교를 비판하면서 불교를 중국의 종교로 선택해야 함을 주장한 바 있다. 그는 종래의 불교에 가해졌던 비판들, 가령 미신이라거나 염세적이라는 등의 내용을 거부하면서 불교가 국민정신을 통일하고 문명의 이미지를 만들어낼 종교임을 주장한다.11) 이러한 양계초의 불교관에 한용운이 시사받은 바 큰 것이다. 이와 함께 그는 양계초를 통하여 사회진화론 등 근대사상을 이해하고 세계정세를 학습하게 된다. 한용운 사상의 가장 중요한 주제가 되는 자유도 양계초의 영향을 입어 불교를 근대적으로 해석하는 과정에서 찾아진 것이라 할 수 있다. 독서경험에 의한 근대인식과 더불어 북대륙과 일본을 탐문하는 과정은 한용운에게 근대가 피할 수 없는 방향임을 인식하게 하는 중대한 계기가 되었다. 특히 1908년 일본의 동경 조동종대학에서 접한 불교와 서양철학은 그에게 불교를 통한 근대라는, 반드시 풀어가야 할 과제를 제시한다. 그는 이러한 과제를 주체적인 방식으로 풀어가고자 한다. 1913년의 『조선불교유신론』은 이러한 과제에 대한 그의 해명이라 할 수 있다. 이 글에서 그는 불교 교리와 제도의 합리화를 주장한다. 이러한 주장은 달리 '불교의 민중화'로 설명된다.12)

『조선불교유신론』에서 보인 한용운 사상의 핵심 개념은 자유이다.13) 그는 양계초에 기대어 칸트와 불타와 주자의 자아관을 비교하여 불타의 자아가 개별과 보편 모두를 말하고 있음을 든다. 그는 이러한 자아관의 실현을 자유의지의 발현으로 본다. 그는 마음의 본체는 진여(眞如)로서 진여가 곧 진정한 자아이며 진아가 자유를 뜻하는 것14)이라 한다. 이러한 그의 자아와 자유는 근대 서구의 self와 liberty 혹은 freedom의 번역어임엔 틀림이 없으나 그 기의에 있어 많은 차이가 있음을 알 수 있다.15)서구의 자유 개념은 사회에 맞서는 개인의 자유라는 의미를 본질로 하나 한용운의 자유는 이러한 내용을 부차적인 것으로 간주한다. 이보다 보편과 연속된 개별이라는 관념이 내재해 있다. 이러한 그의 입장은 훗날 '불교 사회주의'라는 개념과 이어진다.

한용운의 시가 지향하는 중심주제도 그의 자아관과 자유관에 상응하는 내용을 지닌다. 이는『유심』창간호(1918)에 실린 처녀작「心」에서 이미 드러나는 바이다. 마음의 존재에 의하여 모든 실상의 존재가 가능하다는 그의 생각은 마음으로 이어지는 큰 세계에 대한 갈망으로 나아간다.『님의 침묵』에서 '님'은 이러한 갈망을 집약하는 말이라 할 수 있다.

> 당신이 가신 뒤로 나는 당신을 잊을 수가 없습니다
> 까닭은 당신을 위하느니보다 나를 위함이 많습니다
>
> 나는 갈고 심을 땅이 없으므로 秋收가 없습니다
> 저녁거리가 없어서 조나 감자를 꾸러 이웃집에 갔더니 主人은 "거지는 人格이 없다 人格이 없는 사람은 生命이 없다 너를 도와주는 것은 罪惡이다"고 말하였습니다
> 그 말을 듣고 돌아나올 때에 쏟아지는 눈물 속에서 당신을 보았습니다
>
> 나는 집도 없고 다른 까닭을 겸하여 民籍이 없습니다
> "民籍없는 者는 人權이 없다 人權이 없는 너에게 무슨 貞操냐" 하고 凌辱하려는 將軍이 있었습니다
> 그를 抗拒한 뒤에 남에게 대한 激憤이 스스로의 슬픔으로 化하는 刹那에

당신을 보았습니다

　아아 왼갓 倫理, 道德, 法律은 칼과 黃金을 祭祀지내는 煙氣인 줄을 알았습니다

　永遠의 사랑을 받을까 人間 歷史의 첫 페이지에 잉크칠을 할까 술을 마실까 망설일 때 당신을 보았습니다

—「당신을 보았습니다」

이 시에서 보듯이 '나'는 항상 당신과의 연관성 안에 있는 자아이다. 그리고 이러한 자아는 사회에 대립하는 개인적 주체를 의미하기보다 특정의 상황에 의해 인식된 자아라는 의미를 갖는다. 이러한 의미에서 이것은 타자에 의해 자각된 주체이다. 민족이며 민중은 이러한 자아의 확대된 외연이라 할 수 있다. 자유 또한 이러한 확대된 자아의 실현과 연관된다. 하지만 이 시의 마지막 구절의 망설임이 말하듯 자아와 자유에 대한 인식에 상응하는 구체적인 세계변혁의 내용은 없다. 이러한 망설임 뒤에 그가 '신간회'에 가담하고 불교사회주의라는 이념의 제시에 이르는 것으로 볼 수 있다.16) 이 시는 한편으로 좌파의 반종교운동을 거부하면서 다른 한편으로 그것의 진보성을 인정하는 과정을 보인다. 즉 "倫理, 道德, 法律은 칼과 黃金을 祭祀지내는 煙氣인 줄을 알았습니다"에서 드러나는 사회주의에 대한 인식과 마지막 행의 "영원의 사랑"이 의미하는 불교적 자비의 세계가 그 속에 혼재하고 있는 셈이다.

　한용운의 사상은 이질적인 것, 비동시적인 것의 변증법으로 이루어지는 통합의 과정을 보인다. 이는 다케우치 요시미가 말한 '저항의 변증법'과 흡사하다.17) 그는 근대와 불교를 긍정적이고 생산적인 방식으로 결합한다. 이러한 한용운 사상의 특징은 타고르와의 비교에서도 잘 드러난다. 타고르가 정신의 보편만을 추구함으로써 식민의 역사를 간과한 것과 달리 한용운은 식민성과 근대성을 횡단적으로 연계하면서 이를 가로지른다. 그의 『님의 침묵』은 전통에 함몰되거나 근대에 굴복하

는 일방의 편향에 기울지 않으면서 이들의 상호작용이 마침내 차이들을 포용하는 동일성으로 발전할 것이라는 희망을 담고 있다. 이는 이 시집에 실려 있는 88편의 시들이 개별성을 유지하는 가운데 전체성으로 통합되고 있는 구성원리와도 상동한다. 이별—슬픔—기다림—만남으로 전개되는 시집의 구성원리[18]는 완고하여 타자인 근대를 전적으로 배격하거나 조급하여 식민적 근대를 그대로 수용하는 우를 범하지 않는 주체의 변증법을 반영하고 있는 것이다.

한용운의 시가 보인 불교적 상상력은 저항의 변증으로 요약될 수 있을 것 같다. 그는 저항을 지속하되 근대적인 것을 매개함으로써 식민적 근대성을 극복하는 과정을 드러낸다. 한용운에게 식민적 근대라는 양가적 현실은 그의 사상형성과 발전에 불리한 조건이 되지 않는다. 많은 근대 시인들이 근대 아니면 전통이라는 이분법적 선택을 통해 궁극적으로 근대에 포섭되었던 사실에 비춰 그의 위상은 매우 귀중한 하나의 전범을 만들고 있다고 할 수 있다. 그의 시는 이러한 그의 사상이 반어와 역설, 물음과 답, 만남과 헤어짐 등의 어법과 주제로 표현된 것이다.

3. 세속적 신비주의—미당 서정주

서정주(1915~2000)와 불교는 그가 1933년 박한영의 문하생으로 중앙불교전문 강원에서 수학하고 1935년 중앙불교전문학교에 입학하여 이듬해 이 학교를 수료한 사실을 미뤄 깊은 관련성이 있음을 알 수 있다. 1906년 명진학교를 시발로 불교계는 근대적 교육을 위하여 불교사범학교, 불교고등강숙, 중앙학림, 불교전수학교, 중앙불교전문학교, 혜화전문학교 등을 설립하는 바, 서정주가 수학한 중앙불교전문학교도 이 가운데 하나이다. 그런데 이러한 불교계 학교들이 근대적인 불교학을 본격적으로 가르친 것은 아니다. 이보다 지리, 산술, 이과, 역사, 주산, 도서, 수공, 체조, 일본어, 철학, 종교 등 근대적 사회에 적용하기 위한 세속적 학문들을 교육한 것이다.[19] 하지만 불학은 이들 학교의 기본이라 석전 박한영의 문하에서 서정주는 불교에 대한 심도 있는 학습을 거치게 된다.[20]

그러나 서정주의 초기문학에서 불교적 교양을 찾기란 쉽지 않다. 오히려 서구 모더니즘과 이에 관련된 사상의 경사가 크게 부각되고 있을 따름이다. 그 또한 불교와의 인연보다 십대말의 청년기에 사회주의에 경도되다 그 뒤 『짜라투스트라는 이렇게 말했다』를 읽으면서 니체의 영향을 크게 받은 것으로 고백하고 있다. 종교보다 신인(神人)을 겸비한 초인의 사상에 몰입한 것이다. 그는 이러한 초인의 사상을 '지나쳐 버리기'라는 관점에서 실행하는데,[21] 이러한 초속적 경향은 니체의 망각 개념에 기대고 있는 것이라 할 수 있다. 니체에게서 망각은 행복의 조건이다. "일체의 과거를 망각하고 순간이란 자리에 정착할 수 없는 사람, 승리의 여신처럼 어지러움도 두려움도 없이 한 점 위에 설 능력이 없는 사람은 행복이 무엇인지 결코 알지 못할 것이며, 더욱 나쁜 것은 다른 사람들을 행복하게 하는 일도 전혀 하지 않으리라는 것이다."[22] 니체의 반근대 사상은 근대의 모든 역사에 대한 망각이라는 방법과 연관된다. 니체에게 근대는 모든 생명적이고 생성적인 것들을 역사화하고 박제화하는 반생명적 힘이 작동하는 세계이다. 그는 이러한 근대 극복의 방향을 비역사적인 감각의 능력에서 찾는다.

서정주의 니체 수용은 그의 시에서 원시주의의 형태로 나타난다. 어떤 의미에서 식민적 근대에 대한 대응의 의미가 있다. 그의 원시주의는 일정한 차원에서 식민적 계몽과 규율 권력에 대한 부정의 의미를 지닌다. 하지만 니체가 해체하고자 하는 서구 근대와 서정주가 직면한 식민적 근대는 그 문맥에서 많은 차이를 지닌다. 서정주의 심미적 원시주의는 식민적 근대 이성에 대한 해체이기보다 그에 대한 망각에 가깝다. 이러한 문맥이기에 그가 근대 이성에 대한 극복=서구 근대 극복이라는 등식을 수용하게 되는 것이다. 미당의 원시주의가 1930년대 후반의 근대초극론과 이어지는 까닭이 여기에 있다. 미당은 사회주의를 근대 극복의 대안으로 선택하기보다 니체의 초인사상을 적극 신봉한다. 이러한 그의 입장에서 그는 아시아주의적 근대 초극으로 경도된다. 『짜라투스트라는 이렇게 말했다』는 영원회귀 사유를 핵심으로 하고 있으며, 이 사유는 뒤에 힘에의 의지와 서로 완성해주는 관계를 형성한다.[23) 서정주는 이러한 짜라투스트라를 통해 영원성과 힘에의 의지를 모방한다. '지나쳐 버리기'라는 그의 관점은 현실의 변덕을 초월하려는 의지와 무관하지 않다. 이러한 관점에서 그가 세계를 무(無)로 돌리는 원시주의를 선택하였다고 볼 수 있다.

> 따서 먹으면 자는 듯이 죽는다는
> 붉은 꽃밭새이 길이 있어
>
> 핫슈 먹은 듯 취해 나자빠진
> 능구렝이같은 등어릿길로,
> 님은 다라나며 나를 부르고…
>
> 强한 향기로 흐르는 코피
> 두손에 받으며 나는 쫓느니
>
> 밤처럼 고요한 끌른 대낮에
> 우리 둘이는 웬몸이 달어 ……
>
> ─「대낮」

1940년 발표된 이 시는 현실의 문맥을 결여한 감각과 욕망을 그리고 있다. 이러한 원시주의는 현실의 반대편을 지향하면서 현실을 용인하는 것으로 그 기저에 깊은 좌절과 자학의 그늘이 숨겨져 있어 자주 왜곡된 형태의 힘으로 나타난다. 그래서 원시주의가 파시즘의 욕망으로 동일성을 얻는 경우도 없지 않다. 욕망의 의미는 그것의 지향과 방향에 의해 결정된다. 이 시에서 서정주가 보인 욕망의 길은 "따서 먹으면 자는 듯이 죽는다는 꽃밭 사이"에 있다. 몽환상태에서 비대화된 리비도만 남은 세계인데 결코 생성적인 공간은 아니다. 현실의 관점에서 보면 이 시가 보이는 세계는 영도(零度) 혹은 무와 다를 바 없다. 일체의 시간이 정지되는 몽환적 관능미의 정점이 형성된다. 이러한 정점은 현실의 구체적 연관을 공허 혹은 허무와 등치시킨다.

이처럼 서정주의 시는 현실 연관성의 결여라는 특징을 지닌다. 이러한 특징은 또한 그의 문학이 보이는 외발성과도 연결된다.[24] 그가 일본을 거쳐 번안된 니체의 사상에 경도된 것과 마찬가지로 그의 반근대 또한 일본의 그것과 무연하지 않기 때문이다. 가령 1943년경에 씌어진 것으로 전해지는 「꽃」은 초월적 전통의 창안을 통한 반근대의 지평을 잘 보여주고 있다.

> 가신이들의 헐덕이든 숨결로
> 곱게 곱게 씻기운 꽃이 피였다.
>
> 흐트러진 머리털 그냥 그대로,
> 그 몸ㅅ짓 그 음성 그냥 그대로,
> 옛사람의 노래는 여기 있어라.
>
> 오—그 기름묻은 머리ㅅ박 낱낱이 더워
> 땀 흘리고 간 옛사람들의
> 노래ㅅ소리는 하늘우에 있어라.

쉬여 가자 벗이여 쉬여서 가자
여기 새로 핀 크낙한 꽃 그늘에
벗이여 우리도 쉬여서 가자

맞나는 샘물마닥 목을추기며
이끼 낀 바위ㅅ돌에 택을 고이고
자칫하면 다시못볼 하눌을 보자.

—「꽃」

이 시에 보이는 서정주의 시적 지향은 현실 초월이다. 그것은 지금 이곳의 현실이 아닌 전통을 지향함을 의미한다. 그의 시업은 이제 하늘 위에 있는 옛사람의 노래를 현현하는 일이 된다. 니체적인 영원회귀와 힘에의 의지에서 불교의 인연설과 윤회 등의 개념으로 전환하는 것은 이 지점이다. 이 시에서 '꽃'은 새로운 초월미학을 상징하는 이미지이다.[25] 그것은 영원성과 초월성 그리고 현실을 압도하는 미적 위계를 나타내는 등가물이다. 그는 여타의 시인들보다 더디게 전통으로 회귀하는 모습을 보인다. 이러한 회귀는 그가 서구와 동양을 이분법적인 대립구도로 인식하면서 동양정신에 의한 서양근대의 극복을 주장하게 되는 과정과 연결된다. 그렇지만 이 또한 앞서의 초인사상처럼 현실과의 구체적인 매개를 갖지 않는다. 구체적 증거는 제시되지 않는 가운데 서구근대를 극복하기 위한 우월한 동양이 강조될 따름이다. 이러한 옥시덴탈리즘이 일본의 아시아주의에 상응하는 것임을 알기는 어렵지 않다. 그는 "전통의 계승—동방전통의 계승과, 보편성에의 지향과 밀접한 관계가 없을 수 없는 것"[26]이라고 말한다. 이러한 그의 말에서 보편성은 근대초극을 의미한다. 태평양전쟁 이후 그는 일본이 내세운 대동아공영론을 받아들이게 된다.[27]

서정주의 초월미학은 중기와 후기의 시에서 더욱 본격화된다. 그리고 이러한 초월미학에 자양분을 제공하는 것이 전통, 특히 신라와 불교

라 할 수 있다. 그에게 이러한 전통은 구체적 현실을 회피하면서 그 현
실을 무로 돌리는 기제로 작동한다. 초기의 원시주의나 중기 이후의 전
통주의는 현실의 구체적 관계를 무화한다는 점에서 동일한 의식기제이
다. 초월의 지평에서 세속의 사건들은 모두 관용의 대상이 된다. 이러한
점에서 초월미학은 무책임의 체계를 지닌다. 그는 실제로 세속 내에 있
지만 항상 그로부터 아무런 영향을 받지 않는 듯한 태도를 취한다. 몸
은 세속 내에 있으면서 그 세속과 대립하여 초연한 삶을 유지한다. 이
러한 태도에서 그의 시는 긴장을 잃고 동어반복에 머물기도 한다. "뺨
비비듯 결국은 그게 그거다. / 하늬바람 마파람 소소리바람 / 바람의 떼
못 떠나고 보채쌓는 건 / 뺨 비비듯 결국은 그게 그거다."(「無題」에서)

4. 은일(隱逸)의 의지 – 지훈 조동탁

조지훈(1922~1968)과 불교의 인연은 그가 불교계인 1938년 4월 혜화전
문학교에 입학하면서 본격화된다. 혜화전문학교의 전신은 중앙불교전
문학교이다. 중앙불교전문학교가 혜화전문학교로 개명한 것은 1940년
이니28) 혜화전문학교 입학이란 1941년 졸업시의 학교명에 따른 것이라
할 수 있다. 그는 이러한 혜화전문학교를 졸업함과 동시에 오대산 월정
사 불교전문강원 외전강사로 활동하다 1942년 조선어학회 일을 돕다
낙향하여 해방을 맞는다.

조지훈 시에서 불교적 상상력은 오대산 월정사 시기에 '시와 선'의
문제의식으로 부각된다. 그의 시는 초기에 모더니즘적 감각주의에서 시
작된다. 하지만 「고풍의상」 등이 추천됨과 더불어 그의 시는 정지용 등
문장파의 전통주의로 기운다. 이러한 문학적 변화에 당시의 시대적 상

황과 문학적 경향이 일정한 영향을 끼쳤음은 재론의 여지가 없다. 다만
조지훈의 전통주의가 내포한 시대적 맥락 문제는 여전히 남는다. 그의
월정사 행은 난세를 피한다는 의미를 지니는 것으로 알려져 있다. 특히
징용을 피하기 위한 것이었다는 설은 이를 뒷받침한다. 이러한 점에서
월정사 시절의 시와 선의 문제가 주목의 대상이 된다. 그에게 있어 불
교적 상상력과 선이 방법적으로 선택되었을 가능성을 말해주기 때문이
다. 여기서 방법적이라는 것은 우선 발견된 전통이라는 측면을 갖는다.
「고풍의상」과 「승무」가 이에 연관된다. 이로써 그는 당시의 시적 주류
인 전통적 미의식을 탐구하면서 섣불리 아시아주의 혹은 동양주의에
경도되지 않는 입장을 견지하게 되는 것이다. 다음으로 세계를 지우는
방법으로 선택된 선을 들 수 있다. 현실세계에 대한 판단을 정지하고
순수한 마음의 상태에 도달함으로써 시대의 질곡을 넘어서고자 한 것
이다. 이는 그가 선을 정의하는 가운데 선을 "마음을 고요히 하여 한 곳
에 모두고 이를 흩어지지 않게 하여 靜寂한 곳에 정지시켜 이를 전념하
는 것"29)이라고 한 데서 잘 드러난다. 「고사」, 「산방」, 「산」 등의 시는
선의 방법으로 정적에 이른 시편들이라 할 수 있다.

木魚를 두드리다
졸음에 겨워

고오운 상좌 아이도
잠이 들었다.

부처님은 말이 없이
웃으시는데

西域 萬里길

눈부신 하늘 아래
모란이 진다.

—「古寺」

　이 시를 두고 선시라 규정하는 것은 지나치다. 청허 휴정 이후에 풍경의 스케치에 가까운 선시가 많이 나온다는 사실을 든다고 한다면 선적 경향의 시 정도로 규정하는 편이 좋을 듯하다.[30]실제 이 시는 하나의 풍경을 그리고 있을 따름이다. 상좌아이가 낮잠이 든 평화로운 절간에 모란이 지고 있는 광경을 세련되게 집약하고 있다. 그의 말대로 선미(禪味)가 깃든 작품이다. 달리 선의 맛 혹은 멋이 가미된 시라 이해하면 될 것이다. 이러한 점에서 그에게 선은 방법적인 차원에 머문다. 그것은 사물에 다가가고 그것을 그리는 전통적인 직관주의적 미의식과 관련된다. 그 또한 이를 시선일여(詩禪一如)의 경지라 하면서 이를 "일체의 정서와 주관을 배제하고 자연을 그대로 直觀하고 관조하는 敍景"[31]을 노래하는 것이라 규정한다.

　조지훈은 유가적 가문에서 성장하고 유가적 교양을 체득한 시인이다. 이러한 전기적 사실에 따라 월정사 시기의 그의 시에 대한 논의는 유불의 양면성에 대한 해석문제를 두고 전개된 바 있다. 선시 수준의 성취로 해석하는 경우가 있는가 하면 유가적 입장에서 불교적 상상력의 수용이라는 해석도 있다. 확실히 30년대 후반은 고전론, 동양론 등의 논의와 더불어 유가적 교양이 복권될 수 있는 시기였다.[32]미의식의 수준에서나마 유가적 전통이 복권된 것은 식민적 근대의 전과정에서 큰 '사건'임엔 틀림이 없다. 그러나 현실수준에서 유가적 실천의 출구가 철저하게 닫혀 있음도 사실이다. 조지훈의 경우 불교는 민족주의를 발현하는 방식으로 선택된 전통의 발견과 난세를 회피하고 마음의 평정을 구하기 위한 선적 방법으로 수용된다. 그에게 불교는 방법적 차원에 머물러 있다. 이는 조선어학회 사건 이후 낙향하여 쓴 「落花」가 유가의 자연관을 담고 있는 사실에서³³⁾보다 분명해진다.

꽃이 지기로서니
바람을 탓하랴

주름 밖에 성긴 별이
하나 둘 스러지고

귀촉도 울음 뒤에
머언 산이 닥아 서다.

촛불을 꺼야하리
꽃이 지는데

꽃지는 그림자
뜰에 어리어

하이얀 미닫이가
우련 붉어라

묻혀서 사는 이의
고운 마음을

아는 이 있을까
저어하노니

꽃이 지는 아침은
울고 싶어라

이 시는 자연의 이치와 함께 그 속에 은일하는 이의 마음을 그리고 있다. 여기서 자연의 이치는 꽃이 피었다 지듯이 순환하는 원리를 의미한다. 이러한 점에서 이 시의 첫 연이 대자연의 원리를 나타내고 있을 뿐 아니라 나아가서 유교의 이기철학과 접맥되어 있다는 해석[34]이 가능한 것이다. 이러한 자연의 이념은 다른 한편 은일의 사상과 연결된다. 계절의 순환처럼 인사(人事)도 변할 것이므로 뜻을 품은 이는 난세를 피하여 은거하되 희망을 잃지 않는다는 것이다. 이 시에서 '묻혀서 사는 이'의 슬픔은 단순하게 꽃이 졌다는 사실에 기인하는 것은 아니다. 순환하는 자연의 이치와 달리 변하지 않는 세상사 탓이라 할 수 있다. 이처럼 시의 기저엔 자연의 이치와 대비되는 인사라는 문제의식이 놓여 있다. 조지훈은 이 시가 씌어질 무렵의 심정을 "붓을 꺾고 숨어서 시를 씀으로써 치욕의 페이지에 이름을 얹지 않았다"[35]라고 진술하고 있다. 그에게 불교적 상상력은 이러한 은일을 가능하게 하는 심리적 기제였다. 율곡은 "선비의 겸선은 진실로 그 뜻이니 퇴하여 자수함이 어찌 그 본심이겠는가. 때의 만남과 못 만남이 있을 뿐이다"[36]라고 한 바 있다. 지훈은 선의 방법을 유가적 은일사상과 결합하였다. 그에게 선은 은일사상을 심화하는 방편이 되었다.

5. 근대시와 불교적 상상력의 양면성

유교에 비해 불교가 덜 주목받는 것은 불교가 지닌 반세속성과 연관이 있다. 출세간의 원칙과 가족 이데올로기의 부정은 불교의 초월 지향성의 근거가 된다. 이러한 초월성의 인력은 불교적 사유나 상상력이 근대와 양립할 수 없게 하는 요인으로 작용한다. 주자학적 질서의 해체라는 근대적 상황에서 불교가 유교에 대한 대안으로 자리할 수 없었던 까닭도 여기에 있다. 근대와 더불어 불교는 구질서와의 단절을 통하여 자신의 복권을 도모하는 이상의 사상적 진전을 이루어내지 못한다.

　말할 것도 없이 한용운의 불교사상은 근대와의 변증을 시도하였다는 점에서 주목되어야 한다. 그가 "불교의 새로운 해석을 통하여 진보적인 계몽주의자가 되었고, 근대적인 자유주의를 불교적 평등의 개념 속에 흡수하였으며, 그러면서도 자유주의에 결부되기 쉬운 이기주의를 배격하는 동시에 불교의 보살정신을 사회개혁의 사상적 거점으로 확인"37) 하였다거나 "자유주의와 사회주의를 우리 나라의 전통적 사상의 토대에 입각하여 종합한 사상"38)을 나타내었다는 평가는 오늘의 시점에서 여전히 새겨 주목해야 할 내용들이다. 그렇지만 그가 제출한 '불교 사회주의'가 여전히 풀 길 없는 화두인 것도 틀림이 없다. 불교는 사상적 디아스포라에 따라 한용운의 생각과 무관하게 낡은 충성에서 놓여나 새로운 충성의 길에 접어들고 있었던 것이다.

　한용운의 시에서 불교적 사유는 저항의 변증이라 규정할 수 있듯이 근대에 저항하는 전통으로 근대를 성취하고자 하는 시적 자아를 창출하고 있다. 물론 이러한 자아의 확산은 '님'이라는 대타자의 설정이 말하듯 소망의 수준에 그친다. 근대와 불타 사이에 충분한 매개를 만들 수 없었기 때문이다. 서정주에게 있어 시적 원천은 외적 교양으로 주어진 것이므로 불교적 상상력은 초기시의 시적 자원이 되지는 못한다. 그는 시작의 초기에 전통을 추구하기보다 일본을 통해 전해진 서구의 근대해체사상을 좇는다. 그런데 그가 수용한 니체의 심미적 원시주의는 실제의 현실과의 연관성보다 그 외재성에 머무는 경향을 드러낸다. 이러한 경향은 그가 아시아주의라는 식민주의 이념을 심각한 갈등 없이 수용하는 일로 이어진다. 심미적 원시주의=서구근대해체=동양주의라는 맥락에서 그는 신라와 불교를 창안한다. 식민지 말기에 발견된 전통은 이후 일관되게 세속적 신비주의의 등가물로 나타난다. 그에게 불교적 상상력은 세속의 가치와 질서를 무화하는 무책임의 초월 미학 체계로 작동한다. 조지훈에게 있어서 불교는 방법적인 차원에서 수용된다. 시법과 선법을 동일맥락에서 추구한 그는 한편으로 난세를 지워 평정을 얻고 다른 한편으로 나름의 도(道)를 실현하려 한다. 그의 경우 불교는 유가적 은일사상에 의해 채택된 방안이라 할 수 있다.

한국 근대시에 나타난 불교적 상상력은 여러 가지 유형의 양면성을 보인다. 이러한 양면성은 근대시를 형성하는 사회적 조건의 양면성에 상응한다. 식민성과 근대성이 혼재하는 식민적 근대 사회에서 전통은 다각적인 문맥을 지닌 담론으로 창안될 수밖에 없다. 한용운과 서정주와 조지훈의 차이는 이러한 식민적 근대사회에서 전통이 지닌 양면성을 재구성하는 방법에서 발생한다. 이들의 방법들은 그 가치의 고저보다 먼저 각기 다른 형태의 미학과 세계관의 결합방식을 이해하게 한다.

주석

1) 홍신선, 「현대 불교시 연구(1876~현재)」, 『불교문학과 불교언어』(동국대 한국문학연구소편), 이회, 2002, 74~75면.
2) 에릭 홉스붐이 말한 이 개념은 과거에 대한 특별한 발명을 의미하는 것으로 인위적으로 과거를 현대와 연속시키는 의도된 지향들을 가리킨다. 에릭 홉스붐 외, 박지향 외역, 『만들어진 전통』, 휴머니스트, 2004, 40면.
3) 드 배리에 의하면 이러한 역사과정은 동아시아 문명의 공통된 양상이다. 윌리엄 시어도어 드 배리, 한평수 역, 『다섯 단계의 대화로 본 동아시아 문명』, 실천문학사, 2001, 9면.
4) 조선조에 시행되고 있던 이 제도의 해금은 근대 일본에 의해 조선 불교에 자유가 부여되는 과정이자 동시에 친일불교로의 길이 열리는 계기이다. 강석주·박경훈, 『불교근세백년』, 민족사, 2002, 15~22면.
5) 차성환, 『한국종교사상의 사회학적 이해』, 문학과지성사, 1992, 29면.
6) 이러한 유가의 길은 "賢者避世 隱居而求其志"라는 『논어』의 교훈에 입각해 있다.
7) 조성면, 「한용운 재론」, 『민족문학사연구』 제7호, 창작과비평사, 1995, 195면. 한용운의 출신 계급을 염무웅은 중인으로 추정하고 안병직은 아전으로 추측한다.
8) 김인환, 『한용운의 『님의 침묵』을 읽는다』, 열림원, 2003, 17면.
9) 한용운을 재론한 조성면은 만해의 출가를 다음처럼 말한다. "만해는 수천 수백명의 양민을 학살한 중심인물 가운데 하나가 바로 자신의 아버지였다는 사실로 인해 평생을 극심한 정신적 고통과 죄책감에 시달리며 살아야 했던 것이다. 이러한 상황에서 몰락한

양반가문의 후예이자 신분상승을 꿈꾸는 재기다능한 하급 무반의 아들이었던 만해에게
가능한 선택은 과연 무엇이었을까? 농민군을 선택할 수도 없고 그렇다고 무심하게 외면
해버릴 수도 없는, 또 아버지의 세계를 거부할 수도 없고 인정할 수도 없는 모순된 상황
에서 그에게 주어질 수 있는 가능한 선택은 과연 무엇이었을까? 그것은 이같은 양자택일
의 문제를 아예 초월해버리는 것, 다시 말해서 세상을 등지고 출가해버리는 것이다."(조
성면, 앞의 논문, 200면)

10) 이상철은 한용운의 사상 성립과 전개과정을 ① 형성기─유학수용(출생~24세) / 불교
및 근대서구사상의 수용(25세~31세), ② 확립기─불교유신(32세~39세) / 민족독립(40~43
세), ③ 성숙기(44세~사망)로 나누어 설명하고 있다. 이상철, 「한용운의 사회사상」, 『한국
현대사회사상』(신용하 편), 지식산업사, 1984, 194면.

11) 양계초의 불교관에 대한 것은 이혜경, 『천하관과 근대화론─양계초를 중심으로』, 문학
과지성사, 2002, 254~255면.

12) 김인환, 앞의 책, 22면.

13) 안병직, 「만해 한용운의 독립사상」, 『한용운사상연구』(만해사상연구회 편), 민족사,
1980, 69면.

14) 이상철, 앞의 글, 199면.

15) 번역어로서의 자아의 문제는 Lydia H. Liu, *Translingual Practice*, Stanford Univ. Press, 1995,
pp.77~99. 그리고 자유의 문제는 야나부 아키라, 서혜영 역, 『번역어성립사정』, 일빛,
2003, 167~181 참고.

16) 조성면, 앞의 글, 211면.

17) 다케우치 요시미, 유용태 역, 「방법으로서의 아시아」, 『동아시아인의 '동양' 인식─
19~20세기』, 문학과지성사, 1997, 95면.

18) 『님의 침묵』의 구성원리에 대한 것은 김재홍, 『한용운 문학연구』, 일지사, 1982, 99~
107 참고.

19) 심재관, 『탈식민 시대 우리의 불교학』, 책세상, 2001, 30~31면.

20) 서정주, 『미당자서전』 2, 민음사, 1994, 26~42면.

21) 서정주, 「내 인생 공부와 문학표현의 공부」, 『서정주 문학앨범』, 웅진출판, 1993, 161~
165면.

22) 프리드리히 니체, 임수길 역, 『반시대적 고찰』, 청하, 1982, 111면.

23) 백승영, 「니체 읽기의 방법과 역사」, 『니체가 뒤흔든 철학 100년』, 민음사, 2000, 48면.

24) 이러한 외발성을 미당과 일본시인 미요시 다쓰지와의 관계에서 거론한 박수연의 지적
이 주목된다. 박수연, 「절대적 긍정과 절대적 부정」, 『포에지』 2000년 겨울, 57~58면.

25) 최현식은 이 시에서의 꽃을 "과거의 시간과 혼교를 가능하게 하는 매개물이자, 초월적
가치인 영원성의 현실적 실현을 상징하는 객관적 상관물"로 해석한다. 최현식, 「서정주
초기시의 미적 특성에 대하여」, 『민족문학사연구』 1996년 9호, 297면.

26) 서정주, 「시의 이야기─주로 국민시가에 대하여」, 『매일신보』 1942년 7월 13일~17일.

27) 한형구, 「일제 말기 세대의 미의식연구」, 서울대 박사논문, 1992, 152면; 김재용, 「전도
된 오리엔탈리즘으로서의 친일문학」, 『실천문학』 2002년 여름호.

28) 강석주·박경훈, 『불교근세백년』, 민족사, 2002, 195면.

29) 조지훈, 『조지훈전집』 7권, 일지사, 1973, 285면.

30) 박호영, 「조지훈 문학연구」, 서울대 박사논문, 1988, 76면.

31) 조지훈, 「나의 시적 편력」, 『청록집 이후』, 1968, 355면.

32) 황종연, 「한국문학의 근대와 반근대」, 동국대 박사논문, 1991, 68면. 황종연은 "30년대를 통하여 전통에 대한 의식이 고양되는 과정에서 유교적 교양인에게 일종의 사면이 베풀어진 것만큼 중요한 사건은 없다"라고 지적한다.

33) 박호영, 앞의 논문, 84면.

34) 위의 논문, 84면.

35) 조지훈, 앞의 책(4권), 41면.

36) 「東湖問答」『栗谷集』 전 15 잡저 2. 여기서는 최진원, 『국문학과 자연』, 성균관대 출판부, 1977, 27면에서 재인용.

37) 염무웅, 「만해 한용운론」(만해사상연구회 편), 앞의 책, 243면.

38) 안병직, 앞의 논문, 62면.

방언의 시적 수용과 미학적 기능
영랑과 백석과 목월의 시를 중심으로
고형진

1. 서론

  문학의 여러 장르 가운데서도 언어의 활용이 가장 넓고 날카로운 분야가 시라고 할 수 있다. 시의 생명은 언어구사의 능력과 방법에 달려 있다고 해도 과언이 아니다. 시에서는 언어의 활용을 극대화시키기 위해 언어기호의 두 가지 요소인 기표(signifié)와 기의(signifiánt)를 모두 사용한다. 다른 문학 장르에서는 일반적인 언어생활에서와 마찬가지로 언어의 기의만을 중시하는 것과 커다란 차이를 보이는 것이다. 언어의 기의와 기표를 모두 중시하는 시에서는 이 두 가지의 언어적 요소를 극대화시키기 위해 사용범위를 크게 확장시킨다. 그래서 시에서는 표준어 이외에 방언과 외래어를 사용하기도 하며, 경우에 따라서 시인이 말을 만들어내기도 한다. 이 가운데서도 시적 활용의 폭이 가장 넓은 언어는 방언이라고 할 수 있다.

　방언의 사전적 정의는 "원래는 균질적이던 한 언어가 지리적으로나 사회적으로 분화되어 생겨난 분화체로서, 특정 지역 또는 사회 계층에서만 사용하는 음성, 음운, 문법, 어휘의 체계를 가리킨다."[1] 방언은 음성, 음운, 문법, 어휘의 체계 등 언어와 문장의 모든 구성 요소에 걸쳐 새로운 언어 체계를 지니므로 언어의 기의와 기표의 폭을 획기적으로 확장시킬 수 있다. 그래서 시인들은 종종 표준어의 한정된 낱말밭을 넘어 방언의 새롭고 다양한 언어의 군집에서 시어를 채집하여 자신이 추구하는 시 세계를 완성시키곤 한다.

　한국의 현대시인 가운데 방언을 시어로 활용하는데 적극적인 관심을 보인 대표적인 시인으로 김영랑과 백석과 박목월을 꼽을 수 있다. 이 외에도 소월과 미당이 방언을 시어로 구사한 바 있으며, 그밖에 다른 시인들의 작품에서도 방언의 구사를 종종 엿볼 수 있다. 그럼에도 불구하고 특별히 앞의 세 시인이 관심의 대상으로 떠오르는 것은, 이 시인들이 추구한 방언의 구사가 시의 미학을 위해 전략적으로 기획된 것이라는 점이다. 이 세 시인들은 공통적으로 서울의 중앙어(표준어)를 시어의 기조로 삼으면서 시어의 확장을 통한 시적 미학의 완성을 위해 방언의 채집을 시도했다. 김영랑의 경우 흔히 알려진 것과는 달리 시어의 기조는 남도방언이 아닌 중앙어이며,[2] 시어 확장의 필요성이 제기되는 경우에 특별히 남도방언을 구사했다. 백석은 완강한 평안도 방언이 지배적인 시편들과 중앙의 표준어, 그것도 맑고 투명하며 세련된 언어로 짜여 진 시편들로 뚜렷이 구분된다. 백석은 투박한 방언과 세련된 표준어를 시어의 두 가지 도구로 삼으면서 특별한 시적 미학이 요구될 때 평안도 방언의 구사에 적극적으로 나섰다. 박목월의 경우도 시어의 대부분은 표준어로 일관하면서, 일부 작품과 시집 『경상도의 가랑잎』 안의 몇 몇 작품에서 경상도 방언을 구사하였다. 목월은 압도적으로 많은 수의 작품을 발표한 시인이고, 대부분의 시에서 표준어의 능란한 구사로 자유자재한 상상의 세계를 펼쳐 보였지만, 거기서 그치지 않고 아주 완강한 경상도 방언을 통해 특별한 시의 미학을 창조해 내고 있어 눈길을 끈다.

이처럼 영랑과 백석과 목월의 시에서 방언은 무의식적인 고향말투의 표출이 아니라 매우 치밀하게 의도된 시적 언어로서 기획된 것이다. 이 세 시인들에게서 방언의 구사는 표준어로 달성되기 어려운 새로운 언어의 수용이며, 거기에는 특별하게 의도된 시적 미학이 내재되어 있다. 이 세 시인들에게서 방언의 수용과 활용은 시의 미학을 위한 언어적 수사이고 구조적인 장치인 것이다. 따라서 방언을 구사한 이 시인들의 시적 의도를 향토적인 정서를 담아내기 위한 것으로만 바라보는 것은 매우 소박한 해석에 머무는 것이다.3) 방언의 구사는 그 지역의 향토적인 정서의 표출이라는 단순한 내용주의적 시각을 넘어, 시어로서의 방언활용에 대한 미적·구조적 문제로서 바라보아야 하는 것이다. 이 논문은 바로 이러한 문제의식 위에서 영랑과 백석과 목월의 시에 나타난 방언의 활용양상과 방언수용의 미학적 기능에 대해 알아보고자 한다. 이 세 시인들은 각각 전라도 방언과 평안도 방언과 경상도 방언들을 수용하고 있어, 각 지역의 방언의 특색이 어떻게 시에 반영되는가에 대한 비교검토가 자연스럽게 이루어질 것이다.

2. 영랑, 의미자질의 활용과 미적 수용

영랑은 1903년 전남 강진에서 태어나 강진에서 보통학교를 마치고 상경하여 휘문의숙을 다녔으며, 졸업 후 일본의 청산학원에서 수학한 후 귀국하여 고향과 서울을 오가며 지냈는데, 결혼 후에는 주로 고향에 정착하여 지냈다. 영랑은 고향서 근처 송정리에 사는 친구인 박용철과 문학적인 우의를 나누면서 30년대 우리 시단의 지형도를 바꾼 『시문학』지를 간행하였으며, 주로 이 문예지에 시들을 발표하면서 우리 시단에 등장했다. 그 후 1935년에 시집 『永郎詩集』을 간행하면서 우리 시사에 지울 수 없는 자취를 남겼다.[4]

영랑의 생애에 대한 이 간략한 서술에서 우리가 눈여겨보아야 할 사실은, 그가 수학기간에만 서울과 동경서 지냈고, 작품 활동을 한 대부분의 시간은 고향에서 보냈다는 점이다. 그는 우리 시사에서 중요한 의미를 지닌 『시문학』지의 창간도 친구인 박용철과 함께 고향서 잉태시켰고, 또 작품의 발표도 주로 고향서 했다. 『시문학』지는 서울서 발행된 문예지인데, 서울을 오가며 발행의 실무에 앞장 선 사람은 박용철이었다. 그는 영랑의 시 원고를 고향에서 서울의 『시문학』지에 옮겨 싣는데 앞장서 주기까지 했다. 중앙문단에서의 활약은 주로 박용철이 맡았고, 영랑은 고향 강진에 터를 잡고 작품 활동을 한 것이다.

이처럼 영랑은 주로 고향인 강진에 머물면서 작품 활동을 했지만, 그러나 그의 작품은 전남방언에 의해 지배되지 않고 있다는 점이 매우 특이한 사항이다. 특히 방언의 가장 민감한 영역인 말투에 있어 영랑의 시는 거의 전남방언의 지배를 받지 않고 있다. 소월 시의 말투가 상당 부분 자신의 고향 언어인 평안도 방언으로 되어 있는 점을 상기해 보면 이것은 매우 주목되는 현상이다. 영랑은 자신의 고향에서 작품 활동을 했음에도 불구하고, 고향 생활에서 체득된 자신의 지역 언어에 매몰되지 않고 중앙어를 기저로 삼으면서 시어의 미학적인 조탁에 힘쓴 것이다. 이것은 '현대시'에 대한 그의 뚜렷한 자각의 소산이다. 널리 알려진 바와 같이 그가 참여한 '시문학파'의 시사적 의의로서 제일 먼저 꼽는 것이 바로 시어에 대한 현대적 인식이다.[5] 시는 언어예술이라는 자각 아래 시어에 대한 조탁과 운율적·수사적 기교를 통해 언어의 구조물을 축조해 낸 것이 바로 시문학파의 가장 중요한 성과인 것이다. 바로 이러한 시적 태도 위에서 시를 쓴 영랑에게 지역성이 묻어 있는 생활어로서의 언어는 관심 밖의 영역이었으며, 시의 미학을 위해 이바지할 수 있는 언어탐구에 몰두하였다. 그는 시의 미학을 위해서는 표준어를 넘어 고어까지도 과감하게 수용했으며, 조어의 구사도 서슴지 않았다. 그리고 이러한 시의 미학을 위한 언어 확장의 연장선상에 바로 방언의 수용이 놓이는 것이다. 그러니까 그의 시에서 방언은 철저하게 언어의 미학적 영역의 확장을 위해 쓰인 것이다. 다음의 시를 보자.

「오―매 단풍들것네」
장광에 골불은 감닙 날어오아
누이는 놀란 듯이 치어다보며
「오―매 단풍들것네」

추석이 내일모레 기둘니리
바람이 자지어서 걱정이리
누이의 마음아 나를 보아라
「오―매 단풍들것네」

―「5」6) 전문

이 시에서 전남방언이 분명하게 쓰인 곳은 '오― 매 단풍들것네'라는 구절뿐이다. 나머지는 대부분 중앙어이다. 특히 '치어다보며', '기둘니리', '걱정이리', '보아라' 등, 시의 말투를 결정하는 서술어미와 연결어미들이 모두 중앙어이거나 전남방언이 아니라는 사실은7) 이 시의 기저가 전남방언이 아닌 중앙어에 놓여 있음을 분명히 보여 주는 것이다.

이 시는 '오―매 단풍들것네'라는 한 구절만이 분명하고 두드러지게 전남방언으로 되어 있는데, 바로 이 단 하나의 구절이 함축하는 정서가 이 시의 의미 환기에 결정적인 역할을 한다. 그 구절의 정서는 바로 전남방언의 언어적 미학성에서 나온다. '오―매 ~ 하것네'라는 전남방언

의 구절에는 깜짝 놀라는 감탄의 정서가 매우 절실하게 환기된다. '오
—매'라는 전남방언의 감탄사는 동일한 의미의 표준어인 '아'라는 감탄
사가 가질 수 없는 매우 커다란 놀람의 의미영역을 갖고 있다. '오―매'
라는 놀람의 탄성은 전라도 방언만이 가질 수 있는 의미영역이다. 여기
에 '～하것네'라는 서술어가 붙어 형성되는 전남방언의 억양은 그 놀람
의 탄성을 더욱 증가시킨다. 이 놀람의 탄성은 이 시의 의미에 결정적
인 역할을 한다. 시의 화자는 지금 가을이 갑자기 찾아왔음을 보고 깜
짝 놀라고 있다. 이것은 우리 나라의 계절변화에 대한 매우 섬세한 관
찰의 표출이다. 우리 나라의 사계절의 순환에서 그 변화가 가장 급격하
게 이루어지는 시기는 여름에서 가을로 전환할 때이다. 끝날 것 같지
않은 무더운 여름이 지속되다가도 여름의 끝자락에 접어들 즈음이면,
어느 날 아침 갑자기 날씨가 청명하고 기온이 서늘해지는 경험을 한국
인이라면 누구나 했을 것이다. 우리 나라의 가을은 그렇게 갑자기 찾아
온다. 그처럼 기습적으로 찾아온 가을의 변화에 대해 깜짝 놀라는 탄성
이 바로 '오―매 단풍들것네'라는 단 한 문장의 전라도 방언 속에서 아
주 극적으로 드러난다.

　가을로의 계절변화에 대한 화자의 놀람은 그 다음 행부터는 걱정으
로 이어진다. 가을이 오면 이제 곧 추석이 다가올 것이고, 또 바람도 잦
아져서 추운 겨울로 접어들 것이다. 추석이 오면 음식 장만으로 돈이
많이 필요할 것이고, 추운 겨울이 오면 월동준비로 역시 돈이 더 들어
갈 것이다. 궁핍한 시골살림에서 가을은 살림살이의 걱정이 늘어나는
계절인 것이다. 바로 그 걱정스러운 가을이 불현듯 찾아온 놀람의 탄성
이 전라도 방언의 언어미학 속에 매우 깊이 농축되어 있는 것이다. 그
러니까 영랑에게 전라도 방언의 시적 수용은 단순히 향토적인 정서를
드러내기 위한 것이 아니라 언어와 시의 미학을 위해 의도적으로 추구
된 것이다. 그리하여 그는 지역 정서가 짙게 묻어 있는 전남방언의 말
투를 사용하는 경우에도 남도의 향토성을 드러내기 위해서보다는 그

말투 속에 담겨 있는 특별한 의미영역을 살려내 언어와 시의 미학을 확
보하기 위해 쓴다.

> 밤ㅅ사람 그립고야
> 말업시 거러가는 밤 사람 그립고야
> 보름넘은 달그리매 마음아이 서어로아
> 오랜밤을 나도혼자 밤ㅅ사람 그립고야
>
> —「14」 전문

위의 시에서 '그립고야'라는 서술어는 전라도 방언이다. '—야'라는
서술어미는 전형적인 전라도 방언의 말투이다. 방언의 말투는 흔히 그
지역의 향토적인 정서를 드러내기 위해 쓰이지만, 이 시에서 유일하게
쓰인 '그립고야' 라는 전라도 말투는 그 보다는 이 말투의 독특한 의미
영역을 살려서 이 시의 정서환기에 기여하기 위해 쓰이고 있다.

이 시에서 화자는 밤에 홀로 걸어가는 사람을 그리워하며, 또 한 편
으로 고독한 밤길의 여정에 애처로움을 갖는다. 그런데 4행에 보면 그
러한 밤길의 고독한 여행자는 바로 시인 자신의 모습이기도 한 것이다.
1, 2행의 타자와 3, 4 행의 시적 화자는 심정적인 교류를 하고 있으며,
서로의 마음이 투영되어 있는 것이다. 이러한 심정적인 투영관계가 바
로 '—야'라는 전라도 방언의 서술어미를 통해 절묘하게 드러난다. '—
야'는 전라도 방언 특유의 서술어미로서 특히 상대방에 대해 친밀감을
나타낼 때 쓰이는 것이다. 이에 대해 한 방언 연구자는 다음과 같이 말
한다.

전남방언에는 두 가지의 '—야'가 쓰인다. 그 하나는 "내가 했어야?"의 들을
이 낮춤을 표지하는 '—야'이고 또 하나는 R. Jakobson의 상황적 기능(phatic
function)에 가깝게 쓰인 '—야'이다. (…중략…) "지주에는 비가 허끈 왔디다야
(제주에는 비가 넉넉히 왔다고 합디다요), "잠이 와 못 전디겠소야(견지겠어

요)"로 보아 '—야²'는 대우의 등급을 결정하는 것이 아니고 들을이 높임의 월에 붙어 강조, 확인, 친밀성 등의 뜻으로 쓰임을 알 수 있다.[8]

전남 방언 특유의 서술어미인 '—야'는 상대방을 낮추는 표지로 쓰이는 경우와, 상대방을 높이는 문장에 붙어 강조나 확인이나 친밀성을 나타내는 경우에 쓰이는 경우의 두 가지가 있다고 위의 연구자는 말한다. 영랑의 시에 구사된 '그립고야' 에서 '—야'의 서술어미는 이 가운데 바로 상대방에 대한 친밀감을 나타내는 뜻으로 쓰여서, 화자와 밤길을 걸어가는 사람 사이에 친밀감을 조성하여 두 인물 사이의 심정적 교류를 드러내는 이 시의 정서환기에 결정적인 역할을 하는 것이다.

이처럼 영랑은 전라도 방언에만 들어있는 독특한 의미영역을 살려내 시의 의미를 창출해 내는데 사용하고 있다. 영랑에게 전라도 방언은 향토적인 정서를 드러내기 위한 수단이기보다는 시어의 미적 영역을 확장시키는 수단으로 활용된다. 그는 전남 강진에서 태어나 자신의 고향 마을에서 작품 활동을 하면서도 자신의 고향말투에 맹목적으로 매몰되지 않고 시어에 대한 미적 성찰에 몰두하여 전남방언 만이 지닌 독특한 의미자질을 시의 언어로 육화시키는 성취를 보여 주었다.

3. 백석, 기표의 활용과 생소화의 기법

백석은 1912년 평북 정주에서 태어나 오산학교를 졸업하고 '조선일보' 장학생으로 선발되어 일본의 '청산학원'에서 영문학을 수학한 후 귀국하여 『조선일보』 기자와 자매지인 『여성』지의 편집 일을 하다가 함흥의 '영생여고보'에서 교편을 잠시 잡았으며, 그 후 만주의 '신경'으로 떠나 유랑생활을 하다가 해방을 맞았다. 그는 일본유학을 마치고 귀국한 1935년부터 작품 활동을 시작했으며, 같은 해 간행한 시집 『사슴』으로 우리 시사에서 가장 중요하고 문제적인 시인의 하나로 꼽히게 되었다.

백석은 영랑과는 달리 자신의 고향에 정착해 살면서 작품 활동을 하지 않았다. 백석이 작품 활동을 한 기간은 일본유학서 돌아온 1935년부터 5, 6년 사이에 집중되는데, 이 기간의 상당부분은 조선일보사의 기자 생활로 채워져 있다. 그는 창작기간 동안 고향을 떠나 서울서 생활하였고, 더구나 중앙의 표준어를 사용해야 하는 기자라는 직업을 가졌음에도 불구하고, 그의 초기 시에는 평안도 방언이 시의 전면을 완강하게 지배하고 있다. 그는 또 한편으로 매우 세련된 언어의 서정시를 쓰기도 한 것을 보면, 그가 자신의 시에서 완강한 평안도 방언을 구사한 것은 매우 의도적인 시적 전략인 것이 분명하다.

백석의 시에서 방언은 사물이나 인간을 지칭하는 언어에 집중되어 있다. 그는 말투에 큰 영향을 미치는 서술 어미나 연결어미는 거의 정확히 표준어를 구사하면서 사물이나 인간을 지칭하는 명사나 대명사는 완강한 평안도 방언으로 표출하고 있다. 그리고 그 방언들은 대부분 표준어로부터 음운변화를 거쳐 형성된 어휘가 아니라 완전히 새롭게 발생된 낱말들이어서 그 지방 사람들이 아닌 일반인들은 그 뜻을 쉽게 알아차리기 어려운 경우가 많다. 그래서 그의 시 가운데 특히 방언구사가 심한 작품들은 독자들에게 매우 생소하고 낯선 느낌을 안겨 준다.

명절날나는 엄매아배 따라 우리집개는 나를따라 진할머니 진할아버지가있는큰집으로 가면

얼굴에별자국이솜솜난 말수와같이눈도껌벅걸이는 하로에베한필을짠다는 벌하나건너집엔 복숭아나무가많은 新里고무 고무의딸 李女 작은李女

열여섯에 四十이넘은홀아비의 후처가된 포족족하니 성이잘나는 살빛이매감
탕같은 입술과 젖꼭지는더깜안 예수쟁이마을가까이사는 土山고무 고무의딸承
女 아들承동이
六十里라고해서 파랗게뵈이는山을넘어있다는 해변에서 과부가된 코끝이 빩
안 언제나흰옷 이 정하든 말끝에설게 눈물을짤때가많은 큰곬고무 고무의딸洪
女 아들洪동이작은洪동이
배나무접을잘하는 주정을하면 토방돌을뽑는 오리치를잘놓는 먼섬에 반디젖
담으려가기를 좋아하는삼춘 삼춘엄매 사춘누이 사춘동생들

이그득히들 할머니할아버지가있는 안간에들 몽여서방안에서는 새옷의내음
새도나고
또 인절미 송구떡 콩가루차떡의내음새도나고 끼때의두부와 콩나물과 뽂운
잔디와고사리와 도야지비게는모두 선득선득하니 찬것들이다.

저녁술을놓은아이들은 외양간섶 밭마당에달린 배나무동산에서
쥐잡이를하고 숨굴막질을하고 꼬리잡이를하고 가마타고시집가는노름 말타
고장가가는노름 을 하고 이렇게 밤이어둡도록 북적하니논다
밤이깊어가는집안엔 엄매는엄매들끼리 아르간에서들웃고 이야기하고 아이
들은 아이들끼 리 옹간한방을잡고 조아질하고 쌈방이굴리고 바리깨돌림하고
호박떼기하고 제비손이구손이 하고 이렇게화디의사기방등에 심지를 멫번이나
돋구고 홍게닭이멫번이나울어서 조름이오면 아릇목싸움 자리싸움을하며 히드
득거리다 잠이든다 그래서는 문창에 텅납새의그림자가치는 아츰 시누이동세
들이 욱적하니 홍성거리는 부엌으론 샛문틈으로 장지문틈으로 무이징게 국을
끄리는 맛있는내음새가 올라오도록잔다

— 「여우난곬族」⁹⁾전문

시의 제목에서부터 낯선 지명으로 쓰여 진 이 시는 시종일관 평안도
방언의 생소한 어휘들로 가득 차 있어서 처음 이 시를 읽는 독자들을
당황하게 만든다. 평안방언의 낯선 어휘들로 점철된 이 시의 당돌하고
획기적인 언어표출은 그 자체로 미적인 효과를 거두고 있다.¹⁰⁾ 이 낯설

음의 미적 효과는, 마치 숫자와 도형으로 짜여 진 이상 시의 낯설음과,
외래어를 처음으로 수용한 시의 낯설음이 주는 시적 미학과 유사한 맥
락에 놓이는 것이다. 백석은 놀랍게도 우리 고유의 토속 언어인 방언을
가지고 낯설음의 미적 효과를 창출하고 있는 것이다.

이 시는 평안방언을 통한 이 낯설음의 효과가 바로 시로서의 중요한
존립기반이 된다. 일가친척들이 설빔으로 치장한 아이들과 함께 큰집에
모두 모여 풍성하게 차려진 음식을 먹으며 즐거운 하루를 보내는 우리
의 전통적인 명절풍속을 특별한 시적 상상의 변용 없이 있는 그대로 재
구해 내는 이 시에서 낯선 평안방언의 구사가 없었다면 그저 평범하고
진부할 수도 있는 산문에 불과했을 것이다. 평범한 소재를 사실적으로
진술할 뿐인 이 시에 예술적인 미학성을 부여한 것이 평안방언을 통한
낯설음의 기법인 것이다.

생소하고 경이로운 느낌을 주는 이 낯선 평안방언들은, 주로 평안지
방의 풍속에 관련된 어휘들이라는 점을 또한 주목해야 한다. '李女',
'承女', '承동이', '洪女' '洪동이' 등은 평북지방에서 사용된 아이들에
대한 호칭이고, '숨굴막질', '조아질', '쌈방이굴리기', '바리깨돌림', '호
박떼기', '제비손이구손이' 등은 모두 평북지방에서 실시되던 아이들 놀
이를 지칭하는 말들이다. 이밖에 '송구떡'이나 '뿜은 잔디'와 같은 음식
이나 '오리치' 같은 생활도구를 지칭하는 방언들도 모두 평북지방의 풍
속과 관련된 어휘들이다. 언어의 기표가 주는 신선함은 그 기표 안에
담긴 기의를 새롭고 의미 있는 것으로 만든다. 낯선 평안방언의 새로운
기표에 이끌린 독자들은 그 기표에 담겨 있는 기의들인 평안 지역 고유
의 풍속을 새삼 경이로운 눈으로 바라보면서 신선하고 의미 있는 문화
로 인식하게 된다. 낯선 평안방언으로 평안지역의 풍속을 재구해 냄으
로써 매몰되어 가는 우리의 전통적인 문화와 가치를 살려내고 있는 것
이다.

낯선 평안방언의 점철로 경이로움과 당혹감을 안겨 주는 이 시의 '생

소화의 기법'은 시의 화자가 어린아이로 설정됨으로써 언어의 난해성이 주는 거부감을 해소하고 시의 구조를 논리적으로 구축한다. 방언은 말할 것도 없이 고향의 언어이다. 방언은 어린 시절 습득한 언어로서 언어구축 단계의 최기층에 놓여 있으며, 우리들 마음의 심층에 놓여 있다. 그래서 지방에 사는 어린아이의 방언구사는 아주 자연스러운 것이다. 그것은 오히려 때 묻지 않은 순수한 어린아이의 징표이기도 하다. 그리고 어린아이의 방언구사는 고향에 대한 향수를 불러일으키는 것이다. 이 시에서의 낯선 평안방언들은 어린아이의 시각과 목소리로 표출됨으로써 오히려 자연스럽고 순수한 육성으로 들리며 친밀감을 주기도 한다. 또 고향에 대한 아련한 향수를 불러일으켜 잊혀 진 옛 추억의 풍물과 정취를 새삼 반추하게 만든다.

한편 생소한 평안방언의 구사는 위의 시에서처럼 평안지방의 풍속을 되살리기 위해서만 적용되는 것은 아니다. 생소한 평안방언이 주는 새로운 기표는 맑고 세련된 언어의 서정시에도 적용되고 있다.

가난한 내가
아름다운 나타샤를 사랑해서
오늘밤은 푹푹 눈이 나린다

나타샤를 사랑은 하고
눈은 푹푹 날리고
나는 혼자 쓸쓸히 앉아 燒酒를 마신다
燒酒를 마시며 생각한다.
나타샤와 나는
눈이 푹푹 쌓이는 밤 흰당나귀 타고
산골로 가자 출출이 우는 깊은 산골로 가 마가리에 살자

눈은 푹푹 나리고

나는 나타샤를 생각하고
나타샤가 아니 올리 없다
언제 벌써 내 속에 고조곤히 와 이야기한다.
산골로 가는 것은 세상한테 지는 것이 아니다
세상같은 건 더러워 버리는 것이다

눈은 푹푹 나리고
아름다운 나타샤는 나를 사랑하고
어데서 흰당나귀도 오늘밤이 좋아서 응앙응앙 울 것이다.
—「나와 나타샤와 흰 당나귀」 전문

이 시는 앞서 살펴본 시인 「여우난곬族」과는 전혀 다른 내용과 분위기를 지닌다. 「여우난골族」이 완강한 평안방언의 구사로 산골지역의 전통적인 명절풍속을 재현해 내고 있는데 반해, 이 시는 표준어를 기조로 임에 대한 그리움을 노래한 연시의 성격을 띠고 있다. 「여우난곬族」이 토속적이고 질박한 분위기를 간직하고 있는데 반해, 위의 시는 낭만적이고 환상적이며 이국적인 느낌까지도 동반하고 있다. 여기서 백석시의 다양한 면모를 확인하게 되는데, 주목되는 것은 이 세련된 언어의 서정 시편에서도 평안방언이 적절하게 활용되고 있다는 점이다.

위의 시에서 구사된 평안방언은 '마가리'와 '출출이'이다. '마가리'는 '오두막집'을 뜻하며 '출출이'는 '뱁새'를 뜻한다. 이 세련된 서정시에 이러한 평안방언들이 동원된 것은 언어의 기표가 주는 특별한 뉴앙스를 활용하기 위해서이다. 이 시는 서두에서부터 매우 낭만적이고 이국적인 정서를 풍긴다. 그것은 '눈'이라는 투명하고 낭만적인 이미지와 이를 뒷받침하는 '나타샤'라는 이국적인 연인의 이름에서 비롯된다. '나타샤'라는 여인의 이름은 러시아의 눈과 러시아 여성의 순백의 이미지를 풍기며, 또한 그 서구적인 기표에서 낭만적인 정서를 촉발시킨다. 여기에 '나타샤'와 시의 화자가 함께 타고 가는 '흰 당나귀'의 이미지가 보태져서 더욱 이국적이고 환상적인 느낌을 불러일으킨다. 바로 이러한 이미지의 연쇄 속에서 '마가리'와 '출출이'라는 평안방언이 동원된다. '마가리'라는 평안방언의 기표가 불러일으키는 청각영상은 사뭇 이국적이다. '마가리'는 시의 화자가 같은 맥락의 이미지를 풍기는 '나타샤'와 '흰 당나귀'를 타고 가서 살기에 아주 적절한 집의 이름을 갖고 있는 것이다. 그 이미지는 같은 뜻의 '오두막집'으로는 대치할 수 없는 것이다. '출출이'라는 평안방언도 같은 뜻의 '뱁새'가 지닌 토속적인 이미지를 지우고 이 시의 낭만적 이미지 조성에 보탬을 주고 있다. 이처럼 백석은 평안방언의 특별한 어휘가 주는 기표의 이미지를 잘 살려서 낭만적이고 이국적인 서정시에 절묘하게 육화시키고 있다.

평북 정주출생의 백석은 평안도 말투는 가급적 배격하고 사물이나 인간을 지칭하는 평안도 지방의 어휘들에 집중하면서, 그 낯선 어휘가 지닌 생소한 기표의 효과를 시의 미학으로 적절하게 활용하고 있다.

4. 목월, 말투의 활용과 성조의 운율

목월은 1916년 경북 경주에서 출생하여 국민학교를 마치고, 대구의 계성중학교에 진학한다. 그는 중학교 시절 중앙의 문예지인 『아이생활』과 『어린이』 등에 동시를 발표함으로써 아동문학계에 이름을 널리 알린다. 대구의 계성중학교 졸업 후에는 고향인 경주로 돌아와 금융조합에 취직하여 생활하던 중 1939년 『문장』지에 시작품이 추천되면서 시 문단에 등장한다. 그 후 1946년 조지훈·박두진 등과 함께 『청록집』을 펴내 우리 시사에 중요한 시적 조류를 만들어 낸다. 그는 이 무렵까지 대부분의 시간을 고향인 경주에서 보냈으며, 해방 후 1949년 이화

여고 교사로 초빙되면서 서울로 올라와 생활하기 시작했다. 서울에 정착한 후 한국시인협회장과 한양대 교수 등을 지내면서 시집 『山桃花』(1955), 『蘭. 其他』(1959), 『晴曇』(1964), 『경상도의 가랑잎』(1968), 『無順』(1976)을 펴냈고, 그 외에 다수의 수상집과 여러 저서들을 간행했다.11)

이러한 목월의 생애에서 확인되는 것은, 그가 어려서부터 젊은 시절까지 고향인 경북의 경주와 대구에서 생활했고 서울서 지낸 것은 서른 살이 훨씬 넘어서부터라는 점이다. 그는 경상도 방언권에서 오래 생활하여 경상도 방언의 세례를 아주 깊숙이 받았을 것으로 짐작된다. 그렇지만 『청록집』을 위시하여 그의 초기 시에는 경상도 방언의 구사를 거의 찾아볼 수 없다. 널리 알려진 바와 같이 그의 초기 시는 간명한 시형에 중앙어를 중심으로 한 단아하고 절제된 언어로 자연의 세계를 노래하고 있다. 그가 자신의 시에 본격적으로 방언을 시어로 끌어들인 것은 세 번째 시집인 『蘭. 其他』에서부터다. 이 시집에 수록된 작품 가운데 「사투리」라는 시는 그가 자신의 고향언어인 경상도 방언을 의미 있는 시어로 구사한 최초의 작품이다. 게다가 이 작품은 경상도 방언의 시적 수용에 대한 미적 방법론이 담겨 있는 시론 성격을 담고 있어 목월시가 지향하는 방언 활용의 특징을 뚜렷이 확인할 수 있다.

> 우리 고장에서는
> 오빠를
> 오라베라 했다
> 그 무뚝뚝하고 왁살스러운 악센트로
> 오오라베 부르면
> 나는
> 앞이 칵 막히도록 좋았다.
> 나는 머루처럼 투명한
> 밤하늘을 사랑했다.

그리고 오디가 샛까만
뽕나무를 사랑했다
혹은 울타리 섶에 피는
아슬마꽃 같은 것을……
그런 것은
나무나 하늘이나 꽃이기보다
내 고장의 그 사투리라 싶었다.

참말로
경상도 사투리에는
약간 풀냄새가 난다.
약간 이슬냄새가 난다.
그리고 입안이 마르는
황토흙 타는 냄새가 난다.

—「사투리」[12] 전문

　시인은 이 시에서 자신의 '고장언어'인 경상도 사투리에 진정한 혈육애의 애틋함이 묻어 있고, 고향의 자연이 담겨 있고, 향토적인 정서가 배어 있다고 말한다. 그리고 그러한 정서는 바로 '오라베'라고 부를 때와 같은 경상도 사투리의 '무뚝뚝하고 왁살스런 액센트'에서 극적으로 표출된다고 말한다. 시인은 '앞이 콱 막히도록 좋았다'는 진술을 통해 경상도 방언의 그 '무뚝뚝하고 왁살스런 악센트'를 보다 구체적으로 보여 준다.

　이러한 경상도 방언에 대한 시인의 생각은 그의 다른 작품에서 보다 구체적으로 형상화된다. 그는 경상도 방언의 '무뚝뚝하고 왁살스런 악센트'가 드러나는 다양한 말투를 그대로 표출시키면서, 그 방언 속에 배어있는 시골사람들의 애틋한 인정과 향토적인 정서를 실감나게 환기시킨다.

형님요 이 일 우얏기요

이 사람아,
당해서 못하는 일 뭐 있노

말이사 그렇지만
누님이요, 우얏기요

말이사 그렇다만
이 일을 우얏꼬

형님요.
斷石山 골짜기 다 무너지는구메.

단석실 골짜기
다 무너진들 뭣하노

형님요 우얏기요.
낸들 우얏꼬

이제 다 살았심더.

턱이나 문지르며 살지 어떡카노

턱을 문지르며 살믄 뭣하는기요

귓밥이나 만지며 살지 어떡카노

―「귓밥」 전문

형님과 아우가 서로 말을 주고받는 대화체로 서술되어 있는 이 시에는 경상도 방언의 여러 말투가 다채롭게 드러나 있다. '우얏기요', '뭐 있노', '우얏꼬', '무너지는구메', '뭣하노', '살았심더', '어떡카노', '뭣하는기요' 등의 서술어에 담겨 있는 여러 종결어미는 경상도 말투의 진경을 보여 준다. 시종일관 경상도 말투로 진행되는 이 형제간의 대화는 경상도에 사는 실제 인물들의 육성을 듣는 것 같은 생생한 느낌을 주며, 동시에 그 고향언어에 담긴 넉넉한 인정과 소박한 마음을 전해 준다.

한편 이러한 경상도 말투에는 시인 자신의 말대로 '왁살스런 악센트'가 담겨 있는 것이 가장 큰 특징이다. 시 「사투리」에서 시인 자신이 말하듯 경상도 '사투리'에서 절실한 혈육애의 정과 향토적인 정서를 느끼는 것은 바로 그 '악센트'에서 기인하는 것이다. 이러한 강렬한 '액센트'는 다른 방언에는 두드러지지 않는 경상도 방언만의 특징이다.

> 경상도 방언이란 이름아래 지적될 가장 현저한 특징의 하나는 그 성조가 아닌가 한다. 방언 구분에 이 특징의 적용이 우선 되어야 한다는 견해가 표명된 바 있었다(김완진). 경상도 방언을 다른 방언에서 구별하는데 그 성조가 강력하고도 유효한 징표가 된다는 것이다. (…중략…) 경상도 사람이 교육을 받아 표준어를 익숙하게 구사하여도 버리기 어려운 것은 성조의 흔적이며, 이 흔적이 다른 방언 사용자에게는 혹 발견되지 않을 수도 있겠으나, 같은 경상도 사람에게는 쉽게 확인된다. 다른 방언 사용자가 경상도 방언을 배울 경우에도 가장 익히기 어려운 점은 역시 성조가 아닌가 한다.[13]

경상도 방언의 가장 중요한 특징이 바로 성조이고, 그래서 성조연구가 경상도 방언연구의 중요한 몫을 차지한다. 우리말에서 성조는 원래 중세언어에 존재했으나 조선후기에 와서 사라져 갔는데, 그 흔적이 아직 남아있는 것이 바로 경상도 방언이다.

목월은 바로 경상도 방언의 말투를 아주 생생히 구사하여 그 성조를 느끼게 만들고 있다. 방언을 구사한 그의 시는 대부분 화자의 육성을 표출한 시이고, 경상도 말투가 짙게 배어있는 그 육성에서 경상도 특유의 성조를 느끼게 된다. 그래서 방언이 구사된 그의 시는 눈으로 이해하는 시가 아니라 소리 내서 읽는 시이며, 그러한 낭송을 통해 성조가 주는 운율감이 생생히 드러난다. 바로 이 성조의 운율이, 특별한 수사적 장치 없이 생활 속의 육성을 그대로 표출하고 있는 이 시에 시적인 미학을 부여하고 있는 것이다. 목월은 경상도 방언 특유의 말투를 시의 언어로 수용함으로써 오늘의 시에서는 찾아 볼 수 없는 낭송을 통한 성조의 운율을 조성해 내고 있는 것이다.

5. 결론

시는 언어예술의 정수로서 다른 어떤 장르보다도 더 치열하게 언어의 폭과 깊이를 넓히기 위해 노력한다. 그리하여 시에서는 표준어뿐만 아니라 고어와 방언을 사용하기도 하고, 말을 만들어 사용하기도 한다. 그 가운데서 시적 활용의 폭이 가장 넓은 언어가 방언이라고 할 수 있다. 방언은 현존하는 언어로서 음운·음성·문법·어휘 체계 등 언어의 구성요소 모두에 걸쳐 새로운 언어의 군집을 형성하고 있기 때문에 언제나 기표와 기의의 참신함을 갈구하는 시인들에게 매우 유용한 언어이다. 그리하여 여러 시인들이 방언을 시의 언어로 활용하고 있는데, 그 가운데서도 가장 두드러진 시인으로 영랑과 백석과 목월을 들 수 있다. 각각 전라도 지역과 평안도 지역과 경상도 지역에 뿌리를 두고 있는 이 세 시인들은 표준어를 시어의 기조로 삼으면서 매우 치밀한 시적 전략에 따라 방언을 시의 언어로 활용하고 있다는 점에서 특별한 주목의 대상으로 간주된다.

영랑은 자신의 고향인 전남 강진에 터를 잡고 창작활동을 하면서도 선험적으로 체득한 전남방언의 말투에 맹목적으로 매몰되지 않고 시어의 조탁에 힘써서 현대적인 언어감각을 갖춘 시의 건물을 축조해 낸다. 그는 이러한 현대적인 언어의 미의식의 연장선 위에서 전남방언을 수용한다. 그리하여 그는 전남방언만이 가지고 있는 독특한 의미자질을 잘 살려내서 시의 언어로 육화시켜 자신이 추구하는 시의 의미 환기에 적절히 활용하고 있다.

백석은 평안도 방언 가운데서도 평안도의 말투나 음운변화로 생긴 어휘보다는 전혀 새롭게 형성된 낯선 어휘들을 시어로 수용한다. 그래서 그의 시에서 평안방언은 그 지역의 지방색과 내면정서를 드러내는 데 기여하기보다는, 낯선 어휘들의 생소한 기표가 환기하는 미적 효과를 지향한다. 그리고 그러한 낯선 어휘들은 평안지역의 풍속과 관련되어 우리의 전통적인 풍속을 되살려 내는데 기여하며, 또한 유년의 목소리로 구사됨으로써 낯선 방언구사에도 불구하고 독자들에게 친밀감을 준다. 그는 또 한편으로 평안방언의 독특한 기표를 잘 활용해서 낭만적이고 이국적인 서정시의 정서환기에도 잘 활용한다.

목월은 경상도 방언의 말투를 시어로 활용한다. 그는 경상도 말투의 다양한 서술어미들을 구사하여 경상도에 사는 실제 인물들의 생생한 육성을 듣는 것 같은 느낌을 주며, 그러한 실감나는 고향언어로 시골사람들의 넉넉한 인정과 향토적인 정서를 환기해 낸다. 그리고 경상도 말투에 담겨 있는 특유의 성조를 살려내서 오늘의 표준어에서는 사라진 성조의 운율을 조성해 낸다.

이렇게 볼 때 영랑은 전남방언의 독특한 의미자질을, 백석은 평안도 방언의 생소한 기표를, 목월은 경상도 방언의 강렬한 억양을 시어의 미학으로 활용한 것으로 볼 수 있다. 우리 나라의 현대시사를 이끈 걸출한 세 시인이 보여준 이러한 방언의 시적 수용과 미적 활용은 시어로서의 방언의 활용방안에 대한 귀중한 지침이 되는 것이라고 할 수 있다.

1) 방언연구회, 『방언학사전』, 태학사, 2001, 119면.
2) 허형만, 『영랑 김윤식 연구』, 국학자료원, 1996, 126면.
3) 영랑이나 백석이나 목월시에 구사된 방언에 대한 기존의 논의는 주로 방언을 통해 향토적인 정서를 드러내고 있다는 소박한 수준에 머물고 있다. 그나마도 주로 영랑시의 남도방언의 특색에 대한 논의만 눈에 띄게 이루어졌고, 나머지 백석이나 목월의 방언에 대한 시적 고찰은 매우 미미하다.
4) 김영랑의 생애에 대해서는 김학동 편, 『김영랑』, 문학세계사, 1993, 165~251면 참조.
5) 김용직, 『한국 현대시 연구』, 일지사, 1985, 216면.
6) 김영랑 시의 텍스트는 1935년 11월 시문학사에서 간행된 『영랑시집』으로 한다. 이 시집에는 작품의 제목이 없이 일련번호만 붙어 있다. 선행 연구자들에 의해 지적된 바 있듯이, 영랑이 작품에 제목을 안 붙이고 일련번호를 쓴 것은 시의 의미보다는 음악성을 추구하는 그의 시적 태도가 반영되어 있는 것이다.
7) 이 점은 허형만의 앞의 책에서 상세히 밝히고 있다. 그는 이 저서에서 강진방언과 영랑의 시어를 비교, 대조하여 영랑시의 상당부분이 강진방언이 아님을 밝히고 있다. 그의 연구에 의하면 '기둘니리'의 강진방언은 '지달리니', '걱정'의 강진방언은 '꺽정', '치어다보며'의 강진방언은 '놀란뜨끼', 혹은 '차다봄시로'이다. 허형만, 앞의 책, 125면.
8) 김영배, 『전라남도 방언 연구』, 학고방, 1998, 71~72면.
9) 백석시의 텍스트는 발표된 당시의 작품으로 한다. 인용시는 『조광』지에 처음 발표되고, 이후 시집 『사슴』에 수록되었는데, 인용한 시는 시집 안의 작품이다.
10) 유종호는 시적 언어의 특성에 대해 설명하는 자리에서 백석시에서의 생소한 방언들이 독자의 주의를 당겨 기표를 특별히 의식하게 만들어서 시적 요소를 간직하게 되는 것이라고 말한다. 유종호, 『시란 무엇인가』, 민음사, 1995, 251면.
11) 목월의 생애에 대해서는 이형기 편, 『박목월』, 문학세계사, 1993, 11~104면 참조.
12) 목월시의 텍스트는 최근에 그의 시를 종합적으로 정리한 이남호 편, 『박목월시전집』(민음사, 2003)으로 한다.
13) 정연찬, 『경상도 방언 성조 연구』, 탑출판사, 1986, 2~3면.

1930년대 한국 모더니즘시의 수사학적 연구

금동철

1. 서론

한국 현대시사에서 1930년대 모더니즘은 매우 중요한 위치를 차지한다. 우리 문학의 현대성을 드러내는 한 지표로 받아들여지기도 한다는 사실 때문만이 아니라, 그 이후 한국 현대시문학사의 흐름에서 중요한 이정표 구실을 하고 있기 때문이기도 하다. 20년대의 낭만주의적인 시와 카프계열의 리얼리즘시를 넘어 본격적으로 현대화된 시문학의 시대를 연 것이 바로 이 시기의 모더니즘시라고 할 수 있을 것이다.

이러한 모더니즘에 대한 기존의 논의는 다양한 관점에서 이루어져왔다. 모더니즘 시에 대한 기존의 논의는 대개 서구 모더니즘과 비교하는 비교문학적 관점[1]이나 문학사적 의의에 대한 연구[2]로 모아지고 있다. 이와 같은 관점에서 모더니즘 시는 다분히 부정적인 모습을 지닌 것으로 나타난다. 모더니즘 자체의 이론을 완전히 체계화시키지 못하고 막연한 이국적 정서를 나타나는 여러 단어와 서구 취향, 그리고 도시적 감성의 무분별한 사용 등의 한계를 보이는 것으로 평가된다. 이들 논의는 다분히 기법적인 차원에서 서구 모더니즘과의 비교 분석에 초점을 둠으로써, 30년대 한국 모더니즘 시를 서구나 일본의 원전과의 대비에 치우치거나 문학적 기법의 혁신이라는 측면에 초점을 맞추는 경우가 많았던 것이다. 그 결과 이들 시가 지닌 내재적 특성에 대한 탐색이 다소 부족한 결과를 초래하였다.

최근에 나타나는 또 다른 한 관점은 모더니즘을 세계관의 차원에서 분석하고자 하는 노력이다. 단순한 기법적 차원에서 모더니즘 시를 논의할 경우 이것은 서구의 그것에 형편없이 미달하는 그 무엇이 될 수밖에 없음은 너무나 자명하다. 이러한 한계를 뛰어넘기 위해 그들이 지닌 세계관을 분석하고 검토하고자 하는 것이다[3]. 이러한 관점 또한 서구 모더니즘의 세계관과의 비교 검토가 필수적인 요소로 등장한다는 점에서 일정한 한계를 지닐 수밖에 없다. 서구 모더니즘의 세계관을 식민지 지식인이 수용한다고 해서 그것을 온전히 이해하고 실천할 수 없음 또한 자명하기 때문이다.

그렇다면 이들 모더니스트들이 보여주는 시세계를 어떻게 이해할 수 있을까. 이를 위해서는 먼저 이들 시작품 속에 내재해 있는 본질적인 요소가 무엇인가를 따져내는 일이 필요하다. 이것을 위해 반드시 고려해야 할 사항 중의 하나는 이 시기 모더니즘 시인들[4]이 보여주는 변화의 양상이다. 이들의 초기 모더니즘시가 보여주는 신기성에의 지향은 30년대 중후반에 들어서면 상당히 다른 모양으로 바뀌면서도 모더니즘적인 속성들이 그대로 내재되어 있었던 것을 볼 수 있다. 이들의 시세계가 바뀌는 이유가 이제까지의 논의와 같이 그들 자신들의 모더니즘적인 시세계가 지닌 부정적인 한계를 인식하고 그것을 극복하고자 노력했기 때문이라고 할 수 있을 것이다. 그렇다면 이러한 변화가 지닌 특징을 규명할 수 있다면 이 시기 모더니즘 시의 성격을 해명하는 한 단서가 될 수 있을 것이다.

이것을 위해 본고에서는 수사학적 방법을 동원하고자 한다. 시의 언어적 차원에서 표출되는 수사학적 특성을 검토함으로써 이들 시인들이 지닌 세계관까지 분석할 수 있다면 이러한 과정에서 이들 시인들의 모더니즘 지향이 지닌 의미망을 새롭게 검토할 수 있을 것이기 때문이다. 시의 언어는 기호의 차원에서 두 가지 기본적인 수사학을 상정할 수 있다. 은유와 환유가 바로 그것이다.[5] 은유는 기호가 기호 체계 너머의 세계나 관념과 같은 지시대상을 지칭하고 표현할 수 있다는 전통적인 언어관을 지향하는 것이라면, 환유는 하나의 기호가 지칭하는 세계가 또 다른 기호일 뿐이라는 기호 내적인 언어관을 지향한다. 환유에 의해 형성되는 기호는 그러므로 기호 너머의 세계를 지칭하지 못하고 끊임없이 미끄러진다. 초현실주의로 대표되는 아방가르드나 포스트모더니즘 시의 기호관이 대표적인 환유적 기호관이다.

이에 비해 서정시의 기호는 기호 자체만을 지칭하는 것이 아니라 기호 너머에 존재하는 진리의 세계를 지향한다. 이는 곧 은유적 세계관이라고 할 수 있는 것이다. 은유가 원관념과 보조관념 사이에 형성되는 동일성의 세계를 지향한다면, 기호의 관점에서 생각할 때 기호와 지시 대상 혹은 관념과의 사이에 형성되는 동일성을 상정할 수 있기 때문이다. 이 경우 시의 언어는 언어 기호의 차원을 넘어 사상이나 관념, 정서 혹은 절대의 세계를 담아내는 그릇이 된다. 서정시가 근원 혹은 본질을 지향하고 그것을 표현할 수 있다고 믿는 이유가 여기에 있다.

30년대 모더니즘시를 논하는 자리에서 이와 같은 언어의 수사학적 특성에 대해 검토해야 하는 이유는 이것을 통해 이 시기 모더니즘이 가졌던 상이한 두 흐름 사이의 명확한 구분이 가능할 뿐만 아니라, 이들 시인들의 시세계가 어떠한 세계관에 근거하고 있는지를 선명하게 밝혀 낼 수 있을 것이기 때문이다.

2. 이미지즘을 통한 근원에의 지향 — 정지용

1930년대 모더니즘 시의 중심에 서 있는 시인 중의 하나는 정지용이
다. 김기림이 이론적인 작업으로 모더니즘 시운동을 일으켰다면, 정지
용은 시를 통해 모더니즘을 구체적으로 실천하였던 것이다. 그의 초기
시에 나타나는 모더니즘적 요소에 대한 논의는 주로 감각적 인식과 선
명한 이미지의 창조라는 측면으로 집중되어 왔다.[6] 「파충류동물」이나
「슬픈 인상화」와 같은 데서 나타나는 형태주의적인 요소도 모더니즘
기법의 한 종류로 지적될 수 있겠지만, 이러한 부분은 신기성을 좇는
초기 정지용의 한 편력에 불과하다고 하겠다. 그렇다면 그의 시에서 가
장 모더니즘적인 측면은 그의 시에 나타나는 이미지 사용법이라고 하
겠다.

그의 시에서 이미지는 이전의 우리 시에서 보기 힘들었던 새로움과
선명함을 함께 볼 수 있다. 「호수」나 「바다」, 「향수」와 같은 시에 나타
나는 선명한 이미지는 그의 시에서 모더니즘적인 요소가 어떠한 역할
을 했는지를 분명하게 인식하게 한다. 이들 시에서 사용된 이미지는 20
년대적인 애상의 흔적을 걷어내고 이미지 그 자체를 선명하고 투명하
게 제시하는 것에 초점을 맞추고 있는 것이다.

> 고래가 이제 橫斷 한뒤
> 海峽이 天幕처럼 퍼덕이오
>
> …… 흰물결 피여오르는 아래로 바둑돌 자꼬 자꼬 나려가고,
>
> 銀방울 날리듯 떠오르는 바다종달새 ……
>
> 한나잘 노려보오 홈켜잡어 고 빩안살 빼스랴고

미역닢새 향기한 바위틈에
진달레꽃빛 조개가 해ㅅ살 쪼이고,
청제비 제날개에 미끄러저 도—네
유리판 같은 하늘에.
바다는— 속속 드리 보이오
청대ㅅ닢 처럼 푸른
바다
봄

—정지용, 「바다 6」 중에서

　이 시에 나타나는 바와 같은 이미지 사용법은 정지용의 초기시를 특징짓는 매우 중요한 요소 중의 하나이다. 정서적인 감정의 표출이 아니라, 비유를 통한 선명한 이미지의 창조를 통해 객관적으로 사물을 묘사하고 있는 것이다. 해협의 파도를 '천막'에 비유한다거나 바다종달새의 움직임을 은방울 날리는 모양으로 묘사하고, 하늘을 유리판 같은 것으로 비유하는 것이 바로 그것이다. 이러한 이미지 창조를 통해 시인은 세계를 선명하게 독자들의 눈 앞에 제시한다. 그만큼 그의 초기시에서 이미지는 매우 중요한 역할을 한다.

　그런데 일반적으로 정지용의 시를 평가할 때 두 가지 관점에서 이야기하게 된다. 하나는 초기 모더니즘적인 시세계에 대한 것이고, 다른 하나는 30년대 후기에 주로 나타나는 자연시와 관련된 것이다. 일반적으로 초기 모더니즘 시에 대한 평가는 서구적인 이미지즘의 미달형태로 그 속에 들어갈 사유의 부족으로 말미암아 필요한 깊이에 도달하지 못하였지만, 후기 자연시는 전통성의 세계를 받아들여 시의 사상성을 달성함으로써 훌륭한 경지에 이르렀다고 평가한다.[7] 이러한 입장은 30년대 중반의 정지용이 『카톨릭청년』지에 관계하면서 발표한 다수의 기독교적인 시에 대한 부정적 평가로 연결된다. 즉 이 시기의 시에서 정지용은 초기 모더니즘 시의 기교적인 세계에 카톨릭이라는 사상성을 도입하고자 노력했으나 결국 실패할 수밖에 없었다고 결론짓는 것이다.

그런데 이러한 입장은 다시 검토해 볼 필요가 있다. 30년대 후반에 나타나는 정지용의 자연시에서도 이미지즘적인 요소가 다분히 발견된다는 사실뿐만 아니라, 그의 시세계에서 기독교성이 차지하는 중요성 때문이다. 「장수산」이나 「옥류동」 같은 작품에서 보면 선명한 이미지를 창조하고자 하는 이미지즘적인 요소의 흔적과 함께 전통적인 세계관만으로는 해명하기 힘든 요소가 함께 내재되어 있음을 알 수 있다. 이것은 그가 후기 자연시를 쓰던 30년대 후반에 발표한 여러 시론에서 기독교적인 관점을 발견할 수 있다는 점과 관련 된다.8) 이는 그의 시세계에 기독교성이 상당 부분 묻어 있음을 말해 주는 것이다.

수사학적 차원에서 볼 때 이것은 상당한 의미가 있는 지적이다. 정지용이 주장하는 바 시에 있어서 기독교적인 덕목에 대한 강조는 그의 시가 어디에 근원을 두고 있는지를 보여주는 것이다. 시인의 말이나 산문을 그대로 시의 해석이 적용하기에는 다소 무리가 있을 수도 있지만, 이 시기 정지용의 시에서 이러한 자신의 주장이 입증이 된다면 여기에는 상당한 의의가 부여될 수 있을 것이다.

그의 시에 나타나는 이미지의 특징을 일반적인 자연시의 세계관과 비교해 본다면 보다 쉽게 확인할 수 있다. 30년대 후반의 그의 자연시에는 기독교적인 세계관이 분명히 내재해 있는 바, 그것을 이미지 사용법에서 간파할 수가 있다. 그의 자연시에 나타나는 이미지는 전통 자연시가 보여주는 풍성하고 완전한 존재로서의 자연이 아니라, 오히려 축소되고 위축된 모습으로 나타난다. 이것은 같은 문장파 시인인 이병기나 조지훈과는 선명하게 대비되는 자리라고 하겠다.9) 최승호는 문장파의 자연시를 분석하는 과정에서 이병기와 정지용, 조지훈 세 사람의 자연시가 지닌 특징을 비교 검토하고 있다. 여기에서 그는 이병기의 자연시가 생명력의 확산적 교감을 보여주고, 조지훈의 자연시가 생명력의 현상유지적 교감을 보여준다면, 정지용의 자연시에는 생명력의 축소적 교감을 보여준다고 한다. 여기서 문제가 되는 것은 왜 정지용의 자연시에만 이러한 축소적 성향이 나타나는가 하는 점이라고 할 것이다. 이것을 세계관의 차이로 보아야 그 이유를 제대로 추적할 수 있을 것이다. 정지용은 자연을 이상화된 상태에서 낙원의 이미지로 그리던 전통적인 유가적 세계관과는 다른 세계관을 지니고 있는 것이다. 이는 그가 전통적인 유가적 자연과는 다른 방식인 기독교적인 세계관으로 자연을 이해하고 있음을 보여준다.

돌에
그늘이 차고

따로 몰리는
소소리 바람

앞 섰거니 하야
꼬리 치날리여 세우고,

종종 다리 깟칠한
山새 걸음거리.

여울 지여
수척한 흰 물살,

갈갈히
손가락 펴고.

멎은 듯
새삼 돋는 비ㅅ낯

붉은 닢 닢
소란히 밟고 간다.

─정지용, 「비」 전문

여기에도 분명히 이미지즘적인 요소가 존재한다. 그만큼 그의 시에서 모더니즘은 핵심적인 축의 하나라고 하겠다. 그런데 여기서 주목해야 할 것은 이 시에 묘사된 자연의 모습이다. 산새의 걸음걸이가 '종종 다리 깟칠한' 것으로 묘사된다든가 물살이 '수척한 흰' 것으로 묘사되는 데서 전통적인 자연관과는 다른 그 무엇을 발견한다. 자연 사물들이 삭막한 인간 세상과는 달리 풍성하고 아름다워 언제든지 그곳에 가서 자연과 동화되면 안식을 누리던 세계가 바로 전통적인 유가적 자연관이라고 할 수 있다. 그런데 정지용의 이 자연시에서는 자연을 매우 중요한 동화의 대상으로 삼고 있기는 하지만, 그 자연은 이 시에서 보는 바와 같이 수척하고 까칠한 모습, 다시 말해 위축되고 축소된 모습을 지니고 있다.

자연 속에 살고 있는 생명들도 이러한 위축된 분위기를 함께 지닐 수밖에 없다. 「백록담」에 나타나는 송아지의 모습이나, 「조찬」의 새도 마찬가지이다. 「장수산」의 노승의 이미지와 함께 제시되는 달밤의 이미지 또한 자연 속에 처한 자아의 풍성한 만족감이 아니라 시리도록 아픈 고독감이라는 점도 이러한 위축되고 축소된 자연 이미지와 깊은 관련이 있다.

여기서 주목해야 할 것은 자연을 묘사하는 이미지 너머에 기독교 세계관이 자리 잡고 있다는 사실이다. 자연 이미지가 하나의 기호만으로 그치는 것이 아니라, 그것을 통해 당대의 위축되고 소외된 인간들을 그릴 뿐만 아니라 기독교적인 세계관까지 표현하고자 하는 의도를 그의 시에서 찾을 수 있는 것이다.

수사학적인 차원에서 문제되는 자리는 바로 이 지점이다. 여기서 정지용은 언어 기호를 단순한 기표의 놀이라는 차원에서 사용하지 않고 그 너머의 세계를 담아내고자 하는 노력을 보여주기 때문이다. 이것은 은유적 차원의 언어 사용법이라고 하겠다. 은유에서 말하는 주지와 매체 사이의 동일성의 세계가 여기에서 그대로 나타난다. 자연 이미지를 통해 관념적인 세계를 표현해 내고자 하는 정지용 시인의 시적 특징을 여기서 읽을 수 있다.

　은유적 세계관은 초기의 모더니즘 시가 지닌 언어 기호의 특징에 대한 설명에서도 매우 유용하다. 이미지즘에서 추구하는 바 견고한 이미지를 통한 시의 창조라는 측면을 수사학적 차원에서 고려해 볼 필요가 있다. 견고한 이미지란 낭만적 감성을 배제한 투명한 이미지의 창조라고 할 수 있는 것이다. 이러한 차원에서의 이미지는 실제 세계에 대한 모사적 측면을 지니게 된다. 기호와 지시대상 사이의 관계의 문제로 볼 경우 모사는 이 둘 사이의 동일성을 인정하는 태도임을 알 수 있다. 언어 기호가 외부 세계를 모사하고 재현할 수 있다는 생각이 그 속에 깔려 있고, 이것은 곧 기호가 그 지시대상으로서의 세계를 효과적으로 재현해 낼 수 있다는 은유적 상상력의 중요한 한 측면이 되는 것이다. 결국 견고한 이미지의 창조란 은유적 세계관을 토대로 한 것임을 알 수 있다. 엘리어트가 말하는 객관적 상관물의 개념 또한 마찬가지이다. 객관적 상관물이라는 개념 속에는 기호로서의 이미지가 거느리고 있는 의미의 세계에 대한 분명한 인식이 나타나 있다.

　이러한 수사학적 특징은 흄이나 엘리어트가 카톨리시즘이라는 전통적 세계로의 복귀를 추구한 데서도 단적으로 드러난다. 이미지즘이 시에서 사용된 언어 기호를 통해 카톨리시즘이라는 관념을 담아낼 수 있다는 것은 그만큼 시의 이미지가 관념의 세계, 사상의 세계, 정신의 세계를 담아낼 수 있다는 은유적 세계관의 한 모습을 보여주는 것이다.

　여기에서 확인할 수 있는 바는 이미지즘이 은유적 세계관에 토대를 두고 있다는 점이다.[10) 이미지즘을 지향한 정지용의 시세계에서도 은유적 세계관을 분명히 읽을 수 있다. 초기의 몇몇 시편에서 발견되는 설익은 신기성에의 지향으로부터 차츰 견고한 이미지 창조로 이행하면서 그의 시가 성숙되어갈 때, 거기에는 은유적 세계관이 자리잡고 있었던 것이다.

琉璃에 차고 슬픈것이 어린거린다.
열없이 붙어서서 입김을 흐리우니
길들은양 언날개를 파다거린다.
지우고 보고 지우고 보아도
새까만 밤이 밀려나가고 밀려와 부디치고,
물먹은 별이, 반짝, 寶石처럼 백힌다.
밤에 홀로 琉璃를 닥는것은
외로운 황홀한 심사이어니,
고흔 폐혈관이 찢어진 채로
아아, 늬는 山ㅅ새처럼 날러 갔구나!

—정지용, 「유리창 1」 전문

유리창의 차가우면서도 투명한 이미지 속에 자신의 정서를 담고자 하는 노력 속에서 이미지를 통해 다른 그 무엇을 전달하고자 하는 시인의 의도를 읽을 수 있다. 여기서 이미지들은 재현적 차원의 세계를 담지하고 있을 뿐만 아니라, 그 이미지를 통해 시인의 정서를 담아내는 역할까지 하는 것이다. 이러한 이미지의 사용에서 은유적 관점의 언어관을 읽을 수 있다. 「호수」나 「향수」 등에 나타나는 선명한 이미지 또한 이러한 재현적 관점을 유지함으로써 명확한 은유적 세계관을 보여준다.

정지용의 시에 나타나는 이미지들은 그 너머에 항상 관념이나 정서의 덩어리들을 거느리고 나타나는 은유적인 것임을 확인할 수 있다. 이것은 기호와 지시대상 사이의 동일성을 상정하고 기호가 지시대상을 효과적으로 전달할 수 있다는 은유적 세계관에 바탕을 둔 것으로, 이미지즘을 지향한 정지용의 세계관을 읽을 수 있는 부분이다.

3. 은유적 동일성으로의 회귀–김기림

김기림의 시세계에 대한 대부분의 논의는 그의 초기시가 보여주는 문명비판적인 요소에 맞춰진다. 그가 주장하는 모더니즘의 가장 중요한 요소가 바로 이러한 문명비판적인 것에 있었기 때문이다. 그런데 대부분의 논자들이 인정하는 바 중의 하나는 김기림의 자본주의와 근대 문명에 대한 미숙한 이해는 이러한 문명비판을 제대로 감당하지 못했다는 점이다. 그래서 그는 문명비판이라는 이름으로 글을 쓰면서도 이국적인 정취의 과도한 사용, 이국적인 지명이나 이름, 영어의 잦은 사용이라는 한계를 드러내게 된다는 것이다.

본고에서 주목하고 싶은 것 중의 하나는 이와 같은 김기림이 보여주는 문명비판의 정당성이나 깊이의 문제가 아니라, 이러한 서툰 문명비판 의식이 가져오는 수사학적 문제이다. 김기림은 자신이 주장하는 문명비판을 위해 풍자라는 기법을 도입한다.[11] 그가 가져온 풍자는 수사학적 차원에서 본다면 환유라고 할 수 있다. 서술하고자 하는 대상으로서의 세계와 일정 정도 거리를 유지해야만 성립될 수 있는 풍자는 자아와 세계 사이의 동일성 파괴와 맞물리는 사유구조이기 때문이다.

게다가 그의 시에 과도하게 나타나는 이국적인 이미지와 영어식 표기법[12]은 시 자체의 통일성을 방해하는 구성물로 나타난다. 그런데 이러한 요소는 단순히 김기림 자신의 시정신의 미숙으로만 보기에는 상당한 난점이 있다. 김기림은 첫 시집 『태양의 풍속』과 『기상도』에서 이러한 창작법을 의도적이고 지속적으로 사용하고 있기 때문이다. 그렇다면 여기에서 표현기법에 대한 시인의 관심을 읽고, 그것이 내포하고 있는 의미를 분명히 밝힐 필요가 있는 것이다.

山봉오리들의 나즉한 틈과 틈을 새여 藍빛 잔으로 흘러들어오는 어둠의 潮水. 사람들은 마치 지난밤 끝나지 아니한 약속의 계속인 것처럼 그 漆黑의 술잔을 드리켠다. 그러면 해는 할 일이 없이 그의 希望을 던져버리고 그만 山모록으로 돌아선다.

고양이는 山기슭에서 어둠을 입고 쪼그리고 앉어서 密會를 기다리나보다. 우리들이 버리고 온 幸福처럼…… 夕刊新聞의 大英帝國의 地圖 우를 도마배암이처럼 기여가는 별들의 그림자의 발자국들. 「미스터·뽈드윈」의 연설은 암만해도 빛나지 않는 전혀 가엾은 黃昏이다.

집 이층집 江 웃는 얼굴 交通巡査의 모자 그대와의 約束…… 무엇이고 差別할 줄 모르는 無知한 검은 液體의 汎濫속에 녹여버리려는 이 目的이 없는 實驗室 속에서 나의 작은 探險船인 地球가 갑자기 그 航海를 잊어버린다면 나는 대체 어느 구석에서 나의 海圖를 편단 말이냐?

—김기림, 「海圖에 대하야」 전문

여기서 문제가 되는 것은 이 시가 전체적으로 무엇을 표현하고자 하느냐 하는 문제가 아니라, 이미지들을 어떤 방식으로 사용하고 있느냐 하는 데 있다. 먼저 첫 연과 둘째 연, 셋째 연 사이의 연관성이 문제가 된다. 1연에서 묘사된 산봉오리들 사이의 틈으로 흘러들어오는 조수와 2연의 여러 이미지들, 그리고 3연에 묘사된 것들 사이에는 일관성을 찾기 힘든 것이다. 뿐만 아니라 각 연 내에서 사용된 이미지들 사이에서도 일관성을 찾기는 쉽지 않다. 3연을 살펴보자. 집, 웃는 얼굴, 강, 교통순사의 모자와 같은 이미지들 사이의 어떤 내적 연관성을 발견하기는 쉽지 않은 일이다. 그만큼 이 시에서 사물들은 제각각 자기의 영역을 주장하면서 하나로 통합되기를 거부한다.

　이러한 측면을 단순히 시적 미성숙 때문이라고 평가하는 것은 무책임하다. 김기림은 이러한 기법을 의도적으로 사용하고 있음을 확인할 수 있기 때문이다. 여기에는 이미지들이 환유적인 축을 따라 사용되고 있음을 명확하게 볼 수 있다. 산봉우리의 어둠과 그 어둠으로부터 환기되는 칠흑의 술잔, 그 술잔의 검은색으로부터 환기되는 희망의 포기와 같은 이미지의 연쇄고리를 발견할 수 있다. 그런데 이것들 사이에는 어떤 통합된 논리의 축이 존재하는 것이 아니라 이미지들의 인접성에 의해 하나하나 나열될 뿐이다. 이 시에는 전체적으로 '나의 해도'라는 그림 속에서 발견하는 여러 가지 다양한 이미지들이 나열되고 있을 뿐, 각 이미지들 사이의 통일성은 사라진다. 여기에 환유의 수사학이 자리 잡는다.

　이러한 측면이 보다 선명하게 나타나는 것 중의 하나가 장시 「기상도」이다. 「기상도」는 시인 스스로 문명비판을 의도하고 썼다는 것을 밝히고 있듯이 비판적인 관점에서 대상들을 묘사한다. 그런데 여기서 대상에 대한 비판을 수행하는 방법이 특징적이다. 그는 대상의 여러 가지 모습을 재현적인 차원에서 그려내거나 그것이 가진 속성을 하나하나 나열함으로써 통일된 어떤 심상을 만들어내는 것이 아니라, 비판할 대상이 되고 있는 근대 문명의 부정적인 단편들을 내적 통일성 없이 나열하고 있을 뿐이다. 이러한 통일성 없는 이미지들의 나열은 환유적 수사학의 매우 중요한 한 측면이다.[13] 내적인 통일성을 발견하기 힘든 다양한 사물들의 나열은 그것 자체가 이미 환유적이다.

　　넥타이를 한 흰 食人種은
　　니그로의 料理가 七面鳥보다도 좋답니다
　　살갗을 회게 하는 검은 고기의 偉力
　　의사 「콜베-르」씨의 處方입니다

「헬매트」를 쓴 避暑客들은
亂雜한 戰爭競技에 熱中했습니다
슱은 獨唱家인 審判의 號角소리
너무 興奮하였으므로
內服만 입은 파씨스트
그러나 伊太利에서는
泄瀉劑는 일체 禁物이랍니다
필경 洋服을 입는 법을 배워낸 宋美齡女史
아메리카에서는
女子들이 모두 海水浴을 갔으므로
빈 집에서는 望鄕歌를 불으는 니그로와
생쥐가 둘도 없는 동무가 되었읍니다

—김기림, 「시민행열」 중에서

「기상도」의 구성방식에 대한 여러 가지 논의가 가능하겠지만, 지금 이 부분에서 나타나는 바와 같은 환유적 구성방식은 매우 중요한 한 부분을 차지한다. 넥타이를 맨 흰 식인종이 백인을 의미하며, 이들의 흑인 착취라는 문제에 대한 비판이 앞의 네 행이라면, 이들이 가져온 세계대전에 대한 비판이 그 다음에 나온다. 그런데 슬픈 심판이나 파시스트, 이태리에서의 설사제 등등의 이미지들은 개개의 내용을 분석하면 분명히 현대 문명에 대한 비판으로 나타날 수 있겠지만,[14] 전체적인 관점에서 본다면 서로간의 연결고리나 내적인 논리는 찾기 힘들다. 그러므로 여기에서는 그 이미지들이 나열되는 방식에 주목해야 한다. 현대 문명의 다양한 모습을 여러 가지 차원에서 그려내기 위해 시인은 여러 가지 양상을 나열하는 것이다. 이러한 목적을 위해 백인들의 우월주의, 전쟁 광적인 태도, 파시스트, 여기에 동양의 송미령여사와 같은 이미지들이 나열되는 것이다. 이러한 이미지들에서 내적인 일관성이나 통일성을 찾기는 어렵다.

이미지들의 나열이라는 창작방법론의 이면에는 환유의 수사학이 선명하게 자리잡고 있다. 이러한 기법을 갈등과 충돌의 몽타쥬 수법이라고 지적한 논의는 매우 유용하다.15) 서로 갈등을 빚으면서도 의미상으로는 무관한 쇼트들을 한 데 결합시킴으로서 효과를 극대화하는 것이 갈등과 충돌의 몽타쥬이며, 이 시의 이 부분에 갈등과 충돌의 몽타쥬 수법이 효과적으로 사용되고 있다는 분석은 수사학적 차원에서도 의미 있는 분석이 되는 것이다. 이 갈등과 충돌의 몽타쥬 수법 속에는 환유의 수사학이 자리잡고 있음을 확인할 수 있기 때문이다. 환유는 서로 연관성이 없는 사물이나 이미지를 인접성의 원리에 따라 나열해 나가는 것이다. 시인의 비판적 안목에 의해 선별된 세계의 여러 가지 정황을 내적 논리나 필연성에 의해 통일된 관점에서 서술하는 것이 아니라, 다양한 이미지들을 일방적으로 나열하는 방식으로 전개되는 이 시의 이미지 나열 방식은 몽타쥬 수법이면서 동시에 환유의 수사학이라고 할 수 있는 것이다. 의사의 처방, 흑인과 백인, 전쟁, 설사제, 송미령 여사 등의 이미지들은 전혀 논리적 맥락이 닿지 않는다. 그런데도 시인은 아무런 망설임 없이 이러한 이미지들을 나열하는 것이다.

문제는 이러한 요소들이 그의 초기시를 결정짓는 중요한 요소 중의 하나라는 점이다. 물론 그의 초기시가 전부 이러한 환유적 수사학을 사용하고 있는 것은 아니다. 동일한 「기상도」 내에서도 통일성을 추구하거나 재현적 차원의 은유적 이미지를 사용하는 것을 볼 수도 있다.

비눌
돛인
海峽은
배암의 잔등
처럼 살아났고
아롱진 「아라비아」의 衣裳을 둘른 젊은, 山脈들

　이 구절들 속에서 바다와 산맥에 대한 재현적 차원의 비유적 심상들이 그대로 사용되고 있음을 알 수 있다. 해협을 뱀의 잔등으로 비유하고 산맥을 아라비아의 의상을 두른 여인의 모습으로 비유하는데, 여기에는 대상에 대한 비유적 묘사가 자리잡고 있다. 이러한 비유적 묘사는 대상 자체에 대한 재현적 차원의 언어 사용법이라고 할 수 있고, 이것은 곧 언어의 은유적 사용이라고 할 수 있는 것이다.

　그의 초기시에 나타나는 은유와 환유의 이와 같은 교차는 그만큼 그의 시세계가 혼란되어 있음을 보여주는 것이다. 그는 시론을 통해 모더니즘이 이성적이고 합리적인 과학주의와 맞물려 있다고 말하고 있다. 이것은 이성을 부정하고 합리적이고 통일된 시의 구조를 부정하는 아방가르드적인 환유적 세계관과는 정반대의 자리에 서 있는 관점이라고 할 수 있다. 그럼에도 불구하고 김기림은 수사학적 차원에서의 이러한 특징을 명확하게 이해하지 못하고 은유와 환유를 혼합하여 사용하고 있는 것이다. 이것은 많은 논자들이 지적한 바와 같이 김기림의 모더니즘시에 대한 이해가 성숙한 단계에 이르지 못했음을 보여주는 것이라고 하겠다.

　그의 시가 이러한 불안함으로부터 벗어나는 것은 그가 1930년대 후반에 발표한 작품들에서부터이다.16) 그 중 「바다와 나비」는 매우 중요한 시사를 던져준다.

> 아모도 그에게 水深을 일러 준 일이 없기에
> 힌 나비는 도모지 바다가 무섭지 않다.
>
> 靑무우밭인가 해서 나려 갔다가는
> 어린 날개가 물결에 저러서
> 公主처럼 지처서 도라온다.

三月달 바다가 꽃이 피지 않아서 서거픈
나비 허리에 새파란 초생달이 시리다.

—김기림, 「바다와 나비」 전문

이 시에서 서술 대상인 나비와 자아는 완전한 일체감을 형성하고 있으며, 이 점은 수사학적 차원에서 매우 중요한 의미를 지닌다. 김기림은 이 시기의 시에 오면 이처럼 자아와 대상 사이의 일체감을 회복하면서 대상에 대한 이해 방식이 변하는 것을 볼 수 있다. 자아와 대상 사이의 동일성의 세계를 회복하게 될 때, 대상에 대한 풍자나 조소는 사라지고, 자아와 대상 사이에서 달성되는 동일한 정서를 표출하게 되는 것이다. 이 시에서 나비의 정서는 자아의 정서와 무관하지 않다. 자아의 정서와 나비의 정서는 분리된 것이 아니라 동일성 속에서 일체화되어 있는 것이다.

그런데 이 시에서 '바다'는 초기의 김기림이 찾아다녔던 '새로운 것'을 지칭하는 것으로 볼 수 있으며, 나비는 그러한 새로운 것의 추구가 지닌 허망함을 인식하는 주체의 형상화라고 볼 수 있다.17) 개화기 이후 '바다'는 서구 문명의 이입 창구 역할을 담당했다. 대륙을 통해 문물을 수입하던 조선시대와는 달리 서구에서 발원된 새로운 문명의 흐름은 바다를 통해 유입되었던 것이다. 그런데 이러한 바다로 돌진하여 새로운 문명을 배우고자 하는 '나비'가 결국 실패하고 몸만 젖어서 돌아온다는 대목에서 '새로운 것'만을 추구하던 초기의 김기림 자신에 대한 반성의 모습이 보이는 것이다.

이것과 함께 고려되는 것이 바로 자아와 대상 사이의 일체감이다. '나비'는 시인의 모습을 그대로 대변하는 이미지로 나타난다. 자아와 세계 사이의 이러한 일체감의 확보는 서정적 동일성의 세계, 다시 말해 은유적 동일성의 세계를 만들어내는 중요한 요소이다. 이 시기 김기림의 시가 이처럼 은유적 동일성의 세계로 통일되었다는 것은, 그의 시가 신기성을 추구하고 현대문명에 대한 풍자나 비판을 주로 하던 초기의

자세로부터 벗어나고 있음을 보여주는 것이다.[18] 그만큼 그의 시에 나
타나는 기호들은 이제 은유적인 것으로 변하고 있음을 알 수 있다. 이
러한 변화의 양상은 이 시기의 그의 시편들에서 고루 추출되는 변화이
기도 하다. 이렇게 볼 때 김기림은 초기의 시적 혼란으로부터 점차 서
정시 혹은 은유적 세계관으로 나아가는 시인임을 알 수 있다.

4. 서정적 동일성의 추구 – 김광균

1930년대 모더니즘 시를 새로운 기법의 추구만이라는 부정적인 평가
를 내리는 경우에도 김광균의 시세계에 대한 평가는 상당히 긍정적인
측면을 지니고 있었다.[19] 이러한 긍정의 이유 중의 하나는 그의 시에
나타나는 서정성 때문이다. 다른 모더니즘 시인들이 감성을 가능한 한
배제한 이미지를 사용한 것과는 달리 김광균 시인은 오히려 적극적으
로 감성적인 언어를 사용함으로써 이러한 서정성을 달성한다. 그만큼
그의 시어 속에는 항상 고독과 비애의 정서[20]가 짙게 깔려 있다.

모더니즘 자체의 논리로 본다면 이러한 고독과 비애의 정서와 같은
것은 부정적인 측면을 지닐 수 있다. 이미지스트들이 추구한 견고한 이
미지의 개념에서는 가능한 한 감성적인 표현을 없애고 투명한 이미지
들을 사용하고자 하기 때문이다. 과거와의 단절을 주장하는 이들 모더
니스트들의 주장 속에는 1920년대적인 무절제한 감상에 대한 비판이
자리잡고 있는데,[21] 이와 같은 입장에서 본다면 김광균의 서정성 또한
부정의 대상이 될 가능성이 다분한 것이다. 시인의 주관적 감정 표현은
사라지고 대상의 객관적 포착에 주력하는 것이 정지용이나 김기림 시
의 주된 지향이었다. 그런데 김광균의 시에서는 이러한 객관화의 노력

자체가 나타나지 않는 경우가 대부분이다. 이미지의 선명한 제시라는 모더니즘 고유의 목적은 달성하면서도 언제나 그의 시에는 감성의 색채가 묻어 있는 것이다.

물론 그렇다고 그의 시에 나타나는 감성이 1920년대 낭만주의의 그것과 동일한 것은 결코 아니다.[22] 무절제한 전근대적 감성이 주류를 이루던 1920년대 낭만주의자들의 시와는 달리, 김광균 시에 나타나는 감정적인 요소는 철저하게 이미지화의 과정을 거치면서 나타나는 것이다. 뿐만 아니라 그의 시에 나타나는 이미지 속에는 도시적 감성이 개입되어 있다. 이러한 특징은 해방 전에 발표된 김광균 시의 대부분에서 확인되는 요소이다.

하이얀 暮色속에 피여있는
山峽村의 고독헌 그림속으로
파—란驛燈을다른 馬車가한대잠기어가고
바다를향한 산마루길에
우두커니 서잇는 電信柱우엔
지나가든구름이하나 새빨간노을에 저저있었다

바람에 불니우는 적은집들이 창을나리고
갈대밭에 무치인 돌다리아래선
적은시대가 물방울을 굴니고

안개자욱—한 花園地의 벤취우엔
한낮에 少女들이 남기고간
가벼운우슴과 시들은꽃다발이 흩어저있다

外人墓地의 어두은 수풀뒤엔
밤새도록 가느단 별빛이나리고
空白한하늘에 걸녀있는 村落의時計가

여윈손길을 저어 열시를가르치면
날카로운 古塔같이 언덕우에소사있는
褪色한 聖敎堂의 집웅우에선

噴水처럼 흩어지는 푸른종소래

―김광균, 「외인촌」 전문

　김광균의 모더니즘적인 특성을 잘 드러내는 시 중의 하나인 이 시에서는 도시적인 소재와 이미지를 통해 당대의 도시적 감성을 드러내는 모더니스트들의 시적 지향을 읽을 수 있을 뿐만 아니라, 그 속에 진하게 묻어나는 감정의 밀도에서 김광균만의 독특한 한 측면을 읽을 수 있다. '전신주'나 '화원지', '벤취', '외인묘지', '성교당' 등의 단어들은 당대의 도시적 감성을 드러내는 표지로 사용된다. 그런데 김광균은 이러한 도시적 감성을 드러내는 이미지들을 객관화된 시각으로 표현하는 것이 아니라, 여기에 주관적인 정서를 덧씌워 표현한다. '고독헌 그림'이라든가 '우두커니 서잇는', '공백한 하늘', '여윈 손길' 등과 같은 표현이 바로 그것이다. 이러한 표현에는 시인이 지닌 고독과 비애의 정서가 강하게 묻어 있다.

　문제는 이러한 고독이나 비애의 정서가 어떤 의미를 지니느냐 하는 데 있다. 서정시는 본질적으로 자아와 대상 사이의 동일성을 지향하는 장르이다.[23] 자아의 정서와 대상의 정서가 완전한 일체감을 이룸으로써 이 둘 사이의 구분이 전혀 불가능한 융화의 상태[24]에 도달하는 것이 서정시의 본질적인 요소라면, 김광균의 시에 나타나는 대상이나 이미지가 바로 이와 같은 서정시의 본질과 동일한 측면에서 사용되고 있음을 분명히 확인할 수 있다. 그의 시에 나타나는 사물들은 자아와 분리된 가운데 객관적으로 묘사되기만 하는 것이 아니라, 언제나 시인이 지닌 비애와 고독의 정서를 지닌 채 사용되는 것을 볼 수 있는 것이다. 이 시에 나타나 있는 정서적인 표출이 바로 그것이다.

여기에서 김광균의 시가 추구하는 바를 명확하게 확인할 수 있다. 그의 시에 나타나는 모더니즘적인 선명한 이미지의 창조도 궁극적으로는 서정성을 달성하고자 하는 시인의 의지를 드러내는 도구로 사용된다. 시인은 이와 같이 이미지의 은유적 사용을 통해 자아와 세계 사이의 동일성을 달성하고 서정성을 획득하는 것이다. 여기에 30년대 모더니즘시의 한 특성을 읽을 수 있다. 정지용이나 김기림의 시에서와 마찬가지로 김광균의 시에서도 은유적 세계관을 발견할 수 있다면, 30년대 모더니즘시 특히 영미 주지주의 계열의 모더니즘시는 본질적으로 은유적 세계관을 바탕으로 하여 서정시의 세계를 추구하고 있었음을 알 수 있는 것이다.

5. 결론

본고는 1930년대 한국 모더니즘시의 대표적인 시인인 정지용과 김기림, 김광균의 시를 수사학적 관점에서 분석하여 그 세계관을 밝히고자 했다. 일반적으로 말하는 모더니즘이 영미 주지주의와 대륙적 아방가르드라는 두 가지 경향을 지니고 있다면, 본고에서는 모더니즘을 영미 주지주의 계열로 한정하고 출발한다. 주지주의적인 세계관을 본격적인 논의의 대상으로 삼고 있는 김기림으로부터 이미지즘적인 특징을 내보이는 정지용, 김광균의 시세계를 분석함으로써 이들이 토대로 하고 있는 수사학적 특징을 추출해 낸 것이다.

정지용의 시에 나타나는 이미지는 재현적 차원의 세계에 대한 모사가 자리잡고 있을 뿐만 아니라, 그 이면에 관념적이고 정신적인 사유가 자리잡고 있음을 볼 수 있었다. 대표적인 것 중의 하나가 바로 기독교성이었다. 이러한 특징은 그가 시의 이미지를 은유적 관점에서 사용하고 있음을 보여주는 것이다. 김기림의 초기시에는 은유와 환유가 뒤섞여 나타나고 있음을 확인할 수 있었다. 재현적 차원의 이미지를 통해 은유적 세계를 드러내는가 하면, 풍자나 이미지의 나열과 같은 기법에서는 환유적 세계를 나타내고 있었던 것이다. 이러한 은유와 환유의 혼합적인 사용은 그의 모더니즘 시론에 대한 이해가 상당히 제한적이었음을 보여주는 대목이기도 하다. 이러한 그의 시세계는 30년대 후반에 가면 은유적인 세계로 회귀하게 되는 것을 볼 수 있다. 김광균의 시에 나타나는 선명한 이미지에는 대부분 시인의 정서가 함유되어 있다. 그것은 시인이 이러한 이미지를 통해 자아와 세계 사이의 은유적 동일성을 달성하고자 하는 서정적 욕망을 드러내고 있음을 보여주는 것이다. 이러한 은유적 동일성 을 통해 시인은 시의 서정성을 달성하는 것이다.

　이 논의를 통해 1930년대 모더니즘 시가 은유적 세계관에 근거하고 있음을 분명하게 인식할 수 있었다. 김기림의 초기시에서 환유적인 속성을 일부 발견할 수 있었지만, 이러한 모습은 나중에 그가 은유적 세계관으로 회귀함으로써 이 시기 모더니즘의 전체적인 특성과 동일한 모습을 지니게 되었다. 이러한 은유적 세계관의 확보는 영미 주지주의를 바탕으로 한 모더니즘시가 서정시의 한 부분임을 말해주는 대목이다. 이는 이 시기 모더니즘의 또 다른 한 흐름인 다다이즘이나 초현실주의와 같은 대륙적 아방가르드와는 전혀 상반된 모습이기도 하다. 이러한 두 흐름의 비교 검토를 위해서는 아방가르드가 가진 수사학적 차원에 대한 또 다른 논의가 필요할 것이다.

주석

1) 송욱, 「한국 모더니즘 비판」, 『시학평전』, 일조각, 1963; 문덕수, 『한국 모더니즘 시 연구』, 시문학사, 1981; 한계전, 『한국 현대시의 모더니즘 수용 연구』, 일지사, 1983.

2) 정한모, 「순수문학과 모더니즘」, 『현대시론』, 보성문화사, 1982; 김용직, 「모더니즘의 시도와 실패」, 『서울대 교양과정부 논문집』 6, 1974; 오세영, 「한국 모더니즘시의 전개와 그 특질」, 『20세기 한국시 연구』, 새문사, 1989.

3) 이러한 측면에 대한 대표적인 연구는 다음과 같다. 서준섭, 「1930년대 한국 모더니즘 문학 연구」, 서울대 대학원, 1988; 한상규, 1930년대 모더니즘 문학에 나타난 미적 자의식에 관한 연구」, 서울대 대학원, 1989; 김유중, 『한국 모더니즘 문학의 세계관과 역사의식』, 태학사, 1996.

4) 1930년대 모더니즘시에는 두 가지 기본적인 흐름이 있으며, 이것은 서구 모더니즘이 지닌 두 흐름과 일치하는 부분이다. 하나는 정지용이나 김기림·김광균 등으로 대표되는 영미 주지주의와 이미지즘을 지향하는 계열이라면, 다른 하나는 이상과 3·4문학으로 대표되는 다다이즘과 초현실주의를 지향하는 계열이다. 이 둘 사이에는 기호를 바라보는 관점이나 세계를 인식하는 태도에 있어서 명확한 차이를 드러낸다. 이 둘은 한 사조 내의 다른 모양이라기보다는 근본적으로 다른 두 사조라고 해야 할 것이다(오세영, 「모더니즘, 포스트모더니즘, 아방가르드」, 『한국 근대문학론과 근대시』, 민음사, 1996 참조). 그래서 영미 모더니즘과 대륙적 아방가르드는 명확히 구분되어져서 논해져야 한다. 본고에서는 이 중 영미 모더니즘적인 특성을 지닌 정지용이나 김기림·김광균을 논의의 중심에 놓고 30년대 모더니즘이 지닌 특징을 논하고자 한다. 이상 등이 보여주는 초현실주의적인 문학이 지닌 특징은 다른 논의가 필요하기 때문이다.

5) 금동철, 『한국 현대시의 수사학』, 국학자료원, 2001, 29~32면 참조.

6) 이숭원, 『정지용 시의 심층적 탐구』, 태학사, 1999, 77면.

7) 김윤식, 「모더니즘의 한계」, 『한국 근대작가론고』, 일지사, 1974, 113면.

8) 금동철, 「정지용 시의 수사학적 연구」, 『한국시학연구』 제4호, 한국시학회, 2001 참조.

9) 최승호, 『한국 현대시와 동양적 생명사상』, 다운샘, 1995.

10) 이것은 다다이즘이나 초현실주의가 지향하는 세계와는 전혀 상반된 것이다. 다다이즘이나 초현실주의에서는 언어 기호 너머에 있는 이성적 합리성에 의해 부여되는 의미의 세계에 대한 혐오가 자리잡고 있다. 이러한 관점은 언어 기호들이 그 너머의 의미의 세계와의 관계를 부정하고 기호들 사이의 인접성에 의해 나열되고 있음을 말해준다. 다다이즘이나 초현실주에서 재현적 "의미(meaning)"에 대한 부정을 선명히 내세우고 있다는 것은 주지의 사실이다. 이러한 측면에서 이들 아방가르드 문학이 환유적 차원의 언어 기호를 사용하고 있음을 알 수 있다.

11) 김기림, 「오전의 시론」, 『김기림전집』 2, 심설당, 1988, 157면.

12) 대부분의 논자들은 김기림 시에 나타나는 이러한 측면을 신기성에의 추구나 시적 미숙함의 표현으로 비판한다.

13) 금동철, 『한국 현대시의 수사학』 참조. 이러한 나열을 1950년대 박인환의 시에서도 발견할 수 있는데, 여기서 확인할 수 있는 수사학이 바로 환유였다.

14) 이숭원, 「김기림 시의 실상과 허상」, 『20세기 한국 시인론』, 국학자료원, 1997, 131면.

15) 문혜원, 『한국 현대시와 모더니즘』, 신구문화사, 1996, 196면.

16) 여기서는 1930년대 모더니즘시를 다루는 자리이므로 해방 후에 쓴 시는 논의의 대상으
로 삼지 않는다.

17) 이숭원, 앞의 글, 134면.

18) 이숭원은 이것을 생활의식의 수용이라고 설명하고 있다(이숭원, 「김기림 시의 실상과
허상」, 134면). 그러나 이러한 소재적 차원의 문제를 넘어서 여기에는 좀더 근원적인 세
계관의 문제가 개입되어 있다. 그것은 서정성의 회복과 관련되어 있는 것이다. 자아와
세계 사이의 동일성을 확보함으로써 초기시에 나타났던 은유와 환유가 혼합된 시세계로
부터 떠나 은유적 세계관으로 회귀하고 있음을 보여주는 것이다.

19) 조동민, 「김광균 시의 모더니티」, 『한국현대시사연구』(김용직 외), 일지사, 1983, 316면.

20) 이숭원, 「김광균 시의 모더니즘의 위상」, 『20세기 한국 시인론』, 국학자료원, 1997, 149
면.

21) 김기림, 「서문」, 『태양의 풍속』, 학예사, 1939.

22) 이숭원, 앞의 글, 149면.

23) 김준오, 『시론』, 삼지사, 1997.

24) E. 슈타이거, 이유영 외역, 『시학의 근본개념』, 삼중당, 1978, 96면.

프로문학과 식민주의

하정일

1. 프로문학과 민족문제

프로문학에 대한 일반화된 통념 가운데 하나가 프로문학이 식민지 또는 민족문제에 상대적으로 무관심했다는 비판이다. 말하자면 계급문제에만 집착하는 바람에 당시의 범민족적 과제였던 민족해방의 문제를 소홀히 했다는 것이다. 비슷한 비판은 가령 프로문학의 대표적 인물 중 한 사람인 임화에 의해서도 지적된 바 있다. 임화에 따르면, 프로문학은 "수입된 사조의 모방으로 기인되는 공식주의적 약점"으로 인해 "좋은 의미의 민족성을 부르주아적이라고 부정"했고 "반제국주의적이요, 반봉건적인 민족문학 수립의 과제"를 "그다지 고려하지" 않았다.[1]

임화의 지적이 틀린 것은 분명 아니다. 프로문학이 계급해방을 이념으로 삼으면서 다른 것들을 부차화했다는 점에서 그러하다. 하지만 이

말이 프로문학은 민족문제에 무관심했다든가 식민주의의 극복을 중요
시하지 않았다는 의미는 아니다. 프로문학은 '프로문학적' 방식으로 식
민주의의 극복이라는 과제에 대응했다. 식민지시대의 사회주의운동이
그러했듯이 프로문학은 가장 비타협적인 반제국주의를 주장했다. 다만
프로문학은 식민주의의 극복을 민족문제로만 한정하지 않았을 뿐이다.
　식민주의의 극복을 민족문제로 한정하는 접근방식은 민족주의적 구
상이다. 민족주의는 식민주의 문제를 언제나 민족 대 민족의 문제로 환
원시킨다. 강대국과 약소국, 힘센 민족과 힘없는 민족, 우월한 민족과
열등한 민족, 선한 민족과 악한 민족, 가해 민족과 피해 민족, 폭력적 민
족과 평화적 민족 등등. 민족주의는 이처럼 식민주의 문제를 민족 대
민족의 문제로 치환시킴으로써 식민주의의 역사성을 보지 못하며 나아
가 민족문제의 역사성마저도 이해하지 못하고 만다. 대신 그 자리를 부
국강병론이나 실력 양성론 혹은 사회 진화론으로 메우는데, 이는 한마
디로 우리 민족도 힘을 길러 강대국이 되자는 말이다. 이러한 논리 밑
에 종족주의(ethnocentrism)와 일국주의(一國主義)가 도사리고 있음은 물론이
다. 제1세계의 민족주의뿐 아니라 제3세계의 저항적 민족주의도 패권주
의나 국가주의의 함정에 쉽게 빠지곤 하는 것도 그래서이다.[2]
　그런 점에서 프로문학은 민족문제를 부정한 것이 아니라 민족문제에
대한 민족주의적 접근을 거부했다고 보아야 한다. 가장 중요한 이유는
민족문제에 대한 민족주의적 접근은 종족주의와 일국주의라는 한계로
말미암아 식민주의의 재생산이라는 악순환에서 벗어나기 힘들기 때문
이다. 일본의 예가 잘 보여주듯 스스로가 강한 민족이 되는 순간 제국
주의의 일원으로 자리바꿈하거나 중심부에 편입되지 않은 경우에도 외
국인 노동자에 대한 한국 기업인들의 착취 사례가 잘 보여주듯 내부 식
민주의로 종종 작용한다. 따라서 민족주의를 벗어나지 못하는 한 식민
과 피식민이라는 지구적 구도를 극복하기란 어려울 수밖에 없다. 프로
문학이 민족주의적 방식을 거부한 것은 그런 점에서 당연하다. 따라서

프로문학이 민족문제에 어떻게 대응했는가를 올바로 이해하려면 민족주의적 관점과는 다른 접근이 필요하다. 그런 연유로 식민주의라는 보다 넓은 시야가 요구된다.

식민주의라는 맥락에서 민족문제를 바라본다는 것은 무엇보다 '전지구적 전망' 속에서 민족문제를 이해한다는 의미이다. 민족문제는 단순히 강대국이 약소국을 침략함으로써 발생하는 문제가 아니다. 민족문제는 자본주의 근대가 만들어낸 식민주의적, 좀더 특정하면 제국주의적 세계체제의 산물이다. 자본주의는 자본의 끊임없는 확대 재생산을 통해서만 존속할 수 있는 생산양식이다. 자본주의가 탄생과 함께 세계화를 지향한 것도 그 때문이다. 그러므로 자본주의의 세계화는 필연적으로 자본 수출, 시장의 창출, 잉여의 수탈을 도모한다. 이를 위해 자본주의는 식민지를 필요로 하며, 제국주의 체제는 자본주의의 이러한 속성에 가장 적절한 질서가 된다. 따라서 민족문제는 자본주의 근대가 만들어낸 제국주의적 세계체제라는 전지구적 규모의 역사적 운동이 빚은 결과이다. 그러므로 민족문제의 진정한 해결은 피식민 민족의 독립만으로 이루어질 수 있는 일이 아니다. 이는 2차대전 이후의 세계사가 극명하게 보여주는 바이다. 2차대전의 종결 이후 많은 피식민 나라들이 독립했음에도 불구하고 민족적 착취나 분규가 지금껏 계속되고 있는 까닭은 제국주의적 세계질서가 여전하기 때문이다. 물론 지배의 전략이나 세계체제의 작동 방식 같은 것들은 변했지만(구식민주의에서 신식민주의로) 중심부 자본주의의 헤게모니라는 기본 틀은 여전하다. 그래서 제국주의적 세계질서를 극복하지 않고는 민족문제의 근원적 해결이 불가능한 것이다. 프로문학이 민족문제를 제국주의라는 전지구적 맥락에서 바라보려 한 것은 이런 까닭에서라고 할 수 있다.

이와 함께 프로문학은 제국주의가 자본주의의 이면(裏面)이라는 점에서 자본주의를 극복하지 않고서는 민족문제를 해결할 수 없다고 보았다. 프로문학이 전지구적 계급투쟁을 제국주의 혁파의 해법으로 제시한 것은 그런 연유에서이다. 프로문학이 반제국주의 투쟁의 주체로 프롤레타리아를 상정한 것이라든가 민족주의운동에 대해 비판적 입장을 견지한 것은 그 연장선상에 놓여 있다. 다시 말해 민족적 착취의 종결은 민족주의가 내세웠던 민족해방운동이 아니라 전지구적 계급투쟁으로서의 반제국주의운동을 통해서만 가능하며, 따라서 프롤레타리아가 투쟁의 중심이 되어야 한다는 것이다. 왜냐하면 민족주의적 민족해방운동은 그것이 성공할지라도 자본주의의 극복으로까지는 이어지지 않으므로 자본주의의 외화(外化)인 제국주의 세계질서는 여전할 것이기 때문이다. 요컨대 민족국가의 건설이라는 전망에 갇혀 있는 민족주의로는 전지구적 반제투쟁을 기대하기 어렵다는 것이다. 민족해방운동에 맞서 프로문학이 프롤레타리아 국제주의를 강조했던 것도 같은 맥락에서이다. 프롤레타리아 국제주의만이 민족국가의 차원을 넘어 전지구적 반제투쟁을 이끌 수 있다는 것이 프로문학의 생각이었던 것이다. 부르주아 헤게모니 하의 민족주의운동이 자본주의 세계체제의 극복을 지향하는 전지구적 반제투쟁 노선을 받아들이기는 사실상 불가능하다. 그런 점에서 프로문학이 프롤레타리아 국제주의를 주장한 것은 원칙적으로 옳았다고 할 수 있다.

민족문제에 대한 프로문학의 접근방식이 민족주의뿐 아니라 자유주의와도 구별된다는 점 또한 지적할 필요가 있다. 자유주의가 내놓은 해법인 '민족자결'은 민족문제의 역사적 연원인 자본주의 근대를 건드리지 않는다. 그런 점에서 민족자결론은 제국주의의 후기 단계인 신식민주의와 밀접히 결부되어 있다. 말하자면 민족자결론은 중심부 자본주의의 헤게모니를 유지하면서 민족문제를 비껴가려는 의도의 소산인 셈이다. 민족자결론은 두 얼굴을 갖고 있다. 그것은 한편으로는 국제적인 반제투쟁의 압력을 모면하면서 중심/주변의 틀을 지탱하기 위한 수동적 선택인 동시에 다른 한편으로는 식민지 관리에 들어가는 비용을 줄이고 자본주의 세계체제의 효율성을 높이려는 능동적 선택이었다. 실제로 이후 세계사의 진행은 민족자결론의 구상과 비슷한 방향으로 나아갔고, 중심부 자본주의의 헤게모니는 유지됐으며, 중심/주변의 제국주의적 질서는 신식민주의적 방식으로 재편된 모습으로 지속되었다. 이와 관련해 제3세계 민족주의가 민족자결론을 재빨리 수용한 것은 의미심장하다. 이를 통해 민족주의가 자본주의에 대해 자유주의와 동일한 관점을 갖고 있음을 재확인할 수 있기 때문이다. 물론 제3세계 민족주의가 종종 자유주의와 다른 정치적 노선을 취했던 것은 사실이지만, 양자는 공히 민족문제와 자본주의 근대의 내적 연관을 외면한다. 그런 점에서 프로문학운동은 자유주의와 민족주의를 동시에 넘어서려는 문학적 실천이었던 셈이다.

　본고는 따라서 식민지시대의 한국 프롤레타리아 문학운동이 민족문제에 어떤 식으로 대응했는가에 초점을 맞춰 논의를 진행시켜 나가도록 하겠다. 특히 프로문학이 어떤 과정을 통해 민족주의와 갈라지는지를 중점적으로 살펴보겠다. 그와 함께 이기영의 『고향』을 분석함으로써 창작 방면에서 프로문학이 민족문제를 어떻게 그리고 있는지도 검토하고자 한다. 그 과정에서 『고향』이 민족문제에 접근하는 독특한 방식이 밝혀질 것이다.

2. 민족주의와 자유주의를 넘어서

　지금까지 프로문학에 대한 연구는 주로 자유주의문학 혹은 부르주아문학과 프로문학의 대립관계를 중심으로 이루어져 왔다. 그러나 프로문학의 역사를 자세히 살펴보면 그것이 자유주의뿐만 아니라 민족주의의 극복과도 밀접히 관련되어 있음을 발견할 수 있다. 특히 민족문제에 대한 대응에 있어서 프로문학과 민족주의는 매우 상이한 모습을 보여준다.

　초기 프로문학과 민족주의의 관계는 착잡하게 얽혀 있다. 김기진과 박영희가 프로문학을 제창한 것은 일차적으로는 부르주아문학의 극복을 목표로 한 것이지만, 그 이면에는 민족주의를 넘어서려는 의도가 은밀히 깔려 있었다. 그때까지의 한국 근대문학을 주도한 이데올로기가 민족주의—정확히 말하면 부르주아 민족주의—였기 때문이다. 이들은 민족주의가 부르주아의 이익에 봉사하는 이데올로기라고 생각했고, 거기에 맞서 민중의 이익을 대변하는 프로문학을 한국 근대문학의 새로운 대안으로 내놓은 것이다.

　하지만 김기진과 박영희는 민족주의를 비판하면서도 민족주의에 속박되어 있는 양면성을 보여준다. "조선의 부르주아나 프롤레타리아는 다 함께 피학대계급"3)이라는 김기진의 진술이나 조선 민족 전체가 "백의의 무산자"라는 박영희의 표현에서 그 점이 극명하게 드러난다. 무산자=조선 민족=피학대계급이라는 등식은 민족을 동질적 공동체로 보는 민족주의적 관점을 그대로 답습하고 있다. 물론 부르주아와 민중을 구분하고 있기는 하지만, 김기진과 박영희에게 민족과 계급이 미분화된 착종 상태에 놓여 있는 것은 분명하다. 조선 대 일본이라는 대립 구도로만 보면, 무산자=조선 민족은 맞는 말일 수도 있다. 하지만 제국주의 혹은 식민주의라는 전지구적 맥락 속에서 보게 되면, 민족은 '이질적' 공동체이다. 요컨대 민족은 중심부냐 주변부냐는 공동체성—제국주의 세계체제 하에서의 위치—을 갖고 있는 동시에 내부적으로는 계급적으로 날카롭게 분할되어 있는 이질적 집단인 것이다. 무산자=조선 민족은 이러한 민족의 내적 이질성을 인식하지 못한 사고방식이고, 그 점에서 민족주의의 자장에서 자유롭지 못하다. 가령 다음과 같은 설명이 그 점을 잘 드러내 보여준다.

　　조선은 정치적으로 파멸을 당한 지도 오램으로 민족적으로 궁경(窮境)에 있는 지가 오래가 되었다. 그것과 한가지로 제일 중요한 문제는 우리는 경제적으로 파산을 당하고 사지(死地)에 미로(迷路)하는 것이 사실이다. 얼른 말하면 백의(白衣)의 무산자와 그 계급에 있는 민중의 생활은 현금 우리가 각각 당하고 있는 명확한 사실이다. 그런 고로 우리는 정치적으로 무능할 뿐만 아니라 경제적으로 멸망을 당하는 무리이므로 우리 생활의 필수조건은 특권계급에게 다 약탈되고 말았다.4)

위 인용문을 살펴보면, 조선－민족－백의의 무산자－민중이 미분화된 채 뒤섞여 있음을 알 수 있다. 그래서 백의의 무산자가 민족에도 걸리고 민중에도 걸린다. 정치적 파멸－민족적 궁경－경제적 멸망도 마찬가지다. 이것들은 식민지 조선을 가리키는 말인 동시에 민중 현실을 뜻하는 용어이기도 하다. 말하자면 이들은 프롤레타리아－혹은 민중－를 어떤 때에는 계급적 규정으로, 다른 때에는 민족의 메타포로 혼용하고 있는 셈이다. 그러다 보니까 특권계급이 일본을 말하는 것인지 조선의 부르주아를 말하는 것인지도 불분명해진다. 이러한 박영희의 의식은, 김기진도 비슷한데, 민족과 계급에 대한 변별력이 뚜렷이 정립되지 못한 상태임을 보여준다. 그런 점에서 김기진과 박영희의 신경향파문학론은 부르주아 민족주의의 극복을 주장하면서도 무의식적으로는 민족주의에 여전히 긴박된 과도기적 단계에 머물러 있다고 할 수 있다.

프로문학이 민족주의와 확연하게 결별하는 것은 두 번의 방향전환을 거치면서 노동자계급 당파성을 자신의 이념적 원리로 내면화하면서이다. 당파성에 대한 자의식은 민족의 내적 이질성에 대한 인식으로 이어진다. 조선사회가 자본주의사회이고 자본주의가 부르주아계급과 노동자계급의 대립으로 구성된 사회구성체라면, 이제 민족은 더 이상 조선사회를 묶어주는 구심점이 되지 못한다. 요컨대 민족 역시 계급투쟁의 장인 것이다. 민족의 내적 이질성에 대한 인식은 민족을 동질적 공동체로 보는 민족주의와 날카롭게 대립할 수밖에 없다. 두 번의 방향전환은 그 과정을 극명하게 보여준다. 일차 방향전환에서 카프는 목적의식적 정치투쟁으로의 변화를 꾀하면서 '전민족 단일당' 결성에 적극 참여했다. 민족주의 세력과 사회주의 세력이 공동으로 만든 신간회가 그 결실이었다. 하지만 이미 일차 방향전환 때부터 동경의 소장파들을 중심으로 그에 대한 비판이 제기되었는데, 핵심 쟁점은 바로 민족주의에 대한 입장이었다. 이들은 김기진이나 박영희 같은 선배 세대가 방향전환의 의미를 왜곡했다고 생각했다. 왜냐하면 이들이 민족주의 혹은 민족 개량주의에 대해 절충주의적 태도를 취하고 있었기 때문이다.

> 우리는 조선의 특수성을 맑스주의적으로 파악함으로써 민족적 단일당을 결성하지 않으면 안되겠다는 것, 즉 방향전환을 하지 않으면 안되겠다는 것을 인증하였다. 따라서 우리는 전조선의 총역량을 집중하지 않으면 안되었다. 그리하여 우리는 프롤레타리아트, 빈농, 중농, 중산계급, 부르조아지(아직 자본주의의 완전한 발달을 보지 못한 조선에 있어서는 미약하나마)까지도 소부르조아 단체인 신간회로 집중시키는 것을 주저치 않았다. 그러나 이것은 총역량을 집중한 조선민족공동전선당인 까닭이다. 또한 그 합동이 민족주의와 xx(사회—인용자)주의의 기계적 야합이 아닌 것은 이곳에 누누이 말할 필요도 없을 것이다. 그럼에도 불구하고 우리 김영수 씨는 프롤레타리아예술동맹과 소위 국민문학파—씨의 말을 빌면 애국 문학파—와 무조건 합동을 주장하였다. 이것은 민족주의문학에 중독된 대중과 애국문학—조선주의—의 반동적 이론과 역사적 역할을 혼동한—분의결합(分誼結合)의 맑스적 방법을 몰이해한 일이다.[5]

조선의 해방을 위해 카프를 해체하고 애국문학파와 합동하자는 김영수의 제안에 대한 반론으로 쓰여진 위 글에서 이북만은 민족 단일당 운동이 민족주의와의 기계적 야합이 되어서는 안된다고 강조하면서 민족주의를 '반동적 이론'이라고 매섭게 비판한다. 이북만이 민족주의를 '반동적 이론'이라고 비판한 까닭은 그것이 "피압박계급의 해방운동을 정체"시키려는 이데올로기이기 때문이다. 이 연장선상에서 이북만은 신간회에 대해서도 "조선무산계급운동의 한 과정이요, 매개체에 불과한 것"이라고 규정한다. 말하자면 민족주의의 관점에서는 신간회 혹은 신간회로 상징되는 '조선독립'이 절대적 목표이지만 사회주의의 입장에서는 다음 단계로 나아가기 위한 '매개체'라는 것이다. 그러면 이북만이 생각한 다음 단계는 무엇인가. 그것은 바로 제국주의적 세계질서를 혁파하는 것이고 자본주의 근대를 무너뜨리는 것이다. 따라서 이북만에게 신간회 중심주의는 자본주의 근대의 극복을 가로막는 장애물일 뿐이다. 민족주의와의 분리가 프로문학운동의 방향전환에서 관건이 되는 것은 그래서이다. 그런 점에서 신간회 해소는 민족주의와의 결정적 분리를 말해주는 상징적 사건이었다고 할 수 있다.

민족주의와의 결별은 민족해방이라는 전략적 관점에서 보자면 비판받을 측면이 적지 않다. 그 밑바닥에는 일종의 계급 환원론이 깔려 있기 때문이다. 민족 환원론만큼이나 계급 환원론 또한 위험한 논리이다. 무엇보다 계급 환원론은 프로문학이 자신의 이념적 기반으로 설정했던 맑스주의의 본의와도 거리가 멀다.[6] 그러나 그렇다고 해서 당시의 프로문학이 민족문제를 등한시했던 것은 아니다. 오히려 이 때부터 프로문학은 민족주의와는 다른 민족 인식을 본격적으로 보여주기 시작한다.

> 우리는 예술운동—의식투쟁 상층구조를 말하기 전에 우리 무산계급의 방향전환—경제투쟁에서 정치투쟁으로 방향을 전환한—을 말하지 않으면 안되겠다. 왜 그러냐 하면 "하층구조의 방향전환이 그것—상층구조—의 방향전환을 가능케 하니까"(福本和夫, 「방향전환」 4항) 다시 말하여 경제투쟁만으로는 강대한 지배계급과 투쟁할 수 없게 되었다. 그것은 왜 그러냐?
>
> 세계대전을 계기로 세계 자본주의가 급격한 몰락과정을 과정하게 된 것, 이에 따라서 자본주의의 발달이 정상적으로 되지 못하였음에도 불구하고 ○○(일본—인용자)의 자본주의도 세계자본주의의 몰락과정에 합류하지 않으면 안되게 된 것, 제국주의국가 무산계급의 극도의 궁핍화, 중간계급의 급격한 몰락, 제국주의국가의 식민지에 대한 극도의 착취, 국가 트러스트, 신디케이트의 형

성, ○○(일본-인용자) 부르조아지의 절대 전제세력과의 구합(拘合) 등등
…… 이것들은 우리 식민지 무산계급으로 하여금 자연발생적, 조합주의적 경
제투쟁만으로서는 극도로 반동화하여 그의 단말마적 폭위를 여지없이 발휘하
는 제국주의에 대항치 못할 것을 말하였다.[7]

논리가 엉성하기 이를 데 없고 잘못된 분석도 많지만, 여기서 우리는
두 가지 사항을 확인할 수 있다. 하나는 민족문제를 '세계 자본주의'라
는 전지구적 구도 속에서 바라보고 있다는 점이고, 다른 하나는 제국주
의를 자본주의와 연결시켜 이해하고 있다는 점이다. 이처럼 민족문제를
제국주의와 연결시키고 제국주의를 다시 자본주의 세계체제와 연결시
키는 논리는 민족문제를 자본주의 근대의 역사성 속에서 이해하려는
노력과 맞닿아 있다. 이러한 사유방식은 일국주의의 극복과 민족 내부
의 이질성에 대한 인식을 가능하게 해줌으로써 민족주의와는 다른 민
족 인식을 낳았으니, 민족국가의 건설을 목적으로 하는 민족해방운동론
과 구별되는, 다시 말해 자본주의 극복을 지향하는 반제국주의 투쟁론
은 그러한 민족 인식이 변혁론에 반영된 결과였다.

그러나 자본주의 근대를 하나로 보는 보편주의적 사고로 인해 한국
자본주의의 '식민지적 특수성'을 읽어내지 못한 것은 방향전환기의 프
로문학이 보여준 치명적 약점이다. 프로문학이 민족문제를 자본주의 근
대와의 연관 속에서 바라보려 한 것은 적절한 생각이었다. 그럼으로써
민족문제의 전지구적 연관이 해명되고, 민족문제의 완전한 해결은 자본
주의 세계체제의 극복을 통해서만 가능하다는 사실이 밝혀졌기 때문이
다. 요컨대 민족문제를 민족 대 민족의 문제로만 협소화시킨 민족주의
의 한계를 넘어설 단초가 마련된 셈이다. 동시에 프로문학의 이러한 구
상은 자유주의가 내놓은 해법인 민족자결론의 허구성을 뛰어넘는 것이
기도 했다. 민족자결론 역시 민족문제를 민족 대 민족의 차원에 가두어
둠으로써 자본주의 근대라는 근본 문제를 비껴가려 했기 때문이다. 그

런 점에서 반제국주의론은 민족주의와 자유주의의 동시적 극복을 지향한 야심찬 탈식민 구상이었다고 할 수 있다.

하지만 서구 자본주의를 근대의 유일한 모델로 생각한 점에서는 프로문학도 민족주의나 자유주의와 마찬가지였다. 프로문학 또한 자본주의 근대에 대한 유럽 중심적 사고방식에서 자유롭지 못했던 것이다. 그래서 프로문학은 후진국들도 궁극적으로는 서구 자본주의와 똑같은 코스를 밟을 것으로 예상했다. 당연히 조선 역시 서구와 마찬가지의 자본주의화 과정을 거칠 것이라고 보았다. 그로 인해 식민지 자본주의 운운하면서도 식민지는 괄호 쳐지고 자본주의만 남게 된 것이다. 후진국들도 결국엔 서구 자본주의와 동일한 길을 걷게 되어 있다면, '식민지'란 미래의 어느 시점에 자동적으로 지워질 부차적 의미만을 갖기 때문이다. 프롤레타리아 국제주의, 곧 전지구적 계급투쟁론은 그로부터 나온 이념이었다. 하지만 서구 자본주의가 근대의 '고전적' 모델이긴 하지만 유일한 전범은 아니라는 점에서 프로문학의 자본주의 인식은 민족적 착취와 억압의 문제를 경시하는 결과를 낳았다.

이러한 약점은 계급 환원론과 직결되어 있다. 말하자면 모든 사회적 모순들을 계급문제로 환원시키는 바람에 여러 사회적 관계들과 얽히면서 계급적 관계의 구체적인 형태가 다양화될 수 있다는 사실을 보지 못한 것이다. 특히 계급문제가 민족문제에 투영된다는 점만 보고 반대의 경우는 무시한 것이 한국 자본주의의 '식민지적 특수성'을 인정하지 않는 방향으로 프로문학을 몰아갔거니와 볼세비키화론은 그 정점이었다고 할 수 있다. 볼세비키화론 단계에 오면 방향전환의 의미가 "국제 프롤레타리아트의 세계적인 단일한 유기적 메카니즘 가운데 자기를 결부시키고 명확한 계급적 기초에 선 조선 프롤레타리아트의 조직적 기구 가운데 우리들의 예술운동이 자기의 프롤레타리아트적인 진실히 계급적인 기초"8)를 갖추는 것이 된다. 이처럼 볼세비키화론에서는 1차 방향전환기의 신간회 결성으로 상징되는 민족적 연대론은 사라지고 전지구적 계급투쟁론만 남게 되니, 민족문제가 개입할 이론적·실천적 여지가 최소화되고 만다. 다시 말해 민족문제는 세계 자본주의만 무너지면 자연히 해결될 사안으로 부차화된 것이다.

식민지적 특수성에 대한 새로운 인식을 통해 계급 환원론적 보편주의를 극복하는 것은 카프 해체 이후이다. 카프 해체 이후 프로문학은 카프문학운동의 실패에 대한 반성을 다각도로 벌여나간다. 그런 점에서 30년대 후반은 전형기가 아니라 자기 반성기이다.[9] 자기 반성의 결과는 식민지적 특수성에 대한 인식으로 나타난다. 임화의 이식문학사론이 가장 대표적인 경우이지만, 그 이외에도 그것은 사회주의리얼리즘의 '조선적 구체화'라든가 생활의 재인식 혹은 주체 재건론 등으로 다양하게 표출된다. 가령 임화가 우리의 근대문학사를 "서구문학의 수입과 이식의 역사"라고 말했을 때 그 발언에는 한국의 근대화는 서구의 근대화를 따라갈 수밖에 없다는 의미가 아닌, 한국의 식민지적 특수성에 대한 심오한 통찰이 담겨 있다. 요컨대 자주적 근대화의 실패에 따른 식민화가 문화 이식을 초래했고, 그런 점에서 이식성이란 식민성의 다른 이름이라는 인식이 그 발언의 이면에 가로놓여 있다. "동양제국과 서양의 문화교섭은 일견 그것이 순연한 이식문화사를 형성함으로 종결하는 것 같으나, 내재적으로는 또한 이식문화사 자체를 해체하려는 과정이 진행되는 것이다. 즉 문화 이식이 고도화되면 될수록 반대로 문화 창조가 내부로부터 성숙한다"[10]는 서술 속에는 단순한 현상 기술의 차원을 넘어선, 이식성의 해체를 통해 식민성을 극복하려는 문제의식이 숨어 있다. 말하자면 임화의 이식문학론의 진짜 주제는 이식 해체론인 셈이다.

임화는 무엇 때문에 이식의 해체를 꿈꾸었던 것일까. 이 대목에 30년대 후반 프로문학의 전(全)고민이 응축되어 있다. 30년대 후반의 프로문학은 카프문학운동의 실패에 대한 반성을 근대문학운동의 실패에 대한 반성으로 확장시켰다. 그 과정에서 발견한 것이 식민지적 특수성이었다. 식민주의의 작용으로 시민사회의 자생력이 상실되었다는 것, 자생

력의 상실은 한국 근대문학의 방향을 이식문학으로 강제했다는 것, 이
식성으로 말미암아 근대문학의 전개과정이 '쫓아가기' 형국이 되었다는
것, 그에 따라 온갖 사조와 경향들이 착종되어 어느 것 하나도 성숙을
기하기 어려웠다는 것, 이것이 이식의 원인과 결과에 대한 임화의 진단
이었다. 한마디로 근대문학운동이 실패한 근본 원인이 바로 식민성이라
는 것이다. 그런 점에서 임화의 이식문학사론은 이식성과 식민성의 내
적 연관에 대한 이론적·역사적 분석이자 이식의 해체를 통해 식민주
의에 저항하고자 한 실천적 기획이었다고 할 수 있다.[11]

  이처럼 30년대 후반의 프로문학은 식민지적 특수성에 눈을 돌림으로써
볼세비키화 시기의 보편주의를 넘어선다. 식민지적 특수성에 대한 재인
식의 요체는 자본주의 근대가 하나가 아니라는 것이다. 그럼으로써 서구
의 고전적 자본주의와는 다른 '식민지' 자본주의가 눈에 들어오게 되고,
그 연장선상에서 서구와는 다른 근대의 경로에 대한 검토가 시도된다.
다시 말해 근대 일반이 아니라 식민지적 근대의 극복이 문제가 되면서
서구의 자본주의 근대와는 다른 제3세계 근대의 특수성이 시야에 들어오
기 시작한 것이다. 임화의 이식문학사론에서 우리는 그러한 문제의식의
싹을 읽을 수 있다. 그런 점에서 서구의 근대와는 역사적으로 구별되는
식민지적 근대의 극복을 문학운동의 목표로 내세웠던 해방기의 민족문학
론은 30년대 후반부터 시작된 새로운 모색의 결실이었던 셈이다.[12]

3. 『고향』과 식민지 자본주의

  프로문학론의 역사를 개괄하면서 우리는 프로문학이 민족문제에 무
관심했던 것이 아니라 민족주의와는 다른 방식으로 민족문제에 접근했

던 것임을 확인할 수 있었다. 민족과 계급이 미분화된 채 뒤섞여 있었던 초기를 지나 두 번의 방향전환을 거치면서 제국주의라는 전지구적 지형 속에서 민족문제를 바라보게 되었고, 그에 따라 프로문학은 민족주의의 민족해방운동론을 대신해 반제국주의론을 해법으로 제시했다. 이 대안은 전지구적 계급투쟁을 통해 자본주의 세계체제를 무너뜨림으로써 민족문제를 해결하려는 변혁론이었으니, 이로써 프로문학은 민족국가의 건설이라는 전망에 갇혀 있었던 민족주의의 일국주의와 종족주의를 벗어나 민족문제를 자본주의 근대의 극복이라는 거시적 전망 속에 위치지울 수 있었다. 하지만 프롤레타리아 국제주의에 내재된 보편주의로 말미암아 민족문제는 자본주의만 혁파하면 자동적으로 해결될 사안으로 부차화되는 문제점이 나타났고, 그러한 보편주의는 '전민족 단일당'이었던 신간회의 해소라는 사건으로 표출되었다. 그러나 프로문학운동의 실패에 대한 자기 반성을 통해 식민지적 특수성을 재인식하면서 볼세비키화 시절의 보편주의를 벗어나 제3세계 근대라는 세계가 프로문학의 시야에 새로이 들어오게 된다. 이러한 문제의식은 임화의 이식문학사론에서 발견할 수 있거니와 이식성의 해체를 통한 식민성의 극복이라는 기획이 바로 그것이다. 말하자면 30년대 후반에 접어들면서 마침내 '식민지 자본주의', 즉 자본주의의 보편성과 특수성의 결합이 이루어진 셈이다.

창작 방면에서도 비슷한 과정을 보여준다. 흔히 프로문학 하면 계급투쟁에 대한 앙상한 이야기를 연상하지만, 그리고 그런 유의 작품들이 많은 것도 사실이지만, 민족문제와 자본주의 근대의 연관을 날카롭게 파헤친 문제작들도 적지 않다. 이기영과 한설야의 몇몇 소설이나 임화의 시편들이 그러한데, 이들만으로도 프로문학이 민족문제를 깊이 생각했음을 확인하기란 어렵지 않다. 그 중에서도 민족주의와는 다른 방식으로 민족문제에 접근한 대표적 사례로 꼽을 수 있는 작품이 이기영의 『고향』이다. 『고향』은 일견 민족문제와는 무관한 소설로 보인다. 민족문제가 『고향』의 중심 테마가 아닌 것은 분명하다. 뿐더러 민족에 대한 구체적인 이야기를 『고향』에서 찾아볼 수 없는 것도 사실이다. 민족문제 혹은 식민주의에 대한 인식이 결여되어 있다는 항간의 『고향』 비판은 그런 맥락에서 나온 것이다.

하지만 이러한 비판은 민족문제를 민족주의적인 방식으로만 바라본 데 따른 잘못된 판단이다. 『고향』은 '식민지 자본주의'라는 구도 속에서 농촌현실을 그려낸 작품이다. 그런 점에서 『고향』은 프로문학론이 30년대 후반에 들어와서야 획득한 시각을 선취한 작품이라 할 수 있다. 물론 그러한 구상이 완벽하게 구현된 것은 아니지만, 『고향』의 미학적 조종중심이 '식민지 자본주의'인 것은 분명하다. 무엇보다 안승학의 형상에서 그 점을 확인할 수 있다. 이를 밝혀낸 대표적인 연구로 이상경의 『이기영-시대와 문학』을 들 수 있다. 이상경에 따르면, 안승학은 식민지 부르주아이다.[13] 이 점은 『고향』을 이해하는 데 있어 대단히 중요하다. 기존의 연구들은 마름인 안승학을 지주의 대리인으로 해석했다. 그런 측면이 없는 것은 아니지만, 지주의 대리인이라는 해석은 『고향』의 문제의식과는 거리가 있다.

작가가 안승학이라는 인물을 통해 말하고 싶었던 것은 그가 새로운 유형의 인간이라는 점이다. 안승학은 지주가 아니다. 지주의 대리인도 아니다. 그렇다고 고전적인 부르주아도 아니다. 그는 대단히 독특한 유형의 농촌 부르주아이다. 먼저 안승학이 단순한 지주의 대리인이 아니라 농촌 부르주아라는 점은 그가 원터마을의 농민들과 맺고 있는 관계가 봉건적 관계가 아니라 '근대적' 관계라는 데서 찾아볼 수 있다. 그는 매년 소작 여부를 새롭게 결정한다. 봉건적 지주/소작관계에서 소작권은 세습 권리의 의미를 일정 정도 가지고 있었다. 물론 결정권은 지주에게 있었지만, 소작권을 어느 정도까지 인정해 주었던 것이다. 그러나 안승학은 그것을 전혀 인정하지 않는다. 생산성을 기준으로 소작을 줄 건지 빼앗을 건지를 냉혹하게 판단하는 안승학의 모습은 냉정한 경영자의 모습을 연상시킨다. 따라서 소작농들의 삶은 지극히 불안정할 수밖에 없게 되는데, 그로 말미암아 소작농들은 안승학의 매일매일의 감시를 의식하면서 죽어라 일하게 되며, 소작권을 지키기 위해 뇌물까지도 서슴지 않는다. 이러한 소작농들의 형상은 고용 계약에 울고 웃는 노동자의 모습 바로 그것이다. 이렇게 소작권이 경영자와 노동자가 맺는 계약의 형식을 띠게 되었다는 것은 안승학과 원터마을 농민들의 관계가 근대적-자본주의적 관계와 비슷해졌음을 말해준다.

이해관계라는 도구적 합리성에 의해 안승학이 움직인다는 사실도 그가 농촌 부르주아임을 보여주는 또 하나의 논거이다. 소작료, 고리대금업, 자녀의 결혼 같은 문제들에 대해 안승학이 보여주는 태도는 철저한 이윤의 논리이다. 안승학이 그러니 그에게 종속되어 있는 소작농들도 '늑대'로 변해간다. 그러면서 농촌사회의 전통적 공동체가 붕괴되고 이해관계에 따라 움직이는 자본주의적 세계가 들어선다. 정확히 말하면, 안승학이 농촌 부르주아가 된 것은 그가 재산이 많다거나 권력이 커서가 아니다. 안승학과 소작농들의 관계가 도구 합리적으로 재편되면서, 그러한 사회적 관계에 의해 안승학은 농촌 부르주아로 정립되어 간다. 요컨대 사회적 관계의 변화가 안승학의 계급적 위상을 만들어준 셈이다. 그리고 이처럼 사회적 관계의 변화에 따라 새로운 계급들이 생겨나면서 원터마을은 자본주의화한다. 물론 그러한 변화과정을 주도하는 인물은 안승학이다. 안승학이 원터마을의 구조적 변화를 주도할 수 있었던 것은 그가 종전에는 볼 수 없었던 새로운 인간형, 즉 도구적 합리성에 의해 움직이는 근대적-자본주의적 인간형이었기 때문이다. 그런 점에서 안승학은 김희준과 함께 『고향』의 또 다른 주인공이다.

민판서가 부재 지주로 설정되어 있는 점도 눈여겨 보아야 할 대목이다. 민판서는 대처에 살면서 소작료만을 챙긴다. 만약 민판서가 원터마을에서 생활하고 있다면, 전통적 지주/소작관계가 어떤 식으로든 온존되었을 것이다. 그러나 민판서는 부재 지주이기 때문에 원터마을 소작농들과 구체적인 관계를 갖지 못한다. 그런 점에서 그는 이제 지주라기보다는 일종의 금리 생활자이다. 민판서 대신에 소작농들과 나날의 구체적 관계를 갖는 이는 안승학이다. 안승학이 권력을 휘두를 수 있었던 것은 민판서가 원터마을에 부재하기 때문이거니와 그런 점에서 민판서의 사회적 위치의 변화도 원터마을의 자본주의화에 중요한 일익을 담당하고 있다. 사회적 관계의 변화가 농촌의 자본주의화를 만들어냈음을 보여주기 위해 『고향』이 얼마나 치밀하게 서사의 전체 틀을 주조했는지를 여기서 발견할 수 있다.

이처럼 안승학은 원터마을이 자본주의화하는 변화과정의 중심에 놓여 있다. 그런데 본고의 주제와 관련해 중요한 것이 안승학의 출세 과정이다. 안승학이 출세하기까지의 과정에 대한 서술을 통해 『고향』이 말하고자 한 것은 작품에 그려진 자본주의가 자본주의 일반이 아니라 '식민지' 자본주의라는 사실이다. 따라서 안승학의 '출세담'에는 『고향』의 숨은 주제가 농축되어 있다고 해도 과언이 아니다. 안승학은 "경기도 죽산이라든가 어디서 호방 노릇을 하던 아전"의 아들이다. 중인 출신이라는 것은 그가 남보다 빨리 근대에 적응할 수 있었던 중요한 계급적 요인이라 할 수 있다. 중인이란 신분상승에 대한 욕구가 강한 계층 아닌가. 무엇보다 그가 가난한 가운데서도 학교에 들어가 일본어를 배우고 졸업 후에는 군청에 고원으로 취직한 것이 출세의 디딤돌이 되었다는 데 주목하지 않으면 안된다.

> 안승학은 잇해만에 이 학교를 졸업하고 나서 바로 군청으로 들어갔다.
> 그는 물론 일본 내지어를 잘할 뿐 아니라 생활에 막다른 사정은 다만 한푼 버리라도 하지 않으면 안되기 때문에 남들이 손가락질하는 고원이라도 들어갈 수밖에 없었던 것이다.
> 그는 이렇기 때문에 남 먼저 개화를 하였다. 말하자면 이것이 그의 출세에 대한 첫걸음이었다.
> 그러나 안승학의 치부에 대하여는 여러 가지 풍설이 많다. 그가 지금은 사음도 보고 취리도 하지만 몇해전까지도 단순히 하급의 월급생활을 하고 있음에

불과하였다.

    월급이라는 것은 빤한 것이 아닌가. 그것으로 의식은 족할른지 모르나 저축까지 한다는 것은 의문이었다. 월급은 장사와 같지 않기 때문이다.

    그래서 그는 아마 뇌물을 많이 먹은 것이라는 소문도 있고 또는 토지조사 임시에 은결(隱結)로 숨은 땅을 누구와 협잡해서 나중에 자기 땅으로 돌려쳤다는 말도 있다.[14]

이 구절이 전해주는 정보는 안승학의 출세와 관련해 결정적이다. 그는 신분상승 욕구가 강한 중인 출신인 데다 가난하기까지 했다. 이러한 사회적·개인적 조건은 안승학으로 하여금 새로운 지배권력인 일제에 재빨리 빌붙게 만들었다. 안승학의 처지로는 정상적인 방법으로 신분상승을 이루기 어려웠기 때문이다. 그 덕에 그는 뇌물도 받아먹을 수 있었고 토지조사사업을 이용해 땅도 얻을 수 있었다. 말하자면 안승학은 일제와의 유착을 통해 신분상승을 이룬 것이다. 마름이라는 신분을 얻기 이전에 이미 안승학은 식민지라는 조건을 이용해 출세의 기틀을 단단히 다진 셈이다. 요컨대 식민지였기 때문에 부르주아로의 신분상승이 가능했으니, 그런 점에서 그는 전형적인 ‘식민지’ 부르주아이다.

작가가 안승학의 ‘출세담’을 소설의 한 장으로 집어넣은 의도는 자명하다. 안승학이 고전적 부르주아와는 다른 ‘식민지’ 부르주아임을 암시하고자 함이 그것이다. 사실 안승학의 출세담은 작품의 중심 서사와 직접적으로 관련되지는 않는다. 그럼에도 불구하고 작가가 굳이 ‘출세담’을 하나의 독립된 장으로 설정한 까닭은 조선 자본주의의 식민지적 특수성을 보여주기 위해서라고 할 수 있다. 식민지 부르주아에 의해 주도되는 원터마을의 자본주의화란 고전적 자본주의화가 아닌 식민지 자본주의화일 수밖에 없다는 것, 이것이 안승학이 식민지 부르주아임을 밝혀주는 ‘출세담’을 집어넣은 소설적 의도인 것이다. 『고향』의 미학적 조종중심이 식민지 자본주의라고 말한 것은 그래서이다.

4. 프로문학과 탈식민

『고향』에 대한 간략한 분석을 통해 확인하게 되는 것은 이 작품이 프로문학이 관념적 국제주의에서 민족적 특수성에 대한 재인식으로 나아가는 과정에서 징검다리에 해당한다는 점이다. 그것은 두 가지 이유에서 그러하다.

하나는 『고향』이 민족문제에 접근하는 방식이다. 『고향』은 민족주의적 민족 인식과는 다르게 자본주의 근대가 낳은 제국주의적 세계체제라는 전지구적 지형 속에 민족문제를 위치시킨다. 안승학을 중심으로 원터마을의 자본주의화 과정을 그린 것은 그런 맥락에서이다. 조선의 세계체제 편입을 기화로 출세하는 안승학 이야기가 빠졌다면 원터마을의 자본주의화는 일국적 범위를 벗어날 수 없었을 것이다. 그 과정은 아마도 지주 / 소작 관계의 근대적 재편이라든가 농촌의 공업 도시화 등이 중심이 되었을 것이고, 그런 유의 소설이야 한설야의 「과도기」를 비롯해 적지 않게 산출된 바 있다. 『고향』의 독특한 점은 자본주의화 과정이 안승학에 의해 주도된 사회적 관계의 변화를 뼈대로 하고 있다는 사실일 터인데, 원터마을은 바로 안승학을 매개로 자본주의 세계체제에 편입되는 것이다. 그런 점에서 『고향』은 민족문제를 직접적으로 다루지는 않았지만, 조선의 자본주의화가 제국주의적 세계체제에의 편입을 통해 이루어졌음을 그려내는 방식으로 민족문제의 역사적 뿌리를 파헤친 작품이라 할 수 있다.

다른 하나는 안승학의 출세담을 통해 조선의 근대화가 '식민지' 자본주의화임을 암시하고 있는 점이다. 이와 관련해 안승학이 고전적 부르주아가 아니라 식민지 부르주아라는 사실은 이 소설에서 결정적 의미를 갖는다. 이로써 원터마을의 자본주의적 재편이 고전적 경로가 아니라 식민지적 경로를 따라 진행되고 있음이 은밀하게 드러나기 때문이다. 요컨대 안승학은 식민화와 자본주의화를 매개해주는 연결고리인 셈이다. 그런 점에서『고향』은 방향전환기의 보편주의를 극복하고 식민지적 특수성에 대한 새로운 인식을 보여준 선구적 작품이라 할 만하다. 관념적 국제주의에 입각한 전지구적 계급투쟁론이 프로문학을 여전히 지배하고 있던 시기에 한국 자본주의의 식민지적 특수성에 주목한 점이야말로『고향』이 프로문학의 역사에서 차지하는 독특한 위상이거니와『고향』의 진정한 문학사적 가치 또한 여기에 집중되어 있다.

　이렇게 볼 때 프로문학이 민족문제에 소홀했다는 저간의 세평은 일정하게 수정되어야 마땅하다. 오히려 프로문학은 이론과 창작의 모든 방면에서 제국주의 세계체제라는 전지구적 전망 속에서 민족문제에 접근한 선구적 노력을 보여주었으며, 식민주의와 자본주의 근대의 내적 연관에 대한 날카로운 통찰을 제공했다. 자본주의 근대의 역사성을 사상하고 민족문제를 민족 대 민족의 차원으로 협애화시킨 민족주의와 자유주의의 일국주의적 한계에 대한 동시적 극복 가능성을 프로문학에서 찾을 수 있는 것은 그 때문이다. 따라서 이제 프로문학은 탈식민 문학의 한 전범으로 재평가될 필요가 있다. 프로문학에 대한 후기식민론적 관점에서의 재조명이 절실한 것은 그런 연유에서이다.

주석

1) 임화, 「조선 민족문학 건설의 기본과제에 대한 일반보고」, 『건설기의 조선문학』, 백양당, 1946, 37면.
2) 민족주의의 전반적 한계에 대한 좀더 자세한 설명으로는 하정일, 「탈식민주의 시대의 민족문제와 20세기 한국문학」, 『20세기 한국문학과 근대성의 변증법』, 소명출판, 2000, 46~54면 참조.
3) 김기진, 「클라르테 운동의 세계화」, 『개벽』, 1923.9.
4) 박영희, 「고민문학의 필연성」, 『개벽』, 1925.7.
5) 이북만, 「예술운동의 방향전환은 과연 진정한 방향전환론이었는가?」, 『예술운동』, 1927.11.
6) 이에 대한 자세한 설명으로는 하정일의 「리얼리즘의 가능성」, 『20세기 한국문학과 근대성의 변증법』, 소명출판, 2000 참조.
7) 이북만, 앞의 글.
8) 안막, 「조선 프로예술가의 당면한 긴급한 임무」, 『중외일보』, 1930.8.16.
9) 이에 대한 자세한 설명으로는 하정일, 『분단 자본주의 시대의 민족문학사론』, 소명출판, 2002, 제1부 참조.
10) 임화, 「신문학사의 방법」, 『문학의 논리』, 학예사, 1940, 832면.
11) 임화의 이식문학사론에 대한 자세한 설명으로는 하정일, 「이식·근대·탈식민」, 『탈식민의 미학』, 소명출판, 2008 참조.
12) 이에 대한 좀더 자세한 설명으로는 하정일의 「민족문학론의 역사와 후기식민성」, 『탈식민의 미학』, 소명출판, 121~127면 참조.
13) 이상경, 『이기영-시대와 문학』, 풀빛, 1994, 179~231면. 본고는 기본적으로 이상경의 분석을 따르되 『고향』이 식민주의와 자본주의의 내적 연관을 어떻게 서사화하고 있는지에 논의의 초점을 맞추고자 한다.
14) 이기영, 『고향』, 한성도서주식회사, 1937, 126면.

4
이중어 글쓰기 공간의 문학형식

이중어 글쓰기 공간의 문학형식

이중어 글쓰기 공간에서의 글쓰기 유형론

김윤식

1. 근대문학과 국어의 관련 양상

근대에 주목한다면 의식적이든 무의식적이든 한국 근대문학(사)은 국민국가(nation-state)를 전제로 한 한국 국가를 떠날 수 없게 되어 있습니다. 3·1운동 직후 성립된 상해 대한민국 임시정부(1919.4.13)와 대한민국 임시헌법 10조의 선포가 갖는 의의는 아무리 강조되어도 지나치지 않습니다. 이를 계승한 것이 대한민국 정식정부(1948.8.15)이기에 형식논리상 일제 강점기란 단지 1910년에서 1919년까지에 지나지 않기 때문입니다. 한국 근대문학의 초창기 주역들인 최남선이 기미 독립선언서를 기초했고, 『무정』(1917)의 작가 이광수가 2·8독립선언문을 쓰고 상해 임시정부의 각료로 들어갔고, 「불놀이」(1919)의 시인 주요한이 임시정부 기관지 『독립신문』 편집에 종사한 사실이 새삼 말해주고 있는 것은 문학과 국민국가의 관련성의 어떠함입니다. 비록 임시정부이고, 그러기에 망명정부이긴 해도 헌법을 갖춘 이 국가가 공화제를 지향하는 근대국가, 곧 국민국가의 원칙 아래 놓여 있었다는 것은 엄연한 사실이 아닐 수 없지요.

국민국가가 그 절대적인 권력과 권위로써 강제한 것이 이른바 '국가어', 곧 국어입니다. 그것은 근대 국민국가가 일종의 상상의 공동체였음을 새삼 말해주는 것이기도 합니다. 계층적, 지역적, 정서적 차이를 일거에 없애고 단일성을 획득함으로써 국민국가가 성립되었기에 그 성립의 근거를 제공한 것의 으뜸 항목이 국어였고, 나아가 그 익명성에 크게 기여한 것이 소설이었던 것입니다.1) 이점을 제일 먼저 알아차리고 이에 기초하여 한국문학 연구에 나아간 사람이 경성제대에서 근대 학문을 배운 도남 조윤제(1904~76)였습니다. 국문학이란 무엇인가. 이 물음에 그는 명쾌한 논리로 일관했지요. "국문학이란 국어로써 한민족의 생활을 표현한 문학"이 그것. "그러니까 국문학의 국문학됨의 필수조건은 국어로 표현될 것이다. 이것은 아마 움직일 수 없는 사실"2)이라 보았지요. 한국의 국어란 그러니까 국민국가(근대)로서의 한국 국가의 언어가 아닐 수 없지요. 이 점이 첨예하게 의식되는 계기는 국어와 조선어의 관계에 있습니다. 조선어란 그 자체로는 국어일 수 없다는 것, 곧 조선의 근대국가를 전제로 하지 않으면 조선어는 그냥 조선어일 뿐 결코 국어의 반열에 오를 수 없습니다. 국민국가의 개입 없는 조선어란 한갓 자연어이거나 토착어에 지나지 않겠지요. 이로써 창작한 문학이란 아무리 대단해도 원리적으로는 결국 근대문학의 범주에 접근될 수 없습니다. 여기까지 생각이 미쳤을 때 떠오르는 의문 하나를 누르기 어렵겠지요. 곧 대한민국 임시정부가 가진 국어에 대한 인식이 그것입니다. 과연 임시정부는 국어에 대해 어떤 인식을 갖고 있었을까. 이 물음에 대한 논의는 좀더 신중해야 하겠지요. 먼저 임시정부 각료급인 이광수가 맡은 기관지 『독립신문』(1919~25)과 여기에 실린 이광수의 산문 및 주요한의 시편들을 분석함으로써 모종의 해답을 이끌어낼 수도 있을 터이지요.3) 그들이 모색한 국어란 국한혼용문이었음이 판명됩니다. 한자 문화권에서 가까스로 세운 망명정부이기에 이 한계성은 어쩔 수 없었지만 그보다 더 중요한 요인은 망명정부이기에 실질적인 국민이 부재했던 곳에서 왔습니다. 실질적인 국민이 잇는 곳이 한반도였고 거기엔 2천만 한민족이 살고 있었지요. 임시정부는 모르는 사이에 그들의 임무 중 아주 중요한 몫인 국어 문제를 대행해줄 단체를 찾고 있었고, 이에 응해온 단체가 있었습니다. 조선어연구회(1921)와 그 발전적 형태인 조선어학회(1931)가 그것입니다.

조선어학회가 맡은 바 몫의 어떠함을 잘 보여주는 것이 맞춤법통일안(1933)과 표준말 사정(査定)(1936)입니다. 이 두 가지 사업의 규모나 영향력은 과연 국민국가가 아니면 할 수 없을 만큼 대단한 것이었지요. 조선어 철자법의 제정은 총독부에서 먼저 시작했지요. '경성어를 표준으로 한다'는 원칙 아래 총독부가 만든 철자법이 확정된 것은 1912년이었고 1921년에 제정을 보았으나 주시경 이래의 것과는 비교도 할 수 없는 비근대적(비과학적)인 것이었지요. 조선어학회의 맞춤법통일안의 확립은 조선어를 국어로 인식한 본격적이자 전면적(학문적)인 행동이었고, 그 후속 조치가 표준말 사정이자 또한 조선어사전 편찬(1936)입니다. 이 한글 맞춤법통일안의 확정이 가져온 영향력을 엿볼 수 있는 가장 민감한 분야는 다음 두 가지에서 잘 볼 수 있습니다.

첫째 조선총독부 발행 보통학교 조선어 독본 여섯 권 및 고등보통학교 조선어 독본 세 권, 경성사범 보통교육 연구회 발행 초등창가 1·2집이 맞춤법 통일안을 수용한 점. 둘째 조선 전체 문학자 78명이 궐기하여 연명으로 한글 철자법(통일안)에 대한 지지성명을 한 점. "대개 조선 문어 철자법에 대한 관심은 다만 어문 연구가뿐 아니라 조선민족 전체의 마땅히 가질 바"이며 그중에서 "일일천언(日日千言)으로 글쓰는 것이 천여(天與)의 직무인 우리 문예가들의 이에 대한 관심은 어느 누구의 그 것보다 더 절실하고 더 절박하고 더 직접적 있음"을 앞세워 문학자의 성명 삼칙을 이렇게 제시해 놓았습니다.

　一. 우리 문예가 일동은 조선어학회의 한글 통일안을 준용하기로 함.
　二. 한글 통일을 저해하는 타파의 반대 운동을 일체 배격함.
　三. 이에 제하여 조선어학회의 통일안이 완벽을 이루기까지 진일보의 연구 발표가 있기를 촉함.

　갑술(甲戌, 1934) 7월 9일자로 된 이 성명 연명자 속엔 강경애, 김동인, 김기진, 이태준, 김기림, 박종화, 박태원, 정지용, 송영, 임화, 이기영, 현진건, 백철, 윤석중, 박화성, 채만식, 심훈, 노천명, 염상섭, 이은상, 김억, 김동환, 이광수 등이 포함되어 있습니다. 조선어학회의 맞춤법 통일안이 이처럼 어문자 다룸을 생명으로 하는 문학자들의 절대적 지지를 획득할 수 있었던 것은 이 단체가 지닌 학문적 연구의 깊이와 그 합리성에 근거합니다. 조선어학회의 연구란 근대의 언어학에 기초를 둔 것이어서 가장 선진적이며 무엇보다 과학적이었던 것입니다. 말을 바꾸면 근데 언어학이 표상하는 것은 근대 국민국가에 다름 아니었지요. 조선어학회란 단순한 사단법인의 학술 연구 단체이자 동시에 임시정부 자체이기도 했던 것입니다. 국민을 갖지 못한 망명정부인 임시정부가 일제 통치하에 있는 조선인 위에 은밀히 군림하여 흡사 '숨은 신'의 몫을 감행한 형국이라 할 것입니다. 맞춤법 통일안, 그것은 표준말 사정과 더불어 전적으로 국민국가만이 할 수 있는 과업이었던 것입니다. 이런 과업을 한갓 사단법인 단체가 은밀히 수행한 사실은 유례가 없는 사건성이 아닐 수 없습니다. 한국 근대문학사의 보편성과 아울러 그 특수성이 이에서 말미암습니다. 한국 근대문학(사)이 일제기 총독부의 어떤 간섭이나 통제권에서도 완벽하게 벗어난 이유가 여기서 옵니다. 혹자는 이렇게 말할지도 모릅니다. 출판법이나 작품 검열 따위가 엄존해 있지 않았던가라고. 문학작품의 성질상 그러한 검열관계란 한갓 부수적인 것입니다. 어느 사회에도 터부가 있는 법이며 참된 창작이라면 능히 그것을 뛰어넘을 수 있음이 원칙인 까닭입니다. 조선어학회의 존재, 이를 매개항으로 가짐으로써 한국 근대문학은 근대문학으로서의 보편성을 여지없이 획득할 수 있었고, 동시에 한국문학으로서 특수성을 갖추었던 것입니다.

　이 글은 위에서 규정된 한국 근대문학이 식민지 체제에 편입된 계기를 조서어학회 사건(1942.10)에서 찾고, 해방될 때까지의 기간(1942.10~1945.8)을 이중어 글쓰기 공간이라 규정하고 그 속에서 글쓰기 유형론을 검토하기 위해 씌어집니다.

2. 근대문학의 종언과 조선어학회 사건

　일제가 총독부를 통해 조선을 식민지로 통치했다고 일반적으로 말해지고 있습니다. 이 견해의 중핵을 이루는 논리가 있다면 이를 광의의 기구 가설론(institution hypothesis)이라 부를 수 있겠지요. 사회 기구(제도)들의 성격과 효율이 한 사회의 경제적·정치적 발전에 결정적 요소로 작용한다는 경제사 연구 진영 쪽의 설명에 기대면 일제의 조선 지배의 기본항이 정착자 사회(settler society)에 둔 점이라고 보게 됩니다. 만일 식민지의 환경이 식민자들에게 너무 불편하거나 위험하면 그들은 식민지에 정착하지 않고 자원을 뽑아내어 이익을 얻는 추출적 사회(extractive society)를 만들며 소수정예 집단에게 유리하도록 만들어지고 운용되나, 만일 식민지의 환경이 식민자들에게 적합하면 그들은 식민지에 정착해서 비슷한 정착자 사회를 이룬다는 것. 그런 사회는 주민들의 자유를 보장하고 혜택이 주민들에게 고루 돌아가는 사회기구를 발전시킨다는 것. 이런 시각에서 보아 일제의 조선 통치는 조선의 근대적 발전을 가져왔다고 주장됩니다. 그 근거로 내세운 유력한 현상이 조선 인구의 급격한 증가입니다.4) 수리경제학 진영(낙성대 경제연구소)의 연구도 크게 보아, 이러한 결과를 보여주고 있습니다. 한일합방 직후 일제가 시행한 첫 번째 큰 사업이 토지조사사업(1910.9)이었고 잇따라 조선교육령 공포(1911.8), 압록강 철교 완성(1911.11), 총독부 관제 개정 공포(관방, 내무, 탁지, 농상공, 사법) 등이었음이 드러나 있습니다. 교육제도, 행정제도, 경찰제도, 금융제도, 철도제도의 도입과 시행으로 말미암아 일제의 조선 통치는 정착자 사회에 접근되어갔다고 해석된다는 것입니다.

이러한 점에서 볼 때 일제의 조선 통치의 근본은 기구 및 제도의 창출과 그것의 철저한 통제 및 지배로 정리될 성질의 것입니다. 그들은 조선어나 조선 문학 등에는 거의 관심을 보이지 않았다고 볼 수 있습니다. 말을 바꾸면 일제는 조선 통치에서 많은 부분을 그들의 지배하에 두지 않았거나 못했던 것이지요. 그중 조선 근대문학도 포함됩니다. 조선의 근대문학이란 다르게 말해 일제 식민지에 속하지 않았습니다. 이 사실은 거듭 강조될 사항인 바, 당초부터 한국 근대문학이 조선의 독자적 국민국가의 문학으로 군림해왔음을 가리키기 때문입니다. 조선어학회의 존재가 이를 웅변하고 있었던 것입니다. 그러나 일제의 이러한 정착자 사회로서의 식민지 경영 형태는 중일전쟁(1937)으로 향하면서 점점 위험에 놓이게 되자 새로운 통치 형태의 모색이 표면화되기에 이릅니다. 악명 높은 창씨개명(1940.2. 총독부 제령 제19호), 징병제 결정(일본 각의, 1942.5)과 실시(1943.8) 등이 위기의식을 잘 보여줍니다. 이 두 정책 중간에 놓인 것이 이른바 조선어학회 사건(1942.10.1)입니다.

조선어학회 사건이란 무엇인가. 한국 근대문학사를 문제 삼은 마당이라면 이 조선어학회 사건만큼 결정적인 것은 없습니다. 문학의 처지에서 보면 가위 제2의 한일합방에 해당되기 때문이지요. 그동안 완전한 독립국가를 전제하여 출발·진행되어온 한국의 근대문학은 이 사건으로 말미암아 마침내 식민지의 제도 아래 놓이게 되었던 것입니다. 일제는 그동안 무심코 방치해두었던 한국 근대문학을 마침내 통치체제 아래 두고자 했던 것입니다. 그들이 사건을 얼마나 심각하게 생각했는가는 다음과 같은 증언에서 어느 만큼은 엿볼 수 있습니다.

(A) 어학회 사건으로 저들 명단에 오른 이는 모두 33명이었다. 3·1운동의 33인과 숫자를 맞추려는 일경의 속셈인데, 이들 가운데 권덕기, 안호상은 병원에 입원 중이라 검거를 면했고, 김종철과 신윤국은 홍원까지 끌려왔다가 풀려났다. 결국 일경이 구속한 사람은 29명이나 이중 장지영, 정열모는 형무소까지 왔다가 예심에서 면소가 되고 정인섭, 안재홍, 서민호, 서승효, 권승욱, 이석린, 김선기, 이병기, 이강래, 김윤경, 이만규, 이은상, 윤병호 등 13명은 불기소가 됐다. 이렇게 하여 공판에까지 넘어간 것은 옥사한 이윤재, 한징을 빼고 나와 최현배, 정인승, 이희승, 이극로, 김도연, 김양수, 정태진, 이중화, 김법린, 장현식, 이우식 등 12명이다.[5]

(B) 두어 달 휴양 끝에 몸이 회복되자 조선어학회의 '큰사전' 편찬을 돕게 되었다. 그러나 그해 10월, 소위 총독부 시정(始政) 기념일을 기하여 함흥 경찰서는 조선어학회를 급습하여 여기에 조선어학회 사건의 검거 선풍이 일어났고 나는 또 산중으로 달아나지 않으면 안 되었다.[6]

(C) 10월 1일 이극로, 이윤재, 최현배, 장지영, 김윤경, 한징, 이중화, 정인승, 이석린, 권승욱, 이희승이 검거되었다.

10월 22일에는 이강래, 이만규, 김선기, 김법린, 정열모, 이인, 이병기가 검거되었다.

10월 12월 23일에는 장현식, 이우식, 김양수, 정인섭, 이은상, 서승효, 윤병호, 안재홍이 검거되었다.

1943년 3월 5·6일에는 서민호, 김도연이 검거되었다.[7]

3·1운동에 버금가는 사건으로 조선어학회 사건을 다루었다 함을 (A)에서 잘 볼 수 있습니다. 총독부 시정 기념일(10월 1일)에 맞추었음이 (B)에서 지적되어 있습니다. 이극로, 최현배 등 조선어학회 멤버들, 곧 학

자들의 검거에서 사회의 유력 인사들에게로 확산되었음을 (C)에서 알 수 있습니다. 조선어학회 사건은 이윤재, 한징의 옥사를 거쳐, 정식으로 이극로 이하 열두 명이 공판에 넘어간 것은 1944년 9월 30일이었지요. 그러면 일제가 내세운 기소 사유는 과연 어떠했을까요.

> 본건 조선어학회는 대정(大正) 8년(1919) 만세 소요사건의 실례에 비추어, 조선의 독립을 장래에 기약하는 데는 문화운동에 의하여 민족정신의 환기와 실력 양성을 급무로 삼아서 대두된, 소위 실력양성운동이 그 출발의 꽃봉오리였음에도 불구하고, 드디어 용두사미에 그쳐서, 그 본령을 충분히 발휘하지 못하였더니, 그 뒤를 받들어 소화(昭和) 6년(1931) 이래로 피고인 이극로를 중심으로 하여, 문화운동 중 그 기초적 중심이 되는, 위에서 말한 바 어문운동의 방법을 취하여 그 이념으로써 지도 이념을 삼아 가지고 겉으로 문화운동의 가면을 쓰고, 조선 독립을 목적으로 한 실력배양 단체로서 본건이 검거되기까지 10여 년이나 오랫동안, 조선 민족에 대하여 조선의 어문운동을 전개하여 온 것이니, 시종일관 진지하고 변하지 않은 그 활동은 조선어문에 쏠리는 조선인심의 기미(機微)에 부딪쳐서 깊이 그 마음 속에 파고들어 조선어문에 대한 새로운 관심을 일으키고, 여러 해 내려오며 편협한 민족관념을 북돋아서 민족문화 향상, 민족의식의 앙양 등 그 기도하는 바 조선독립을 위한 실력 신장의 수단을 다 하지 아니한 바가 없다.[8]

이러한 기소 이유에서 암시되어 있는 것은 조선어학회가 단순한 어문 연구 단체가 아니라는 점에 있습니다. 말을 바꾸면 상해 임시정부로 표상되는 국민국가의 실체로 조선어학회를 인식했던 것입니다. 이 사건을 두고 제2의 한일합방이라 하는 이유가 여기에서 옵니다(1944년 12월에서 1945년 1월까지 9회의 공판을 거쳐 이극로 징역 6년, 최현배 징역 4년 등의 형이 확정되자 즉시 상고했고, 고등법원(서울)에서는 1945년 8월 13일에 상고를 기각했다. 이극로·최현배·이희승·정인승 등이 함흥감옥에서 석방된 것은 8월 17일이었다).

3. 이중어 글쓰기 공간의 성립 조건

조선어학회 사건으로 표상되는 조선어 말살 정책이 제2의 한일합방론에 해당된다는 점에 제일 민감히 반응한 곳이 한국 근대문학이었기에 한국 근대문학사는 한동안 '암흑기'라 하여 해방(1945)에 이르기까지의 기간을 정리하곤 했습니다. 조선어 곧 국어의 인식범주에서라면 이 표현이 적실했고 따라서 많은 경우 이 표현이 사용될 수 있었지요, 그렇긴 하나 이 표현의 사용에는 또한 많은 경우 문학의 단순화에 기울어져 있었던 것도 사실이라 할 것입니다. 이점은 '암흑기'에도 문학이 있을 수 있는가라는 물음과 더불어 논의될 성질의 영역입니다. 만일 현실적인 것이 과학적이라 말해질 수 있다면 암흑기에도 문학이 있을 수 있고 또 있었다는 사실의 증명으로 나아갈 수 있겠지요. 조선어 곧 국어의 도식의 변형이 그것의 현실적·과학적 조선을 결정짓고 있었다고 할 수도 있습니다. 말을 바꾸면 '조선어=국어'의 도식에서 그 모태를 이루는 '언어'에 주목하기로 이 사정이 정리됩니다. 조선어란 국어이기 이전에 언어의 일종이었고, 국어 이후에도 언어의 일종으로 존재할 수 있었고, 또 했던 것입니다.

국어일 수 없는 조선어란 무엇인가. 이 물음 앞에 한국 근대문학사는 어떻게 맞섰고 또 대응해야 했을까. 이 물음을 지속적으로 그리고 원리적으로 던질 수 있고, 또 그럴 수밖에 없는 공간이 약 3년간 지속되고 있었습니다. 조선어학회 사건(1942. 10)에서 해방(1945. 8)까지의 공간이 그것입니다. 이 기간 동안에도 특정 국가의 문학과는 별개의 '문학적 질문'(일반문학론)을 가능케 했기에 이중어 글쓰기 공간이라 잠정적으로 규정할 수 있습니다. 그 근거는 다음 두 가지 현실적 조건에서 말미암습니다. 그 하나는 원리적 측면으로서의 근거이며 다른 하나는 이를 가능케 한 현실적 측면, 곧 저널리즘(발표지)입니다.

원리적 측면이란 무엇인가. 이 점부터 검토해보기로 합니다. 그것은, 본질적으로는, 문학의 존재 방식에 관련됩니다. 붓을 끊느냐 아니냐의 과제와는 성질이 다른 문학자의 본질적 존재 범주가 거기 엄연히 존재 합니다. 글쓰기가 그것이지요. 글쓰기란 새삼 무엇인가. 글쓰기이되 어 떤 형식으로든 글쓰기의 가능성 모색이 대전제로 놓여 있습니다. 문학 자란 어떤 조건에서도 글쓰기와 분리될 수 없기에 이 대전제 아래 놓여 있는 특수 계층이 아닐 수 없지요. 국어의 자격이 상실된 조선어이든, 제국의 언어인 일본어이든, 영어이든, 에스페란토이든, 좌우간 실질적 으로 사용 가능한 기호로서의 언어이면 상관없이 그것으로 글쓰기로 나아감이 원칙이 아닐 수 없습니다. 어느 기호 체계이든 그것이 각자에 게 사용 가능한 현실성을 갖추고 있다면 그 선택은 응당 문학자 각자의 선택 사항이 될 터입니다. 각 문학자는 자기의 언어적 자질에 따라 현 실적으로는 ① 조선어, ② 일본어가 주어져 있었고, 또 그것은 각각 중 립적 조선어, 신체제 지향적 조선어로, 또 일본어도 신체제적 일본어와 중립적 일본어로 세분될 수 있었지요.

국어로서의 조선어가 수난을 겪으며 조선어로만 작용하는 기호가 된 것과 마찬가지 현상이 이 무렵 일본어 쪽에도 일어났다는 사실에 주목 할 것입니다. 대동아공영권의 구상에 따른다면, 또 중일전재(1937) 이래 의 세계사적 시각에서 보면 일본어는, 제일차적으로는 일본 국가의 언 어(국어)이지만 동시에 영어와 견줄 수 있는 국제어의 성격을 거의 갖추 고자 하는 과정이었지요. 국어로서의 일본어를 국어학자 우에다 카즈토 시(上田万年)가 국어신학(國語神學)이라 주장함에 맞서, 경성제대 국어학 담당 교수 도키에다 모토키(時技誠記)는 의문을 제기한 바 있습니다. 조 선인에게 조선어는 모어이자 생활 언어이며 또한 정신적 혈액인데 이 들에게 일본어 보급 정책이란 '국어신학'(일본인만의 것)과 모순된다는 것 입니다. 곧 '국어'가 국가적 견지에서 생긴 특수한 가치의 언어이고 일 본어는 그 가치 의식을 떠나 조선어 및 여타의 개별 언어들과 동등한 자리에 있는 '언어학적 대상'[9]이라 했습니다. 이는 언어학자의 처지에서 나온 생각인데, 그렇다면 일본어와 조선어 사이엔 원리적으로는 개별 언어이기에 차이가 없지요. 그럼에도 그는 일본어가 일본 국가의 표준어이고 조선어는 방언의 위치라 하여 가치적 우위를 두었습니다. 일종의 '논리적 사기술'이 아닐 수 없지요[10] 이 '논리적 사기술'이 동양 각국에도 그대로 적용될 수 있다고 내세운 쪽이 조선작가들입니다. "국어(일본어)는 이미 문화어이어서 조선어보다 우수한 언어다. 사실상 동양에 있어 국제어이며 조선에 있어서는 문자 그대로 국어다"[11]라는 주장이 그것입니다. 일본의 제국주의적 판도에 속하는 지역의 일본어 진출은 종래의 제국주의적 언어인 영어를 극복하고 압도하는 새로운 제국주의적 언어로 군림하게 됩니다. 세계 신질서 구상인 '근대의 초극'과 관련된 발상이 아닐 수 없지요. 이렇게 보아올 때 '국어신학' 사상과 대동아공영권 속의 일본어의 논리적 정립과정이 일본 측에서도 요망되었음이 판명됩니다. 곧 이중어 글쓰기의 공간이란 실상 일본 쪽에서도 응당 성립되어 있었던 것입니다. 요컨대 그들 역시 '논리적 사기술'로써 돌파해나가고자 했지요. 조금 다르게 말해 그들 역시 '국어로서의 일본어'의 개념에 대한 혼란을 겪지 않으면 안 되었던 것입니다. 이 방면의 연구는 앞으로의 과제이겠거니와 이러한 혼란 속에 놓인 조선작가들에겐 혼란의 정도가 다른 어느 지역의 작가보다 심했던 것입니다. 조선작가는 그 누구라도 학교에서 일어 교육을 철저히 받았음에서 그 원인이 찾아집니다. 3·1운동 직후 조선인 중학교의 으뜸 자리에 놓이는 경성고보의 경우, 일본어 교육은 어떠했을까. 교재는 일본인 중학교의 국어 교재와는 달리 총독부 편의 저급한 것이어서 관청 문서나 상용문 작성의 수준에 지나지 않아 2,3주에 끝내고, 일본인 중학교용의 교재를 부교재로 사용했다는 것입니다.[12] 이러한 차별의식은 그 후 없어지고 일본어 교육이 점점 철저해졌던 것입니다. 조선의 일어 교육에 대한 일본 국가 당국의 장기적 안목과 정책 수립이 마련되어 있지 않았음도 지적

될 수 있습니다.[13]

　이처럼 이 무렵의 일본어는 본국에서도 미정형의 유동체였음이 드러
나거니와, 그 유동적 성격은 조선작가에겐 유독 심했던 것으로 볼 수
있습니다. 국어로서의 조선어가 그 내면을 보전하면서 토착어(모어)로서
의 조선어로 유동체 모양을 하고 있었다면 대동아공영권 속의 일본어
역시 이러한 유동체의 성격으로 흔들리고 있었다고 범박하게 말해질
것입니다. ①국어로서의 조선어, ②토착어로서의 조선어, ③국어로서
의 일본어, ④제국어로서의 일본어 등이 착종하는 유동체로 존재한 공
간, 이를 두고 확대된 이중어 글쓰기 공간(1942.10.1~1945.8.15)이라 부를 것
입니다. 이 공간에서 씌어진 창작물을 두고 이중어 글쓰기(창작) 공간
(bilingual creative writing space)이라 부를 것입니다.[14]

　이중어 글쓰기 공간의 개념상의 잠정적 정의가 이러하다면 응당 이
속엔 조선작가 쪽뿐 아니라 일본 작가 쪽에서도 같은 문제계를 형성하
겠지만, 이에 상응한 실질적 공간이 새삼 문제점으로 부상됩니다. 일본
쪽의 이중어 글쓰기(국어로서의 일본어와 국제어로서의 일본어의 공존 공간)에 관
한 문제도 장차 연구될 영역이지만 본고에서는 조선 쪽만을 대상으로
삼거니와, 이러한 이중어 글쓰기의 가설을 수용한다면, 이 공간은 암흑
기라는 메타포가 적용되지 않음을 먼저 지적할 수 있습니다. 당당한 종
류 및 분량의 공적 저널리즘이 펼쳐져 있었는 바, 이를 대강 정리해 보
이면 아래와 같습니다.

　①일어로 된 것 :『경성일보』를 비롯『매일신보』의 자매지인 주간지
『국민신보』, 잡지『동양지광』,『총동원』,『국민총력』,『녹기』등.
　②조선어로 된 것 :『매일신보』를 비롯 잡지『조광』,『신시대』,『춘
추』,『국민문학』,『삼천리』(나중에『대동아』),『반도지광』등.
　③일본 본토 저널리즘 :『문학안내』,『문예』,『문학계』,『주간조일』
등의 잡지와 신문의 조선 특집(오사카『마이니치』신문의 반도판) 등.

④ 만주 방면의 경우: 조선어로 된 『만선일보』, 일본어로 된 『만주일일신문』 등과 『예문』, 『만주문학연구』, 기타 잡지들.

⑤ 조선인 및 일본인 경영 출판사들의 단행본 간행. 가령 이기영의 만주 개척 조선어 장편소설 『처녀지』(상·하)는 1944년 삼중당 서점에서 나왔고, 김조한의 시집 『어머니의 노래(垂乳根之歌)』는 인문사(人文社)에서 나왔습니다.[15]

이러한 공적 저널리즘의 열린 공간에서 조선인 작가는 각자의 언어적 자질이나 언어 감도에 따라 이중어 글쓰기로 나아갈 수 있는 가능성 옆에 부분적으로 노출되어 있다고 볼 것입니다. 이기영처럼 일어 능력이 부족한 경우 만주국 개척 소설을 조선어로 쓸 수 있었고, 만주국 사정 및 일어에 자신 있다고 스스로 믿은 한설야는 장편 『대륙』을 일어로 쓸 수 있었고, 「봄의상」을 비롯, 「은은한 빛」에서 이효석은 조선적 색깔을 일어로 포착해볼 수도 있었고, 돌배나무와 능금의 접목으로 비유된 「원정(園丁)」을 통해 김종한은 내선일체론을 특이한 개성적 시각에서 일어로 드러낼 수 있었지요. 그리고 억압된 백의민족의 에너지가 백백교로 폭발되는 과정을 추적한 김사량은 「풀이 깊다」를 일어로 썼던 것입니다.

이러한 이중어 글쓰기 공간이 확보되어 있었다는 것, 조선인 작가들이 각자의 자질에 따라 이에 대응했다는 것을 문제 삼은 것이 '이중어 글쓰기'의 가능성이라 규정될 수 있다면 그 기본항에 놓이는 것은 새삼 무엇이겠습니까. 물을 것도 없이 문학의 작품성의 밀도가 아닐 수 없지요. 대동아공영권 및 내선일체론을 전면적으로 피해갈 수 없다 해도 만일 그것이 문학적인 형상화에까지 이르고자 하면, 글쓰기의 원본성에 이를 물어보지 않을 수 없을 터입니다. 이러한 글쓰기의 원본성 논의는 당연히 이중어 글쓰기 공간에서 실제로 씌어진 글쓰기에 대한 자료적 검토가 이루어진 연후에야 본격적으로 논의될 성질의 것이 아닐 수 없

습니다. 말을 바꾸면 일본의 근대문학 연구진과의 공동 연구 과제가 아
닐 수 없지요. 한국문학 연구진만으로는 일방적 연구에 멈추게 되기 때
문입니다.

4. 이중어 글쓰기의 여섯 가지 형식

이중어 글쓰기 공간에서 씌어진 글쓰기 유형들은 어떠했던가. 이 물
음 속엔 '글쓰기'가 창작적 글쓰기(creative writing)만을 가리킴이라는 점이
내포되어 있습니다. 글쓰기의 원본성을 문제 삼은 데가 거기인 까닭입
니다. 이러한 전제에서 이 공간에서의 글쓰기 유형을 잠정적으로 정리
하면 아래와 같습니다.

이중어 글쓰기 제1형식 : 일본문단의 주요 문예지 『文藝』(1940.7) 조선
문학 특집호를 논의의 표준으로 삼을 수 있겠지요. 여기엔 유진오의
「여름」, 이효석의 「은은한 빛」, 김사량의 「풀이 깊다」, 장혁주의 「욕심
의심」 등이 실려 있습니다. 해설을 맡은 백철이 편집자의 주문을 공개
해놓았지요. 조선의 대표적 작가로 유진오·이효석·임화에 주목한다
는 것이 그것. 장혁주와 김사량이라면 막바로 일본문단에 진출한 경우
인 만큼 굳이 따로 소개하지 않아도 되었을 터입니다. 이와 유사한 감
각이지만 한층 민감한 세련성을 가진 특집이 『週刊朝日』(1941.5)의 「반
도작가신인집」입니다. 「조선 지식인에게 호소한다」(『文藝』, 1940.2)로 비
본질적인 글쓰기의 형태를 보인 장혁주를 제한다면, 또 아쿠타가와 상
후보에까지 김사량의 역량을 인정한 연후라면 조선작가의 이중어 글쓰
기의 북극성은 단연 유진오·이효석이었음이 판명됩니다. 조선적 토착
성과 선비 기질을 문제 삼은 「여름」, 「남곡선생」의 유진오와 「봄의상」

과 「은은한 빛」의 이효석과 「풀이 깊다」, 「향수」의 김사량을 한데 묶는다면, 그리고 여기에다 이중어 글쓰기의 제1형식의 범주를 설정한다면, 그 특성은 과연 무엇일까. 첫째는 그들이 조선어 글쓰기에서 원본적 밀도를 이미 보였다는 점. 둘째, 이들의 일본어 감수성의 특출함을 들 것입니다. 제국대학 출신의 이들 3인의 언어 감각과 일본 독자를 향한 지향성이 어느 수준에서 합치된 결과라 할 것입니다.

이중어 글쓰기 제2형식 : 이 공간의 글쓰기에서 겉으로 드러난 방식의 하나가 창씨개명의 글쓰기와 본명의 글쓰기입니다. 법률상으로 창씨개명이란 총독부의 독자적 결정 사항에 지나지 않아 일본 각의의 결정 사항인 징병제와는 결정적으로 구분됩니다. 창씨개명이 물론 강요 사항이지만, 선택적 강요 사항인 까닭이 이에서 옵니다. 창씨개명 문제도 결국 힘의 문제였고, 학생들 출석부도 거의 일본식 이름으로 되었지만, "그러는 가운데 보전(普專)에서는 김성수 교장을 비롯 장덕수·안호상·손진태 기타 창씨하지 않은 사람이 있었으나 총독부는 더 이상 문제 삼지 않았다"16)라는 기록에서도 이 점이 엿보입니다. 이른바 선택 사항이었던 셈입니다. 이에 제일 앞장선 작가로 이광수를 들 수 있지요. 동우회 사건으로 기소 중에 있던 이광수가 앞장서서 가야마 미쓰로(香山光郎)로 창씨개명 했고, 그는 이로써 조선어 및 일어로, 광적이라 할 만한 신체제 옹호론 및 내선일체론의 글쓰기에 나아갔던 것입니다. 훗날 세상은 이를 두고 '친일문학'이라 규정하나, 친일 글쓰기일망정 '문학'이라 할 수는 없겠지요. 그럼에도 그를 이중어 글쓰기 범주 제2형식의 하나로 설정한 까닭은 따로 있습니다. 본명 이광수로서 일본 문단을 향한 글쓰기를 감행했음에 그 근거를 둡니다. 특히 본명으로 쓴 「삼경인상기」(『문학계』, 1943.1)는 그가 할 수 있는 최대의 문학적 글쓰기에 해당됩니다.17) 이중어 글쓰기의 제2형식이 놓이는 자리이지요.

이중어 글쓰기 제3형식 : 결론부터 말하면 최재서의 글쓰기형이 이 범주에 듭니다. 그가 『인문평론』, 『국민문학』을 주재하고 또 인문사를 경영하면서 창씨개명에 나아간 것은 놀랍게도 1944년 1월로 되어 있습니다. 이시다 코우조(石田耕造)가 그것이거니와 이러한 결심의 근거를 징병제 및 학도병 실시에 두고 있음이 판명됩니다. 윌리엄 블레이크의 「고대 시인의 목소리(The Voice of the Ancient Bard)」를 빌린 최재서의 목소리가 의미하는 것은 과연 무엇일까. 지성을 표방하고 여기에다 글쓰기의 근거를 두고 맹렬한 글쓰기에 매달려온 최재서가 그러한 행위의 한계점에 이른 것이 1944년을 고비로 했다는 것과 그 이후의 글쓰기란 지성이 포기된 자리에 '태양'이란 이름의 '우상'을 앉혔음을 가리키는 것이라 할 것입니다. 이 낯선 신을 수용한 뒤의 글쓰기와 지성의 글쓰기, 여기에 최재서의 이중어 글쓰기의 근거가 주어져 있습니다.

이중어 글쓰기 제4형식 : 한설야의 글쓰기가 이에 해당됩니다. 매우 특이하게도 습작기부터 조선어와 일본어 양쪽의 글쓰기를 동시에 감행하고, 또 이러한 태도를 멈추지 않고 일제 식민지 통치의 전 기간에 걸쳐 감행한 경우가 한설야로 대표됩니다. 「합숙소의 밤」(1927)에서 비롯 그의 일본어 창작은 밀도 높은 「하얀 개간지」(『文學案內』, 1937.2)를 거치고, 장편 『대륙』(1939)에까지 치닫습니다. 여기에는 두 가지 창작 동기가 잠복되어 있는 바 그 하나는 만주사정에 대한 작가의 체험적 우위성이며, 다른 하나는 일어 사용에 대해 아무런 콤플렉스를 느끼지 않는 점입니다. 과연 일어에 대한 그의 감수성이 이광수, 이효석, 유진오 등의 수준인가의 여부는 차치하고라도 그에겐 위의 두 가지 자부심이 창작의 에너지로 작동되었음은 분명합니다. 단편 「血」(1942), 「影」(1942)과 조선어로 쓴 「젖」(1943) 3부작에서 민족을 초월한 사랑의 불가능성을 문제삼았다는 점에서도 이 점이 엿보입니다.[18]

이중어 글쓰기 제5형식 : 『처녀지』(1944)의 작가 이기영을 두고 이중어 글쓰기의 범주로 규정함에는 설명이 따로 없을 수 없습니다. 매우 특이하게도 작가 이기영의 창작 활동을 통틀어 일어 글쓰기란 찾아지지 않습니다. 대작가인 그가 이 점에서 철저할 수 있었던 까닭은 무엇이었을까요. 작가 자신의 설명에 따르면 소학교 교육밖에 받은 것이 없다는 표면상의 이유가 내세워져 있긴 합니다. 조선어로만 쓸 수 있는 이기영이라 하나, 이 공간에서의 그의 장편『대지의 아들』(1940), 『동천홍』(1943), 『광산촌』(1943), 『처녀지』(1944) 등이 버젓이 저널리즘에 수용되었음에는 필시 모종의 곡절이 없을 수 없겠지요. 위의 작품들이 흔히 '친일문학'이라 규정되는 신체제론을 주제로 삼은 것에서 일정한 거리를 두었음에 그 문학적 곡절이 담겨 있습니다. 이른바 생산 소설 개념이 그것입니다. 물론 이것 역시 신체제 사업의 일종이긴 해도 이것이 작가 이기영에겐 개성적·기질적인 창작 방법론에 직결되었던 것입니다. 이기영이 당초부터 농민 소설에 투철했음은 모두가 아는 일입니다. 농민 소설이라 하나 거기에 작동된 이념이 근대 지향성으로서의 생산증대로(자본증식)에 놓여 있었음도 모두가 아는 일입니다. 그가 자기만의 특이한 이 방법론을 지속함이 제일 정직한 작가적 방식이었을 터입니다. 신체제론 속에 놓인 생산 소설의 대두란 이기영의 처지에서 보면 별로 새롭거나 낯선 것일 수 없지요.

이와 같은 기본적 틀 속에 이기영의 『처녀지』가 놓여 있었다는 것. 이는 조선어로 씌어졌지만 조선어이자 동시에 한갓 가상적 기호에 지나지 않습니다. 이중어 글쓰기 공간이기에 그럴 수밖에 없는 이 기묘한 현상을 일러 제5형식이라 규정할 것입니다.19)

이중어 글쓰기 제6형식 : 「원정(園丁)」의 시인 김종한이 이 범주에 들 것입니다. 지금가지 논의된 다섯 가지 형식의 공통항은 산문, 곧 소설 분야라는 점입니다. 그렇다면 운문, 곧 시 분야에서는 어떠했을까. 이 물음엔 시가 갖는 특수성이 논의의 대상으로 될 터입니다. 시 장르가 갖고 있는 저널리즘상의 문제가 먼저 검토될 수 있습니다. ①시대성의 반영에서 소설에 비해 시 쪽은 훨씬 섬세하거나 둔감하다고 볼 것입니다. 일본의 문예지도 조선 시인 특집을 소설 쪽 모양 마련한 바 없음도 이와 무관하지 않습니다. ②시 장르가 지닌 언어의 심도를 고려해볼 것

입니다. 단가(短歌)를 지을 줄 안 시인이 거의 없었음도 이와 무관하지 않겠지요. ③ 또 하나 지적될 수 있는 것은 김소운이 번역한 조선 시집 계열입니다. 『젖빛 구름』(1940), 『조선시집』(1943), 『조선민요선』(1933), 『조선동요선』(1933) 등이 지닌 압도적인 조선 서정시의 소개 정도로, 적어도 일본 독서계로서는 충분하고도 남았으리라 추측됩니다. 조선 서정시의 그다운 면모와 예술성이 김소운의 세련된 언어 감각으로 이 시대의 리듬을 형성하고 있었다고 볼 것입니다.[20] 그렇다고 해서 이 공간에서 조선 시인의 시적 달성이 전무했느냐 하면 그렇지는 않습니다. 시집 『어머니의 노래(たらちねのうた)』(1943)의 김종한의 존재로 말미암아 시 장르에서 한 가지 유형의 성립에 마주칠 수 있기 때문입니다.

김종한(1914~1944)의 시적 특성에 대해 맨 먼저 지적한 것은 『친일문학론』(1966)의 저자 임종국입니다. 『국민문학』지를 편집하면서 김종한은 「조선시단의 진로」 등의 황민론을 썼고, 앞에 든 시집과 번역 시집 『설백집(雪白集)』도 낸 바 있거니와 황민 시가 일반적으로 예술성이 빈곤한 선동시이기 쉬웠다는 통례를 깨고 시로서의 품격을 갖추었다고 본 임종국은 그런 사례로 시 「원정」, 「초망」 등을 들어 예술성에서는 흠을 찾기 어려운 작품이라 했습니다.[21] 「원정」(『국민문학』, 1942.1)은 이른바 일본시가 특유의 '반가(反歌)'로 처리되어 있지요. 돌배나무와 능금을 접목시키는 원정의 심정을 그린 이 작품은 당시 주조였던 동조동근(同祖同根)론과는 크게 다른 것입니다. 그 자신은 "내선일체에 헌신하는 한 사람의 문화인의 운명이 갖고 있는 인과의 아름다움과 슬픔을 우의(寓意)하려 했다"(『어머니의 노래』 후기)고 적어놓고 있습니다. 요컨대 이들 시 작품은 어느 수준에서 시 장르의 본질에 접근해간 사례의 하나라 할 것입니다.[22]

5. 거대 담론과 글쓰기 원본론의 시대적 의의

이 글이 서 있는 좌표는 한국 근대문학(사)입니다. 이 좌표 속에서 보면 두 개의 '공간'이 있습니다. 위에서 논의한 이중어 글쓰기 공간이 그 하나이고 나라 만들기의 과제를 둘러싼 이른바 해방공간(1945.8.15~1948.8.15)이 그 다른 하나입니다. 어느 쪽이나 '공간'이라 불리는 것은 근대국가의 주체적 부분이 결여되어 있거나 잠정적 상태에 있음에서 연유된 것입니다. 이를 문학적 시선으로 옮겨 본다면 '국어' 결여 형태의 문학이라 할 것입니다.

이 두 공간이 지닌 의의란 무엇인가. 말을 바꾸면 이 특수한 공간이 늘 잠복 상태에 놓여서 한국 근대문학사의 정통성에 도전해오고 있다는 사실만큼 문제적인 경우는 흔치 않다는 점입니다. 분단 문제를 안고 있기에 저 해방공간은 항시 하나의 지표로 손짓하고 있음이 이 사실을 잘 말해주고 있습니다. 해방공간이 분단의 계기를 내포했기에 통일 지향성의 마당에서는 그 원점 확인을 결코 외면할 수 없기 때문이지요.[23] 이처럼 문제적인 또 다른 공간이 이 글에서 논의된 이중어 글쓰기 공간입니다. 한국의 근대국가의 언어, 곧 국어를 가진 문학을 한국 근대문학이라 규정한다면, 이러한 국어가 소멸된 공간이 이중어 글쓰기 공간입니다. 이 공간에서 국어였던 조선어는 국어의 개념이 제거된 조선어에 지나지 않습니다. 그러니까 그 조선어는 인공어 혹은 기호로서의 언어의 일종이었던 것입니다. 마찬가지로 이 공간에 놓인 일본어나 영어나 에스페란토도 조선작가의 시선에서 보면 인공어 혹은 기호로서의 언어에 지나지 않습니다. 말을 바꾸면 각각의 언어는 상대적 존재에 해당됩니다. 이와 같은 특수한 공간에서의 글쓰기의 유형을 정리해본다면 대략 여섯 가지 형식이 도출됩니다. 여섯 가지 형식이라 하나 어디까지나 잠정적인 분류 형태여서 연구 방향 및 심도에 따라 유동적이라 할 것입니다.

앞에서 말했듯 한국 근대문학사의 시선에서 보면 두 개의 문학 공간이 있음과 그중 해방공간의 의의가 시대에 따라 출렁이며 크게 증폭된다는 점을 강조했습니다. 그렇다면 이중어 글쓰기 공간도 응당 시대에 따라 그 의의가 증폭되는 것일까. 포스트 콜로니얼이 오늘날의 지적 풍토이기에 틀림없이 그럴 것입니다. 그렇다면 어떠한 측면에서 그러한가. 이제 이 물음을 피해갈 수 없는 지점에 다다랐습니다.

문제적인 것은 그러니까 한국 근대문학사에서 옵니다. 이른바 저 악명 높은 거대 담론의 유물 가운데 하나가 한국 근대문학사인만큼 이것이 갖고 있는 결함으로서의 시대적 한계와 그 인식에 대한 골이 깊으면 깊을수록 개인적이자 사적이며 또한 분절적이자 게릴라식 불연속적인 글쓰기의 가능성이 증대될 것입니다. 이러한 가능성을 담뿍 안고 있는 공간이 바로 이중어 글쓰기 공간이 아니었던가. 한국 근대문학도 일본의 근대문학도 아닌 제3의 근대문학의 가능성을 안고 있는 공간이 거기 있었지요.

제3의 근대문학이란 새삼 무엇인가. 이에 대해서는 장차 연구될 과제로 우리 앞에 놓여 있다고 하겠지요. 일본문학사에서도 근대의 초극론에 관련된 이중어 글쓰기 공간이 응당 논의될 수 있겠지요. 그것이 어떻게 규정되는 글쓰기의 제3범주를 향하고 있을 터입니다. 글쓰기의 근원적 탐구가 그 본론에 놓일 것입니다. 어느 특정 국어와 관련 없는 보편 문법 또는 보편 어법으로서의 글쓰기 범주가 그 본론의 핵심을 이룰 것입니다. 문학자의 자기고백 좌담회(봉황각, 1945.12)에서 일보 전진 이보 퇴각론을 폄으로써 거대 담론을 최저선에서 옹호하고자 했던 김사량의 고뇌에 찬, 그러면서도 옹색한 논법도 글쓰기의 근원성에서 해소될 사항이겠지요. 친일 작품으로 알려진 최정희의 일어 창작 「야국초」(1942)를 페미니즘의 글쓰기로 바라본 연구논문24)이나 이태준의 친일작품(第一號船の揷話)을 두고 그의 다른 작품 「농군」(1939)과 함께 '자연'의 개념 도입으로 해석

할 수도 있을 터입니다.[25] 글쓰기의 원본성에다 다시 물어보기로 이 사정이 정리될 터입니다. 이러한 해석의 유연성이 거대 담론의 견인력에서 비로소 가능하다는 점은 새삼 강조될 필요가 없을 것입니다.

주석

1) B. Anderson, *Imagined Communities: Reflections on the Origin and Spread of Nationalism*, Verso, 1983.
2) 조윤제, 『국문학개설』, 동국문화사, 1955, 33면.
3) 졸고, 「준비론 사상과 근대시가」, 『한국근대문학사상사』, 한길사, 1984.
4) 복거일, 『죽은 자들을 위한 변호』, 들린아침, 2003, 제11장.
5) 이인, 『반세기의 증언』, 명지대 출판부, 1974, 134면.
6) 조지훈, 『조지훈 선집』 4, 일지사, 1973, 156면.
7) 이병기, 『가람일기』 2, 신구문화사, 1976, 539면.
8) 한글학회 편, 『한글학회 50년사』, 1971, 17~18면 재인용.
9) 도키에다, 『국어학에의 길』, 明治書院, 1976.
10) 고야스 노부쿠니[子安宣邦], 『일본근대사상비판』, 岩波書店, 2003, 87면.
11) 김용제, 「문학의 진실과 보편성」, 『경성일보』, 1939.7.27.
12) 유진오, 「편편야화」, 『동아일보』, 1974.3.15.
13) 이연숙, 『국어라는 사상』, 岩波書店, 1996, 251면.
14) 졸저, 『일제 말기 한국작가의 일본어 글쓰기론』, 서울대 출판부, 2003.
15) 최덕교, 『한국접지백년』 제3권, 현암사, 2004; 大村益夫・布袋敏傳 편, 『조선문학관계 일본어 문헌 목록』, 早大語學硏究所, 1997.
16) 유진오, 「편편야화」, 『동아일보』, 1974.4.19.
17) 졸저, 앞의 책 참조.
18) 졸고, 「한설야의 일어창작론」, 『한국학보』 2004년 여름호.
19) 졸저, 『20세기 한국작가론』, 서울대 출판부, 2004.
20) 졸고, 「한국 근대문학사의 시선에서 본 김소운」, 『東京大北較文學硏究』, 2002.2.
21) 임종국, 『실록 친일파』, 돌베개, 1991, 230~240면.
22) 졸저, 『해방공간의 문학사론』, 서울대 출판부, 1989.
23) 위의 책.
24) 최경희, 「친일문학의 또 다른 내기꾼」, 『Poetica』 59호, 1999.(최경희, 「친일문학의 또다른 층위-젠더와 「야국초」」, 『해방전후사의 재인식』 1, 책세상, 2006 참조)
25) 손정수, 「이태준의 '농군'의 텍스트 해석의 문제」, 2004.7.(손정수, 「저항과 협력의 배리-이태준의 「농군」」, 『한국 근대문학사의 틈새』, 역락, 2005 참조)

1940년을 전후한 조선의 언어 상황과 문학자

윤대석

1. 1940년을 전후한 조선의 언어 상황

1940년은 조선이 일본의 식민지가 된 지 30년이 지난 시점에 해당한다. 언어 생활에 있어서 공용어(公用語), 특히 교육어가 가진 중요성을 생각한다면, 30년 간의 일본어 교육은 조선에서 이중 언어적 상황을 만들어내기에 충분했다. 근대 이후 한국 및 조선에서 일본어 교육이 처음으로 실시된 것은 19세기 후반이지만 본격적으로는 1910년을 전후한 시점이었다. 한일 신협약(1907.7)에 따라 제정된 학교령과 그 시행규칙에서 일본어가 필수 과목이 된 것은 한일 합방 이전인 1907년 8월이었고, 일본어가 제1외국어에서 국어의 지위로 올라서는 것은 1911년 8월 조선 교육령 실시에 따른 것이었다¹⁾. 이때부터 일본어는 공용어(학교, 재판소, 관공서, 군대에서 사용하는 언어)로서 학교에서 교수언어로 사용되는 등, 특권

"

적인 언어의 위치를 획득한다. 조선인에게 있어 국어와 모어가 서로 다른 이중언어 생활은 이때부터 시작된다고 할 수 있다.

국어인 일본어의 특권성은 공용어 지정이라는 정치적 행위로만 이루어지는 것은 아니었다. 객관성으로 포장된 언어학은 국어(일본어)=근대·문명 / 조선어 = 전근대·야만이라는 이항 대립적인 담론을 생산하고 유통시켰으며,[2] 문학은 일본어로 된 정전(canon)의 생산과 유통을 통해 국어 이데올로기를 재생산했다. 여기에는 총독부가 만든 국어 교과서와 각종 문학전집의 출간·보급이 큰 역할을 했다. 많은 조선작가들은 일본어로 교육을 받았으며, 일본문학을 규범으로 하여 일본어로 습작을 시작했다. 근대문학 초기의 작가인 이인직·이광수·염상섭·김동인 등은 물론 30년대 작가인 한설야·이효석·유진오·최재서·이상·정지용 등에게 있어 대문자의 문학은 일본문학 및 일본어로 번역된 유럽 문학이었다.

규범적·특권적 언어로서의 일본어를 공용어로, 주변적 소수어로서의 조선어를 모어로 가진 조선인들은 분열된 이중 언어 상황에 처해 있으면서도, 그와 동시에 규범어(국어)로서의 조선어를 창출하는 작업을 게을리하지 않았다. 일본어 및 일본문학의 번역과 전유를 통해 출판어 및 문학어를 확립함으로써 조선어는 준국어로서 자율성을 획득한다. 어학 분야에서는 1933년 조선어학회의 맞춤법 통일안 제정이 이에 해당하는데, 이것은 국가 권력이 개입되지 않는 상황(따라서 준국어라는 용어를 사용한다)이었기에 갈등도 피할 수 없었다.

조선어학연구회에서 주장하는 학설은 재래식 다시 말하면 훈민정음에 가미 개선하야 수모던디 해득키 용이하게 한 것이고 한글연구회(조선어학회—인용자)에서 주장하는 문구는 훈민정음에 근거를 두디 안코 해득키 난한 신문자를 제조하야 훈민정음에 대하야 이해업는 중추원 기타에 운동하야 소학교 교과서까지 일부분 개조하였고 어느 신문은 막대한 경비로 활자까지 개조하야 세인의 안목을 황홀케 하니 반도동포에 대하야 실로 사소한 문제가 안이다.
—주종훈, 「조선어의 통일을 절규」, 『정음』, 1938.7

　갈등의 중심에 『훈민정음』에 대한 해석이 놓여 있다는 사실은 전통의 창출과 근대성의 관계를 어느 정도 보여주고 있어 흥미롭다. 또한 위의 인용에서도 알 수 있듯이 조선어를 규범으로서 확립시키기 위해 교육어·출판어를 장악하려 했다는 사실, 따라서 총독부와 신문사·출판사들과 연대(공모)하지 않을 수 없었다는 점도 흥미롭다. 어쨌거나 조선어학회안은 1935년 현재 총독부 교과서의 대부분과 상당수의 사전, 종교 서적, 문예 서적 등에서 규범으로 작용하고 있었다.[3] 문학자들도 이에 적극적으로 참여했는데, 그것은 1934년 7월 9일에 있었던, 문예가 78명이 참가한 '한글 철자법 시비에 대한 성명서'로 가시화되었다.

　공식적으로서는 주변어(혹은 지방어), 현실적으로는 준국어라는 이중적인 성격을 띤 조선어의 지위에 변동이 생기는 것은 1930년대 후반이다.[4] 조선어가 준국어로서의 지위는 물론이고, 주변어로서의 지위마저 부정당하는 것은 '내선일체'로 대표되는 '황국신민화'의 결과이자, 그것의 주요한 수단이기도 했다. 37년 중일전쟁의 발발 이후 총독부는 조선교육령을 개정(1938.3)하여 일본 '내지'와 조선의 학제를 통일하고, 일본어 교육을 강화하기 위해 조선어를 수의(선택) 과목으로 전락시킴으로써 실제적으로 행해져 왔던 이중어 정책을 포기하고 형식적으로 주장되어 왔던 단일언어 정책을 현실화한다. 여기서 유의할 것은 당시의 '내선일체'가 정책적으로는 일반적인 국민화 과정과 일치한다는 점이다. 이 과정에서 국어제도·징병제도·교육제도·호적제도가 유기적으로 작동되는데, 이 시기에는 그것이 압축되어서 나타난다는 점에서 이 시기의 국민화 과정은 하나의 분석적·규범적 모델로 작용할 수 있다.[5] 당시의 국어정책은 병역제도와 연동해서 실시되며 교육정책으로 실현된다. 1938년의 조선교육령 개정은 지원병제도와 연동해서 일어났으며, 1942

년 5월 5일에 발표된 국어보급 운동요강은 징병제 발표와, 1944년 8월
의 국어전해운동은 징병제 실시와 동시에 시작되었다.

그러한 가운데 문학어로서 조선어가 공식적으로 부정당하는 것은
1942년 5월에 발표된 '국어보급운동요강'(약칭 '요강')에 의해서이다. 국민
총력 조선연맹이 발표한 '요강' 가운데 '문화방면에 대한 방책'은 '1. 문
학, 영화, 연극, 음악 방면에 대하야 극력 국어사용을 장려할 것'6) 등 세
가지 항목으로 되어 있는데, 이는 당시 조선에서 유일한 문학 잡지였던
『국민문학』의 전면적인 국어(일본어) 사용을 가져왔다.

> 조선어는 최근 문화인에게 있어서는 문화의 유산이라기보다 오히려 고민의
> 씨앗이었다. 이 고민의 껍질을 깨뜨리지 않는 한, 우리들의 문화적 창조력은
> 정신의 수인이 될 뿐이다.
> ―최재서, 「편집후기」, 『국민문학』, 1942.5 · 6 합병호

『국민문학』은 원래 '연4회 국어판, 연8회 언문(조선어―인용자)판'으로
해왔지만, 그것은 어디까지나 '과도기적 체제'7)였다. 국민화를 인정한
이상 국어로의 통일은 필연적인 사실이었고, 조선어는 사라져야 하지만
여전히 많은 사용자를 가지고 있었기 때문에 완전히 폐지할 수도 없는
'고민의 씨앗'이었을 뿐이었다. 이를 전후하여 '문화적 창조력'이라는
특권적인 가치는 국어로서의 일본어가 완전히 독점하게 되고 조선어는
새로운 가치를 창조해낼 수 없는 언어로 배치되었다.8)

그렇지만 조선 문단에서 일본어 창작 문제가 본격적으로 등장하게
되는 1939년 이후부터 일본어 창작의 특권이 확정되는 1942년까지는
언어 문제를 둘러싼 문학적 · 정치적 대립이 다양한 형태로 나타난다.
지금의 시점에서 보면, 혹은 당시 조선총독부의 관점에서 보면 1940년
을 전후한 시기는 전면적인 일본어 창작으로 가는 과도기에 불과하지
만, 당시의 시점으로 들어가 이 문제를 살펴보면 이 시기에는 결말을

예측할 수 없을 정도로 국가와 언어, 식민지와 언어의 관계에 대한 다양한 입장이 서로 대립하고 있었다. 이는 일본어 및 조선어의 지위의 문제와 관련되어 있는데, 크게 나누자면 국어-지방어, 제국어-소수어, 외국어-준국어라는 개념쌍이 이에 해당한다. 이 가운데 첫 번째와 세 번째의 담론이 단일 언어로서의 국어의 보편성을 내세우는 점에서 공모 관계에 있다면, 두 번째 담론은 이중언어와 잡종 언어에서 가능성을 발견하며 보편어·국어의 특권성을 폐기하는 점에서 구별된다. 또한 첫 번째 담론이 식민주의에 종속된다면, 두 번째와 세 번째의 담론은 탈식민의 두 가지 방법을 제시한다. 전자가 비본질적·비민족적인 방식이라면 후자는 본질적·민족적이라 할 수 있다. 이 글은 40년을 전후한 언어 상황 속에서 문학자들이 어떤 입장을 취했는지를 위의 같이 세 가지로 나누어서 살펴보고, 그 가운데 이중어 창작의 가능성을 점검해 보기 위해 씌어진다.

2. '제국'의 언어, '제국주의'의 언어

당시의 담론 속에서 일본의 성격은 결코 단일하지 않았으며 일본어의 지위도 마찬가지였다. 가라타니 고진은 네이션 스테이트와 언어의 관계를 검토하면서 '제국'과 '제국주의'라는 개념을 도입하고,[9] 40년대 대동아공영권 표준어로서의 일본어를 고찰하는 가운데 도키에다 모토키(時枝誠記)에게서 '제국'의 언어로서 일본어의 가능성을 본다.[10] 그러나 그가 주장하듯이 다언어의 가능성을 보면서도 국어의 특권성을 주장한 사람은 도키에다만이 아니었다.

谷川 : 지금 말씀하신 동화정책과 일종의 협동주의 말입니다. 일본이 지금까지 대만과 조선에 해온 정책은 대체로 황민화-동화정책입니다. 이런 정책을 남방 제국에서도 취할 수 있을까요. 나는 동화주의는 어렵다고 생각합니다. 협동주의로 나가지 않으면 안됩니다.

平野 : 다만 일본에서 행하는 경우에는 소위 협동정책과 동화정책의 장점을 취해 가야 합니다.

石黑 : 예를 들어 蘭印(인도네시아)에 인도네시아어 운동이란 게 있습니다만 일단 그 인도네시아어를 수립하는 것을 이쪽이 오히려 도와줘야 합니다. 그러나 공용어는 일본어로 해야 합니다.

—「좌담회 언어정책」, 『文藝』, 1942.3

근대적 개념인 제국주의는 국민국가의 확장된 형태로서 '문명의 이념'에 그 기반을 두고 있기 때문에 개별적 민족의 자율성은 근본적으로 인정되지 않는다. 제국주의의 질서는 그것이 "뿌리를 내리는 곳 어디에서나, 자기 자신의 정체성의 순수함을 단속하고 다른 모든 것을 배제하기 위하여 자신의 사회적 영역을 지배하고 위계적인 영토적 경계들을 강요"[11]했던 것이다. 그러나 이처럼 아시아 민족에 대한 일본의 침략 행위가 민족 본질의 확대 재생산으로서의 성격, 즉 제국주의적 성격을 가지고 있었지만, 당시의 세계질서는 이러한 측면만으로 자신을 정당화하는 것을 허락하지 않았다.[12] 그 때문에 오히려 일본은 각 민족의 아이덴티티를 그대로 유지하면서 느슨한 통일을 지향하는 형태, 예를 들면 만주의 '오족협화'나, 아시아 민족이 각기 제 권리와 자율성을 가지는 '대동아 공영권'을 대외적으로 선전하고, 어느 정도 이를 보장하지 않을 수 없었다.

언어 정책에서도 마찬가지로 대동아 공영권에서 각 민족어와 공용어인 일본어의 지위를 어떻게 확정하는가는 논란의 대상이었다. 본국에서는 해외로 진출해야 하는 일본어와 내지에서 쓰이는 일본어를 분리해야 한다는 주장과 일치시켜야 된다는 주장이 엇갈려 있었으며, 역사적인 표기법을 보급해야 한다는 주장과 실제 발음에 근거한 표음적 표기법을 보급해야 한다는 주장이 대립되어 있었다.[13] 이러한 논란은 일본 내지의 국어국자 개혁과 연관되어 더욱 복잡한 양상을 띠며 전개되는데, 근본적으로 이것은 일본이 대동아공영권 내에서 제국의 위치에 있는지, 제국주의의 위치에 있는지 명확하지 않았기 때문에 발생한 것이었다. 그러나 대체적으로는 조선·대만에서는 제국주의(동화정책)로, 그 외의 지역에서는 제국(협동정책)으로 배치되었다. 대만과 조선에서의 언어 정책이 원주민들을 완전히 내지와 동일한 언어로 통합하고 역사적 표기법을 따르도록 하는 것이었다는 사실은 그것을 증명한다.[14]

그러나 이것도 일률적인 것은 아니었다. 만주의 조선인이 오족의 한 구성원인 조선인(만주국민)이면서도 일본인(일본국민)이었고, 조선내의 조선인조차 내선일체(국민화)를 긍정하면서도 제국의 한 민족으로서의 독자적 권리를 끊임없이 주장했다. 자세한 것은 생략하지만[15] 다음의 인용문으로 그 일단을 볼 수 있다.

> 전체주의적인 사회 기구에 있어서는 동경도 하나의 지방이라고 생각하는 것이 옳을 것입니다. 라기보담 지방이나 중앙이란 말부터 정치적 친소를 부수하야 좋지 않은 듯합니다. 동경이나 경성이나 다 같은 전체에 있어서의 한 공간적 단위에 불과할 것입니다.
>
> ─ 김종한, 「一枝의 윤리」, 『국민문학』, 1942.3, 36면

이러한 가운데 조선인 문학자들은, 일본어를 제국주의 언어로 파악하고 국어로서 그것을 전면적으로 수용하거나(그러면 조선어의 소멸은 필연적일 뿐만 아니라 바람직한 현상이 된다), 아니면 그것을 제국주의 언어로 파악하지만 거꾸로 조선어의 준국어로서의 특권성을 내세워 그것을 외국어로서 배척하거나, 혹은 일본어를 지배적인 언어로 인정하면서도 그것의 특권을 부정하는 이중언어 전략을 취하거나 하는 세 가지 방법을 취했다.

3. 준국어로서의 조선어-한효·이태준

조선에서 문학어로서의 일본어가 논란거리가 되는 것은 1938년 11월에 있었던 좌담회 「조선문화의 장래와 현재」(『京城日報』, 38.11.29~12.7)에서부터이다. 그 전에 이미 "조선에 있어 국어 없이는 하루도 존재할 수 없는 것은 우리들이 일본 없이는 하루도 존재할 수 없기 때문이다. 언젠가 조선인은 완전히 일본 민족이 될 운명에 있다"16)는, 일본인보다 더 일본인답다는 현영섭의 주장이 있었지만, 문학자들은 이에 대해 아무런 반응도 보이지 않는다. 이에 비해 위의 좌담회는 장혁주가 번역하여 일본에서 상연했던 『춘향전』의 경성 공연을 앞두고, 만주 여행길에 조선에 들른 일본인 문학자들과, 조선인 문학자들이 한 자리에 모인 것을 계기로 이루어진 문학 관련 좌담회였고, 그 자리에서 일본어 창작에 관한 근본적인 문제가 다루어졌다는 점에서 문단에 큰 반향을 일으켰다.

이 좌담회의 핵심적 주제는 조선적인 것이 일본어로 표현될 수 있겠는가 하는 것이었다. 장혁주가 번역한 『춘향전』이 그 본래의 맛을 표현하지 못했으며, '내지어'로는 그것이 불가능하다는 것이 좌담회에 참석한 조선인 작가, 정지용·유진오·임화·이태준의 주장이었다면, 장혁주 및 하야시 후사오(林房雄)를 비롯한 일본인 작가들은 『춘향전』이 일본에서도 환영을 받았다는 사실에서도 알 수 있듯이 일본어로 표현되지 못할 것은 거의 없으며, 내선 교류를 위해 이런 번역 작업이 계속 이어져야 한다고 주장했다. 『춘향전』을 둘러싼 이러한 문제들은 그대로 조선작가의 일본어 창작 문제로 이어진다.

이태준 : 아키타(秋田) 선생님께 좀 어쭙겠는데, 조금 전에 조선어로 써도 국어—내지어로 써도 무방하다고 하셨는데, 우리들에게는 중대한 문제이기 때문에 본론과는 조금 다르지만, 질문드리겠습니다. 내지의 선배분들로서는 우리

들 조선작가가 조선어로 쓰는 것을 마음으로부터 희망하고 계십니까, 아니면 내지어로 쓰는 것을 더 희망하고 계십니까?

아키타 : 우리들 작가의 요망, 그리고 대중의 요망으로서, 결국 대상을 대중에게 두는 작가로서는 국어가 좋다고 생각합니다.

하야시 : 국어의 문제가 나왔는데, 이것은 대단히 중대한 것이라고 생각한다. 우리들로서 조선의 제군들에게 말씀드리는데, 작품은 모두 국어로 써주었으면 좋겠다.

무라야마 : 목하의 문제로서는 국어로 써도 지장이 없을 것 같기 때문에 조선어로 쓰지 않으면 안되는 것은 없다고 생각한다.

—『경성일보』, 1938.12.6

이태준의 질문은 '일본의 정책이 조선어 창작을 허용하는가'에 놓여 있어 명확함에 비해 일본인 작가들의 대답은 "많이 팔리기 위해서는 내지어로"(카라시마), "밥먹는 데 곤란하지 않은 사람은 조선문으로"(하야시), "널리 읽히기 위해서는 국어"(무라야마), "대중을 대상에 두는 작가는 국어"(아키타) 등으로 에둘러 말한다는 인상을 지우기 힘들다.[17] 그들도 또한 민족＝언어라는 인식 속에 놓여 있고 그 때문에 "문학이라는 것, 혹은 문화라는 것은 개별적인 풍토와 언어로 성립되는 것이기 때문에 조선어의 특권성은 지켜져야 하지만, 그렇다면 민족의 혼일적 융화라는 것은 어떻게 해결지어야 좋은 것인가"[18]라는 모순을 풀 수 없었기 때문이다. 이에 비해 이태준의 논리는 아주 명확하다.

사물을 표현하는 경우에 국어로 적확하게 그 내용을 설명할 수 없는 것으로 생각되기 때문이 아닌가 합니다. 그것은 우리들의 독자적인 문화를 표현하는 경우의 맛은 조선문이 아니고서는 불가능한 부분이 있습니다. 그것을 국어로 표현하면 그 내용이 내지화되어 버리는 듯한 느낌이 듭니다. 반드시 그렇게 됩니다.

—『경성일보』, 1938.12.6

이는 일본어로는 번역되지 않는 본질적이고 독자적인 것이 존재하고,

그것은 조선어로만 표현가능하다는 일종의 민족(언어) 본질주의적 주장
으로 파악될 수 있다. 이태준의 이러한 발언은 이후의 문헌에도 볼 수
있는데,[19) 해방 이전에 이태준이 조선어와 일본어의 관계나 당시의 언
어 정책에 대해 언급한 것은 이 정도가 전부이다. 그러나 그에게는 이
렇다 할 일본어 작품이 없으며,[20) 가장 중요하게는 해방 이후 봉황각
좌담회에서 한 그의 발언으로 미루어 보아 이태준이 민족 = 언어라는
인식 위에 서 있었다고 말할 수 있다. 따라서 그에게 있어 일본어 창작
= 친일이었다.

> 나는 8 · 15 이전에 가장 위협을 느낀 것은 문학보다 문화요 문화보다 다시
> 언어였습니다. 작품이니 내용이니 제2, 제3이요, 말이 없어지는 위기가 아니었
> 습니까? 이 중대간두에서 문학운운은 어리석고 우선 말의 명맥을 부지해 나가
> 야 할 터인데 어학관계에 종사하는 분들은 검거되고 예의 홍원사건 아닙니까?
> 학교에서 교편을 잡고 있는 분들은 직업을 잃고 조선어의 잡지 등 신문 문화
> 간행물은 거의 없어지게 되었습니다. 어디서 조선문화를 논할 여지조차 있었
> 습니까? 그런데 이 점엔 소극적으로나마 관심을 갖지 않고 도리혀 조선어 말
> 살정책에 협력해서 일본말로 작품행동을 전향한다는 것은 민족적으로 여간 중
> 대한 반동이 아니었다고 봅니다. 그러므로 나는 같은 조선작가로 최후까지 조
> 선어와 운명을 같이 하려 하지 않고 그렇게 쉽사리 일본말에 붓을 적시는 사
> 람을 은근히 가장 원망했습니다.
>
> —『인민예술』, 1946.10, 45면

민족=언어의 관계가 좌담회 당시보다 훨씬 명확한 형태로 드러나는
이 주장은 국가를 되찾은 해방 이후에는 친일파 청산과 국민 국가 수립
을 위해서는 유효한 이데올로기가 될 수 있겠지만, 그 당시에는 항일
의용군에 참가하지 않는 한 오히려 가장 무력한 주장이었다. 앞의 인용
문에서 하야시가 말한, "작품은 모두 국어로 해주었으면 좋겠다"는 말
이 암시하듯이 이 이데올로기는 국어=국가라는 논리로 흡수될 여지를

충분히 가지고 있고 또한 실제로 그러한 논리와 국가의 폭력에 의해 국어(일본어)가 유지되었기 때문이다. 그리고 이 논리는 조선어에 의한, 제국주의와 침략 전쟁 찬양은 상관없다는 식의 자기변명으로도 이어질 수 있고, 따라서 나아가 민족을 위해 친일했다는 논리마저 합리화될 수 있다.

다시 앞으로 돌아가서 이 좌담회는 일본의 문예 잡지인 『문예(文藝)』(1939.1)에도 전재가 되어 일본 작가들 사이에서도 논란이 되었다. 장혁주가 같은 잡지에 실은(1939.2) 「조선 지식층에 호소한다」(『삼천리』, 39.4에도 수록)에 따르면 일본 작가들의 대체적인 생각은 "조선인들이 뒤틀려 있다"는 것이었다. 장혁주는 이러한 뒤틀림을 조선민족이 가진 결점인 격정성, 시기심 등으로 설명하지만, 실은 이러한 뒤틀림은 조선 문학을 일본어가 지배하는 것에 대한 거부 반응으로서 조선의 의사 소통과정에 개입하는 일본어의 강제로부터 벗어나기 위한 일종의 포스트 콜로니얼의 실천이라고도 볼 수 있다. 이 점은 뒤에서 다시 이야기하기로 하고, 장혁주는 국어로 창작하는 것도 배제할 것은 아니라는 말로 이 글을 끝맺는다.

앞의 좌담회와 장혁주의 논문으로 일본어－조선어 문제는 불거지는데, 이에 대한 본격적인 논쟁은 『경성일보(京城日報)』 지상에서 벌어졌다. 한효의 「국문문학문제」, 그것에 반론을 제기한 김용제의 「문학의 진실과 보편성」(1939.7.26~8.1), 앞의 두 논문을 모두 비판한 임화의 「언어를 의식한다」(1939.8.16~20)가 그것인데 이 논쟁은 앞의 좌담회와는 달리 실제로 일본어 작품이 생산되기 시작한 시점이라는 점에서 의미를 가진다.21)

한효는 "예술가의 양심으로 국문 문학의 문제를 생각해야"지 "논점을 원고료로 잡는 것은 무모"하다는 관점에서 시작하지만, 앞에서 보았듯이 그것은 오해에 불과하다. 원고료로 상징되는 조선작가의 지위 향상 문제는 일본 국민이 됨으로써 조선인의 지위가 향상될 수 있다는 논리의 한 예에 불과하기 때문이다. 여하튼 한효는 예술가의 양심은 진실

을 그리는 것에 있고, 그 진실에 기반하여 예술은 조선적 현실을 그려
내야 한다고 주장한다.

조선이라는 이 현실은 조선작가 이외의 어떠한 대작가, 대예술가도 그려낼 수 없는 예술적 대상이다. 조선의 현실을 그림에는 우선 조선의 현실을 알아야 한다. 그리고 그 현실을 알기 위한 방법으로는 그 현실 가운데의 인간, 즉 조선 인이지 않으면 안 된다.

—『경성일보』, 1939.7.14

이러한 주장은 또한 "조선인이 조선의 현실을 그 현실 가운데의 언어
로 표현한 작품이 진실로 조선의 문학이고 예술이라는 삼위일체론"
(1939.7.15)으로 이어진다. 그 예로 한효가 드는 것은 『대지』이다. 펄 벅이
아무리 뛰어난 작가라도 『대지』는 중국인으로서 중국어로 중국의 현실
을 그린 노신의 작품은 결코 뛰어넘지 못하는 형편없는 작품이라고 한효
는 평가한다.

이 논리는 우선 '조선인'이 특정 가능한 개념인지, 혹은 당시 '조선
인'은 '일본 국민'이라는 논리에 어떻게 대응할 수 있을지, 실제로 일본
국민으로서 대동아 공영권에서 일정한 위치를 차지하려는 논리에 대응
가능한지 의문스럽다. 또한 '조선의 현실'이 무엇을 의미하는지, 그 현
실이 황국 신민화되어가는 현실도 포함하는 건지 의심스럽다. 또한 "현
실 가운데의 언어"로서 일본어가 10%에 달하는 이중 언어 상황은 어떻
게 해석할 수 있는지, 일본어 정책이 효과를 거두어 조선에서 일본어가
상용어가 된다면 그것에는 어떻게 대응할 수 있는지 의심스럽다.

실제로 그의 논리는 "이 토지의 현실이 완전히 국어의 생활화를 불러
오"는 "객관적 조건이 구비"되면 국어 창작은 가능하다는 것으로 이어
진다. 또한 현시점에서 해야 할 일은 "민중의 생활 속에 깊이 들어가 그
들의 언어로 황민화를 고취"하는 것이라고 한다. 검열을 의식해서 덧붙

여 쓴 것이라고도 판단할 수 있지만, 민족 = 언어의 논리가 국가 = 국어의 논리로 자연스럽게 이어질 수 있다는 것을 보여주는 것이기도 하다.

4. 지방어로서의 조선어―장혁주 · 김용제

김용제의 논문은 이 점을 잘 지적하고 있다. "문학상의 언어는 대상의 언어 여하에 관계없이" "작가 자신의 언어로밖에 표현할 수 없고" "대상의 언어를 절대적으로 추수할 때"(1939.7.30) 작품은 불가능하다는 것을 말한다. 이는 조선어로만 조선의 현실을 파악할 수 있고 조선인만이 조선의 현실을 파악할 수 있다는 한효의 주장에 대한 유효한 반박이다. 또한 그는 조선어가 곧바로 조선 문화는 아니라는 것, 즉 어떠한 시대에도 어떠한 환경에서도 고집되어야 할 존재가 아니라는 것을 주장함으로써 조선어=조선인의 관계를 단절한다. 이는 모어라는 것이 쉽게 바뀌지는 않지만, 바뀔 수도 있다는 점에서 올바른 지적이라고 할 수 있다.

그러나 그렇다면 지금 이 시점에서 조선 민족의 언어를 왜 일본어로 바뀌어야 하는가 라는 의문이 생긴다. 김용제는 그것이 조선 민족에게도 좋다, 왜냐하면 일본어는 조선어보다 뛰어난 언어이기 때문에, 라는 말로 대답한다.

> 국어는 이미 문화어로서 조선어보다 뛰어난 언어이다. 이것은 사실 동양에 있어서 국제어이고, 조선에 있어서는 문자 그대로의 국어이다.
>
> ―『경성일보』, 1939.7.27

일본어가 조선어보다 뛰어날 리가 없다. 마찬가지로 조선어가 일본어보다 뛰어날 리가 없다. 한 언어가 다른 언어에 비해 우월하다든가, 표준어가 방언보다 뛰어나다는 논리는 언어학적으로는 전혀 근거가 없다.22) 그럼에도 불구하고 민족의 우월성이나 언어의 우월성의 논리는 내선일체의 중요한 근거가 되어 왔다. 김용제는 그러한 비교 인류학·비교 언어학에 의해 생산되고 유포된 제국주의의 논리에 기반해 있었다. 그러나 더욱 중요한 것은 그가 국민국가의 논리에 기반하고 있다는 사실이다. "국가적 보편성의 입장"(1939.7.26)에서 보면, 국어는 조선어보다 뛰어난 언어가 되는데 이를 보증해주는 것은 국민 국가이다. 한효가 민족을 떠난 진실이란 없다고 한 말을 김용제는 국가를 떠난 진실은 없다는 논리로 응수하는데, 국가란 그 자체가 진실과 가치의 담지체여서 아무도 거기에 이의를 제기할 수 없다.

위에서 잠시 살펴보았던 장혁주의 논리도 이에서 크게 벗어나지 않는다. 그는 1939년의 시점에서 미래를 정확하게 예측하고 있는데, "이미 학교령이 변했고, 경찰령도 변했다. 다음에 올 것은 의무교육과 징병제의 실시이다"(「조선의 지식인에게 호소한다」, 318면)라는 예언은 1942년 5월에 실현된다. 그러니까 장혁주는 각종 기제(교육제도, 병역제도)를 통해 조선인은 결국 일본 국민이 될 것이고, 또한 그것이 "우수한 민족으로 부흥하기 위한" 가장 좋은 방법이라는 것을 전제한 후에, 그렇다면 지금 "국어로 진출하는 것도 반드시 배제할 것은 아니다"라고 주장한다. 이 주장은 민족=언어임을 인정하면서도 국가=국어라는 논리로 이를 감싸는 것이라 할 수 있다. 이 논리의 연장선상에는 조선어가 국민국가 가운데 한 지방의 언어, 즉 방언의 위치를 차지한다는 논리가 존재한다. 여기서 조선어가 일본어의 한 갈래인가, 아니면 독립된 언어인가 하는 점을 과학적으로 따질 필요는 없다.23) 그것을 결정하는 것은 국가이자 그것의 정치력이기 때문이다.

국어는 국가적 견지에서 비롯되는 특수한 가치적 언어이고, 일본어는 그러한 가치의식을 떠나서는 조선어, 그 외 모든 언어와 동등한 위치를 가지는 언어적 대상에 불과한 것이다. 따라서 국어와 일본어는 어떤 경우에는 그 내포를 달리 할 수 있다. 방언은 표준어보다 열등하지 않고, 혹은 그 이상으로 연구적 가치가 있는 언어적 대상이고, 또 누구도 자기 방언에 모어로서의 그리움을 느낄 것이다. 그러나 국가적 견지는 이러한 방언을 가능한 한 없애려고 노력한다. 여기에 표준어 교육, 국어교육의 우위가 나타나는 것이다. 국어는 실로 일본국가의, 또 일본국민의 언어를 의미하는 것이다. 국가적 견지에서 비롯되는 방언에 대한 국어의 가치는 곧 조선어에 대한 국어의 우위를 의미하는 것이다. 방언과 조선어에 대하여 국어의 우위를 인정하지 않으면 안 되는 것은 그 근본으로 소급하면 근대의 국가형태에 기초한 것이라고 하지 않으면 안 된다. 여기에서 우리들은 또한 대동아 공영권에서 일본어의 우위라는 것을 생각할 단서가 열리는 것이다.
— 도키에다 모토키, 「조선에서의 국어정책 및 국어교육의 장래」, 『日本語』, 1942.8

도키에다는 국민 국가와 국어의 기원에 대해서는 묻지 않는다. 그것은 자연스럽게 형성된 것, 즉 자명한 것으로 받아들여진다. 그러나 그것은 국가의 폭력에 의해서 강제로 이루어진 것, 여성과 장애인, 어린이, 소수 민족 등 타자를 배제함으로써 이루어진 것이다. 이는 최근 국민국가의 기원을 묻는 일본이나 유럽 및 미국의 논의를 기다릴 필요도 없이 실패한 국민화 과정인 내선일체, 황민화 정책을 돌아보면 금방 알 수 있다.

그러나 문화인과 문예가의 상당한 부분에서는 사상적으로 아직 구각을 벗어버리지 않고, 동아 신건설과 내선일체의 이념하에서 문화활동에 협력하는 태도로 나오지 않는 자가 있다. (…중략…) 우리들의 새로운 활동을 질시하고, 시의하고, 무서워하는 비겁한 심리도 고백되어 있어 가련하고 불쌍하다.
— 김용제, 『경성일보』, 1939.7.26

국어는 우리 일본국가의 언어이고 이 때문에 황국신민으로서 국어를 알지 못하는 자는 극언하면 황국신민이 아니라고 할 수 있다.
— 히로세 츠즈쿠, 「국어보급의 신단계」, 『朝鮮』, 1942.10

조선인은 반드시 일본 국민이 된다는 역사적 필연성과 또 그래야 한다
는 당위성을 믿고 있는 사람의 확신에 찬 목소리이다. 국가가 진실을 보
증해주기 때문에, 진리와 가치를 한꺼번에 담지하게 된 사람의 목소리이
다. 그러나 거꾸로 이것은 진리와 가치를 담지하고 있다고 간주되는 국가
가 배제의 논리에 기반하고 있다는 것을 보여주는 목소리이기도 하다.

5. 주변어로서의 조선어 – 임화 · 김사량

임화는 민족 = 언어와 국가 = 국어의 틀을 벗어나기 위해, 문학의 언어
자체의 성격으로 돌아간다. 언어는 풍토와 더불어 자연이면서, 또한 문학자
에게는 도구이다. 도구이기 때문에 언어는 어떤 것이든 표현하기에 충분하
고, 다른 사람이 읽기에 적합하며, 아름다운 언어이면 그만이다. "언어는
국경표지가"(1939.8.20) 아닌 것이다. "작가들이 언어를 정치적 내셔널리즘과
같이 이해하려는 생각은 프로 문학 전성기에 말에 대한 관심을 예술 지상주
의적이라든가 반동적이라 하여 오로지 이론적으로 정치적으로 사고하고자
했던 조잡한 사고와 공통점이 아주 많다."(1939.8.17) 그렇기 때문에 조선어를
"강인하게 고집하는 것도 논박하는 것도 우스운 일"이다. 왜냐하면 "언어란
변하기도 하면서도 함부로 바꿀 수도 없는 것"(1939.8.16)이기 때문이다. 따라
서 문제는 "어떤 언어를 버릴까 쓸까에 있는 것이 아니라, 오늘날의 작가들
이 쓰기 좋은가, 나쁜가"(1939.8.18)에 놓여 있다.
　"언어는 국경표지가 아니다"라는 임화의 말은 양날의 칼이다. "조선
문학은 반드시 조선인이 조선어로 조선의 현실을 그린 것"이라는 민족
(=언어) 본질주의자에 대한 유효한 반박이 되는 동시에, "국민은 반드시
국어를 써야한다"라는 내선일체론자에 대한 유효한 반박이기도 하다.

그러나 이것도 저것도 아닌 것처럼 보이는 임화의 칼날이 주로 향하고 있는 것은 '국어 창작의 당위성'을 주장하는 후자 쪽이다. 임화의 논지대로 하자면 "작가가 태어나면서 듣고 말해온 언어, 일상 사용함에 불편·부자연함을 느끼지 않는 언어", 바로 모어가 가장 좋은 언어이고, 대부분의 조선인 작가에게 모어가 조선어라는 사실 때문이다. 따라서 결과만을 두고 바라보자면 임화는 조선어 창작을 옹호한 셈이 된다. 그러나 임화의 조선어 창작 옹호의 논리는 민족(=언어) 본질주의에 기반해 있지 않다. 조선인이기 때문에 조선어를 써야 하며, 조선어로 써야만 조선문학이 될 수 있는 건 아니기 때문이다. 거꾸로 아무리 주변적인 언어이고, 또 그 언어를 사용하는 것이 정치적으로 불리하다고 하더라도, 그 언어를 일상생활에서 사용하는 사람이 있는 한, 해당 언어로 된 문학이 존재해야 한다는 소수어의 권리 주장이기도 하다.24)

> 국어는 조선민중 속으로 깊이 들어가지 않으면 안 될 것이나 그러나 반면에 있어 조선의 언어라고 하는 것도 살려 가야 할 것이 아닌가 생각합니다. 문화가 언어에 힘입는 바는 대단히 크다고 생각합니다. 가령 문학이라든지 기타 예술에 있어서도 거기에 나타나는 독특한 전통을 가진 언어에 의하여 그 문화와 예술의 가치가 고양되는 것이라고 생각합니다. 가령 문학의 예만을 취하여 생각해 볼지라도 켈트어의 애란문학을 포섭하고 있기 때문에 영문학이 위대한 것이고 또 노서아에는 우크라이나 문학이 있느냐 하면 페테르부르그 문학이 있습니다. (…중략…) 이런 의미만으로도 언어의 특수성이라는 것을 어느 정도까지 존중하지 않으면 안되리라고 생각하는데.
> ─김사량·기시다 구니오 대담, 「조선문화 문제에 대하여」, 『조광』, 1941.4

얼핏 보면 국어 및 일본의 더넓은 포용력을 요구하고 있는 것 같지만, 사실 김사량은 한 국가의 언어가 단일 언어로 통일되어야 한다는 국어의 논리에 반대를 표시하고 있다. 또한 이는 식민지 본국의 언어가 식민지에서 의사소통 체계를 장악하는 것에 대한 반대 의견이기도 하다. "조선인으로서 국어를 해득하는 것은 12,3 퍼센트"밖에 되지 않으며, 그 가운데에는 "조선 언문은 읽는 사람이 많"은데, 그들에게 "문화의 광명을" 박탈해도 좋을 것인가 하는 말은 식민지 본국의 언어이자 국어인 일본어의 특권성을 부정하는 소수어의 권리 주장이다. 이러한 권리 주장이 가능하기 위해서는 식민지의 토착 언어, 소수어의 특권성이 전제가 되어야 한다. 김사량은 "조선문학은 기후 풍토와 오랜 동안의 역사에 순응하여 이루어진, 조선인 독자의 기질과 성격과 언어와 감성의 증거이고, 반향이기도 하기" 때문에 "조선문학은 조선작가가 조선어로 씀으로써 비로소 성립되어야 한다는 것은 자명한 일이다"라고 하며 조선에서의 조선어의 특권성을 주장한다.25)

그렇다고 해서 김사량이 조선인은 반드시 조선어를 써야 한다는 민족(=언어) 본질주의에 기반하고 있는가 하면 그렇지는 않다. 그는 "언어 문제에서 우리들이 편협한 마음으로 조선문학 쇼비니즘에 빠지지 않도록 경계해야 한다"고 말하고 있기 때문이다. 더군다나 그는 조선인의 일본어 창작을 부정적인 시각에서 바라보지 않았으며, 그 자신도 또한 대부분의 작품을 일본어로 창작했다. 그러나 김사량의 일본어 창작은 소수어인 조선어의 특권성을 회복하기 위한 작업이었지 결코 식민지 본국의 언어이자 국어인 일본어의 특권성을 인정하는 것은 아니었고 여기에서 그의 문화적 실천이 나온다.

> 절망적인 구렁이에 빠졌으면서도 희망은 꼭 있다고 생각한 분들이 붓을 꺾은 후 그나마 문화인적 양심과 작가적 정열을 어디다 쓰셨는가요? 여기에 문제는 전개된다고 생각합니다. 쉽사리 갈라놓자면 문화를 사랑하고 지키는 문학자와 또 그래도 싸우려고 한 문학자, 이 두 갈래. 그러나 일언으로 말하자면 문화인이란 최저의 저항선에서 이보퇴각, 일보전진하면서도 싸우는 것이 임무라고 생각합니다. 무엇을 어떻게 썼느냐가 논의될 문제이지 좀 힘들어지니까 또 옷 밥이 나오는 일도 아니니까 쑥 들어가 팔짱을 끼고 앉았던 것이 드높은 문화인의 정신이었다고 생각하는 데는 나는 반대입니다.26)

　김사량의 "이보퇴각, 일보전진"의 의미는 이태준 같은 민족 본질주의자에게는 포착되지 않는다. 그들에게 있어 민족=언어이고 일본어 사용은 곧 친일의 의미를 가지고 있기 때문이다. 그러나 김사량의 일본어 창작은 친일이라는 말로 포괄되지 않는 의미, 즉 "중심부의 언어로 이야기하는 기득권을 가진 식민지 본국의 언어를 폐기하고 그 언어를 각 주변부 국가의 모어의 영향력 안에 유치시키려는"27) 포스트 콜로니얼적 실천의 의미를 가지고 있다.

　김사량은 "조선어가 아니라 내지어로 쓰려고 할 때에는 아무래도 작품은 일본적인 감정과 감각에 휩싸이게 되"고 "자신의 것이면서도 엑조틱한 것으로서 눈이 어지러워지기 쉽다"고 하며 자신이 모어인 조선어의 영향권내에 있음을 고백한다. 그러나 그는 작품 대부분을 일본어로 창작했는데, 그것은 그의 모어와 문학어가 서로 달랐기 때문이다. 그는 문학어를 일본어로 습득했으며 모어의 문학어에는 익숙하지 않았다. 예를 들면 그는 조선어로도 창작을 하고, 일본어로도 창작을 했지만, 조선 작가에게서는 "작자의 기억이나 상고가 여간 억망이 아니다. 풍속 습관에 대해서도 전맹에 가깝지만 언어에 대한 관심도 여간 허술한 것이 아니다. (…중략…) 동경에서 활동한다는 소문이 자자한 김씨가 언어에 대한 감각이 이처럼 무딘 줄은 알지 못하였다"28)라는 혹평을 받는 반면, 일본인 작가로부터는 "문장도 좋다"라는 평을 받는다.29) 어쨌든 김사량은 일본어로 창작을 하면서도 일본적인 감정과 감각에 빠지지 않기 위해, 식민지 본국의 시각을 배제하려고 노력했는데, 그 방법은 일본어를 전유30)하는 것이었다.

6. 포스트 콜로니얼적 실천―「풀속 깊이」

전유 행위는 타자의 언어로 모어의 정신을 전달하려는 것으로서 일본어로 창작하면서도 로컬 컬러나 지방성 같은 조선의 특수성을 주장한 작가들의 작품에 공통적으로 나타난다. 피진이나 크레올과 같은 형태는 아니지만, 포스트 콜로니얼 이론에서 말하는 괄호치기나, 주석달기, 혹은 주석 배제, 번역 불가능한 단어 제시, 조선어의 문장 구성·음운·리듬 등을 사용하는 포스트 콜로니얼 일본어의 가능성을 보여주고 있다.31) 이는 조선인 작가의 일본어 실력이 뛰어나지 않다는 이유도 있지만, 대부분의 경우 의도적인 행위라고 볼 수 있는데, 이러한 전유 행위가 식민지 본국의 가치에 대한 조롱과 해체로 나타나는 것은 김사량의 작품에서 볼 수 있다.

「풀속 깊이」(『文藝』, 1940.7)의 배경이 되는 벽지 마을은 식민지 언어 상황의 축소판이라고 할 수 있다. 일본어 상용자인 내지인 내무주임, 이중언어 사용자인 화자 박인식, 코홀쩍이 선생, 군수인 숙부, 일본어 비사용자인 화전민들은 사용 언어에 따라 서열이 나뉘어져 있다. 일본어 상용자는 명령을 내리는 자의 위치에 있고, 일본어 비사용자는 명령을 받는 대상의 위치에 있으며 이중언어 사용자는 통역자로서 그 명령을 전달하는 인물이다. 이 가운데 소설의 전반부는 이 이중언어 사용자에 맞추어져 있다.

군수인 숙부는 "한 군의 장으로서 조선어를 사용해서는 위신에 관계된다고 생각하여"(37~38면) 일본어로 연설을 하고, 코홀쩍이 선생에게 통역을 시킨다. 언어가 바로 권력임을 보여주는 대목이라 할 수 있는데, 그는 심지어는 알아듣지도 못하는 아내에게까지 일본어를 쓸 정도로 일본어 사용에 철저하고 인식과의 대화에서는 각기 일본어와 조선어로 대화가 이루어지는 우스꽝스러운 모습도 연출한다. 식민지 본국의 언어로 된 명령을 조선인 군수가 한 번 더 반복하여 산민들에게 연설하지만, 그것은 이미 더럽혀지고 차이를 발생시키는 반복이다. 왜냐하면 군수는 죄다 엉터리 일본어로 연설을 하기 때문이다. 그 엉터리 일본어를 작가는 일본어 고유의 루비를 통해서 표 나게 적어놓고 있다.

    ぴん げい がん
   朝鮮人が貧乏になったのは白い着物を着用したがらである。經濟的にも時間的にも不經濟なのである。即ち白い着物は早ぐ汚れるから金が要り、洗ふのに時間ががかるのである。
   (조선인이 빈곤하게 된 것은 흰 옷을 착용하고 있기 때문이다. 경제적으로도 시간적으로도 불경제적이다. 즉 흰 옷은 빨리 더러워지기 때문에 돈이 들고 씻기에도 시간이 걸리는 것이다.)

권위적이어야 할 연설은 이 엉터리 일본어로 인해 더럽혀지고 조롱된다. 그 언어가 더럽혀짐과 함께, 백의는 야만과 비문명, 그리고 더러움과 빈곤과 불경제의 표지라는, 문명과 가치를 담지하고 있는 식민지 본국의 담론도 더럽혀지고 조롱된다. 즉 식민지 본국의 담론은 식민지에서 한번 더 반복되고 식민지인에 의해서 모방될 때 그것은 언어가 뒤틀려 나타나듯이 뒤틀리고 더럽혀져서 나타날 수밖에 없다. 그것은 코훌쩍이 선생의 손수건이 더러운 코를 닦아내면 낼수록 더 더러워지는 것과 같다.

코훌쩍이 선생은 숙부와 마찬가지로 완전한 내지인이 되고자 식민지 본국의 담론을 반복하고 그것을 모방한다. 그의 모방은 숙부보다 더 격렬하고, 더 철저하다. 그는 화전민들의 백의에 검은 먹으로 표시를 하는 업무를 맡는데, 숙부가 일본어를 모르는 아내에게도 일본어로 말하듯이, 코훌쩍이 선생은 자기 아내의 하나밖에 없는 치마에다 검은 먹으로 표시를 해버린다. 이러한 그의 모방 행위의 목적지는 내지인이 되는 것, 즉 일본어로 권력의 언어를 발하는 것이었다.

불쌍한 코홀쩍이 선생은 산속 폐사에 가서, 어떻게 해서든 화전민들을 모았
을지도 모른다. 그리고 혼자 기분이 좋아져 우선 그 이상한 내지어로 말하고,
그리고 또 스스로 그것을 의기양양하게 통역하던 순간, 뒤에서 그 두 사람이
덮쳐서 죽었을지도 모른다.

이것은 화자인 박인식의 추측에 불과하지만, 스스로 내지어 연설자
가 되었다가 또 통역자가 되었다가 하는 행위를 반복하는 행위를 통해
선생이 꿈꾸었던 것은 결국 내지어로 연설함으로써 화전민 앞에 군림
하는 것이었다. 그러나 선생은 자신의 더러운 코를 평생동안 닦아야 했
듯이 자신이 더럽고 빈곤하며 야만적인 조선인이라는 사실을 평생동안
닦아낼 수 없었다.

거기에는 흰 옷을 입은 사람은 한 사람도 없고 그들의 구깃구깃한 복장은
몇 년이나 입고 있는 듯한 죄수복처럼 황토색이 아닌가. 게다가 흰 옷이라고
하면, 연단 옆 의자에 단정히 앉아 있는 내무주임의 린네르 하복 정도였다.

문명의 눈은 조선인의 백의와 일본인의 린네르가 똑같이 흰색임을
알지 못한다. 아니 조선인의 옷이 흰색이기 때문에 야만적이 아니라, 조
선인을 야만적이라고 생각하기 때문에 흰색으로 보이는 것임을 화자는
말하고 있는 것이다. 또한 조선인의 백의는 산민들의 입장에서 보면 그
들 삶에 기반한 민족의 옷임을 내세움으로써 화자는 식민지 본국이 설
정한 기준에 대한 본질주의적 시각을 폐기함과 동시에 제국 중심적 사
고를 상대화한다.[32]

김사량은 식민지 조선에서도 국어를 써야 한다는 본국 중심적 시각
을 폐기하였고, 식민지 본국의 시각으로 조선을 바라보는 시각의 특권
성을 해체했다. 그것은 그가 식민지 본국에서 교육을 받고 식민지 본국
의 언어로 창작을 하면서도 식민지 민중(subaltern)의 삶과 모어의 입장에
섰기 때문에 가능했다. 그러나 그는 그의 글이 식민지 민중을 대변한다

거나, 그들을 재현할 수 있다고는 생각하지 않았다. 화전민들의 삶에 박인식이 결코 끼어들 수 없었듯이 김사량의 문학은 결코 조선 민중에게 읽힐 수 없었던 것이다.

주석

1) 이명화, 「조선총독부의 언어 동화 정책」, 『한국독립운동사 연구』 9집, 1995.12, 278~279면. 이 논문에서는 한일신협약 체결시기와 학교령의 제정시기가 모두 1906년으로 되어 있으나, 이는 1907년의 오기이다.
2) 야스다 토시아키[安田敏朗], 『제국일본의 언어편제』, 世織書房, 1997, 131면.
3) 자세한 것은 한글학회, 『한글학회 50년사』, 1971, 177면 참조.
4) 이 시기 총독부의 국어 정책에 관해서는 이명화의 앞의 논문을 참고했다.
5) 가라타니 고진[柄谷行人]은 자신의 저작 『일본근대문학의 기원』을 다시 읽으면서 일본의 국민국가 창출 과정이 서양의 국민국가 형성 과정과 동일하지만, 극히 짧은 기간 안에 이루어졌기 때문에 서양의 국민국가 형성 과정에서는 두드러지지 않는 전도성을 보여준다고 한다(「언어와 국가」, 『일본정신분석』, 文藝春秋, 2002, 11면). 그러나 일본제국의 내부보다 짧은 시간에 이루어진 식민지에서의 황민화＝국민화 과정은 더욱 극렬하고, 더욱 억압적인 전도성을 보여준다고 할 수 있다.
6) 총련지도위원회, 「국어보급운동요강」, 『조광』, 1942.6, 106면.
7) 「국어잡지로의 전환」, 『국민문학』, 1942.5·6 합병호.
8) 이와 연동해서 일어난 것이 1942년 10월의 '조선어학회 사건'이었다(김윤식, 「국민국가의 문학관에서 본 이중어 글쓰기 문제」, 『한국학보』, 2002년 겨울).
9) 가라타니 고진, 「제국과 네이션」, 『전전의 사고』, 文藝春秋, 1994. 제국과 제국주의의 구분을 통해 탈냉전 이후의 세계 질서를 설명하려는 가라타니의 시도는 안토니오 네그리·마이클 하트의 『제국』(윤수종 역, 이학사, 2001)의 내용과 일치한다. 둘 사이의 선후 관계는 가늠하기 어렵다.
10) 가라타니 고진, 「언어와 국가」, 『일본정신 분석』, 文藝春秋, 2002, 34면.
11) 네그리 외, 앞의 책, 17면.
12) 네그리 등의 설명에 의하면, 이 시기는 제국주의에서 제국으로 가는 이행의 과정에 있었다.
13) 자세한 것은 고모리 요이치[小森陽一]의 『일본어의 근대』(岩波書店, 2000) 제7장 「표준어의 제패」 및 이연숙의 『'국어'라는 사상』(岩波書店, 1996) 제14장 「'공영권어'와 일본어의 '국제화'」 참조.
14) 이런 이유로 백영서는 월러스틴의 '중심－반주변－주변'라는 개념을 도입한다(백영서, 「상상속의 차이, 구조속의 동일」, 『現代思想』, 2002.2).
15) 김종한과 최재서의 '신지방주의론'에 대해서는 윤대석의 「'국민문학'의 양가성」(『트랜스토리아』, 2003 상반기)을 참조.

16) 현영섭,『조선인이 나아가야 할 길』, 綠旗聯盟, 1938, 153면.

17) 이런 주장은 나중에 한효에 의해 원고료 문제만으로 조선어−일본어 창작 문제를 해결 하려고 한다는 오해를 산다(「국문문학문제」,『京城日報』, 1939.7.13~19).

18) 「조선문학에 대한 하나의 의문」,『新潮』, 1940.5.

19) 「좌담회 문화를 찾아서−세 작가를 둘러싼 좌담회」(『京城日報』, 1939.6.23)에서도 "조 선어가 아니면 이해될 수 없는 것이 있다"는 발언을 한다.

20) 지금까지 발견된 이태준의 유일한 일본어 작품은 「第一号船の挿話」(『國民總力』, 1944.9)뿐이다.

21) 한효가 예로 들고 있는 작품은 김용제의 시, 김문집·장혁주의 소설과 더불어 한설야 의 장편소설 「대륙」(『國民新報』, 1939.6.4~9.24)이다.

22) 다나카 카츠히코[田中克彦],『언어와 국가』, 岩波新書, 1981 참조.

23) 한일합방을 전후해서 카나자와 쇼자부로[金澤庄三郎]의 비교언어학(『일한 양국어 동 계론』,『일선동조론』 등)은 일본어와 조선어가 같은 언어임을 학문적으로 주장해왔고, 이 논리는 40년대에 다시 부활하여 내선동조동근론의 유력한 논리적 근거 가운데 하나 가 된다(야스다 토시아키, 앞의 책, 136~141면). 이를 객관적인 학문으로 반박하는 것이 필요하긴 하지만, 오히려 그것보다 그것의 정치성을 폭로하는 것이 더 효과적인 것은 아닐까. 예를 들면 아래와 같은 것은 어떨까.
  "어떤 언어가 독립의 언어인지 아니면 어떤 언어에 종속되어 그 하위단위를 이루는 방언인지에 대한 논의는 그 언어의 언중이 놓여진 정치 상황과 희망에 의해 결정되는 것이지 결코 동식물의 분류처럼 자연과학적 객관주의에 의해 일의적으로 결정되는 것은 아니다."(다나카 카츠히코, 앞의 책, 9면)

24) 임화는 아일랜드의 켈트어를 그 사례로 든다. "잉글랜드 열도에서는 일찍이 영어 대신에, 지금은 사어가 된 켈트어가 통용되던 시대가 있었고, 마찬가지로 앵글로 색슨어가 유행한 시대에도 겔어는 가족법에 대한 관습법처럼 잔존해 있었다."(『경성일보』, 1939.8.17)

25) 김사량, 「조선문화통신」,『現地報告』, 文藝春秋, 1940.9(언어에 대한 언급만 별도로 「조선문학과 언어문제」라는 제목으로『삼천리』1941년 6월에 실렸다).

26) 『인민예술』, 1946.10, 46면.

27) 빌 애쉬크로프트 외, 윤석호 역,『포스트 콜로니얼 문학이론』, 민음사, 1996, 66면.

28) 김남천, 「산문문학의 일년간」,『인문평론』, 1941.1.

29) 카와바타 야스나리[川端康成], 아쿠타가와[芥川]상 심사문,『文藝春秋』, 1940.3, 351면.

30) 전유란 '모어가 아닌 타자의 언어로 모어의 정신을 전달하는 것', 즉 '상호 이질적인 문화적 경험들을 다양한 방식으로 전달하기 위해서 언어를 하나의 도구로 차용 및 선용 하는 방식을 의미한다.'(빌 애쉬크로프트 외, 앞의 책, 같은 면)

31) 김사량의 작품에서 나타난 전유에 대해서는 윤대석의 「식민지인의 두 가지 모방 양 식」,『한국학보』, 2001 가을호 참조.

32) 빌 애쉬크로프트, 앞의 책, 75면.

일제 말 친일시의 계보

박수연

1. 사실 수리와 협력

중일전쟁(1937년 7월)의 발발 이후 조선의 문단은 강력한 전시동원체제에 의해 유인되었다. 미나미(南次郎) 총독은 부임(1936년 8월) 후 한층 교묘해진 식민지 정책을 실시하였는데, 그 하나는 불령선인(不逞鮮人)을 발본색원하여 일제에 대한 저항을 근절시키려는 것이었고 다른 하나는 내선일체를 표방하면서 동화정책을 실시하여 조선민족을 순응적으로 개조하려는 것이었다. 이 시기에 일어난 중일전쟁은 그 정책을 뒷받침으로 삼고 조선을 병참기지로 활용하면서 전개되었다. 조선과 만주를 배후기지로 활용한 중일전쟁의 초기 전황은 일본에 유리하게 전개되었지만, 일본이 동북아의 패자로 자리잡을 정도로 중국이 몰락한 것은 아니었다. 중국은 국공합작을 선언했고 중국민중들은 광범위한 저항을 전개 했다. 이 정황이야말로 만주국의 이시하라 간지(石原莞爾)가 대중국 회유책으로서 동아연맹론을 주장하도록 한 요인이었다. 이런 사정은 그러나 1938년 10월의 무한 삼진 함락을 거치면서, 특히 조선 문인들에게, 큰 변화를 가져왔다. 중일전쟁 발발 후 내심 일본의 패배를 기대했던 문인들은 일본의 승리를 사실로서 인정해야 했다. 그것을 표현한 대표적인 글은 백철의 「시대적 우연의 수리−사실에 대한 정신의 태도」[1]이다. 봉건주의에 대한 근대주의의 승리로 중일전쟁을 파악해야 한다는 백철의 주장은 1938년 10월을 경유하던 당시 조선 문인들의 일반적인 생각이었다. 대동민우회라는 전향자 단체가 있기는 했어도 당시까지의 친일이 일제의 강요에 의해 이루어진 것이었다면, 이때부터 문인들은 자발적으로 친일의 길에 나서기 시작했다. 미나미 총독에 의해 주장된 내선일체론, 일본『만엽집』을 기원으로 하는 서정성, 서구적 근대에 대비되는 동아시아론이 조선 문인들의 내재적 논리로 작동하기 시작한 것도 이 무렵부터이다. 이결과, 1939년 4월 '황군위문작가단'이 구성되고 그 활동의 일환으로 김동환·박영희·임학수가 북지전선의 일본군 위문을 다녀왔으며, 같은 해 10월에는 조선문인협회가 결성되어 국민문학 건설과 내선일체의 구현을 기본 지침으로 해서 황민화운동 및 전시 동원체제에 복무하였다.

이런 경과를 갖는 친일문학은 그러나 '친일'이라는 언어 하나로 단일하게 묶여 분류될 수 있는 것이 아니다. 문인들이 친일의 길로 나선 것은 1937년의 중일전쟁, 1940년의 신체제, 1941년 말의 대동아전쟁이라는 일제 말의 세 가지 소시기에 연동된다. 1937년부터 1942년까지의 5년동안에 이루어진 친일로의 전향은 그 짧은 기간 만큼이나 급박한 정세적 변동에 의해 집중적으로 이루어진다. 그런데도 문인들이 각각 친일의 명분을 달리 갖고 있었다는 점이야말로 주목을 요하는 부분이다. 크게 보아서 내선일체론·대동아공영론·전쟁찬양론으로 분류되는 친일문학의 논리는 모든 문인들에게 공통적으로 나타나는데, 그럼에도 불구하고 친일로 전향한 시기가 다른 것은 그 전향의 계기가 다르다는 사실을 의미한다. 이 점이 분명히 강조되어야 할 것이다. 문인들의 이 차이점이야말로 친일의 논리가 각각의 문인들에에게 내재적인 것이었음을 알게 해주는 요인이기 때문이다. 내선일체론·대동아공영론·전쟁찬양론은 물론 서로 교직되는 관계인데, 이 관계들의 실현 속에서도 친일의 개시와 강조점은 문인들에 따라 차별성이 있는 것이다.

내선일체론은 주로 국민주의자들에 의해 친일의 논리로 강조된 요인이다. 1920년대의 국민문학파에 뿌리를 두고 상실된 국민국가를 일본과의 통합을 통해 민족 자치의 형식으로 해결하려 했던 국민주의자들은 그것의 근거를 내선일체에서 찾았다. 친일의 가장 앞선 논리가 바로 이것이라는 점에서, 그리고 이 유형에 속하는 문인들 대부분이 한국 근대문학의 선구자들이라는 점에서 근대적 국민주의자들의 친일은 왜곡된 근대지향성의 한 파행을 보여준다.

서정적 시정신을 강조하는 문인들에게는 어떠한 사상이나 관념도 문학을 위해서는 고려의 대상이 될 수 없는 것이었다. 이렇다는 것은 미를 위해서라면 저항인가 순응·협력인가 하는 문제는 부차적인 것으로 처리되었다는 사실을 뜻한다. 시의 경우, 국민주의자들이나 프로문학 진영의 문인들에 비해 이들이 현저한 미적 성취를 보여주는 이유가 여기에 있다. 시는 그 사상 내용의 갈래를 떠나서 언어적인 완성도를 보여야 한다는 김종한의 주장2)이 이와 관련된다. 이들에 이르러 일제 말의 친일 협력시는 이념 이전의 미적 언어로 읽힐 수 있는 근거를 마련한다.

프로문인 중 전향파에 속하는 시인들은 동아연맹론이나 동아협동체론에 연동되면서 전체주의적 세계상의 정립을 강조했다. 동아연맹론은 민족적 자율성을 보장하면서 국가 연합을 모색하는 전체주의 이론이다. 당시의 역사적 정세 속에서 전체주의는 근대 자본주의 체제를 극복하고 세계사적 신질서를 구성할 수 있다고 믿어진 정치체제였다. 프로문학 진영의 지식인들에게 전체주의가 긍정된 것은 개인주의적이고 자유주의적인 서구적 근대를 극복하는 역사적 대안으로서의 동양주의가 내재화되었기 때문이었다. 이 동양주의란 황도정신에 입각한 동아신질서론을 뜻한다. 여기에는 천황을 기점으로 하는 팔굉일우의 이념이 작동하고 있었지만, 친일문인들에게 이 사실은 전체주의라는 시대적 맥락속에서 외면되었다. 그 이유는, 일본 국가 체제 특유의 신민의 논리3)가니시다 기타로(西田幾多郞)가 정리하는 것과 같은 바의 '화엄적 일즉다(一卽多)'의 논리와 결합된 채 움직이고 있었기 때문이다.

대략 위와 같은 세 갈래로 분류되는 일제 말 친일 협력시를 미적 이념에 따라 명명해본다면, 첫째 '국민문학파와 국민주의', 둘째 '순수 서정파와 언어미학주의', 셋째 '프로문학파와 전체주의'라고 할 수 있다. 이 글에서 살펴볼 대표적인 문인들로는 첫째의 경우에는 이광수·주요한·김동환·김억이, 둘째의 경우에는 서정주·김종한이, 셋째의 경우에는 김용제가 해당된다. 이들 각 진영이 친일문학을 개시하는 시점과 이념에서 차별성을 보여주는 이유는 이들의 문학이 단순히 '친일문학'이라는 이름으로 동일하게 묶일 수 없다는 점과 관련된다. 오히려 이들각각은 자신들의 문학이념을 시대적 정세 속에서 실현해간 것이라고할 수 있다. 이들의 각각의 이념을 구체적으로 살펴보기로 하자.

2. 국민, 미학, 전체의 이념

1) 시국과 미적 표현의 갈래

김동환은 「전쟁과 애국시인─조국과 조선시인의 관련(1)~(4)」(『매일신보』, 1941.11.21~24)에서 조선 시가의 과제를 다음과 같은 말로 설명한다.

우리도 혹은 그 양 건설적이고 명랑하기만 한 시가를 써서 좋흘 날이 올 것이다. 그것이 正常狀態인줄로 안다. 그러나 지금은 전시요 또한 시가상에 있어 새로히 내지인의 사상감정을 본바더 느끼며 지내려하는 국민적 자각의 첫 계제에 바로 들어선 터이다.

爲先 그 고백으로 그 선언으로 또 일체의 과거를 청산하는 뜻으로 또 우리는 누구나 일본제국에 대한 충성이 이러타하는 맹서의 뜻으로 「戰爭詩歌」와 「兩民族相和」의 노래를 한끗 만히 부르자 함이다. 이것이 初入의 길이요 정통의 길인줄 믿는다. 그러고 난 뒤 내일날 전쟁이 끝난 뒤 우리는 얼마든지 '詩美의 世界'에 정상적으로 드러갈 수 있을 줄 안다.4)

이를테면, 시는 1941년 말의 시기에 조선이라는 공간에서는 미적 성취를 유예시켜도 괜찮은 것이 된다. 그 이유는 시국이 전시 상황이라는 점, 내선일체의 자각이 급선무라는 점에 있다. 시를 희생해서라도 시국적 주제에 호응해야 한다는 것이 이 주장의 요점이다. 이 진술은 그런데 당시 대정익찬회가 주최한 '익찬시가의 밤'에서 낭송된 일본 시가에 대한 감상과 함께 맥락화되어야 한다. 같은 글에서 김동환은 예의 '익찬시가의 밤'에서 낭송된 일본시가 고향 정회의 감정이나 본능적 욕망을 노래한다는 사실을 지적한다. 이런 시가가 전시에 열린 익찬의 밤에 선택된다는 사실은 의외의 현상이기는 하되 일본의 자각된 국민의식 속에서는 문제될 것이 없다고 김동환은 말한다. 그렇지만, 조선인들에게 그런 시는 불필요한 복고적 정서를 야기함으로써 "신국민시단건설"의 과제로부터 시인들을 멀어지게 할 것이라고 그는 덧붙인다. 따라서 조선에서는 전쟁시와 제국에 대한 충성의 시를 강조해야 한다는 것이다. 이런 구분을 가능케 하는 근거는 요컨대 자각된 일본국민의식의 소지 여부이다. 이때 일본국민의식이란 대동아공영의 첩로에서 길잡이를 하게 될 역사의식일 뿐만 아니라 일즉다(一卽多)라는 천황중심적 사상의 실제적 표현이기도 했다.

김동환은 한국 근대문학의 1세대로서 근대 국민주의자의 역할을 담당했으며, 이광수·주요한과 함께 『삼인시가집』(삼천리사, 1929)을 발행하면서 이른바 국민문학파와 관계 맺고, 출판자본가로서 『삼천리』를 운영하다가 종국에는 친일의 길로 나아갔다. 그와 마찬가지로 한국 근대문학의 길을 개척하고 민요나 시조 같은 전통적 시가 형태를 발굴 보급하는데 힘썼으며 일제 말기에 친일의 길로 나섰던 시인으로는 주요한과 김억이 있다. 이들은 조선적 근대문학을 내재적으로 형성하기 이전에 일본 근대문학의 충격을 흡수한 존재들이다. 이렇다는 것은 이들에게 문학의 존재방식에 있어서의 문학 외적 요인을 중시하도록 하는 경향을 형성시켰다고 여겨진다.

이에 비해 1930년대를 경유하면서 등단하기 시작한 문인들에게는 새로운 문학적 세대로서의 감각이 중요했다. 이것이 선배세대와의 일종의 대립 의식으로 나타난 것은 당연했는데, 김종한은 그것을 미학적인 것과 시국적인 것으로 나누어 표현했다. "시에 있어서는 내용이 형태에 내속(內屬)하는 것이므로 언어 자체의 미를 떠나서는 여하한 시상(詩想)도 사상도 공허한 개념에 불과한 것"5)이라는 진술과 함께 다음을 읽어 보자.

> 드디어 싱가포올도 함락했습니다. 그날의 국민으로서의 감격을 솔직히 작품 한다는 것은 작가로서 당연한 일일 것입니다. 그러나 또한 싱가포올의 함락을 노래하기 때문에 고사기, 만엽에서 비롯된 유구하고 찬연한 일본시사에 예술적인 오점을 남기는 시인이 있다면 그의 공죄는 상쇄(相殺)될 것입니다.
> 싱가포올의 함락에 그지없이 감격하면서도 돌아앉아 일본국민의 정감과 사유에 혈액적인 전통과 역사를 가지는 매화를 노래하는 시인이 있다면 그의 작가적 태도에도 행동 이유를 허용하는 것이 대국민으로서의 건설적인 금도(襟度)가 아닐가 생각합니다.6)

김종한이 강조하는 것은 산문화할 수 있는 주제와 그것을 언어화하는 미적 과정이 별개로 이해되어야 한다는 사실이다. 이 분리는 시에 있어서의 순간성의 포에지를 부각시키기 위한 것이다. 이에 대해서는 김종한이 『문장』지에 작품을 발표한 이후 처음으로 자신의 시론을 밝힌 「나의 작시 설계도」7)에서도 피력한 바 있다. 그것은, "시인은 그의 인상을 그의 **최고의 순간**에서 다만 배열하면 된다. 그가 배열한 것에는 스사로 조화가 있으리로다"(강조는 김종한)라는 구절이다. 이런 논지는 김종한의 시적 생애를 통해 일관되게 주장되고 있는데, 이것은 김동환이 「전쟁과 애국시인」에서 시국에 전념하기 위해 '시의 미학'을 훗날로 유예시키는 태도와 직접적으로 대비되는 것이다. 김종한은 시의 미학을 강조하기 위해 시의 본질과 속성을 나눈다. 이때 본질이란 시의 미적 완전성 자체이고 속성이란 정황에 따라 시에 부여되는 외적 요소를 말한다.8) 이 속성에 그저 충실한 것만으로는 시가 될 수 없다는 것이 그의 생각이었다. 요컨대 김종한에게는 시의 완성을 위해서는 시국적인 것은 그다지 고려할 필요가 없는 것이었다고 할 수도 있다. 이것은 그러나 중요한 역설을 포함할 수밖에 없다. 미를 위해 당위적 현실을 희생하는 일이 그것이다. 일제 말 전시기를 살아간 시인들 중 김종한과 유사한 위치에 있는 시인으로는 서정주가 있다. 그가 힘주어 말하는 것 또한 "취재야 아무데서 하여도 좋은 것"이며 "시는 무엇보담도 언어해조"9)라는 사실이다. 이 둘의 문학적 출발점은 다르지만10) 이 시기에 이르러 보여준 문학적 지향점이 동일하다는 점이야말로 언어적 형식미를 강조하는 문학론의 내재적 경향이 갖고 있는 역설을 보여주는 것이다.

동일한 시기를 살아간 시인들 중 전향파도 한 흐름을 형성한다. 김용제로 대표될 전향시인들이 그들이다. 김용제는 중일전쟁이 일본의 승리로 방향을 잡는 경과 속에서 친일시를 쓰기 시작했다. 더구나 1938년 11월에는 프랑스의 인민전선이 무너지고 사회주의의 종주국 소련에 대한 기대가 한풀 꺾인 시국을 전향문인들은 경험하고 있었다. 이때 전향파 문인들은 어떤 생각을 할 수 있었을까?

오늘날에는 모든 부분에서 국가적인 통제가 행해지고 있다. 우리는 그 '통제'라는 관념의 진의를 해명한 다음 '문화 통제'라는 말을 고찰해보지 않으면 안 된다. 나의 생각으로는 '통제'는 기본적으로 '강제'는 아니며, 그것은 일종의 새로운 국가 이념의 구성이며 조직이라고 믿고 있는데, 그것이 없는 한 참된 의미의 '통제'는 이루어지지 않는다고 생각한다.

모든 '통제' 정신은 보다 나은 '창조'를 향한 전제이다. 그것은 정치적인 요구와 주관적인 자발성이 완전히 통일되는 국가적인 높은 정신을 의미하는 것이며, 그렇게 되지 않으면 안 된다. 그것은 하나의 강력한 행위의 세계이고, 또는 이상과 희망의 길이지만 그래서 고난의 길이기도 하다는 것을 나는 알고 있다.11)

요컨대 새 시대의 문화원리는 국가주의적 통제를 지렛대 삼아서 창조를 지향하는 것이다. 이 창조가 반서구 일본중심의 아시아주의에서 대동아공영론으로 나아가는 과정에 속한다는 사실과 함께 김용제의 협력론이 국가적 전체주의를 옹호하는 탈자본주의론으로 상상된다는 점도 주목해야 한다. 이것은 사회주의자들의 전향과 친일을 살펴보는 데 있어서 중요한 비중을 두고 다루어져야 할 부분이다. 이를테면 계획화된 조직적 사회구조를 건설함에 있어서 문화 영역에 대한 통제는 필수불가결한 것이며 이를 '강제'와 같은 것으로 오해해서는 안된다는 논리는 그 사회에 속한 인민들의 자발적 동의로 포장된 채로 '하나가 전체이며 전체가 하나'라는 당대 특유의 사고와 결정적으로 연결된다. 이를 위해 문학적 행위가 적절한 통제 아래 이루어져야 한다는 말은 위의 김종한의 생각과 분명하게 대비되는 부분이다. 김종한에게 국민문학이란 '정지용의 예'도 포함할 수 있는 것이었다. "그러나 나는 정지용씨가 만일에 끝끝내 전쟁시를 쓰지 안코 말앗대도 그를 국민적인 시인의 한 사람으로 대우하기에 주저하지 안흘 것이다"12)라는 진술은 김용제가 국가적 통제에 대한 문화의 자발적 수용으로써 창조의 길에 나설 수 있다고 주장하는 것과 크게 대비되는 것이다.

일제 말 전시기에 펼쳐진 협력문학에 있어서 이상의 세 가지 관점이 비록 대동아공영권의 건설이라는 유사한 이데올로기에 동일하게 기여했다고 해도 그 이데올로기[13)]를 내재화하는 계기와 과정에 따라 분석적으로 나누어서 살펴볼 필요성은 그래서 제기된다. 이 관점들의 차이는 문학적 차이이기도 하고 그 문학을 형성시킨 요인들의 차이이기도 하다. 이 차이를 가시화하는 것은 이들이 속한 문학 유파나 이들이 문학의 본질에 대해 보여준 사유를 고찰하면서 가능할 텐데, 이를 통해 식민주의 이데올로기가 관철되는 다양한 방식을 살펴볼 수도 있을 것이다.

2) 협력의 세 가지 갈래

일제 말 전시기의 협력문학에 있어서 시 영역의 분화를 위에서 살펴본 것처럼 나누어본다면 대략 세 가지 정도로 구분된다. 다시 한 번 진술해보면, 첫째, '국민문학파와 국민주의', 둘째, '순수서정파와 언어미학주의', 셋째, '프로문학파와 전체주의'가 그것이다. 첫째의 경우에는 이광수·주요한·김동환·김억이, 둘째의 경우에는 서정주·김종한이, 셋째의 경우에는 김용제가 해당된다고 할 수 있다. 이들이 친일시를 창작하게 되는 정황적 계기도 동시에 고려되어야 한다. 그것은 첫째, 1937년 중일전쟁이 개시되고 1938년 일본의 승리로 전황이 전개되면서 역사적 패배주의와 함께 친일문학이 전개되는 경우, 둘째, 남경의 왕정위 정부가 1940년 3월에 들어서고 6월에 파리가 함락되면서 주장된 신체제론과 함께 친일문학이 전개되는 경우, 셋째, 1941년 12월 8일의 진주만 공격과 함께 개시된 태평양 전쟁 초기에 일본의 승리를 경험하고 근대초극론을 수용하면서 친일문학이 전개되는 경우이다.

위의 시인들이 언제부터 친일시를 쓰기 시작했는가 하는 점에 대해서는 우선 그들이 작품을 발표했던 시기를 고려하면서 판단할 수밖에 없다. 국민문학파에 속한 시인들은 거의 모두 첫 번째 시기에 친일작품을 발표한다. 백철의 「시대적 우연의 수리—사실에 대한 정신의 태도」(『조선일보』, 1938.12.2~7)에 전형적으로 드러나 있는 역사적 패배주의는 그러나 반봉건주의로서의 근대주의라는 외피를 쓰고 있었다. 요컨대 근대 국민국가 형성의 첩로를 이들은 친일에서 찾은 경우였다.

순수 서정파에 속하는 김종한과 서정주는 각각 다른 시기에 친일작품을 쓰기 시작했다. 김종한은 1940년 11월 「살구꽃처럼」(『문장』)을 발표했고, 서정주는 1942년 7월에 「시의 이야기—주로 국민시가에 대하여」(『매일신보』)를 발표했다. 시기만으로 본다면, 김종한은 위의 둘째 시기에 친일의 계기를 맞았고 서정주는 셋째 시기에 계기를 맞았다고 해야 한다. 그러나 사정은 그렇게 단순하지 않다. 우선, 시기적 차이가 있음에도 불구하고 이 둘의 친일시가는 형식상으로는 언어 미학에 충실하고 이념상으로는 전통 양식을 강조한다. 다음, 위의 역사적 계기 중에서 둘째 시기를 규정해주는 신체제론과 파리 함락은 셋째 시기로 확장되면서 연동된다. 차이가 있다면, 동아 신질서를 표방하고 신체제론에 영향을 주었던 코노에 내각이 토조 히데키의 군부 내각으로 바뀌면서 태평양 전쟁이 발발되었다는 점이다. 동아신질서론이 동아협동체론이나 동아연맹론과 연결되면서 도의적 동양을 강조하고 신체제론이 서구적 질서를 극복한 동양적 질서를 강조한다는 점을 염두에 둔다면, 실질적으로 이 시기에 문학인들의 관심을 끌었던 동양론 내지 황국론은 두 시기에 걸쳐 상통하는 것이라고 할 수 있다. 김종한과 서정주는 바로 동양적 전통을 강조하는 곳에서 연결된다.

프로문학파에 속하는 김용제는 첫 작품을 1939년 1월에 썼다. 그는, 그의 회고를 문면대로 믿는다면, 동아연맹론에 동조함으로써 조선 독립에 기여할수 있다고 생각했던 인물인데, 그렇다고 하더라도 결과적으로는 일제의 정책적 지배에 활용당한 삶을 살았다. 김용제가 동아연맹론에 기울었던 것은 연맹의 이념이 근대적 국민국가를 초월한 국가연합이라는 새로운 세계상을 가지고 있었기 때문이다. 맑스주의자였던 김용제는 이를테면 탈근대적 세계에 대한 맹신에 휘둘려 현실적 힘의 역학 관계를 제대로 파악하지 못한 경우였다.

이 세 가지 경향의 친일시인들을 살펴보는 것은 당시 일제의 식민주의적 지배가 관철되는 다층적 양상을 살펴보는 것과 같을 것이다. 한 부류는 문학을 문학 외적 요인에 저당잡힌 채 식민주의를 실천했고 다른 부류는 언어적 미의 이념을 앞세워 친일 행위를 희석했다. 또다른 부류는 탈근대적 실천의 한 방법으로 일제의 식민주의적 통치를 지지했다. 그 양상들의 구체적인 모습을 보자.

(1) 국민문학파와 국민주의

국민문학파와 국민주의를 하나의 계보로 살펴볼 수 있는 이유는, 여기에 속하는 문인들이 대부분 중일전쟁 이후에 친일로 전향한 민족 자치론자들로서, 상실한 국가 대신에 민족적 에스니시티(ethnicity)를 추구하고 이를 통해 민족 미학이라는 의사(pseudo) 국가를 상상한 사람들이기 때문이다. 이들은 그 에스니시티의 실현물로 시조와 민요를 상정했다. 문학적 전통으로서 고전적 시가 장르를 논의하는 것과는 다른 차원의 문제의식이 여기에는 개입되어야 한다. 현실의 국가와 민족적 정신은 엄연히 다른 것이기 때문이다. 그런데도 미적 에스니시티로써 국가의 부재에 따른 상처를 덮으려고 할 때 현실은 사라지고 미적 상상의 영역만이 남는다. 이렇다는 의미에서 국민주의자들은 일제 말에 이르러 현실을 방기하고 미적 상상의 세계에 안주했던 존재들이라고 할 만하다.

조선적 전통으로서의 민요를 강조한 시인들로는 주요한, 김억, 김동환을 꼽을 수 있다. 민요 시인들이 조선 민족의 표상으로 드러내고 구축했던 세계는 무엇이었을까? 에스니시티란 권력 배분에 있어서 소수파를 점한 사람들의 사회적·문화적 특징을 일컫는다. 근대 대의제 국가는 언제나 다수파의 이데올로기로 영토 전체를 지배하는 권력을 정당화한다. 그러나 이 정당화는 동시에 배제와 억압을 동반하는 폭력적 과정이기도 하다. 이때 국가에 의해 주체로 호출된 다수파의 외부에는 그 다수파적 국민의식의 자기동일성으로부터 벗어나는 존재들이 있게 마련이다. 이들을 동일성의 그물에 포착되지 않는 소수파, 혹은 동일성의 그물로부터 끝없이 미끌어지는 소수파라고 할수 있다. 에스니시티는 이 소수파의 집단적 귀속 의식을 지적하기 위해 사용된 용어이다. 그런데, 이 소수파가 국가의 공식적 담론구조에서 배제되고 억압된다고 해서 이들이 다수파의 권력에 대한 저항과 파괴의 역능으로 충만한 존재가 될 수는 없다. 월러스틴에 따르면 이 에스니시티는 오히려 세계체제를 존속시키는 기능을 담당한다. 하나의 에스니시티에 속한 존재는 그 그룹에 가장 적절한 사회적 위치를 인정하고 주장하면서 동시에 그 그룹이 자본의 운동 속에서 맡고 있는 역할을 강화하기 때문이다.14) 결국 소수파의 에스니시티란 다수파의 권력에 대응하여 그 다수파와 자신을 서로 소외시키는 방식으로 스스로를 규정하는 또다른 자기 동일성의 논리에 머무는 것이다. 일제 말기의 역사적 경험이 그렇다. 당시 국민주의자들의 조선주의는 민족적 에스니시티와는 또다른 동양적(←일본적) 에스니시티로 대대적으로 전환한다. 내선일체론의 담론 구조 속에서 일본과 조선은 동질체가 되고, 이것이 미영 제국주의로 대표되는 서양인에 대항하는 인종주의로 전화하는 것이다. 이것 또한 서구 제국주의에 억압되는 타자인 동양이 대동아공영론의 일환으로 상상되고, 그것을 박해받는 존재의 에스니시티로 연동시킨 결과였다. 이때 조선심에 주목했던 문인들은 어떤 반응을 보여야 했을까?

　세계체제의 권력구조에 대응시켜 말한다면, 일제 말 인종주의 담론의 '동양'과 '황국정신'보다 앞서서 그것을 예비했던 것은 '조선'과 '조선심'이다. 주요한은 「노래를 지으시려는 이에게」15)에서 그의 민요시

창작이 일본 및 서구 여러 나라들의 근대문학 초기에 나타난 각국의 민요시 창작에서 영향받은 것임을 밝히고 있다. 다른 나라들의 근대문학의 출발이 민요시였기 때문에 자신 또한 민요시로서 한국 근대시의 출발을 꾀했다는 그 논리16)는 민요를 통해 나타나는 조선 민족만의 문화적 정체성이 근대문학 형성의 필수불가결한 요인이라는 주장으로 확장된다. 이때 시조와 민요시로 표상되는 조선심은 하나의 에스니시티로서 조선 문인의 집단적 자기 귀속 문제로 연결된다. 동시에, 자기 귀속의 근거를 확보한 존재에게 그것의 유일성은 에스니시티가 갖는 배타적 동일성의 원인이기도 하다.

이때 민요시 창작의 중요한 구성성분을 이루는 것이 한글이라고 주장된다는 사실은 특별히 기억될 필요가 있다. 이 사실은 언어에 대한 그의 유별난 감각이 그냥 주어진 것이 아니라는 점을 알려주는데, 동시에 그 언어를 버렸을 때 어떤 세계가 준비되고 있는가 하는 점을 주요한은 일제 말기에 전형적으로 보여주고 있기 때문이다. 이를테면 그가, 시를 쓰기 위해 영혼이 필요하고 "영혼으로 산다면 주저할 것 없이 국어(일본어 : 인용자)의 표현으로 돌진해야"(「勝たねばならぬ」, 『국민문학』, 1943.6)17)한다고 말하는 것은 예의 조선심이 상상적 에스니시티로 주장되었다가 그것을 보상할 수 있는 또다른 대상이 나타났을 때 벌어질 수 있는 일의 예가 된다. 그의 일본어 창작은 그의 이전의 모든 한글 창작과 조선적 내용이 하나의 허구에 지나지 않았으며 그 허구가 또다른 허구로서 일본 정신의 추구로 나아가는 경험적 틀이었음을 역설적으로 증명하는 것이다.

김억의 「시형의 음률과 호흡」(『태서문예신보』, 1919.1.13)은 근대시의 내적 논리로서의 자유시의 호흡률이 어떻게 형성되는가를 나름대로 논리화해서 보여준 글이다. 개별적 예술의 개성론으로 연결되는 이 미적 탐구를 김억은 개인과 개별 민족에 대한 유비를 통해 민족 개성론으로 비약시킨다. 이때 예술은 민족 정신·정서를 민족의 육체와도 같은 삶의 형식으로 표현하는 것이다.18) 이 민족 정서가 훗날 "현대의 조선심의 고민과 어쩔 수 없는 고뇌"[19]로 연결되었을 때, '조선심의 고민과 고뇌'라는 말로써 지시하는 것은 피식민지로서의 조선 현실에 대한 그것이어야 했을 것이다. 그러나 김억에게 현실적 인생의 고통은 시적 초월의 대상일 뿐 구체적 극복의 대상은 아니었다. 삶의 고통은 "예술로 인하여 시화(詩化)되고 미화(美化)되어 모든 고뇌를 달게"(「조선심을 배경삼아」) 함으로써 해소될 것이었다. 이로써 그의 '조선심'이 현실의 그것이 아니라 자신의 시 미학을 위해 논리적으로 요청된 것임을 알 수 있다. 이렇다는 것은 그의 조선심 또한 국민문학파와 주요한의 그것처럼, 상실된 국가에 대한 상상을 통해 현실의 문제를 해소하려는 문학적 매개물이었음을 말해주는 것이 된다.

따라서 김억의 시를 개인적 취향의 결과라고만 볼 수는 없다. 그는 개인의 시적 개성을 민족적 개성으로 아무런 매개 없이 확장시킴으로써 집단과 개인의 관계가 맺어지는 방식을 암시한다. 더구나 김억은 조선심을 육체화하는 전형적 호흡률을 탐구함으로써 그의 문학적 과제에 답한 시인이다. 이 경우 역설적인 사태가 벌어지는데, 집단을 향한 개인의 투신 속에서 개인의 전형적 상황으로 실현되어야 할 민족적 현실의 구체는 사라지고 마는 것이다. 이때 남는 것은 오직 관념으로만 존재하는 민족적 고통이다. 김억의 시에서 개인적 서정이 관념적 애상으로만 축소되는 이유도 여기에 있다. 개인이 집단에 의해 소멸되고 집단은 다시 관념형으로 제기되어 현실적 구체를 소멸시킨 것이다. 문제는 그 관념성이 집단의 이름으로 개인을 소멸시킨 논리적 과정의 결과라는 점이다.

김억은 일제 말의 글 「국가와 개인」[20]을 통해 멸사봉공이라는 시대 윤리를 강조한다. 그의 국민문학파적 경향을 고려한다면, 그가 상상하는 국가가 어떤 것이었는지는 분명하다. 그것은 현실의 고통을 상쇄할 상상적이고도 미적인 국가이다. 그의 '조선심'은 그 미적 국가의 의지처였으며, 조선심에 근거한 그의 민요시는 현실 초월의 필요성을 충족시킬 수 있는 수단이었다. 미적 필요성에 의해 상상된 허구로서의 조선 민요는 그러므로 곧바로 다른 허구에 자리를 내줄 수밖에 없다. 일본 막말의 와카를 양장형 시조로 번역해놓은 『애국백인일수』(한성도서주식회사, 1944)가 그것이다. 이 시집에서 조선의 시조는 일본 정신의 정수를 표현하는 미적 언어로 변신하여 거듭난다. 현실적 고통을 대체하는 언어 예술로 고통을 초월하는 미적 상승을 상상했던 김억에게 실제의 현실 국가가 어떤 형식과 내용으로 이루어진 것인가의 문제는 고민할 필요가 없는 것이었을지도 모른다. 그는 개인과 민족의 개성을 표현한다고 그 스스로 주장했던 시의 호흡률을 일본적 정서와 무난히 결합시킴으로써 민족을 초월하고 국가를 초월하는 길로 나아간다. "예술로 인하여 시화(詩化)되고 미화(美化)되어 모든 고뇌를 달게"(「조선심을 배경삼아」)할 언어 앞에서 조선이나 일본이라는 귀속성은 문제될 것이 없었던 것이라고 할 수도 있다. 어느 것도 문제되지 않는 곳에서는 어느 것이나 주인이 되기 마련이다. 조선 땅에서 일본국이 자연스럽게 주장되는 문학이 나타날 수 있는 것은 이 때문이다.

(2) 순수서정파의 언어미학

1930년대 후반 일본의 사상적 경향은 탈서구 동양주의로 정리될 수 있을 것이다. 동양주의는 사회주의적 경향과 자유주의적 경향이 도달했던 하나의 소실점과도 같았다. 사노 마나부와 나베야마 사다치카의 전향 후, 일본의 좌익은 대거 동양주의의 조국(肇國)으로 투신했으며 자유주의는 서구사상에 의해 오염된 개인주의의 일환에 지나지 않는 것으로 비판되었다. 일본 문부성이 『국체의 본의』(1937)를 출판하고 일본 내의 모든 사상적 경향에 통제를 가할 때, 그것은 국체 보존(國體保存)과 천황 귀일(天皇歸一)의 일본주의를 동양주의로 포장하여 강요하는 것과 동일한 맥락에 놓여 있었다. 이 과정에서 비판된 것은 프로문학 뿐만이 아니었다.

모든 서구적 모더니즘 문학도 반서구 동양주의의 관점에서 비판되었다. 문인들이 돌아갈 곳은 일본적 서정의 세계였는데,『사계』나『일본낭만파』등의 잡지는 이 '전통적 서정'의 경향을 드러낸 대표적인 잡지였다.

전통적 서정이 황국정신으로 직접 연결되던 시대적 분위기 속에서 조선문단이 택할 수 있었던 길은 무엇이었을까? 반서구 동양주의의 분위기와 관련하여 이 시기의 모든 동양주의를 일본 파시즘의 유령에 홀린 비주체적 행동으로 규정할 수는 없을 것이다. 오히려 동양주의는 동양인들에게는 운명적으로 선택될 수밖에 없는 삶의 조건이라고 보는 편이 타당하다. 30년대 후반의 조선문단이 조선문화론, 동양정신론, 고전론을 중심적 담론으로 설정해 나가는 과정은 따라서 '조선−동양'이라는 주체적 조건과 '일본−동양'이라는 외부적 조건의 상호규정적 결과라고 해야 할 것이다.

중일전쟁 이후 조선의 문인들이 동양주의로 경사하면서 친일문학의 길로 나서기 시작했을 때, 이육사는 「조선문화는 세계문화의 일륜(一輪)」(『비판』, 1938.11)을 발표했다. 이 글이 강조하는 것은, 순수한 동양과 서양은 없으며 이른바 서양의 위기는 곧 동양의 위기라는 사실이다. 이런 논리는 당시의 반서구적 동양주의에 대한 핵심적 비판을 담고 있는 것이었다.『문장』폐간호에 발표된 김기림의 「'동양'에 관한 단장」역시 같은 맥락에서 읽을 수 있는 글이다. 더구나 김기림이 이 글을 발표할 당시의 시국은 동북아에서 일본의 승리자로서의 위치가 확정적이었고, 동아신질서론과 '근대초극론'이 영향력을 발휘하던 양상으로 전개되고 있었다. 이런 과정 속에서 이육사나 김기림이 동서의 균형을 강조하는 글을 쓰고 있다는 것은 그들이 일본중심의 동양주의에 비주체적으로 함몰되지 않고 세계사적 정황을 주체화하여 돌파하고 있음을 알려주기에 충분하다.

친일문학은 그러나 이육사나 김기림의 시국 대응과는 다른 동양주의로 함몰된 경우였다. 문인들은 서구적 근대에 대한 열등감을 극복시켜

줄 수 있으리라 여겨지는 일본적 서정과 동양정신에 매료되었다. ‘근대 초극론’으로 집중될 그 동양주의가 나아갈 곳은 서구제국주의에 반대하여 동양인을 해방시키리라고 선전되는 이데올로기의 전쟁이었다. 그리고 그 밑바탕에 ‘만엽의 정신’으로 대표되는 일본적 서정의 세계가 있었다. 앞서 살펴본 『애국백인일수』가 바로 그 일본적 충군의식의 정수를 표현하고 있거니와, 그것을 서정적 언어미로 전환시켜 받아들인 시인들은 서정주와 김종한이다.

서정주의 친일문학이 그의 유럽적 모더니즘 경향 이후의 극적 전환을 통해 형성된 것이라는 사실을 이해하기 위해서는 일본의 시인 미요시 다쓰지[三好達治]를 미리 알아두어야 할 것이다. 그의 문학적 행로가 서정주와 유사하기 때문이다. 그는 어떤 인물인가? 그의 문학적 출발점에서 부각되는 것은 모더니스트로서의 그의 면모이다. 그는 초현실주의 계간지 『시와 시론』에서 동인활동을 했고 역시 모더니즘 잡지 『작품』의 성원으로 활동했다. 그러나 그는 일본 문단의 전향과정 속에서 일본파시즘에 연관된 『일본낭만파』에 가담하면서 일본적 서정의 세계를 적극적으로 표현하기 시작했다. 그는 이른바 1942년 7월의 ‘지적 협력회의—근대의 초극’에 참여하여 ‘반서구주의적 일본 정신’을 강조하기도 하였다.21) 중일전쟁이 발발한 직후 중국에 파견된 문인단의 일원으로 활동하기도 했던 그의 문학적 이력을 정리하면, 초현실주의적 모더니즘→서정주의→파시즘미학→일본주의의 경로를 밟는다고 할 수 있다.

두루 알다시피 미당의 문학적 출발점은 보들레르와 니체에게서 영향 받은 시세계이다. 그리스적 원시성의 시세계라고 훗날 그 스스로 정의하고 있는 그 시세계22)가 자각적이었던 것은 아닌 듯하다. ‘생명파’라는 시적 특징은 후대의 사람들이 붙여준 명칭이고 자신들도 그 명칭을 듣고 보니 그런 특징을 공통적으로 갖고 있더라고 그는 말하고 있는 것이다.23) 그런데 이 시세계의 내부를 관통하는 것이 니체적 생철학이고 이것이 유럽모더니즘의 사상적 근거이기도 하다는 사실을 고려한다면, 서정주의 초기시와 유럽모더니즘 사이의 간극은 그다지 멀지 않다고 할 수 있다. 더구나 서정주의 『화사집』이 남도적 정한의 서정성으로 또 다른 축을 세워놓고 있기 때문에 이 시기는 전체적으로 보아 모더니즘과 농경적 세계가 상호 틈입되어 있는 상태가 된다. 이것을 이중적 내면의 서정성을 압축해서 보여준 후 서정주는 친일 파시즘의 길로 나아갔다. 이 변화가 문학적 내면과 동떨어질 수 없는 것이라면, 결국 서정주와 유사한 내면의 구성을 보여주고 동시에 유사한 현실 행위를 구성한 시인을 찾아서 파시즘적 내면이라고 규정할 수도 있겠다. 미요시 다쓰지와 서정주를 직접 대비시켜보는 이유는 이 때문이다. 미요시 다쓰지가 위와 같은 시적 전환을 거치면서 태평양 전쟁을 치를 때 서정주 또한 동일한 현실과 변화를 피식민지 시인의 위치에서 경험한다.24)

이 파시즘적 내면의 길에서 미당은 친일문학의 최종 종착지가 그랬듯이 조선과 일본의 운명공동체라는 환상에 사로잡히고, 그것은 일본이라는 새로운 국가의 획득으로 이어질 것이었다. 미당의 「시의 이야기—주로 국민시가에 대하여」(『매일신보』, 1942.7.13~17)는 당시 그가 생각했던 문학의 요체를 보여주는 글이다. 일본에서 펼쳐진 근대의 초극론에 강하게 영향받고 직접적으로는 미요시 다쓰지(三好達治)의 「국민시에 대하여」의 형식과 내용을 뒤따르고 있는 이 글25)이 씌어진 때는 1942년 7월이다. "황국의 전적"이라는 용어를 사용한다거나 서구 제국의 문화와는 다른 동양의 정신문화를 논하면서 "동아공영권이란 또 좋은 술어가 생긴 것이라고 나는 내심 감복하고 있다"고 진술하는 것은 그대로 친일문학의 논리로 해석되기에 부족함이 없다.26)

니체의 생철학과 농경사회적 정한의 세계에서 반서구제국주의의 대안으로 동양을 강조하는 세계로 나아가는 시인의 모습은 자못 극적이다. 이것이 교토학파의 근대초극론에 연결된 것이며 배타적 자기동일성의 동양적 실현이라는 사실은 널리 알려진 것이다. 이때 서정주의 내면

은 어떠했을까. 유럽 모더니즘에서 순정 예술파를 거쳐 일본 정신과 파
시즘의 세계로 나아가고, 전후에는 일본 서정성의 세계를 탐구한 미요
시 다쓰지, 그리고 니체와 보들레르의 세계에서 동양정신을 거쳐 『삼국
유사』와 신라 불교의 세계로 나아간 미당의 거리가 그리 크게 멀어 보
이지는 않는다는 점이 긍정될 수 있다면, 이른바 서정적 내면과 친일
파시즘의 거리 또한 그리 멀지 않다고 할 수 있다. 거칠게 정리해서 자
기 탐구의 내면적 언어세계가 미래적 희망을 상실한 채 더욱 고립을 부
채질한 결과라고도 할 수 있는 이 친일 파시즘의 내면 미학은 그래서
해방의 정치를 잠재적으로 기획하는 정통적 모더니즘과 다르고 개별적
미학의 근대적 기획인 순수 서정과도 다르다.

김종한은 그의 문학적 이력을 민요시의 창작과 함께 시작하였다.
1935년부터 1938년까지 꾸준히 발표되는 민요 및 민요에 대한 평론은
전통시가에 대한 그의 관심을 알려주기에 충분하다. 이것은 시인으로
등단한 이후의 그의 시적 이념에도 적지 않은 영향을 미쳤을 텐데, 이
를 예증해주는 글은 다음과 같다.

> 신세대의 시인들은 시조나 정형시를 새삼스럽게 모방할 필요는 없는 것이지
> 만, 다만 그러한 전통에서 출발하야 '조선말 시'에 대한 본질적인 비판을 가지
> 지 못하고서는 예술적인 참의 신세대의 시는 창작할 수가 없다.
> ─ 김종한, 「시문학의 정도─참된 '시단의 신세대'에게」, 『문장』, 1939.10, 199면

전통의 깊이로부터 가능한 시비평과 시창작을 강조하는 이 진술은 그
자체로서는 아무런 시비거리도 가지고 있지 않지만, 이것이 보편론의 차
원에서 동양 황국론과 연결될 수 있음을 보여준 사람은 다름아닌 서정주
이다. 그는 「시의 이야기」에서 시적 보편성을 삶의 전통적 요인과 연결
시켜 놓았다. 그런데 이 보편적 요인을 강조하면서 시적 독창성이 부정
된다는 사실도 주목해보아야 한다. 서정주가 같은 글에서 "우리는 다시

개성이라든가 독창이라든가 하는 말에 대치되는 말로서 '보편'이라든가 '일반성'이라든가 하는 말을 생각해보지 않을 수 없다. (…중략…) 자네들의 호흡을 항상 순조롭게 들려줄 수 있는 언어의 보편성, 시가의 보편성이란 어떤 것일까?"라고 말함으로써 부각시키는 것이 "동방 전통의 계승"이다. 그런데 시적 독창성을 시적 새로움과 연결시키고 그것의 위험성을 이야기하는 것은 김종한도 마찬가지이다. "독창적인 것을 노려서는 안됩니다. 특히 현대에 있어서는. 그 까닭은 독창적인 것은 현대에 있어서는 매우 심한 경쟁의 목표이기 때문입니다"(「시문학의 정도」, 201면)라고 쓴 김종한은 독창적 시에 대한 예로 이상과 김기림을 들고 이들을 모방하는 신세대 시인들을 보면서 "한심(寒心)을 느끼지 않을 수가 없"(같은 곳)다고 쓴다. 그런데 "한심"이란 말은 어처구니 없는 상태를 뜻하는 동시에, 같은 글의 뒷부분에서 진술하는 '한산시(寒山詩)' 서문의 한 구절을 떠올리도록 하는 작용을 한다. 인용된 곳은 "凡讀我詩者 心中須護淨"27)으로 서문의 첫 대구이다. 김종한은 이 구절에 근대성을 가미한 것이 바로 '순수시'라고 쓴다. 요컨대 마음에 "엄격한 절도"를 부여하는 데서 순수시가 나온다는 것이다. 이 절도의 가치를 친일 담론의 동양 정신으로 치환하고 도의적 세계관으로 바꾸는 것도 어려운 일은 아니지만, 서정주와 김종한에게 그 세계관이 순수한 상태의 시적 사유로 이해되는 것도 어려운 일은 아니었다. 이들의 친일은 그러므로 언어미학의 독창성을 희생해서(개인을 희생해서!) 전체의 보편성을 강조하는(국가의 우선성을 인정하는!) 파시즘의 미학으로 자리잡는 것이라고 할 수 있다.

언어미학파의 친일시는 이렇게 자기 위안적 시론으로 나타난 것이라고 할 수 있다. 이것이 자기 위안적인 것은 이들이 주장하는 '보편성'이 실은 언어 창조의 개별성으로 보장받을 수 있는 시의 미학을 '전체성(←보편성)'의 개념으로 용해하고 있기 때문이다. 선택 가능한 여러 길 앞에서 무엇인가를 선택했을 때, 무릇 인간은 이성의 간교한 힘으로 그 선택을 합리화하기 마련이다. 중요한 것은 이 합리화가 논리적인 결함들을 보충하는 과정을 거쳐 일종의 신념으로 탈바꿈하게 된다는 사실이다. 객관적 현실의 참모습을 외면하는 경우 그것이 신념으로 화할 때 선택된 것은 재론의 여지가 없는 진리로 나아가게 된다. 어떤 방어기제가 이때 작동할 것이다. 반성하지 않는 주체의 폭력이 그래서 나타나는 것이다. 이 합리화의 결과, 언어미학의 완성(시적 개성)과 문학장의 시공간적 전체성(보편성)이 상호 결합적인 것이 아니라 배타적인 것으로 이해되고 이때 우위에 서는 것을 서정주와 김종한은 후자로 꼽고 있는 것이다. 이 후자를 구체한 것이 서정주에게는 동양으로 김종한에게는 전통으로 나타난다. 그것이 정말로 보편적인 것인가에 대한 자기 검토와는 별개로 형성되기 때문에 동양적인 것의 보편성은 이로써 자기 위안이라는 사실을 넘어서 자기 미학의 참됨을 보장하는 투명한 기준으로 작용할 것이다.

(3) 프로문학과 전체주의

마지막으로 프로문학과 전체주의가 있다. 대표적인 시인은 김용제이다. 그는 일본 나프의 맹원이었다. 1930년 5월에 「압록강」이란 시로 『신흥시인』을 통해 등단하고 식민지 출신의 프롤레타리아시인으로 성가를 날리던 그는 1932년 6월 일본프롤레타리아 작가동맹과 일본프롤레타리아 연맹의 일제 검거시에 투옥된다. 그가 출옥한 것은 1936년 3월이다. 이때는 일본공산당 간부를 비롯하여 일본의 좌파 지식인들이 대대적으로 전향을 감행했던 시기였다. 김용제는 그의 출옥 환영회에서 전향한 동료들을 대대적으로 비판함으로써 그의 신념을 지켜나갈 것을 선언하였다. 그러나 그는 출옥 후 조선인 예술단체였던 '조선 예술좌'의 고문으로 활동한 혐의 때문에 조선으로의 귀국을 강요받고 1937년 7월에 귀국한다. 귀국 후에도 진보적 리얼리즘을 강조했던 그가 친일로 전향한 것은 '동아연맹'과 관계를 맺은 후인 1938년 하반기였다고 추정된다.[28]

‘동아연맹’은 만주사변의 주도자였던 이시하라 간지(石原莞爾)가 일본의 총력적 체제를 구상하면서 일본의 특수성을 반영하여 만든 동북아 국가 구상론이다. 만주국협화회의 변형물인 ‘동아연맹’은 중일전쟁의 교착상태를 해결하고 일본의 패권주의를 교묘하게 관철시키기 위해 고안된 장치였다. 동아연맹협회에서 펴낸 『동아연맹건설요강』(1940)은 당시의 시대적 요건에 대해 ‘전체주의적 세계관이 승리를 구가하는 중이며, 자유주의를 청산하고 왕도에 기초한 동아 신질서를 구축할 때’라고 정리했다. ‘동아연맹’론이 강조한 정치 체제는 민족의 자치를 보장하면서 국가연합을 건설해야 한다는 것이었다. 일본 행정부의 ‘동아협동체’론과 함께 ‘동아연맹’론이 조선 사회주의자들에게 호감을 불러일으킨 것은 자유주의와 자본주의를 극복한 정치체제로서 각각의 민족국가의 정치적 독립을 보장하는 국가 연합이라는 강령 때문이었다. 김용제는 그가 근무한 『동양지광』사가 조선의 ‘동아연맹’ 지부 사무실이었으며, 그의 친일 행위는 ‘동아연맹’을 통한 독립운동을 위장하기 위한 방책이었다고 훗날 주장했다. 요컨대 사회주의자들의 전향에는 적지 않게 반자본주의적인 의식이 작용하고 있었다고 할 수 있다.

이 전술적 친일이 사실인지에 대해서는 ‘동아연맹’론이 실질적 성과를 가져온 것이 없기 때문에 김용제의 주장 그대로 믿기 힘든 면이 있다. 당시 사회주의자들은 ‘동아연맹’과 ‘동아협동체’의 논리를 따라 친일의 길로 전향한 경우가 상당수 있다. 그러나 이 동북아 국가연합론이 ‘대동아공영’론으로 전개되면서 사회주의자들은 다시 역전향하는 경향을 보여주었다.29) 일제의 식민주의 이데올로기를 제대로 파악하기 시작했기 때문일 것이다. 그 와중에도 김용제는 지속적으로 1945년 8월15일까지 친일시를 발표했다. 그가 발표한 최초의 친일시는 1939년 3월 『동양지광』에 수록된 「아세아의 시」이다(김용제는 『아세아시집』(1942) 후기에서 「아세아의 시」 연작을 1939년 1월부터 쓰기 시작했다고 진술했다). 이로부터 시작된 그의 친일시집은 『아세아시집』(1942) 『서사시 어동정』(1943) 『보도시첩』(1944)

『아름다운 조선』(1945) 등 네 권이다.

김용제는 이외에도 많은 친일산문을 발표했다. 대표적인 글은 「전쟁문학의 전망(戰爭文學の展望)」(『동양지광』, 1939.3)과 「조선문화운동의 당면 임무(朝鮮文化運動の當面の任務)」(『동양지광』, 1939.6), 「현실의 언어(現實の言葉)」(『동양지광』, 1942.6)이다.

「전쟁문학의 전망」은 당대를 "위대한 현실에 대한 문학자의 몸가짐과 마음가짐을 갖추는 일이 문학자의 명예로운 이름에 요구되는 시대"라고 규정한다. 문학은 그 위대한 현실을 반영하고 그로써 역사를 개혁하기 위한 첩로를 개척해야 한다고 그는 말한다. 그 현실의 중심에 중일전쟁으로 압축되는 동북아 정세가 놓여 있는데, 전쟁문학은 문학의 '국가적 역할'을 도모하는 동시에 '예술적 가치'를 높이는 일을 통일시킬 것을 요구한다. 이런 문제설정 속에서 그가 중시하는 작품은 히노 아시헤이[火野葦平]의 『보리와 병정(麥と兵隊)』이다. 천황제 파시즘의 성전의식을 리얼하게 묘사한 작품으로 평가받은 바 있는 이 작품을 통해 알 수 있는 김용제의 의식구조를 한마디로 정리하면 파시즘에 대한 긍정이라고 할 수 있다.

「조선 문화운동의 당면 임무」는 "강력한 국가적 문화"를 건설할 필요성을 제기하는 글이다. 그런데 그 과정에서 제기되는 것이 문화통제의 필요성이다.[30] 김용제는 내선일체 운동에 소극적인 조선의 문화인들을 비판하면서 보다 적극적인 통제적 문화운동을 통한 국가 사상의 전파에 힘쓸 것을 요구하고 있다. 그것의 실례로 김용제가 제시하는 것은 원고 검열과 언론 검열에의 적극적 동참인데, 이런 통제론은 백철의 "통제적 통일적인 경향"론과 긴밀한 관계에 있다. 백철은 김용제가 편집한 잡지 『동양지광』의 1939년 4월호에 「시국과 문화문제의 행방(時局と文化問題の行き方)」을 발표하고 통제를 위주로 하는 정치에 문화가 보다 긴밀히 연결되어야 함을 주장하고 있다. 글의 선후관계로 본다면 김용제는 백철의 논의를 충실히 이어받아서 그것의 구체적 실례를 제시

하고 있는 셈이다.31)

한편 김용제는 「현실의 언어」에서 백철이 정리한 '사실수리론'을 다시 제하면서 그것을 좀더 압축해서 '사실의 세기=시의 세계'라는 말로 표현한다. 여기에도 현실 자체의 있는 그대로에 대한 인정이 필요하다는 주장이 개입되어 있다. 1942년 6월에 발표된 이 글이 더욱 가혹해진 전시 상황을 반영하고 있다는 사실 또한 주목되어야 할 것이다. 김용제는 그 현실을 원리나 진리가 관통하는 장소로 이해하고 있는데, 이때 그 진리란 곧 서양의 패배와 동양의 부흥이라는 사실로서 이는 전도된 오리엔탈리즘의 시각에 의해 만들어진 대동아공영과 팔굉일우라는 천황제 파시즘의 이데올로기로 통하는 것이었다. 이것은 미래를 향한 이상주의의 공상으로부터 탈피하여 현실의 객관적 행정을 있는 그대로 수용해야 한다는 「전쟁문학론」에서의 김용제의 주장이 일제 파시즘의 중국 정벌을 역사적 현실로 인정해야 한다는 백철의 사실 수리론으로부터 직접 영향 받고 있음을 알게 해주는 대목이다.

여기에도, 자신이 선택한 것에 대한 맹목이 작동한다고 할 수 있다. 태평양전쟁을 거치면서 전향했던 사회주의자들이 다시 역전향의 길로 나설 때 김용제는 여전히 친일 행위를 멈추지 않았는데, 이는 그의 선택이 그만큼 객관적 현실을 외면한 것이었음을 증명한다. 백철이 참된 역사적 진리를 사실수리론으로 대체하면서 친일을 정당화했듯이 김용제는 그 표면적 사실을 자신의 문학적 기반으로 선택하고 그로써 친일이라는 맹목적 행위를 밀고 나갔다. 이것이야말로 자기 성찰적 이성을 배제한 채 현실에 대한 정서적 대응만을 강조한 결과일 것이다. 「전쟁철학」(『아세아시집』, 대동출판사, 1942)은 그것의 시적 표현에 해당한다.32) 김용제가 전쟁을 찬양하는 파시즘의 길로 나아간 것은 성찰적 이성을 망각하고 생철학을 경유하면서 비워진 내면을 천황귀일의 절대적 논리로 바꿔놓은 결과인 셈이다.

3. 결론

　이상으로 대표적 문인들을 중심으로 살펴본 친일문학의 세 경향은 일제 말 전시기를 정세적 국면에 따라 나눈 소시기에 개별적으로 상응한다. 이런 결과를 한국문학의 근대성이라는 주제로 연결시키는 일은 한국문학사의 균형잡힌 복원을 위해서 상당히 중요한 일인데, 왜냐하면, 친일문학은 국가를 상실한 피식민지의 지식인들이 배타적 국민주의를 일본제국주의의 논리로 투사하고 실천하거나 전도된 오리엔탈리즘으로서의 동양주의를 상정하고 이를 대동아공영의 논리로 밀고 나간 결과라고 여겨지기 때문이다.

　이에 준하여 일제 말 전시기 친일 협력시의 계보를 나누고 각각의 계보는 어떤 미적 이념을 가지고 있었는가를 살펴봄으로써 파시즘 및 억압적 지배이데올로기의 형성과 미적 이념의 관계에 대해 실증적으로 고찰할 수 있는 이론적 기반을 만들 수 있을 것이다. 저간에 진행된 '시와 현실의 관계'에 대한 논의는 주로 시적 창조 논리 외부에 있는 세계관적·철학적 기준을 활용한 것이었다. 그러나 그런 관점은 시를 시 자체로 보는 것이 아니라 시 외부의 기준에 시를 종속시킨 논리의 결과였다. 이런 관점이야말로 일제 말 파시즘 시기의 친일문학을 외부의 강요에 의한 수동적 결과로 이해하도록 하는 경향을 만들어 낸 근본적 원인이라고 할 수 있다. 그러나 문학의 우선적이고 진정한 원인은 문학 내부에서 찾을 수 밖에 없다는 점에서 위와 같은 접근법은 일정한 한계를 내포한 것일 수밖에 없다. 그러한 접근법은 당시의 친일문인들이 왜 절필하지 않고 계속 문학작품을 창조했는가 하는 질문에 대해서 문학의 논리로 답변할 수 없기 때문이다. 결국 당시에도 문학작품이 끊이지 않고 창작되었다는 사실을 논리적으로 해명하기 위해서는 문학 내부의 논리로 대상 작품에 접근해야 하는데, 이는 친일시의 경우에도 예외가 아닐 것이다. 가령, 김동환이 친일잡지 『대동아』에 발표한 친일시 「군복 집는 각시네」를 시집 『해당화』에 재수록하면서 더 좋은 시(?)로 개작을 감행하는 경우를 보더라도 문학은 문학 내부의 논리로 접근해야 한다는 말이 성립되는 것이다. 이렇게 문학을 내재적 논리로 살펴본다는 것은 나아가 친일문학 전체를 친일문학의 내재적 논리로 살펴보아야 한다는 말이 된다. 이 내재적 논리를 계보화할 때 우리는 한국문학의 다양한 층위가 어떤 문학적 내재성으로 권력과 타협하고 어떤 문학적 내재성으로 왜곡된 권력에 저항하는가를 일목요연하게 바라볼 수 있는 실례를 갖게 될 것이다.

주석

1) 『조선일보』, 1938.12.5.
2) 김종한, 「시문학의 정도─참된 '시단의 신세대'에게」, 『문장』, 1939.10, 199면.
3) 천황의 통치 대상으로서의 신하의 측면과 근대적 주체로서의 시민의 측면이 이종결합된 것으로서의 '신민'에 대해서는 윤건차, 하종문·이애숙 역, 『일본 그 국가·민족·국민』, 일월서각, 1997 참조.
4) 인용은 시집 『해당화』, 대동아사, 1942, 432~3면.
5) 김종한, 앞의 글, 199면.
6) 「일지의 윤리」, 『국민문학』, 1942.3, 30면.
7) 김종한, 「나의 작시 설계도」, 『문장』, 1939.9.
8) 김종한, 「일지의 윤리」, 『국민문학』, 1942.3, 32면.
9) 서정주, 「시의 이야기─주로 국민시가에 대하여」, 『친일문학작품선』 2, 실천문학사, 1986, 291면.
10) 김종한은 본격적으로 등단하기 이전에 다수의 민요시와 시론을 썼으며 서정주는 초기에 보들레르와 생철학의 영향하에서 '생명파'로 분류되는 시를 썼다.
11) 金龍濟, 「朝鮮文化運動の當面任務─その理論·構成·實踐に關する覺書」, 『東洋之光』, 1939.6, 78면.
12) 김종한, 「조선시단의 진로─특히 국민시와 관련하야」, 『매일신보』 1942.11.13.
13) 이들 이외에 대표적인 협력시인을 들라면 임학수·노천명·모윤숙 정도가 있다. 이들을 어느 유파에 소속시킬 수 있는가 하는 점에 대해서는 더 많은 연구가 필요할 듯하다. 노천명과 모윤숙의 경우는 여성시라는 별도 항목으로 고찰하는 것이 타당할 것이고 임학수의 경우는 개별적으로 다루어져도 무방할 것이다.
14) I. 월러스틴, 성백용 역, 『사회과학으로부터의 탈피─19세기 패러다임의 한계』, 창작과

비평사, 1994, 117면 참조.

15) 『조선문단』, 1924.12.

16) 주요한은 같은 글에서 자신이 쓴 「불놀이」 등의 서구적 근대시에 대해, 문학적 선배도 없고 모범도 없는 근대문학 1세대가 유학경험을 통해 배운 외국시를 잠시 모방해본 것에 지나지 않는다고 평가절하한다.

17) 번역은 김규동·김병걸 편, 『친일문학작품선집』 1, 실천문학사, 1986.

18) 아직까지는 프랑스 상징주의 시의 소개 수준에서 논의되고 있는 이러한 시예술론이 민요시에 대한 관심으로 확장되는 것은 1920년대 중반을 지나면서부터이다. 대표적인 글은 「조선심을 배경삼아」, 『동아일보』, 1924.1.1; 「밟아질 조선 시단의 길」, 『동아일보』, 1927.1.3.

19) 김억, 「밟아질 조선 시단의 길」, 『동아일보』, 1927.1.3.

20) 『매일신보』, 1940.11.30.

21) 김윤식, 『한국근대문예비평사연구』, 일지사, 1984, 417면.

22) 서정주, 「고대 그리스적 육체성」, 『세대』, 1965.9.

23) 실제로 『시인부락』 창간호의 후기에는 특정 유파를 지향한다는 식의 자기 선언 대신 다양한 목소리의 시인들이 모여들기를 희망하는 메시지가 서정주의 이름으로 기록되어 있다.

24) 종전 후 이 둘은 일본과 한국에서 유사한 평가를 받는데, 미요시 다쓰지가 일본적 서정을 표현하는 대표시인이라고 평가받을 때 미당은 신라정신을 발명하고 그것을 미적으로 표현하는 데 온 관심을 기울인다.

25) 이 사실을 최초로 밝혀놓은 사람은 최현식이다. 그의 글 「민족, 전통 그리고 미」, 『실천문학』, 2001년 여름, 64면, 각주 3) 참조.

26) 그러나 이 문제는 다른 각도에서 접근될 수도 있다. 그것은 신라정신(←전통)의 발견을 통해 영원성의 구체화라는 과제에 답한 미당의 심리적 조건을 탐사해보는 일이다. 이것은 별도의 미당론을 요구한다. 이에 대해서는 졸고, 「미당의 친일시—시적 영원성에 대하여」, 『탈식민주의를 넘어서』, 소명출판, 2006 참조.

27) 뜻은 "이제 내 시를 읽는 그대들이여 / 모름지기 마음 속을 깨끗이 하라"이다. 이 구절을 인용하는 문장은 다음과 같다. "순수시의 이론도 쉽게 말하면 한산시의 서문인 '凡讀我詩者 心中須護淨'에 근대성을 가미한 것에 불과할 것입니다."

28) 오오무라 마쓰오[大村益夫]의 연보 정리에 의하면 그는 1938년 7월경에 '동아연맹'과 관계를 맺기 시작한 것으로 되어 있다. 大村益夫, 『愛する大陸よ—詩人 金龍濟 硏究』, 大和書房, 1992.

29) 홍종욱, 「중일전쟁기(1937~1941) 사회주의자들의 전향과 그 논리」, 서울대 석사논문, 2000, 34면 참조.

30) 金龍濟, 「朝鮮文化運動の當面の任務—その理論·構成·實踐に關する覺書」, 『東洋之光』, 1939.6, 78면.

31) 주로 일본에서 활동했기 때문에 귀국 후 조선문단에서 고독감을 느끼던 김용제가 백철과 함께 일본 나프에서 활동한 경험을 가지고 있었다는 사실은 백철의 '사실수리론'에 대해 김용제가 가졌을 느낌을 짐작하게 해주는 요인이 될 수 있을 것이다. 더구나 1938년 11월에는 프랑스의 인민전선이 무너짐으로써 인민전선을 이끌던 소련에 대한 사회주의자들의 기대가 한풀 꺾이고 파시즘의 공세가 높아지고 있었다. 조선에서의 사회주의자들의 전향이 세계적 정세와 관련한 자포자기적 패배감과 함께 하는 것이었다면, 그것은 김용제 또한 마찬가지였다. 여기에 북지전선에서의 일본의 승리를 기정사실화하는 백철

의 글이 그에게 전향의 명분을 세워주었을 개연성은 충분히 있다.

32) 김용제와 생철학의 연관에 대해서는 졸고, 「대동아공영과 전쟁의 생철학」, 『재일본 및 재만주 친일문학의 논리』, 역락, 2004 참조. 참고로 시의 한 부분을 인용해본다. "병대들은 / 전쟁철학을 모르고 이야기하지도 않는다 / 그런 것을 생각하는 신경의 틈조차 없는 것이다 / 철학이라는 오아시스의 흐름은 / 한 방울의 물통의 물보다도 가치가 없고 / 철학이라는 진주의 구슬은 / 참새를 쏘는 공기총에도 도움이 되지 않는다 // (…중략…) // 전쟁의 철학을 생각하다…… / 병대들에게 / 그러한 바보같은 틈이 있다면 / 한 개비의 그리운 담배연기를 동그랗게 토하여 / 유유히 흐르는 흰구름에 보낼 것이다 / 참호 구석에 있는 꽃을 사랑하고 / 운작(雲雀)의 노래를 즐기리라 / 친애하는 용사들은 / 그런 전쟁철학을 모른다"(「전쟁철학」). 원본은 일어 시, 번역은 필자의 것.